SANGRE Y ORO

Anne Rice

Barcelona • Bogotá • Buenos Aires • Caracas • Madrid • México D.F. • Montevideo • Quito • Santiago de Chile

Título original: *Blood and Gold*
Traducción: Camila Batlles
1.ª edición: noviembre 2003

Bailén, 84 - 08009 Barcelona (España)
www.edicionesb.com
www.edicionesb-america.com

ISBN: 84-666-1347-1

Impreso por en los talleres de Quebecor World

Sangre y oro

Anne Rice

Traducción de Camila Batlles

Dedicado a mi querido esposo, Stan Rice,
y a mi querida hermana, Karen O'Brien

EL OYENTE

1

Se llamaba Thorne. En la antigua lengua rúnica, era un nombre más largo: Thornevald. Pero cuando se convirtió en un bebedor de sangre pasó a llamarse Thorne. Y en esos momentos, siglos más tarde, cuando yacía en su cueva de hielo, soñando, seguía llamándose Thorne.

Al llegar a la tierra del hielo, había confiado en poder dormir eternamente. Pero de vez en cuando despertaba en él el ansia de beber sangre y, cuando le sucedía, utilizaba el don de elevarse sobre las nubes para ir en busca de los cazadores de las nieves.

Se alimentaba de ellos, procurando siempre no beber demasiada sangre para no causarles la muerte. Y cuando necesitaba pieles y botas, se las quitaba también a ellos y después regresaba a su escondite.

Los cazadores de las nieves no pertenecían a su raza. Tenían la piel oscura y los ojos rasgados y hablaban una lengua distinta; pero él los había conocido en épocas pretéritas, cuando viajó con su tío a las tierras de Oriente para comerciar. El comercio no le gustaba; prefería la guerra. Sin embargo, durante esas correrías había aprendido muchas cosas.

Mientras dormía, en el norte, soñaba. No podía evitarlo. El don de la mente le permitía oír las voces de otros bebedores de sangre.

Sin pretenderlo, veía a través de sus ojos y contemplaba el mundo que ellos contemplaban. A veces no le importaba; le gustaba. Las cosas modernas le divertían. Escuchaba canciones que sonaban a lo lejos a través de artilugios electrónicos. Gracias al don de la mente, comprendía inventos como los motores de vapor y los ferrocarriles; incluso comprendía el fenómeno de los ordenadores y los automóviles. Tenía la sensación de conocer las ciudades que había dejado atrás, aunque hacía muchos siglos que las había abandonado.

Tenía la impresión de que no iba a morir. La soledad en sí misma no podía destruirlo. El estado de abandono en que se hallaba tampoco bastaba. Así pues, seguía durmiendo.

De pronto ocurrió algo extraño. Una catástrofe se abatió sobre el mundo de los bebedores de sangre.

Había llegado un joven cantante de leyendas. Se llamaba Lestat, y en sus canciones electrónicas difundía viejos secretos, unos secretos que Thorne no conocía.

Entonces apareció una Reina, una criatura malvada y ambiciosa. Aseguraba portar dentro de sí el germen sagrado de todos los bebedores de sangre, por lo que, cuando muriera, la raza perecería con ella.

Thorne se había quedado asombrado.

Nunca había oído a los de su especie referirse a esos mitos. No estaba seguro de creer en eso.

Pero, mientras dormía, mientras soñaba, mientras observaba, esta Reina empezó a destruir en todo el mundo a bebedores de sangre mediante el don del fuego. Thorne oyó sus gritos mientras trataban de huir; presenció sus muertes en la medida en que otros presenciaban estos hechos.

En sus recorridos por la Tierra, la Reina estuvo muy cerca de Thorne, pero pasó de largo. Thorne permaneció oculto y en silencio en su cueva. Quizá la Reina no intuyera su presencia. Sin embargo, él intuyó la suya y comprendió que jamás se había topado con un ser tan anciano y poderoso, salvo la vampiro que le había proporcionado la sangre.

Se puso a pensar en ella, su creadora, la bruja pelirroja con los ojos ensangrentados.

La catástrofe que se había producido entre los de su especie se agravó. Murieron más. Vampiros tan ancianos como la Reina salieron de sus escondites y Thorne vio a esos seres.

Al fin apareció la bruja pelirroja que le había creado. Thorne la vio tal como la veían otros. Al principio le pareció imposible que estuviera viva; hacía tanto tiempo que se había separado de ella en el extremo sur que no se atrevía a confiar en que siguiera con vida. Los ojos y los oídos de otros vampiros le ofrecieron una prueba infalible. Y cuando la contempló en sus sueños, le embargó un sentimiento de ternura y de rabia.

Esta criatura, la bruja que le había dado la sangre, había medrado, detestaba a la Reina Malvada y se proponía frenar sus desmanes. Se profesaban un odio mutuo que se remontaba a miles de años.

Por fin se celebró una reunión de esos seres, los más ancianos de la primera generación de bebedores de sangre y otros a quienes el vampiro Lestat amaba y que la Reina Malvada no había destruido.

Mientras yacía en el hielo, Thorne oyó vagamente su extraña conversación. Se hallaban sentados en torno a una mesa redonda, como un grupo de caballeros, aunque en este consejo las mujeres eran iguales que los hombres.

Trataron de hacer entrar en razón a la Reina, de convencerla de que pusiera fin a su reinado de violencia, de que desistiera de sus perversas intenciones.

Thorne escuchó a esos vampiros, pero no pudo entender todo lo que decían. Sólo sabía que era preciso detener a la Reina.

La Reina amaba al vampiro Lestat, pero tenía una visión tan temeraria de las cosas y una mente tan depravada que ni siquiera él era capaz de impedir que provocara más desastres.

¿Portaba realmente la Reina en su interior el germen sagrado de todos los vampiros? En tal caso, ¿cómo podrían destruirla?

Thorne deseaba poseer un don de la mente más potente, o haberlo utilizado con más frecuencia. Durante los largos siglos en que había permanecido dormido, su fuerza se había incrementado, pero ahora sentía la distancia que le separaba de los otros y su debilidad.

Mientras observaba con los ojos abiertos, como si eso le ayudara a ver con más claridad, apareció en su campo visual otra criatura pelirroja, la hermana gemela de la mujer que le había amado antiguamente. Como es lógico, la aparición de la hermana gemela le dejó estupefacto.

Thorne comprendió que su creadora, a quien él había amado tanto, había perdido hacía miles de años a su hermana gemela.

La Reina Malvada era la culpable de este desastre. Odiaba a las gemelas pelirrojas y las había separado. Y la gemela perdida se presentaba ahora para cumplir la antigua maldición que había arrojado sobre la Reina Malvada.

Mientras se aproximaba más y más a la Reina, la gemela perdida sólo pensaba en destruir. No se sentó a la mesa del consejo. No conocía razón ni medida.

—Todos moriremos —murmuró Thorne en sueños, aletargado entre la nieve y el hielo, envuelto en la eterna noche ártica. No hizo ademán de ir a reunirse con sus compañeros inmortales, pero no pudo por menos de observalos y escucharlos hasta el final.

Por fin, la gemela perdida alcanzó su destino. Se sublevó contra la Reina. Los otros vampiros que había a su alrededor presenciaron la escena horrorizados. Mientras las dos hembras peleaban, como dos guerreros en un campo de batalla, una extraña visión invadió la mente de Thorne, como si yaciera sobre la nieve y contemplara el cielo.

Lo que vio fue una inmensa e intrincada red que se extendía en todos los sentidos y en la que estaban atrapados numerosos puntos de luz. En el centro de la red aparecía una vibrante llama. Thorne comprendió que la llama era la Reina, y los puntos luminosos, los otros bebedores de sangre. Él mismo era uno de esos puntitos de luz. La leyenda del germen sagrado era cierta. Lo vio con sus propios ojos. Y había llegado el momento de que todos sucumbieran a las tinieblas y al silencio. Había llegado el fin.

La gigantesca y compleja red comenzó a mermar con fuerza. Parecía como si el germen fuera a estallar. De pronto todo se oscureció unos momentos, durante los cuales Thorne sintió una deliciosa vibración en sus extremidades, como le sucedía a menudo mientras dormía, y pensó: «¡Ay, vamos a morir! Pero no siento dolor.»

Sin embargo, fue como Ragnarok para sus antiguos dioses, cuando el gran dios, Heimdall, el dios de la luz, hizo sonar su cuerno y convocó a los dioses de Aesir para que libraran la última batalla.

—Y nosotros terminaremos también con una guerra —murmuró Thorne en su cueva. Pero sus pensamientos no concluyeron.

Pensó que era preferible no seguir viviendo, hasta que le vino a la mente ella, la pelirroja, su creadora. Anhelaba volver a verla.

¿Por qué no le había hablado nunca de su hermana gemela? ¿Por qué no le había revelado nunca los mitos de los que hablaba el vampiro Lestat en sus canciones? Sin duda conocía el secreto de la Reina Malvada y el germen sagrado que portaba dentro de sí.

Thorne se movió en sueños. La gigantesca red se había desvanecido ante sus ojos. Pero vio con extraordinaria claridad a las gemelas pelirrojas, unas mujeres espectaculares.

Las hermosas criaturas aparecían juntas; una cubierta de harapos y la otra ataviada con espléndidos ropajes. A través de los ojos de los otros bebedores de sangre, Thorne averiguó que la gemela extraña había matado a la Reina y portaba ahora en su interior el germen sagrado.

—Contemplad a la Reina de los Condenados —dijo la creadora de Thorne al presentar a su hermana gemela.

Thorne comprendió lo que decía, vio reflejado en su rostro el sufrimiento. Pero la gemela extraña, la Reina de los Condenados, permanecía impasible.

Durante las noches sucesivas, los supervivientes de la catástrofe permanecieron juntos. Se relataban historias unos a otros. Y sus historias impregnaban el aire, como las canciones de los antiguos bardos entonadas en los salones de los castillos medievales. Y Lestat, después de dejar sus instrumentos musicales electrónicos, se convirtió de nuevo en cronista y creó una historia de la batalla que supuso que trascendería sin mayores dificultades al mundo de los mortales.

Al poco tiempo, las hermanas pelirrojas se marcharon en busca de un escondrijo y el ojo lejano de Thorne no pudo hallarlas.

«No te muevas —se dijo Thorne—. Olvida lo que has visto. No tienes motivo alguno para levantarte de tu cueva de hielo, como tampoco lo tenías antes. El sueño es tu amigo. Los sueños son unos huéspedes ingratos.

»Estate quieto y volverás a sumirte en un apacible sueño. Haz como el dios Heimdall antes de la llamada al combate, guarda un silencio sepulcral y oirás cómo crece de nuevo la lana sobre la piel de las ovejas, oirás cómo crece la hierba a lo lejos en las tierras donde la nieve se funde.»

Pero tuvo más visiones.

El vampiro Lestat provocó un nuevo y confuso tumulto en el mundo mortal. Ocultaba un secreto maravilloso del pasado cristiano, que había confiado a una joven mortal.

Lestat jamás hallaría sosiego. Era como uno de los congéneres de Thorne, como uno de los guerreros de su época.

Thorne vio aparecer de nuevo a su pelirroja, a su hermosa creadora, con los ojos cubiertos de sangre mortal, como de costumbre, satisfecha y rezumando autoridad y poder. En esta ocasión se proponía atar con cadenas al desdichado vampiro Lestat.

¿Unas cadenas capaces de sujetar a un ser tan poderoso como Lestat?

Thorne pensó en ello. «¿Qué cadenas serán?», se preguntó. Tenía que averiguar la respuesta. Entonces vio a su pelirroja sentada pacientemente junto al vampiro Lestat mientras éste, encadenado e impotente, forcejeaba y chillaba en un vano intento de liberarse.

¿De qué estaban hechos esos eslabones de aspecto dúctil, capaces de sujetar a un ser como Lestat? Thorne no paraba de preguntárselo. ¿Por qué amaba su pelirroja creadora a Lestat y le permitía vivir? ¿Por qué guardaba silencio mientras el joven no dejaba de debatirse? ¿Qué sentía él estando encadenado junto a ella?

Thorne evocó unos recuerdos, unas imágenes inquietantes de su creadora que se remontaban a la época en que él, siendo un guerrero mortal, la vio por primera vez en una cueva de la tierra septentrional donde habitaba. Era de noche y la había visto tejiendo con su huso y su rueca, con los ojos ensangrentados.

La vio arrancar un cabello tras otro de sus largas guedejas y tejerlos con la rueca, en silencio, mientras él se acercaba.

Era un invierno helado y el fuego que ardía tras ella ofrecía un aspecto mágico. Thorne, inmóvil sobre la nieve, la miraba tejer, tal como se lo había visto hacer a cientos de mujeres mortales.

—Una bruja —había dicho en voz alta.

Thorne había borrado ese recuerdo de su memoria.

En esos momentos la vio custodiando a Lestat, que se había vuelto tan fuerte como ella. Contempló las extrañas cadenas que sujetaban al vampiro, que ya no pugnaba por soltarse.

Lestat había recobrado por fin la libertad

Después de recoger las cadenas mágicas, la bruja pelirroja los había abandonado a él y a sus compañeros.

Los otros eran visibles, pero ella había desaparecido de su vista, y al desaparecer de la vista de los otros, desapareció de las visiones de Thorne.

Thorne decidió de nuevo seguir durmiendo. Se dispuso a conciliar el sueño. Pero las noches transcurrían lentamente en su gélida cueva. El mundo emitía un fragor ensordecedor e informe.

Aunque pasaba el tiempo, Thorne no podía olvidar la imagen de su amada creadora; no podía olvidar que seguía siendo tan vital y hermosa como siempre, y evocó con toda su crudeza unos amargos recuerdos.

¿Por qué se habían peleado? ¿Realmente le había vuelto ella la espalda? ¿Por qué odiaba él a los compañeros de su creadora? ¿Por qué detestaba a los vampiros errantes que, al descubrir la presencia de ella y de sus acompañantes, la adoraban mientras todos comentaban sus viajes y hazañas unidos por la sangre vampírica?

¿Y los mitos sobre la Reina y el germen sagrado? ¿Los habría tenido Thorne en cuenta? No lo sabía. No era un coleccionista ávido de mitos. Todo eso le confundía. Y no podía borrar de su mente la imagen de Lestat sujeto con aquellas misteriosas cadenas.

Los recuerdos no cesaban de atormentarle.

A mediados de invierno, cuando el sol no brilla sobre el hielo, Thorne comprendió que el sueño le había abandonado. Y que ya no recobraría la paz.

De modo que salió de la cueva y emprendió una larga caminata hacia el sur a través de la nieve, sin apresurarse, deteniéndose para escuchar las voces eléctricas que sonaban en el mundo, más abajo, sin saber por dónde penetraría de nuevo en él.

El viento agitaba su larga cabellera roja; Thorne se tapó la boca con el cuello forrado de piel y se limpió la escarcha de las cejas. Al notar que tenía las botas empapadas, extendió los brazos, invocando en silencio el don de elevarse sobre las nubes, y empezó a ascender para desplazarse a escasa altura del suelo. Aguzó el oído para percibir los sonidos que emitían los de su especie, confiando en hallar a un bebedor de sangre tan anciano como él, alguien que le acogiera con simpatía.

Deseaba oír hablar a alguien, pues desconfiaba del don de la mente y de sus mensajes aleatorios.

2

Thorne viajó durante varios días sin sol y varias noches de mediados de invierno. Pero no tardó en oír las voces de otro ser. Era un vampiro mayor que él y estaba en una ciudad que Thorne había conocido siglos atrás.

En su sueño nocturno nunca había olvidado esa ciudad. Contaba con un importante mercado y una espléndida catedral. Sin embargo, al pasar por ella durante su largo viaje al norte, años atrás, Thorne vio que la peste había llegado hasta ella y supuso que no perduraría.

Pensó que todas las naciones del mundo perecerían a causa de esa terrible e inexorable plaga.

Los recuerdos amargos le atormentaron de nuevo.

Vio y olió los tiempos de la peste, cuando los niños vagaban perdidos sin sus padres y los cadáveres se amontonaban por doquier. El hedor a carne podrida lo invadía todo. ¿Cómo podía explicarle a alguien la pena que le producía que esa catástrofe se hubiera abatido sobre la humanidad?

Thorne no quería que perecieran esas ciudades y poblaciones, aunque él no provenía de ninguna de ellas. Pese a que se había alimentado de los infectados, no se había contagiado. Pero no podía curar a nadie. Había proseguido hacia el norte, pensando que todas las cosas prodigiosas que había creado la humanidad acabarían sepultadas bajo la nieve, la maleza o la tierra, y caerían en el olvido.

Pero no murieron todos, como había temido. Algunos habitantes de la ciudad habían sobrevivido y sus descendientes seguían viviendo en las callejuelas medievales adoquinadas por las que él transitaba en esos momentos, profundamente aliviado al observar la limpieza que reinaba.

Sí, era agradable hallarse en ese lugar vital y ordenado.

Qué sólidas y espléndidas eran esas viejas casas de madera, en cuyo interior se oía el murmullo y el zumbido de aparatos modernos. Thorne sentía y veía los prodigios que a través del don de la mente sólo había vislumbrado. Los televisores ofrecían unos sueños pintorescos. Y la gente disfrutaba de unos refugios para la nieve y el hielo que en su época no existían.

Thorne deseaba averiguar más detalles sobre esos prodigiosos artilugios, lo cual le sorprendió. Deseaba ver trenes y barcos. Deseaba ver aviones y coches. Deseaba ver ordenadores y teléfonos inalámbricos.

Quizá pudiera tomarse el tiempo suficiente para contemplar todas esas cosas. No había regresado al mundo mortal con ese propósito, pero nadie le obligaba a cumplir de inmediato la misión que le había llevado allí. Nadie conocía su existencia, salvo quizás ese bebedor de sangre que le había llamado, que le había abierto su mente con una facilidad pasmosa.

¿Dónde estaba ese vampiro al que había oído hacía pocas horas? Thorne lanzó una llamada larga y silenciosa, sin revelar su nombre, comprometiéndose tan sólo a ofrecer su amistad.

La respuesta no se hizo esperar. Thorne vio con el don de la mente a un extraño de pelo rubio. La criatura se encontraba en una habitación situada al fondo de una taberna singular, un lugar donde se reunían los bebedores de sangre.

Ven a reunirte aquí conmigo.

La orden era clara y Thorne se apresuró a obedecer. A lo largo del último siglo había oído las voces de los bebedores de sangre que se refugiaban en esos santuarios. Tabernas, bares y clubes de vampiros que constituían la conexión vampírica. Esa ocurrencia le hizo sonreír.

En su imaginación vio de nuevo la intensa y turbadora alucinación de la inmensa red en la que aparecían atrapadas multitud de lucecitas titilantes, una visión de todos los vampiros vinculados al germen sagrado de la Reina Malvada. Esta conexión vampírica era un eco de esa red, que tenía a Thorne fascinado.

¿Cómo se llamaban entre sí esos vampiros modernos? ¿A través de ordenadores, renunciando al don de la mente? Thorne se prometió no dejar que nada le sorprendiera peligrosamente.

No obstante, al recordar sus vagos sueños sobre el desastre sintió que unos escalofríos le recorrían el cuerpo.

Suplicó a los dioses que su nuevo amigo le confirmara lo que había visto. Suplicó a los dioses que el vampiro fuera muy anciano, no un joven imberbe y torpe.

Suplicó a los dioses que ese vampiro poseyera el don de la palabra, pues ante todo deseaba oír palabras. Él rara vez conseguía hallar las palabras justas. Y en esos momentos deseaba ante todo escuchar.

Casi había llegado al final de la calle en pendiente, rodeado por la nevisca que caía, cuando vio el letrero de la taberna: EL HOMBRE LOBO.

El nombre le hizo reír.

De modo que esos vampiros se divertían con esos juegos peligrosos, pensó Thorne. En sus tiempos, las cosas eran muy distintas. ¿Qué miembro de su especie no creía que un hombre podía transformarse en un lobo? ¿Qué miembro de su especie no estaba dispuesto a hacer lo que fuera con tal de impedir que cayera sobre él esa maldición?

Pero a esos vampiros les gustaba jugar con ese concepto, se dijo Thorne contemplando el letrero que se balanceaba, agitado por el gélido viento, y las iluminadas ventanas con barrotes.

Thorne hizo girar el tirador de la recia puerta y entró en una habitación atestada de gente, cálida, impregnada de olor a vino, a cerveza y a sangre humana.

El calor era impresionante. Lo cierto era que Thorne jamás había sentido nada parecido. Era un calor uniforme y prodigioso que lo saturaba todo. Supuso que ningún mortal se daba cuenta de lo maravilloso que era ese calor.

Antiguamente ese calor no existía y el gélido invierno era una maldición que les afectaba a todos por igual.

Pero no había tiempo para entretenerse con esas reflexiones. «No te sorprendas por nada», se dijo Thorne.

Sin embargo, el torrencial parloteo de los mortales le paralizó. La sangre que había a su alrededor le paralizó. Durante unos momentos sintió una sed acuciante. Al verse rodeado de aquel gentío ruidoso e indiferente, Thorne temió perder el control y abalanzarse sobre éste y aquél, revelando su presencia, un monstruo entre la multitud al que perseguirían hasta acabar con él.

Halló un hueco junto a la pared, se apoyó en ella y cerró los ojos.

Evocó la imagen de los miembros de su clan subiendo apresuradamente la montaña, en busca de la bruja pelirroja a la que no conseguirían encontrar. Sólo Thorne la había visto. La había visto arrancar los ojos a un guerrero muerto y colocárselos en sus propias cuencas. La había visto regresar bajo la nevisca a la cueva en la que habitaba y tomar su rueca. La había visto enrollar el cabello de un rojo dorado alrededor de la rueca. Los miembros del clan habían querido destruirla y él estaba entre ellos, blandiendo el hacha.

Qué estúpido le parecía eso ahora, pues ella había querido que Thorne la viera. Había ido al norte en busca de un guerrero como Thorne. Había elegido a Thorne porque le cautivaba su juventud, su fuerza y su valor puro.

Thorne abrió los ojos.

Los mortales que había en la taberna no repararon en él, a pesar de que iba cubierto de andrajos. ¿Cuánto tiempo podría pasar inadvertido? Thorne no llevaba monedas en los bolsillos para sentarse a una mesa y pedir una copa de vino.

Oyó de nuevo la voz del vampiro aconsejándole, tranquilizándole.

No hagas caso de la gente. No saben nada de nosotros, ni por qué hemos abierto esta taberna. Son meros comparsas. Acércate a la puerta trasera. Empújala con fuerza y cederá.

A Thorne le parecía imposible atravesar esa habitación sin que los mortales lo reconocieran.

Pero debía superar su temor. Tenía que reunirse con el bebedor de sangre que le llamaba.

Agachando la cabeza y tapándose la boca con el cuello de la chaqueta, Thorne se abrió paso entre los flexibles cuerpos tratando de no mirar a los que le observaban. Y cuando vio la puerta desprovista de tirador, la empujó tal como le había ordenado el vampiro.

La puerta daba acceso a una habitación espaciosa, débilmente iluminada por unas gruesas velas colocadas sobre mesas de madera. El calor era tan sólido y reconfortante como el que reinaba en la otra estancia.

El bebedor de sangre se encontraba solo.

Era un ser alto de tez pálida y pelo muy rubio, casi blanco. Tenía los ojos azules, de mirada dura, y el rostro delicado, cubierto con una fina capa de sangre y ceniza para darle un aspecto más humano ante los mortales. Lucía una capa de color rojo vivo con capucha, que colgaba sobre su espalda, y llevaba el cabello largo y bien peinado.

A Thorne le pareció muy apuesto y de modales refinados, más un intelectual que un soldado. Tenía las manos grandes, y los dedos delgados y finos.

Thorne tenía la impresión de haberle visto con el don de la mente, sentado a la mesa del consejo con los otros vampiros antes de que destruyeran a la Reina Malvada.

Sí, Thorne le había visto. El bebedor de sangre había tratado de razonar con la Reina, aunque en su interior latía una furia salvaje y un odio desmesurado.

Sí, Thorne le había visto esforzarse en medir bien sus palabras, con el fin de salvar a todo el mundo.

El bebedor de sangre le indicó que tomara asiento a su derecha, contra la pared.

Thorne aceptó la invitación y se sentó sobre un cojín alargado de cuero. La llama de la vela bailaba caprichosamente, reflejándose en los ojos del otro vampiro. Thorne olió la sangre que había ingerido éste. Observó el calor que confería a su rostro y a sus manos largas y finas.

Sí, esta noche he ido a cazar, pero volveré a hacerlo contigo. Lo necesitas.

—Sí —dijo Thorne—. ¡Hace tanto que no bebo sangre de un mortal que ya ni me acuerdo! No me resultó difícil resistir en la nieve y el hielo. Pero verme rodeado de esas tiernas criaturas es un verdadero suplicio.

—Te entiendo —contestó el otro vampiro—. Lo sé por experiencia.

Eran las primeras palabras que Thorne había pronunciado en voz alta a otro ser desde hacía mucho tiempo y cerró los ojos para atesorar ese instante. «La memoria es una maldición —pensó—, pero también es el mayor de los dones. Porque si pierdes la memoria lo pierdes todo.»

Recordó un fragmento de su antigua religión referente al rey Odín, quien había sacrificado su ojo y permanecido colgado del árbol sagrado durante nueve días con el fin de poseer memoria. Pero el asunto era más complicado. Odín no sólo había conseguido memoria, sino el hidromiel que le permitía cantar sus poemas.

En cierta ocasión, tiempo atrás, Thorne bebió el hidromiel del poeta que le habían ofrecido los sacerdotes de la gruta sagrada, y cantó en la casa de su padre unos poemas sobre la bebedora de sangre pelirroja que había visto con sus propios ojos.

Los presentes se habían reído y burlado de él. Pero, cuando la vampiro pelirroja empezó a aniquilar a los miembros del clan, dejaron de mofarse. Cuando vieron los pálidos cuerpos con las cuencas de los ojos vacías, convirtieron a Thorne en su héroe.

Thorne se sacudió con fuerza. La nieve se desprendió de su pelo y sus hombros. Luego se pasó la mano para quitarse los fragmentos de hielo que tenía adheridos a las cejas. Vio cómo el hielo se fundía entre sus dedos. Se restregó la cara con energía, pues la tenía helada.

¿No ardía un fuego en la habitación? Thorne miró a su alrededor. El calor penetraba a través de los ventanucos como por arte de magia. Pero era muy grato y reconfortante. De pronto sintió deseos de quitarse la ropa y bañarse en ese calor.

He encendido fuego en mi casa. Te llevaré allí.

Thorne se despertó como de un trance y contempló al extraño vampiro. Se maldijo por haber permanecido sentado en silencio como un idiota.

—Es natural —dijo el vampiro en voz alta—. ¿Entiendes la lengua en la que me expreso?

—Es la lengua del don de la mente —respondió Thorne—. La habla gente en todo el mundo. —Observó de nuevo al vampiro—. Me llamo Thorne —dijo—. Mi dios era Thor. —Metió rápidamente la mano en el interior de su raída chaqueta de piel y sacó del forro un amuleto de oro que pendía de una cadena—. El paso del tiempo no ha logrado oxidarlo. Es el martillo de Thor.

El vampiro asintió con la cabeza.

—¿Quiénes son tus dioses? —le preguntó Thorne—. No me refiero a creencias, sino a lo que tú y yo hemos perdido. ¿Me entiendes?

—Los dioses que he perdido son los de la antigua Roma —repuso el extraño—. Me llamo Marius.

Thorne asintió. Era maravilloso hablar en voz alta y oír la voz de otro ser. Durante unos instantes olvidó su deseo de beber sangre, pues sólo le interesaba aquel torrente de palabras.

—Háblame, Marius —dijo—. Cuéntame cosas prodigiosas. Cuéntame lo que quieras —añadió sin poder contenerse—. Una vez le hablé al viento, le conté todo lo que guardaba en mi mente y en mi corazón. Pero cuando fui al norte, a las tierras del hielo, no sabía hablar. —Thorne se detuvo y miró a Marius a los ojos—. Mi alma está muy herida. En realidad, no tengo pensamientos.

—Te comprendo —dijo Marius—. Ven a mi casa. Allí podrás darte un baño y ponerte ropa limpia. Luego iremos a cazar y, cuando hayas recobrado las fuerzas, conversaremos. Te contaré infinidad de historias. Te relataré todos los episodios de mi vida que deseo compartir.

Thorne exhaló un prolongado suspiro y sonrió con gratitud. Tenía los ojos húmedos y le temblaban las manos. Escrutó el rostro del extraño, pero no vio en él indicios de hipocresía o mala fe. Por su aspecto, parecía un ser sabio y sencillo.

—Amigo mío —dijo Thorne inclinándose hacia delante para besarlo a modo de saludo. Se mordió la lengua para llenarse la boca de sangre y apretó los labios entreabiertos contra los de Marius.

El beso no sorprendió a Marius. Él también tenía esa costumbre y aceptó la sangre con evidente agrado.

—Ahora ya no discutiremos por nimiedades —dijo Thorne. De

pronto se apoyó en la pared, presa de una gran confusión. No estaba solo. Temía romper a llorar. Temía no tener fuerzas para enfrentarse de nuevo a la gélida temperatura del exterior y acompañar al extraño a su casa, aunque anhelaba hacerlo.

—Vamos —dijo Marius—. Yo te ayudaré.

Se levantaron de la mesa. Esta vez, el suplicio de pasar a través de la multitud de mortales arracimados en la taberna fue aún mayor. Un sinfín de ojos brillantes y relucientes se fijaron en Thorne, aunque sólo durante unos momentos.

Salieron a la callejuela y echaron a andar bajo los ligeros copos de nieve que caían formando remolinos. Marius rodeó los hombros de Thorne con el brazo, sosteniéndolo con firmeza.

Thorne respiraba trabajosamente, pues se le había acelerado el corazón. Mordió la nieve que el vendaval arrojaba a su cara. Se detuvo unos momentos, indicando a su nuevo amigo que tuviera paciencia.

—Vi muchas cosas con el don de la mente —dijo—. Pero no las comprendía.

—Quizá yo pueda explicártelas —contestó Marius—. Te explicaré todo lo que sé, y puedes utilizar esa información como quieras. De un tiempo a esta parte el saber no ha constituido mi salvación. Me siento muy solo.

—Me quedaré contigo —dijo Thorne. Esa dulce camaradería le conmovió hasta la médula.

Caminaron durante largo rato. A medida que iba recobrando las fuerzas, Thorne olvidaba el calor de la taberna, como si hubiera sido una alucinación.

Por fin llegaron a una hermosa casa, alta, con el tejado en pico y numerosas ventanas. Marius hizo girar la llave en la cerradura y entraron en un amplio vestíbulo, dejando atrás la nieve y el viento.

De las habitaciones emanaba una luz tenue. Las paredes y el techo estaban revestidos de madera barnizada, al igual que el suelo. Todos los ángulos encajaban perfectamente.

—Un genio del mundo moderno construyó esta casa para mí —explicó Marius—. He vivido en muchas casas de diferentes estilos, pero ésta es única. Ven, pasa.

En el salón había una chimenea de piedra con unos troncos apilados, dispuestos para ser encendidos. A través de unos ventanales de enormes dimensiones, Thorne contempló las luces de la ciudad. Dedujo que se encontraban en el borde de la colina que dominaba un valle.

—Ven —dijo Marius—. Quiero presentarte al que vive conmigo.

Esto sorprendió a Thorne, pues no había detectado la presencia de nadie más, pero siguió a Marius hasta otra estancia situada a la izquierda, donde contempló un espectáculo que lo dejó perplejo.

La habitación estaba llena de mesas, o quizá se tratara de una mesa inmensamente ancha. Sobre ella se extendía un pequeño paisaje compuesto de colinas, valles, ciudades y poblaciones. Contenía numerosos arbolitos y algunos matorrales, y algunas zonas estaban cubiertas de nieve, como si en una población fuera invierno, y en otra, primavera o verano.

El paisaje estaba tachonado de casas, muchas de ellas iluminadas por unas luces titilantes. Había relucientes lagos hechos con una sustancia dura que remedaba el resplandor del agua. Había túneles que atravesaban las montañas, y diminutos trenes de hierro, como los trenes del gran mundo moderno, circulaban sobre unos raíles que describían varias curvas.

Este mundo en miniatura estaba presidido por un bebedor de sangre que no se dignó alzar la vista cuando entró Thorne. En el momento de su transformación, el bebedor de sangre era joven. Era alto y delgado, con unos dedos delicados. Tenía el pelo de un rubio claro más común entre los ingleses que entre los escandinavos.

Estaba sentado ante una zona de la mesa reservada a sus pinceles y varios frascos de pintura, pintando el tronco de un arbolito, como si se dispusiera a colocarlo en el mundo que se extendía por toda la habitación.

Al contemplar este minúsculo mundo, Thorne experimentó un intenso gozo. Pensó que podría pasarse horas examinando esos pequeños edificios. No era como el mundo exterior, frío y cruel, sino más precioso y protegido; incluso poseía cierto encanto.

Por las sinuosas vías circulaban varios trenes en miniatura de color negro, que emitían un zumbido similar al de las abejas en una colmena. A través de las ventanitas de los trenes se veían unas luces.

Todos los múltiples detalles de este pequeño y maravilloso mundo se ajustaban a la realidad.

—En esta habitación me siento como el gigante de las nieves —murmuró Thorne en actitud reverente.

Era un ofrecimiento de amistad al joven vampiro rubio. Pero éste siguió dando toques de pintura marrón a la corteza del arbolito que sostenía delicadamente entre los dedos de la mano izquierda y no respondió.

—Esas diminutas ciudades y poblaciones poseen una magia encantadora —comentó Thorne, más cohibido.

El joven vampiro parecía no oírle.

—Daniel —dijo suavemente Marius a su amigo—, ¿no quieres saludar a Thorne, que se hospedará esta noche en nuestra casa?

—Bienvenido, Thorne —contestó Daniel sin alzar la vista. Acto seguido, haciendo caso omiso de Thorne y Marius, como si no estuvieran presentes, dejó de pintar el árbol y, tras mojar el pincel en otro frasco, creó, en el amplio universo que se extendía ante él, un espacio húmedo donde instalar el árbol.

—Esa casa tiene muchas habitaciones como ésta —afirmó Marius mirando a Thorne con expresión afable—. Mira ahí abajo. Puedes comprar miles de arbolitos y miles de casas en miniatura —añadió, señalando un gran número de cajitas apiladas en el suelo, debajo de la mesa—. Daniel tiene una gran habilidad para montar esas casitas. ¿Te has fijado en sus intrincados detalles? No hace otra cosa que entretenerse con eso.

Thorne notó cierto tono de censura en la voz de Marius, pese a que se expresaba con amabilidad. Sin embargo el joven vampiro no hizo caso. Estaba examinando las ramas cuajadas de hojas de otro arbolito, su parte verde y frondosa, que empezó a retocar enseguida con el pincel.

—¿Habías visto alguna vez a uno de nuestra especie sumido en un trance semejante? —preguntó Marius.

Thorne negó con la cabeza. No, no lo había visto. Pero comprendía que pudiera ocurrir.

—A veces —dijo Marius—, el bebedor de sangre se deja cautivar por una afición. Recuerdo que hace siglos me contaron la historia de una bebedora de sangre que habitaba en una región sureña, cuya única pasión consistía en buscar conchas preciosas en la playa. Se dedicaba a esta actividad toda la noche, hasta el amanecer. De vez en cuando iba a la caza de una presa y le succionaba la sangre, pero regresaba de inmediato a sus conchas. Las examinaba una por una, descartando las que no servían y prosiguiendo su búsqueda. Nadie conseguía distraerla de esa ocupación.

»Daniel también se siente cautivado. Construye esas pequeñas ciudades. No quiere hacer otra cosa. Parece como si estuviera hipnotizado por esas poblaciones en miniatura. Yo cuido de él, por así decirlo.

Thorne guardó silencio por respeto. No podía adivinar si las palabras de Marius habían afectado al joven vampiro, que seguía trabajando en su mundo. Durante unos momentos, Thorne se sintió confuso.

De improviso, el joven y rubio bebedor de sangre soltó una alegre carcajada.

—Daniel permanecerá sumido en ese trance durante un tiempo —declaró Marius—, tras lo cual recobrará sus facultades normales.

—Qué ocurrencias tienes, Marius —replicó Daniel lanzando otra jovial carcajada, apenas un murmullo. Luego untó el pincel en una pasta y pegó el árbol sobre la hierba verde, ejerciendo un poco de presión sobre el mismo. A continuación sacó otro árbol de una caja que tenía al lado.

Entretanto, los diminutos trenes seguían circulando, serpenteando ruidosamente a través de colinas y valles, pasando frente a iglesias y casas cubiertas de nieve. Ese mundo en miniatura contenía incluso figurillas humanas a las que no les faltaba detalle.

—¿Puedo arrodillarme para verlo mejor? —preguntó Thorne respetuosamente.

—Pues claro, adelante —contestó Marius—. Daniel estará encantado.

Thorne apoyó las rodillas en el suelo para examinar de cerca el pueblecito y sus diminutos edificios. Vio unos minúsculos letreros, pero no comprendió su significado.

Le asombraba haber ido a parar allí al abandonar la cueva para enfrentarse al gran mundo, y estar contemplando ese universo en miniatura.

En éstas pasó traqueteando sobre la vía un trenecito exquisitamente construido, cuyos vagones estaban unidos por unas frágiles piezas. Thorne creyó distinguir en su interior unas figuritas humanas.

Durante unos segundos se olvidó de todo lo demás. Imaginó que ese mundo creado por la mano del hombre era real y comprendió el hechizo que ejercía, aunque al mismo tiempo le atemorizó.

—Es precioso —dijo en un tono de gratitud, levantándose.

El joven vampiro rubio no se movió ni dijo una palabra en respuesta al comentario de Thorne.

—¿Has ido a cazar, Daniel? —preguntó Marius.

—Esta noche, no —contestó el joven vampiro sin levantar la cabeza. De pronto se volvió hacia Thorne, que se quedó asombrado al contemplar el color violeta de sus ojos.

—Un escandinavo —dijo Daniel, como si se sintiera gratamente sorprendido—. Pelirrojo, como las gemelas. —Soltó una breve risotada, como si estuviera un poco desquiciado—. Creado por Maharet. Un ser fuerte.

Sus palabras pillaron a Thorne desprevenido. Se llevó tal impresión que por poco se cae redondo al suelo.

Sintió deseos de golpear a ese joven impertinente. Casi alzó el puño. Pero Marius le contuvo con firmeza.

Unas imágenes se agolparon en la mente de Thorne: las gemelas, su amada creadora y la hermana de ésta. Las vio con toda nitidez. La Reina de los Condenados. Vio de nuevo al vampiro Lestat, encadenado e impotente. Unas cadenas de metal no habrían conseguido sujetarlo. ¿Con qué material había fabricado su creadora pelirroja esas cadenas?

Thorne trató de desterrar esos pensamientos y centrarse en el momento presente.

Marius le sujetaba el brazo con firmeza al tiempo que hablaba con el rubio bebedor de sangre.

—Deja que yo te guíe, si quieres ir a cazar.

—No necesito hacerlo —contestó Daniel, que había reanudado su trabajo. Sacó un voluminoso paquete de debajo de la mesa y se lo mostró a Marius. En la tapa aparecía pintada, o impresa, pues Thorne no pudo distinguirlo, la imagen de una casa de tres pisos con numerosas ventanas—. Quiero montar esta casa —dijo—. Es más complicada que todas las que ves aquí, pero, gracias a mi sangre vampírica, no me resultará difícil.

—Te dejaremos solo un rato —dijo Marius—, pero no se te ocurra salir sin mí.

—Jamás haría semejante cosa —repuso Daniel rasgando el papel que envolvía la caja, llena de piezas de madera—. Mañana por la noche iremos a cazar juntos y podrás tratarme como si fuera un niño, como te encanta hacer.

Marius, que seguía asiendo el brazo de Thorne con gesto amable, lo condujo fuera de la habitación y cerró la puerta.

—Cuando sale solo —comentó—, siempre acaba metiéndose en algún lío. Se extravía, o su sed es tan acuciante que no se conforma con capturar a una presa. Total, que tengo que ir en su busca. Cuando era un mortal, antes de convertirse en vampiro, ya era así. La sangre apenas le cambió, salvo durante un breve tiempo. Ahora está esclavizado por esos mundos en miniatura que construye. Lo único que necesita es espacio para instalarlos, aparte de las cajas con el material necesario que adquiere a través del ordenador.

—¡Ah, tenéis esas extrañas máquinas mentales! —comentó Thorne.

—Sí, en esta casa hay muy buenos ordenadores. Dispongo de cuanto necesito —dijo Marius—. Pero estás cansado y necesitas refrescarte. Hablaremos de esto más tarde.

Marius condujo a Thorne por una escalera de madera, en la que resonaba el eco de sus pasos, hasta una espaciosa alcoba situada en el piso superior. El artesonado de las paredes y las puertas estaba pintado en tonos verdes y amarillos, y el lecho estaba empotrado en un gigantesco armario de madera tallada, abierto sólo por un lado. A Thorne le pareció un lugar extraño pero seguro, sin una superficie que no hubiera sido tocada por manos humanas. Incluso el suelo de madera estaba pulido.

Cruzaron una amplia puerta que daba acceso a un inmenso cuarto de baño revestido de madera rústica, con el suelo de piedra e iluminado por numerosas velas. El suave resplandor de las mismas resaltaba el hermoso color de la madera, y Thorne sintió que se mareaba.

Pero lo que más llamó la atención a Thorne fue la bañera. Frente a otro ventanal estaba instalada una gigantesca bañera de madera llena de agua caliente. Tenía la forma de una enorme cuba y era lo suficientemente amplia para acoger a varias personas. Sobre una banqueta, junto a ella, había una pila de toallas. Sobre otras banquetas reposaban cuencos llenos de flores secas y hierbas, cuyo aroma Thorne percibió con sus agudos sentidos vampíricos. También había frascos de aceites perfumados y tarros de ungüentos.

A Thorne le pareció un milagro poder lavarse en esa bañera.

—Quítate esa ropa tan cochambrosa —dijo Marius—. Permíteme que la tire a la basura. ¿Deseas conservar algo, aparte del collar?

—No —respondió Thorne—. ¿Cómo puedo pagarte por todo esto?

—Ya lo has hecho —contestó Marius. Se quitó la chaqueta de piel y el jersey de lana. Tenía el torso cubierto de vello y la piel blanca, como todos los vampiros ancianos. Su cuerpo era fuerte y hermoso. Había muerto en la plenitud de la vida, eso era evidente. Pero Thorne no podía adivinar su edad, ni la que tenía como mortal en el momento de su transformación, ni como vampiro en la actualidad.

A continuación Marius se quitó las botas de piel y los calzoncillos largos de lana y, sin esperar a Thorne, indicándole tan sólo que le imitara, se metió en la gigantesca bañera de agua caliente.

Thorne se quitó precipitadamente la chaqueta forrada de piel. Los dedos le temblaban mientras se despojaba del pantalón, que estaba casi hecho jirones. Al cabo de un momento se quedó tan desnudo como el otro. Se apresuró a recoger torpemente sus harapos y miró a su alrededor, sin saber dónde dejar la ropa.

—No te preocupes por eso —dijo Marius, envuelto en una nube de vapor—. Métete en la bañera junto a mí y disfruta del agua caliente.

Thorne obedeció e introdujo ambos pies, sumergiéndose en el agua hasta las rodillas. Al sentarse, el agua le llegó al cuello. El calor le produjo una sensación intensa y placentera. Musitó una pequeña oración de gracias, una breve y antigua plegaria que había aprendido de niño y solía recitar cuando le ocurría algo verdaderamente agradable.

Marius cogió un puñado de hierbas y flores secas de un cuenco y las arrojó en el agua caliente.

Despedían un grato aroma a naturaleza en verano.

Thorne cerró los ojos. Le parecía poco menos que imposible haberse despertado, haber llegado allí y estar dándose el lujo de bañarse en esa fastuosa bañera. No tardaría en despertar, víctima del don de la mente, y comprobaría que se hallaba de nuevo en su mísera cueva, prisionero de su exilio voluntario, soñando con otros.

Agachó la cabeza lentamente y se echó con ambas manos un chorro de agua caliente y purificadora a la cara. Se echó más agua y luego, haciendo acopio de todo su valor, sumergió la cabeza por completo.

Cuando volvió a incorporarse, sintió un calor gratificante, como si nunca hubiera experimentado frío. Las luces que contemplaba a través del ventanal le asombraban. Incluso alcanzaba a ver, a través del vapor, la nieve que caía fuera, deliciosamente consciente de que se hallaba cerca y a la par lejos de ella.

De pronto deseó no haber abandonado su cueva para llevar a cabo un propósito tan siniestro.

¿Por qué no podía servir sólo a unos fines nobles? ¿Por qué no podía entregarse únicamente a lo placentero? Pero eso no había podido hacerlo nunca.

Fuera como fuese, lo importante era guardar para sí ese secreto. ¿Para qué iba a turbar a su amigo revelándole esos oscuros pensamientos? ¿Para qué iba a martirizarse él mismo con esas confesiones de culpabilidad?

Thorne miró a su compañero.

Marius estaba sentado con la espalda apoyada en la superficie de madera de la bañera y los brazos en el borde. El pelo, mojado, se le adhería al cuello y a los hombros. No miró a Thorne, pero era consciente de su presencia.

Thorne sumergió de nuevo la cabeza en el agua; dio unas brazadas y flotó un rato sobre el agua, tras lo cual se incorporó y se dio la vuelta. Emitió una breve carcajada de gozo. Deslizó los dedos entre el vello de su pecho. Inclinó la cabeza hacia atrás hasta que el agua le lamió la cara. Se volvió hacia uno y otro lado para lavarse la espesa cabellera; después se incorporó de nuevo y se reclinó contra la bañera, satisfecho y feliz.

Adoptó la misma postura que Marius y ambos se miraron.

—¿Te sientes seguro viviendo así, rodeado de mortales? —preguntó Thorne.

—Ellos ya no creen en nosotros —respondió Marius—. Vean lo que vean, no creen que existamos. Por otra parte, el dinero lo compra todo.

Sus ojos azules parecían sinceros y su rostro mostraba una expresión serena, como si no ocultara secretos, como si no odiara a nadie. Pero no era así.

—Esta casa la limpian unos mortales —explicó—, a los que les pago por cumplir con su obligación. ¿Conoces el mundo moderno lo bastante bien para saber cómo se calienta y se refresca una casa como ésta y qué se hace para mantenerla a salvo de intrusos?

—Sí —contestó Thorne—. Pero nunca estamos tan a salvo como creemos, ¿no es cierto?

En el rostro de Marius se dibujó una sonrisa amarga.

—Los mortales nunca me han lastimado —repuso.

—¿Te refieres a la Reina Malvada y a los que mató?

—Sí, a eso y a otros horrores —contestó Marius.

Lentamente, en silencio, Marius utilizó el don de la mente para comunicar a Thorne que él sólo perseguía a los malvados.

—Así es como he alcanzado la paz —dijo—. Así es como he logrado seguir adelante. Utilizo el don de la mente para perseguir a los mortales que matan. No me resulta difícil dar con ellos en las grandes ciudades.

—Pues yo me alimento del «pequeño trago» —dijo Thorne—. No necesito darme un festín, te lo aseguro. Bebo sangre de muchos mortales para no tener que matar a ninguno. He vivido así durante siglos entre las gentes de las nieves. Cuando me transformé en vampiro no tenía esa habilidad. Bebía con excesiva avidez y precipitación. Pero luego aprendí a hacerlo de forma más comedida. Ningún alma me pertenece. Hago lo mismo que las abejas, voy de flor en flor. Acostumbraba a entrar en las tabernas que estaban abarrotadas de mortales y beber un poco de sangre de varios.

Marius asintió con la cabeza.

—Es un buen sistema —dijo, esbozando una sonrisa—. Para ser hijo de Thor, te muestras muy compasivo. Extraordinariamente compasivo —añadió, sonriendo de oreja a oreja.

—¿Acaso desprecias a mi dios? —preguntó Thorne educadamente.

—No lo creo —respondió Marius—. Te he dicho que perdí a los

dioses de Roma, pero lo cierto es que nunca fueron míos. Tengo un temperamento demasiado frío para adorarlos. Y dado que no tengo dioses, hablo de todos ellos como si fueran poesía. La poesía de Thor era la poesía de la guerra, una poesía compuesta de incesantes batallas cuyo eco resonaba estrepitosamente en el cielo, ¿no es así?

Eso complació a Thorne, que no pudo ocultar su satisfacción. El don de la mente nunca le había proporcionado una comunicación tan intensa con otro ser. Las palabras que había pronunciado Marius no sólo le impresionaron, sino que le confundieron un poco, lo cual le produjo una sensación maravillosa.

—Sí, así es la poesía de Thor —dijo—, pero nada era tan claro y tan cierto como el retumbar de los truenos en las montañas cuando él empuñaba el martillo. Cuando yo salía de la casa de mi padre, solo, y echaba a andar bajo la lluvia y el viento, sabía que el dios estaba allí, y me sentía muy lejos de la poesía. —Thorne se detuvo. Mentalmente, vio su tierra, su juventud—. Oí a otros dioses —dijo con voz queda, sin mirar a Marius—. Odín, que encabezaba la feroz cacería a través de los cielos, era quien armaba ese estrépito. Yo vi pasar y oí a esos espíritus. Jamás los he olvidado.

—¿Y ahora puedes verlos? —preguntó Marius. No lo dijo con impertinencia, sino movido por la curiosidad y en un tono respetuoso—. Confío en que puedas —se apresuró a añadir para que Thorne no malinterpretara sus palabras.

—No lo sé —respondió Thorne—. Hace tanto tiempo... Nunca pensé que podría recuperar esas cosas.

Pero en esos momentos las contemplaba en su imaginación. Pese a estar sumergido en el agua caliente que serenaba su espíritu, que ahuyentaba el frío cruel que atenazaba su cuerpo, veía el desolado valle invernal. Oía el fragor de la tormenta y veía a los fantasmas que volaban por los aires, los muertos perdidos que seguían al dios Odín a través del firmamento.

«Venid conmigo —había dicho Thorne a sus jóvenes compañeros, que habían salido sigilosamente de la casa con él—. Vayamos al bosque para escuchar los truenos.» Temían adentrarse en aquel lugar sagrado, pero no podían demostrarlo.

—De modo que eras un niño vikingo —murmuró Marius.

—Así nos llamaban los británicos —contestó Thorne—, pero no creo que nosotros nos denomináramos de esa forma. Aprendimos ese nombre de nuestros enemigos. Recuerdo sus gritos cuando trepábamos por sus murallas y robábamos el oro de sus iglesias. —Se detuvo unos instantes y miró a Marius con calma—. Me admira tu tolerancia. Te gusta escuchar.

Marius asintió.

—Escucho con toda mi alma —dijo, antes de exhalar un breve suspiro y mirar a través del inmenso ventanal—. Estoy cansado de estar solo, amigo mío. No soporto la compañía de los que conozco íntimamente, y ellos, debido a los desmanes que he cometido, no soportan la mía.

Esta inesperada confesión sorprendió a Thorne. Pensó en el vampiro Lestat y sus canciones. Pensó en los seres que estaban sentados alrededor de la mesa del consejo cuando apareció la Reina Malvada. Sabía que todos habían sobrevivido. Y sabía que este vampiro rubio, Marius, había hablado esgrimiendo un razonamiento más potente que todos los demás.

—Continúa con tu historia —dijo Marius—. No pretendía interrumpirte. Ibas a contarme algo.

—Que maté a muchos hombres antes de convertirme en vampiro —respondió Thorne—. Manejaba el martillo de Thor con tanta destreza como la espada y el hacha. De niño luché junto a mi padre, y seguí luchando después de haberlo enterrado. Mi padre no murió en la cama, te lo aseguro, sino empuñando la espada, tal como deseaba. —Thorne hizo una pausa—. ¿Y tú, amigo mío, fuiste soldado? —preguntó.

Marius negó con la cabeza.

—Fui senador —respondió—, un legislador, en cierto modo, un filósofo. Durante algún tiempo participé activamente en la guerra, sí, porque mi familia lo deseaba, y ocupé un elevado puesto en una de las legiones, pero no tardé en regresar a mi casa y mi biblioteca. Los libros me apasionaban. Y aún me apasionan. En esta casa hay habitaciones llenas de libros, y poseo otras casas repletas de libros. En realidad, apenas sé nada de batallas.

Marius se detuvo. Se inclinó hacia delante y se echó agua en la cara, como había hecho antes Thorne, dejando que ésta se deslizara sobre sus párpados.

—Bien —dijo—, dejemos de solazarnos con este placer para entregarnos a otro. Iremos a cazar. Presiento que tienes hambre. Te prestaré ropa nueva. Tengo cuanto necesitas. ¿O prefieres seguir gozando de este baño caliente?

—No, estoy dispuesto a ir contigo —contestó Thorne. Hacía tanto tiempo que no se alimentaba que le avergonzaba confesarlo. Se lavó de nuevo la cara y el pelo. Sumergió la cabeza en el agua y la sacó al cabo de unos momentos, retirando unos mechones que se le habían pegado a la frente.

Marius, que había salido de la bañera, le entregó a Thorne una enorme toalla blanca.

Era gruesa y un poco áspera, perfecta para secar la piel de un vampiro, que nunca absorbe nada. Durante unos instantes, mientras permanecía de pie sobre el suelo de piedra, Thorne notó el aire fresco de la estancia, pero enseguida volvió a entrar en calor al frotarse el cabello con energía.

Cuando Marius terminó de secarse, tomó otra toalla y se puso a secar la espalda y los hombros de Thorne. Ese gesto íntimo hizo que Thorne se estremeciera. Después de frotarle con fuerza el cuero cabelludo, Marius le pasó el peine por el pelo para desenredárselo.

—¿Cómo es que no llevas barba, amigo? —preguntó Marius mientras ambos se miraban de frente—. Recuerdo a los escandinavos y sus barbas cuando llegaron a Bizancio. ¿Te dice algo ese nombre?

—Sí —contestó Thorne—. Me llevaron para enseñarme esa maravillosa ciudad. Yo llevaba una barba larga y espesa, incluso de joven, te lo aseguro, pero tuve que afeitármela la noche que me convertí en vampiro para prepararme a recibir la sangre mágica. Me lo ordenó la criatura que me creó.

Marius asintió. Era demasiado educado para pronunciar ese nombre, aunque el otro, el vampiro más joven, no había vacilado en hacerlo.

—Sabes que fue Maharet —dijo Thorne—. No necesitaste oír su nombre de labios de tu joven amigo para saber que fue ella. Lo captaste a través de mis pensamientos, ¿no es así? —Tras una breve pausa, Thorne continuó—: Sabes que fue la visión de esa criatura lo que me incitó a abandonar el hielo y la nieve. Se enfrentó a la Reina Malvada y mantuvo a Lestat encadenado. Pero el mero hecho de hablar de ella me angustia. ¿Cuándo podré hacerlo sin que me afecte? Ahora mismo no lo sé. Vayamos a cazar y luego seguiremos conversando.

Thorne sostenía la toalla contra su pecho con expresión solemne. En su fuero interno, trató de sentir amor por la criatura que le había creado. Trató de extraer de los siglos transcurridos alguna conclusión que le sirviera para aplacar su ira. Pero no pudo. Lo único que podía hacer en esos momentos era guardar silencio e ir a cazar con Marius.

3

En una espaciosa habitación de madera pintada, llena de cómodas y armarios, Marius le ofreció a Thorne elegantes chaquetas de piel con diminutos botones de hueso, muchas de ellas forradas de otra piel plateada, y pantalones ajustados de una lana tan suave que Thorne no distinguía la trama.

Sólo las botas le quedaban un poco justas, pero Thorne supuso que podría soportarlo. Era un detalle sin importancia. Sin embargo, no contento con el resultado, Marius siguió rebuscando hasta hallar unas botas con las que Thorne fuera más cómodo.

En cuanto a la vestimenta de la época, no era muy distinta de la ropa que había llevado Thorne antiguamente: camisa de lino y prendas exteriores de lana y piel. Los botoncitos de la camisa le intrigaban, y dedujo que todas las prendas habían sido cosidas a máquina, lo cual era normal en estos tiempos. En cualquier caso, las aceptó encantado.

Thorne presentía que le aguardaban otros placeres, sin ninguna relación con su siniestra misión.

Marius eligió de nuevo una chaqueta y una capa con capucha de color rojo. Eso intrigó a Thorne, aunque en la taberna de los vampiros ya había observado que Marius vestía unas prendas semejantes. No obstante, le parecían unos colores demasiado chillones para ir a cazar.

—Tengo la costumbre de vestir de rojo —dijo Marius al notar el interés de Thorne, aunque éste no había dicho ni una palabra—. Tú puedes hacer lo que quieras. A Lestat, mi díscolo pupilo, también le encanta este color. Es una cosa que me subleva, pero me contengo. Cuando elige un tono rojo parecido al mío, tengo la impresión de que parecemos maestro y aprendiz.

—Pero le quieres, ¿no es así? —preguntó Thorne.

Marius no respondió; se limitó a señalar las prendas.

Thorne eligió una chaqueta de piel marrón oscuro, más discreta y muy suave al tacto, y se calzó las botas forradas de piel sin calcetines. No necesitaba capa. Pensó que le estorbaría.

De una bandeja de plata que había sobre un armario, Marius tomó un poco de ceniza con las yemas de los dedos y la mezcló con sangre de su boca para preparar una fina pasta con la que untarse toda la cara. La pasta le oscureció la piel. Además de resaltarle las arrugas del rostro, confería un carácter solemne a sus ojos. Lo cierto era que, al tiempo que le hacía parecer más visible ante Thorne, enmascararía su presencia ante los mortales.

Marius indicó a Thorne con un gesto que hiciera lo propio, pero algo impidió a éste aceptar. Quizás el no haberlo hecho nunca.

Marius le ofreció unos guantes, que Thorne también rechazó. Le disgustaba tocar cosas a través de unos guantes.

Después de pasar tanto tiempo en el hielo, deseaba sentir el tacto de todo.

—A mí me gusta llevar guantes —dijo Marius—. Nunca voy sin ellos. Cuando los mortales contemplan nuestras manos, se asustan. Por otra parte, los guantes nos dan calor, cosa muy de agradecer, ya que siempre sentimos frío.

Marius se llenó los bolsillos de billetes y le ofreció un puñado a Thorne, pero éste lo rechazó, pues le pareció una descortesía aceptar dinero de su anfitrión.

—No te preocupes, cuidaré de ti —dijo Marius—. Pero si por algún motivo nos separamos, regresa aquí. Entra por la puerta trasera de la casa, la encontrarás abierta.

¿Separarse? ¿Por qué había de ocurrir eso? Thorne se sentía aturdido por los acontecimientos. Hasta el aspecto más insignificante de las cosas le complacía.

Cuando estuvieron listos para salir, apareció el joven Daniel y se quedó mirándolos.

—¿Quieres acompañarnos? —le preguntó Marius, enfundándose unos guantes tan ajustados que realzaban sus nudillos.

Daniel no respondió. Parecía prestar atención, pero no dijo nada. Su rostro juvenil inducía a engaño, pero tenía unos ojos de color violeta extraordinarios.

—Ya sabes que puedes venir —dijo Marius.

El joven dio media vuelta y se marchó, seguramente a sus pequeños dominios.

Al cabo de unos minutos, los dos vampiros emprendieron el camino bajo la nieve que seguía cayendo. Marius rodeó con el brazo los hombros de Thorne, como con ánimo de tranquilizarlo.

Pronto beberé sangre.

Cuando llegaron, por fin, a una gran posada, bajaron a un sótano atestado de mortales. Thorne se sintió abrumado por las dimensiones de la habitación.

En aquel lugar, los bullangueros mortales, vestidos con ropas llamativas y congregados en docenas de grupos, no sólo comían y bebían, sino que bailaban al son de la música interpretada por unos diligentes instrumentistas. También jugaban a juegos de azar, sentados frente a grandes mesas tapizadas de verde y provistas de ruletas, profiriendo estentóreas exclamaciones y risotadas. La música era eléctrica y estrepitosa; las luces parpadeantes eran horribles; el olor a comida y a sangre era abrumador.

Los dos vampiros pasaron inadvertidos excepto para la camarera de la taberna, que les acompañó en silencio hasta una mesa situada en medio del barullo. Desde allí podían observar a los frenéticos bailarines, que parecían bailar solos en lugar de hacerlo en pareja y se contorsionaban al son de la música con unos movimientos primitivos, como si estuvieran borrachos.

La música hería los tímpanos de Thorne. No le parecía agradable. Era ensordecedora. Y las luces parpadeantes resultaban igual de desagradables.

Marius se inclinó para murmurar algo al oído de Thorne.

—Esas luces son nuestras aliadas, Thorne. Impiden que la gente nos vea con claridad. Procura soportarlas.

Marius pidió a la camarera de la taberna que les trajera unas bebidas calientes. La joven miró a Thorne con los ojos relucientes, coqueteando con él. Hizo un comentario sobre su pelo rojo y él sonrió. Thorne decidió que no podría beber su sangre ni aunque todos los mortales del mundo se quedaran secos y él no pudiera acercarse a ellos.

Echó un vistazo a su alrededor, procurando no hacer caso del fragor que hería sus tímpanos ni de los penetrantes olores que casi le producían náuseas.

—Fíjate en esas mujeres sentadas al otro lado —dijo Marius—. Están deseando bailar. Han venido para eso y esperan que un hombre las saque. ¿Puedes beber sangre de una mientras bailas con ella?

—Sí —contestó Thorne con cierta solemnidad, como diciendo «¿A qué viene esa pregunta?»—. El problema es que no sé bailar —añadió, observando a las parejas arracimadas en la pista de baile. Soltó una carcajada, la primera desde que se había marchado al norte. Pero, debido al estruendo de la música y al vocerío, no oyó su propia risa—. Puedo beber sangre de un mortal sin que nadie se dé cuenta, ni la propia víctima, pero no sé bailar de ese modo tan extraño.

Marius le dirigió una amplia sonrisa. Se había quitado la capa y la había dejado caer sobre el respaldo de la silla. Parecía muy tranquilo en medio de aquella insoportable combinación de luces y música.

—¿Qué hacen esas personas, aparte de moverse al unísono de esa forma tan extraña? —preguntó Thorne.

—Haz lo mismo que ellas —contestó Marius—. Muévete lentamente mientras bebes sangre de la mujer. Deja que la música y la sangre te guíen.

Thorne se echó de nuevo a reír. De pronto, se levantó con gesto decidido y, rodeando la pista de baile, se dirigió hacia las mujeres sentadas al otro lado, que le observaban impacientes. Escogió a la más morena de las tres, pues siempre le habían cautivado las mujeres de pelo y ojos oscuros. Además, era la mayor y, por lo tanto, la que menos probabilidades tenía de que un hombre la sacara a bailar, y Thorne no quería humillarla.

La mujer se levantó en el acto. Thorne la asió de la mano y la condujo hasta la reluciente pista de baile. La implacable música marcaba un ritmo fácil y machacón, que la mujer empezó a seguir de inmediato moviéndose con torpeza. Los finos tacones de sus zapatos resonaban sobre el suelo de tarima.

—¡Tienes las manos heladas! —comentó.

—Lo siento —dijo Thorne—. Discúlpame. He permanecido mucho tiempo en la nieve.

«¡Ojo, no la lastimes!», se dijo. Qué mujer tan simple e incauta, con los ojos y la boca pintarrajeados, las mejillas embadurnadas de colorete y los pechos alzados y sujetos por unos tirantes que se le clavaban en la carne, bajo el vestido negro de seda.

La mujer apretó descaradamente el cuerpo contra el suyo. Y él, abrazándola con toda delicadeza, se inclinó y le clavó disimuladamente sus pequeños colmillos en el cuello. *Sueña, querida, sueña con cosas hermosas. Te prohíbo que sientas miedo o recuerdes.*

¡Ah, la sangre! ¡Por fin, después de un largo ayuno, saboreaba la sangre que bombeaba ese corazón, el corazón ansioso, tierno e indefenso de la mujer! Thorne, centrado en sus propias sensaciones, perdió el hilo del desvanecimiento de la mujer. Vio a su creadora pelirroja. Incluso le habló en un sofocado gemido a la mujer que estrechaba entre sus brazos: *Dame toda tu sangre.* Pero eso era un disparate y él lo sabía.

Thorne se apartó apresuradamente y comprobó que Marius se hallaba junto a él, con una mano apoyada en su hombro.

Cuando Thorne soltó a la mujer, ésta le miró con ojos vidriosos y soñolientos y él, riendo, la hizo girar rápidamente, prescindiendo del torrente de sangre que circulaba por sus venas, prescindiendo de su acuciante deseo de beber más sangre. Siguieron bailando, tan torpemente como las otras parejas. Pero él estaba ávido de sangre.

Por fin, la mujer le indicó que deseaba regresar a la mesa. Tenía sueño, aunque no se explicaba el motivo. Le pidió a Thorne que la disculpara. Él se inclinó y asintió con la cabeza, besándole la mano con gesto inocente.

Del trío de mujeres sólo quedaba una. Marius estaba bailando con la otra. Thorne tendió la mano a la última de las tres mujeres, prometiéndose que esta vez no necesitaría un guardián que le vigilara.

La mujer era más fuerte que su amiga. Llevaba los ojos perfilados en negro, como una egipcia, y la boca pintada de un rojo intenso, y tenía el pelo salpicado de hebras plateadas.

—¿Eres el hombre de mis sueños? —le preguntó a Thorne, alzando la voz para hacerse oír a través de la música. Estaba dispuesta a llevárselo en el acto a una de las habitaciones de la posada.

—Es posible —respondió Thorne—, si dejas que te bese. —Mientras la acariciaba y abrazaba con fuerza, le hundió sin pérdida de tiempo los colmillos en el cuello y le succionó sangre rápidamente, con avidez. Luego la soltó y la observó sonreír ensimismada, con picardía pero dulcemente, sin percatarse de lo que le había sucedido.

Era imposible obtener una gran cantidad de sangre de esas tres mujeres. Eran demasiado amables. Thorne siguió bailando con ella, haciéndola girar una y otra vez, ansioso de beber otro trago pero sin atreverse a hacerlo.

Sintió la sangre latiendo en sus venas, pero deseaba más. Notó que tenía las manos y los pies helados.

Observó que Marius había regresado a la mesa y estaba charlando con un mortal corpulento y vestido con prendas de abrigo, sentado junto a él. Marius tenía el brazo apoyado en el hombro del extraño.

Al cabo de un rato, Thorne condujo a la atractiva mujer de nuevo a su mesa. Ella lo miró con infinita ternura.

—No te vayas —dijo la mujer—. ¿No puedes quedarte conmigo?

—No, querida —contestó Thorne. Al mirarla se sintió como un

monstruo. Retrocedió unos pasos, dio media vuelta y fue a reunirse con Marius.

Aquella música tan horrible y machacona le mareaba.

Marius estaba bebiendo sangre del hombre, que se hallaba inclinado hacia él como si escuchara un secreto. Al cabo de unos momentos, lo soltó y lo enderezó en la silla.

—Tendríamos que beber de muchas de las personas que hay aquí para saciar nuestra sed —observó Thorne.

El estrépito de la música hizo que sus palabras resultaran inaudibles, pero sabía que Marius le había oído.

Marius asintió.

—Entonces, amigo, debemos ir en busca del malvado, y darnos un festín —dijo. Echó un vistazo a su alrededor, sin moverse, como tratando de escuchar cada una de las mentes que había allí.

Thorne hizo otro tanto, esforzándose en penetrar en ellas con el don de la mente, pero lo único que percibió fue la barahúnda eléctrica de los músicos y el desesperado anhelo de la atractiva mujer que no dejaba de mirarlo. ¡Cuánto la deseaba! Pero no podía arrebatarle la vida a una criatura tan inocente; además, si lo hacía, su amigo le abandonaría, y eso era quizá más importante que su conciencia.

—Vamos —dijo Marius—. Iremos a otro lugar.

Salieron del local para enfrentarse de nuevo a la noche. Tras recorrer pocos metros, llegaron a un enorme garito repleto de mesas tapizadas de verde, en las que los hombres jugaban a los dados y sobre las cuales giraban ruletas mostrando los trascendentales números ganadores.

—¿Ves a ése? —dijo Marius, señalando con un dedo enguantado a un joven alto, delgado y de pelo negro, que se había retirado de la partida y se limitaba a observar con un vaso helado de cerveza en la mano—. Llévatelo a un rincón. Hay muchos lugares apartados junto a la pared.

Thorne obedeció de inmediato. Apoyando una mano sobre el hombro del joven, le miró a los ojos. Confiaba en ser capaz de utilizar el antiguo don de la mente del que muchos vampiros carecían.

—Ven conmigo —dijo—. Me estabas esperando. —Ese encuentro le recordó viejas cacerías y viejas batallas.

Vio que la mirada del joven se nublaba, que su memoria se desvanecía. El joven le acompañó hasta un banco situado junto a la pared y se sentaron. Antes de beber su sangre Thorne le hizo un ligero masaje en el cuello mientras pensaba: «Tu vida será mía.» Luego le clavó los dientes y succionó su sangre tranquila y pausadamente, empleando todas sus fuerzas.

El torrente de sangre penetró en su alma. Vio imágenes sórdidas de los numerosos crímenes cometidos por su víctima, de las vidas que había segado sin juicio ni castigo. *Dame sólo tu sangre*. Thorne sintió que el corazón del joven estallaba dentro de su pecho.

Entonces soltó su cuerpo, que se deslizó hacia atrás hasta apoyarse en la pared. Thorne besó la herida, dejando que unas gotas de su sangre la cicatrizaran.

Cuando despertó del ensueño que le había inducido el festín, echó un vistazo por la habitación sombría y repleta de humo, atestada de extraños. Qué ajenos a él le parecían esos humanos, condenados sin remisión. Él era un ser maldito, que no podía morir, pero en todos esos mortales palpitaba la muerte.

¿Dónde se había metido Marius? Thorne no conseguía localizarlo. Se levantó del banco, ansioso por alejarse del cuerpo sucio y grotesco de su víctima, y al abrirse paso entre la multitud, tropezó con un individuo de rostro duro y cruel que aprovechó el encontronazo para provocar una pelea.

—¡No me empujes, tío! —exclamó el mortal, mirando a Thorne con unos ojillos llenos de odio.

—Vamos, hombre —dijo Thorne, escrutando su mente—, ¿serías capaz de matar a alguien sólo por haberte empujado?

—Sí —contestó el otro, desplegando una sonrisa despectiva y cruel—. Te mataré si no te largas de aquí.

—Pero antes deja que te dé un beso —dijo Thorne.

Y asiendo al individuo por los hombros, se inclinó hacia él y le clavó los dientes, mientras los mortales que les rodeaban, sin reparar en los colmillos secretos de Thorne, se reían al observar ese gesto íntimo y chocante. Thorne bebió un generoso trago. Después, lamió la herida discreta y hábilmente.

El odioso extraño, débil y confundido, se tambaleó. Sus amigos seguían riéndose.

Thorne salió rápidamente del garito y halló a Marius en la calle cubierta de nieve, esperándole. El viento arreciaba, pero había dejado de nevar.

—Tengo una sed tremenda —dijo Thorne—. Cuando dormía en el hielo, conseguía mantenerla a raya como a una bestia encadenada, pero ahora no puedo controlarla. Cuando empiezo a beber sangre, no puedo parar. Deseo más.

—Y la obtendrás. Pero no puedes matar, ni siquiera en una ciudad tan grande como ésta. Ven, sígueme.

Thorne asintió. Ya había matado. Miró a Marius, confesándole su crimen en silencio. Marius se encogió de hombros. Luego rodeó con el brazo los hombros de Thorne y echaron a andar.

—Nos quedan muchos lugares por visitar.

Casi había amanecido cuando regresaron a casa.

Bajaron al sótano revestido de madera y Marius le mostró a Thorne una cámara excavada en la piedra. Las paredes eran frías, pero la estancia contenía un amplio y suntuoso lecho, rodeado por una cortina de hilo de alegres colores y cubierto con un cobertor exquisitamente bordado. El colchón parecía mullido, al igual que los numerosos almohadones.

A Thorne le sorprendió que no se tratara de una cripta, de un auténtico escondite. Cualquiera podría encontrarlo allí. Le parecía un lugar tan simple como su cueva del norte, aunque infinitamente más confortable y lujoso. Se sentía tan cansado que apenas podía articular palabra. Pero estaba preocupado.

—¿Quién va a molestarnos aquí? —preguntó Marius—. Otros bebedores de sangre descansan en lugares tan extraños y sombríos como éste. No hay mortal capaz de entrar aquí. Pero, si tienes miedo, buscaremos otro refugio para ti.

—¿Duermes en este lugar, sin vigilancia? —preguntó Thorne.

—Más aún: duermo en la alcoba de la casa, como cualquier mortal, tendido sobre el colchón de mi lecho empotrado, rodeado de comodidades. El único enemigo que ha logrado lastimarme ha sido una cuadrilla de vampiros y aparecieron cuando estaba completamente despierto y espabilado. Si quieres, te contaré esa espantosa historia.

El rostro de Marius se había ensombrecido, como si el mero recuerdo de ese desastre evocara en él un dolor intenso.

De pronto, Thorne comprendió que Marius deseaba contarle esa historia. Que necesitaba expresarse mediante un largo torrente de palabras, al igual que él necesitaba oír palabras. Se habían encontrado en el momento oportuno.

Pero dejarían eso para la noche siguiente. Esta noche había concluido.

Marius se incorporó y dijo para tranquilizar a Thorne:

—Como sabes, la luz no puede penetrar aquí y nadie te molestará. Duerme tranquilo y sueña. Mañana hablaremos. Ahora debo marcharme. Daniel, mi amigo, es joven. Permanece junto a su pequeño imperio hasta caer rendido. Tengo que obligarle a retirarse a un lugar más cómodo, aunque a veces me pregunto si realmente importa.

—Antes de irte quiero que me aclares algo —dijo Thorne.

—Lo haré si puedo —contestó Marius con voz queda, aunque se mostraba decididamente receloso, como si ocultara importantes secretos que debía revelar pero temiera hacerlo.

—¿Qué fue de la bebedora de sangre que caminaba por la orilla del mar, examinando una por una las bonitas conchas que encontraba? —preguntó Thorne.

El recelo de Marius dio paso a una expresión de alivio. Miró a Thorne unos instantes y luego respondió midiendo bien las palabras.

—Según dicen, se inmoló bajo el sol. No era muy mayor. Encontraron sus restos una noche, a la luz de la luna. Había construido a su alrededor un amplio círculo formado por conchas, lo que indicaba que su muerte había sido intencionada. Hallaron tan sólo sus cenizas, algunas de las cuales el viento había diseminado. Los que la amaban permanecieron junto a sus restos, observando cómo el viento se llevaba las cenizas que habían quedado. Al amanecer, todo había concluido.

—¡Qué historia tan trágica! —comentó Thorne—. ¿No le complacía ser uno de nosotros?

Marius parecía sorprendido por las palabras de Thorne.

—¿A ti te complace ser uno de nosotros? —preguntó suavemente.

—Creo..., creo que volvería a hacerlo —respondió Thorne en tono vacilante.

4

Le despertó el grato aroma de un fuego de roble. Se volvió sobre el mullido lecho, sin saber dónde se hallaba pero sin sentir el menor temor. Esperaba ver hielo y experimentar la acostumbrada sensación de soledad, pero estaba en un lugar agradable y alguien estaba esperándole. Sólo tenía que levantarse de la cama y subir la escalera.

De pronto lo recordó todo. Estaba con Marius, su extraño y hospitalario amigo. Se hallaban en una nueva ciudad llena de promesas y belleza, construida sobre las ruinas de la antigua. Le esperaba una amena charla.

Thorne se levantó y se desperezó en la cálida habitación. Al mirar a su alrededor, se percató de que la iluminación provenía de dos quinqués antiguos de cristal. Qué seguro se sentía allí. Qué bonita era la madera pintada de las paredes.

Sobre la silla había una camisa de lino limpia, dispuesta para él. Se la puso y abrochó los diminutos botones con gran dificultad. El pantalón le quedaba perfectamente. Se puso unos calcetines de lana, pero no se calzó los zapatos. El suelo pulido era cálido.

Al subir la escalera Thorne dejó que sus pasos anunciaran su presencia. Le parecía lo más correcto dejar que Marius supiera que se acercaba, para que no pudiera acusarlo de descaro o disimulo.

Al llegar a la puerta de la habitación en la que Daniel construía sus maravillosas ciudades y poblaciones, se detuvo y asomó la cabeza con reticencia. Vio al rubio y juvenil Daniel afanado en su tarea, como si no se hubiera retirado aún a descansar. El joven alzó la cabeza e, inesperadamente, saludó a Thorne con una amable sonrisa.

—Pero si es Thorne, nuestro huésped —dijo. Su voz denotaba cierto tono de burla, pero Thorne intuyó que se trataba de una emoción más frágil.

—Daniel, amigo —dijo Thorne, contemplando de nuevo los pequeños valles y las montañas, los diminutos y veloces trenes con sus ventanas iluminadas, los frondosos bosques que parecían obsesionar a Daniel.

Daniel volvió a concentrarse en su trabajo como si él y Thorne no hubieran cruzado una palabra. Dio unos toques de pintura a un arbolito.

Cuando Thorne se disponía a retirarse en silencio, Daniel se volvió hacia él y dijo, mostrándole el arbolito:

—Marius afirma que lo que hago es un oficio, no un arte.

Thorne no sabía qué decir.

—Construyo las montañas con mis propias manos —dijo Daniel—. Marius dice que debería construir también las casas.

Thorne tampoco sabía qué responder a ese comentario.

—Me gustan las casas que me envían —prosiguió Daniel—. Es difícil montarlas, incluso para mí. Además, no sabría construirlas de estilos tan variados. No sé por qué me dice Marius esas cosas, parece como si quisiera desanimarme.

Thorne estaba perplejo.

—No sé qué decirte —contestó al cabo de unos instantes.

Daniel guardó silencio.

Thorne esperó respetuosamente unos minutos, tras lo cual entró en la espaciosa habitación.

En la ennegrecida chimenea, ardía un fuego dentro de un rectángulo formado por grandes piedras. Marius estaba sentado junto a ella, arrellanado en una cómoda butaca de piel, en una postura más propia de un chiquillo que de un hombre adulto. Le indicó a Thorne que tomara asiento en el amplio sofá de piel situado frente e él.

—Siéntate ahí, o aquí, si lo prefieres —dijo amablemente—. Si te molesta el fuego, lo apagaré.

—¿Por qué iba a molestarme, amigo mío? —repuso Thorne al tiempo que se sentaba en el sofá. Los cojines eran gruesos y mullidos.

Al echar una ojeada a la habitación, observó que prácticamente todos los paneles de madera estaban pintados de color oro o azul, y que en las vigas del techo y en los arcos de las puertas había unas figuras talladas que le recordaron sus tiempos. Pero todo era nuevo, como había dicho Marius; la casa y todo cuanto contenía había sido construido por el hombre moderno, pero estaba bien hecho, esmerada y concienzudamente.

—Algunos bebedores de sangre temen el fuego —comentó Marius

contemplando las llamas. En su rostro pálido y sereno se reflejaban las luces y las sombras—. Nunca se sabe. A mí siempre me ha gustado, aunque en cierta ocasión sufrí unas quemaduras terribles. Pero esa historia ya la conoces.

—No lo creo —replicó Thorne—. No, no la he oído nunca. Si quieres contármela, te escucharé encantado.

—Pero tú quieres que te responda a algunas preguntas —dijo Marius—. Quieres saber si las cosas que viste con el don de la mente eran reales.

—Sí —contestó Thorne. Recordaba la red, los puntos de luz, el germen sagrado. Pensó en la Reina Malvada. ¿Qué había conformado la visión que tuvo de ella? ¿Los pensamientos de los bebedores de sangre sentados en torno a la mesa del consejo?

Cayó en la cuenta de que estaba mirando a Marius a los ojos y de que éste había adivinado sus pensamientos.

Marius desvió la mirada y clavó los ojos en el fuego.

—Puedes apoyar los pies sobre la mesa —dijo sin rodeos—. Aquí lo importante es sentirse cómodo.

Marius apoyó los pies sobre la mesa y Thorne estiró las piernas y cruzó los pies.

—Puedes contarme lo que quieras —dijo Marius—. Cuéntame lo que sabes y lo que deseas saber. —Lo dijo con cierto tono de enojo, pero no estaba enojado con Thorne—. No tengo secretos. —Se quedó observando unos instantes a Thorne con expresión pensativa. Luego continuó—: Aparte de los otros, de los que viste sentados a la mesa del consejo, hay muchos más, diseminados por todos los rincones del mundo.

Marius exhaló un breve suspiro y meneó la cabeza.

—Yo también estoy solo —prosiguió—. Deseo estar junto a los que amo, pero no puede ser. —Contempló el fuego—. De vez en cuando me reúno con ellos y luego me marcho...

—... Traje conmigo a Daniel porque me necesitaba. Lo traje porque no soporto estar completamente solo. Me trasladé al norte porque estaba cansado de las bellas tierras del sur, incluso de Italia, donde nací. Antes pensaba que ningún mortal y ningún bebedor de sangre podía cansarse jamás de Italia. Contiene tantos tesoros... Pero me siento cansado y ansío contemplar la blancura pura de la nieve.

—Te comprendo —dijo Thorne. El silencio le invitó a proseguir—: Después de convertirme en un bebedor de sangre, me llevaron al sur y me pareció el paraíso. En Roma vivía en un palacio y todas las noches contemplaba las siete colinas. Era un ensueño formado por suaves brisas y árboles frutales. Me sentaba junto a una elevada ventana que daba al mar para observar cómo rompían las olas contra las rocas. Me bañaba en el mar, cuyas aguas eran cálidas.

Marius le dedicó una sonrisa franca y amable al tiempo que asentía con la cabeza.

—Italia, Italia mía —dijo suavemente.

A Thorne le maravilló su expresión. Deseaba que Marius siguiera sonriendo, pero la sonrisa se borró enseguida de su rostro.

Marius se puso serio y clavó de nuevo los ojos en las llamas, ensimismado en su tristeza. El resplandor del fuego hacía que su cabello pareciera casi blanco.

—Háblame, Marius —dijo Thorne—. Mis preguntas pueden esperar. Deseo oír el sonido de tu voz. Deseo oír tus palabras. —Tras dudar unos instantes, añadió—: Sé que tienes mucho que contar.

Marius le miró un tanto sorprendido y a la vez reconfortado por esas palabras.

—Soy viejo, amigo mío —dijo—. Soy un auténtico Hijo del Milenio. Me convertí en vampiro en tiempos de César Augusto. Fue un sacerdote druida quien me provocó esta muerte singular, un ser llamado Mael, un mortal que poco después de destrozarme la vida se convirtió en vampiro. Aún vive, aunque hace tiempo trató de inmolarse en un nuevo arrebato de fervor religioso. ¡El muy imbécil!

»El tiempo nos ha reunido en más de una ocasión, lo cual no deja de ser curioso. Es mentira que le aprecie. Mi vida está llena de mentiras como ésa. No creo haberle perdonado por lo que me hizo: capturarme, arrancarme de mi vida mortal en un remoto bosque de la Galia, donde un viejo vampiro, que había sufrido graves quemaduras pero estaba convencido de ser un dios del bosque sagrado, me proporcionó la Sangre Oscura. —Marius hizo una pausa—. ¿Comprendes lo que digo?

—Sí —respondió Thorne—. Recuerdo esos bosques y los comentarios que hacíamos sobre los dioses que habitaban en ellos. ¿Dices que un bebedor de sangre vivía dentro de un roble sagrado?

Marius asintió con la cabeza y prosiguió.

—Ese dios que había sufrido quemaduras, ese dios herido, me dijo: «Ve a Egipto y busca a la Madre. Averigua el motivo del terrible fuego que provocó, causando la destrucción de nuestra especie en todo el mundo.»

—¿Y esa Madre era la Reina Malvada que portaba en su interior el germen sagrado? —preguntó Thorne.

—En efecto —respondió Marius, observando discretamente a Thorne con sus ojos azules—. No cabe duda, amigo mío, era la Reina Malvada... Pero en aquel entonces, hace dos mil años, permanecía en silencio, sin moverse, ofreciendo el aspecto de la más trágica de las víctimas. Ambos, ella y su consorte Enkil, tenían cuatro mil años. Sin duda alguna la Reina poseía el germen sagrado, pues el terrible fuego que se abatió sobre todos los bebedores de sangre se produjo la mañana en que un vampiro viejo y agotado abandonó al Rey y a la Reina bajo el tórrido sol del desierto.

»Los bebedores de sangre diseminados por todo el mundo, dioses, criaturas de la noche, lamias y demás, padecieron un auténtico suplicio. Algunos fueron destruidos por las llamas; a otros, el fuego simplemente les oscureció la piel y les produjo un ligero dolor. Los más viejos apenas sufrieron; los jóvenes quedaron reducidos a cenizas.

»En cuanto a nuestros Padres Sagrados, por llamarlos de una forma benévola, ¿qué hicieron cuando salió el sol? Nada. El anciano vampiro, que sufrió graves quemaduras al tratar de despertarlos, de hacer que hablaran o corrieran a refugiarse, los halló tal como los había dejado, inmóviles, inconscientes, y, temiendo sufrir más quemaduras, regresó a una cámara oscura que no era sino la deprimente celda subterránea de una prisión.

Marius se detuvo. Hizo una pausa muy prolongada, como si los recuerdos le resultaran profundamente dolorosos. Contempló las llamas como suelen hacer los mortales, mientras éstas ejecutaban su acostumbrada y eterna danza.

—Dime —le rogó Thorne—, ¿es cierto que en esos lejanos tiempos te encontraste con la Reina, que la viste con tus propios ojos?

—Sí —contestó Marius con seriedad, pero sin amargura—. Me convertí en su guardián. «Llévanos a Egipto», me ordenó sin mover los labios, con esa voz silenciosa que tú denominas el don de la mente.

»Los llevé a ella y a su amante, Enkil, y los custodié durante dos mil años mientras permanecían inmóviles y silenciosos como estatuas. Los mantuve ocultos en un santuario sacramental. Era mi vida, mi misión solemne.

»Depositaba flores e incienso ante ellos. Me ocupaba de sus ropas, limpiaba el polvo de sus rostros inmóviles. Era mi sacrosanta obligación, y oculté el secreto a los vampiros vagabundos que aparecían por allí deseosos de beber la potente sangre de la Reina y Enkil o de hacerles prisioneros.

Marius no apartó los ojos del fuego, pero los músculos de su cuello se tensaron y Thorne observó que las venas de las sienes se le hincharon durante unos instantes.

—Durante ese tiempo —prosiguió Marius— no dejé en ningún momento de amar a esa presunta deidad que tú llamas justamente nuestra Reina Malvada; ésa es quizá la mentira más grande que he vivido. Sí, la amaba.

—¿Cómo no ibas a amar a un ser como ella? —preguntó Thorne—. Vi su rostro en sueños. Percibí su misterio. La Reina Malvada... Sentí su hechizo. Hacía que su silencio la precediera. Cuando resucitó, debió de sentir como si por fin se hubiera roto un maleficio y hubiera recobrado la libertad.

Esas palabras chocaron profundamente a Marius, que miró a Thorne con frialdad. Depués volvió a fijar la vista en las llamas.

—Si he dicho algo inoportuno, discúlpame —dijo Thorne—. Sólo trataba de comprender...

—Sí, era como una diosa —continuó Marius—. Yo pensaba y soñaba que la amaba, aunque me lo negaba a mí mismo y a los demás. Formaba parte de mi gran mentira.

—¿Acaso estamos obligados a confesar nuestros amores a todo el mundo? —preguntó Thorne suavemente—. ¿No tenemos derecho a guardar algunos secretos?

Pensó en su creadora, lo que le produjo un dolor indescriptible. No hizo nada por enmascarar esos pensamientos. La vio de nuevo sentada en la cueva, iluminada por el fuego que ardía a su espalda. La vio arrancarse unos cabellos de la cabeza y tejerlos con el huso y la rueca. Vio sus ojos ensangrentados. Luego apartó esos recuerdos de su mente, sepultándolos en lo más profundo de su corazón.

Thorne miró a Marius.

Éste no había respondido a su pregunta.

El silencio puso nervioso a Thorne. Pensó que debía callar y dejar que Marius continuara, pero no pudo reprimir una pregunta.

—¿Qué provocó el desastre? ¿Por qué se alzó la Reina Malvada de su trono? ¿Fue el vampiro Lestat quien la despertó con sus canciones eléctricas? Lo vi disfrazado de humano, bailando ante los mortales como si fuera uno de ellos. Sonreí en sueños al ver cómo el mundo moderno lo acogía en su seno, incrédulo, divertido, bailando al son de su música.

—Eso fue lo que ocurrió, amigo mío —dijo Marius—, al menos en lo que se refiere al mundo moderno. En cuanto a ella... ¿Quieres saber por qué se alzó de su trono? Las canciones de Lestat tuvieron una influencia decisiva.

»Ten presente que ella había permanecido miles de años sumida en un absoluto mutismo. Yo le ofrecí abundantes flores e incienso, sí, pero jamás música. Hasta que el mundo moderno hizo que fuera posible. A partir de entonces, la música de Lestat penetró en la habitación donde ella estaba sentada en su trono, radiante, ataviada con sus lujosos ropajes. La música la despertó no una vez, sino dos.

»La primera vez me produjo una conmoción tan fuerte como el desastre que sobrevino más tarde, aunque me recobré enseguida. Ocurrió hace doscientos años, en una isla del mar Egeo. La sorpresa de marras debió haberme servido de lección, pero el orgullo me impidió que escarmentara.

—¿Qué sucedió?

—Lestat se había convertido hacía poco en vampiro y, al oír hablar de mí, decidió ir en mi busca. Obraba de buena fe. Quería saber lo que yo pudiera revelarle y me buscó por todo el mundo. Al cabo de un tiempo, se sintió débil y deprimido a causa del don de la inmortalidad y se enterró, del mismo modo que tú te trasladaste al lejano norte.

»Yo le atraje hacia mí; hablé con él como ahora lo hago contigo. Pero me ocurrió algo muy curioso, algo que no había previsto. De pronto sentí hacia él una profunda devoción, unida a una extraordinaria confianza. Lestat era joven, pero no inocente. Cuando le hablaba, me escuchaba con gran atención. Cuando ejercía el papel de maestro con él, lo aceptaba sin rechistar. Anhelaba contarle mis primeros secretos. Deseaba revelarle el secreto de nuestro Rey y nuestra Reina. Hacía mucho que no había revelado ese secreto a nadie, llevaba un siglo viviendo solo entre mortales, y Lestat, cuya lealtad hacia mí estaba fuera de toda duda, me merecía toda confianza.

»Lo llevé al santuario subterráneo y abrí la puerta para que contemplara a las dos figuras sentadas en el trono. Durante unos momentos, Lestat pensó que nuestros Padres Sagrados eran estatuas, pero luego se percató de que estaban vivos. Comprendió que eran bebedores de sangre de edad muy avanzada, y vio la suerte que le aguardaba si pervivía tantos miles de años como ellos.

»Esa idea le causó un impacto tremendo. Incluso a los vampiros jóvenes que me contemplan con admiración, les cuesta comprender que pueden convertirse en un ser tan pálido y duro como yo. No obstante, Lestat logró controlar su temor y acercarse a la Reina. Incluso la besó en los labios. Fue muy valiente por su parte, pero, al observarlo, comprendí que había sido una reacción natural. Al apartarse de la Reina, me confesó que sabía su nombre: Akasha.

»Era como si la propia Reina lo hubiera dicho. Y era innegable que ella se lo había transmitido a través de la mente. Al cabo de tantos siglos de silencio, había hablado de nuevo para hacerle esa interesante confesión.

»Ten presente que Lestat era muy joven. Había recibido la sangre a los veinte años y hacía sólo unos diez que se había convertido en vampiro. ¿Cómo debía interpretar yo ese beso y esa íntima revelación?

»Negué rotundamente mi amor y mis celos. Negué mi terrible decepción. Me dije: "Eres demasiado inteligente para caer en eso. Que te sirva de escarmiento. Quizás este joven te aporte algo magnífico de ella. ¿Acaso no es una diosa?"

»Llevé a Lestat a mi salón, una habitación tan confortable como ésta, aunque de otro estilo, donde permanecimos conversando hasta el alba. Le conté la historia de mi transformación, mi viaje a Egipto. Desempeñé el papel de maestro con rigor y generosidad, y también con cierta complacencia. ¿Era por Lestat o por mí por lo que quería que él lo supiera todo? Lo ignoro. Sólo sé que fueron unas horas espléndidas para mí.

»Pero la noche siguiente, mientras me ocupaba de los mortales que vivían en mi isla y me consideraban su señor, Lestat hizo algo terrible. Sacó de la maleta su preciado violín, un instrumento musical de extraordinario poder, y bajó al santuario.

»Para mí está clarísimo, al igual que lo estaba entonces, que Lestat no pudo haber hecho eso sin la ayuda de la Reina, quien, sirviéndose del don de la mente, le abrió las numerosas puertas que se interponían entre ambos.

»Según afirma Lestat, fue la Reina quien introdujo en su mente la idea de tocar ese instrumento. Pero yo no lo creo. Creo que ella le abrió las puertas y lo llamó, pero la idea de llevar el violín se le ocurrió a él.

»Calculando que éste produciría un sonido desconocido y maravilloso para los oídos de la Reina, Lestat decidió imitar a los músicos que había visto tocar ese instrumento, porque él no sabía tocarlo.

»Al cabo de unos momentos mi hermosa Reina se alzó del trono y se dirigió hacia él. Lestat, aterrorizado, dejó caer el violín, y ella lo aplastó con el pie. Pero eso es lo de menos. La Reina abrazó a Lestat y le ofreció su sangre. Entonces ocurrió una cosa tan extraordinaria que hasta me duele contarla. La Reina no sólo dejó que Lestat bebiera su sangre, sino que ella bebió la de él.

»Parece un detalle sin importancia, pero no lo es. Durante todos los siglos que me había acercado a ella para beber su sangre, jamás había sentido el roce de sus dientes en mi piel. Es más, no conozco ningún caso en que la Reina bebiera sangre de un suplicante. En una ocasión celebramos un sacrificio y ella bebió sangre de la víctima, que murió. Pero nunca había bebido sangre de sus suplicantes. Ella era la Fuente, la dadora, la sanadora de dioses que exigen sacrificios de sangre y de criaturas quemadas, pero no bebía su sangre. Sin embargo, bebió sangre de Lestat.

»¿Qué vio la Reina en aquellos instantes? Lo ignoro, pero debió de ser una imagen fugaz de lo que había de acontecer en aquel tiempo. Una visión fugaz del alma de Lestat. En todo caso, fue algo momentáneo, pues su consorte Enkil se alzó enseguida para poner fin a esa situación. En aquel preciso momento llegué yo y, tras no pocos esfuerzos, conseguí impedir que Lestat fuera destruido por Enkil, que parecía no tener otro afán.

»El Rey y la Reina regresaron a su trono manchados, ensangrentados, y se encerraron en un obstinado mutismo. Pero Enkil estuvo inquieto el resto de la noche y se dedicó a destruir los jarrones y braseros que había en el santuario.

»Fue una exhibición pavorosa de su poder. Comprendí que, por la seguridad de Lestat y la mía, debía despedirme inmediatamente de él, lo cual me causó un profundo dolor, y la noche siguiente nos separamos.

Thorne esperó pacientemente mientras Marius hacía otra pausa, tras la cual reanudó su relato.

—No sé qué me hizo más daño, si perder a Lestat o los celos que sentía porque ella le hubiera ofrecido su sangre y hubiera bebido la de él. Ni yo mismo me aclaro. Lo cierto es que me sentía poseído por ella. Era mi Reina. —Marius bajó la voz y prosiguió en un murmullo—: Al mostrarle la Reina a Lestat, le había mostrado algo que me pertenecía. Como observarás, yo era un mentiroso impenitente. Luego, al perder a Lestat, a ese joven con quien me sentía tan compenetrado... Eso me causó un dolor tan intenso y exquisito como la música de violín, plagada de matices. Un dolor inenarrable...

—¿Qué puedo hacer para aliviar tu dolor? —preguntó Thorne—. Te sigue atormentando como si ella estuviera aún aquí.

Marius alzó la cabeza y una expresión de absoluta sorpresa animó su rostro.

—Tienes razón —dijo—. Aún siento el peso de ese deber, como si ella continuara aquí conmigo, como si tuviera que seguir dedicando todo mi tiempo a cuidarla en su santuario.

—¿No te alegras de que todo haya terminado? —preguntó Thorne—. Cuando yacía en mi cueva de hielo y vi esas cosas en sueños, me pareció que otros se mostraban aliviados de que eso hubiera terminado. Incluso las gemelas pelirrojas, a las que vi de pie ante los demás, parecían presentir que todo había concluido.

—Sí, todos comparten esa sensación, salvo quizá Lestat —dijo Marius mirando a Thorne con aire pensativo.

—Cuéntame cómo despertó la Reina definitivamente y cómo se convirtió en la asesina de sus hijos. La sentí pasar muy cerca de mí, buscándome, pero no pudo dar conmigo.

—Otros también lograron escapar —dijo Marius—, pero no sabemos cuántos. Cuando se cansó de matar, acudió a nosotros. Supongo que pensó que tenía tiempo de rematar su tarea. Pero su fin estaba cerca.

»En cuanto a su segunda resurrección, también fue obra de Lestat, aunque yo tengo parte de culpa. Te contaré lo que creo que ocurrió. Yo le ofrendé los inventos del mundo. Primero le llevé los aparatos que reproducían música; luego los que mostraban imágenes a cámara lenta. Por último, le ofrecí el invento más poderoso de todos, la televisión, que funcionaba constantemente. Lo deposité en su santuario como si se tratara de un sacrificio.

—Y se alimentó de él —dijo Thorne—, como suelen hacer los dioses cuando bajan a sus altares.

—Así es. Se alimentó de la feroz violencia eléctrica de la televisión. Los intensos colores se reflejaban en su rostro, las imágenes la asaltaban sin solución de continuidad. El clamor de ese ingenio pudo haberla despertado. A veces me pregunto si la incesante cháchara pública del gran mundo no le inspiró el deseo de imitar una mente.

—¿Imitar una mente?

—La Reina despertó con un propósito tan desatinado como siniestro: gobernar este mundo. —Marius meneó la cabeza, profundamente abatido—. Se propuso dominar las mentes humanas más inteligentes —dijo con tristeza—. Destruir a buena parte de los varones de este mundo. Crear e imponer la paz en un paraíso femenino. Era un despropósito, un concepto basado en la violencia y la sangre.

»Quienes tratamos de razonar con ella procuramos medir bien las palabras para no ofenderla. ¿De dónde iba a haber sacado esas ideas si no de los retazos de sueños eléctricos que contemplaba en la pantalla gigante que yo le había proporcionado? Estaba inundada por un torrente de ficciones y lo que el mundo llama «noticias». Y yo había dado libre curso a ese torrente. —Marius clavó los ojos en Thorne—. Por supuesto, vio y escuchó las vívidas canciones de los videoclips del vampiro Lestat. —Marius sonrió de nuevo, pero era una sonrisa triste que animó su rostro como suelen hacerlo las canciones tristes—. Lestat presentó en sus videoclips la imagen de la Reina en su trono, tal como la había visto siglos atrás. Faltó a su palabra y reveló los secretos que yo le había confiado.

—¿Por qué no le destruiste por haber traicionado tu confianza? —preguntó Thorne sin poder reprimirse—. Yo lo habría hecho.

Marius meneó la cabeza.

—He decidido destruirme a mí mismo en lugar de a él —respondió—. He decidido dejar que se me parta el corazón.

—¿Por qué? Explícamelo.

—No puedo, ni yo mismo me lo explico —contestó Marius—. Conozco a Lestat mejor que él mismo. No pudo soportar el voto de silencio que me había hecho. No pudo cumplir su palabra en este mundo lleno de prodigios que ves a tu alrededor. Se sintió obligado a revelar nuestra historia. —En el rostro de Marius se reflejaba la indignación. Asió los brazos de la butaca con cierto nerviosismo—. Rompió todos los vínculos que nos unían: amigo y amigo, maestro y discípulo, viejo y joven, observador e indagador.

—¡Es increíble! —exclamó Thorne—. Comprendo que te enfurecieras.

—Sí, en mi fuero interno estaba furioso y dolido. Pero mentí a los demás vampiros, a nuestros hermanos y hermanas. Porque cuando la Reina se alzó de su trono, ellos me necesitaban...

—Sí —dijo Thorne—, ya lo vi.

—Necesitaban que el sabio razonara con ella y la desviara del camino que se había trazado. No había tiempo para discutir. Las canciones de Lestat habían despertado en ella a un monstruo. Les aseguré a los demás que no me sentía herido.

»Abracé a Lestat. En cuando a mi Reina, negué haberla amado jamás. ¡Y todo por la compañía de una pequeña banda de inmortales! Pero a ti te he contado la verdad.

—¿Te sientes satisfecho de haberlo hecho?

—Sí —respondió Marius.

—¿Cómo fue destruida la Reina?

—Hace miles de años, una de las criaturas a las que ella había tratado con crueldad le arrojó una maldición y finalmente se vengó de ella. Nuestra bella Reina fue decapitada de un solo golpe y su vengadora le arrebató el germen sagrado de los vampiros, no sé si del corazón o del cerebro, porque durante esos momentos fatídicos estaba tan cegado como los demás.

»Sólo sé que la criatura que mató a la Reina porta ahora en su interior el germen sagrado, pero desconozco adónde se fue ni cómo.

—Yo vi a las gemelas pelirrojas —dijo Thorne—. Estaban de pie junto al cadáver de la Reina. «La Reina de los Condenados», según dijo Maharet. La oí pronunciar esas palabras y la vi rodear los hombros de su hermana con el brazo.

Marius no dijo nada.

Thorne empezó a ponerse nervioso de nuevo. Sintió un dolor incipiente en el pecho y vio mentalmente a su creadora encaminarse hacia él a través de la nieve. ¿Qué temía él en aquellos momentos, un guerrero mortal enfrentándose a una bruja solitaria a la que podía destruir con su espada o su hacha? ¡Qué frágil y hermosa era! Una criatura alta, con un vestido de lana morado, avanzando hacia él con los brazos extendidos, como para abrazarlo.

He venido en tu busca. Estoy aquí por ti.

Thorne se negó a sucumbir a su hechizo. No encontrarían su cadáver tendido en la nieve, con los ojos arrancados de sus cuencas, como habían hallado a tantos otros.

Deseaba que el recuerdo se desvaneciera.

—Esa pelirroja es mi creadora —dijo—, Maharet, la hermana de la que se llevó en su interior el germen sagrado.

Thorne se detuvo. El dolor era tan intenso que apenas podía respirar.

Marius lo observó con atención.

—Maharet vino al norte a buscar un amante entre nuestras gentes. —Thorne se interrumpió, como si no estuviera muy convencido, pero al cabo de unos instantes continuó—: Persiguió a nuestro clan y a los otros clanes que vivían en el valle. A los que mataba, les robaba los ojos.

—Los ojos y la sangre —apostilló Marius suavemente—. Y cuando te convirtió en vampiro, averiguaste por qué necesitaba los ojos.

—Sí, pero no la verdadera historia, la historia sobre la criatura que le había arrebatado sus ojos mortales. Y tampoco sabía nada sobre su hermana gemela. Yo la amaba con toda mi alma. Le hice algunas preguntas. No soportaba compartir su compañía con otros. Me enfurecía.

—Fue la Reina Malvada quien le arrebató los ojos cuando todavía era humana —dijo Marius—, y a su hermana le arrancó la lengua. Fue una injusticia cruel. Y un ser que también poseía sangre vampírica se rebeló ante esa injusticia y las convirtió a ambas en vampiros antes de que la Reina Malvada las separara y enviara a cada gemela a un extremo del mundo.

Esa revelación dejó a Thorne estupefacto. Trató de sentir amor en su interior. Vio de nuevo a su creadora en la cueva intensamente iluminada, con el huso y la rueca. Vio su larga cabellera roja.

—De modo que así concluyó la catástrofe que contemplé mientras dormía en mi cueva de hielo —dijo—. La Reina Malvada desapareció, castigada para siempre, y las gemelas se llevaron el germen sagrado. Pero cuando recorro el mundo en busca de imágenes o de las voces de los de nuestra especie, no consigo dar con el paradero de las gemelas. No oigo nada sobre ellas, por más que deseo averiguar dónde se hallan.

—Se han retirado —respondió Marius—. Saben que deben ocultarse. Saben que alguien puede arrebatarles el germen sagrado. Saben que alguien, amargado y desencantado de este mundo, puede tratar de destruirnos a todos.

—Sí —dijo Thorne, sintiendo que un escalofrío le recorría el cuerpo. En esos momentos deseaba tener más sangre en las venas. Deseaba ir a cazar, pero se resistía a abandonar ese lugar cálido y esas palabras que no cesaban de fluir. Aún no. Era demasiado pronto.

Se arrepentía de no haberle contado a Marius toda la verdad sobre su sufrimiento y el propósito que le animaba, aunque no sabía si podría hacerlo. Le parecía terrible permanecer en tales circunstancias bajo su techo, pero no se movió.

—Conozco tu verdad —dijo Marius suavemente—. Has venido aquí con el propósito de hallar a Maharet y lastimarla.

Thorne hizo una mueca de dolor, como si le hubieran asestado un puñetazo en el pecho, pero no respondió.

—Eso es imposible —dijo Marius—. Ya lo sabías cuando la abandonaste hace siglos para sumirte en el sueño en el hielo. Es más poderosa de lo que imaginamos. Y puedes estar seguro de que su hermana jamás se aleja de su lado.

Thorne no sabía qué responder.

—¿Por qué la odio por la forma de vida que me ha dado, cuando jamás odié a mis padres mortales? —preguntó al fin, en un murmullo crispado.

—Una pregunta muy atinada —repuso Marius sonriendo con amargura—. Abandona toda esperanza de lastimarla. Deja de soñar con esas cadenas con las que sujetó a Lestat, a menos que desees que te encadene a ti también con ellas.

Thorne hizo un gesto afirmativo.

—Pero ¿qué clase de cadenas eran? —preguntó en el mismo tono crispado y amargo que antes—. ¿Por qué deseo ser su vil prisionero? ¿Para descargar mi ira sobre ella cada noche que me retenga a su lado?

—¿Unas cadenas hechas con sus rojos cabellos? —sugirió Marius, encogiéndose ligeramente de hombros—. ¿Recubiertas de acero y de su sangre? —añadió, pensativo—. Tal vez estuvieran recubiertas de acero, y de su sangre, y de oro. Yo no las he visto. Sólo he oído hablar de ellas y contar que, al parecer, mantenían a Lestat prisionero, impotente y furioso.

—Quiero averiguar de qué estaban hechas —dijo Thorne—. Quiero dar con ella.

—Desiste de tu empeño, Thorne —le aconsejó Marius—. No puedo conducirte a ella. ¿Qué importa que te llamara tiempo atrás, y al comprobar que la odiabas, te destruyera?

—Ella ya lo sabía cuando la abandoné —respondió Thorne.

—¿Por qué te fuiste? —preguntó Marius—. Porque estabas celoso de los otros, según me han revelado tus pensamientos, ¿no?

—Ella los acogía y aceptaba sus favores y no pude soportarlo. Has hablado de un sacerdote druida llamado Mael que se transformó en bebedor de sangre. Yo conocí a uno que se llamaba así. Maharet lo atrajo a su pequeño círculo y lo convirtió en su amante. Era un vampiro viejo que conocía numerosas historias, y ella ansiaba que le contaran historias. Entonces la abandoné. No creo que me viera marcharme ni creo que sintiera mi odio.

Marius escuchaba con atención.

—Mael —dijo en un tono amable y paciente—. Alto e invariablemente enjuto, con la nariz ganchuda, los ojos azules y hundidos y el pelo rubio y largo debido a sus numerosos años de servicio en el bosque sagrado. ¿Es ése el Mael que te arrebató a tu dulce Maharet?

—Sí —contestó Thorne. Notó que el dolor del pecho empezaba a remitir—. Sí, era dulce, no puedo negarlo, y jamás me trató con desprecio. La abandoné para trasladarme a las tierras del norte. Yo odiaba a Mael porque la cubría de halagos y la divertía con sus ingeniosas historias.

—No busques pelea con ella —dijo Marius—. Quédate conmigo. Quizá dentro de un tiempo averigüe que estás aquí y te envíe un mensaje de reconciliación. Sé sensato, te lo ruego.

Thorne asintió de nuevo con la cabeza. Tenía la sensación de que la terrible batalla había concluido. Había confesado su ira y ésta se había disipado. Siguió sentado junto al fuego, quieto y aplacado. Ya no era un guerrero. «¡Qué magia poseen las palabras!», pensó.

El recuerdo retornó a su mente. Había ocurrido hacía seis siglos. Se encontraba en la cueva y veía el resplandor del fuego. Estaba ligado y no podía moverse. Ella yacía junto a él, mirándole a los ojos y susurrándole unas palabras al oído. Las palabras no las recordaba porque formaban parte de algo más grande y terrible, de algo tan potente como los hilos que le sujetaban.

Ahora podía romper esas cadenas. Podía librarse de esos recuerdos e instalarse firmemente en esa habitación. Podía mirar a Marius.

Thorne exhaló un lento y prolongado suspiro.

—Pero sigue relatándome esa historia, por favor —dijo—. Cuando la Reina fue destruida, cuando desaparecieron las gemelas, ¿por qué no manifestaste tu ira ante al vampiro Lestat? ¿Por qué no te vengaste? ¡Él te había traicionado! Y poco después se produjo la catástrofe.

—Porque quería seguir amándolo y que él me amara —contestó Marius, como si conociera la respuesta desde hacía tiempo—. No podía renunciar a ser el más sabio y paciente de los vampiros, que, como te he explicado, es como me consideraban los otros. La ira me resulta demasiado dolorosa. Es demasiado patética. No la soporto. No puedo controlarla.

—Un momento —dijo Thorne—. Repite eso.

—La ira es demasiado patética —repitió Marius—. Siempre te coloca en una situación de desventaja. No puedo controlarla. No puedo dominarla.

Thorne le indicó que guardara silencio y se reclinó en la silla con aire pensativo. Parecía como si, a pesar del fuego que ardía en el hogar, se hubiera posado sobre su rostro un aire frío.

—La ira engendra debilidad —murmuró. Era una idea que se le acababa de ocurrir. A su entender, la ira y la rabia iban siempre de la mano. La rabia se asemejaba a la furia de Odín. Antes de entablar una batalla, el guerrero hacía acopio de toda su rabia. Acogía la rabia en su corazón. Y él había dejado que su vieja rabia le despertara en la cueva de hielo.

—La ira es tan débil como el temor —dijo Marius—. ¿Somos capaces tú o yo de soportar el temor?

—No —respondió Thorne—. Pero tú te refieres a un sentimiento muy potente que llevas dentro y te abrasa.

—Sí, siento un dolor brutal dentro de mí. Vagaba solo por el mundo, rechazando la copa de la ira, optando por el silencio en lugar de las palabras airadas, y de pronto me encuentro contigo en las tierras del norte, y aunque eres un extraño, te revelo los secretos de mi alma.

—Puedes hacerlo sin temor —dijo Thorne—. A cambio de la hospitalidad que me has ofrecido, puedes contármelo todo. Jamás traicionaré la confianza que has depositado en mí, te lo prometo. De mis labios no saldrán palabras ni canciones ofensivas. Pase lo que pase, jamás ocurrirá. —Thorne sintió que, a medida que hablaba, su voz adquiría fuerza debido a la sinceridad de las palabras—. Pero ¿qué ha sido de Lestat? ¿Por qué guarda silencio? No le he oído entonar más canciones ni sagas.

—Sagas, sí, eso fue lo que escribió, las sagas de nuestra especie —dijo Marius, sonriendo casi con jovialidad—. Lestat sufre a causa de sus terribles heridas. Estuvo con ángeles, o con esos seres que él afirma que son ángeles y que lo condujeron al Cielo y al Infierno.

—¿Tú crees en esas cosas?

—No lo sé. Sólo puedo decirte que Lestat no se encontraba en la Tierra en la época en que esas criaturas afirman haberse apoderado de él. Y cuando regresó, trajo consigo un velo ensangrentado con la faz de Jesucristo nítidamente impresa en él.

—¿Tú lo viste?

—Sí —respondió Marius—, al igual que he visto otras reliquias. Por tratar de contemplar ese velo, exponiéndose al sol y a morir, casi perdemos a Mael, nuestro sacerdote druida.

—¿Cómo es que Mael no murió? —preguntó Thorne. No podía ocultar la emoción que le producía pronunciar ese nombre.

—Era demasiado viejo —contestó Marius—. Sufrió graves quemaduras y se quedó muy debilitado. Después de pasar un día al sol, no tuvo valor para seguir padeciendo y regresó junto a sus colegas. Y allí sigue.

—¿Y tú? Responde con sinceridad: ¿le odias todavía por lo que te hizo, o rechazas ese sentimiento debido a la repugnancia que te inspira la ira?

—No lo sé. Algunas veces no soporto mirar a Mael a la cara. Otras, deseo estar con él. A veces no quiero ver a ninguno de ellos. He venido aquí sólo con Daniel. Daniel necesita que alguien cuide de él constantemente. Su compañía me complace. Ni siquiera tiene que hablar. Su mera presencia me basta.

—Te comprendo —dijo Thorne.

—Debes comprender también que deseo continuar —declaró Marius—. No soy de los que desean exponerse al sol o buscar otro sistema de inmolación. Si has abandonado las tierras del hielo para venir a destruir a Maharet, para enfurecer a su gemela...

Thorne alzó la mano derecha para pedirle a Marius paciencia y silencio.

—No he venido para eso —contestó—. Eran unos sueños que han muerto en este lugar. Los recuerdos tardarán más en morir...

—En ese caso, recuerda la belleza y el poder de Maharet —le recomendó Marius—. Una vez le pregunté por qué no arrebataba nunca los ojos a un vampiro para utilizarlos ella. Por qué arrancaba siempre los ojos debilitados y sangrantes de sus víctimas mortales. Me respondió que nunca había conocido a un vampiro al que fuera capaz de destruir o siquiera lastimar, salvo la Reina Malvada, aunque tampoco a ella podía arrebatarle los ojos. En su caso se lo impedía el intenso odio que le inspiraba.

Thorne meditó largo rato sobre esas palabras sin responder.

—Siempre utiliza ojos mortales —murmuró.

—Y con todos ellos, mientras le duran, ve mejor que tú y que yo —comentó Marius.

—Sí —dijo Thorne—, comprendo lo que quieres decir.

—Deseo que mi fuerza aumente y perdure —dijo Marius—. Deseo descubrir nuevos prodigios a mi alrededor, como he hecho siempre. En caso contrario, perderé la fuerza para continuar. Eso es lo que me reconcome en estos momentos. La muerte ha posado su mano sobre mi hombro. Se ha presentado en forma de desencanto, temor y desprecio.

—Sí, comprendo perfectamente lo que dices, o casi —repuso Thorne—. Me dirigí a las tierras nevadas porque deseaba huir de esas cosas. Al igual que muchos mortales, quería y no quería morir. No creo que pensara en si resistiría el hielo y la nieve. Pensé que me devorarían, que me congelaría como un hombre mortal. Pero no fue así. En cuanto al dolor que me producía el hielo, acabé acostumbrándome a él, como si fuera lo que me merecía, como si no tuviera derecho a otra cosa. Pero fue el dolor lo que me impulsó a venir aquí, de modo que te comprendo. Ahora, en lugar de retroceder ante el dolor, le plantas batalla.

—Así es —respondió Marius—. Cuando la Reina se alzó de su santuario subterráneo, me dejó sepultado en el hielo y la indiferencia. Otros acudieron a socorrerme y me condujeron a la mesa del consejo, donde tratamos de razonar con ella. Pero antes de que eso ocurriera, jamás imaginé que la Reina fuera capaz de demostrarme tanto desprecio y causarme tanto daño. Y tampoco imaginé que yo fuera capaz de demostrar tanta paciencia ni que tratara de perdonar.

»Akasha halló su destrucción en la mesa del consejo. La ofensa que me había infligido tuvo su justa venganza. La criatura a quien yo había custodiado durante dos mil años me había abandonado. Mi Reina me había abandonado...

»Ahora veo toda la historia de mi vida, de la que mi bella Reina sólo constituía una parte. Veo todos los episodios de mi vida y puedo elegir entre ellos.

—Cuéntamelos —dijo Thorne—. Tus palabras fluyen sobre mí como un agua templada que me proporciona alivio. Ansío contemplar esas imágenes, escuchar todo cuanto desees contarme.

Marius reflexionó unos momentos.

—Trataré de relatarte mis historias —dijo—. Espero que consigan lo que siempre consiguen las historias: ahuyentar de tu mente los siniestros sueños y tu siniestro propósito, retenerte aquí.

—Sí —respondió Thorne, sonriendo—. Confío en ti. Adelante.

LA HISTORIA

5

Como te he dicho, nací en tiempos de los romanos, en la época de Augusto, cuando el Imperio romano era inmenso y poderoso, aunque las tribus septentrionales de los bárbaros que acabarían por derribarlo llevaban mucho tiempo combatiendo en sus fronteras septentrionales.

Europa era un mundo compuesto por ciudades gigantescas y poderosas, igual que ahora.

En cuanto a mí, como también te he dicho, era un intelectual y tuve la desgracia de ser arrancado de mi universo, conducido a los recintos de los druidas y entregado a un vampiro que se consideraba un dios del bosque sagrado. Este vampiro, además de darme la Sangre Oscura, me inculcó una serie de supersticiones.

Emprendí solo el viaje a Egipto en busca de nuestra Madre. ¿Y si ese fuego descrito por el dios que tenía la piel ennegrecida y sufría se produjera de nuevo?

Pues bien, encontré a la Reina y a su consorte y se los robé a unos rufianes que llevaban mucho tiempo custodiándolos. Lo hice no sólo para apoderarme del germen sagrado de nuestra Reina Divina, sino por amor a Akasha y porque me había proporcionado su preciosa sangre. En realidad, estaba convencido de que me había hablado y ordenado que la rescatara.

No existía nada tan poderoso como aquella fuente primigenia. La sangre me convirtió en un vigoroso vampiro, capaz de derrotar a cualquier dios decrépito y ennegrecido que se atreviera a perseguirme.

Pero ten presente que no me animaba ningún impulso religioso. Pensaba que el «dios» del bosque de los druidas era un monstruo y que, en cierto modo, Akasha también lo era, al igual que yo. No tenía intención de fundar un movimiento religioso dedicado a ella. Akasha constituía un secreto. Y a partir del momento en que ella y su consorte llegaron a mis manos, se convirtieron en «los que debían ser custodiados».

Eso no me impidió adorarla con toda el alma ni crear para ella el santuario más fastuoso que cabe imaginar, ni confiar en que, puesto que en una ocasión lo había hecho, volvería a hablarme a través del don de la mente.

La primera ciudad a la que llevé a mi preciada pareja fue Antioquía, un lugar maravilloso e interesante. Estaba en Oriente, como decíamos en aquellos tiempos, pero era una ciudad romana poderosamente influida por el helenismo, es decir, la filosofía y las ideas de los griegos. Era una ciudad llena de nuevos y espléndidos edificios romanos, una ciudad con grandes bibliotecas y escuelas de filosofía, y aunque solía deambular por ella de noche, convertido en el fantasma de mi antiguo ser, encontraba hombres brillantes a quienes espiar y cosas prodigiosas que escuchar.

Con todo, mis primeros años como guardián de nuestra Madre y nuestro Padre fueron amargos debido a la soledad que sentía. A veces, el silencio de nuestros Padres Divinos se me antojaba cruel. Yo era un pobre ignorante que no sabía nada sobre mi naturaleza y no dejaba de cavilar sobre mi suerte eterna.

El silencio de Akasha me parecía tan aterrador como desconcertante. ¿Por qué me había pedido que la sacara de Egipto si pensaba permanecer sentada en su trono, sumida en un persistente mutismo? A veces me parecía preferible destruirme a mí mismo que seguir soportando aquella existencia.

Entonces se cruzó en mi camino la exquisita Pandora, una mujer a la que había conocido en Roma siendo ella una niña. Incluso le había pedido su mano a su padre cuando ella no era sino una jovencita precoz. Y de pronto me la encontré en Antioquía, tan bella en su madurez como en su juventud, inundando mis pensamientos de un deseo imposible de satisfacer.

Nuestras vidas se unieron fatalmente. La rapidez y la violencia con que Pandora se convirtió en vampiro me causaron un profundo sentimiento de culpa y una gran confusión.

Pero Pandora estaba convencida de que Akasha había propiciado nuestra unión, de que, al percatarse de mi soledad, la había conducido hasta mí.

Si contemplaste la mesa del consejo, la mesa redonda ante la que estábamos sentados cuando se alzó Akasha, sin duda viste a Pandora, una belleza alta, de piel muy blanca y con una cabellera castaña y ondulada, que se ha convertido en una poderosa Hija del Milenio, igual que tú y que yo.

Quizá te preguntes por qué no estoy con ella en estos momentos. ¿Qué me impide confesar mi admiración por su inteligencia, su belleza y su extraordinaria facilidad para comprenderlo todo?

¿Qué me impide ir a reunirme con ella?

No lo sé. Sólo sé que nos separa mi terrible ira y mi dolor, como hace años. Soy incapaz de reconocer el daño que le he causado. Soy incapaz de confesar que le he mentido acerca de mi amor por ella y de lo mucho que la necesito. Tal vez sea esa necesidad lo que me mantiene alejado de ella, a salvo de la escrutadora mirada de sus dulces y sabios ojos castaños.

También es cierto que ella me juzga con severidad debido a ciertas cosas que he hecho últimamente y que me resulta muy difícil explicar.

En aquellos tiempos remotos, cuando hacía apenas dos siglos que vivíamos juntos, destruí nuestra unión de una forma absurda y terrible. Nos peleábamos prácticamente todas las noches. Yo me negaba a reconocer sus cualidades y sus victorias, y, debido a mi debilidad, la abandoné, llevado por un estúpido e impetuoso arrebato.

Es el peor error que he cometido en mi larga existencia.

Pero permite que haga un breve inciso para explicarte las circunstancias que hicieron que mi amargura y mi odio provocaran nuestra separación.

Mientras custodiábamos a nuestros Padres, los viejos dioses de los tenebrosos bosques del norte iban muriendo. Sin embargo, de vez en cuando un bebedor de sangre nos descubría y trataba de apoderarse de la sangre de los que debían ser custodiados.

Por lo general, en el fragor de la batalla despachábamos al monstruo de turno de forma violenta y expeditiva, tras lo cual retornábamos a nuestra civilizada existencia.

Pero una noche apareció en nuestra villa de las afueras de Antioquía una banda de bebedores de sangre de nuevo cuño, cinco en total, vestidos con modestas túnicas.

Me quedé estupefacto al enterarme de que creían servir a Satanás, en el contexto de un plan divino basado en la creencia de que el diablo tenía un poder equivalente al del Dios cristiano.

No sabían nada sobre nuestros Padres, a pesar de que el santuario estaba instalado en nuestra casa, en el sótano. No tenían ni la más remota idea de la existencia de nuestros Padres Divinos. Eran demasiado jóvenes y demasiado ingenuos. Su celo y su sinceridad resultaban enternecedores.

Pero, aunque me sentí conmovido por aquella mezcolanza de ideas cristianas y persas, por sus desatinados conceptos y su extraño aspecto de inocencia, me horrorizó comprobar que esas creencias se había convertido en la nueva religión entre los vampiros. Nos hablaron de otros seguidores y de un culto.

Eso repugnó al ser humano que llevo dentro, mientras que el romano, más racional, se sintió profundamente perplejo y alarmado.

Fue Pandora quien se apresuró a hacerme entrar en razón y a convencerme de que debíamos acabar con aquella cuadrilla de bebedores de sangre. Si dejábamos que se fueran, aparecerían otros, y nuestros Padres correrían el peligro de caer en sus manos.

Yo, que había matado a viejos bebedores de sangre paganos sin contemplaciones, me sentí incapaz de obedecerla, quizá porque por primera vez comprendí que, si permanecíamos en Antioquía, si conservábamos nuestra casa y nuestra vida allí, acudirían más vampiros y tendríamos que matarlos a todos para proteger nuestro noble secreto. De improviso mi alma se rebeló ante aquella perspectiva. Pensé de nuevo en poner fin a mi existencia y a la de los que debían ser custodiados.

Matamos a aquella cuadrilla de fanáticos sin mayores dificultades, pues eran muy jóvenes. En pocos minutos los liquidamos a todos, armados con nuestras antorchas y espadas. Les prendimos fuego y, cuando quedaron reducidos a cenizas, las desperdigamos, tal como sabes que exigen las normas.

Sin embargo, cuando todo hubo terminado, me sumí en un hosco silencio y durante meses me negué a salir del santuario. Abandoné a Pandora para aliviar mi sufrimiento. No podía explicarle que preveía un futuro trágico para ambos, y un día que se fue a recorrer la ciudad en busca de una víctima u otra diversión, bajé a ver a Akasha.

Fui a ver a mi Reina. Me postré de rodillas ante ella y le pregunté qué deseaba que hiciera.

«A fin de cuentas —dije—, también son hijos tuyos. Aparecen en sucesivas oleadas y ni siquiera conocen tu nombre. Dicen poseer unos colmillos como los de las serpientes. Hablan del profeta hebreo Moisés atravesando el desierto con un báculo en forma de serpiente. Y aseguran que vendrán otros.»

Akasha no respondió. Durante dos mil años no emitió respuesta alguna.

Pero yo no había hecho sino iniciar mi fatídico viaje. Lo único que sabía en aquellos momentos angustiosos era que debía ocultar mis oraciones a Pandora, que no podía dejar que me viera, a mí, Marius, el filósofo, postrado de rodillas. Continué rezando, pronunciando mis febriles súplicas. Y como suele ocurrir cuando rezamos a un objeto inmóvil, la luz se reflejaba en el rostro de Akasha, confiriéndole cierta animación.

Entretanto, Pandora, tan exasperada por mi silencio como yo por el de Akasha, perdió la paciencia.

Y una noche me espetó una frase ofensiva muy utilizada en las peleas conyugales:

—¡Ojalá pudiera librarme de ellos y de ti!

Salió de casa y no regresó ni la noche siguiente ni la otra.

Como verás, jugaba conmigo al igual que yo había jugado con ella. Se negaba a aceptar mi aspereza. Pero no podía comprender lo desesperadamente que yo necesitaba su presencia e incluso sus vanas súplicas.

Sí, reconozco que me porté de un modo descaradamente egoísta. Provoqué inútilmente un desastre, pero es que estaba furioso con ella. Tomé la decisión irrevocable de partir de inmediato de Antioquía.

A la luz mortecina de una lámpara, a fin de no despertar a mis agentes mortales, di las oportunas órdenes para que los que debían ser custodiados y yo fuéramos transportados a Roma por mar en tres gigantescos sarcófagos. Abandoné a Pandora. Me llevé todo lo que era mío y le dejé la villa vacía, con sus pertenencias diseminadas por toda la casa y alrededor de la misma. Abandoné a la única criatura en el mundo capaz de tener paciencia y mostrarse comprensiva conmigo, cosa que había demostrado sobradamente pese a nuestras frecuentes y violentas disputas.

¡Abandoné al único ser que sabía lo que yo era!

Por supuesto, no había previsto las consecuencias. No sospeché que me llevaría cientos de años encontrar de nuevo a Pandora. No pensé que adquiriría en mi mente la categoría de una diosa, de un ser tan poderoso en mi recuerdo como lo era Akasha.

Era otra mentira, como la que te he contado sobre Akasha. Yo amaba a Pandora y la necesitaba. Pero durante nuestras disputas verbales, por emocionales que fueran, siempre desempeñaba el papel de una mente superior que no necesita el discurso irracional de su pareja ni su evidente cariño. Recuerdo que la noche que le proporcioné la Sangre Oscura se había peleado conmigo.

—No conviertas la razón y la lógica en una religión —me dijo—. Porque, con el tiempo, la razón te fallará, y cuando esto suceda, quizá tengas que refugiarte en la locura.

Me sentí profundamente ofendido al oír esas palabras en boca de aquella hermosa mujer, cuyos ojos me hechizaban hasta el punto de que apenas era capaz de prestar atención a lo que decía.

En aquellos momentos de silencio, después de que hubiéramos liquidado a los nuevos creyentes, eso fue justamente lo que ocurrió. Me embargó una especie de locura y me negué a pronunciar una palabra.

Ahora reconozco que fue una insensatez, que no soportaba mi propia debilidad ni que ella fuera testigo de la melancolía que embargaba mi alma.

Ahora no quiero que sea testigo de mis sufrimientos. Vivo aquí solo, con Daniel. Hablo contigo porque eres un nuevo amigo a quien puedo ofrecer nuevas impresiones y consejos. No me miras influido por antiguos temores y experiencias pasadas.

Pero permite que continúe con mi relato.

Nuestro barco arribó al puerto de Ostia sin novedad, y después de que nos transportaran a la ciudad de Roma en tres sarcófagos, salí de mi «ataúd», alquilé una costosa villa situada en las afueras de la ciudad y busqué un santuario subterráneo en las colinas, lejos de la casa, para instalar en él a los que debían ser custodiados.

Me remordía la conciencia por haberlos instalado tan lejos de donde yo habitaba, leía y me acostaba. A fin de cuentas, en Antioquía habían vivido en mi casa, aunque en el sótano, para mayor seguridad. Ahora, en cambio, se hallaban a varios kilómetros de distancia.

Pero yo quería vivir cerca de la gran ciudad. Al cabo de unos años, construyeron las murallas a escasa distancia de mi casa y ésta quedó dentro de Roma. Así pues, tenía una villa campestre en la ciudad.

No era un lugar seguro para los que debían ser custodiados. Había sido una sabia decisión crear su santuario lejos de la pujante ciudad, y tras instalarme en mi villa, me dediqué a desempeñar el papel de «caballero romano» ante los que me rodeaban, de amo comprensivo de unos esclavos simples e ingenuos.

Ten presente que había permanecido alejado de Roma más de doscientos años, deleitándome con las riquezas culturales de Antioquía, una ciudad romana, sí, pero una ciudad oriental, escuchando a sus poetas y a sus maestros en el Foro, recorriendo sus bibliotecas iluminadas por antorchas, horrorizado por las descripciones de los últimos emperadores romanos, que habían deshonrado ese título con sus desmanes y habían terminado inevitablemente asesinados por sus guardias personales o sus tropas.

Pero estaba muy equivocado si pensaba que la Ciudad Eterna había sufrido una degradación. Los grandes emperadores de los últimos cien años eran personajes como Adriano, Marco Aurelio y Septimio Severo, y la capital contaba con un gran número de edificios monumentales nuevos, además de haber aumentado notablemente la población. Ni siquiera un bebedor de sangre como yo habría podido inspeccionar todos los templos, anfiteatros y termas de Roma.

Probablemente Roma era la ciudad más grande e impresionante del mundo. Tenía unos dos millones de habitantes, muchos de ellos pertenecientes a la plebe, como llamaban a los pobres, que recibían una ración diaria de maíz y vino.

Sucumbí de inmediato al encanto de la ciudad. Tras desterrar de mi mente los horrores de las peleas imperiales y las guerras que se libraban sin cesar en sus fronteras, me dediqué a estudiar las obras intelectuales y estéticas del hombre, como he hecho siempre.

Por supuesto, adopté de inmediato el papel de fantasma y me puse a merodear alrededor de las mansiones urbanas de mis descendientes, a quienes había logrado localizar. Comprobé que eran respetables miembros de la clase senatorial, la cual se esforzaba en mantener cierto orden en el gobierno mientras el ejército entronizaba a un emperador tras otro en un desesperado intento de consolidar el poder de una u otra facción en uno u otro lugar remoto.

Me causó un gran dolor ver a esos hombres y mujeres jóvenes que descendían de mis tíos y tías, de mis sobrinos y sobrinas, y fue entonces cuando me desentendí por completo de ellos, aunque no sabría explicar el motivo.

Fue por esa época cuando rompí todos mis vínculos afectivos. Tras haber abandonado a Pandora e instalado a los que debían ser custodiados lejos de donde yo vivía, una noche, al llegar a casa después de haber espiado a los asistentes a un banquete en casa de uno de mis numerosos descendientes, saqué de un arcón de madera todos los pergaminos en los que había escrito los nombres de esos jóvenes, que había conseguido por medio de las cartas que escribí a mis agentes, y los quemé, lo cual hizo que me sintiera sabio en mi monstruosidad, como si ese gesto pudiera eliminar todo atisbo de vanidad y dolor.

Luego me dediqué a merodear en torno a las viviendas de extraños para adquirir conocimientos. Con destreza vampírica, me deslizaba por los umbrosos jardines y me acercaba a las puertas abiertas de la villas tenuemente iluminadas, para escuchar a las personas que hablaban en su interior, mientras cenaban o escuchaban la delicada música ejecutada a la lira por un adolescente.

Los conservadores romanos me parecían unos seres entrañables, y aunque las bibliotecas no eran tan selectas como las de Antioquía, hallé muchos libros que leer. Por supuesto, en Roma existían varias escuelas de filosofía, y aunque tampoco eran tan interesantes como las de Antioquía, me afané en escuchar y aprender cuanto pude.

Con todo, no llegué a penetrar en su mundo mortal. No trabé amistad con mortales. No conversé con ellos. Me limitaba a observarlos, como había hecho en Antioquía. En aquel entonces no creía que consiguiera penetrar en sus dominios naturales.

En cuanto a mi sed de sangre, en Roma iba constantemente en busca de una presa. Me limitaba a perseguir al malvado, lo que me resultaba muy sencillo, te lo aseguro, y satisfacía de sobra mi avidez. Mostraba cruelmente mis colmillos a los seres que mataba. Gracias a la inmensa población romana, nunca pasé hambre. Jamás había practicado mi condición de vampiro con tal desenfreno como durante la época que viví allí.

Me esmeraba en hacerlo como es debido, clavando los dientes una sola vez y con limpieza, sin derramar una gota mientras succionaba la sangre de mi víctima y le arrebataba la vida.

En aquellos tiempos, en Roma no era necesario ocultar los cadáveres por temor a ser descubierto. Unas veces los arrojaba al Tíber; otras los dejaba tendidos en la calle. Me producía un gran placer matar en las tabernas, cosa que me sigue gustando, como ya sabes.

No hay nada comparable al lento deambular a través de la noche húmeda y oscura, cuando de repente se abre la puerta de una taberna para mostrar un microcosmos de luz, calor, cantos y risas humanas. Sí, las tabernas me atraían poderosamente.

Por supuesto, ese afán salvaje e incesante de matar se debía al dolor que me producía estar separado de Pandora y a que me sentía solo. ¿Quién estaba a mi lado para contenerme? ¿Quién era capaz de oponerme resistencia? Nadie.

Durante los primeros meses, pude haber escrito a Pandora. Cabía dentro de lo posible que se hubiera quedado en Antioquía, en nuestra casa, esperando que yo recobrara el juicio, pero no fue así.

Sentía en mi interior una ira feroz, la misma ira contra la que me debato ahora, que me debilitaba, como ya te he explicado. No era capaz de hacer lo que debía: conseguir que regresara a mi lado. En ocasiones, la soledad me impulsaba a cobrarme tres o cuatro víctimas en una noche y derramar un torrente de sangre que no podía beber.

A veces, al amanecer, mi ira se aplacaba y reanudaba las crónicas que había iniciado en Antioquía y cuya existencia no había revelado a nadie.

Describía lo que veía en Roma en lo referente a progresos y fracasos. Describía los edificios con minucioso detalle. Pero algunas noches pensaba que hacer aquello era absurdo. ¿Qué me proponía? No podía publicar en el mundo mortal esas crónicas, esas observaciones, esos poemas, esos ensayos.

Estaban contaminados por el hecho de provenir de un bebedor de sangre, de un monstruo que aniquilaba a seres humanos para sobrevivir. No había lugar para la poesía o la historia que brotaba de una mente y un corazón insaciables.

Así, empecé a destruir no sólo mis escritos más recientes, sino incluso los viejos ensayos que había escrito antiguamente en Antioquía. Sacaba pergaminos de los arcones y los quemaba, al igual que había quemado los archivos de mi familia. O bien los guardaba bajo llave, donde no pudiera verlos, para que nada de lo que había escrito propiciara en mí algo nuevo.

Sufrí una profunda crisis espiritual.

Entonces ocurrió algo imprevisto.

En las sombrías calles nocturnas de la ciudad, cuando bajaba por una cuesta, me encontré con otro bebedor de sangre, mejor dicho, con dos.

La luna se había ocultado detrás de las nubes, pero, como es natural, mis ojos sobrenaturales me permitían ver perfectamente.

Los dos vampiros se encaminaban a paso vivo hacia mí sin percatarse de mi presencia, pues me había arrimado a la pared para dejarles paso.

Por fin, uno de ellos levantó la cabeza y enseguida lo reconocí. Reconocí la nariz aguileña y los ojos hundidos. Reconocí las mejillas enjutas. Reconocí todos sus rasgos, sus hombros caídos, su largo pelo rubio e incluso la mano con que se sujetaba la capa en torno al cuello.

Era Mael, el sacerdote druida que antaño me había capturado y hecho prisionero, para después ofrecerme vivo al dios abrasado y moribundo del bosque. Mael, el de corazón puro, a quien yo conocía bien.

¿Quién le había convertido en un bebedor de sangre? ¿En qué bosque había sido consagrado Mael a su antigua religión? ¿Por qué no se encontraba encerrado en un roble de la Galia, presidiendo las celebraciones de sus compañeros druidas?

Nos miramos a los ojos, pero no experimenté el menor temor. De hecho, calibré su fuerza y comprobé que era muy deficiente. Mael era tan viejo como yo, eso era evidente, pero no había bebido la sangre de Akasha como había hecho yo. Yo era mucho más fuerte que él. No podía lastimarme en ningún sentido.

Desvié la vista para mirar al otro vampiro, que era mucho más alto e infinitamente más fuerte. Tenía la piel de color marrón oscuro, seguramente por haberse abrasado durante el pavoroso incendio.

El segundo vampiro tenía una cara oronda de rasgos francos y amables, con los ojos grandes, negros y escrutadores, la boca carnosa y bien proporcionada y el pelo negro y ondulado.

Miré de nuevo a aquel ser rubio que, llevado por su celo religioso, me había arrebatado la vida mortal.

Se me ocurrió que podía destruirlo arrancándole la cabeza y colocándola en algún lugar de mi jardín, donde el sol acabaría inevitablemente por ennegrecerla. Pensé que debía hacerlo, que era el castigo que merecía. Pero se me ocurrieron otras ideas.

Deseaba hablar con ese ser y conocerlo mejor. Deseaba conocer al ser que le acompañaba, el vampiro de piel tostada que me observaba con una mezcla de ingenuidad y simpatía. Era mucho mayor que Mael. No se parecía a ninguno de los bebedores de sangre que se me habían acercado en Antioquía para reclamar a nuestros Padres. Ese ser representaba una novedad para mí.

Entonces comprendí por primera vez que la ira constituye una debilidad. La ira me había robado a Pandora por culpa de una frase de menos de veinte palabras, y la ira me robaría a Mael si decidía destruirlo. Por otra parte, pensé que no tenía por qué asesinarlo en aquellos momentos. Podía hablar un rato con él, dejar que mi mente disfrutara de su compañía. Siempre estaba a tiempo de matarlo.

Pero, como sin duda sabes, esos razonamientos son falsos, porque cuando amamos a una persona no deseamos que muera.

Mientras daba vueltas a esos pensamientos, no pude evitar decir, con una hostilidad que hasta a mí me chocó:

—Soy Marius, ¿no te acuerdas de mí? Me llevaste al bosque del viejo dios, me ofreciste a él en sacrificio, pero logré escapar.

Mael me ocultó sus pensamientos, impidiéndome adivinar si me había reconocido o no.

—Sí, yo te abandoné en el bosque —se apresuró a responder en latín—. Y tú abandonaste a los que te adoraban. Te llevaste el poder que te había sido conferido, ¿y qué les dejaste a los fieles del bosque? ¿Qué les diste a cambio de la veneración que te demostraban?

—¿Y tú, noble sacerdote druida —repliqué—, sirves a tus viejos dioses? ¿Es eso lo que te trae a Roma? —Mi voz temblaba de ira y sentí su debilidad. Traté de recobrar la lucidez y la fuerza—. Cuando te conocí, eras puro de corazón. Jamás he conocido a un ser más confundido, más propenso a caer en la trampa de las comodidades y los espejismos de la religión. —Me detuve para recobrar la compostura.

—Nuestra antigua religión ha desaparecido —contestó, furioso—. Los romanos nos han arrebatado incluso los santuarios secretos. Poseen ciudades en todo el planeta. Los bárbaros expoliadores que habitan al otro lado del Danubio nos atacan sin cesar. Y los cristianos irrumpen en los lugares que no están ocupados por los romanos. Es imposible frenar a los cristianos. —Mael alzó la voz, que era poco más que un murmullo—. Pero fuiste tú, Marius, quien me corrompió. Fuiste tú, Marius, quien me envenenó, quien me alejó de los fieles del bosque, quien me hizo soñar con cosas más grandiosas.

Mael estaba tan furioso como yo. No cesaba de temblar. Y como suele ocurrir cuando dos personas discuten, su ira me produjo una calma benéfica que me permitió tragarme mi inquina. Siempre estás a tiempo de matarlo, me dije.

El otro vampiro parecía sorprendido e intrigado por nuestra disputa. Nos miraba con una expresión casi infantil.

—Lo que dices es un disparate —contesté—. Debería destruirte. No me costaría ningún esfuerzo.

—Adelante, inténtalo —replicó Mael.

El otro, que permanecía detrás de Mael, se apresuró a apoyar una mano en su brazo para contenerlo.

—No, escuchadme —dijo en un tono grave pero afable—. Dejad de pelearos. Independientemente de cómo hayamos conseguido la Sangre Oscura, aunque haya sido mediante mentiras o violencia, lo cierto es que nos ha hecho inmortales. No debemos comportarnos como unos desagradecidos.

—No soy desagradecido —dije—, pero debo mi suerte al destino, no a Mael. No obstante, me alegra vuestra compañía. Os lo aseguro. Venid a mi casa. Soy incapaz de lastimar a quien se hospede bajo mi techo.

Ese breve discurso me sorprendió incluso a mí, pero era sincero.

—¿Tienes una casa en esta ciudad? —preguntó Mael—. ¿Qué tipo de casa?

—Una casa confortable. Venid para conversar conmigo, os lo ruego. Tengo un jardín acogedor con bonitas fuentes y también tengo esclavos, gentes sencillas. La luz es muy agradable. El jardín está lleno de plantas que florecen de noche. Acompañadme.

El vampiro moreno parecía tan sorprendido como antes.

—Yo deseo ir —dijo mirando a Mael, aunque permanecía unos pasos tras él. Su voz era dulce, pero denotaba autoridad y fuerza.

Mael estaba furibundo, pero no podía hacer nada. Con su nariz ganchuda y sus ojos feroces, me recordaba a un pájaro salvaje, como todos los hombres que tienen ese tipo de nariz. Pero lo cierto era que poseía una belleza especial. Tenía la frente alta y despejada y la boca bien perfilada.

Pero sigamos con el relato. En aquel momento observé que ambos iban vestidos con harapos, como unos mendigos. Iban descalzos, y aunque los vampiros nunca se ensucian, pues la suciedad no se adhiere a su piel, presentaban un aspecto desaliñado.

Yo podía remediar eso, siempre que ellos me lo permitieran. Como de costumbre, tenía numerosos baúles llenos de ropa. Tanto si iba a cazar como a examinar un fresco en una casa desierta, iba bien vestido, y a menudo llevaba un puñal y una espada.

Por fin accedieron a acompañarme y yo, armándome de valor, eché a andar delante de ellos para indicarles el camino, agudizando al máximo mi don de la mente por si alguno de los dos tratara de atacarme por la espalda.

Por supuesto, me alegraba de que los que debían ser custodiados no se encontraran en la casa y Mael y su compañero no pudieran detectar los poderosos latidos de su corazón. Pero no podía permitirme visualizar a esos seres y continué andando, seguido por los otros dos.

Cuando llegamos a mi casa, Mael y su compañero miraron a su alrededor como si contemplaran algo prodigioso, cuando lo único que yo poseía eran las simples comodidades de todo hombre rico. Observaron fascinados los quinqués de bronce, que inundaban de luz las habitaciones con suelos de mármol, y no se atrevieron a tocar siquiera los divanes y sillones.

No te imaginas la de veces que me ha ocurrido eso a lo largo de los siglos, que un vampiro errante, carente de vínculos humanos, viniera a mi casa y se quedara maravillado al contemplar estos objetos tan rudimentarios.

Por eso tenía un lecho dispuesto para ti cuando viniste a mi casa y ropa que ofrecerte.

—Sentaos —les dije—. No hay nada aquí que no pueda limpiarse o desecharse. Insisto en que os sintáis cómodos. Me gustaría tener un rasgo de cortesía como los mortales cuando ofrecen a sus invitados una copa de vino.

El más alto de los dos fue el primero en sentarse, optando por un sillón en lugar de un diván. Yo me senté también en un sillón y rogué a Mael que tomara asiento a mi derecha.

Entonces vi con claridad que el bebedor de sangre más alto y corpulento tenía un poder infinitamente superior al de Mael. Era mucho más viejo que él y que yo. Por eso las heridas que le había producido el Fuego Fatídico hacía doscientos años habían cicatrizado. Sin embargo, no intuí ninguna amenaza por parte de ese ser, que de improviso y en silencio me reveló su nombre.

«Avicus.»

Mael me miró con una expresión maligna. En lugar de reclinarse cómodamente en el sillón estaba sentado muy tieso, con cara avinagrada y dispuesto a enzarzarse en una pelea a las primeras de cambio.

Por más que traté de adivinar su pensamiento, fue inútil.

En cuanto a mí, me consideraba perfectamente capaz de controlar mi odio y mi rabia, aunque al observar la expresión de inquietud en el rostro de Avicus pensé que tal vez estuviera equivocado.

—Desterrad vuestro mutuo odio —dijo de improviso en latín, aunque con un leve acento—, y quizás una batalla verbal resuelva la situación.

Mael no esperó a que yo aceptara la propuesta.

—Te llevamos al bosque porque nos lo ordenó nuestro dios —dijo—. Estaba abrasado y moribundo, pero no nos explicó el motivo. Deseaba que fueras a Egipto, pero no nos explicó el motivo. «Es preciso que haya un nuevo dios», dijo, pero no nos explicó el motivo.

—Cálmate —dijo Avicus suavemente—. Deja que las palabras broten de tu corazón. —Mostraba un aspecto digno a pesar de los harapos y parecía interesado en lo que diríamos.

Mael asió los brazos del sillón y me miró irritado; las largas guedejas rubias le caían sobre la frente.

—Nos ordenó que lleváramos a un ser humano perfecto para ejecutar el ritual mágico de nuestro viejo dios. Y nos dijo que las leyendas que nos habían contado sobre nosotros eran ciertas. Cuando un dios viejo está débil, debe ser suplantado por otro. Y sólo un hombre perfecto puede ser ofrecido al dios moribundo para que surta efecto su magia dentro del roble.

—Y hallasteis a un romano en la plenitud de su vida, rico y satisfecho, y os lo llevasteis contra su voluntad. ¿No había entre vosotros ningún hombre sano y apto para vuestros ritos religiosos? ¿Por qué acudisteis a mí con vuestras ridículas creencias?

Sin arredrarse ante mi diatriba, Mael continuó:

—«Traedme a un humano joven y saludable que conozca las lenguas de todos los reinos.» Eso fue lo que nos ordenó el dios. ¿Sabes cuánto tiempo estuvimos buscando a un hombre como tú?

—¿Pretendes que me compadezca de vosotros? —repuse bruscamente, sin venir a cuento.

—Te condujimos al roble tal como nos ordenó el dios —prosiguió Mael—. Luego, cuando saliste del roble para presidir nuestro gran sacrificio, comprobamos que te habías transformado en un espléndido dios, con una mata de pelo resplandeciente y unos ojos que nos atemorizaron.

»Alzaste los brazos sin protestar para que diera comienzo la gran fiesta de Sanhaim. Te bebiste la sangre de las víctimas que te ofrecimos. ¡Lo vimos con nuestros propios ojos! La magia se había restaurado en ti. Comprendimos que podíamos prosperar y que debíamos quemar al viejo dios, tal como exigen nuestras antiguas leyendas. Y entonces te fugaste. —Mael se reclinó en el sillón como si la larga perorata lo hubiera dejado sin fuerzas—. No regresaste —me espetó con rabia—. Conocías nuestros secretos, pero no regresaste.

Se produjo un silencio.

Mael y su compañero no conocían la existencia de nuestros Padres. No sabían nada de las antiguas leyendas egipcias. Durante unos momentos me sentí profundamente aliviado y no dije nada. Había recuperado la serenidad y el control de mis emociones. Me pareció absurdo que estuviéramos discutiendo sobre ese tema, pues, tal como había apuntado Avicus, éramos inmortales.

Sin embargo en cierto modo seguíamos siendo humanos.

Al cabo de unos momentos reparé en que Mael me observaba con una expresión tan furibunda como antes. Estaba pálido y, como he dicho, tenía una expresión voraz y salvaje.

Ambos esperaban que dijera o hiciera algo, como si fuera yo quien tuviese que tomar la iniciativa. Al final hice lo que me pareció más razonable y acertado.

—Es cierto, no regresé —dije mirando a Mael a los ojos—. No quería ser el dios del bosque. Los fieles del bosque me traían sin cuidado. Decidí vagar a través del tiempo. No creo en vuestros dioses ni en vuestros sacrificios. ¿Qué esperabais de mí?

—Te llevaste la magia de nuestro dios.

—No tuve más remedio —contesté—. Si hubiera abandonado al viejo dios abrasado sin llevarme su magia, me habríais destruido, y yo no quería morir. ¿Por qué iba a morir? Después de presidir vuestros sacrificios, huí como habría hecho cualquiera en mi lugar.

Mael me miró unos instantes como tratando de averiguar si seguía buscando pelea.

—¿Y qué veo ahora en vosotros? —pregunté—. ¿Acaso no habéis huido de vuestros fieles del bosque? ¿Qué habéis venido a hacer en Roma?

Mael tardó un buen rato en responder.

—Nuestro dios, nuestro dios viejo y abrasado nos habló de Egipto —dijo—. Nos dijo que le lleváramos a un mortal que pudiera ir a Egipto. ¿Viajaste a Egipto? ¿Trataste de localizar allí a nuestra Gran Madre?

Me afané en ocultar mis pensamientos y adopté una expresión grave mientras decidía qué debía confesarles y por qué.

—Sí —respondí—. Fui a Egipto para averiguar la causa del fuego que había abrasado a los dioses en todas las tierras septentrionales.

—¿Y qué averiguaste?

Miré a Avicus y vi que también estaba pendiente de mi respuesta.

—Nada —contesté—. Tan sólo me encontré a unos vampiros abrasados que también pretendían descifrar el misterio, la vieja leyenda de la Gran Madre. Eso es todo. Es cuanto puedo deciros al respecto.

¿Me creyeron? No pude averiguarlo. Ambos ocultaban celosamente sus secretos, las decisiones que habían tomado tiempo atrás.

Avicus parecía un tanto preocupado por su compañero.

Mael alzó la cabeza lentamente y me espetó, furioso:

—¡Maldito sea el día en que me topé contigo! ¡Maldito romano, que haces gala de tu riqueza, tus lujos y tu fina palabrería! —Miró a su alrededor, observando los objetos que decoraban la estancia, los divanes, las mesas y los suelos de mármol.

—¿A qué viene eso? —pregunté.

Traté de no sentir desprecio por él sino de verle tal como era, de comprenderle, pero mi odio me lo impedía.

—Cuando te capturé —dijo—, cuando quise enseñarte nuestras poesías y nuestras canciones, trataste de sobornarme, ¿te acuerdas? Me hablaste de tu hermosa villa en la bahía de Nápoles. Dijiste que me llevarías allí si te ayudaba a escapar. ¿Recuerdas las terribles cosas que me dijiste?

—Sí, lo recuerdo —respondí fríamente—. ¡Yo era tu prisionero! Me habías llevado al bosque contra mi voluntad. ¿Cómo querías que reaccionara? Si me hubieras permitido escapar, te habría llevado a mi casa en la bahía de Nápoles. Habría pagado por mi libertad. Mi familia habría pagado el rescate. ¡Pero es absurdo hablar de estas cosas!

Meneé la cabeza. Yo también estaba nervioso. Deseaba regresar a mi vieja soledad, sentir de nuevo el silencio en aquellas habitaciones. ¿Qué necesidad tenía de esos dos?

Avicus me imploró en silencio, con su expresión. Me pregunté quién era aquel ser.

—Te ruego que controles tu ira —dijo—. Yo soy la causa de su sufrimiento.

—No —protestó Mael, mirando a su compañero—. No es así.

—Sí, yo tengo la culpa —insistió Avicus—. Yo te di de beber la Sangre Oscura. Debes encontrar la fuerza necesaria para permanecer a mi lado o para abandonarme. Las cosas no pueden seguir así. —Avicus alargó una mano y la apoyó en el brazo de su compañero—. Ahora te has encontrado con este ser extraño llamado Marius y le has hablado sobre los últimos años de tu fe inquebrantable. Te alegras de haberte quitado ese peso de encima. Pero es absurdo que le odies por lo ocurrido. Es natural que huyera. En cuanto a nosotros, la antigua fe ha muerto. El Fuego Fatídico la destruyó y no podemos hacer nada al respecto.

Miré a Mael. Jamás había visto a un ser tan acongojado.

Mi corazón trataba de imponerse a la razón. Pensé: «Somos dos inmortales incapaces de consolarse mutuamente, no podemos ser amigos. Después de discutir con acritud, nos separaremos y volveré a quedarme solo. Volveré a ser el orgulloso Marius que abandonó a Pandora. Podré disfrutar a mis anchas de mi hermosa casa y mis valiosas pertenencias.»

Noté que Avicus me observaba tratando de escrutar mis pensamientos, pero aunque su don de la mente era muy potente no lo consiguió.

—¿Por qué vivís como vagabundos? —pregunté.

—No sabemos vivir de otra forma —respondió Avicus—. Nunca lo hemos intentado. Procuramos mantenernos alejados de los mortales, salvo cuando vamos a cazar. Tememos ser descubiertos. Tememos el fuego.

Asentí con la cabeza.

—¿Qué buscáis, aparte de sangre?

Una expresión de tristeza ensombreció el rostro de Avicus. Estaba dolido, por más que tratara de ocultarlo. O quizá trataba de superar su dolor.

—No buscamos nada —contestó—. No sabríamos cómo hacerlo.

—¿Queréis quedaros conmigo y aprender? —pregunté.

Era consciente de lo atrevido y descarado de mi pregunta, pero ya estaba dicho.

—Puedo mostraros los templos de Roma, los grandes palacios, unas mansiones que en comparación con las cuales esta villa es una humilde chabola. Os puedo enseñar a deslizaros por las sombras para evitar que los mortales os vean, a trepar por los muros rápida y sigilosamente, a desplazaros de noche por los tejados de la ciudad, sin tocar el suelo.

Avicus estaba asombrado. Miró a Mael.

Mael, que estaba hundido en su sillón, no dijo nada.

De pronto se incorporó y me increpó con voz débil:

—Yo habría sido más fuerte si no me hubieras envenenado hablándome de estas maravillas. ¡Y ahora me preguntas si deseo gozar de estos placeres, de los placeres de un romano!

—Es cuanto puedo ofrecerte —dije—. Haz lo que quieras.

Mael meneó la cabeza y continuó hablando, aunque ignoro con qué propósito.

—Cuando comprendimos que no regresarías —dijo—, me eligieron a mí. Yo me convertiría en su dios. Pero antes debíamos hallar a un dios del bosque que no hubiera sufrido quemaduras a causa del Fuego Fatídico. A fin de cuentas, nosotros mismos habíamos destruido insensatamente a nuestro amable dios. Debíamos hallar a un ser que poseyera la magia para crearte.

Hice un gesto como diciendo: «¡Qué lástima!»

—Corrimos la voz por toda la Tierra —prosiguió Mael— y por fin obtuvimos respuesta de Gran Bretaña. Allí había un dios, muy anciano y poderoso, que había sobrevivido al Fuego Fatídico.

Miré a Avicus, pero permanecía impasible.

—No obstante, nos advirtieron que no nos acercáramos a él. Nos aconsejaron que desistiéramos. Ese mensaje nos desconcertó, pero finalmente decidimos intentarlo.

—¿Y cómo te sentiste —pregunté con mala fe— al saber que habías sido elegido, que permanecerías encerrado para siempre en el roble, sin volver a ver el sol, alimentándote únicamente de la sangre de tus víctimas durante las grandes celebraciones y en los períodos de luna llena?

Mael miró al frente, como si fuera incapaz de ofrecer una respuesta coherente a mi pregunta.

—Ya te lo he dicho, tú me habías corrompido —contestó por fin.

—De modo que tenías miedo —dije—. Los fieles del bosque no consiguieron tranquilizarte. Y la culpa la tenía yo.

—No tenía miedo —replicó Mael, furioso, crispando la mandíbula—. He dicho que me habías corrompido. —Clavó sus ojillos hundidos en mí—. ¿Sabes lo que significa no creer en nada, no tener un dios ni una verdad en que apoyarte?

—Por supuesto —respondí—. Yo no creo en nada. Me parece lo más razonable. No creía en nada cuando era mortal, y sigo sin creer en nada.

Observé que Avicus torcía el gesto.

Pude haber dicho cosas más brutales, pero noté que Mael deseaba continuar.

Prosiguió su relato mirando al frente, sin alterar el gesto.

—Emprendimos el viaje —dijo—. Atravesamos el estrecho mar hacia Gran Bretaña y nos dirigimos al norte, a una tierra llena de montes frondosos, donde encontramos a un grupo de sacerdotes que cantaban nuestros himnos y conocían nuestras poesías y nuestras leyes. Eran druidas, como nosotros, fieles del bosque. Nos abrazamos en un gesto fraternal.

Avicus no apartaba los ojos de Mael. Estoy seguro de que yo le observaba con una expresión más paciente y fría. No obstante, confieso que su sencilla narración me había atrapado.

—Me adentré en el bosque —dijo Mael—. ¡Qué árboles tan gigantescos y vetustos! Cualquiera de ellos podría haber sido el Gran Árbol. Por fin me condujeron hasta él. Vi que la puerta del roble estaba cerrada con numerosos candados de hierro y deduje que el dios se hallaba en su interior.

De pronto, Mael miró inquieto a Avicus, pero éste le indicó que continuara.

—Cuéntaselo a Marius —dijo Avicus suavemente—, y de paso me lo cuentas a mí.

Lo dijo con una dulzura que me produjo un escalofrío en la superficie de la piel, de mi piel perfecta y solitaria.

—Los sacerdotes me habían prevenido —prosiguió Mael—. «Si hay alguna mentira o imperfección en ti, el dios lo advertirá. Te matará y te convertirás en un simple sacrificio. Piénsalo bien, pues el dios ve en los entresijos de tu ser. El dios es poderoso, pero prefiere ser temido que adorado, y si le provocas se complace en su venganza.» Esas palabras me estremecieron. ¿Estaba preparado para que se obrara ese extraño milagro en mí?

Mael me miró con una expresión feroz antes de continuar.

—Reflexioné en todo lo que me habías contado. Evoqué las imágenes que tus palabras habían suscitado en mi mente. La hermosa villa en la bahía de Nápoles. La descripción que habías hecho de tus suntuosas habitaciones, de la brisa cálida y el sonido del agua al romper contra las rocas de tu jardín. ¿Sería capaz de soportar la oscuridad del roble, de beber sangre, de ayunar entre sacrificio y sacrificio, de resistir esa situación?

Mael se detuvo como si no se sintiera con fuerzas para proseguir. Miró de nuevo a Avicus.

—Continúa —dijo éste tranquilamente, en tono grave.

—Entonces —prosiguió Mael—, uno de los sacerdotes se me acercó y me dijo en un aparte: «Te advierto, Mael, que nuestro dios es un ser colérico. Un dios que exige sangre cuando no la necesita. ¿Te sientes con fuerzas para presentarte ante él?»

»No tuve oportunidad de responderle. El sol se había puesto. El bosque estaba lleno de antorchas encendidas. Los fieles del bosque se habían congregado allí. Los sacerdotes que me habían acompañado se apresuraron a rodearme y me empujaron hacia el roble.

»Cuando llegué junto a él, insistí en que me soltaran. Apoyé las manos en el tronco, cerré los ojos y oré en silencio, como hacía en el bosque de mi tierra. Recé a ese dios, diciéndole: "Soy uno de los fieles del bosque. Te ruego que me concedas la Sangre Sagrada para que pueda regresar a casa y cumplir lo que mis gentes desean."

Mael se detuvo de nuevo, como si contemplara algo terrorífico que yo no alcanzaba a ver.

—Continúa —volvió a instarle Avicus.

Mael suspiró.

—En el interior del roble se oyó una risa sofocada, seguida de una voz iracunda que penetró en mi mente, sobresaltándome. El dios me dijo: «Antes debes traerme un sacrificio de sangre. Sólo entonces tendré la fuerza necesaria para convertirte en un dios.»

Mael volvió a interrumpir su relato unos momentos.

—Como sabes, Marius —continuó—, nuestro dios era un dios amable. Cuando te creó, cuando habló contigo, lo hizo sin rabia y sin odio, pero ese otro dios estaba lleno de ira.

Asentí con la cabeza.

—Cuando comuniqué a los sacerdotes lo que el dios me había dicho, retrocedieron, espantados y disgustados.

»"No —dijeron—, el dios siempre exige sangre. No debemos concedérsela. Debe ayunar entre una luna llena y la siguiente, como está prescrito, y hasta que se celebren los ritos anuales, para que salga del roble enflaquecido y famélico como los campos agostados, dispuesto a beber la sangre del sacrificio y a adquirir un aspecto rollizo, como la exuberante primavera que está en puertas."

»¿Qué podía decir yo? —continuó Mael—. Traté de razonar con algunos de los sacerdotes. "Es natural que necesite adquirir fuerza para crear a un dios —les expliqué—. Quizás el Fuego Fatídico también le produjo graves quemaduras y la sangre contribuya a cicatrizar sus heridas. ¿Por qué os negáis a concederle el sacrificio que exige? ¿No hay ningún condenado a muerte en una de vuestras aldeas o poblados que podáis conducir al roble y ofrecérselo al dios?"

»Todos retrocedieron al unísono, sin apartar la vista del árbol, de su puerta y sus numerosos candados. Comprendí que estaban aterrorizados.

»Entonces ocurrió algo terrible que me cambió por completo. El roble emitió un chorro de inquina hacia mí, como si tuviera enfrente a una persona a la que odiara intensamente.

»Lo sentí como si el ser que estaba encerrado en el árbol me mirara cargado de rabia, blandiendo la espada dispuesto a destruirme. Era el poder del dios, que utilizaba su mente para inundar la mía de odio. Pero era tan potente que me quedé paralizado, sin saber qué había ocurrido ni qué hacer.

»Los otros sacerdotes echaron a correr despavoridos. También habían sentido la ira del dios. Yo ni siquiera podía moverme. Contemplé el roble, atrapado por su magia primigenia. De pronto ya no me importaba el dios, ni los poemas, ni las canciones ni el sacrificio. Comprendí que dentro del roble habitaba una criatura muy poderosa y no traté de huir. En aquel momento nació mi alma perversa y maquinadora.

Mael dejó escapar otro dramático suspiro y guardó silencio, con los ojos clavados en mí.

—¿A qué te refieres? —pregunté—. ¿Qué es lo que maquinaste? Habías hablado a través de la mente con el dios amable de vuestro bosque. Le habías visto aceptar en luna llena los sacrificios que le ofrecíais, antes y después del Fuego Fatídico. Me habías visto cuando me transformé. Tú mismo lo has dicho. ¿Qué fue lo que te impresionó tan poderosamente de ese dios?

Durante unos momentos, Mael pareció sentirse abrumado. Luego miró de nuevo al frente y continuó.

—El dios estaba furioso, Marius, dispuesto a salirse con la suya a toda costa.

—Entonces, ¿cómo es que no sentiste miedo?

Se produjo de nuevo un silencio. Yo estaba desconcertado.

Miré a Avicus para confirmar mis sospechas: él era ese dios. Pero habría sido una grosería preguntárselo. Avicus había afirmado hacía un rato que él mismo le había proporcionado a Mael la Sangre Oscura. Así pues, aguardé educadamente.

Mael me miró de soslayo, de una forma extraña. Luego bajó la voz y esbozó una sonrisa maligna.

—El dios quería salir de ese roble —dijo, mirándome fijamente—, y yo sabía que si le ayudaba me concedería la sangre mágica.

—Ya —dije, sin poder reprimir una sonrisa—. El dios quería escapar del roble. Está clarísimo.

—Recuerdo cuando huiste —dijo Mael—, el poderoso Marius, pletórico de energía después del sacrificio de sangre, huyendo de nosotros a toda velocidad. Yo habría hecho lo mismo, te lo aseguro. Mientras cavilaba sobre esas cosas, mientras maquinaba, oí de nuevo la voz del roble dirigiéndose exclusivamente a mí en tono quedo y confidencial.

»"Acércate —me ordenó. Y cuando apoyé la frente en el árbol, dijo—: Háblame de ese Marius, cuéntame cómo escapó. Si me lo dices, te daré la Sangre Oscura y huiremos juntos de este lugar."

Mael estaba temblando, pero Avicus parecía resignado a escuchar esas verdades que conocía hacía tiempo.

—Cada vez está más claro —comenté.

—Todo guarda relación contigo —dijo Mael, mirándome y levantando el puño. Me recordaba a un chiquillo.

—Tú tuviste la culpa —repuse—. Desde el momento que me arrancaste de la taberna en la Galia. Tú me llevaste a él, no lo olvides. Me tuviste prisionero. Pero tu relato sirve para calmarte. Necesitas contárnoslo. Adelante.

Durante unos momentos, pensé que iba a arrojarse sobre mí en un arrebato de ira, pero de pronto se operó un cambio en él. Meneó un poco la cabeza y se serenó, aunque seguía mostrando una expresión adusta.

—Cuando obtuve esta confirmación de la mente del dios —prosiguió—, mi camino quedó trazado fatalmente. Comuniqué de inmediato a los otros sacerdotes que debían traer un sacrificio. No había tiempo para discutir. Les advertí que yo debía ver al condenado antes de que se lo ofrecieran al dios. Tenía que entrar en el árbol junto con el condenado. No temía hacerlo. Les dije que se apresuraran, pues el dios y yo debíamos llevar a cabo cuanto antes el rito mágico.

»Transcurrió aproximadamente una hora hasta que hallaron al desdichado que debía morir en el árbol. Lo trajeron encadenado y sollozando, y abrieron temerosos la recia puerta del roble.

»Sentí la creciente furia del dios que estaba dentro del árbol. Sentí su voracidad. Después de abrir la puerta, hice que el condenado me precediera y entré antorcha en mano en la cámara excavada en el interior del roble.

Asentí esbozando una sonrisa para indicar que sabía lo que debió de sentir en esos momentos.

Mael se volvió hacia Avicus.

—Ante mí estaba Avicus tal como aparece en estos momentos —dijo sin apartar los ojos de su compañero—. Se abalanzó sobre el condenado sin pérdida de tiempo, bebió la sangre de su desdichada víctima con misericordiosa velocidad y arrojó el cadáver a un lado.

»Entonces se precipitó sobre mí, me arrebató la antorcha y la colgó de la pared, peligrosamente cerca de la madera, tras lo cual me agarró por los hombros y me espetó: "Háblame de Marius, cuéntame cómo escapó del roble sagrado. Si no me lo cuentas, te mataré ahora mismo."

Avicus, que escuchaba con calma, asintió como diciendo: «Así fue como sucedió.»

Mael desvió la vista y la fijó de nuevo en el infinito.

—Avicus me hacía daño —dijo—. Si no me hubiera apresurado a decir algo, me habría partido el hombro. De modo que, sabiendo que podía adivinar mis pensamientos, dije: «Dame la Sangre Oscura y huiremos juntos tal como me has prometido. Lo que sé no tiene mayor secreto. Es una cuestión de fuerza y velocidad. Nos encaramaremos a las ramas de un árbol, cosa que los que nos sigan no podrán hacer fácilmente, y avanzaremos por las copas de los árboles.»

»"Pero tú conoces el mundo —repuso Avicus—. Yo no conozco nada. He permanecido prisionero cientos de años. Recuerdo Egipto vagamente. Recuerdo a la Gran Madre vagamente. Debes guiarme. Te concederé la magia que precisas."

»Avicus cumplió su palabra, y la sangre me proporcionó renovadas fuerzas. Aguzamos nuestras mentes y nuestros oídos para percibir lo que pensaban y decían los fieles del bosque y los sacerdotes druidas, y al comprobar que no habían previsto nuestra huida, aunamos nuestras fuerzas y conseguimos abrir la puerta del roble.

»Nos encaramamos de inmediato a la copa de un árbol, tal como habías hecho tú, Marius. Dejamos a nuestros perseguidores atrás y antes del alba atrapamos a unas víctimas en un poblado situado a muchos kilómetros del bosque.

Mael se repantigó en el sillón, como si se sintiera agotado después de la confesión.

Yo, demasiado paciente y orgulloso para destruirlo, no me moví. Comprendí cómo me había involucrado en aquella historia, lo que no dejaba de maravillarme. Miré a Avicus, el dios que había habitado cientos de años en el interior del roble.

Avicus me miró con calma.

—Desde entonces hemos estado juntos —dijo Mael con voz más sosegada—. Cazamos en las grandes ciudades porque nos resulta más sencillo. ¿Quieres saber qué pensamos de los romanos, los insignes conquistadores? Cazamos en Roma porque es la ciudad más grande.

Yo me abstuve de responder.

—A veces nos encontramos con otros —continuó Mael, clavando de pronto la vista en mí—. A veces nos vemos obligados a pelear con ellos porque no nos dejan en paz.

—¿A qué te refieres? —pregunté.

—Son dioses del bosque, como Avicus, tienen la piel abrasada, están débiles y desean beber nuestra sangre poderosa. Supongo que les habrás visto, que más de uno habrá descubierto tu presencia. Es imposible que hayas permanecido oculto tantos años.

No respondí.

—Pero sabemos defendernos —prosiguió Mael—. Tenemos nuestros escondites y nos divertimos jugando con los mortales. ¿Qué más puedo decir?

Había concluido su relato.

Pensé en mi existencia, en mi vida llena de libros, viajes y preguntas, y además de desprecio, sentí lástima de él.

La expresión de Avicus me chocó.

Cuando miraba a Mael, lo hacía con aire pensativo y comprensivo, pero cuando posaba los ojos en mí, su rostro se avivaba.

—¿Y tú qué opinas del mundo, Avicus? —pregunté.

Mael me miró, sorprendido, se levantó del sillón, se me acercó y se inclinó hacia mí, alargando la mano como si fuera a pegarme.

—¿Eso es cuanto tienes que decir de mi relato? —dijo—. ¿Le preguntas a él qué piensa del mundo?

Yo callé. Comprendí que había cometido una torpeza, aunque no fue adrede. Sin embargo, quería zaherirle y por lo visto lo había conseguido.

Avicus se levantó, se acercó a Mael y le obligó a retroceder.

—Calma, querido amigo —dijo suavemente, al tiempo que conducía a Mael de nuevo hacia su sillón—. Sigamos conversando hasta que nos despidamos de Marius. Tenemos tiempo hasta el amanecer. Sosiégate, te lo ruego.

Entonces comprendí lo que había enfurecido a Mael. No es que pensara que yo le había menospreciado, sino que estaba celoso. Creyó que yo trataba de conquistar a su amigo y alejarlo de su lado.

Cuando Mael se sentó de nuevo, Avicus me miró casi con afabilidad.

—El mundo es maravilloso, Marius —dijo plácidamente—. Llegué a él como un hombre ciego después de producirse un milagro. No recuerdo nada de mi vida mortal, salvo que transcurrió en Egipto y que yo no procedía de Egipto. Temo regresar allí. Temo a los viejos dioses que siguen allí. Hemos visitado todas las ciudades del Imperio excepto las de Egipto. Y aún nos queda mucho por ver.

Mael seguía mirándome con suspicacia. Se ajustó la harapienta y sucia capa sobre los hombros, como si se dispusiera a marcharse.

En cuanto a Avicus, parecía sentirse muy a gusto, pese a ir descalzo y tan sucio como Mael.

—Cada vez que nos encontramos a un bebedor de sangre —dijo Avicus—, cosa que no ocurre a menudo, siempre temo que me reconozca como el dios renegado.

Lo dijo con un aplomo y una seguridad que me sorprendió.

—Pero de momento no ha ocurrido —prosiguió—. Algunos hablan de la Gran Madre y la antigua religión, cuando los dioses bebían sangre de los malvados, pero saben del tema menos que yo.

—¿Y qué sabes tú, Avicus? —pregunté abiertamente.

El anciano reflexionó unos momentos, como si se resistiera a responder con sinceridad.

—Creo que me condujeron ante ella —dijo por fin. Sus ojos oscuros tenían una expresión franca y sincera.

Mael se volvió hacia él bruscamente, como si fuera a golpearle por su franqueza, pero Avicus continuó:

—Era muy hermosa. Pero bajé la vista. En realidad no pude verla. Hablaban entre sí y sus cantos me atemorizaron. Yo era un hombre adulto, de eso estoy seguro, y ellos me humillaron. Hablaron de unos honores que eran maldiciones. Es posible que el resto lo haya soñado.

—Estoy cansado de estar aquí —soltó Mael de sopetón—. Quiero irme.

Se levantó y Avicus hizo lo mismo, aunque a regañadientes.

Avicus y yo nos transmitimos un gesto silencioso y secreto que Mael no consiguió interceptar. Creo que se percató de ello y le enfureció, pero no pudo hacer nada por evitarlo.

—Gracias por tu hospitalidad —dijo Avicus, tendiéndome la mano. Durante unos momentos mostró una expresión casi jovial—. A veces recuerdo estas pequeñas costumbres de los mortales. Recuerdo que suelen saludarse y despedirse con un apretón de manos.

Mael estaba pálido de ira.

Por supuesto, había muchas cosas que deseaba decirle a Avicus, pero en aquellos momentos era imposible.

—Tened presente que vivo como cualquier hombre mortal —les dije—, con las mismas comodidades. Sigo teniendo estudios, y tengo libros, como podéis ver. Dentro de un tiempo me dedicaré a viajar por el Imperio, pero de momento prefiero quedarme en Roma, mi ciudad natal, mi hogar. Lo importante para mí es aprender. Contemplar lo que pueda con estos ojos. —Los miré a ambos—. Si quisierais, vosotros también podríais vivir así —continué—. Llevaos ropa limpia. Puedo ofrecérosla. Y unas sandalias cómodas. Si queréis una casa, una vivienda donde disfrutar de vuestros ratos de ocio, puedo ayudaros a conseguirla. Os ruego que aceptéis mi ofrecimiento.

Los ojos de Mael centelleaban de odio.

—Sí, claro —murmuró, pues su furia le impedía alzar la voz—. ¿Y por qué no nos ofreces una villa en la bahía de Nápoles, con terrazas de mármol frente al mar?

Avicus me miró a los ojos. Parecía sereno y sinceramente conmovido por mis palabras.

Pero era inútil insistir.

Me abstuve de responder.

De pronto, mi orgullosa calma se vino abajo. La ira hizo de nuevo presa en mí, junto con la inevitable debilidad. Recordé los himnos del bosque y sentí deseos de abalanzarme sobre Mael y despedazarlo por todo lo que había hecho.

¿Le habría salvado Avicus? Es posible. Pero ¿y si no lo hubiera hecho? ¿Y si yo, que había bebido la sangre de la Reina, demostraba ser más fuerte que los dos juntos?

Miré a Mael. No me temía, lo cual me pareció un dato interesante.

Entonces recobré mi orgullo. No podía rebajarme hasta el extremo de enzarzarme en una pelea física, una pelea que podía degenerar en un combate grotesco y feroz que quizá yo no conseguiría ganar.

No, era demasiado inteligente para cometer esa torpeza. Demasiado noble de corazón. Yo era Marius, el que mataba a los malvados, y él era Mael, un idiota.

Ambos se dispusieron a salir por el jardín y no supe qué decirles. Pero, de pronto, Avicus se volvió hacia mí y dijo apresuradamente:

—Adiós, Marius. Gracias. No me olvidaré de ti.

Sus palabras me chocaron.

—Adiós, Avicus —contesté, antes de oírlos desaparecer en la noche.

Permanecí sentado en el sillón, sintiendo una soledad desoladora.

Contemplé las numerosas estanterías y el escritorio. Contemplé el tintero. Contemplé los cuadros que colgaban en las paredes.

Debí haber tratado de hacer las paces con Mael, de ganarme la amistad de Avicus.

Debí haberlos seguido. Debí haberles implorado que se quedaran. Teníamos aún muchas cosas que decirnos. Les necesitaba tanto como ellos a mí. Tanto como necesitaba a Pandora.

Pero vivía una mentira. La vivía motivado por mi ira. Eso es lo que trato de explicarte. He vivido muchas mentiras, una y otra vez, porque no soporto la debilidad que engendra la ira y no puedo aceptar la irracionalidad del amor.

¡La de mentiras que me he dicho a mí mismo y a los demás! Lo sabía pero no lo sabía.

6

Durante todo un mes no me atreví a acercarme al santuario de los que debían ser custodiados.

Sabía que Mael y Avicus seguían deambulando por Roma en busca de presas. De vez en cuando los veía con el don de la mente e incluso espiaba sus pensamientos. A veces oía sus pasos.

Tenía la sensación de que Mael me atormentaba con su presencia, tratando de amargarme la estancia en la gran ciudad, lo cual me enfurecía. Pensé en tratar de ahuyentarlo, a él y también a su compañero.

Asimismo, estaba obsesionado con Avicus, cuyo rostro no podía olvidar. ¿Qué talante tenía ese extraño ser?, me preguntaba. ¿Qué significaría para él ser mi compañero? Temía no averiguarlo nunca.

De vez en cuando aparecían otros bebedores de sangre en la ciudad en busca de una presa. Yo sentía de inmediato su presencia, y no cabe duda de que una noche se produjo una escaramuza entre un poderoso y beligerante bebedor de sangre y Avicus y Mael. El don de la mente me permitía averiguar cuanto ocurría. Avicus y Mael aterrorizaron al intruso hasta el punto de que éste huyó antes del alba, jurando solemnemente no volver a poner los pies en Roma.

Esto me dio que pensar. ¿Conseguirían Avicus y Mael impedir que otros merodearan por la ciudad al tiempo que me dejaban a mí en paz?

A medida que transcurrían los meses, todo parecía indicar que así era.

Una pequeña cuadrilla de bebedores de sangre cristianos trataron de infestar nuestro territorio de caza. Pertenecían a la misma tribu de adoradores de serpientes que habían ido a verme en Antioquía y que afirmaban que yo poseía antiguas verdades. Los vi con el don de la mente cuando instalaban diligentemente el templo donde se proponían sacrificar a mortales, lo que me asqueó profundamente.

Pero Avicus y Mael los pusieron en fuga, al parecer sin dejarse contaminar por sus peregrinas ideas sobre servir a Satanás, un personaje que a Avicus y a Mael les traía sin cuidado puesto que eran paganos. La ciudad volvía a ser nuestra.

No obstante, al observar estas actividades de lejos, reparé en que ni Mael ni Avicus eran conscientes de su fuerza. Quizás hubieran escapado de los druidas en Gran Bretaña utilizando sus dotes sobrenaturales, pero no conocían un secreto que yo sabía: que sus poderes aumentarían con el paso del tiempo.

Yo me consideraba infinitamente más fuerte que ellos por haber bebido sangre de la Madre. Pero, al margen de esto, mi fuerza había aumentado con el paso de los siglos. Ahora podía alcanzar el tejado de una vivienda de cuatro pisos, muy habitual en Roma, con relativa facilidad. Y ningún contingente de soldados mortales habría sido capaz de hacerme prisionero. Mi velocidad superaba con creces la suya.

Cuando capturaba a una víctima, tenía el mismo problema que todos los vampiros ancianos: controlar mis poderosas manos para evitar estrangularla mientras succionaba su sangre. ¡Una sangre que seguía deseando con avidez!

Sin embargo, espiar esas actividades —la eliminación de los vampiros satánicos por parte de Avicus y Mael— me hizo permanecer alejado del santuario de Akasha y Enkil demasiado tiempo.

Por fin, una tarde, utilizando todas las potentes dotes que poseía para ocultar mi presencia, me dirigí a las colinas donde estaba situado el santuario.

Me sentía obligado a hacer esa visita. Nunca había abandonado a la Pareja Sagrada tanto tiempo y temía que mi abandono acarreara graves consecuencias.

Ahora sé que mis temores eran infundados. Con el paso del tiempo comprendí que podía pasar siglos sin visitar el santuario. No tenía la menor importancia. Pero entonces no lo sabía.

Al fin llegué a la nueva y desolada capilla. Portaba las flores y el incienso de rigor, además de varios frascos de perfume para rociar las ropas de Akasha. Después de encender las lámparas y el incienso, y de haber colocado las flores en los jarrones, sentí una abrumadora debilidad y caí de rodillas.

Permite que te recuerde que, durante los años que viví con Pandora, casi nunca rezaba de ese modo. Pero ahora Akasha me pertenecía sólo a mí.

Miré a la pareja, que seguía inmutable, los dos sentados en el trono tal como los había dejado, con sus largas cabelleras negras trenzadas y ataviados con sus impecables vestiduras egipcias de lino; Akasha lucía un túnica plisada, el rey, una túnica corta. Los ojos de Akasha seguían perfilados con una pintura negra imperecedera que Pandora le había aplicado hábilmente. En la cabeza lucía una espléndida diadema de oro con rubíes engastados que Pandora le había colocado con ternura. Las pulseras de oro en forma de serpiente que llevaba en la parte superior de los brazos eran un regalo de Pandora. Y ambos calzaban unas sandalias que Pandora les había anudado con primor.

Bajo la intensa luz, me pareció que estaban más pálidos, y ahora, siglos más tarde, sé que estaba en lo cierto. Las heridas que habían sufrido a consecuencia del Fuego Fatídico cicatrizaban rápidamente.

Durante esa visita me fijé también en la expresión de Enkil. Reparé asimismo en el hecho de que nunca me había inspirado ninguna devoción, lo cual me pareció peligroso.

En Egipto, cuando me topé con ellos por primera vez —un flamante y fanático bebedor de sangre, espoleado por la súplica de Akasha de que los sacara de Egipto—, Enkil se había apresurado a interceptarme el paso para impedir que me acercara a la Reina.

Sólo tras grandes esfuerzos había conseguido que regresara a su trono. Akasha había cooperado en aquel momento trascendental, pero los movimientos de ambos habían sido torpes, lentos y antinaturales, lo que me había producido una gran angustia.

Eso había ocurrido hacía trescientos años, y desde entonces no habían hecho ningún gesto, salvo cuando Akasha había alzado el brazo para recibir a Pandora.

¡Cómo envidiaba a Pandora que hubiera sido la receptora de ese gesto! Nunca, por más años que viva, podré olvidarlo.

Me pregunté qué pensamientos le rondarían por la mente a Enkil. ¿No tenía celos de que yo dirigiera siempre mis oraciones a Akasha? ¿Era consciente de ello?

Sea como fuere, le comuniqué en silencio que le amaba, que siempre los protegería a él y a su Reina.

Al cabo de un rato, mientras los contemplaba, debí de perder el juicio.

Comuniqué a Akasha lo mucho que la amaba y el peligro que había corrido al ir allí. Sólo la cautela me había impedido acudir antes. Si de mí hubiera dependido, jamás habría dejado el santuario desierto. Debí haberme quedado allí, utilizar mis dotes vampíricas para crear unos mosaicos o unas pinturas en los muros, pues, aunque nunca he creído poseer talento para estas artes, había utilizado mis poderes para realizar en el santuario de Antioquía unas decoraciones, muy buenas por cierto, con el fin de entretener mis largas y solitarias noches.

Pero las paredes de la capilla estaban simplemente encaladas y las abundantes flores que yo había llevado añadían una atractiva nota de color.

—Ayúdame, mi Reina —le supliqué. De pronto, cuando me disponía a explicarle la angustia que me producía la proximidad de esos dos bebedores de sangre, se me ocurrió un pensamiento tan espantoso como evidente.

Avicus jamás podría ser mi compañero. Ni él ni nadie. Porque cualquier bebedor de sangre que poseyera unas dotes mínimamente aceptables adivinaría en mi pensamiento el secreto de los que debían ser custodiados.

Había sido una estúpida pedantería por mi parte ofrecer ropa y alojamiento a Avicus y a Mael. Yo estaba condenado a estar solo.

Experimenté una congoja tan intensa que me produjo náuseas y escalofríos. Miré a la Reina, pero no pude recitar ninguna oración.

Entonces le imploré, desesperado:

—Haz que Pandora regrese junto a mí. Si fuiste tú quien la condujo hasta mí la primera vez, te suplico que la hagas regresar. Jamás volveré a pelearme con ella. Jamás volveré a tratarla con desprecio. Esta soledad es insoportable. Necesito oír el sonido de su voz. Necesito verla.

Seguí suplicándole hasta que, de pronto, temí que Avicus y Mael pudieran andar cerca, de modo que me levanté, me alisé la ropa y me dispuse a marcharme.

—Regresaré —les dije a la Madre y al Padre—. Haré que este santuario sea tan bello como el de Antioquía. Pero esperemos a que ésos se hayan ido.

Cuando me disponía a salir, se me ocurrió una idea: necesitaba beber más de la sangre potente de Akasha. Tenía que ser más fuerte que mis enemigos. Tenía que ser capaz de soportar lo que fuera.

Ten en cuenta que no había vuelto a beber sangre de Akasha desde aquella primera noche, en Egipto, cuando me pidió con el don de la mente que la sacara del país. Ésa había sido la única vez que había bebido sangre suya.

Ni siquiera cuando Pandora se convirtió en una vampiro y bebió sangre de Akasha, me atreví a acercarme a la Madre. Sabía que la Madre era capaz de aniquilar a quienes pretendieran sustraerle por la fuerza su sangre sagrada, pues yo mismo había visto cómo destruía a esos intrusos y sus vanas pretensiones.

En esos momentos, mientras me hallaba ante el pequeño estrado sobre el que estaban sentados los Reyes, me obsesionaba esa idea. Tenía que obtener de nuevo la sangre de la Madre.

Le pedí permiso en silencio y esperé una señal. Cuando Pandora se había transformado en bebedora de sangre, Akasha había alzado un brazo para indicarle que se acercara. Yo había presenciado la escena maravillado y deseaba recibir ahora esa señal.

Pero la señal no se produjo. Mi obsesión fue en aumento hasta que por fin avancé hacia el trono real, decidido a beber la Sangre Divina o morir. Inopinadamente, abracé a mi fría y hermosa Akasha, rodeándola con un brazo y alzando el otro para sostenerle la cabeza. Fui acercándome cada vez más a su cuello, hasta que por fin oprimí los labios contra su piel gélida e insensible. Ella no hizo ningún ademán para destruirme. No sentí el golpe fatal en mi nuca. La Reina permanecía silenciosa entre mis brazos.

Por fin, rasgué con los dientes la superficie de su piel y mi boca se llenó de su espesa sangre, una sangre distinta de la de cualquiera de nosotros.

De inmediato caí en un ensueño y me sentí transportado a un increíble paraíso inundado de sol, verdes prados y árboles en flor. ¡Qué bálsamo tan reconfortante! Era un jardín como los de los antiguos mitos romanos que, curiosamente, me resultaba familiar, protegido eternamente del invierno y repleto de flores maravillosas.

Sí, ese exuberante vergel me resultaba familiar y me ofrecía un refugio seguro.

La sangre me inundó y sentí cómo me endurecía, al igual que había hecho la primera vez que penetró en mis venas. El sol que iluminaba el jardín del santuario se intensificó, hasta que los árboles en flor comenzaron a desaparecer bajo la luz. Una parte de mí, muy pequeña y débil, temía ese sol, pero la otra parte, la mayor parte de mi ser, se deleitaba con el calor que penetraba en mí y con el grato espectáculo que se ofrecía a mis ojos. Pero, de pronto, tan rápidamente como había comenzado, el sueño se desvaneció.

Yo yacía en el frío suelo del santuario, a unos metros del trono, tendido de espaldas.

Durante unos momentos no estuve seguro de lo que había ocurrido. ¿Estaba herido? ¿Me aguardaba algún castigo impuesto por una inexorable justicia? Al cabo de unos segundos comprendí que estaba indemne y que la sangre me había proporcionado un renovado vigor, tal como había imaginado.

Me puse de rodillas y, al echar un vistazo a la Pareja Real, comprobé que permanecían en la misma postura de siempre. ¿Qué me había apartado con tal violencia de Akasha? Nada había cambiado.

Durante largo rato recité en silencio una oración de gratitud por lo ocurrido. Cuando tuve la certeza de que no iba a suceder nada más, me puse de pie y, tras declarar que regresaría pronto para iniciar las decoraciones del santuario, me marché.

Durante el camino de regreso a casa, me sentí eufórico. Reparé con agrado en mi renovada agilidad y mi agudeza mental. Decidí ponerme a prueba y, sacando el puñal, lo hundí hasta la empuñadura en mi mano izquierda, tras lo cual lo retiré y observé que la herida cicatrizaba inmediatamente.

Una vez en casa, desdoblé un pergamino de excelente calidad y describí en mi clave particular, que nadie podía descifrar, los hechos acaecidos en el santuario. No me explicaba por qué me había despertado tendido en el suelo de la capilla después de beber la Sangre Sagrada.

«La Reina me ha permitido beber de nuevo su sangre, y si eso se repite con frecuencia, si puedo alimentarme de nuestra Misteriosa Majestad, obtendré una fuerza extraordinaria. Ni siquiera el vampiro Avicus podrá medirse conmigo, como quizá podía haber hecho antes de esta noche.»

No me equivoqué en cuanto a las consecuencias de este incidente, y a lo largo de los siglos siguientes pude aproximarme a Akasha en numerosas ocasiones.

Lo hice no sólo cuando resulté gravemente herido (una historia que te relataré más adelante), sino cada vez que se me ocurría, como si ella misma me indujera a ello. Pero la Reina, como he confesado con amargura, jamás clavó los dientes en mi cuello para succionarme la sangre.

No, ese honor estaba reservado al vampiro Lestat, tal como te he contado.

Durante los meses siguientes la nueva sangre me resultó muy útil. Comprobé que mi don de la mente se había incrementado. Era capaz de detectar la presencia de Mael y Avicus a bastante distancia, y aunque esa capacidad de espiarles abrió un pasaje mental, por llamarlo de algún modo, a través del cual ellos podían verme observándolos, después de espiarles yo podía desaparecer rápidamente de su vista.

También era capaz de intuir sin mayores dificultad cuándo buscaban mi presencia, y desde luego oía con toda nitidez sus pasos cuando merodeaban por los alrededores de mi casa.

Y otra cosa: abrí mi casa a los humanos.

Lo decidí una tarde, mientras yacía en el césped de mi jardín, soñando. Organizaría banquetes periódicamente. Invitaría a personajes de dudosa reputación y rechazados por la sociedad. Habría música y luces tenues.

Analicé el asunto desde todos los puntos de vista. Sabía que podía hacerlo. Sabía que podía engañar a los mortales respecto a mi naturaleza y que su compañía supondría un gran alivio para mi soledad. Mi lugar de descanso cotidiano no se hallaba dentro de la casa, sino lejos de la misma, de modo que la iniciativa no entrañaba riesgo alguno.

Nada me impedía ponerla en práctica.

Naturalmente, jamás me alimentaría de la sangre de mis convidados. Éstos gozarían de una total seguridad y hospitalidad bajo mi techo. Buscaría a mis víctimas en zonas alejadas y bajo la protección de las sombras. Pero mi casa estaría llena de calor, música y vida.

Pues bien, resultó mucho más sencillo de lo que había previsto.

Ordenaba a mis dulces y amables esclavos que dispusieran unas mesas repletas de comida y bebidas, e invitaba a los filósofos más controvertidos a que conversaran conmigo a lo largo de la noche. Les escuchaba exponer sus teorías, al igual que escuchaba a soldados viejos y abandonados contar unas batallas que sus hijos no deseaban escuchar.

Me parecía un milagro recibir en mis salones a unos mortales que me creían vivo porque me veían asentir y animarles a relatar sus historias después de ofrecerles unas copas de vino. Su presencia me reconfortaba, y me habría gustado que Pandora hubiera estado conmigo para disfrutar también de esas veladas.

A partir de entonces, mi casa no estuvo nunca vacía. Descubrí con asombro que, cuando me aburría durante esas animadas veladas en que el vino corría libremente, no tenía más que retirarme a mi biblioteca y ponerme a escribir, mientras mis ebrios invitados seguían charlando y discutiendo unos con otros sin apenas reparar en lo que yo hacía y se levantaban para saludarme cuando volvía a reunirme con ellos.

Permite que me apresure a aclarar que no me hice amigo de ninguno de esos personajes de mala fama o marginados. Me limitaba a cumplir el papel de anfitrión y espectador generoso, que les escuchaba sin emitir crítica alguna y sin echar jamás de su casa a nadie antes del amanecer.

¡Qué distinta era aquella situación de mi antigua soledad! Es posible que, de no haber bebido la sangre vigorizante de Akasha y de no haberse producido mi disputa con Avicus y Mael, jamás hubiera dado ese paso.

Como he dicho, mi casa estaba siempre llena de gente y de música. Los vinateros me ofrecían sus mejores vinos y un sinfín de hombres jóvenes acudían a mí rogándome que escuchara sus canciones.

De vez en cuando se presentaban en mi casa algunos de los filósofos que estaban en boga y algún que otro insigne maestro, a quienes escuchaba con inmenso placer, asegurándome de amortiguar las luces para que las habitaciones estuvieran en penumbra, pues temía que los más perspicaces descubrieran que yo no era lo que fingía ser.

En cuanto a mis visitas al santuario de los que debían ser custodiados, sabía que no corría ningún peligro, pues mi mente estaba totalmente cerrada a los curiosos.

Algunas noches, cuando los asistentes al banquete organizado en mi casa podían prescindir de mí y creía estar a salvo de toda intromisión, me dirigía al santuario y realizaba la labor que imaginaba que consolaría a mis pobres Akasha y Enkil.

Durante esos años, en lugar de pintar mosaicos, tarea que me había resultado muy difícil en Antioquía, aunque había logrado salir airoso, me dediqué a pintar el tipo de murales que se veían en numerosas casas romanas y que mostraban a dioses y diosas triscando en jardines repletos de flores y frutas en los que reinaba una eterna primavera.

Una noche, mientras me afanaba en mi tarea, canturreando, feliz entre los botes de pinturas, reparé de pronto en que el jardín que estaba plasmando con todo rigor era el jardín que había visto cuando bebí la sangre de Akasha.

Me detuve, me senté en el suelo de la capilla, inmóvil, con las piernas cruzadas como un niño, y miré a nuestros venerables Padres. ¿Me habían inducido ellos a pintar ese jardín?

No tenía ni la más remota idea. El jardín tenía un aspecto vagamente familiar. ¿Lo había visto antes de beber sangre de Akasha? No lo recordaba. ¡Yo, Marius, que me ufanaba de mi memoria! Proseguí con mi trabajo. Cuando hube completado un mural, me dediqué a perfeccionarlo. Retoqué los árboles y las plantas. Pinté la luz del sol y sus reflejos sobre las hojas verdes.

Cuando la inspiración me abandonaba, utilizaba mi sigilo de vampiro para colarme en una elegante villa de las afueras de la gigantesca y pujante ciudad, a fin de examinar a la tenue luz del crepúsculo sus murales, invariablemente espléndidos, en busca de nuevas figuras, nuevos bailes, nuevas posturas y sonrisas.

Por supuesto, lo hacía sin mayores problemas y sin despertar a ningún habitante de la casa. En ocasiones ésta estaba desierta, por lo que mi precaución era innecesaria.

Roma era inmensa y estaba tan concurrida y activa como siempre, pero, debido a las guerras, los cambios políticos, las intrigas y los constantes cambios de emperador, muchas personas eran condenadas al exilio y, aunque algunas no tardaban en regresar, muchas mansiones se quedaban vacías durante un tiempo, invitándome a recorrerlas y disfrutarlas tranquilamente.

A todo esto, los banquetes que celebraba en casa se habían hecho tan famosos que mis salones estaban siempre abarrotados.

Al margen del objetivo que me hubiera marcado esa noche, siempre comenzaba la velada en la grata compañía de los borrachos que habían empezado a disfrutar del festín y a discutir entre sí antes de que yo llegara.

—¡Hola, Marius! —exclamaban al verme entrar en la habitación.

Yo sonreía a todos mis preciados huéspedes.

Nadie sospechó nunca de mí y llegué a encariñarme con algunas de esas deliciosas criaturas, pero tenía siempre presente que era un depredador de seres humanos y que, por lo tanto, no podía dejar que ellas me amaran, por lo que me esmeraba en ocultar mis sentimientos.

Así, con este consuelo mortal, dejé que los años transcurrieran al tiempo que me entregaba a diversas actividades con la energía de un poseso, ya fuera escribir mis diarios, quemarlos o pintar los muros del santuario.

A todo esto, los malditos vampiros adoradores de serpientes volvieron a aparecer. Trataron de fundar su absurdo templo dentro de una de las catacumbas abandonadas en la que los cristianos ya no se congregaban, pero Avicus y Mael consiguieron ahuyentarlos de nuevo.

Yo observaba todo esto inmensamente aliviado de que no me llamaran para participar en la escaramuza, pues recordaba el doloroso episodio en que había asesinado a una cuadrilla de vampiros semejantes en Antioquía, para caer luego en una penosa locura que me había costado el amor de Pandora, al parecer para siempre.

Pero no, no podía ser para siempre; algún día regresaría junto a mí, pensaba yo. Escribí sobre ello en mis diarios.

Dejé la pluma y cerré los ojos. La deseaba con locura. Supliqué que regresara a mi lado. La imaginé con su cabellera castaña y ondulada y su rostro ovalado de expresión melancólica. Traté de recordar con exactitud la forma y el maravilloso color de sus ojos oscuros.

¡Cómo le gustaba discutir conmigo! Conocía a los poetas y los filósofos, razonaba con extraordinaria habilidad, pero yo me mofaba constantemente de ella.

Ni siquiera recuerdo los años que transcurrieron así.

Yo era consciente de que, aunque no nos habláramos, aunque ni siquiera nos tropezáramos por la calle, Avicus y Mael se habían convertido en mis compañeros debido a su mera presencia. En cuanto al hecho de que hubieran limpiado las calles de Roma de otros bebedores de sangre, estaba en deuda con ellos.

Como supongo que habrás deducido por todo lo que te he contado, no prestaba mucha atención a lo que ocurría en el gobierno del Imperio.

Sin embargo, lo cierto era que me preocupaba sobremanera la suerte del Imperio, pues para mí representaba el mundo civilizado. Y aunque por las noches me convertía en un cazador furtivo, en un asqueroso asesino de humanos, no dejaba de ser un romano que en todos los demás aspectos llevaba una existencia civilizada.

Creo que suponía, al igual que cualquier viejo senador de la época, que antes o después las eternas batallas del Imperio acabarían por resolverse. Un gran hombre, con el poder de Octavio, se alzaría para unir de nuevo al mundo entero.

Entretanto, los ejércitos patrullaban continuamente las fronteras repeliendo el peligro bárbaro, y si la responsabilidad de elegir emperador recaía una y otra vez sobre los ejércitos, había que aceptarlo siempre y cuando el Imperio permaneciera intacto.

En cuanto a los cristianos que había por todas partes, no sabía qué pensar de ellos. Para mí era un misterio que ese pequeño culto, nacido nada menos que en Jerusalén, hubiera llegado a alcanzar unas dimensiones tan tremendas.

Ya antes de marcharme de Antioquía, me había sorprendido el triunfo del cristianismo, la eficacia con que se estaba organizando y el hecho de que su éxito se basara en la división y la disidencia.

Pero Antioquía, como he dicho, era Oriente. Que Roma capitulara ante los cristianos me parecía imposible. En todas partes, un gran número de esclavos había abrazado la nueva religión, pero también lo habían hecho hombres y mujeres de alto rango. Y las persecuciones resultaban ineficaces como arma disuasoria.

Antes de proseguir con mi relato, permíteme señalar lo que ya han señalado otros historiadores, que antes del cristianismo todo el mundo antiguo vivía en una especie de armonía religiosa, que nadie perseguía a nadie por motivos religiosos.

Incluso los judíos, que se negaban a asociarse con otros, se habían dejado atraer fácilmente por los griegos y los romanos, que les permitían practicar sus creencias extremadamente antisociales. Fueron ellos quienes se rebelaron contra Roma, no Roma quien trató de esclavizarlos. Así, esta armonía reinaba en todo el mundo.

Todo ello me llevó a pensar, cuando oí predicar por primera vez a unos cristianos, que esta religión tenía escasas posibilidades de prosperar. Hacía demasiado hincapié en que los nuevos miembros evitaran todo contacto con los respetados dioses de Grecia y Roma, por lo que supuse que esa secta no tardaría en desaparecer.

Por otra parte, se producían constantes disputas entre los cristianos en lo referente a sus creencias. Pensé que acabarían destruyéndose unos a otros y que el cuerpo de sus ideas, o como quiera que se llamara, se evaporaría.

Pero no ocurrió así, y la Roma del siglo IV en la que yo vivía estaba atestada de cristianos. Para celebrar sus ceremonias, aparentemente mágicas, se reunían en las catacumbas y en casas particulares.

Mientras observaba todo esto, aunque sin prestar demasiada atención, se produjeron un par de acontecimientos que me dejaron estupefacto.

Permíteme que me explique.

Como he dicho, los emperadores de Roma estaban continuamente enzarzados en guerras. No bien designaba el Senado romano a un nuevo emperador, éste era asesinado por otro. Antes de que las tropas acabaran de recorrer las provincias remotas del Imperio para instaurar a un nuevo césar, éste ya había sido eliminado.

En el año 305, dos de estos soberanos llevaban el título de augusto y otros dos de césar. Yo no sabía muy bien qué significaban. Para ser más precisos, sentía demasiado desprecio por esas cosas como para tratar de averiguarlo.

Estos llamados «emperadores» tenían por costumbre invadir Italia con irritante frecuencia. En el año 307, uno de ellos, llamado Severo, llegó hasta las mismas puertas de Roma.

Yo, que contaba con poco más que la grandeza de Roma para consolarme de mi soledad, no quería que mi ciudad natal fuera saqueada.

No tardé en percatarme, cuando empecé a prestar atención, que toda Italia, así como Sicilia, Córcega, Cerdeña y el norte de África, se hallaban bajo el gobierno del «emperador» Majencio, precisamente el que había vencido a Severo y en la actualidad trataba de repeler a otro invasor, Galerio, a quien por fin logró derrotar.

Majencio, que vivía tan sólo a diez kilómetros de las murallas de la ciudad, era una bestia. Durante un trágico episodio, dejó que los pretorianos, es decir, su guardia personal, masacraran a la población de Roma. Sentía una profunda inquina hacia los cristianos, a quienes perseguía gratuita y cruelmente; y corría el rumor de que había seducido a las esposas de unos ciudadanos insignes, causándoles la mayor ofensa imaginable. Los senadores fueron objeto de graves vejaciones por parte de Majencio, que dejaba que sus soldados se desmadraran en Roma.

Con todo, nada de esto me quitó el sueño hasta que me enteré de que uno de los otros emperadores, Constantino, se proponía marchar sobre Roma. Era la tercera amenaza que se había producido últimamente contra mi amada ciudad, y me sentí muy aliviado cuando Majencio decidió que el enfrentamiento tuviera lugar a una distancia considerable de las murallas. Como es lógico, lo hizo porque sabía que los romanos no le apoyarían.

¿Quién iba a suponer que esta batalla se convertiría en una de las más decisivas del mundo occidental?

Por supuesto, la batalla se libró de día, de modo que no me enteré de nada hasta que me desperté al anochecer. Subí apresuradamente la escalera de mi escondite subterráneo y, al llegar a mi casa, encontré a mis invitados habituales borrachos, por lo que tuve que salir a la calle para averiguar lo ocurrido por boca de los ciudadanos.

Constantino se había erigido en vencedor indiscutible. Había masacrado a las tropas de Majencio y éste había caído al Tíber y se había ahogado. Pero lo que más impresionó a las personas que se hallaban congregadas en todas partes, fue el rumor de que Constantino, antes de entrar en combate, había visto en el cielo una señal enviada por Jesucristo.

La señal se había manifestado poco después del mediodía, cuando Constantino había levantado la vista al cielo y había contemplado, justo encima del sol que empezaba a declinar, la señal de la cruz y esta inscripción: «Con ella vencerás.»

Mi reacción fue de incredulidad. ¿Era posible que un emperador romano hubiera tenido una visión cristiana? Regresé apresuradamente a mi escritorio, anoté todos estos pormenores en mi precario diario y aguardé a que la historia los confirmara.

En cuanto a los comensales de mi sala de banquetes, todos se habían despabilado y discutían sobre el asunto. Ninguno de nosotros daba crédito a lo ocurrido. ¿Constantino cristiano? Más vino, por favor.

De inmediato, para asombro de todos pero sin sombra de duda, Constantino demostró ser un hombre cristiano.

En lugar de fundar templos para celebrar su gran victoria, como era costumbre, fundó iglesias cristianas y envió recado a sus gobernadores ordenándoles que imitaran su ejemplo.

A continuación regaló al papa de los cristianos un palacio situado en la colina Celio. Permite que me apresure a aclarar que este palacio siguió en manos de los papas de Roma durante mil años. Yo conocí a los papas que lo ocuparon, fui a ver al vicario de Cristo que habitaba en él preguntándome adónde conduciría todo eso.

No tardaron en promulgarse unas leyes que prohibían la crucifixión como método de ejecución, y también se prohibieron los juegos de gladiadores. El domingo fue proclamado día festivo. El emperador concedió otros beneficios a los cristianos, y al poco tiempo nos enteramos de que éstos le habían pedido que mediara en sus disputas doctrinales.

Esas disputas se agravaron hasta el punto de que en algunas ciudades africanas estallaron revueltas en las que los cristianos se asesinaban unos a otros. El papa quería que el emperador interviniera en el asunto.

Es importante tener esto en cuenta para comprender el cristianismo. Desde sus mismos orígenes, fue una religión que propició graves peleas y guerras, atrajo el poder de las autoridades temporales y las asimiló en su seno, confiando en resolver sus numerosas crisis mediante la fuerza bruta.

Yo observaba todo esto con asombro. Como es natural, mis convidados discutían acaloradamente sobre el tema. Por lo visto, algunos de los que se sentaban a mi mesa hacía tiempo que se habían convertido al cristianismo. Ahora ya no tenían que ocultarlo. En cualquier caso, el vino seguía corriendo y la música no dejaba de sonar.

Te aseguro que el cristianismo no me inspiraba ni temor ni un profundo disgusto. Como he dicho, había presenciado su desarrollo con perplejidad.

Y después de que Constantino compartiera incómodamente el Imperio con Licinio durante más de diez años, asistí a unos cambios que jamás hubiera imaginado que se producirían. Evidentemente, las antiguas persecuciones habían sido un rotundo fracaso. El cristianismo constituyó un éxito sin precedentes.

A mí me parecía una mezcla del pensamiento romano y las ideas cristianas. O, para ser más precisos, una mezcla de estilos y de formas de contemplar el mundo.

Por fin, cuando Licinio hubo desaparecido, Constantino se erigió en el gobernante absoluto del Imperio y asistimos a la unificación de todas sus provincias. La desunión de los cristianos le preocupaba profundamente, y en Roma nos enteramos de la celebración de gigantescos concilios ecuménicos en Oriente. El primero se celebró en Antioquía, donde yo había vivido con Pandora y que seguía siendo una gran ciudad, quizás en muchos aspectos más animada e interesante que la Roma de la misma época.

La irritación de Constantino estaba motivada por la herejía arriana. Todo se debía a un pequeño detalle de las Sagradas Escrituras que a Constantino se le antojaba absurdo que causara tanto revuelo. Con todo, algunos obispos fueron excomulgados de la poderosa Iglesia y dos meses más tarde se celebró en Nicea otro concilio, más importante que el primero, presidido de nuevo por Constantino.

En ese concilio se formuló el Credo de Nicea, que todavía hoy recitan los cristianos. Los obispos que lo suscribieron condenaron y excomulgaron de nuevo por hereje al teórico y escritor cristiano Arrio y quemaron sus escritos. Arrio fue expulsado de su Alejandría natal. Fue una sentencia inapelable.

No obstante, aunque el concilio lo hubiera proscrito, Arrio prosiguió su lucha por ser reconocido.

La otra gran cuestión de ese concilio, que sigue siendo un tanto confusa en el cristianismo, fue la de la verdadera fecha de la Pascua, o aniversario de la resurrección de Jesucristo. Decidieron calcular esa fecha utilizando un método basado en un sistema occidental. Y así terminó el concilio.

El emperador pidió a los obispos que habían asistido al concilio que se quedaran para celebrar sus veinte años en el trono, una petición a la que ellos, por supuesto, accedieron. ¿Cómo iban a negarse?

Sin embargo, la noticia de esos fastuosos festejos causó una gran envidia y malestar en Roma, que se sintió humillada por no haber participado en ellos. Así pues, todos exhalaron un suspiro de alivio y de satisfacción cuando en enero del año 326 el emperador regresó de nuevo a nuestra ciudad.

Pero antes de su llegada ocurrieron unos hechos terribles relacionados con el nombre de Constantino. Por razones que nadie logró averiguar, de camino a casa aprovechó para matar a su hijo Crispo, a su hijastro Licinio y a su esposa, la emperatriz Fausta. Los historiadores pueden hacer todas las conjeturas que quieran, pero lo cierto es que nadie sabe por qué cometió Constantino esas atrocidades. Es posible que existiera un complot contra él. Y es posible que no.

Permíteme añadir que estos hechos ensombrecieron el ánimo de los romanos y que, cuando llegó el emperador, la vieja clase gobernante se llevó un chasco al comprobar que vestía según el exótico estilo oriental, con sedas y damasco, y que se negaba a participar en la importante procesión hasta el templo de Júpiter, tal como deseaba el pueblo que hiciera.

Como es natural, los cristianos le adoraban. Ricos y pobres acudieron a verlo ataviado con sus ropajes orientales y sus joyas, y se quedaron impresionados por su generosidad cuando fomentó la construcción de más iglesias.

Y pese al poco tiempo que Constantino pasó en Roma, a lo largo de los años permitió que se completaran las obras de numerosos edificios seculares iniciadas durante la época de Majencio y mandó construir unas grandes termas que llevaban su propio nombre.

Entonces empezaron a circular unos rumores increíbles. Constantino se proponía construir una nueva ciudad. Roma le parecía demasiado vieja y destartalada para ser la capital. Deseaba erigir en Oriente una nueva ciudad para el Imperio, y esa ciudad llevaría su nombre.

¡Imagínate!

Los emperadores del último siglo habían viajado por todas las provincias del Imperio. Habían peleado entre sí, dividiéndose en parejas y tetrarquías, reuniéndose aquí y allá y asesinándose unos a otros.

Pero ¿quitarle la capitalidad a Roma? ¿Crear otra gran ciudad para que fuera el centro del Imperio?

Me parecía inconcebible.

Me sumí en el más amargo rencor y en la desesperación.

Todos mis invitados nocturnos compartían mi abatimiento. Los viejos soldados se quedaron anonadados por la noticia y uno de los ancianos filósofos rompió a llorar desconsoladamente. ¡Fundar otra ciudad para que fuera la capital del Imperio romano! Los más jóvenes estaban furiosos, pero no podían ocultar su curiosidad ni sus tímidas conjeturas acerca del lugar donde se erigiría esa nueva ciudad.

Yo no podía llorar como deseaba hacer, pues mis lágrimas habrían estado teñidas de sangre.

Pedí a los músicos que tocaran viejas canciones, unas canciones que yo mismo les había enseñado porque no habían oído hablar de ellas. En un momento dado todos nos pusimos a cantar juntos —mis convidados mortales y yo— una canción lenta y melancólica sobre el declinante esplendor de Roma, que no podíamos olvidar.

Aquella noche soplaba una brisa fresca. Salí al jardín para contemplar la vista desde la ladera de la colina. Vi unas luces en la oscuridad. Oí risas y conversaciones en otras casas.

—¡Esto es Roma! —murmuré.

¿Cómo podía abandonar Constantino una ciudad que había sido la capital del Imperio durante mil años de luchas, triunfos, derrotas y gloria? ¿Es que no había nadie capaz de hacerle entrar en razón? Era imposible que eso ocurriera.

Pero, después de visitar todos los rincones de la ciudad para escuchar las opiniones de una gran variedad de personas, después de recorrer las poblaciones situadas fuera de sus murallas, comprendí lo que había motivado al emperador.

Constantino quería iniciar su Imperio cristiano en un lugar que ofreciera importantes ventajas, y no podía retirarse a la península italiana dado que buena parte de la cultura de su pueblo residía en Oriente. Por lo demás, tenía que defender sus fronteras orientales. El Imperio persa constituía una permanente amenaza. Y Roma no era el lugar idóneo para que un hombre tan poderoso como el emperador fijara en él su residencia.

Por consiguiente, Constantino había elegido la remota ciudad griega de Bizancio para fundar en ella Constantinopla, su nuevo hogar.

Me negaba a contemplar cómo mi hogar, mi sacrosanta ciudad, era desechada por un hombre que yo, como romano, no podía aceptar.

Corrían rumores de la increíble, la prodigiosa celeridad con que se habían trazado los planos de Constantinopla y se habían iniciado las obras.

Muchos romanos se apresuraron a seguir a Constantino a esta nueva ciudad. Acaso por invitación del emperador, o porque les apetecía, muchos senadores se trasladaron con su familia y su fortuna a la nueva y espléndida capital, que estaba en boca de todos.

Al poco me enteré de que un gran número de senadores procedentes de todas las ciudades del Imperio se habían marchado a Constantinopla. A medida que erigían termas, edificios consistoriales y circos en la nueva capital, robaban las estatuas más espectaculares de ciudades de toda Grecia y Asia para adornar las nuevas obras arquitectónicas.

Roma, mi Roma, ¿qué será de ti?, me preguntaba.

Por supuesto, mis fiestas nocturnas apenas se vieron afectadas por ese hecho. Los que venían a cenar a casa de Marius eran maestros e historiadores pobres que no tenían medios para trasladarse a Constantinopla, o jóvenes curiosos e impetuosos que aún no habían tomado esa sabia decisión.

Como de costumbre, yo gozaba de la compañía de numerosos mortales. Incluso había heredado un grupo de filósofos griegos de gran talento, que se habían quedado desprotegidos al marcharse las familias para las que trabajaban a Constantinopla, donde sin duda hallarían tutores más brillantes que dieran clase a sus hijos.

Pero la gente que se reunía en mi casa no era lo que me quitaba el sueño.

En realidad, a medida que transcurrían los años me sentía cada vez más abatido.

Me parecía terrible no tener un compañero inmortal que pudiera comprender lo que yo sentía. Me pregunté si Mael o Avicus serían capaces de entenderlo. Sabía que seguían merodeando por las mismas calles que yo. Los oía.

Echaba tanto de menos a Pandora que ya no podía pensar en ella.

En mi desesperación, pensaba que si ese tal Constantino lograba preservar el Imperio, si el cristianismo era capaz de cohesionarlo e impedir que se disgregara, si sus diversas provincias permanecían unidas, si Constantino lograba frenar a los bárbaros que se dedicaban tan sólo a saquear edificios y ciudades en lugar de construirlos o preservarlos, ¿quién era yo, que vivía al margen de toda existencia normal, para juzgarlo?

Las noches en que mi mente desarrollaba una actividad febril, reanudaba las anotaciones en mi diario. Y las noches que estaba seguro de que Mael y Avicus no andaban cerca, me dirigía a las colinas para visitar el santuario.

Mi trabajo en los muros de la capilla era incesante. En cuanto terminaba un mural, comenzaba de nuevo. No lograba plasmar unas ninfas y unas diosas con la perfección que deseaba. Sus figuras no eran lo suficientemente esbeltas ni sus brazos lo bastante airosos. El cabello dejaba mucho que desear. En cuanto a los jardines que pintaba, todas las variedades de flores existentes me parecían pocas.

Tenía la persistente sensación de haber visto ese jardín, de haberlo conocido mucho antes de que Akasha me permitiera beber su sangre. Había contemplado sus bancos de piedra, sus fuentes.

Estaba tan convencido que, mientras pintaba, no conseguía librarme de la sensación de hallarme en ese jardín. No estoy seguro de que eso beneficiara mi trabajo. Tal vez lo perjudicara.

Tenía la firme convicción de que había algo anormal en mi labor, algo inherentemente siniestro en mi manera de dibujar las figuras humanas con una destreza rayana en la perfección, en cómo creaba unos colores tan extraordinariamente intensos y añadía un sinfín de pequeños detalles. Lo que más me repelía era mi afición a los detalles decorativos.

Me sentía obligado a realizar ese trabajo y al mismo tiempo lo odiaba. Componía jardines repletos de hermosas y míticas criaturas para luego borrarlos. A veces pintaba con tal celeridad que quedaba agotado y caía rendido al suelo del santuario, donde permanecía sumido en un sueño paralizador durante una jornada entera en lugar de retirarme a descansar a mi ataúd, situado en un lugar oculto no lejos de mi casa.

Somos monstruos, pensaba cuando pintaba o contemplaba mi obra y sigo pensando en estos momentos. El hecho de que desee continuar existiendo no tiene nada que ver. Somos seres anormales. Somos testigos imbuidos de un exceso de sentimientos y a la vez de una profunda insensibilidad. Mientras pensaba en esas cosas, tenía ante mí a dos testigos mudos: Akasha y Enkil.

¿Qué les importaba a ellos lo que yo hiciera?

Unas dos veces al año les cambiaba sus elegantes ropajes, alisando con esmero los pliegues del vestido de Akasha. Le compraba con frecuencia nuevas pulseras y se las ponía en los inertes brazos con gestos pausados y delicados para no ofenderla. Me entretenía adornando el cabello trenzado de nuestros Padres con oro. Colocaba un espléndido collar sobre los hombros desnudos del Rey.

Nunca les hablaba. Me imponían demasiado respeto. Sólo me dirigía a ellos a través de mis plegarias.

Trabajaba en silencio en el santuario, rodeado de botes de pintura y pinceles. Y guardaba silencio mientras permanecía sentado, contemplando con manifiesto disgusto mi obra.

Una noche, al cabo de muchos años de diligente trabajo en la capilla, retrocedí para contemplar el conjunto de mi obra con distanciamiento, cosa que no había hecho hasta entonces. La cabeza me daba vueltas. Me situé junto a la entrada como si fuera un observador ajeno y, olvidándome por completo de la Pareja Divina, me limité a contemplar los murales.

Entonces se me impuso la verdad con meridiana claridad. Había pintado a Pandora. La había pintado por doquier. Todas las ninfas, todas las diosas eran Pandora. ¿Cómo no había reparado antes en ello?

Me sentía anonadado y sobrecogido. «Sin duda se trata de un efecto óptico», me dije. Me restregué los ojos para ver con mayor claridad, como habría hecho un mortal, y contemplé de nuevo mi trabajo. No. Era Pandora, plasmada en toda su belleza, la que aparecía por doquier. El atuendo y el estilo de peinado variaban, sí, aparte de otros adornos, pero todas esas criaturas eran Pandora y yo no me había percatado hasta entonces.

Desde luego, el infinito jardín seguía pareciéndome familiar, pero Pandora tenía poco o nada que ver con esa sensación. La inevitable presencia de Pandora provenía de otra fuente de sensaciones. Pandora jamás me abandonaría. Ésa era mi maldición.

Escondí las pinturas y los pinceles detrás de los Padres Divinos, como hacía siempre (habría sido una ofensa para el Padre y la Madre dejarlos a la vista), y regresé a Roma.

Faltaban unas horas para que amaneciera, durante las cuales sufrí lo indecible y pensé en Pandora como jamás había hecho.

Al llegar a mi casa comprobé que la juerga había decaído un poco, como solía ocurrir al despuntar el día. Algunos de los invitados se habían tumbado a dormir la borrachera sobre el césped; otros estaban sentados charlando. Ninguno de ellos reparó en mí cuando entré en la biblioteca para sentarme ante mi escritorio.

Contemplé a través de la puerta abierta los árboles en sombra, deseando morir.

No tenía valor para continuar con esta existencia que me había creado, hasta que de pronto, desesperado, me volví y contemplé los murales de la habitación. Por supuesto, yo mismo había aprobado esos murales y pagaba para que los restauraran o modificaran periódicamente.

Pero en esos momentos no los contemplé desde el punto de vista del hombre rico que podía adquirir lo que deseaba, sino desde el de Marius el monstruo-pintor, que había plasmado la figura de Pandora más de veinte veces en las cuatro paredes del santuario de Akasha.

De pronto advertí lo mediocres que eran esas pinturas, lo rígidas y pálidas que eran las diosas y las ninfas que poblaban el universo de mi estudio. Me apresuré a despertar a mis esclavos y les dije que al día siguiente debían cubrir esos muros con una nueva capa de pintura. También les ordené que compraran varios botes de la mejor pintura que existiera en el mercado. No les indiqué cómo debían redecorar los muros. Eso era cosa mía. Ellos debían limitarse a cubrirlos.

Mis sirvientes estaban acostumbrados a mis excentricidades y, después de asegurarse de que me habían entendido, volvieron a acostarse.

Yo no sabía lo que me proponía hacer, sólo que me sentía impelido a pintar, y pensé que, si era capaz de hacerlo, lograría salir adelante.

Mi desesperación aumentó.

Tomé un pergamino para hacer una anotación en mi diario, y estaba relatando la experiencia de comprobar que me hallaba rodeado por la figura de mi amada, lo cual sin duda contenía un elemento de brujería, cuando de pronto oí un sonido inconfundible.

Avicus estaba junto a la verja de mi casa, preguntándome con su potente don de la mente si podía saltar la tapia y entrar a visitarme.

Aunque no le hacían ninguna gracia los mortales que se hallaban en mi sala de banquetes y en mi jardín, me pidió permiso para entrar.

De inmediato le respondí en silencio que pasara.

Hacía años que lo había vislumbrado por última vez en unos callejones de la ciudad, y no me sorprendió verlo vestido como un soldado romano y comprobar que portaba un puñal y una espada.

Llevaba la ondulada y espesa mata de pelo limpia y bien peinada, y toda su persona ostentaba un aire de prosperidad y bienestar, pero sus ropas estaban manchadas de sangre. No era sangre humana, pues, de haberlo sido, yo habría percibido su olor. En el acto me dio a entender, con su expresión facial, que se encontraba en una delicada situación.

—¿Qué ocurre? ¿Qué puedo hacer por ti? —pregunté, tratando de ocultar mi tremenda soledad, mi necesidad de tocarle la mano.

«Eres una criatura como yo —quería decirle—. Somos monstruos y podemos abrazarnos. Mis invitados son seres frágiles y tiernos.» Pero no dije nada.

—Ha ocurrido algo terrible —contestó Avicus—. No sé cómo remediarlo, ni siquiera si puede remediarse. Te ruego que me acompañes.

—¿Acompañarte adónde? —pregunté amablemente.

—Se trata de Mael. Está gravemente herido y no sé si el daño puede repararse.

Salimos de inmediato.

Le seguí a través de un populoso barrio de Roma donde los nuevos edificios se alzaban unos frente a otros, a veces a una distancia de tan sólo medio metro. Por fin llegamos a una espléndida casa ubicada en las afueras de la ciudad, una vivienda de reciente construcción provista de una recia verja. Avicus me condujo a través del portal hasta un amplio y hermoso atrio, o patio, situado en el interior de la casa.

Permíteme hacer un inciso para señalar que, durante nuestro breve recorrido, Avicus no utilizó toda su potencia, pero me abstuve de comentarlo y le seguí a paso lento.

Atravesamos el atrio y penetramos en la estancia principal de la casa, que habría servido de comedor a unos mortales, y allí, a la luz de una lámpara, vi a Mael postrado en el suelo enlosado.

En sus ojos se reflejaba la luz de la lámpara.

Me apresuré a arrodillarme junto a él.

Tenía la cabeza ladeada, en una postura antinatural, y uno de sus brazos estaba torcido, como si se hubiera dislocado el hombro. Su cuerpo presentaba un aspecto cadavérico, y su piel, una palidez escalofriante. La expresión con que me miró no era ni maliciosa ni suplicante.

Llevaba unas ropas muy parecidas a las de Avicus, empapadas de sangre, que le quedaban holgadas debido a su extremada delgadez. Su largo cabello rubio también estaba manchado de sangre y sus labios no cesaban de temblar, como si tratara de hablar pero no pudiera articular palabra.

Avicus me hizo un gesto de impotencia con ambas manos.

Me incliné sobre Mael para examinarlo más de cerca, mientras Avicus acercaba el quinqué para iluminar con su cálido resplandor la figura tendida en el suelo.

Mael emitió un sonido grave y áspero y vi que tenía unas profundas heridas teñidas de rojo en el cuello y en el hombro desnudo, sobre el que se había deslizado la túnica. El brazo formaba un ángulo anómalo con respecto al cuerpo y tenía el cuello torcido, haciendo que la cabeza apareciera en una postura forzada.

En un momento de exquisito horror, comprendí que esas partes de su cuerpo, o sea, su cabeza y su brazo, habían sido desplazadas de su lugar.

—¿Cómo ha ocurrido? —pregunté, mirando a Avicus—. ¿Lo sabes?

—Le han cortado la cabeza y el brazo —respondió Avicus—. Nos topamos con una partida de soldados borrachos que andaban buscando gresca. Tratamos de rehuirlos, pero cayeron sobre nosotros. Deberíamos habernos alejado por los tejados, pero estábamos seguros de que no nos ocurriría nada. Nos considerábamos superiores, invencibles.

—Entiendo —contesté. Tomé la mano del brazo indemne de Mael y él me apretó la mía. Confieso que me sentía profundamente impresionado, pero procuré que ellos no lo advirtieran para no incrementar su temor.

Con frecuencia me había preguntado si era posible que nos destruyeran desmembrándonos, y en esos momentos comprendí la angustiosa verdad. No bastaba con que nuestra alma abandonara este mundo.

—Nos rodearon antes de que pudiéramos reaccionar —dijo Avicus—. Yo conseguí librarme de los que querían herirme, ¡pero mira lo que le han hecho a él!

—Y lo trajiste aquí para tratar de restituirle la cabeza y el brazo.

—¡Aún estaba vivo! —contestó Avicus—. Esos canallas borrachos se habían largado. Enseguida advertí que Mael estaba vivo. ¡Me miraba fijamente, tendido en la calle, desangrándose! ¡Incluso alargó el brazo indemne para colocarse de nuevo la cabeza sobre el tronco!

Avicus me miró como implorándome que le comprendiera, o quizá que le perdonara.

—Estaba vivo —repitió—. La sangre manaba a chorros de su cuello y su cabeza. Allí mismo, en la calle, le coloqué la cabeza sobre el tronco y le encajé el brazo en el hombro. ¡Pero he hecho una verdadera chapuza!

Mael me apretó la mano con fuerza.

—¿Puedes responderme? —le pregunté—. Si no puedes hablar, emite un sonido.

Mael volvió a emitir aquel sonido ronco, pero esta vez me pareció oír la palabra «sí».

—¿Deseas vivir? —pregunté.

—¡No le preguntes eso! —protestó Avicus—. En estos momentos le falta valor para seguir viviendo. Sólo te pido que me ayudes a enmendar mi torpeza. —A continuación se arrodilló junto a Mael, se inclinó sobre él apartando la lámpara para no lastimarlo y le besó en la frente.

De labios de Mael brotó la misma respuesta: «sí».

—Acércame más lámparas —le dije a Avicus—. Pero, antes de proseguir, debo aclarar que no poseo unos poderes extraordinarios en esta materia. Creo saber lo que ha ocurrido y cómo remediarlo. Eso es todo.

Avicus se apresuró a ir en busca de varios quinqués, los encendió y los dispuso formando un círculo ovalado alrededor de Mael. Parecían los extraños preparativos de un hechicero que se disponía a realizar un ritual mágico, pero no dejé que esos incómodos pensamientos me distrajeran y, cuando pude ver con mayor claridad, me acerqué más para examinar a fondo todas las heridas y la figura depauperada, exangüe y esquelética de Mael.

Al cabo de unos momentos me incliné hacia atrás y me senté sobre los talones. Miré a Avicus, que estaba sentado frente a mí, al otro lado de su amigo.

—Explícame exactamente lo que hiciste —dije.

—Traté de acoplar la cabeza al cuello lo mejor posible, pero, como puedes ver, lo hice mal. ¿Sabes cómo reparar este desaguisado? —preguntó.

—El brazo también está mal encajado —observé.

—¿Qué podemos hacer?

—¿Forzaste la cabeza y el brazo para encajarlos en sus lugares correspondientes? —inquirí.

Avicus reflexionó unos momentos antes de responder.

—Ya te entiendo. Sí, forcé ambas partes para adherirlas de nuevo al cuerpo de Mael. Creo que empleé demasiada fuerza.

—Bien, procuraré subsanar el error, pero te repito que no poseo unos conocimientos secretos. Me guío por el hecho de que Mael aún vive. Creo que debemos quitarle la cabeza y el brazo y ver si ambas partes, una vez colocadas correctamente junto al cuerpo, tratan de acoplarse al mismo por sí solas.

Aunque lentamente, Avicus asimiló lo que yo acababa de decir y su rostro se animó.

—Sí —dijo—, quizá se acoplen como es debido. Si han podido unirse estando mal colocados, podrán hacerlo estando bien.

—Exacto —dije—, pero debes hacerlo tú. Mael confía en ti.

Avicus miró a su amigo y comprendí que no iba a ser tarea fácil. Luego alzó lentamente los ojos y los clavó en mí.

—Primero debemos proporcionarle sangre nuestra para fortalecerlo —dijo.

—No, le daré sangre mía después —repliqué—. La necesitará para que cicatricen sus heridas. —Me disgustaba haberme comprometido a hacerlo, pero de pronto comprendí que no quería que Mael muriera. Es más, ansiaba hasta tal punto que viviera que incluso pensé en hacerme cargo de toda la operación.

Pero no podía entrometerme. Era Avicus quien debía decidir lo que había que hacer.

Sin previo aviso, Avicus colocó la mano izquierda sobre el hombro de Mael y tiró del maltrecho brazo con todas sus fuerzas. El brazo se separó en el acto del cuerpo, del que colgaban unos ligamentos ensangrentados semejantes a las raíces de un árbol.

—Ahora colócalo junto al cuerpo, sí, ahí, y veamos si trata de acoplarse.

Avicus me obedeció, pero alargué la mano apresuradamente para guiar el brazo, sin aproximarme demasiado, esperando a que comenzara a moverse por sí mismo. De repente sentí un espasmo en el brazo y al soltarlo vi que se acoplaba rápidamente al hombro. Los ligamentos se agitaron como diminutas serpientes al penetrar en el cuerpo, hasta que la abertura quedó completamente cerrada.

Mis sospechas se vieron confirmadas. El cuerpo obedecía sus propias normas sobrenaturales.

De inmediato me hice un corte en la muñeca con los dientes y dejé manar la sangre sobre la herida, que cicatrizó al instante.

Avicus parecía un tanto asombrado por este sencillo truco, aunque supuse que debía de saberlo, pues esta limitada propiedad curativa de nuestra sangre es conocida por todos los miembros de nuestra especie.

En un momento le di toda la sangre que me proponía darle y la herida desapareció del todo.

Al retirarme comprobé que Mael seguía con los ojos clavados en mí. Su cabeza, situada en aquel extraño ángulo, presentaba un aspecto patético y grotesco, y su rostro, una escalofriante expresión vacua.

Noté de nuevo la presión de su mano y yo le oprimí la suya.

—¿Estás preparado? —le pregunté a Avicus.

—Sujétalo por los hombros —respondió éste—. Por lo que más quieras, utiliza todas tus fuerzas.

Sujeté los hombros de Mael con ambas manos, con la máxima firmeza. Se me ocurrió apoyar una rodilla en su pecho, pero estaba demasiado débil para soportar mi peso, de modo que me aparté a un lado.

Por fin, emitiendo un sonoro gemido, Avicus tiró con todas sus fuerzas de la cabeza de Mael.

Brotó un chorro de sangre increíble. Juraría que oí cómo se desgarraba la carne sobrenatural de Mael. Avicus cayó hacia atrás debido al esfuerzo y se desplomó de costado, sosteniendo la cabeza entre las manos.

—¡Apresúrate, colócala junto al cuerpo! —exclamé. Sostuve a Mael por los hombros para inmovilizarlo, pero su cuerpo se agitó convulsivamente y alzó los brazos como para palparse la cabeza.

Avicus depositó la cabeza sobre el charco de sangre, aproximándola a la herida del cuello. De pronto, la cabeza empezó a moverse sola, impelida por los ligamentos, que de nuevo se agitaron como minúsculas serpientes hasta unirse al tronco. Luego el cuerpo dio otra sacudida y la cabeza quedó firmemente encajada en el tronco.

Mael parpadeó y abrió la boca.

—¡Avicus! —gritó con todas sus fuerzas.

Avicus se inclinó sobre él al tiempo que se mordía la muñeca, como había hecho yo, pero él dejó que el chorro de sangre cayera en la boca de Mael.

Mael aferró el brazo de su amigo, suspendido sobre él, se lo acercó a los labios y se puso a beber con avidez. Tenía la espalda arqueada y sus esqueléticas piernas no dejaban de temblar. Por fin se quedó quieto.

Yo me retiré a un lado, alejándome del círculo de luz. Permanecí sentado en la sombra un buen rato, observando a la pareja, y cuando advertí que Avicus estaba agotado, que su corazón estaba cansado de dar tanta sangre, me acerqué a ellos en silencio y pedí permiso para darle a Mael un poco de mi sangre.

Mi alma se rebeló contra ese gesto. ¿Qué me había impulsado a hacerlo? Lo ignoro. Ni siquiera ahora me lo explico.

Finalmente, Mael se incorporó. Su cuerpo parecía más robusto, pero la expresión de su rostro era grotesca. La sangre que había caído al suelo se había secado y brillaba como siempre brilla nuestra sangre. Tendríamos que retirarla y quemarla.

Mael se inclinó hacia delante, me abrazó y me besó en el cuello, en un gesto íntimo que hizo que me estremeciera. No se atrevía a clavarme los dientes.

—Adelante —dije, aunque no sin ciertos titubeos.

Evoqué unas imágenes de Roma para que Mael las contemplara mientras bebía, unas imágenes de los nuevos y hermosos templos, del asombroso arco triunfal de Constantino y de las maravillosas iglesias que habían sido erigidas en toda la ciudad. Pensé en los cristianos y sus ceremonias mágicas. Eché mano de cuanto pude para enmascarar y borrar los secretos de toda mi vida.

Las náuseas seguían atenazándome mientras sentía su voracidad y su necesidad de sangre. Me negué a contemplar las imágenes de su alma con el don de la mente, y no creo que mi mirada se cruzara con la de Avicus un solo momento, aunque me impresionó la expresión grave y compleja de su rostro.

Por fin, Mael terminó de beber. Ya no podía darle más sangre. Estaba a punto de amanecer y necesitaba las escasas fuerzas que me quedaban para trasladarme rápidamente a mi escondite. Me puse en pie.

—¿Podemos ser amigos a partir de ahora? —preguntó Avicus—. Llevamos muchos años siendo enemigos.

Mael seguía muy afectado por lo que le había ocurrido y no estaba en condiciones de pronunciarse ni en un sentido ni en otro. Pero me miró con ojos acusadores y dijo:

—Viste a la Gran Madre en Egipto y yo la he visto en tu corazón al beber tu sangre.

Sus palabras me sobresaltaron y enfurecieron.

Pensé en matarlo. Sólo me había servido para aprender a unir de nuevo el cadáver desmembrado de un bebedor de sangre. Había llegado el momento de rematar la tarea iniciada esa misma noche por los soldados borrachos. Pero no dije ni hice nada.

Mi corazón estaba frío como un témpano.

Avicus parecía entristecido e indignado.

—Te estoy muy agradecido, Marius —dijo, apenado y cansado mientras me acompañaba hasta la verja—. ¿Qué habría hecho si te hubieras negado a venir? Te debo un favor inmenso.

—Lo de la Madre Bondadosa es una quimera —dije—. Adiós.

Mientras me desplazaba por los tejados de Roma de regreso a casa, llegué a la conclusión de que les había dicho la verdad.

7

La noche siguiente me llevé una sorpresa al ver que mis esclavos habían pintado las paredes de la biblioteca, haciendo desaparecer las imágenes plasmadas en ellas. Había olvidado que les había ordenado hacerlo. En cuanto vi los numerosos botes de pintura de diversos colores, recordé lo que les había dicho.

Lo cierto era que no hacía sino pensar en Mael y Avicus. Confieso que me sentía cautivado por la mezcla de modales civilizados y serena dignidad que había observado en Avicus y de la que Mael carecía por completo.

Para mí, Mael sería siempre un bárbaro ignorante y tosco y, sobre todo, un fanático, pues me había arrebatado la vida debido a sus creencias fanáticas en los dioses del bosque.

Al comprender que el único medio que tenía para dejar de pensar en Mael y Avicus era dedicarme a decorar las paredes que ya estaban preparadas, me puse a ello de inmediato.

Me desentendí de los convidados que ya habían empezado a cenar, como de costumbre, y de los que entraban y salían por el jardín y la puerta de la verja.

Ten presente que en aquel entonces ya no tenía que ir a menudo a cazar, y aunque seguía siendo bastante salvaje a ese respecto, solía dejarlo para última hora de la tarde o primeras horas de la mañana, o bien me abstenía de ir en busca de una presa.

Así pues, me dediqué a pintar los murales. No me paré a pensar en lo que iba a hacer, sino que me puse manos a la obra de inmediato, cubriendo el muro de grandes y espectaculares imágenes: el acostumbrado jardín, que no dejaba de obsesionarme, y las ninfas y diosas cuyas formas me resultaban más que familiares.

Esas criaturas no tenían nombre para mí. Podían haber salido de un verso de Ovidio, de los escritos de Lucrecio o incluso de Homero, el poeta ciego. Me tenía sin cuidado. Me entretenía pintando sus brazos alzados o sus gráciles cuellos, sus rostros ovalados y sus prendas, que la brisa agitaba suavemente.

Un muro lo dividí pintando columnas, en torno a las cuales pinté unas vides. Otro lo decoré con cenefas rebosantes de plantas. Y en el tercero tracé pequeños paneles en los que plasmé diversos dioses.

A todo esto, mi casa seguía siempre atestada de ruidosos invitados, y algunos de mis borrachos favoritos entraban inevitablemente en la biblioteca para observarme mientras pintaba.

Yo tenía la precaución de disminuir mi ritmo de trabajo para no asustarlos con mi anómala celeridad. Aparte de esto, no les prestaba atención, y hasta que uno de los músicos que tocaba la lira entraba para pedirme que cantara, no me daba cuenta de que mi casa se había convertido en una casa de locos.

Había gente comiendo y bebiendo por doquier, y el dueño de la casa, ataviado con su larga túnica, no hacía otra cosa que pintar un mural, un trabajo de artesanos o artistas, no de patricios. Parecía como si no existieran fronteras entre lo decoroso y lo indecoroso.

Al pensar en lo absurdo de la situación, me eché a reír.

—No nos habías dicho que tenías esas dotes, Marius —comentó un joven, maravillado por mi talento—. ¡Jamás lo hubiéramos imaginado!

—Yo tampoco —contesté distraídamente sin interrumpir mi trabajo, observando cómo la pintura blanca desaparecía bajo mi pincel.

Continué pintando durante meses, trasladándome incluso a la sala de banquetes, donde los comensales me jaleaban mientras pintaba. Pero nada de lo que hacía me satisfacía, y a ellos no les asombraba.

Les parecía divertido y excéntrico que un hombre rico se dedicara a decorar las paredes de su casa. Los consejos que me ofrecían los borrachos no me servían de gran ayuda. Los hombres instruidos conocían las fábulas míticas que yo plasmaba y gozaban contemplándolas, mientras que los jóvenes trataban de enzarzarme en alguna discusión, a lo que yo me negaba en redondo.

Con lo que más disfrutaba era pintando el inmenso jardín, sin un marco que lo separara de nuestro mundo repleto de figuras danzantes y gigantescos laureles. Era el jardín que me resultaba familiar, pues imaginaba que podría trasladarme a él con la imaginación.

Durante ese tiempo no me arriesgué a visitar la capilla. En lugar de eso, pinté todas las habitaciones de la casa.

Entretanto, los viejos dioses que plasmaba iban desapareciendo de los templos de Roma.

Constantino había convertido el cristianismo en la religión legal del Imperio y ahora eran los paganos los que no podían practicar sus ritos.

No creo que Constantino fuera partidario de forzar a nadie en materia religiosa, pero eso era lo que había ocurrido.

De modo que pinté al viejo Baco, el dios del vino, con sus alegres seguidores, y al brillante Apolo persiguiendo a la desesperada y bella Dafne, que se había metamorfoseado en laurel para impedir que el dios la violara.

Seguí trabajando alegremente, satisfecho con la compañía de mis amigos mortales, rogando en silencio a Mael y a Avicus que no escudriñaran mi mente en busca de secretos.

Pero lo cierto es que, durante esa época, les oía rondar muy cerca. Mis banquetes mortales los desconcertaban y atemorizaban. Les oía acercarse todas las noches a mi casa para luego alejarse de inmediato.

Por fin llegó la inevitable noche.

Mael y Avicus se detuvieron frente a mi verja.

Mael era partidario de entrar sin pedir permiso, pero Avicus le contuvo, rogándome con el don de la mente que les permitiera entrar de nuevo.

Yo me encontraba en la biblioteca, pintando sus muros por tercera vez. Gracias a los dioses, aquella noche los comensales no habían invadido mi estudio.

Dejé el pincel y contemplé mi obra inacabada. Por lo visto había aparecido otra Pandora en la figura inacabada de Dafne, la trágica heroína que había escapado de su amante. ¡Qué estúpido había sido yo de escapar de la mía!

Permanecí largo rato ensimismado, contemplando lo que había pintado: esa criatura sobrenatural con su cascada de pelo castaño.

«Tú conoces mi alma —pensé—, y han aparecido otros que pretenden saquear mi corazón y arrebatarle sus tesoros. ¿Qué voy a hacer? Tú y yo discutimos, sí, pero con cariñoso respeto, ¿no es así? No puedo seguir viviendo sin ti. Te ruego que regreses a mi lado, estés dónde estés.»

Pero no tenía tiempo para recrearme en mi soledad. De pronto me pareció muy valiosa, por más que hubiera renegado de ella en el pasado.

Expulsé a mis alegres convidados mortales de la biblioteca y luego indiqué en silencio a los bebedores de sangre que entraran.

Ambos iban elegantemente ataviados y portaban una espada y un puñal con gemas engastadas. Llevaban una capa sujeta en el hombro con un espléndido broche e incluso sus sandalias estaban adornadas con piedras preciosas. Parecían dispuestos a engrosar el grupo de opulentos ciudadanos que se habían trasladado a Constantinopla, la nueva capital, donde seguían cumpliéndose los grandes sueños de algunos, aunque Constantino había muerto hacía tiempo.

Con sentimientos contrapuestos, les indiqué que se sentaran.

Por más que lamentara no haber dejado que Mael pereciera, me sentía atraído por Avicus, por su expresión perspicaz y la amabilidad con que me trataba. En esos momentos tuve tiempo de observar que su piel presentaba un color marrón más claro que antes, y que ese tono tostado hacía que sus marcados rasgos, en especial su boca, parecieran esculpidos. Sus ojos eran límpidos y no reflejaban malicia ni hipocresía.

Ambos seguían de pie, mirando recelosos hacia la sala de banquetes. Les pedí de nuevo que tomaran asiento.

Mael permaneció de pie, mirándome con aquel semblante de perfil aguileño y un aire de superioridad, pero Avicus se sentó.

Mael aún estaba débil y su cuerpo ofrecía un aspecto depauperado. Obviamente, tendría que dedicar muchas noches a beber sangre de sus víctimas antes de recuperarse de las graves heridas que había sufrido.

—¿Cómo estáis? —pregunté por cortesía.

De pronto, por pura desesperación, dejé que mi mente imaginara a Pandora. Dejé que mi mente la evocara en todos sus espléndidos detalles. Confiaba en transmitir el mensaje a Mael y Avicus, de forma que ella, dondequiera que se hallara, recibiera también ese mensaje que yo, por haberle proporcionado sangre al crearla, no podía enviarle personalmente.

No sé si ellos recibieron esa impresión de mi amor perdido.

Avicus respondió a mi pregunta educadamente, pero Mael no dijo palabra.

—Mejor —dijo Avicus—. Las heridas de Mael cicatrizan rápidamente.

—Quiero explicaros ciertas cosas —dije, sin preguntarles si deseaban oírlas—. Por lo ocurrido, deduzco que ninguno de vosotros conoce el alcance de su fuerza. Sé por experiencia que con la edad aumenta nuestro poder, pues ahora me siento más ágil y fuerte que cuando me crearon. Vosotros también sois muy fuertes y pudisteis haber impedido que se produjera ese incidente con los mortales borrachos. Pudisteis haberos encaramado a una tapia cuando os rodearon.

—¡Deja ya ese asunto! —me espetó Mael inopinadamente.

Esa grosería me dejó estupefacto, pero me limité a encogerme de hombros.

—He visto ciertas cosas —comentó Mael en voz baja, como si el tono confidencial diera importancia a sus palabras—. Mientras bebía tu sangre, vi unas cosas que no pudiste evitar que viera. Vi una Reina sentada en un trono.

Yo suspiré.

Su tono no era tan venenoso como antes. Deseaba averiguar la verdad y sabía que no la obtendría por medios agresivos.

En cuanto a mí, estaba tan cohibido que no me atrevía a moverme o a hablar. Como es lógico, me sentía hundido por la noticia que acaba de comunicarme Mael y no sabía si conseguiría impedir que se supiera todo. Miré mis pinturas. Ojalá hubiera pintado un jardín que pareciera más real, para trasladarme a él con la imaginación. Pensé vagamente: «Pero si tienes un jardín magnífico al otro lado de esa puerta.»

—¿No quieres decirme lo que hallaste en Egipto? —preguntó Mael—. Sé que fuiste allí. Sé que el dios del bosque quería enviarte allí. ¿No podrías al menos tener la misericordia de decirme lo que hallaste?

—¿Por qué debería ser misericordioso contigo? —pregunté cortésmente—. Aunque hubiera descubierto en Egipto unos milagros o unos misterios, ¿por qué habría de decírtelo? Te niegas a sentarte bajo mi techo como uno más de mis invitados. ¿Qué hay entre nosotros? ¿Odio, milagros? —Me detuve. Estaba acalorado y rabioso, y me sentía débil. Ya sabes lo que opino del tema.

En éstas, Mael se sentó en un sillón junto a Avicus y miró fijamente al frente, como había hecho la noche que me reveló cómo había sido creado.

Al mirarlo con más atención, observé que aún tenía el cuello amoratado debido a la atroz experiencia que había vivido. Por lo que respecta al hombro, la capa lo cubría, pero supuse que presentaría el mismo aspecto.

Miré a Avicus y me sorprendió ver que había fruncido ligeramente el entrecejo.

De repente se volvió hacia Mael.

—Marius no puede revelarnos lo que ha descubierto —dijo con voz serena—. No debemos insistir. Marius soporta una terrible carga. Oculta un secreto relacionado con todos nosotros y el tiempo que podemos perdurar.

Me sentí tremendamente contrariado. No había logrado mantener mi mente cerrada a ellos y lo habían descubierto prácticamente todo. Tenía pocas esperanzas de impedir que penetraran en el santuario.

No sabía qué hacer. Ni siquiera podía reflexionar sobre el asunto en presencia de ellos. Era demasiado arriesgado. Sin embargo, por más arriesgado que fuera, me sentí tentado de contárselo todo.

Mael parecía alarmado y excitado por lo que había dicho Avicus.

—¿Estás seguro de eso? —le preguntó.

—Sí —respondió Avicus—. A lo largo de los años, mi mente se ha hecho más potente. Animado por lo que había observado en Marius, puse a prueba mis poderes. Penetro en los pensamientos de Marius incluso cuando no deseo hacerlo. Y la noche en que Marius acudió en nuestra ayuda, cuando se hallaba sentado junto a ti, observando cómo cicatrizaban tus heridas mientras bebías mi sangre, pensó en numerosos misterios y secretos, y aunque estaba dándote mi sangre, pude adivinar los pensamientos de Marius.

Me sentía demasiado entristecido por esa revelación para contestar a lo que uno y otro habían dicho. Miré hacia el jardín. Escuché el murmullo de la fuente. Luego me recliné en el sillón y miré los diversos pergaminos de mi diario que estaban desperdigados sobre el escritorio y que cualquier intruso habría podido leer. «Pero está todo escrito en clave —pensé—. Claro que un bebedor de sangre inteligente podría descifrarla. Pero ¿qué importa eso ahora?»

De pronto sentí deseos de razonar con Mael.

Vi de nuevo que la ira engendra debilidad. Tenía que apartar la ira y el desprecio y tratar de hacerle comprender.

—Es cierto —dije—, en Egipto descubrí varias cosas. Pero nada de lo que descubrí es importante, te lo aseguro. Suponiendo que exista una Reina, una Madre, como tú la llamas, y no digo que exista, imagina por un momento que es anciana e insensible y ya no puede dar nada a sus hijos, que han transcurrido tantos siglos desde nuestros oscuros orígenes que nadie con sentido común los comprende, por lo que el asunto ha quedado enterrado y carece de toda importancia.

Les había confesado mucho más de lo que me había propuesto. Miré a ambos para comprobar si habían comprendido y aceptado lo que les había dicho.

Mael tenía la expresión asombrada de un inocente. Pero la expresión que reflejaba el rostro de Avicus era muy distinta.

Me observó como si ardiera en deseos de contarme muchas cosas. Sus ojos me hablaron en silencio, aunque su mente no me transmitió nada.

—Hace muchos siglos —dijo por fin—, antes de que me enviaran a Gran Bretaña para que ocupara mi puesto como dios del roble, me condujeron ante ella. ¿Recuerdas que te lo conté?

—Sí —contesté.

—¡Yo la vi! —Avicus se detuvo, como si le resultara doloroso evocar ese momento—. Tuve que humillarme ante ella, postrarme de rodillas, pronunciar mis votos. Recuerdo que odié a los que me rodeaban. En cuanto a ella, creí que era una estatua, pero ahora comprendo las palabras extrañas que dijeron. Y cuando me proporcionaron la sangre mágica, sucumbí al milagro. Yo le besé los pies.

—¿Por qué no me lo habías contado nunca? —preguntó Mael. Parecía más herido y confundido que enojado o indignado.

—Te conté una parte —respondió Avicus—. Es ahora cuando lo comprendo todo con claridad. Mi existencia era muy desgraciada, ¿no lo entiendes? —Avicus me miró a mí y a Mael. Siguió hablando en un tono más suave y razonable—. ¿No lo entiendes, Mael? —insistió—. Es lo que Marius trata de explicarte. ¡La senda que recorríamos en el pasado es una senda de dolor!

—Pero ¿quién y qué es ella? —preguntó Mael.

En aquel instante fatal, tomé una decisión. Me movía la ira, tal vez equivocadamente.

—Es la primera de nuestra especie —dije con furia contenida—, según dice la vieja leyenda. Es la consorte del Rey, son nuestros Padres Divinos. No hay que darle más vueltas.

—Y tú los viste —dijo Mael, como si nada pudiera frenar su implacable interrogatorio.

—Existen y están a salvo —dije—. Escucha a Avicus. ¿Qué le dijeron a Avicus?

Avicus se esforzaba en recordar, rebuscando en su mente y remontándose en el tiempo hasta descubrir su edad. Por fin habló en el mismo tono respetuoso y cortés que antes.

—Ambos llevaban dentro de sí la semilla de la que todos provenimos —respondió—. Por eso no deben ser destruidos, pues, si lo fueran, moriríamos todos. ¿No lo comprendes? —Avicus miró a Mael—. Ahora conozco la causa del Fuego Fatídico. Alguien que pretendía destruirnos los quemó o los expuso al sol.

Me sentí totalmente hundido. Avicus había revelado uno de nuestros secretos más preciados. ¿Conocía el otro? Me encerré en un irritado mutismo. Avicus se levantó y empezó a dar vueltas por la habitación, espoleado por sus recuerdos.

—¿Cuánto tiempo permanecieron atrapados entre las llamas? ¿O se abrasaron al permanecer un día bajo el sol en las arenas del desierto? —Se volvió hacia mí y continuó—: Cuando los vi, estaban blancos como el mármol. «Ésta es la Madre Divina», me dijeron. Mis labios tocaron su pie. El sacerdote oprimió su talón sobre mi cogote. Cuando se produjo el Fuego Fatídico, yo llevaba tanto tiempo encerrado en el roble que no recordaba nada. Había aniquilado deliberadamente mi memoria. Había aniquilado toda noción del tiempo. Vivía sólo para el sacrificio de sangre mensual y el Sanhaim anual. Ayunaba y soñaba, tal como me habían ordenado que hiciera. Mi vida consistía en despertarme con motivo del Sanhaim para juzgar a los malvados, para escudriñar los corazones de los acusados y pronunciarme sobre su culpabilidad o inocencia.

»Pero ahora lo recuerdo todo. Recuerdo haber visto a la Madre y al Padre, los vi antes de besarle los pies a ella. Qué fría estaba. Qué experiencia tan espantosa. Yo no quería. Estaba lleno de ira y temor. Era el temor de un hombre valeroso.

Al oír esa última frase, hice una mueca de disgusto. Sabía a qué se refería. ¿Qué debe sentir un valeroso general al darse cuenta de que ha perdido la batalla y no queda nada sino la muerte?

Mael miró a Avicus con una expresión de tristeza y compasión.

Pero Avicus no había terminado. Siguió andando arriba y abajo por la habitación, viendo tan sólo su memoria, con la cabeza gacha debido al peso de los recuerdos y el negro pelo cayéndole sobre la frente.

Sus ojos negros relucían a la luz de las numerosas lámparas, pero lo más notable era su expresión.

—¿Fue el sol o el Fuego Fatídico? —preguntó Avicus—. ¿Trató alguien de quemarlos? ¿Creía alguien que eso era posible? ¡Qué sencillo me parece ahora todo! Debí recordarlo, pero la memoria se afana en abandonarnos. La memoria sabe que no soportamos su compañía. La memoria nos reduce al estado de imbéciles. ¡No hay más que escuchar a los viejos mortales cuando no les quedan sino los recuerdos de la infancia! Confunden constantemente a quienes los rodean con personas que murieron hace mucho, y nadie los escucha. ¡Cuántas veces los he espiado mientras parlotean en su desesperación! ¡Cuántas veces me he asombrado al oír sus prolijas e ininterrumpidas conversaciones con fantasmas en habitaciones desiertas!

Yo seguí encerrado en mi mutismo.

Avicus se volvió hacia mí.

—Tú viste al Rey y a la Reina. ¿Sabes dónde están? —preguntó.

Esperé unos momentos antes de responder.

—Sí —dije en un tono desapasionado—. Están a salvo, creedme. Y creedme cuando os digo que no debéis saber dónde se encuentran. —Los observé a ambos—. Si lo supierais, correríais el peligro de que una noche otros bebedores de sangre os capturaran y os arrancaran la verdad para poder reclamar al Rey y a la Reina.

Mael me observó unos instantes antes de contestar.

—Sabes muy bien que hemos peleado contra otros que trataron de arrebatarnos Roma y que los obligamos a marcharse.

—Ya lo sé —dije—. Pero no cesan de venir vampiros cristianos en grupos cada vez más numerosos. Están consagrados al diablo, su serpiente, su Satanás. Aparecerán de nuevo. Vendrán cada vez más.

—No nos preocupan —replicó Mael despectivamente—. ¿Por qué iban a reclamar a la Pareja Sagrada?

—De acuerdo —dije—. Ya que estáis tan enterados, permitid que os explique una cosa: muchos bebedores de sangre desean apoderarse de la Madre y el Padre. Vienen del lejano Oriente y saben quiénes son. Desean apoderarse de la sangre primigenia. Creen en su poder. Saben que es más potente que cualquier otra sangre. Pero la Madre y el Padre pueden moverse para defenderse de cualquier agresión. Siempre habrá ladrones que traten de apoderarse de ellos y que estén dispuestos a destruir a quienquiera que los oculte. Antiguamente, yo mismo tuve que vérmelas con muchos de esos ladrones.

Ni Avicus ni Mael dijeron una palabra.

—No os conviene saber más detalles sobre la Madre y el Padre —proseguí—. No debéis exponeros a que unos canallas os ataquen y traten de reduciros para sonsacaros información. No os conviene conocer unos secretos que algunos podrían arrancaros del corazón. —Al decir eso miré a Mael, enojado. Luego continué—: Conocer todo lo relativo a la Madre y al Padre es una maldición.

Se produjo un silencio, pero observé que Mael no estaba dispuesto a que se prolongara. Su rostro se iluminó y se volvió hacia mí.

—¿Has bebido tú esa sangre primigenia? —me preguntó con voz trémula. Poco a poco, su ánimo se fue exaltando—. Has bebido, ¿no es así?

—Calla, Mael —terció Avicus. Pero fue inútil.

—Has bebido —insistió Mael, furioso—. Y sabes dónde se ocultan la Madre y el Padre.

Mael se levantó de pronto, se precipitó hacia mí y me aferró por los hombros.

No soy aficionado a las peleas físicas, pero estaba tan rabioso que le empujé violentamente, haciendo que saliera disparado a través de la habitación y chocara con la pared de enfrente.

—¿Cómo te atreves? —pregunté, indignado, procurando bajar la voz para no alarmar a los mortales que se hallaban en la sala de banquetes—. Debería matarte. ¡Qué tranquilidad me daría saber que estás muerto! Te cortaría a pedazos para que ningún hechicero fuera capaz de volver a unirlos. ¡Maldito seas!

Yo temblaba de rabia, una emoción humillante muy poco frecuente en mí.

Mael me miró sin dejarse convencer, cediendo sólo ligeramente, tras lo cual exclamó con extraordinario fervor:

—¡Tú tienes a la Madre y al Padre! Has bebido sangre de la Madre. La veo en ti. No puedes ocultármelo. ¿Cómo crees que vas a ocultárselo a los demás?

Me levanté del sillón.

—En ese caso, debes morir —dije—, porque lo sabes y no debes contárselo a nadie —añadí, avanzando un paso hacia él.

Pero Avicus, que había observado la escena escandalizado y horrorizado, se apresuró a levantarse y a interponerse entre nosotros. En cuanto a Mael, había sacado su puñal y parecía dispuesto a luchar.

—No, Marius, por favor —dijo Avicus—, debemos hacer las paces, no podemos continuar con esta disputa. No te pelees con Mael. ¿Qué adelantaríais, salvo haceros daño y odiaros aún más que en estos momentos?

Mael se puso de pie, empuñando el arma. Se movía con torpeza, y tuve la impresión de que no sabía utilizarla. En cuanto a sus poderes sobrenaturales, no creo que ninguno de los dos supieran muy bien de lo que eran capaces. Todo esto, por supuesto, no eran sino cálculos defensivos. Pelear me atraía tan poco como a Avicus, pero le miré y dije fríamente:

—Soy capaz de matarlo. No te entrometas.

—No se trata de eso —contestó Avicus—. No puedo permanecer al margen y dejar que os enzarcéis en una pelea de la que ninguno de los dos saldrá vencedor.

Le miré largo rato, sin saber qué decir. Vi que Mael alzaba el puñal. Entonces, en un momento de total desesperación, me dirigí a mi escritorio, me senté y apoyé la cabeza en los brazos.

Pensé en la noche, en la remota ciudad de Antioquía, en que Pandora y yo asesinamos a aquella pandilla de vampiros cristianos que se habían presentado en nuestra casa y se habían puesto a hablar de Moisés alzando su serpiente en el desierto, de los secretos de Egipto y demás cosas prodigiosas. Pensé en la sangre y en los vampiros que habían muerto abrasados.

Y también pensé que esos dos seres, aunque no nos habíamos hablado ni nos habíamos visto, habían sido mis compañeros durante todos estos años en Roma. Pensé en todo lo que realmente importaba. Mi mente trató de organizarse en torno a Mael y Avicus. Miré a uno y a otro y luego contemplé de nuevo el jardín.

—Estoy dispuesto a pelear contigo —dijo Mael con su típica impaciencia.

—¿Y qué sacarás con eso? ¿Crees que lograrás arrancarme del corazón el secreto sobre la Madre y el Padre?

Avicus se acercó a mi escritorio. Se sentó frente a mí y me miró como si fuera un cliente o un amigo.

—Están cerca de Roma, Marius, lo sé desde hace mucho tiempo. Te has dirigido muchas noches a las colinas para visitar un lugar extraño y desierto, y yo te he seguido con el don de la mente preguntándome qué te llevaba a un lugar tan distante. He llegado a la conclusión de que ibas a visitar a la Madre y al Padre. Puedes confiar en mí con tu silencio, si así lo deseas.

—No —terció Mael, avanzando de inmediato hacia mí—. Habla o te destruiré, Marius, y Avicus y yo iremos a ese lugar para ver con nuestros propios ojos a la Madre y al Padre.

—Jamás —replicó Avicus, enojándose por primera vez y meneando la cabeza con firmeza—. No iremos sin Marius. Te comportas como un estúpido —dijo, dirigiéndose a Mael.

—Ellos saben defenderse por sí solos —dije fríamente—. Quedáis advertidos. Soy testigo de ello. Quizás os permitan beber Sangre Divina o quizá no. Si os la niegan, os destruirán.

Me detuve para dejar que asimilaran mis palabras y proseguí.

—Un día se presentó en mi casa de Antioquía un dios muy poderoso procedente de Oriente —dije—. Consiguió llegar al lugar donde se encontraban la Madre y el Padre. Quería beber sangre de la Madre. Cuando se disponía a clavarle los colmillos en el cuello, ella le aplastó la cabeza e hizo que las lámparas de la habitación abrasaran su cuerpo, que se agitaba, impotente, hasta que no quedó nada de él. No os miento. —Exhalé un prolongado suspiro. Estaba cansado de mi ira—. Dicho esto, si queréis, os llevaré allí.

—Pero tú has bebido sangre de la Madre —dijo Mael.

—Qué impulsivo eres —contesté—. ¿No me has entendido? Corres el peligro de que ella te destruya. Es imposible predecir su reacción. Además, hay que tener en cuenta al Rey. ¿Qué hará? Lo ignoro. Pero, como he dicho, os llevaré allí.

Vi que Mael ardía en deseos de ir. Nada podía detenerlo. En cuanto a Avicus, estaba asustado y avergonzado de su temor.

—Debo ir —dijo Mael—. Antiguamente fui sacerdote de la Reina, serví a su dios del roble. No tengo más remedio que ir. —Sus ojos centelleaban de excitación—. Debo verla —añadió—. No haré caso de tus advertencias. Quiero que me lleves inmediatamente a ese lugar.

Asentí con la cabeza y les indiqué que aguardaran. Me encaminé a la puerta de la sala de banquetes y la abrí. Mis convidados estaban contentos y felices, como de costumbre. Dos de ellos aplaudieron mi inopinada aparición, pero enseguida se olvidaron de mí. El soñoliento esclavo rellenó las copas de aromático vino.

Di media vuelta y regresé junto a Avicus y Mael.

Los tres salimos de la casa y nos encaminamos en la oscuridad hacia el santuario. Enseguida advertí que ni Mael ni Avicus avanzaban a la velocidad que su fuerza les permitía. Les insté a que se apresuraran, tanto más cuanto que no había mortales por los alrededores a quienes vigilar, y al cabo de unos instantes logré que redoblaran la velocidad, eufóricos y en silencio, utilizando sus poderes sobrenaturales.

Cuando llegamos a la puerta de granito del santuario, les demostré que era imposible que una pandilla de mortales la forzaran. Luego encendí la antorcha y los conduje escaleras abajo hasta la capilla subterránea.

—Esto es terreno sagrado —comenté, antes de abrir la puerta de bronce—. No debéis hablar en tono irreverente o frívolo ni referiros a ellos como si no pudieran oíros.

Ambos se mostraban entusiasmados.

Abrí la puerta, encendí la antorcha que había dentro de la cámara y los invité a pasar y a situarse ante el estrado. Alcé la antorcha para iluminar el trono.

Todo estaba tan perfecto como suponía. La Reina estaba sentada con las manos apoyadas en los muslos, como de costumbre. Enkil se hallaba en la misma postura. Sus rostros, maravillosamente enmarcados por el negro cabello trenzado, tenían una expresión vacua, sin un pensamiento ni una preocupación que los ensombreciera.

¿Quién habría dicho al verlos que en su interior latía vida?

—Madre, Padre —dije, pronunciando las palabras con claridad—.

He traído a dos visitantes que me han rogado que les permitiera veros. Son Mael y Avicus. Vienen con ánimo reverente y respetuoso.

Mael se postró de rodillas, con la naturalidad de un cristiano. Extendió los brazos y se puso a rezar en la lengua de los sacerdotes druidas. Le dijo a la Reina que era bellísima, le contó historias sobre los viejos dioses y el roble y luego le suplicó que le permitiera beber su sangre.

Avicus hizo una mueca de temor y supongo que yo hice otro tanto.

Estaba seguro de haber percibido cierta reacción en Akasha, aunque quizás estuviera equivocado.

Los tres aguardamos en silencio, impacientes.

Por fin Mael se levantó y avanzó hacia el estrado.

—Mi Reina —dijo con calma—. Mael te ruega con todo respeto y humildad que le permitas beber de la fuente primigenia.

Subió el peldaño, se inclinó sobre la Reina amorosa y temerariamente y agachó la cabeza para beber de su cuello.

La Reina no se movió. Parecía que iba a permitírselo. Sus ojos vidriosos estaban fijos en el infinito, como si nada le importara. Sus manos seguían apoyadas en los muslos.

Pero, de repente, la corpulenta figura de Enkil se volvió hacia un lado a una velocidad vertiginosa, como si se tratara de una máquina de madera accionada por un mecanismo interior, y alargó la mano derecha.

Me precipité hacia delante, agarré a Mael, le obligué a retroceder hacia la pared justo antes de que el brazo del Rey descendiera con violencia y le empujé a un rincón.

—¡No te muevas! —murmuré.

Me puse de pie. Enkil permaneció vuelto hacia un lado, con la mano suspendida en el aire, como si no consiguiera dar con el objeto de su furia. ¿Cuántas veces había advertido en ellos, mientras los vestía o los limpiaba, esa actitud aletargada y ausente?

Tragándome mi terror, subí al estrado.

—Rey mío, te lo suplico, todo ha terminado —le dije a Enkil en un tono persuasivo. Apoyé las manos en su brazo y lo conduje suavemente a su lugar. Su rostro permanecía impasible. Luego apoyé las manos sobre sus hombros y le hice volverse hasta que quedó mirando de nuevo al frente. Le ajusté con delicadeza el pesado collar de oro, le coloqué bien los dedos, alisé su pesada túnica.

La Reina no había movido un músculo. Parecía como si no hubiera ocurrido nada, al menos eso pensé hasta que vi unas gotas de sangre en el hombro de su vestido de lino. Decidí cambiárselo en cuanto tuviera ocasión.

Pero esto demostraba que ella le había permitido a Mael besarla y que el Rey se lo había prohibido. Me pareció muy interesante, pues sabía que la última vez que yo bebí su sangre había sido Enkil quien me había arrojado al suelo de la capilla.

No había tiempo que perder con esas reflexiones. Tenía que sacar a Avicus y a Mael del santuario.

Cuando nos hallamos de nuevo en mi luminoso estudio, descargué mi furia sobre Mael.

—He salvado tu miserable vida en dos ocasiones —le espeté— y estoy seguro de que sufriré por ello. Debí dejar que murieras la noche en que Avicus me suplicó que te ayudara y debí dejar que el Rey te aplastara esta noche. Quiero que sepas que te desprecio y que siempre te despreciaré. ¡Eres impulsivo y terco! Estás cegado por tus deseos.

Avicus asentía con la cabeza como para indicar que estaba de acuerdo.

En cuanto a Mael, permanecía en un rincón con la mano apoyada en el puñal, mirándome en un hosco silencio.

—Vete de mi casa —dije por fin—. Si quieres poner fin a tu vida, no tienes más que provocar a la Madre y al Padre. Aunque sean ancianos y permanezcan encerrados en su mutismo, te destruirán tal como tú mismo has comprobado que son capaces de hacer. Ya sabes dónde se encuentra el santuario.

—Ni siquiera eres consciente de la magnitud de tu delito —replicó Mael—. ¿Cómo te atreves a mantener oculto semejante secreto?

—Calla, te lo ruego —terció Avicus.

—No callaré —contestó Mael—. ¡Tú, Marius, robaste a la Madre del Cielo y la mantienes oculta como si fuera tuya! ¡La tienes encerrada en una capilla con los muros pintados como si fuera una diosa romana de madera! ¿Cómo te has atrevido a hacerlo?

—Idiota —dije—. ¿Qué querías que hiciera con ella? No haces más que escupirme mentiras a la cara. Lo que tú quieres es lo que quieren todos: su sangre. ¿Qué vas a hacer ahora que ya sabes dónde está? ¿Piensas liberarla? ¿En nombre de quién, cómo y cuándo?

—Silencio, por favor —repitió Avicus—. Vámonos, Mael, te lo suplico, dejemos a Marius.

—¿Y qué crees que harán los adoradores de la serpiente que han oído rumores sobre mí y mi secreto? —pregunté, ofuscado por la ira—. ¿Y si consiguen apoderarse de ella y de su sangre para convertirse en un ejército más poderoso que nosotros? ¡La raza humana se alzaría entonces contra nosotros con leyes y persecuciones para exterminarnos!

¡No imaginas las desgracias que se abatirían sobre el universo si todos los de nuestra especie conocieran la existencia de la Reina! ¡Eres un estúpido, un loco, un soñador egocéntrico!

Avicus se colocó delante de mí, implorándome con las manos alzadas y el rostro lleno de dolor.

Pero no dejé que me silenciara. Lo aparté para encararme con el enfurecido Mael.

—¡Quien los expusiera de nuevo al sol lo único que conseguiría es que el fuego volviese a caer sobre nosotros! —declaré—. ¡Un fuego como el que abrasó a Avicus! ¿Estás dispuesto a poner fin a la trayectoria de tu vida de forma tan dolorosa y a manos de otro?

Me volví de espaldas a ellos. Oí salir a Mael, pero Avicus no se movió. De pronto sentí su brazo sobre el mío y sus labios en mi mejilla.

—Vete —dije suavemente—, antes de que tu impetuoso amigo trate de apuñalarme en un arrebato de celos.

—Nos has revelado un gran milagro —musitó—. Deja que Mael medite en ello y asimile su grandeza con su mezquina mente.

Sonreí.

—Por lo que a mí respecta, no deseo volver a contemplarlo. Es demasiado triste.

—Pero permíteme venir por las noches sigilosamente —murmuró—. Permite que te observe en silencio a través de las ventanas del jardín mientras pintas tus murales.

8

Los años transcurrieron a una velocidad pasmosa.

En Roma no se hablaba de otra cosa que de la gran ciudad de Constantinopla, en Oriente. El número de patricios que se trasladaban a ella atraídos por su magia era cada vez mayor. A Constantino le sucedió una interminable lista de emperadores guerreros. La presión en las fronteras del Imperio seguía siendo intolerable y exigía la entrega absoluta de cualquiera que fuese elevado a la púrpura.

Un personaje de lo más interesante fue Juliano, posteriormente conocido como el Apóstata, quien trató de restaurar el paganismo y fracasó estrepitosamente. Al margen de sus fantasías religiosas, demostró ser un excelente soldado y murió en una campaña contra los incontrolables persas, a muchos kilómetros de casa.

El Imperio seguía siendo invadido por todos lados por los godos, los visigodos, los germanos y los persas. Sus ricas y hermosas ciudades, con sus gimnasios, teatros, pórticos y templos, eran asoladas por tribus de pueblos a los que les tenían sin cuidado la filosofía, los modales, la poesía o los valores de la vida civilizada.

Incluso Antioquía, mi viejo hogar que había compartido con Pandora, había sido saqueada por los bárbaros, un espectáculo que me resultaba inimaginable pero del que no podía hacer caso omiso.

Sólo la ciudad de Roma permanecía inmune a ese horror. Estoy convencido de que las familias de antiguo linaje jamás creyeron, aun cuando las casas se derrumbaran a su alrededor, que la Ciudad Eterna pudiera sufrir algún día esa suerte.

En cuanto a mí, seguía organizando banquetes para los marginados y proscritos, escribiendo durante largas horas en mis diarios y pintando mis murales.

Cuando alguno de mis convidados habituales moría, su ausencia me causaba un sufrimiento atroz y procuraba que mi casa estuviera siempre llena de gente.

Yo seguía trajinando entre botes de pintura, sin hacer caso si algún borracho se ponía a vomitar en el jardín. Aquello parecía una casa de locos iluminada por numerosas lámparas, cuyo amo se dedicaba a plasmar sus fantasías en los murales, los comensales a mofarse de él y a brindar por él, mientras la música sonaba hasta el amanecer.

Al principio temí que el hecho de que Avicus me observara mientras pintaba me distraería de mi tarea, pero me acostumbré a oírle saltar la tapia sigilosamente y penetrar en el jardín. Me acostumbré a la proximidad de un ser que compartía esos momentos conmigo como sólo él podía hacerlo.

Continué plasmando diosas: Venus, Ariadna, Hera... Al cabo de un tiempo me resigné a que la figura de Pandora presidiera mi labor, aunque también pintaba dioses. Me sentía especialmente cautivado por Apolo, pero tenía tiempo para pintar otras figuras míticas como Teseo, Eneas y Hércules. A veces leía a Ovidio, Homero o Lucrecio en busca de inspiración; otras, yo mismo me inventaba los temas de los murales.

Pero lo que me producía más placer era pintar jardines, pues tenía la sensación de habitarlos en mi corazón.

Pinté una y otra vez las paredes de mi casa, y como estaba construida a modo de villa, Avicus podía pasear por el jardín que la rodeaba observando lo que yo hacía. Yo no podía por menos de preguntarme si mi trabajo no resultaba de algún modo modificado por lo que él veía.

Lo que más me conmovía era la constancia con que acudía para verme pintar y el hecho de que guardara un respetuoso silencio. Rara vez pasaba una semana sin que apareciera y se quedara prácticamente toda la noche. A menudo se presentaba cuatro o cinco noches seguidas, a veces más.

Por supuesto, nunca nos hablábamos. Nuestro silencio estaba dotado de cierta elegancia. Y aunque en cierta ocasión mis esclavos se percataron de su presencia y me atosigaron con sus temores, no tardé en poner remedio a esa situación.

Las noches que iba a visitar a los que debían ser custodiados, Avicus no me seguía. Confieso que el hecho de pintar solo en el santuario me producía una sensación de libertad, aunque al mismo tiempo me invadía una melancolía más intensa que en tiempos pasados.

Me sentaba a pintar, deprimido, en un rincón situado detrás del estrado y de la Pareja Divina, tras lo cual dormía el resto del día y la noche siguiente sin salir del santuario. Tenía la mente vacía. Todo consuelo era inconcebible. Todo pensamiento sobre el Imperio y la suerte que podía correr era inimaginable.

Luego, al acordarme de Avicus, me levantaba, sacudiéndome de encima la melancolía, regresaba a la ciudad y me ponía a pintar de nuevo las paredes de mis habitaciones.

No alcanzo a calcular los años que transcurrieron así.

Pero conviene reseñar otro dato más importante: una pandilla de vampiros satánicos se había instalado de nuevo en una catacumba abandonada. Se alimentaban de gentes inocentes, como tenían por costumbre, utilizando unos métodos tan imprudentes que habían conseguido sembrar el pánico entre los humanos y que proliferaran las historias de terror.

Yo confiaba en que Mael y Avicus lograran destruir a esa pandilla de vampiros, pues todos eran muy débiles y torpes y no les habría costado ningún esfuerzo.

Pero Avicus vino a verme para explicarme la verdad del asunto, que yo debía haber comprendido hacía mucho.

—Esos adoradores de Satanás son invariablemente jóvenes —me dijo—. Ninguno de ellos sobrepasa los treinta o cuarenta años de vida mortal. Todos vienen de Oriente y declaran que el diablo es su señor y que a través de él sirven a Jesucristo.

—Ya conozco esa vieja historia —dije mientras seguía pintando, como si Avicus no estuviera presente, no por descortesía sino porque estaba harto de esos adoradores de Satanás que habían provocado mi ruptura con Pandora.

—Es evidente que alguien muy anciano nos envía a esos temibles emisarios. A ese ser anciano es a quien debemos destruir, Marius.

—¿Y cómo te propones hacerlo? —pregunté.

—Queremos atraerlo a Roma —respondió Avicus—, y hemos venido a pedirte que te unas a nosotros. Acompáñanos esta noche a las catacumbas para decirles a esos jóvenes que eres amigo suyo.

—¡Estás loco! ¿Cómo se te ocurre pedirme eso? —contesté—. ¿No te das cuenta de que conocen la existencia de la Madre y el Padre? ¿No recuerdas lo que os dije?

—Los destruiremos uno por uno —intervino Mael, situado a mi espalda—. Pero, para rematar nuestra labor, debemos conseguir que el anciano venga aquí antes de empezar a destruirlos.

—Vamos, Marius —dijo Avicus—, necesitamos tu habilidad y tu

elocuencia. Convéncelos de que defiendes su causa. Diles que deben hacer que venga su líder aquí, pues sólo así les permitirás que se queden en Roma. Mael y yo no lograríamos convencerlos. No te lo digo para halagarte, te lo aseguro.

Me quedé un rato inmóvil, con el pincel en la mano y la mirada fija pensando si debía hacerlo, hasta que por fin confesé que no podía.

—No me pidáis eso. Atraed vosotros mismos a ese ser. Cuando se presente, comunicádmelo y te prometo que acudiré.

La noche siguiente, Avicus regresó a mi casa.

—Esos seguidores de Satanás son como niños —dijo—. Hablan de su líder sin tapujos y reconocen que reside en un lugar desierto del norte de Egipto. Se abrasó durante el Fuego Fatídico, de eso no cabe duda, y les ha contado todo lo relativo a la Gran Madre. Es una lástima destruirlos, pero recorren la ciudad como salvajes cobrándose a sus víctimas entre los mortales más dulces, y no podemos consentirlo.

—Lo sé —contesté con voz queda. Me avergonzaba haber dejado que Mael y Avicus ahuyentaran ellos solos a esas criaturas de Roma—. Pero ¿habéis conseguido que su líder abandone su escondite? ¿Cómo pensáis lograrlo?

—Les hemos dado abundantes riquezas para que traigan a su líder aquí. A cambio de que venga, le hemos prometido nuestra potente sangre, pues necesita crear a más sacerdotes y sacerdotisas que sirvan a su causa satánica.

—Ah, claro, vuestra potente sangre —dije—. ¿Cómo no se me había ocurrido? Siempre la relaciono con la Madre y el Padre, pero nunca la relaciono con vosotros.

—Mentiría si dijera que se me ocurrió a mí —dijo Avicus—. Fue uno de los seguidores de Satanás quien sugirió que su líder debería beberla de ella, pues está tan débil que no puede levantarse de la cama y sólo sobrevive para recibir nuevas víctimas y crear a más seguidores. Por supuesto, Mael y yo no vacilamos en prometérselo. ¿Qué representamos nosotros para esas criaturas con nuestros cientos de años?

No volví a oír nada más sobre el asunto durante varios meses. Tan sólo me enteré, a través del don de la mente, de que Avicus había matado a varios adoradores de Satanás por los crímenes públicos que éstos habían cometido y que él consideraba muy peligrosos, y una tibia noche de verano, cuando me hallaba contemplando las vistas de la ciudad desde mi jardín, oí a Mael discutiendo a lo lejos con Avicus acerca de si debían matar al resto de los bebedores de sangre.

Por fin exterminaron a toda la banda y la catacumba quedó vacía y empapada en sangre. Mael y Avicus se presentaron en mi casa para rogarme que los acompañara, pues al cabo de una hora llegarían los que regresaban de Egipto y teníamos que actuar con rapidez.

Abandoné mi habitación cálida y acogedora, provisto de mis mejores armas, y los acompañé tal como les había prometido.

La catacumba era de dimensiones tan reducidas que apenas cabía de pie. Enseguida comprendí que era la tumba de los cristianos mortales y el lugar donde se reunían a veces durante los primeros años de la secta.

Descendimos unos veinticinco metros bajo tierra hasta llegar a un lugar subterráneo, donde hallamos al viejo bebedor de sangre sentado sobre su catafalco, mirándonos enojado. Sus jóvenes ayudantes estaban horrorizados al comprobar que la catacumba estaba desierta y llena de las cenizas de sus compañeros muertos.

El anciano ser había sufrido mucho. Calvo, flaco, con la piel ennegrecida debido al Fuego Fatídico, se había entregado por completo a la creación de sus seguidores satánicos, por lo que no había llegado a recobrarse de sus heridas como lo habría hecho otro bebedor de sangre. Para colmo, sabía que había caído en una trampa. Los jóvenes a los que había enviado a Roma habían desaparecido para siempre y nosotros, unos bebedores de sangre de innegable poder que no sentían la menor compasión por él ni por su causa, estábamos ante él observándolo con severidad.

Avicus fue el primero en alzar la espada, pero se detuvo cuando el anciano exclamó:

—¿Acaso no servimos a Dios?

—Tú lo averiguarás antes que yo —respondió Avicus, y le cortó la cabeza con la espada.

El resto de la banda se negó a huir. Cayeron de rodillas y encajaron nuestros contundentes golpes en silencio.

Igual que cuando el fuego los consumió a todos.

La noche siguiente y la otra, regresamos los tres a la catacumba para recoger los restos y quemarlos de nuevo, hasta que nos convencimos de que habíamos terminado de una vez por todas con los seguidores de Satanás.

¡Ojalá hubiera sido así!

No puedo decir que ese espantoso capítulo de nuestras vidas me uniera más a Avicus y a Mael. Fue horrible, totalmente ajeno a mi naturaleza, demasiado amargo para mí.

Regresé a mi casa y reanudé afanosamente mi trabajo pictórico.

Me divertía que ninguno de mis convidados se preguntara nunca mi verdadera edad, ni por qué no envejecía o moría. Creo que era porque mi casa estaba siempre tan llena de gente que nadie prestaba atención a nada durante mucho tiempo.

Fuera como fuese, después de la matanza de los seguidores de Satanás ansiaba oír música a todas horas y pintaba con mayor dedicación, haciendo gala de una mayor inventiva y una mejor técnica pictórica.

Entretanto, el Imperio había caído en un estado lamentable. Se hallaba dividido entre Oriente y Occidente. En Occidente, que por supuesto comprendía Roma, se hablaba latín, mientras que en Oriente la lengua común era el griego. Los cristianos también acusaban esta profunda división y seguían discutiendo sobre sus creencias.

Al final, la situación de mi amada ciudad se hizo insostenible.

Alarico, un rey visigodo, había ocupado el cercano puerto de Ostia y amenazaba con invadir Roma. El Senado se mostraba impotente para frenar la inminente invasión, y en la ciudad se decía que los esclavos se aliarían con los invasores, lo cual significaría la ruina de todos nosotros.

Por fin, a medianoche, abrieron la puerta Salaria de la ciudad. Se oyó el horripilante sonido de una trompeta gótica y penetraron las hordas rapaces de godos y escitas con el propósito de saquear Roma.

Salí corriendo a la calle para contemplar la carnicería que se producía a mi alrededor.

Avicus se colocó de inmediato a mi lado.

Avanzamos por los tejados, contemplando cómo se sublevaban en todas partes los esclavos contra sus amos, cómo forzaban los saqueadores las puertas de las casas, cómo les ofrecían joyas y oro sus víctimas, desesperadas, para acabar muriendo asesinadas, cómo cargaban las estatuas en grandes carros, cómo sembraban las calles de cadáveres mientras la sangre corría a chorros por las alcantarillas y las inevitables llamas empezaban a consumir cuanto encontraban a su paso.

Los jóvenes y sanos fueron vendidos como esclavos, pero los agresores asesinaban a la gente de forma aleatoria y pronto comprendí que no podía hacer nada para ayudar a ninguno de los mortales con los que me topaba.

Al regresar a mi casa comprobé, horrorizado, que estaba en llamas. Mis convidados habían sido hechos prisioneros o huido. ¡Mis libros se quemaban! Todos mis ejemplares de Virgilio, Petronio, Apuleyo, Cicerón, Lucrecio, Homero y Plinio eran consumidos por las llamas. Mis pinturas comenzaban a ennegrecerse y a desintegrarse. El humo acre invadía mis pulmones, asfixiándome.

Apenas tuve tiempo de salvar unos pocos pergaminos importantes. Busqué desesperadamente los textos de Ovidio, muy apreciado por Pandora, y a los grandes trágicos griegos. Avicus extendió los brazos tratando de ayudarme. Intenté rescatar mis diarios, pero en aquel fatídico instante unos soldados godos irrumpieron en mi jardín gritando y empuñando sus armas.

Me apresuré a desenfundar mi espada y comencé a decapitarlos a una increíble velocidad, gritando igual que ellos, dejando que mi voz sobrenatural los ensordeciera y confundiera mientras yo los despedazaba.

Avicus demostró ser más feroz que yo, quizá por estar más acostumbrado a este tipo de batallas, y al poco todos yacían muertos a nuestros pies.

Pero mi casa ya estaba totalmente invadida por las llamas. Los pocos pergaminos que habíamos tratado de salvar ardían y no se podía hacer nada para evitarlo. Esperaba que al menos mis esclavos hubieran buscado refugio en alguna parte, pues de lo contrario serían capturados como botín.

—¡A la capilla de los que deben ser custodiados! —dije—. Es el único lugar al que podemos ir.

Nos encaramamos de nuevo rápidamente a los tejados, sorteando las llamas que iluminaban el cielo nocturno. Roma lloraba; Roma suplicaba compasión; Roma agonizaba; Roma había dejado de existir.

Llegamos al santuario sin novedad, aunque las tropas de Alarico se dedicaban también a expoliar la campiña.

Bajamos al fresco reducto de la capilla; encendí rápidamente las lámparas y me postré de rodillas delante de Akasha, sin importarme lo que Avicus pudiera pensar de ese gesto, y le relaté en voz baja la naturaleza de la tragedia que se había abatido sobre mi hogar mortal.

—Tú misma presenciaste la muerte de Egipto —dije en un tono respetuoso—. Viste cómo se convertía en una provincia romana. Pues bien, ahora es Roma la que va a perecer. Roma ha perdurado mil cien años y está a punto de desaparecer. ¿Cómo sobrevivirá el mundo? ¿Quién se ocupará de los millares de calzadas y puentes que unen en todas partes a hombres y mujeres? ¿Quién mantendrá las fabulosas ciudades donde hombres y mujeres viven y prosperan en sus viviendas seguras, enseñando a los jóvenes a leer y a escribir, así como a adorar a sus dioses y diosas con ceremonia? ¿Quién repelerá a las criaturas malditas que no saben cultivar la tierra que han quemado y cuyo único afán es destruir?

Por supuesto, no obtuve ninguna respuesta de los Padres Benditos.

Me incliné hacia delante y toqué el pie de Akasha. Exhalé un profundo suspiro.

Por fin, dejando a un lado toda formalidad, me senté en un rincón como un chiquillo que se siente agotado.

Avicus se sentó junto a mí y me tomó la mano.

—¿Y Mael? —pregunté en voz baja.

—Mael es inteligente —respondió Avicus—. Le encanta pelear. Ha destruido a muchos bebedores de sangre. Jamás permitirá que le hieran como ocurrió aquella lejana noche. Sabe esconderse cuando todo está perdido.

Permanecimos en la capilla seis noches.

Oíamos gritos y sollozos mientras se producían los robos y los saqueos. Pero un buen día Alarico abandonó Roma para atacar la campiña situada al sur.

Por fin, la necesidad de sangre nos obligó a regresar al mundo exterior.

Avicus se despidió de mí y fue en busca de Mael, mientras yo doblaba por una calle cercana a mi casa y me topaba con un soldado que yacía agonizando, con una flecha clavada en el pecho. Estaba inconsciente. Tras retirar la flecha, lo cual le hizo proferir un sofocado gemido, le alcé y apreté los labios contra la herida sangrante.

La sangre estaba llena de escenas de la batalla y enseguida me sentí saciado. Deposité al soldado en el suelo, colocando su cuerpo con cuidado. Entonces me di cuenta de que ansiaba beber más sangre.

No quería alimentarme de otro moribundo. Eché a caminar, sorteando los cadáveres hediondos y putrefactos y los cascotes de las casas derruidas, hasta que me topé con un soldado que iba solo portando un saco con el botín que había robado. El hombre trató de desenvainar la espada, pero yo le reduje rápidamente y le mordí en el cuello. Murió demasiado pronto para mi gusto, pero me sentí satisfecho. Dejé caer su cuerpo a mis pies.

Cuando llegué a mi casa, vi que estaba completamente destruida.

¡Qué espectáculo presentaba mi jardín, sembrado de cadáveres hinchados y pestilentes de soldados!

No quedaba un solo libro que no hubiera ardido.

Conmocionado, rompí a llorar al comprender que todos los pergaminos egipcios que poseía, todas las primeras crónicas sobre la Madre y el Padre, habían sido pasto de las llamas.

Eran los pergaminos que había tomado del antiguo templo en Alejandría la noche que había sacado a la Madre y al Padre de Egipto. Esos pergaminos relataban cómo había penetrado el espíritu maligno en la sangre de Akasha y de Enkil y cómo se había creado la raza de bebedores de sangre.

Todos habían desaparecido. Todos habían quedado reducidos a cenizas. Además de esos pergaminos, había perdido mis ejemplares de las obras de poetas e historiadores griegos y romanos. Todos habían desaparecido también, junto con las crónicas que yo mismo había escrito.

Me parecía imposible que hubiera ocurrido ese desastre y me maldije por no haber copiado las antiguas leyendas egipcias, por no haberlas guardado a buen recaudo en el santuario. A fin de cuentas, las obras de Cicerón, Virgilio, Jenófanes y Homero no me sería difícil encontrarlas en algún mercado extranjero. Pero jamás recuperaría las leyendas egipcias que había perdido.

Me pregunté si a mi hermosa Reina le disgustaría que se hubieran quemado los relatos que yo había escrito sobre ella, si le disgustaría que yo fuera el único que portaba esos relatos en mi mente y en mi corazón.

Entré en mis habitaciones derruidas y contemplé lo poco que quedaba visible de las pinturas en los ennegrecidos muros de estuco. Alcé la vista y miré las vigas negras que estaban a punto de desplomarse sobre mí. Avancé a través de los montones de madera quemada.

Por fin abandoné el lugar donde había vivido durante tantos años. Mientras recorría la ciudad, comprobé que ésta había comenzado a resurgir de sus cenizas. No todo se había quemado. Roma era gigantesca y tenía muchos edificios de piedra.

¿Qué me importaba a mí aquel lamentable espectáculo de los cristianos apresurándose a socorrer a sus hermanos, y de niños desnudos sollozando y llamando a gritos a sus padres muertos? ¿Qué más daba que Roma no hubiera quedado totalmente destruida? Vendrían más invasores. La gente que aún quedaba en la ciudad, esforzándose en reconstruirla, tendría que soportar una humillación que para mí era insoportable.

Regresé de nuevo a la capilla. Bajé la escalera, penetré en el sanctasanctórum, me tumbé en un rincón, saciado y rendido, y cerré los ojos.

Fue la primera vez que disfruté de un sueño largo y profundo.

Durante toda mi vida como inmortal, siempre me había levantado de noche para dedicar el tiempo que me concedía la oscuridad a cazar o a gozar de cualquier entretenimiento o placer que me apeteciera.

Pero en esos momentos no presté atención al sol que declinaba. Me convertí en un ser como tú, mientras permaneciste acostado en tu cueva de hielo.

Dormí. Sabía que estaba a salvo. Sabía que los que debían ser custodiados estaban a salvo. Y estaba cansado de oír los lamentos de Roma. De modo que decidí dormir.

Quizá me inspiré en la historia de los dioses del bosque, que eran capaces de ayunar dentro del roble un mes entero y levantarse para recibir el sacrificio. No lo sé.

Recé a Akasha. Le supliqué: «Concédeme el sueño. Concédeme el silencio. Concédeme la inmovilidad. Concédeme el silencio de esas voces que no dejo de oír. Concédeme la paz.»

No soportaba contemplar de nuevo mi amada ciudad. Pero no se me ocurría ningún lugar adonde pudiera trasladarme.

Entonces se produjo algo extraño. Me pareció ver en un sueño a Mael y a Avicus, conminándome a levantarme, ofreciéndome su sangre para darme fuerzas.

«Estás famélico y débil —dijo Avicus. Qué triste estaba y con qué dulzura me habló—. Roma sigue en pie —declaró—. Qué importa que esté gobernada por godos y visigodos. Los viejos senadores siguen ahí. Procuran complacer a esos bárbaros. Los cristianos se ocupan de los pobres y les dan pan. Nada puede aniquilar tu ciudad. Alarico ha muerto, como si hubiera sucumbido a una maldición por sus crímenes, y hace tiempo que su ejército ha desaparecido.»

¿Me sirvieron sus palabras de consuelo? No lo sé. No podía permitirme el lujo de despertar. No podía abrir los ojos. Tan sólo deseaba permanecer acostado allí, solo.

Avicus y Mael se marcharon. No tenían nada más que hacer allí. Posteriormente tuve la sensación de que aparecieron en varias ocasiones, me pareció verlos a la luz de una lámpara y que me hablaban, pero era como un sueño y, en cualquier caso, no me importaba.

Sin duda transcurrieron los meses y los años. Sentía el cuerpo ligero y sólo el don de la mente conservaba su fuerza.

De pronto tuve una visión. Me vi yaciendo en brazos de una mujer, una bellísima egipcia con el pelo negro. Era Akasha, que me tranquilizaba, me arrullaba para que durmiera, velaba para que no padeciera por nada, ni siquiera a causa de la sed, pues me había dado de beber su sangre. Yo no era como otros bebedores de sangre. Podía ayunar y luego levantarme. La debilidad no se apoderaba de mí.

Nos encontrábamos en una espléndida cámara con cortinajes de seda. Estábamos acostados en un lecho cubierto con una seda tan fina que veía a través de ella. Vi unas columnas doradas cuyos capiteles estaban decorados con hojas de loto. Noté la suavidad de los cojines sobre los que estaba tendido. Pero, ante todo, sentí los brazos de la mujer que me sostenía firme y amorosamente, meciéndome para que me durmiera.

Soñé con colores. Deseaba ver ante mí botes de pintura, colores puros para conseguir que el jardín volviera a cobrar vida.

Sí, deseaba dormir.

Por fin cayó sobre mi mente una bendita oscuridad que ningún pensamiento podía penetrar. Sabía que Akasha seguía sosteniéndome porque notaba sus brazos en torno a mi cuerpo y sus labios sobre mi mejilla. Era lo único que sabía.

Y pasaron los años.

Pasaron los años.

De pronto abrí los ojos.

Sentí una intensa inquietud, lo que me decía que era un ser vivo dotado de una cabeza, unos brazos y unas piernas. No me moví, sino que permanecí con la mirada fija en la oscuridad. Entonces oí el sonido de unos pasos y durante unos instantes me cegó una luz.

Oí una voz. Era Avicus.

—Acompáñanos, Marius —dijo.

Traté de levantarme del suelo de piedra, pero no pude. No pude ni levantar los brazos.

«No te muevas —me dije— y reflexiona. Piensa en lo que ha ocurrido.»

A la luz de la lámpara, vi a Avicus de pie ante mí, sosteniendo un pequeño quinqué de bronce cuya llama oscilaba. Vestía una espléndida túnica doble y una sobrecamisa, como un soldado, y un pantalón como los que llevaban los godos.

Junto a él estaba Mael, elegantemente vestido con unas ropas similares. Llevaba el rubio pelo peinado hacia atrás y en su rostro no advertí atisbo de malicia.

—Nos vamos, Marius —dijo Mael mirándome con franqueza y generosidad—. Ven con nosotros. Despierta de ese sueño de los muertos y ven.

Avicus apoyó una rodilla en el suelo y colocó la lámpara a mi espalda para que no me deslumbrara.

—Partimos para Constantinopla, Marius. Disponemos de un barco para la travesía, de nuestros propios esclavos de galeras, de un timonel y de unos ayudantes bien remunerados que no cuestionarán nuestros hábitos nocturnos. Acompáñanos. No hay motivo para que te quedes aquí.

—Debemos irnos —dijo Mael—. ¿Sabes cuánto tiempo llevas acostado aquí?

—Medio siglo —respondí con un hilo de voz—. Y mientras tanto, Roma ha vuelto a ser asolada.

Avicus negó con la cabeza.

—Mucho más, amigo mío —dijo—. No imaginas la de veces que hemos tratado de despertarte. El Imperio de Occidente ha desaparecido, Marius.

—Ven con nosotros a Constantinopla —terció Mael—. Es la ciudad más rica del mundo.

—Bebe mi sangre —dijo Avicus, mordiéndose la muñeca para ofrecerme su sangre—. No podemos dejarte aquí.

—No —contesté—. Dejad que me levante yo solo. —Hablaba tan bajo que no sabía si alcanzaban a oír mis palabras. Me apoyé en los codos, me incorporé lentamente, me puse de rodillas y finalmente de pie.

Estaba mareado.

Mi radiante Akasha, sentada en su trono muy rígida, me miraba con expresión ausente. Mi Rey no había cambiado de postura. Ambos estaban cubiertos por una capa de polvo y me pareció un crimen injustificable que hubieran permanecido tanto tiempo desatendidos. Las flores marchitas parecían heno en los resecos jarrones. Pero ¿quién tenía la culpa de eso?

Me acerqué con paso vacilante al estrado. Luego cerré los ojos. Cuando estaba a punto de desplomarme, noté que Avicus me sujetaba.

—Déjame, por favor —dije con voz queda—. Tan sólo unos minutos. Quiero rezar para darles las gracias por las bendiciones que he recibido mientras dormía. Enseguida me reuniré contigo. —Después de prometer que me sostendría con más firmeza para no caerme, cerré de nuevo los ojos.

De inmediato contemplé una imagen de mí mismo tendido en el suntuoso lecho del extraordinario palacio con Akasha, mi Reina, que me abrazaba.

Vi los cortinajes de seda movidos por la brisa. No era una visión mía, es decir, no provenía de mí, sino que me había sido transmitida. Enseguida deduje que procedía de ella.

Abrí los ojos y contemplé su rostro duro y perfecto. Una mujer menos bella jamás habría perdurado tanto tiempo. Ningún bebedor de sangre había tenido el valor de destruirla. Ningún bebedor de sangre lo haría jamás.

Pero, de pronto, mis pensamientos se hicieron confusos. Avicus y Mael seguían allí.

—Iré con vosotros —les dije—, pero debéis dejarme solo unos momentos. Esperadme arriba.

Por fin me obedecieron. Oí sus pasos mientras subían la escalera.

Entonces subí los peldaños del estrado y me incliné sobre mi Reina, tan respetuosamente como antes, demostrando tanto valor como antes, y le di el beso que podía significar mi muerte.

Nada se movió en el santuario. La Pareja Bendita permaneció inmóvil. Enkil no alzó el brazo para golpearme y no advertí ningún movimiento en el cuerpo de Akasha.

Le hinqué los dientes rápidamente. Bebí unos largos tragos de su espesa sangre tan deprisa como pude y entonces tuve de nuevo la visión del jardín inundado de sol, bellísimo, lleno de árboles en flor y de rosas, un jardín digno de un palacio, en el que cada planta formaba parte de los designios imperiales. Contemplé la alcoba. Vi las columnas doradas. Me pareció oír un susurro: Marius.

No cabía en mí de gozo.

Lo oí de nuevo, como un eco, a través del palacio decorado con cortinajes de seda. En el jardín se intensificó la luz.

De pronto comprendí con un violento sobresalto que no podía ingerir más sangre y me retiré. Vi que las pequeñas heridas se contraían y desaparecían. Oprimí los labios contra ellas y las besé durante un prolongado momento.

De rodillas, le di las gracias de todo corazón. No me cabía ninguna duda de que ella me había protegido durante mi sueño. Estaba convencido. También sabía que ella me había inducido a despertarme. Avicus y Mael no lo habrían conseguido sin su divina intervención. Ahora me pertenecía más que cuando habíamos partido de Egipto. Era mi Reina.

Entonces retrocedí, pletórico de fuerza, con la mirada lúcida, preparado para emprender la larga travesía a Bizancio. Contaba con Mael y Avicus para que me ayudaran a ocultar a los Padres Divinos en sarcófagos de piedra; y tenía ante mí muchas largas noches en alta mar para llorar por mi hermosa Italia, la Italia que había desaparecido para siempre.

9

Durante las noches siguientes no me resistí a visitar Roma, aunque Avicus y Mael me aconsejaron que no lo hiciera. Temían que no supiera cuánto tiempo había permanecido dormido, pero lo sabía. Habían transcurrido casi cien años.

Comprobé que los grandes edificios de la época de esplendor imperial estaban en un estado ruinoso y se utilizaban para guardar animales y como canteras donde proveerse de piedras. Gigantescas estatuas habían sido derribadas y yacían en el suelo entre matojos. Mi antigua calle resultaba irreconocible.

Y la población se reducía a unos pocos miles de personas.

No obstante, los cristianos se ocupaban de los suyos y su virtud era francamente edificante. Y dado que algunos de los invasores eran cristianos, muchas iglesias permanecían intactas. El obispo de Roma trató de defenderlas contra quienes los gobernaban y mantenía estrechos vínculos con Constantinopla, la ciudad que gobernaba Oriente y Occidente.

Sin embargo, a las pocas familias antiguas supervivientes sólo les quedaba el recurso de humillarse tratando de servir a sus nuevos señores bárbaros, confiando en que los toscos godos y vándalos llegaran a aprender ciertos modales, a aficionarse a la literatura y a apreciar el derecho romano.

Me maravillé de nuevo ante la increíble resistencia del cristianismo, que había conseguido beneficiarse del desastre al igual que se había beneficiado de las persecuciones, medrando en épocas de paz.

También me maravilló la fortaleza de los viejos patricios, quienes, como he dicho, no se retiraron de la vida pública, sino que procuraron inculcar a los jóvenes los valores tradicionales.

Por todas partes veía a bárbaros con bigote, que vestían toscos pantalones y llevaban el pelo grasiento y alborotado. Muchos eran cristianos arrianos y celebraban unas ceremonias distintas de los ritos de sus hermanos católicos «ortodoxos». ¿Qué eran? ¿Godos, visigodos, alemanes, hunos? A algunos no les reconocí. El gobernante de este gran estado no vivía en Roma sino en Ravena, al norte.

Asimismo descubrí que un nuevo nido de vampiros satánicos se había instalado en una vieja catacumba de la ciudad, donde celebraban ceremonias consagradas a su diablo-serpiente antes de salir en busca de alguna víctima, sin distinguir entre inocentes y culpables.

Avicus y Mael, que desconocían los orígenes de esos nuevos fanáticos y recelaban de ellos, habían decidido dejarlos en paz.

Mientras caminaba a través de calles en ruinas y casas desiertas, esos seres fanáticos no dejaban de espiarme. Los odiaba, pero no los consideraba un peligro. El ayuno me había fortalecido. Por mis venas circulaba la sangre de Akasha.

No obstante, ¡cuán equivocado estaba en mi juicio sobre los vampiros satánicos! Pero volveré sobre esto más adelante.

Permite que regrese a las noches en que deambulaba entre los restos de la civilización clásica.

No me sentía amargado, como pudiera pensarse. La sangre de Akasha no sólo me había procurado una gran fortaleza física, sino que había incrementado mi lucidez, mi capacidad de concentración, de asimilar lo que era importante para mí y rechazar lo inservible.

Con todo, el estado de Roma era desmoralizador, y todo indicaba que empeoraría. Confiaba en que Constantinopla lograra preservar lo que yo llamaba civilización y estaba impaciente por emprender la travesía.

Llegó el momento de ayudar a Avicus y a Mael con los preparativos del viaje. Ellos, por su parte, me ayudaron a envolver a la Pareja Divina como si fueran momias, con gran respeto, y a colocarlos en unos sarcófagos de granito que ni una cuadrilla de hombres era capaz de abrir, tal como había hecho yo antiguamente y se haría en el futuro cada vez que los Padres Divinos tuvieran que ser trasladados.

Para Avicus y Mael, trasladar a la pareja cubierta por completo con vendas de lino blanco fue una experiencia angustiosa. No conocían las antiguas oraciones egipcias que yo recitaba, destinadas a conjurar cualquier peligro que pudiera cernirse sobre nosotros durante el viaje y que procedían de mis largos años dedicados a la lectura. No creo que eso los tranquilizara. Pero yo debía velar por la seguridad de la Pareja Divina.

Cuando me disponía a tapar los ojos de Akasha con una venda, los cerró, y en el caso de Enkil ocurrió lo mismo. ¡Qué forma tan extraña y momentánea de indicarme que estaban conscientes! Me produjo un escalofrío, pero proseguí con mi tarea como si fuera un egipcio antiguo envolviendo a un faraón difunto en la casa sagrada de los muertos.

Mael y Avicus me acompañaron a Ostia, el puerto desde el que zarparíamos, y subimos a bordo después de haber instalado a los Padres Divinos en la bodega.

En cuanto a los esclavos que Avicus y Mael habían comprado, me causaron una impresión muy favorable, pues habían sido cuidadosamente seleccionados y resultaron ser unos excelentes galeotes que sabían que trabajaban para obtener la libertad en Oriente y pingües beneficios.

Nos acompañaba un grupo numeroso de soldados, todos ellos armados, perfectamente adiestrados y convencidos de la misma promesa. Me impresionó el capitán del barco, un romano cristiano llamado Clement, un hombre inteligente y con sentido del humor, que durante la larga travesía mantuvo vivas las esperanzas de los otros en la recompensa que los aguardaba.

La embarcación era la galera más grande que yo había visto jamás. Estaba dotada de un inmenso y colorido velamen, y contaba con un gigantesco e inexpugnable camarote que contenía tres grandes arcones, construidos modestamente de bronce y hierro, en los que dormíamos durante el día Mael, Avicus y yo. Al igual que los sarcófagos, era imposible que unos mortales abrieran esos arcones sin grandes esfuerzos, aparte de que eran tan pesados que ni una partida de hombres habría podido alzarlos.

Por fin, cuando todo estuvo listo, zarpamos de noche, armados hasta los dientes para defendernos de los piratas, escudriñando la oscuridad con nuestros ojos sobrenaturales para impedir que el barco chocara con algún peñasco mientras navegábamos bordeando la costa.

Esto, como cabe imaginar, atemorizó a la tripulación y a los soldados, pues en aquellos tiempos los barcos navegaban casi siempre de día. Era demasiado peligroso hacerlo de noche, pues no alcanzaban a divisar la costa ni las islas rocosas con las que podían toparse, y aunque llevaran buenos mapas y navegantes competentes, siempre existía el peligro de que se produjera un trágico accidente en la oscuridad.

Nosotros invertimos esta sabia costumbre. Nuestro barco permanecía fondeado en el puerto para que los que nos servían pudieran disfrutar de los placeres que la población local les ofreciera, con lo cual conseguíamos que los esclavos y los soldados se sintieran más satisfechos y trabajaran con más ahínco. El capitán los controlaba y permitía desembarcar sólo a unos cuantos en determinadas ocasiones, insistiendo en que los otros se quedaran a bordo para vigilar o dormir.

Siempre que nos despertábamos y salíamos del camarote, encontrábamos a los sirvientes de excelente humor, a los músicos tocando a la luz de la luna para los soldados, y a Clement, el capitán, deliciosamente ebrio. Ninguno sospechaba que nosotros fuéramos otra cosa que tres seres humanos excéntricos e inmensamente ricos. A veces, cuando espiaba sus conversaciones, les oía exponer sus teorías sobre nosotros, por ejemplo, que éramos unos magos del lejano Oriente, semejantes a los Reyes Magos que habían ido a hacer sus ofrendas al Niño Jesús, lo cual me divertía sobremanera.

Nuestro único problema era absurdo. Pedíamos que nos trajeran comida para luego arrojarla al mar a través del ojo de buey del camarote.

Esto nos provocaba hilaridad, por más que a mí me parecía poco digno.

Periódicamente pasábamos una noche en tierra para poder alimentarnos. Nuestra longevidad nos había proporcionado una gran destreza en la materia. Podíamos haber ayunado durante toda la travesía, pero decidimos no hacerlo.

En cuanto a nuestra camaradería a bordo, confieso que fue una experiencia muy interesante para mí.

Nunca había convivido tan estrechamente con mortales. Pasaba horas charlando con el capitán y los soldados, lo que me causaba un enorme placer, y comprobé satisfecho que, pese a la palidez de mi piel, me resultaba muy sencillo.

Me sentía tremendamente atraído por el capitán Clement. Disfrutaba con las historias de su juventud, pasada a bordo de barcos mercantes que navegaban por todo el Mediterráneo; me divertían sus descripciones de los puertos que había visitado, algunos de los cuales yo había conocido cientos de años atrás, mientras que otros los desconocía por completo.

Mi tristeza se disipaba cuando escuchaba a Clement. Contemplaba el mundo a través de sus ojos y sentía su esperanza. Confiaba en instalarme en una casa llena de música y alegría en Constantinopla, a la que él pudiera venir en calidad de amigo.

Se había producido otro importante cambio. Me había convertido en amigo íntimo de Avicus y Mael.

Pasábamos muchas noches solos en el camarote, con unas copas llenas de vino ante nosotros, conversando sobre todo lo que había ocurrido en Italia y otros temas.

Avicus era tan inteligente como yo había supuesto, siempre dispuesto a aumentar sus conocimientos por medio de la lectura, y a lo largo de los siglos había aprendido latín y griego.

Pero había muchas cosas de mi mundo y su trasnochada piedad que no entendía.

Había traído consigo obras de Tácito y Livio, así como la *Historia verdadera* de Luciano de Samosata y las biografías escritas en griego por Plutarco; pero no comprendía esta obra.

Yo pasaba muchas horas en su amena compañía, leyéndole en voz alta y explicándole cómo interpretar el texto mientras él me escuchaba con atención. Advertí en él una gran capacidad para asimilar información. Deseaba conocer el mundo.

Mael no compartía ese afán, pero ya no se mostraba contrario a él. Escuchaba todas nuestras conversaciones, que quizá le beneficiaran. Estaba claro que ambos, Avicus y Mael, habían sobrevivido como bebedores gracias a que contaban con su apoyo mutuo. En cualquier caso, Mael ya no me temía.

En cuanto a mí, disfrutaba desempeñando el papel de maestro; me complacía discutir con Plutarco como si se encontrara en la habitación frente a mí y comentar la obra de Tácito como si también estuviera presente.

Con el paso del tiempo, tanto Avicus como Mael habían adquirido una palidez más intensa y una mayor fortaleza. Ambos me habían confesado que, en un determinado momento, habían temido sucumbir a la desesperación.

—Fue el hecho de verte dormido en el santuario —dijo Mael sin rencor— lo que me impidió bajar a un sótano y resignarme a caer en un sueño semejante al tuyo. Pensé que no despertaría de él, y Avicus, mi amigo Avicus, no permitió que lo hiciera.

Cuando Avicus se había sentido cansado del mundo e incapaz de seguir adelante, había sido Mael quien le había impedido caer en un sueño fatal.

Ambos habían sentido una profunda angustia al verme sumido en ese estado, y durante las largas décadas en las que yo me había mostrado insensible a sus ruegos, el temor que les inspiraban los Padres Nobles les había impedido depositar flores ante ellos, quemar incienso y ocuparse del santuario.

—Temíamos que nos atacaran —me explicó Avicus—. Hasta el mero hecho de contemplar sus rostros nos aterrorizaba.

Yo asentí con la cabeza mientras le escuchaba, indicando que le comprendía perfectamente.

—Los Padres Divinos nunca han demostrado necesitar esas atenciones —dije—. Soy yo quien se las ha inventado. La oscuridad les complace tanto como el resplandor de las lámparas. No hay más que ver cómo duermen envueltos en vendas en sus respectivos ataúdes, uno junto al otro, en la bodega del barco.

Las visiones me habían dado renovadas fuerzas. Tenía que hablar de esas cosas, aunque jamás me referí a aquellas visiones ni me jacté de haber bebido sangre sagrada.

Sobre nosotros se cernía la posibilidad de que, durante la travesía, se produjera un espantoso desastre: que nuestro barco fuera atacado de día o de noche y que los Padres Divinos se hundieran en el mar. Era algo tan terrible que no nos atrevíamos a comentarlo entre nosotros. Cada vez que me ponía a cavilar en eso, lamentaba que no hubiéramos emprendido una ruta terrestre, sin duda más segura.

A veces, de madrugada, se me imponía una angustiosa realidad: en caso de producirse esa catástrofe, quizá yo lograra salvarme, pero los que debían ser custodiados no podrían. ¿Qué sería de ellos en el fondo del misterioso océano? Mi inquietud aumentaba hasta extremos intolerables.

Dejando a un lado mi angustia, proseguía la amena charla con mis compañeros. Salía a cubierta, contemplaba el mar plateado y enviaba mi amor a Pandora.

A todo esto, yo no compartía el entusiasmo de Mael y Avicus por Bizancio. Tiempo atrás había vivido en Antioquía, una ciudad oriental sometida a una profunda influencia occidental, y la había abandonado para regresar a Roma, pues yo era una criatura de Occidente.

En esos momentos nos dirigíamos hacia lo que yo consideraba una capital puramente oriental y temía que, pese a su gran vitalidad, sólo hallaría algo que no podía aceptar.

Ten en cuenta que Oriente, o sea, las tierras de Asia Menor y Persia, siempre había suscitado cierta suspicacia en los romanos debido a su desmesurada afición al lujo y a la vida regalada. Al igual que muchos romanos, yo opinaba que Persia había ablandado a Alejandro Magno, ablandando por extensión a la cultura griega. Y la cultura griega, con su influencia persa, había ablandado a Roma.

Por descontado, ese ablandamiento había conllevado una gran riqueza cultural y artística. Los romanos estaban deseosos de adquirir todo tipo de conocimientos griegos.

No obstante, en mi fuero interno seguía recelando de Oriente.

Como es natural, no dije nada al respecto ni a Avicus ni a Mael, pues no quería enturbiar su entusiasmo por la poderosa sede del emperador oriental.

Por fin, tras una larga travesía, una noche llegamos al resplandeciente mar de Mármara y contemplamos las murallas de Constantinopla, iluminadas por un sinfín de antorchas, y por primera vez comprendí el esplendor de la península que Constantino había elegido tiempo atrás.

Nuestro barco se adentró lentamente en el magnífico puerto. Mis compañeros decidieron que utilizara mi «magia» con las autoridades portuarias para tramitar nuestra arribada y disponer del tiempo suficiente para buscar alojamiento desde el mismo puerto antes de desembarcar nuestro sagrado cargamento, los sarcófagos que contenían a nuestros venerables antepasados, a los que habíamos traído para enterrarlos en su tierra natal. Como es lógico, hicimos las preguntas de rigor acerca de dónde podíamos contratar a un agente que nos ayudara a buscar alojamiento. Más de un mortal se ofreció para aconsejarnos.

Era un problema de oro y, utilizando asimismo el don de la seducción, no tuve mayores dificultades en conseguir mi propósito. Al poco rato desembarcamos, dispuestos a explorar este lugar mítico donde Dios había ordenado a Constantino que creara la ciudad más grandiosa del mundo.

No puedo decir que aquella noche me llevara una decepción.

Nuestra primera gran sorpresa se produjo al comprobar que los comerciantes de Constantinopla estaban obligados a colocar antorchas en las fachadas de sus establecimientos para que las calles estuvieran perfectamente iluminadas. Y enseguida averiguamos que existía un sinnúmero de iglesias que explorar.

La ciudad contenía aproximadamente un millón de habitantes y enseguida advertí que poseía aquel extraordinario vigor que Roma había perdido.

Me dirigí de inmediato, seguido por mis dos amables compañeros, a la gran plaza llamada el Augusteon, desde la cual pude contemplar la fachada de Santa Sofía, la iglesia de la Sagrada Sabiduría, y otros inmensos e imponentes edificios, como las espléndidas termas de Zeuxippus, decoradas con unas estatuas paganas exquisitamente talladas, procedentes de diversas ciudades del mundo.

Deseaba visitar tantos lugares al mismo tiempo que no sabía hacia dónde tirar: hacia el Hipódromo, donde de día se celebraban las carreras de cuadrigas que constituían la pasión del populacho, o hacia el indescriptible y gigantesco palacio real, donde habríamos podido colarnos fácilmente sin que nadie reparara en ello.

De esa plaza arrancaba una amplia calle que discurría hacia el oeste. Era la calzada principal de la ciudad y a ella daban otras plazas y otras calles, de las cuales derivaban numerosos senderos.

Mael y Avicus me seguían educadamente mientras los conducía de un lado a otro, hasta que por fin nos dirigimos a Santa Sofía para detenernos entre sus magníficos muros y bajo su inmensa cúpula.

Me sentí abrumado por la belleza de la iglesia, sus múltiples arcos y los intrincados y detallados mosaicos de Justiniano y Teodora, situados en lo alto, increíblemente espléndidos y rutilantes bajo la luz de innumerables lámparas.

Las noches nos ofrecían múltiples aventuras, a cual más interesante. Mis camaradas se cansaban de recorrer la ciudad, pero yo no. No tardaría en infiltrarme en la corte imperial, utilizando mi rapidez y destreza para moverme por el interior del palacio. Para bien o para mal, me encontraba en una ciudad pujante donde experimentaría el consuelo que ofrece la proximidad de un gran número de seres humanos.

Unas semanas más tarde adquirimos una espléndida casa perfectamente fortificada, rodeada por un jardín tapiado, y mandamos construir una cripta secreta y segura debajo del suelo de mosaico.

En cuanto a los Padres Divinos, insistí en que debíamos ocultarlos a cierta distancia de la ciudad. Había oído hablar de los numerosos tumultos que se producían en Constantinopla y quería instalarlos en un santuario seguro.

Sin embargo, no conseguí hallar una antigua cripta o una tumba en la campiña, como la vieja tumba etrusca situada en las afueras de Roma. De modo que no tuve más remedio que hacer que una cuadrilla de esclavos construyera un santuario debajo de nuestra casa.

Esto me inquietaba. Tanto en Antioquía como en Roma, yo mismo había construido las capillas para nuestros Padres y ahora tenía que delegar esa tarea en otros. Así pues, urdí un complicado plan.

Diseñé una serie de pasadizos que se comunicaban y conducían a una espaciosa cámara subterránea. Para llegar hasta dicha cámara, había que girar primero a la derecha, luego a la izquierda, luego de nuevo a la derecha y a la izquierda, lo que producía un efecto mareante.

Luego instalé cada pocos metros unas puertas de bronce de doble hoja provistas de un pesado cerrojo.

La recia piedra que impedía la entrada a este sinuoso y complejo laberinto no sólo parecía una pieza integrante del suelo de mosaico de la casa, sino que, como suelo decir al describir detalles, era tan pesada que ni una cuadrilla de mortales habría podido alzarla. Y los asideros de hierro eran tan numerosos y estaban tan bien camuflados que parecían formar parte de la decoración del suelo.

Mael y Avicus opinaban que estas medidas eran una exageración, pero no dijeron nada.

No obstante, estuvieron de acuerdo conmigo en cubrir los muros de la capilla con los mismos mosaicos dorados que habíamos visto en todas las espléndidas iglesias de la ciudad, y el suelo con las mejores baldosas de mármol. Encargamos un amplio y magnífico trono de oro batido para la Pareja Real, y unas lámparas que colgamos del techo con cadenas.

Quizá te preguntes cómo logré que se realizaran esos trabajos sin comprometer el secreto de la cámara subterránea. ¿Asesinando a todos los que habían participado en la construcción de la capilla?

No. Utilizando el don de la seducción para confundir a los hombres que la construyeron, y vendando a veces los ojos de los esclavos y los artistas, a lo que todos se prestaron sin protestar. Las doradas palabras «amantes» y «esposas» acallaban cualquier objeción por parte de los mortales. El dinero hizo el resto.

Por fin llegó la noche en que debía trasladar a los Padres Regios a su capilla. Avicus y Mael me confesaron educadamente que suponían que deseaba hacerlo solo.

Yo no me opuse. Al igual que un poderoso ángel cristiano de la muerte, transporté primero un sarcófago y luego el otro hasta la hermosa capilla, colocándolos uno junto a otro.

En primer lugar retiré las vendas de lino con que había envuelto a Akasha, sosteniéndola en mis brazos mientras permanecía arrodillado en el suelo. La Reina tenía los ojos cerrados. De improviso los abrió y clavó la vista en el infinito, con la expresión impávida y vacía de siempre.

Creo que sentí una curiosa decepción, pero musité unas oraciones para ocultarla al tiempo que recogía las vendas y alzaba a mi silenciosa esposa para sentarla en el trono. Akasha permaneció inmóvil, con la ropa arrugada y deslucida, ciega como de costumbre, mientras yo le quitaba las vendas a Enkil.

Entonces se produjo ese extraño momento en que él abrió también los ojos.

No me atreví a decirle nada en voz alta. Al levantarlo, observé que su cuerpo era más dúctil e incluso ligero. Lo deposité sobre el trono junto a su reina.

Pasaron varias noches antes de que completara el atavío de la Pareja Sagrada, que hice coincidir hasta el último detalle con el recuerdo que guardaba de los suntuosos ropajes egipcios. Posteriormente busqué para ellos joyas nuevas e interesantes. En Constantinopla abundaban artículos de lujo, y artesanos que los confeccionaban y vendían. Todo esto lo hice solo y sin mayores dificultades, sin dejar de rezarles a los Padres Divinos en tono respetuoso.

Por fin la capilla estuvo lista. Era más hermosa incluso que la primera que había creado en Antioquía, y mucho más que la de Roma. Coloqué en ella los acostumbrados pebeteros para quemar incienso y llené de aceite aromático las numerosas lámparas que colgaban del techo.

Una vez hecho esto, volví a pensar en la nueva ciudad, en cómo nos irían las cosas allí y si Akasha y Enkil estarían seguros en ella.

Me sentía muy intranquilo. No conocía todavía la ciudad. Estaba preocupado. Quería seguir visitando las iglesias y recreándome con la belleza de la ciudad; pero no sabía si éramos los únicos vampiros que había allí.

Me parecía muy poco probable que lo fuéramos. A fin de cuentas, existían muchos otros bebedores de sangre. ¿Por qué no iban a acudir a la ciudad más bella del mundo?

En cuanto al aspecto griego de Constantinopla, no me gustaba. Me avergüenza confesarlo, pero así es.

No me gustaba que el populacho hablara griego en lugar de latín, aunque yo, por supuesto, hablaba griego perfectamente; ni que de todos los monasterios cristianos emanara un profundo misticismo que resultaba más oriental que occidental.

Las obras de arte que contemplé en toda la ciudad eran impresionantes, desde luego, pero habían comenzado a perder todo vínculo con el arte clásico de Grecia y Roma.

Las nuevas estatuas representaban a hombres de aspecto tosco y corpulento, con la cabeza muy redonda, ojos saltones, rostro carente de expresión. Y los iconos o efigies sagradas tan populares eran muy estilizados y tenían semblantes hoscos.

Hasta los espléndidos mosaicos de Justiniano y Teodora (las figuras ataviadas con largas túnicas de las paredes de la iglesia), presentaban un aspecto rígido y fantástico, en lugar de clásico, o bello, de acuerdo con unos cánones que yo desconocía.

Constantinopla era sin duda una magnífica ciudad, pero yo no me sentía a gusto en ella.

Me parecía que había algo intrínsecamente repugnante en el gigantesco palacio real, con sus eunucos y sus esclavos. Cuando entraba disimuladamente en él y me paseaba por sus estancias, visitando las salas del trono, las salas de audiencia, las imponentes capillas, el inmenso comedor y las numerosas alcobas, veía el libertinaje de Persia, y aunque no censuraba a nadie por entregarse a él, me sentía incómodo.

En cuanto a la población, aunque inmensa y dinámica, era capaz de enzarzarse en peleas callejeras por el resultado de las carreras de carros en el Hipódromo y organizaba tumultos incluso en las iglesias. Llegaban a matarse unos a otros por motivos religiosos. De hecho, las interminables disputas religiosas rayaban en la locura. Y las diferencias doctrinales mantenían buena parte del tiempo a todo el Imperio en pie de guerra.

En cuanto a los problemas de las fronteras del Imperio, eran tan frecuentes como en tiempos de los Césares. Los persas amenazaban constantemente a Oriente y los bárbaros seguían invadiendo el Imperio procedentes de Occidente sin solución de continuidad.

Yo, que tiempo atrás había identificado mi alma con la salvación del Imperio, no experimentaba el menor consuelo en esta ciudad, que sólo me inspiraba recelo y un profundo disgusto.

No obstante, iba con frecuencia a Santa Sofía para admirar la inmensa cúpula que parecía flotar en lo alto sin ningún sistema de sujeción. Aquella gran iglesia poseía una cualidad inefable capaz de humillar al espíritu más orgulloso.

Avicus y Mael se sentían a gusto en la nueva ciudad. Ambos estaban empeñados en que yo fuera su líder, y por las tardes, cuando recorría el mercado en busca de libros, Avicus se apresuraba a acompañarme, rogándome que le leyera en voz alta las obras que adquiría.

Entretanto, no cesaba de buscar a Pandora. Les conté a Avicus y a Mael algunas anécdotas, inofensivas y sin importancia, referentes a las noches que había compartido con ella, pero sobre todo les hablé de lo mucho que la había amado con el fin de crear en sus mentes imágenes de ella, confiando en que lograran mantenerlas vivas mediante sus dotes sobrenaturales.

Si Pandora se paseaba por esas calles, si se topaba casualmente con mis amigos, quizás adivinara a través de los pensamientos de éstos que yo me encontraba allí y ansiaba reunirme con ella.

Comencé de inmediato a hacerme una biblioteca comprando cajas enteras de pergaminos que examinaba detenidamente. Instalé un elegante escritorio y empecé a escribir un diario, un tanto neutral e impersonal, en el que anotaba mis aventuras utilizando la clave que había inventado hacía tiempo.

Llevábamos menos de seis meses en Constantinopla cuando descubrimos que otros bebedores de sangre merodeaban por los alrededores de nuestra casa.

Los oímos un día al amanecer. Por lo visto, acudían para percibir a través del don de la mente cualquier detalle sobre nosotros que lograran captar, tras lo cual se alejaban apresuradamente.

—Me choca que hayan tardado tanto en aparecer —comenté—. Nos han estado observando y vigilando.

—Quizá su presencia explique el hecho de que no hayamos hallado aquí a ningún adorador del diablo —dijo Avicus.

Quizá tuviera razón, pues esos seres que nos espiaban no eran adoradores del diablo. Lo dedujimos por los retazos de imágenes que obtuvimos de sus mentes.

Por fin acudieron un día al anochecer, con el claro propósito de invitarnos cortésmente a acompañarlos a visitar a su ama.

Salí a saludarlos y comprobé que se trataba de dos jóvenes pálidos y muy bellos.

No debían de tener más de trece años cuando se transformaron en vampiros. Tenían los ojos oscuros y luminosos y el pelo negro, corto y rizado. Vestían largas túnicas orientales, confeccionadas con un espléndido tejido recamado, ribeteado con una cenefa roja y dorada. Debajo llevaban otra túnica de seda, lucían elegantes sandalias y numerosos anillos adornados con piedras preciosas.

Dos mortales, que parecían simples esclavos persas, portaban antorchas para iluminarles el camino.

Uno de los jóvenes y radiantes bebedores de sangre me entregó un pequeño pergamino escrito en griego con una esmerada caligrafía, que abrí enseguida y leí.

«En mi ciudad, antes de ir de caza es costumbre pedirme permiso. Los invito a venir a verme a mi palacio», decía la nota. Estaba firmada: «Eudoxia.»

El estilo de la nota no me gustó, como tampoco me gustaba el estilo de Constantinopla ni nada relativo a ella. No puedo decir que me sorprendiera, y comprendí que me ofrecía la oportunidad de hablar con otros bebedores de sangre que no fueran los fanáticos adoradores de la serpiente, una oportunidad que no se había presentado hasta entonces.

Permite que haga un inciso para señalar que, en todos mis años de vampiro, jamás había visto a otros vampiros tan educados, elegantes y hermosos como aquellos adolescentes.

Entre los grupos de adoradores de Satanás sin duda había más de un bebedor de sangre de hermoso rostro y ojos inocentes, pero, por lo general, como ya he contado, eran Avicus y Mael quienes se encargaban de matarlos o de llegar a un acuerdo con ellos, no yo. Por lo demás, su fanatismo los corrompía invariablemente.

Estos jóvenes eran muy distintos.

Su dignidad y su atuendo los hacían infinitamente más interesantes, por no hablar del valor con que me miraban a los ojos. En cuanto al nombre de Eudoxia, en última instancia me inspiraba más curiosidad que temor.

—Os acompañaré encantado —respondí sin vacilar. Pero los chicos insistieron en que Avicus y Mael debían venir también.

—¿Por qué? —pregunté, con el fin de proteger a mis amigos. Pero éstos me indicaron que deseaban ir.

—¿Cuántos sois? —pregunté a los jóvenes.

—Eudoxia responderá a tus preguntas —contestó el chico que me había entregado el pergamino—. Por favor, acompañadnos sin más dilación. Hace tiempo que Eudoxia ha oído hablar de vosotros.

Nos escoltaron durante un buen rato por las calles, hasta que por fin llegamos a un barrio de la ciudad más opulento incluso que el barrio en el que vivíamos nosotros, y a una casa más grande que la nuestra. Tenía la típica fachada de piedra rústica y seguramente jardín interior y habitaciones suntuosas.

Durante ese rato, los jóvenes vampiros habían enmascarado sus pensamientos con gran habilidad, pero yo conseguí adivinar, quizá porque ellos querían que lo adivinara, que se llamaban Asphar y Rashid.

Nos abrió la puerta otra pareja de esclavos mortales, que nos condujo a una espaciosa estancia totalmente decorada con motivos dorados.

A nuestro alrededor ardían numerosas antorchas en el centro de la habitación. Tendida en un diván dorado con cojines de seda color púrpura, se hallaba una espléndida vampiro hembra con un espesa cabellera negra y rizada como la de los chicos que nos habían conducido hasta allí, aunque ella la llevaba adornada con perlas; lucía un traje de damasco y, debajo, una túnica de la seda más fina que había visto hasta la fecha en Constantinopla.

Tenía el rostro pequeño, ovalado, de una perfección que no había contemplado jamás, aunque no guardaba ningún parecido con Pandora, que para mí representaba la viva imagen de la perfección.

Tenía los ojos redondos y enormes. Sus labios estaban perfectamente pintados de rojo y toda su persona exhalaba un perfume elaborado sin duda por un mago persa para hacernos perder el sentido.

En la habitación había numerosos sillones y divanes, y el suelo de mosaico mostraba a diosas y dioses griegos triscando, tan artísticamente representados como hubieran podido serlo hacía quinientos años. En las paredes observé unas imágenes parecidas, pero las columnas, algo toscas pese a ostentar una compleja filigrana, pertenecían a un estilo posterior.

La vampiro tenía la piel de una blancura inmaculada y tan desprovista de todo toque humano que, al contemplarla, sentí un escalofrío. Pero su expresión, que se manifestaba casi enteramente en una sonrisa, era cordial y extremadamente curiosa.

Incorporada sobre un codo, con el brazo cubierto de pulseras, alzó la vista y me miró.

—Marius —dijo en un latín cultivado y fluido, con una voz tan bella como su rostro—, lees mis paredes y mi suelo como si fueran un libro.

—Discúlpame —respondí—. Pero cuando una habitación está decorada de forma tan exquisita, me parece correcto admirarla.

—Y añoras la vieja Roma —dijo la bebedora de sangre—, o Atenas, o incluso Antioquía, donde viviste antiguamente.

Comprendí que estaba ante una vampiro muy poderosa. Había obtenido esta información de mis recuerdos más profundos. Cerré mi mente, pero no mi corazón.

—Me llamo Eudoxia —dijo la vampiro—. Quisiera poder daros la bienvenida a Constantinopla, pero es mi ciudad y no me complace vuestra presencia aquí.

—¿No podríamos llegar a un acuerdo contigo? —pregunté—. Hemos hecho un largo y arduo viaje. La ciudad es inmensa.

Eudoxia hizo un pequeño gesto y los esclavos mortales se retiraron. Sólo se quedaron Asphar y Rashid, como si aguardaran sus órdenes.

Traté de averiguar si había otros bebedores de sangre en la casa, pero no podía hacerlo sin que ella se percatara, por lo que mis intentos resultaron ineficaces.

—Sentaos, os lo ruego —dijo Eudoxia. Al oír esas palabras, los dos hermosos jóvenes, Asphar y Rashid, se apresuraron a acercar los divanes para que nos instaláramos cómodamente.

Yo pregunté si podía sentarme en un sillón. Avicus y Mael formularon la misma petición, aunque en voz baja y vacilante. Ella accedió y nos sentamos.

—Un viejo romano —comentó Eudoxia con una repentina y luminosa sonrisa—. Desprecias un diván y prefieres un sillón.

Reí brevemente por cortesía.

Pero algo invisible me hizo mirar a Avicus y comprobé que contemplaba a aquella espléndida bebedora de sangre como si Cupido acabara de clavarle una flecha en el corazón.

En cuanto a Mael, la miraba con la misma expresión hosca con que me había mirado a mí en Roma muchos siglos atrás.

—No te preocupes por tus amigos —dijo Eudoxia, sobresaltándome—. Te son leales y acatarán lo que digas. Es contigo con quien quiero hablar. Ten en cuenta que, aunque esta ciudad es gigantesca, y hay sangre suficiente para alimentar a muchos, llegan constantemente vampiros vagabundos y es preciso ahuyentarlos.

—¿Nos consideras vampiros vagabundos? —pregunté con delicadeza.

No pude por menos de observar sus rasgos, su mentón bien perfilado con un hoyuelo en el centro y sus pequeñas mejillas. Era muy joven en años mortales, al igual que los dos chicos. Tenía los ojos negros como el azabache, enmarcados por unas pestañas que hacían sospechar que las llevaba pintadas como las egipcias, pero no era así.

Mientras la observaba, pensé de pronto en Akasha y, aterrorizado, traté de borrar su imagen de mi mente.

¿Qué había hecho al llevar allí a los que debían ser custodiados? Debí haberme quedado entre las ruinas de Roma. Pero era inútil pensar ahora en eso.

Miré a Eudoxia, deslumbrado por las innumerables joyas de su vestido y sus relucientes uñas, más brillantes que cuantas había visto en mi vida salvo las de Akasha. Traté de nuevo de recobrar la compostura y de penetrar en su mente.

Ella me sonrió con dulzura y dijo:

—Marius, soy una bebedora de sangre demasiado vieja para lo que te propones, pero te diré lo que desees saber.

—¿Puedo llamarte por el nombre que nos has dado? —pregunté.

—Por eso os lo he dado —repuso—. Pero os advierto que espero que seáis sinceros conmigo; de lo contrario, no toleraré que permanezcáis en mis dominios.

De pronto sentí una oleada de ira que emanaba de Mael. Le dirigí una mirada de advertencia y observé de nuevo la expresión abstraída del rostro de Avicus.

Deduje que jamás había contemplado a una bebedora de sangre como aquélla. Las jóvenes vampiros pertenecientes a la secta de los adoradores de Satanás presentaban un aspecto sucio y desaliñado, y la mujer que se hallaba ante nosotros, tendida cómodamente en un magnífico diván, parecía la emperatriz de Bizancio.

Tal vez ella se considerara así.

Eudoxia sonrió, como si estos pensamientos le resultaran transparentes. Luego, con un pequeño gesto de la cabeza, indicó a los jóvenes vampiros, Asphar y Rashid, que se retiraran.

Acto seguido examinó lentamente y con calma a mis dos compañeros, como tratando de extraer todos los pensamientos coherentes que les habían pasado por la cabeza.

Yo seguí observándola y me fijé en las perlas que llevaba trenzadas en el pelo, los collares de perlas que lucía alrededor del cuello y las joyas que adornaban sus pies desnudos y sus manos.

Al cabo de unos momentos, Eudoxia me miró y esbozó de nuevo una sonrisa que iluminó todo su rostro.

—Si os permito quedaros, y aún no he decidido hacerlo, debéis demostrarme vuestra lealtad cuando aparezcan otros para destruir la paz que compartimos. Jamás debéis aliaros con ellos en mi contra. Debéis preservar Constantinopla para que sólo nosotros gocemos de ella.

—¿Y qué harás si no te demostramos lealtad? —preguntó Mael, haciendo gala de su antigua ira.

—¿Qué puedo hacer para silenciarte antes de que digas otra estupidez? —replicó Eudoxia. Luego se volvió hacia mí y añadió—: Dejad que os haga una advertencia. Sé que la Madre y el Padre están en vuestro poder. Sé que los habéis traído aquí para tenerlos a buen recaudo en una capilla instalada debajo de vuestra casa.

Sus palabras me causaron un impacto brutal.

Me invadió una profunda pesadumbre. Al igual que tiempo atrás en Antioquía, no había conseguido mantener el secreto. ¿Acaso era incapaz de hacerlo? ¿Estaba predestinado a fracasar continuamente a este respecto? ¿Qué podía hacer para remediarlo?

—No te precipites en tu juicio sobre mí, Marius —dijo Eudoxia—. Yo bebí de la Madre en Egipto mucho antes de que tú te la llevaras.

Esta revelación me asombró aún más.

No obstante, contenía una extraña promesa; arrojaba una pequeña luz en mi alma.

De pronto experimenté una deliciosa exaltación.

Me hallaba ante una vampiro que, al igual que Pandora, lo sabía todo sobre los antiguos misterios. Esta criatura, de rostro y lenguaje delicados, era completamente distinta de Avicus y Mael. ¡Qué dulce y razonable parecía!

—Si lo deseas, te contaré mi historia, Marius —dijo—. Siempre he sido una vampiro mundana, nada aficionada a la vieja religión de los dioses egipcios que exigían sacrificios. Cuando tú naciste hacía trescientos años que había recibido la sangre vampírica. Pero te contaré todo lo que desees saber. Es evidente que te mueves por el mundo mediante preguntas.

—En efecto —repuse—, me muevo por el mundo mediante preguntas. A menudo he formulado esas preguntas en silencio, y las respuestas que hace siglos me daba la gente constituían fragmentos que yo debía unir como si se tratara de pedacitos de papiros. Ansío saber más. Ansío oír lo que vayas a decirme.

Eudoxia, que parecía muy complacida por mis palabras, asintió con la cabeza.

—Algunos de nosotros no precisamos que se nos comprenda íntimamente —dijo—. ¿Lo necesitas tú, Marius? Puedo adivinar gran parte de tus pensamientos, pero son un rompecabezas. ¿Necesitas que te comprendan?

Me sentí perplejo.

«¿Necesito que me comprendan?», me pregunté, reflexionando sobre la cuestión tan secretamente como me era posible. ¿Me comprendían Avicus y Mael? No. Pero tiempo atrás me había comprendido la Madre. ¿O no? Y es posible que cuando yo me enamoré de ella la comprendiera.

—No sé qué contestarte —dije en voz baja—. Creo que he llegado a disfrutar de la soledad. Creo que cuando era mortal me encantaba. Era un ser errante y solitario. Pero ¿por qué me lo preguntas?

—Porque yo no necesito que me comprendan —respondió Eudoxia. Por primera vez advertí un tono frío en su voz—. Pero, si lo deseas, te contaré mi historia.

—Estoy impaciente por oírla —contesté. Me sentía atraído por ella. Pensé de nuevo en mi hermosa Pandora. Esta mujer parecía poseer los mismos dones que ella. Deseaba escucharla; era esencial para nuestra seguridad que la escuchara. Pero ¿cómo resolver la insatisfacción de Mael y la evidente obsesión de Avicus con ella?

Eudoxia captó en el acto ese pensamiento y miró a Avicus con dulzura. Luego clavó los ojos unos momentos en el enfurecido Mael.

—Fuiste un sacerdote en la Galia —le dijo con calma—, pero tu actitud es la de un guerrero. Deseas destruirme. ¿Por qué?

—No respeto tu autoridad aquí —respondió Mael, tratando de emplear el mismo tono—. No representas nada para mí. Dices que nunca respetaste nuestra antigua religión. Yo sí, y Avicus también. Y nos sentimos orgullosos de ello.

—Todos deseamos lo mismo —dijo Eudoxia. Sonrió, mostrando sus afilados colmillos—. Deseamos disponer de un territorio de caza que no esté atestado de bebedores de sangre. Deseamos mantener alejados a los vampiros satánicos, que se multiplican increíblemente y tratan de fomentar el malestar en el mundo mortal. Mi autoridad reside en mis antiguos triunfos. No es sino un hábito. Convendría que hiciéramos las paces... —Se detuvo, encogiéndose de hombros y abriendo los brazos como habría hecho un hombre.

—Habla en nombre nuestro, Marius —terció Avicus de pronto—. Haz las paces con Eudoxia, te lo ruego.

—Te ofrecemos nuestra lealtad —dije—, pues también deseamos las cosas que has mencionado. Pero ardo en deseos de hablar contigo. Quiero saber cuántos bebedores de sangre se encuentran en estos momentos aquí. Por lo que se refiere a tu historia, te reitero que estoy ansioso de escucharla. Si hay algo que podemos ofrecernos unos a otros, son nuestras respectivas historias. Sí, deseo conocer la tuya.

Eudoxia se levantó del diván airosamente y comprobé que era más alta de lo que había imaginado. Tenía la espalda muy ancha para ser mujer y caminaba erguida, sin hacer el menor ruido con los pies desnudos.

—Venid a mi biblioteca —dijo conduciéndonos a una habitación que comunicaba con el salón principal—. Es preferible que hablemos allí.

La larga, espesa y ondulada cabellera le caía por la espalda, y caminaba airosamente a pesar de que sus ropajes recamados y adornados con gemas pesaban mucho.

La biblioteca era inmensa, con anaqueles repletos de pergaminos y códices, es decir, volúmenes encuadernados como los que existen hoy en día. Había varios sillones, algunos situados en el centro de la estancia, dos divanes para tumbarse cómodamente y unas mesitas para escribir sobre ellas. Las lámparas doradas, con sus intrincadas filigranas, me pareció que tenían un aire persa, pero no podría asegurarlo.

Las alfombras eran decididamente persas, de eso estoy seguro.

Por supuesto, en cuanto vi los libros me invadió una grata sensación, como me ocurre siempre. Recordé la biblioteca del antiguo Egipto en la que me encontré con el Anciano que había dejado a la Madre y al Padre expuestos al sol. Los libros me proporcionan una absurda sensación de seguridad, lo cual puede ser un error.

Pensé en todo lo que había perdido durante el primer asedio de Roma. No pude por menos de preguntarme qué autores griegos y romanos se hallarían presentes allí. Los cristianos, aunque eran más benévolos con los antiguos de lo que cree la gente, no siempre conservaban las obras del pasado.

—Tu mirada es codiciosa —dijo Eudoxia—, pero tu mente permanece cerrada. Sé que deseas leer los libros que hay aquí. Te autorizo a hacerlo. Envía a tus escribas para que copien las obras que desees. Pero me estoy precipitando. Ante todo debemos hablar. Debemos tratar de alcanzar un acuerdo, aunque no sé si lo lograremos.

Lugo se volvió hacia Avicus.

—Y tú, que eres un anciano, que recibiste la sangre vampírica en Egipto, estás empezando a descubrir y amar el universo de las letras. Me choca que hayas tardado tanto tiempo.

Sentí la intensa turbación y la conmovedora confusión de Avicus.

—Estoy aprendiendo —respondió—. Marius es mi maestro —añadió, ruborizándose.

En cuanto a Mael, al observar su furia contenida pensé que él mismo se había labrado hacía tiempo su desgracia, pero que ahora estaba ocurriendo algo que podría ser una causa legítima de dolor para él.

Como es natural, me disgustaba profundamente que ni uno ni otro fueran capaces de ocultar sus pensamientos. Tiempo atrás, en Roma, cuando intenté dar con ellos, habían logrado zafarse de mí.

—Sentémonos —dijo Eudoxia— y os contaré quién soy.

Ocupamos nuestros respectivos asientos, lo cual nos aproximó más, y Eudoxia empezó a desgranar su historia con voz queda.

10

—Mi vida mortal no tiene mucha importancia —dijo—, por lo que me detendré brevemente en ella. Provengo de una ilustre familia griega que dejó Atenas con una de las primeras oleadas de pobladores para instalarse en Alejandría con el fin de convertirla en la gran ciudad que Alejandro deseaba cuando la fundó trescientos años antes de nacer Jesucristo.

»Me educaron como a cualquier niña perteneciente a una noble familia griega, protegiéndome extremadamente y sin dejarme salir nunca de casa. No obstante, aprendí a leer y a escribir, porque mi padre deseaba que pudiera escribirle cartas cuando me desposara y me fuera de casa y leerles poemas a mis hijos.

»Siempre he agradecido a mi padre que me diera una educación aunque los demás no opinaran igual, y me entregué a ella con auténtica pasión, descuidando todo lo demás.

»Concertaron mi boda cuando yo no había cumplido los quince años. Cuando me lo comunicaron, confieso que me complació, pues había visto a mi prometido y me parecía un hombre fascinante, aunque un tanto extraño. Pensé que mi matrimonio con él me ofrecería una nueva existencia, más interesante que la que llevaba en casa. Mi madre había muerto y no quería a mi madrastra. Deseaba marcharme de su casa.

Eudoxia se detuvo unos momentos, que yo aproveché para hacer unos cálculos. Era mucho mayor que yo, eso era evidente; me doblaba la edad, por eso parecía tan perfecta. El paso del tiempo había dejado unas arrugas en su rostro, al igual que empezaba a hacer en el mío.

Eudoxia me observó y vaciló unos instantes, pero luego prosiguió:

—Un mes antes de la boda, una noche me raptaron de mi lecho, saltaron los muros de mi casa portándome en brazos y me llevaron a un lugar cochambroso, donde me arrojaron a un rincón. Me quedé tendida en el suelo de piedra, temblando, mientras unos hombres discutían sobre cuánto pagarían a determinada persona por haberme raptado.

»Supuse que me matarían y comprendí que mi madrastra estaba detrás del complot.

»Pero de pronto apareció un hombre alto y delgado con una tupida pelambrera negra, la cara y las manos blancas como la luna, que asesinó a todos esos hombres. Arrojó sus cuerpos al suelo como si no pesaran nada, se acercó el último de ellos a la boca y oprimió sus labios contra él durante largo rato, como si succionara la sangre del cadáver o lo devorara.

»Creí que estaba a punto de volverme loca.

»Cuando el extraño de semblante pálido dejó caer el cadáver, me percaté de que estaba mirándolo fijamente. Iba cubierta tan sólo con un camisón sucio y desgarrado, pero me puse de pie y me encaré con él.

»"Una mujer", dijo. Jamás olvidaré la forma en que pronunció la palabra "mujer", como si fuera algo extraordinario.

—En ocasiones lo es —dije.

Eudoxia me dirigió una sonrisa tolerante y continuó con su relato.

—Después de ese comentario, el hombre soltó una carcajada y se acercó a mí.

»Pensé de nuevo que iba a matarme, pero me convirtió en una bebedora de sangre. Lo hizo sin ceremonia, sin decir una palabra.

»Luego, tras haberle quitado la túnica y las sandalias a uno de los cadáveres, me vistió toscamente como un niño y durante el resto de la noche recorrimos las calles en busca de presas. Me trataba bruscamente, me empujaba hacia uno y otro lado, me ordenaba lo que debía hacer dándome empellones y profiriendo vituperios.

»Antes del amanecer, me condujo a su curiosa vivienda. No se hallaba en el elegante barrio griego donde me había criado, pero en aquellos momentos yo no lo sabía. Nunca había salido de casa de mi padre. Confieso que mi primera experiencia por las calles de la ciudad resultó francamente interesante.

»El hombre me tomó en brazos, trepó por la elevada tapia de la casa de tres pisos y aterrizamos en un patio sembrado de matojos.

»Era una casa inmensa y desordenada, donde cada habitación ocultaba increíbles tesoros.

»"¡Contempla todo esto!", me dijo el vampiro, muy ufano.

»Todo estaba patas arriba. En el suelo había unas hermosas cortinas y unos cojines de seda amontonados, con los que el vampiro confeccionó una especie de nido para mí. Me colocó unos pesados collares alrededor del cuello y dijo: "Con ellos conseguirás atraer a tus víctimas y podrás apoderarte rápidamente de ellas."

»Me sentía al mismo tiempo embriagada y temerosa.

»Entonces el vampiro sacó un puñal y, agarrándome del pelo, me lo cortó casi al rape. Aquello hizo que me pusiera a gritar como una loca. Había asesinado, había bebido sangre, había corrido por las calles como una posesa y nada de eso había hecho que me pusiera a gritar, pero no pude soportar que me cortara el pelo.

»Mis quejas no parecían molestar al vampiro, pero, de pronto, me agarró y me arrojó dentro de un arcón, sobre un lecho duro formado por un montón de joyas y cadenas de oro, y cerró la tapa. Yo no sabía que había empezado a amanecer. Pensé de nuevo que iba a matarme.

»Cuando volví a abrir los ojos, vi al vampiro ante mí, sonriendo. Me explicó con voz ronca, sin el menor ingenio ni talento, que teníamos que dormir durante el día protegidos del sol, tal como exigía nuestra naturaleza, y beber mucha sangre. La sangre era lo único que nos alimentaba.

»"Quizás en tu caso", pensé, pero no me atreví a contradecirle.

»El pelo me había vuelto a crecer por completo, como todos los días a partir de entonces, y él volvió a cortármelo. Al cabo de unas noches, comprobé aliviada que había adquirido unas tijeras para facilitar la operación. Al margen de lo que hiciéramos, el vampiro jamás toleró que yo llevara el pelo largo.

»Estuve con él varios años.

»Jamás me trató con educación y amabilidad, pero tampoco con extrema crueldad. No me quitaba el ojo de encima. Cuando le pedí que me comprara ropa más bonita, accedió, aunque a regañadientes. En cuanto a él, llevaba una túnica larga y una capa, que no desechaba hasta que estaban hechas jirones, sustituyéndolas por prendas que robaba a alguna de sus víctimas.

»A menudo me daba unas palmaditas en la cabeza. No sabía pronunciar palabras cariñosas y carecía de imaginación. Cuando yo llevaba a casa libros de poesía comprados en el mercado, se reía de mí, si es que a aquel ruido nasal que emitía se le podía llamar risa. No obstante, yo le leía poemas, y la mayoría de las veces, después de la risotada inicial, se limitaba a mirarme fijamente.

»En un par de ocasiones le pregunté cómo se había convertido en bebedor de sangre y me respondió que a través de un vampiro perverso procedente del Alto Egipto. "Todos esos ancianos son unos mentirosos —declaró—. Yo los llamo los bebedores de sangre del templo." Eso fue cuanto me contó sobre su historia.

»Si me atrevía a contradecirle, me pegaba. No me pegaba con violencia, pero bastaba para impedir que volviera a llevarle la contraria.

»Cuando trataba de poner un poco de orden en la casa, el vampiro me miraba sin comprender, sin ofrecerse a ayudarme, pero no me pegaba. Saqué unas alfombras babilonias que él guardaba enrolladas. Coloqué junto a las paredes estatuas de mármol que daban un aire respetable a la vivienda. Limpié el patio.

»Durante ese tiempo, oí a otros bebedores de sangre que se hallaban en Alejandría. Incluso los vislumbré en alguna ocasión, pero nunca se acercaron mucho a nuestra casa.

»Cuando se lo conté al vampiro, se encogió de hombros y me dijo que no me preocupara. "Soy demasiado fuerte y no quieren tener problemas. Saben que sé demasiado sobre ellos." No dijo más, pero me aseguró que yo era muy afortunada por haber recibido su vieja sangre.

»No sé cómo me las arreglaba para no desanimarme durante esa época. Quizá yendo a cazar por diversos barrios de Alejandría, o leyendo nuevos libros, o yendo al mar a nadar. El vampiro y yo íbamos con frecuencia a bañarnos en el mar.

»No creo que podáis imaginar lo que el mar significaba para mí, el hecho de sumergirme en él, de caminar por la orilla. Un ama de casa griega jamás habría podido disfrutar de ese placer. Por lo demás, yo era una vampiro. Un chico. Merodeaba en torno a los barcos atracados en el puerto en busca de víctimas. Me codeaba con hombres valientes y perversos.

»Una noche, mi creador, en contra de su costumbre, no me cortó el pelo y me llevó a un extraño lugar. Se hallaba en el barrio egipcio de la ciudad, y después de abrir la puerta bajamos por un largo túnel hasta llegar a una amplia habitación repleta de antiguos jeroglíficos egipcios. El techo estaba sostenido por gigantescos pilares cuadrados. Era un sitio impresionante.

»Me recordaba una época más refinada, durante la cual había conocido cosas misteriosas y muy bellas, pero no estoy segura.

»En aquel lugar había varios bebedores de sangre. Eran extraordinariamente hermosos y tenían la piel blanca, aunque no tanto como mi creador, al que evidentemente temían. Me quedé asombrada al contemplar aquella escena. De pronto recordé que mi creador había mencionado a ciertos "bebedores de sangre del templo" y deduje que estábamos con ellos.

»Mi creador me empujó hacia delante, exhibiéndome como un pequeño milagro que jamás hubieran contemplado, y se pusieron a discutir en su lengua, que yo apenas comprendía.

»Al parecer, le dijeron que la decisión la tomaría la Madre, después de lo cual las faltas de mi creador quedarían perdonadas. Él replicó que le tenía sin cuidado que se las perdonaran o no, que lo que quería era marcharse y desembarazarse de mí, y les preguntó si deseaban hacerse cargo de mí. Era lo único que le interesaba.

»Yo estaba aterrorizada. Aquel lugar me daba mala espina, pese a sus impresionantes columnas y dimensiones, y no acababa de gustarme. Mi creador y yo habíamos pasado muchos años juntos, y ahora quería abandonarme.

»Sentí deseos de preguntarle: "¿Pero qué he hecho?" Supongo que en aquel momento comprendí que le amaba. Estaba dispuesta a todo con tal de hacerle cambiar de parecer.

»Los otros se precipitaron sobre mí. Me agarraron de los brazos y me arrastraron con una brutalidad innecesaria hasta otra habitación gigantesca.

»En ella se encontraban la Madre y el Padre, magníficos y resplandecientes, sentados sobre un inmenso trono de diorita negra, en lo alto de una escalera de mármol de seis o siete peldaños.

»Era el salón principal de un templo. Todas las columnas y paredes estaban exquisitamente decoradas con jeroglíficos egipcios y el techo estaba cubierto con placas de oro.

»Yo pensé, como nos sucede a todos, que la Madre y el Padre eran estatuas, y cuando me arrastraron hasta colocarme ante ellos, estaba rabiosa por verme sometida a aquellas vejaciones.

»Curiosamente, me sentía avergonzada de llevar unas sandalias viejas, una túnica sucia como las que llevan los chicos y el pelo alborotado, pues esa noche mi creador no me lo había cortado. En suma, no estaba preparada para una ceremonia como la que iba a celebrarse.

»Akasha y Enkil eran de una blancura inmaculada y estaban sentados en la misma postura de siempre desde que los conozco, como sin duda se hallan sentados ahora en vuestra capilla subterránea.

Mael interrumpió la narración para formular una pregunta en tono airado:

—¿Qué sabes tú de cómo están sentados la Madre y el Padre en nuestra capilla subterránea?

Su exabrupto me turbó profundamente, pero Eudoxia no perdió la compostura.

—¿Acaso no tienes el poder de ver a través de las mentes de otros bebedores de sangre? —preguntó. Sus ojos mostraban una expresión dura, incluso un tanto cruel.

Mael la miró, confundido.

Yo era consciente de haberle revelado a Eudoxia un secreto, concretamente el de que Mael no poseía ese poder, o no sabía que lo poseía y no sabía muy bien qué hacer.

Ten presente que Mael sabía que podía localizar a otros bebedores de sangre escuchando sus pensamientos, pero no sabía cómo utilizar ese poder para ver lo que ellos veían. Lo cierto era que ninguno de los tres conocíamos bien nuestros poderes, lo cual era absurdo.

En aquel momento, al ver que Eudoxia no obtenía respuesta a su pregunta, traté en vano de hallar el medio de distraerla.

—Continúa, por favor —le dije—. Cuéntanos tu historia. —No me atrevía a pedirle disculpas por la grosería de Mael porque temía enfurecerlo aún más.

—Muy bien —dijo Eudoxia mirándome sólo a mí, como si prescindiera de mis enojosos compañeros—. Como decía, mi creador me empujó hacia delante y me obligó a arrodillarme delante del Padre y la Madre. Como estaba aterrorizada, obedecí sin rechistar.

»Al contemplar sus rostros, como llevan haciendo los bebedores de sangre desde tiempos inmemoriales, no advertí ningún signo de vitalidad, una expresión sutil, tan sólo la inexpresividad de unos animales estúpidos.

»Pero de pronto se produjo un cambio en la Madre. Tenía la mano derecha alzada ligeramente sobre su regazo y la movió un poco, indicándome que me acercara.

»Ese gesto me dejó estupefacta. ¡De modo que esas criaturas estaban vivas y respiraban! ¿O se trataba de algún truco, de un hechizo mágico? No lo sabía.

»En éstas, mi creador, con una rudeza impropia de aquel momento sagrado, dijo: "Acércate a ella y bebe su sangre. Es la Madre de todos nosotros." Después me propinó una patada y añadio: "Ella es La Primera. Bebe."

»Los otros bebedores de sangre empezaron a discutir acaloradamente con él expresándose de nuevo en la antigua lengua egipcia. Le decían que el gesto de la Madre no estaba claro, que podía destruirme, que él no era nadie para ordenarme que bebiera sangre de la Madre y que cómo se atrevía a presentarse en el templo con una desgraciada bebedora de sangre tan sucia e inculta como él.

»Pero él no hizo caso y me repitió: "Bebe su sangre y obtendrás una fuerza increíble." Luego me obligó a ponerme de pie y me propinó tal empujón que fui a parar a lo alto de los escalones de mármol, delante del trono.

»Los otros bebedores de sangre se escandalizaron ante esos modales tan bruscos. Oí a mi creador soltar una carcajada, pero yo tenía los ojos clavados en el Rey y la Reina.

»Vi a la Reina mover de nuevo la mano, abriendo los dedos, y aunque la expresión de sus ojos cambió, sin duda estaba indicándome que me aproximara.

»"Bebe de su cuello —dijo mi creador—. No temas. Nunca destruye a los que les indica que se acerquen. Obedéceme." Y yo le obedecí.

»Bebí tanta sangre de la Reina como pude. Te aseguro, Marius, que eso sucedió más de trescientos años antes de que el Anciano expusiera a la Madre y al padre al Gran Fuego. Bebí de ella más de una vez. Créeme, más de una vez, mucho antes de que fueras a Alejandría, mucho antes de que te llevaras a nuestro Rey y a nuestra Reina.

Eudoxia me miró arqueando levemente sus negras cejas, como si quisiera que entendiera perfectamente lo que me decía. Era extraordinariamente poderosa.

—Pero Eudoxia, cuando fui a Alejandría —dije—, cuando fui en busca de la Madre y el Padre, y a averiguar quién les había dejado expuestos al sol, tú no estabas en el templo. No estabas en Alejandría. En cualquier caso, no me revelaste tu presencia.

—Es cierto —contestó—, me encontraba en la ciudad de Éfeso, adonde había ido con otro bebedor de sangre que quedó destruido por el Fuego. Mejor dicho, iba de camino a Alejandría, para descubrir qué había provocado el Fuego y beber de la fuente sanadora, cuando tú te llevaste a la Madre y al Padre.

Eudoxia me dirigió una sonrisa delicada pero fría.

—¿Imaginas mi angustia cuando averigüé que el Anciano estaba muerto y el templo desierto? ¿Cuando los pocos supervivientes del templo me dijeron que un romano llamado Marius nos había robado a nuestro Rey y nuestra Reina?

No respondí, pero su rencor era evidente. Su rostro mostraba emociones humanas. Unas lágrimas de sangre asomaron a sus ojos oscuros.

—Con el tiempo me he curado, Marius —prosiguió—, porque llevo dentro una gran cantidad de sangre de la Reina y porque a partir del momento en que me transformé en vampiro adquirí una fuerza extraordinaria. El Fuego Fatídico sólo logró teñir mi piel de un color marrón oscuro, sin causarme apenas dolor. Pero, si no te hubieras llevado a Akasha de Alejandría, ella me habría permitido beber su sangre y me habría curado rápidamente de mis heridas. No habría tardado tanto en recuperarme.

—¿Estarías dispuesta a beber ahora sangre de la Reina, Eudoxia? —pregunté—. ¿Es eso lo que te propones? Sin duda sabes por qué hice lo que hice. Sin duda sabes que fue el Anciano quien expuso a la Madre y al Padre al sol.

Eudoxia no contestó. No pude adivinar si esta información le había sorprendido o no. Ocultaba sus pensamientos y emociones perfectamente.

—¿Necesito la sangre en estos momentos, Marius? —me preguntó—. Mírame. ¿Qué ves?

Dudé unos instantes antes de responder.

—No, no la necesitas, Eudoxia. A menos que esa sangre represente siempre una bendición.

Después de observarme durante unos momentos, asintió con la cabeza, casi distraídamente, y frunció levemente el entrecejo.

—¿Siempre una bendición? —preguntó, repitiendo mis palabras—. No lo sé.

—Sigue relatándome tu historia. ¿Qué ocurrió cuando bebiste sangre de Akasha? ¿Qué hiciste cuanto tu creador se marchó? —le pregunté suavemente—. ¿Te quedaste a vivir en el templo?

Mis preguntas le concedieron unos instantes para reflexionar.

—No, no me quedé allí —repuso—. Aunque los sacerdotes trataron de convencerme para que me quedara contándome unas historias tremendas sobre los antiguos ritos y asegurándome que la Madre era indestructible, salvo si le alcanzaba la luz del sol, y que si moría abrasada nosotros moriríamos también. Uno de ellos hizo mucho hincapié en esa advertencia, como si la perspectiva le atrajera...

—El Anciano que posteriormente trató de demostrarlo —dije.

—Así es. Pero para mí no era el Anciano y no tuve en cuenta sus palabras.

»Me marché, libre de mi creador, y, dueña de su casa y su tesoro, decidí emprender otra vida. Como es lógico, los sacerdotes del templo iban a verme a menudo y me acusaban de profana e insensata, pero no pasaban de ahí y yo no les hacía caso.

»En aquella época yo pasaba fácilmente por humana, en especial si me untaba la piel con ciertos ungüentos. —Eudoxia suspiró—. Estaba acostumbrada a que la gente me tomara por un muchacho. Al cabo de unas noches, después de limpiar y decorar la casa con objetos bellos y de adquirir ropas elegantes, logré hacerme pasar por rica.

»Hice correr por las escuelas y el mercado la noticia de que estaba dispuesta a escribir cartas para gente que no supiera escribir, y a copiar libros, cosa que podía hacer por las noches, cuando los otros copistas hubieran terminado y se hubieran ido a casa. Instalé un amplio estudio en mi casa, muy luminoso, y empecé a desarrollar esa labor para seres humanos. Así fue como llegué a conocerlos y a averiguar lo que los maestros enseñaban de día.

»Era un suplicio para mí no poder acudir de día a oír disertar a los grandes filósofos, pero esta ocupación nocturna me iba muy bien; había conseguido lo que ansiaba, oír las voces cálidas de seres humanos que conversaban conmigo. Hice amistad con mortales. Más de una noche mi casa estaba llena de convidados que yo había invitado a cenar.

»Aprendí mucho del mundo a través de estudiantes, poetas y soldados. De madrugada, penetraba sigilosamente en la gran biblioteca de Alejandría, un lugar que debiste visitar, Marius. Me choca que pasaras por alto ese lugar que alberga un tesoro de libros. Yo no lo hice.

Eudoxia se quedó en silencio. Su rostro mostraba una expresión vacua y deduje que se debía a un exceso de emociones. Tenía la mirada perdida.

—Te comprendo —dije—. Te comprendo perfectamente. Yo sentía la misma necesidad de oír voces mortales, de ver sonreír a mortales, como si fuera uno de ellos.

—Conozco tu soledad —dijo Eudoxia en un tono un tanto duro.

Por primera vez, tuve la impresión de que las fugaces expresiones de su rostro también eran duras, de que su semblante no era sino una hermosa cáscara que albergaba a un alma trastornada, sobre la cual tan sólo sabía lo que me revelaban sus palabras.

—Viví bien y durante largo tiempo en Alejandría —continuó—. No existía una ciudad más grande. Y, al igual que muchos bebedores de sangre, estaba convencida de que mis conocimientos me bastarían para sostenerme durante décadas, de que la información me impediría caer en la desesperación.

Sus palabras me impresionaron, pero no hice ningún comentario.

—Debí quedarme en Alejandría —se lamentó Eudoxia en voz baja, desviando la mirada—. Empecé a amar a un mortal, un joven que sentía un profundo amor por mí. Una noche me reveló sus sentimientos, asegurándome que renunciaría a todo por mí; al matrimonio que habían concertado para él con otra mujer y a su familia, si accedía a marcharme con él a Éfeso, la ciudad de la que provenía su familia y a la que él deseaba regresar.

Eudoxia se detuvo como si no quisiera continuar.

—Me amaba con locura —dijo más lentamente—, convencido de que yo era un muchacho.

No dije nada.

—La noche que me declaró su amor, le revelé mi auténtica identidad. Se quedó horrorizado al averiguar el engaño y me vengué de él. —Eudoxia frunció el entrecejo, como si no estuviera segura de haber empleado la palabra idónea—. Sí, me vengué.

—¿Le transformaste en un bebedor de sangre? —pregunté suavemente.

—Sí —respondió con mirada ausente, como si hubiera retrocedido a aquellos tiempos—. Le convertí en un bebedor de sangre empleando una fuerza brutal y nada femenina. Una vez cumplido mi propósito, él me contempló con ojos cándidos de enamorado.

—¿Con ojos de enamorado? —repetí.

Eudoxia miró a Avicus con una expresión cargada de significado. Luego me miró a mí y después de nuevo a Avicus.

Yo le observé detenidamente. Siempre me había parecido espléndido y deduje que a los dioses del bosque los elegían por su belleza y su resistencia, pero en esos momentos traté de verlo tal como ella lo veía. Tenía la piel dorada, más que de color tostado, y su espesa y negra cabellera formaba un digno marco para su atractivo rostro.

Miré de nuevo a Eudoxia y comprobé, con cierto sobresalto, que tenía los ojos clavados en mí.

—¿Volvió a enamorarse de ti? —pregunté, retomando de inmediato su historia—. ¿Se enamoró incluso cuando la sangre vampírica empezó a fluir por sus venas?

No pude adivinar los más íntimos pensamientos de Eudoxia.

—Sí, volvió a enamorarse de mí —respondió con gravedad, asintiendo con la cabeza—. Sus ojos tenían la mirada del nuevo bebedor de sangre. Yo era su maestra, y todos sabemos el encanto que eso encierra —añadió, sonriendo con amargura.

En aquel momento se apoderó de mí una sensación siniestra, el presentimiento de que algo no concordaba en esa bebedora de sangre, de que quizás estuviera loca. Pero tuve que sepultar ese presentimiento en mi interior.

—Partimos para Éfeso —continuó Eudoxia—, y aunque no tenía

punto de comparación con Alejandría, no dejaba de ser una gran ciudad griega, con un comercio pujante procedente de Oriente y llena de peregrinos que acudían para adorar a la gran diosa Artemisa. Vivimos allí hasta que se produjo el Gran Fuego. —Bajó tanto la voz que un mortal no habría captado sus palabras—. El Gran Fuego le destruyó por completo. Estaba en una edad en que desapareció toda su carne humana y sólo quedó el bebedor de sangre, pero el bebedor de sangre hacía poco que había empezado a adquirir vigor.

Eudoxia se detuvo, como si no tuviera fuerzas para continuar, pero al cabo de unos momentos prosiguió:

—Tan sólo me quedaron sus cenizas. Eso es todo.

Tras estas palabras, guardó silencio y no me atreví a animarla a continuar su relato.

—Debí haberlo conducido ante la Reina antes de marcharme de Alejandría —dijo—. Pero los bebedores de sangre del templo me irritaban, y cuando me había presentado ante ellos había sido en plan rebelde y jactancioso, ufanándome de los gestos que me había hecho la Reina para que me permitieran depositar flores ante ella. Pero ¿y si al llevar a mi amante ante la Reina ésta no le hacía un gesto como el que me había hecho a mí? De modo que no lo llevé y me quedé con sus cenizas en las manos en Éfeso.

Guardé silencio por respeto. No pude por menos de mirar de nuevo a Avicus. Estaba a punto de romper a llorar. Aquella mujer se había apropiado de su corazón y su alma.

—¿Por qué regresé a Alejandría después de esa terrible tragedia? —preguntó Eudoxia con tono cansino—. Porque los bebedores de sangre del templo me habían dicho que la Madre era la Reina de todos nosotros. Porque me habían hablado del sol y de que nos abrasaba. Yo sabía que a nuestra Madre le había ocurrido algo, algo que había provocado el Gran Fuego y que sólo los vampiros del templo sabían qué era. Sentía dolor en la carne, no un dolor insoportable, pero se me habría pasado enseguida si hubiera encontrado a la Madre allí.

No dije nada.

En todos los años transcurridos desde que me había llevado a los que deben ser custodiados, jamás me había tropezado con una criatura como esa mujer ni una bebedora de sangre como ella me había localizado a mí.

Jamás había conocido a nadie dotado de tanta elocuencia, con tantos conocimientos de historia y poemas antiguos como ella.

—Durante siglos —dije con voz queda y suave—, tuve a la Madre y al Padre en Antioquía. Otros bebedores de sangre dieron conmigo, seres amargados y violentos que habían sufrido atroces quemaduras y estaban empeñados en robar la potente sangre de nuestra Madre. Pero tú no apareciste nunca.

Eudoxia meneó la cabeza en señal negativa.

—El nombre de Antioquía jamás se me pasó por la cabeza —confesó—. Creía que te habías llevado a la Madre y al Padre a Roma. Te llamaban Marius el romano. «Marius el romano se ha llevado a la Madre y al Padre.» Así que, como ves, cometí un gran error al trasladarme a la ciudad imperial. Después fui a Creta; ni siquiera pasé cerca de donde estabas, nunca di con tu paradero por medio del don de la mente, nunca oí decir dónde te encontrabas.

»Pero no siempre he andado en busca de la Madre y el Padre —continuó—. Tenía mis posesiones. Convertí a otros bebedores de sangre para que fueran mis compañeros. Como ves, los siglos han curado mis heridas. Ahora soy infinitamente más fuerte que tú, Marius, e infinitamente más fuerte que tus acompañantes. Y aunque me conmueven tus finos modales patricios, tu anticuado latín y la devoción de tu amigo Avicus, debo imponeros unas condiciones muy duras.

—¿A qué te refieres, Eudoxia? —pregunté con calma.

Mael estaba furioso.

Eudoxia guardó silencio unos momentos, durante los cuales sus rasgos menudos y delicados no traslucieron sino dulzura y bondad. Luego dijo en tono cortés:

—Entrégame a la Madre y al Padre; de lo contrario, os destruiré a ti y a tus acompañantes. No permitiré que os quedéis aquí ni que os marchéis.

Observé la expresión de pasmo en el rostro de Avicus. Por fortuna, Mael estaba tan estupefacto que no alcanzaba a articular palabra. En cuanto a mí, no salía de mi asombro.

Tras unos instantes, pregunté:

—¿Por qué quieres que te entregue a la Madre y al Padre, Eudoxia?

—Marius, no te hagas el tonto conmigo. Sabes que la sangre de la Madre es más potente que la de cualquiera de nosotros. Como te he dicho, cada vez que se lo pedía, ella me indicaba que me acercara y me permitía beber su sangre. Quiero que me la entregues porque ambiciono el poder que posee. Y porque no quiero que entregues al Rey y a la Reina, que pueden abrasarse de nuevo o ser expuestos al sol, a otros capaces de cometer semejantes tropelías.

—¿Lo has pensado bien? —pregunté fríamente—. ¿Cómo conseguirías mantener el secreto del santuario? Por lo que he visto, tus compañeros bebedores de sangre son casi unos niños en años mortales y como vampiros. ¿Sabes la responsabilidad que eso entraña?

—Lo sé desde mucho antes de que tú existieras —replicó Eudoxia con el rostro encendido de ira—. Estás jugando conmigo, Marius, y no lo consentiré. Sé lo que oculta tu corazón. No quieres desprenderte de la Madre porque no quieres desprenderte de su sangre.

—Es posible —contesté, esforzándome para no perder la compostura—. Necesito tiempo para reflexionar sobre lo que hemos hablado.

—No te concedo ni un minuto —replicó Eudoxia, roja debido a la rabia—. Respóndeme ahora o te destruiré.

Su arrebato de furia fue tan repentino que me pilló desprevenido. Pero reaccioné con rapidez.

—¿Y cómo te propones hacerlo? —pregunté.

Mael se levantó de un salto y se situó detrás de su silla. Yo le indiqué que no se moviera. Avicus contemplaba la escena mudo y desesperado. Unas lágrimas de sangre comenzaron a rodar por sus mejillas. Se sentía más decepcionado que temeroso. De hecho, ofrecía un aspecto valeroso y solemne.

Eudoxia se volvió hacia Avicus y yo percibí cierta amenaza en su ademán. Su cuerpo se tensó y sus ojos adquirieron una expresión extraordinariamente dura. Se proponía hacerle algo malo a Avicus y yo no podía perder tiempo tratando de descifrar qué era.

Me levanté, corrí hacia ella y la sujeté por ambas muñecas, obligándola a volverse hacia mí. Me miró furiosa.

Por supuesto, mi fuerza física de poco iba a servirme allí, pero ¿qué otra cosa podía hacer? ¿Qué había sido de mis dotes sobrenaturales a lo largo de esos años? Lo ignoraba. Pero no había tiempo para cavilar ni hacer experimentos. Así pues, hice acopio de toda la fuerza destructora que pudiera poseer.

Sentí un dolor en el vientre y luego en la cabeza, y al tiempo que Eudoxia desfallecía en mis brazos, con los ojos cerrados, noté un calor abrasador en el rostro y el pecho. Pero no me quemó. Logré repelerlo, obligándolo a regresar al lugar de donde había venido.

En suma, me había enzarzado en una batalla y no tenía ni remota idea de quién ganaría. Volví a reunir toda mi fuerza y noté que Eudoxia se debilitaba, pero sentí de nuevo aquel calor, que sin embargo no consiguió abrasarme.

La arrojé al suelo de mármol y, utilizando una vez más toda mi fuerza, la dirigí contra ella, que se agitó en el suelo, con los ojos cerrados y las manos temblorosas. Mi fuerza la mantenía clavada en el suelo, impidiéndole incorporarse.

Por fin se quedó quieta. Respiró profundamente y abrió los ojos, clavándolos en mí.

Por el rabillo del ojo, vi a sus acólitos, Asphar y Rashid, acercarse corriendo para ayudarla. Ambos empuñaban relucientes espadas. Desesperado, miré a mi alrededor en busca de un quinqué para abrasar a uno de ellos con el aceite, pero el pensamiento se me adelantó con toda mi fuerza y mi rabia: *¡Ojalá consiga abrasarte!* Rashid se detuvo en el acto, lanzó un grito y comenzó a arder envuelto en llamas.

Le miré horrorizado. Sabía que lo había hecho yo, al igual que lo sabían todos los presentes. Durante unos instantes, los huesos del joven quedaron visibles, pero enseguida se desplomó mientras las llamas brincaban y danzaban sobre el suelo de mármol.

No tenía más remedio que volverme hacia Asphar. Pero Eudoxia me detuvo.

—¡Basta! —gritó. Trató de levantarse, pero no pudo. La así de ambas manos y la ayudé a incorporarse.

Eudoxia retrocedió ante mí con la cabeza gacha. Luego se volvió y observó los restos de Rashid.

—Has destruido a alguien a quien quería mucho —dijo con voz trémula—. Ni siquiera sabías que poseías el don del fuego.

—Y tú te proponías destruirnos a Avicus y a mí —repliqué. La miré al tiempo que suspiraba—. No me has dejado otro camino. Tú has sido mi maestra en lo referente a mis poderes —añadí, temblando de agotamiento y rabia—. Podíamos haber vivido todos en armonía.

Miré a Asphar, que no se atrevía a acercarse, y después a Eudoxia, que estaba sentada en una silla, débil e impotente.

—Voy a marcharme con mis dos compañeros —dije—. Si tratas de lastimarnos, lanzaré todo mi poder contra ti. Como tú misma has dicho, ni yo mismo conozco su alcance.

—Me amenazas porque estás asustado —respondió Eudoxia en tono cansino—. No te marcharás de aquí sin darme una vida a cambio de otra. Has quemado a Rashid. Dame a Avicus. Entrégamelo ahora, voluntariamente.

—No —contesté con frialdad.

Sentía en mi interior toda la fuerza de mi poder. Miré a Asphar. El pobre chiquillo vampiro temblaba aterrorizado.

—Se ha producido una pérdida innecesaria, Eudoxia —dije—. Podíamos haber enriquecido mutuamente nuestras mentes.

—No trates de convencerme con tu fina palabrería, Marius —contestó Eudoxia, enojada, mirándome con los ojos anegados de lágrimas de sangre—. Aún me temes. Condúceme ante el Padre y la Madre y deja que ella decida quién debe ser su guardián, si tú o yo.

—No quiero tenerte bajo mi techo, Eudoxia —me apresuré a responder—. Pero plantearé el asunto a la Madre y al Padre. Cuando me hayan comunicado su decisión, te la transmitiré a ti.

A continuación me volví hacia Asphar.

—Sácanos de aquí —dije— o te abrasaré como he hecho con tu compañero.

El joven obedeció sin dilación, y cuando nos hubo conducido rápidamente a la calle, nos dimos a la fuga.

11

Nos dimos a la fuga.

No hay otra forma de describirlo. Estábamos aterrorizados y huimos. En cuanto llegamos a nuestra casa, cerramos todas las ventanas y las puertas con sus postigos más recios.

Pero ¿qué era eso comparado con el poder que tenía Eudoxia?

Nos reunimos en el jardín interior para analizar la situación. Teníamos que descubrir nuestros poderes. Teníamos que averiguar qué poderes nos habían proporcionado el paso del tiempo y la sangre.

Al cabo de unas horas, obtuvimos algunos resultados.

Avicus y yo podíamos mover objetos con facilidad sin tocarlos. Podíamos hacer que volaran por el aire. Por lo que respecta al don del fuego, sólo yo lo poseía, y comprobamos que podía utilizarlo sin límites dentro del espacio de nuestra casa. Eso significaba que podía hacer que ardiera cualquier tipo de madera, por lejos que estuviera de dónde yo me encontraba. En cuanto a seres vivos, elegí como víctimas a unos infortunados animales y les prendí fuego desde una gran distancia sin mayores problemas.

Nuestra fuerza física era mucho mayor de lo que habíamos supuesto. De nuevo, yo los superaba en eso al igual que en todo lo demás. Avicus me seguía a cierta distancia, y Mael era el tercero.

Pero estando con Eudoxia había intuido otra cosa que traté de explicarles a Avicus y a Mael.

—Cuando peleamos, Eudoxia trató de abrasarme con el don del fuego. (Ésas fueron las palabras que utilizamos en esa ocasión.) Estoy seguro de ello, pues noté el calor. Pero yo me enfrenté a ella con otro poder. Utilicé una gran presión. Y eso es lo que debemos comprender.

De nuevo, elegí para mi experimento a las desgraciadas ratas que habitaban en nuestra casa. Sosteniendo a una de ellas, ejercí la misma fuerza que había utilizado cuando sostenía a Eudoxia en mis brazos. El animal prácticamente reventó, pero no se produjo ningún fuego.

Entonces comprendí que poseía un poder distinto del don del fuego, un don que podríamos denominar el don de matar y que había utilizado en mi defensa. Si utilizaba esa presión contra un mortal, cosa que no me proponía hacer, sus órganos internos reventarían y el desgraciado moriría.

—Ahora, Avicus —dije—, puesto que eres el mayor de nosotros, comprueba si posees este don de matar, lo cual es muy posible.

Después de atrapar a una rata, la sostuve en mis manos mientras Avicus dirigía sobre ella sus pensamientos con la debida concentración. Al cabo de unos segundos el pobre animal empezó a sangrar por las orejas y la boca y murió.

Este experimento impresionó a Avicus.

Insistí en que Mael hiciera también la prueba. En esta ocasión la rata se retorció desesperada al tiempo que emitía débiles y angustiosos chillidos, pero no murió. Cuando la deposité de nuevo sobre el suelo de mosaico del jardín, no fue capaz de echar a correr, ni siquiera de incorporarse sobre sus diminutas patas, y la maté por compasión.

—Tu poder se está intensificando —dije, mirando a Mael—. El de los tres se está intensificando. Tenemos que ser más astutos, infinitamente más astutos, a la hora de enfrentarnos a nuestros enemigos aquí.

Mael asintió con la cabeza.

—Por lo visto, soy capaz de dejar a un mortal muy maltrecho —comentó.

—E incluso de abatirlo —dije yo—. Pero centrémonos ahora en el don de la mente. Todos lo hemos utilizado para localizarnos unos a otros, y a veces para comunicar en silencio una pregunta, pero sólo de forma defensiva y rudimentaria.

Entramos en la biblioteca y nos sentamos formando un triángulo. Yo traté de introducir en la mente de Avicus unas imágenes de lo que había visto en la gran iglesia de Santa Sofía, concretamente los mosaicos que me habían maravillado.

Avicus me las describió de inmediato con todo detalle.

Luego me convertí en el receptor de sus pensamientos, unos recuerdos del azaroso año en que fue trasladado de Egipto al norte, a Gran Bretaña, para cumplir su prolongado servicio en el bosque de los druidas. Había permanecido encadenado.

Esas imágenes me turbaron. No sólo las vi, sino que me causaron una intensa reacción física. Tuve que aclararme los ojos, además de la mente. Las imágenes contenían algo tremendamente íntimo y a la vez confuso. Comprendí que, a partir de aquel momento, Avicus me inspiraría un sentimiento muy distinto.

A continuación hice el mismo experimento con Mael. Traté de transmitirle unas imágenes nítidas de mi antigua casa en Antioquía, donde había sido tan feliz —e infeliz— con Pandora. Mael también fue capaz de describir verbalmente las imágenes que yo le había transmitido.

Cuando le tocó el turno a Mael de transmitirme unas imágenes, me permitió contemplar la primera noche que había participado, en su juventud, en las ceremonias celebradas por los fieles del bosque para el dios del roble. Por razones obvias, esas escenas me disgustaron y turbaron, y después de contemplarlas tuve la impresión de conocerlo algo más de lo deseable.

Luego, los tres tratamos de espiarnos unos a otros mentalmente, una habilidad que siempre habíamos sabido que poseíamos y en la que demostramos ser más potentes de lo que habíamos imaginado. En cuanto a enmascarar nuestras mentes, los tres, incluso Mael, éramos capaces de conseguirlo casi a la perfección.

Decidimos reforzar nuestros poderes en la medida que pudiéramos. Utilizaríamos el don de la mente con mayor frecuencia a fin de prepararnos para hacerle frente a Eudoxia y a lo que se propusiera hacer.

Por fin, después de haber completado nuestra lección, y puesto que no habíamos recibido más noticias de Eudoxia o sus acólitos, decidí bajar al santuario de los que debían ser custodiados.

Avicus y Mael se mostraron reacios a quedarse solos arriba, de modo que dejé que bajaran conmigo y me esperaran junto a la puerta, pero insistí en que debía entrar solo al santuario.

Me arrodillé ante los Padres Divinos y les conté en voz baja lo ocurrido. Naturalmente, era un tanto absurdo, puesto que lo más seguro era que ya lo supieran.

Sea como fuere, les expuse con franqueza a Akasha y a Enkil todo lo que Eudoxia me había revelado, les hablé sobre nuestra feroz lucha y les confesé que no sabía qué hacer.

Eudoxia, de la que no me fiaba porque no me respetaba a mí ni a quienes yo amaba, estaba empeñada en hacerse cargo de ellos. Les dije que si deseaban que yo les entregara a Eudoxia, sólo tenían que hacer una señal, pero les rogué que me salvaran a mí y a mis compañeros.

Nada, salvo mis murmullos, rompió el silencio de la capilla. Nada cambió.

—Necesito la sangre, Madre —le dije a Akasha—. Jamás la he necesitado tanto como en estos momentos. La necesito para defenderme.

Me levanté. Esperé. Deseé ver alzarse la mano de Akasha, como había hecho en el caso de Eudoxia. Pensé en las palabras de su creador: «Nunca destruye a los que les indica que se acerquen.»

Pero no hubo un gesto cálido para mí. Sólo contaba con mi valor cuando abracé de nuevo a Akasha. Oprimí los labios contra su cuello y, al morder la piel, noté el delicioso e indescriptible sabor de la sangre.

¿Qué vi en mi éxtasis? ¿Qué vi en esa sublime satisfacción? Vi el exuberante y espléndido jardín, repleto de árboles frutales bien cuidados, la mullida y oscura hierba, el sol resplandeciendo a través de las ramas. ¿Cómo iba a olvidarme de ese sol fatal y extraordinariamente hermoso? Sentí bajo mi pie desnudo el suave y ceroso pétalo de una flor. Sentí las delicadas ramas rozándome la cara. Seguí bebiendo más y más hasta perder la noción del tiempo y el calor me paralizó.

¿Es ésta tu señal, Madre? Me paseaba por el jardín del palacio con un pincel en la mano, y al alzar la vista comprobé que estaba pintando los árboles que tenía ante mí, creando el jardín por el que caminaba. Comprendí perfectamente la paradoja. Era el jardín que había pintado con anterioridad en los muros del santuario. Y ahora me pertenecía, estaba plasmado sobre un muro liso y se extendía a mi alrededor, como si existiera en realidad. Ése era el vaticinio. Conserva a la Madre y al Padre a tu cuidado. No temas.

Retrocedí. Estaba saciado. Me abracé a Akasha como un niño. Le rodeé el cuello con la mano izquierda, apretando la frente contra sus gruesas trenzas negras, y la besé una y otra vez. La besé como si ése y sólo ése fuera el gesto más elocuente que existiera.

Enkil no se movió. Akasha tampoco. Suspiré, y ése fue el único sonido que oí.

Luego retrocedí y me arrodillé ante ellos para expresarles mi gratitud.

Amaba a mi espléndida diosa egipcia de forma profunda y total. Estaba convencido de que me pertenecía.

Durante largo rato, reflexioné sobre el problema que tenía con Eudoxia y al fin lo vi un poco más claramente.

Pensé que, si no se producía una señal clara dirigida a Eudoxia, mi pelea con ella sería a muerte. Eudoxia jamás me permitiría quedarme en esa ciudad y se proponía arrebatarme a los que debían ser custodiados, de modo que tendría que utilizar contra ella el don del fuego. Lo que había ocurrido hacía un rato no era sino el principio de nuestra pequeña guerra.

Me producía mucha pena, porque admiraba a Eudoxia, pero sabía que se sentía humillada por el resultado de nuestra lucha y jamás capitularía ante mí.

Miré a Akasha.

—¿Cómo puedo pelear a muerte con esa criatura? —pregunté—. Tu sangre corre tanto por sus venas como por las mías. Hazme una señal más clara indicándome lo que debo hacer.

Me quedé allí más de una hora, tras lo cual salí del santuario.

Encontré a Avicus y a Mael esperándome junto a la puerta, donde los había dejado.

—La Reina me ha dado su sangre —dije—. No lo digo para ufanarme, sino simplemente para que lo sepáis. Creo que ésa es la señal que me envía. Pero ¿cómo puedo estar seguro? Creo que no desea que la entregue a Eudoxia y que, si se la provoca, nos destruirá.

Avicus parecía desesperado.

—Tuvimos suerte de que durante los años que pasamos en Roma no nos desafiara ningún vampiro más potente que nosotros —comentó.

Asentí con la cabeza.

—Los vampiros potentes no se acercan a otros tan poderosos como ellos —dije—. Pero lo cierto es que la estamos desafiando. Podríamos marcharnos tal como nos pidió que hiciéramos.

—Eudoxia no tiene ningún derecho a exigirnos eso —repuso Avicus—. ¿Por qué no procura amarnos?

—¿Amarnos? —pregunté, repitiendo sus palabras—. ¿Cómo se te ocurre decir una cosa tan extraña? Sé que estás enamorado de ella, desde luego, lo he visto con mis propios ojos. Pero ¿por qué iba a amarnos?

—Precisamente porque somos poderosos —contestó—. Se rodea de vampiros muy débiles, de criaturas que no tienen más de medio siglo. Nosotros podemos contarle cosas que quizá desconozca.

—Sí, yo pensé lo mismo cuando la vi por primera vez. Pero eso es imposible con ella.

—¿Por qué? —preguntó Avicus de nuevo.

—Si Eudoxia quisiera rodearse de vampiros poderosos, ya lo habría hecho —respondí. Luego añadí entristecido—: Siempre podemos regresar a Roma.

Avicus guardó silencio. Ni yo mismo sabía muy bien por qué lo había dicho.

Cuando subimos la escalera del santuario y atravesamos los túneles hasta llegar a la superficie, le tomé del brazo y dije:

—Estás obsesionado con ella. Es preciso que recobres tu yo espiritual. No debes amarla. Esfuérzate en borrarla de tu mente.

Avicus asintió, pero estaba demasiado trastornado para ocultarlo.

Miré a Mael y vi que se tomaba este asunto con más calma de lo que yo había supuesto. Entonces me formuló la inevitable pregunta:

—¿Habría destruido Eudoxia a Avicus si tú no te hubieras enfrentado a ella?

—Sin duda estaba dispuesta a hacerlo —respondí—. Pero Avicus es muy viejo, más que tú y que yo, y posiblemente incluso más que ella. Y tú mismo has comprobado esta noche la fuerza que tiene.

Turbados por los malos augurios y los malos pensamientos, nos dirigimos a nuestros infames lugares de descanso.

La noche siguiente, en cuanto me levanté, intuí que había extraños en casa. Estaba furioso, pero, a pesar de que la ira debilita, conservaba cierto sentido común.

Mael y Avicus se reunieron de inmediato conmigo y los tres subimos para descubrir la presencia de Eudoxia y de un aterrorizado Asphar, junto con otros dos jóvenes vampiros a quienes no habíamos visto antes.

Se hallaban sentados en la biblioteca, como si fueran unos invitados.

Eudoxia vestía una espléndida túnica oriental de gruesa seda con las mangas largas y acampanadas, y calzaba unas zapatillas persas; llevaba sus gruesos bucles negros recogidos sobre la orejas y adornados con joyas y perlas.

Mi biblioteca no era tan magnífica como la estancia en la que ella me había recibido, pues no había terminado de decorar mi casa, de modo que la propia Eudoxia constituía el adorno más suntuoso.

Me llamó de nuevo la atención la belleza de su rostro menudo, en especial de su boca, aunque sus ojos fríos y oscuros seguían resultándome hipnotizadores.

Sentí lástima del desdichado Asphar, que me miraba aterrorizado, y también me compadecí de los otros dos vampiros, ambos unos adolescentes en su vida mortal y jóvenes en inmortalidad.

Huelga decir que me parecieron muy hermosos. Eran unos chiquillos cuando los transformaron en vampiros, es decir, unos espléndidos seres con cuerpo de adulto y mejillas y boca carnosas y juveniles.

—¿Por qué te presentas aquí sin haber sido invitada? —pregunté a Eudoxia—. Estás sentada en mi sillón como si fueras mi huésped.

—Discúlpame —respondió suavemente—. He venido porque tenía que hacerlo. He registrado tu casa de arriba abajo.

—¿Y me lo dices a la cara? —pregunté.

Eudoxia entreabrió la boca como para responder, pero de pronto las lágrimas acudieron a sus ojos.

—¿Dónde están los libros, Marius? —preguntó con voz queda, mirándome—. ¿Dónde están los libros antiguos de Egipto, los libros que se hallaban en el templo y que robaste?

No respondí. Tampoco me senté.

—Vine confiando en encontrarlos —dijo mirando al frente mientras las lágrimas rodaban por sus mejillas—. Vine porque anoche soñé que los sacerdotes del templo me decían que debía leer las viejas fábulas.

Yo seguía sin responder.

Eudoxia alzó la vista y se enjugó las lágrimas con el dorso de la mano.

—Percibí los olores del templo, el olor de los papiros —dijo—. Vi al Anciano sentado ante su escritorio.

—Él fue quien expuso a nuestros Padres al sol —dije—. No te dejes engañar por un sueño que le hace parecer inocente. El Anciano era malvado y culpable. Era egoísta y estaba amargado. ¿Quieres saber cómo acabó?

—En mi sueño, los sacerdotes me decían que tú habías sustraído los libros, Marius. Decían que entraste en la biblioteca del templo y te llevaste todos los pergaminos sin que nadie te opusiera resistencia.

Yo callé.

Su desesperación era conmovedora.

—Dime, Marius, ¿dónde están esos libros? Si me permites leerlos, si me permites leer las viejas fábulas de Egipto, mi alma se reconciliará contigo. ¿Harás eso por mí?

Enojado, inspiré hondo.

—Eudoxia —dije suavemente—, esos libros han desaparecido, lo único que queda de ellos está aquí, en mi cabeza —añadí tocándome la sien—. Cuando los salvajes del norte asaltaron la ciudad de Roma, quemaron mi casa y destruyeron mi biblioteca.

Eudoxia meneó la cabeza y se llevó las manos a la cara, como si no soportara aquella situación.

Me arrodillé junto a ella y traté de obligarla a volverse hacia mí, pero fue inútil. Eudoxia siguió llorando en silencio.

—Escribiré todo lo que recuerde, y recuerdo mucho —dije—. ¿O prefieres que lo relate en voz alta para que tomen nota nuestros escribas? Tú misma puedes decidir cómo quieres recibirlo y te complaceré de mil amores. Comprendo tus deseos.

Ése no era el momento de revelarle que buena parte de lo que deseaba averiguar carecía de importancia, que las viejas fábulas estaban llenas de supersticiones, estupideces y encantamientos que no significaban nada.

Hasta el malévolo Anciano lo había dicho. Pero yo había leído esos pergaminos durante los años que había pasado en Antioquía y los recordaba bien. Estaban impresos en mi corazón y mi alma.

Eudoxia se volvió hacia mí lentamente, alzó la mano izquierda y me acarició el pelo.

—¿Por qué robaste esos libros? —murmuró, desesperada, sin dejar de llorar—. ¿Por qué los sustrajiste del templo donde habían permanecido a buen recaudo durante mucho tiempo?

—Quería saber qué contenían —respondí con sinceridad—. ¿Por qué no los leíste cuando tenías una vida entera para hacerlo? —pregunté suavemente—. ¿Por qué no los copiaste cuando copiabas textos para los griegos y los romanos? ¿Cómo puedes censurarme por hacer lo que hice?

—¿Censurarte? —preguntó Eudoxia—. Te odio por ello.

—El Anciano había muerto, Eudoxia —dije con voz queda—. La Madre lo mató.

Eudoxia me miró abriendo desmesuradamente los ojos, que tenía arrasados en lágrimas.

—¿Pretendes que te crea? ¿Que crea que no lo mataste tú?

—¿Yo? ¿Matar a un bebedor de sangre que tenía mil años cuando nací? —repliqué, profiriendo una breve carcajada—. No. Lo mató la Madre. Y fue ella quien me pidió que la sacara de Egipto. Yo no hice más que obedecer sus órdenes.

La miré a los ojos, empeñado en conseguir que me creyera, que tuviera en cuenta esta prueba definitiva antes de seguir odiándome como me odiaba.

—Observa mi mente, Eudoxia —dije—. Contempla las imágenes que hay en ella.

Reviví los espeluznantes momentos en que Akasha aplastó al Anciano con el pie. Recordé cómo derribó la lámpara de su pedestal para derramar el aceite en llamas sobre los restos de éste y cómo ardió la sangre misteriosa.

—Sí —musitó Eudoxia—. El fuego es nuestro enemigo, siempre lo ha sido. Lo que dices es verdad.

—Te hablo con el corazón y el alma —respondí—. Es cierto. Después de que la Madre me encargara esa misión, y habiendo presenciado la muerte del Anciano, ¿cómo no iba a llevarme los libros? Ansiaba apoderarme de ellos tanto como tú. Los leí cuando estuve en Antioquía. Te diré todo lo que contenían.

Tras reflexionar largo rato en mis palabras, Eudoxia asintió con la cabeza.

Me puse de pie y la miré. Ella permaneció sentada, inmóvil, cabizbaja. Luego sacó un pañuelo de lino fino del interior de su túnica y se enjugó las lágrimas de sangre.

Yo le reiteré mis promesas.

—Escribiré cuanto recuerdo —dije—. Escribiré todo lo que me contó el Anciano cuando llegué al templo. Dedicaré mis noches a esta labor hasta haberlo relatado todo por escrito.

Eudoxia no me respondió y yo no podía ver su rostro a menos que me arrodillara de nuevo.

—Ambos sabemos lo mucho que podemos ofrecernos uno a otro, Eudoxia —dije—. En Roma, llegué a estar tan cansado de todo que perdí el hilo de la vida durante un siglo. Ahora estoy ansioso de oír todo cuanto sepas.

¿Sopesaba ella mis palabras? Imposible adivinarlo.

—Anoche tuve una pesadilla —dijo por fin Eudoxia sin alzar la cabeza—. Soñé con Rashid, que gritaba pidiéndome que le auxiliara.

¿Qué podía yo decir? Estaba desesperado.

—No, no quiero que me respondas con palabras destinadas a aplacarme —dijo—. Sólo quiero que sepas que dormí mal. Luego me vi en el templo rodeada por los sacerdotes. Tuve una pavorosa sensación, una sensación clarísima de muerte y tiempo.

—Ambos podemos vencer eso —repuse, hincando una rodilla ante ella.

Eudoxia me miró a los ojos como si desconfiara de mí.

—No —respondió suavemente—. Nosotros también morimos. Morimos cuando nos llega la hora de morir.

—Yo no quiero morir —dije—. Dormir, sí, a veces dormir casi eternamente, pero morir no.

Eudoxia sonrió.

—¿Qué escribirías para mí —preguntó—, suponiendo que pudieras escribir algo? ¿Qué escribirías en un pergamino para que yo lo leyera y supiera?

—No lo que contenían esos antiguos textos egipcios —respondí con vehemencia—, sino algo más sublime, más universal, algo lleno de esperanza y vitalidad que hable de crecimiento y triunfo, que hable de vida, para decirlo sin rodeos.

Eudoxia asintió con solemnidad y volvió a sonreír.

Me miró unos instantes con una expresión parecida al afecto.

—Llévame al santuario —dijo tomándome de la mano.

—Muy bien —respondí.

Me levanté y ella hizo lo propio, tras lo cual echó a andar precediéndome. Quizá lo hiciera para demostrar que sabía dónde se hallaba el santuario. Gracias a los dioses, sus escoltas permanecieron rezagados, por lo que no tuve que ordenarles que no nos siguieran.

Bajé con ella al santuario y, con el don de la mente, abrí las numerosas puertas sin necesidad de tocarlas.

Ignoro si eso la impresionó, pues no manifestó nada al respecto. En cualquier caso, yo no sabía si seguíamos enfrentados, pues no podía adivinar su estado de ánimo.

Cuando Eudoxia vio a la Madre y al Padre ataviados con sus suntuosos ropajes y exquisitas joyas, contuvo el aliento.

—¡Benditos Padres! —musitó—. He recorrido un largo camino para veros.

Su tono me conmovió. Las lágrimas se deslizaban de nuevo por sus mejillas.

—Ojalá pudiera ofrecerte algo —dijo, mirando a la Reina. Estaba temblando—. Ojalá pudiera ofrecerte un sacrificio, un presente.

Al oírla pronunciar esas palabras, sentí un leve sobresalto, aunque no sabría explicar por qué. Miré a la Madre y luego al Padre, pero no detecté nada. Sin embargo, algo había cambiado en la capilla, quizás Eudoxia lo había notado también.

Aspiré la densa fragancia que exhalaban los incensarios. Contemplé la flores que se estremecían en los jarrones. Contemplé los ojos relucientes de mi Reina.

—¿Qué puedo ofrecerte? —repitió Eudoxia, dando un paso adelante—. ¿Qué podría ofrecerte con toda mi alma que tú estuvieras dispuesta a aceptar? —Siguió avanzando hacia el estrado con los brazos extendidos—. Soy tu esclava. Era tu esclava en Alejandría cuando me concediste por primera vez tu sangre y sigo siéndolo ahora.

—Retrocede —dije de pronto, aunque sin saber por qué—. Retrocede y guarda silencio —me apresuré a añadir.

Pero Eudoxia siguió avanzando y subió el primer escalón del estrado.

—¿No ves que soy sincera? —me dijo sin volver la cabeza ni apartar la vista del Rey y la Reina—. Deja que yo sea tu víctima, bendita Akasha, deja que me convierta en tu sacrificio de sangre, mi sagrada Reina.

De improviso, Akasha alzó el brazo derecho y atrajo a Eudoxia hacia sí, abrazándola en un gesto brutal.

Eudoxia profirió un angustioso gemido.

Con un levísimo movimiento de la cabeza, la Reina inclinó su boca pintada de rojo sobre Eudoxia y, durante un instante, vi sus afilados colmillos antes de que se clavaran en el cuello de su víctima. Eudoxia estaba impotente, con la cabeza doblada hacia un lado y los brazos colgando, fláccidos, mientras Akasha, con su acostumbrada expresión impávida, le chupaba la sangre al tiempo que la sujetaba con fuerza.

Contemplé la escena horrorizado, sin atreverme a inmiscuirme.

Pasaron tan sólo unos segundos, quizá medio minuto, antes de que Eudoxia lanzara un ronco y terrible grito al tiempo que trataba desesperadamente de alzar los brazos.

—¡Basta, Madre, te lo suplico! —grité, asiendo el cuerpo de Eudoxia con todas mis fuerzas—. ¡Basta, te lo imploro, no la mates! ¡Perdónale la vida! —insistí, tirando del cuerpo de Eudoxia—. ¡No la mates, Madre! —grité. Noté que el cuerpo de Eudoxia se movía y lo aparté rápidamente del brazo curvado de la Reina, que permaneció suspendido en el aire.

Eudoxia aún respiraba, aunque estaba lívida y gemía lastimosamente. Ambos caímos del estrado y el brazo de Akasha regresó a su anterior posición, perpendicular al cuerpo, con la mano apoyada en el muslo, como si nada hubiera ocurrido.

Caí al suelo junto a Eudoxia, que no cesaba de boquear.

—¿Es que querías morir? —le pregunté.

—No —contestó, trastornada. Siguió tendida en el suelo, respirando con dificultad. Le temblaban las manos y no podía incorporarse.

Alcé la vista y escruté el rostro de la Reina.

El sacrificio había teñido sus mejillas de rojo, pero en sus labios no había ni una gota de sangre.

No salía de mi asombro. Ayudé a Eudoxia a levantarse y la saqué apresuradamente del santuario. Subimos la escalera, atravesamos los diversos túneles y por fin llegamos a la planta baja de la casa.

Ordené a los otros que salieran de la biblioteca, cerré la puerta con el don de la mente y deposité a Eudoxia en el diván para que recobrara el aliento.

—Pero ¿cómo has tenido valor para arrebatarme de sus garras? —me preguntó, abrazándose a mi cuello—. Abrázame, Marius, no me dejes. No puedo..., no quiero... Abrázame. ¿Cómo te has atrevido a encararte con nuestra Reina?

—Iba a destruirte —contesté—. Iba a responder a mi ruego.

—¿Y qué ruego era ése? —preguntó Eudoxia.

Por fin me soltó y acerqué una silla para sentarme junto a ella.

Su rostro mostraba una expresión trágica y tenía los ojos brillantes. Alargó el brazo y me asió de la manga.

—Le rogué que me enviara una señal manifestándome su deseo —dije—. Que me indicara si quería pasar a tu cuidado o quedarse conmigo. La Reina se ha pronunciado. Tú misma has visto cuál es su respuesta.

Eudoxia sacudió la cabeza, pero no para contradecir mis palabras, sino para recobrar la lucidez. Trató de levantarse del diván, pero no pudo.

Durante largo rato permaneció tendida, con la vista fija en el techo, pero no logré adivinar sus pensamientos. Traté de tomarle la mano, pero ella la apartó.

Luego dijo en voz baja:

—Tú has bebido su sangre. Posees el don del fuego y has bebido su sangre. Y ella ha hecho esto en respuesta a tu ruego.

—¿Por qué te ofreciste a ella? —pregunté—. ¿Por qué pronunciaste esas palabras? ¿Las habías pronunciado alguna vez en Egipto?

—Jamás —contestó ella en un vehemente murmullo—. Había olvidado la belleza. —Parecía confundida, débil—. Había olvidado la intemporalidad —musitó—. Había olvidado el silencio que los rodeaba, como si estuvieran circundados de multitud de velos.

Se volvió y me miró lánguidamente. Luego miró a su alrededor. Sentí su hambre, su debilidad.

—Sí —murmuró—. Llama a mis esclavos —dijo—. Quiero que salgan y obtengan un sacrificio para mí; me siento demasiado débil por haberme ofrecido yo misma como sacrificio.

Me dirigí al jardín e indiqué a su pequeña cuadrilla de exquisitos bebedores de sangre que se presentaran ante Eudoxia. Ella misma podía darles esa desagradable orden.

Cuando hubieron partido para cumplir su siniestra misión, regresé junto a Eudoxia. Estaba incorporada en el diván, con una expresión todavía angustiada y las manos trémulas.

—Quizá debía haber muerto —comentó—. Quizás estaba escrito.

—¿Escrito? —repliqué con desdén—. Lo que está escrito es que ambos debemos vivir en Constantinopla, tú en tu casa con tus jóvenes acompañantes y yo aquí con los míos. Y que debemos mantener un trato frecuente y cordial. Eso es lo que está escrito.

Eudoxia me miró con aire pensativo, como si reflexionara en mis palabras, en la medida en que fuera capaz de hacerlo después de lo ocurrido en el santuario.

—Confía en mí —le rogué en voz baja—. Confía en mí al menos durante un tiempo. Luego, si debemos separarnos, que sea amistosamente.

Eudoxia sonrió.

—¿Como si fuéramos griegos antiguos? —preguntó.

—¿Por qué vamos a perder los modales? —contesté—. ¿Acaso no se alimentaron de esplendor, como las obras de arte que todavía nos rodean, la poesía que todavía nos reconforta y las conmovedoras historias heroicas que nos hacen olvidar el cruel paso del tiempo?

—Los modales... —repitió ella, pensativa—. Eres un ser muy extraño.

¿Era mi enemiga o mi amiga? No podía adivinarlo.

De pronto aparecieron sus esclavos bebedores de sangre arrastrando a una desdichada y aterrorizada víctima, un rico comerciante que nos miraba con los ojos desorbitados y nos ofreció dinero sin tapujos a cambio de su vida.

Yo quería impedir esa abominación. ¿Cuándo había sacrificado a una víctima bajo mi techo? Y eso era justamente lo que iba a ocurrirle en mi casa a un hombre que me imploraba misericordia.

Pero, al cabo de unos segundos, los esclavos le obligaron a arrodillarse y Eudoxia comenzó a succionar su sangre sin importarle que yo presenciara el espectáculo. Di media vuelta, salí de la biblioteca y no volví a aparecer hasta que el hombre hubo muerto y los esclavos se llevaron su cadáver ataviado con lujosas ropas.

Por fin regresé a la biblioteca, agotado, horrorizado y confundido.

Eudoxia, que presentaba mejor aspecto después de haberse alimentado del desgraciado comerciante, me miró fijamente.

Me senté, pues no veía motivo para permanecer de pie, indignado por algo que había concluido, y me sumí en un mar de pensamientos.

—¿Podremos compartir tú y yo esta ciudad? —pregunté con calma, mirándola—. ¿Seremos capaces de hacerlo en paz y armonía?

—No conozco la respuesta a tus preguntas —contestó. Había algo en su voz, en sus ojos y en su talante que me alarmó—. Ahora me despido de ti. Hablaremos en otra ocasión.

Eudoxia ordenó a sus escoltas que la siguieran y todos salieron silenciosamente, a instancias mías, por la puerta trasera de la casa.

Me quedé sentado en el sillón, exhausto después de todo lo ocurrido, preguntándome si se habría producido algún cambio en Akasha después de haber bebido sangre de Eudoxia.

Por supuesto que no se habría producido ningún cambio. Pensé en mis primeros años con Akasha, cuando estaba seguro de poder hacerla resucitar. Ahora se había movido, sí, pero qué expresión tan horripilante había mostrado su rostro lozano e inocente, más impávido que los rostros de los mortales cuando mueren.

En aquel momento tuve un espantoso presentimiento, en el que la fuerza sutil de Eudoxia parecía a la vez un sortilegio y una maldición.

En medio de ese presentimiento tuve una terrible tentación, un terrible pensamiento de rebeldía. ¿Por qué no le había entregado la Madre y el Padre a Eudoxia? De este modo me habría librado de ellos, de la carga que soportaba desde las primeras noches de mi existencia entre vampiros. ¿Por qué no lo había hecho?

Habría sido muy sencillo. Y yo me habría liberado de esa carga.

Al reconocer este infame deseo en mi interior, al verlo estallar como un fuego avivado por un atizador, comprendí que durante las largas noches en alta mar, durante la travesía a Constantinopla, en mi fuero interno había deseado que el barco naufragara, que zozobráramos y que los que debían ser custodiados se hundieran para siempre en el fondo del mar. Yo habría sobrevivido al naufragio, pero ellos habrían permanecido enterrados en el fondo del mar, tal como el Anciano me había dicho tiempo atrás en Egipto, maldiciendo y despotricando: «¿Por qué no los arrojo al fondo del mar?»

¡Ah, qué pensamientos tan terribles! ¿Acaso no amaba a Akasha? ¿No le había entregado mi alma?

Me devoraban los remordimientos y el temor de que la Reina averiguara mi mezquino secreto, mi deseo de librarme de ella, de todos ellos, de Avicus, de Mael y por supuesto de Eudoxia, de errar por el mundo como un vagabundo, como tantos otros, sin una identidad, ni un lugar, ni un destino, de estar solo.

Eran unos pensamientos espantosos que me separaban de todo cuanto yo valoraba. Tenía que borrarlos de mi mente.

Pero, antes de que pudiera recobrar la compostura, Mael y Avicus entraron apresuradamente en la biblioteca. Se había producido un tumulto frente a la casa.

—¿No lo oyes? —me preguntó Avicus, frenético.

—¡Qué escándalo! —exclamé—. ¿Por qué grita esa gente en las calles?

Oí un tremendo vocerío y el clamor de una multitud que golpeaba nuestras ventanas y puertas. Arrojaban piedras contra nuestra casa. Estaban a punto de destrozar los postigos de madera.

—Pero ¿qué ocurre? ¿Por qué hacen eso? —preguntó Mael, desesperado.

—¡Escuchad! —contesté alarmado—. ¡Dicen que hemos atraído con malas artes a un rico comerciante a nuestra casa, que le hemos asesinado y arrojado su cadáver para que se pudra! ¡Maldita seas, Eudoxia! ¡Es obra de ella! ¡Ella ha asesinado al comerciante y ha hecho que la multitud se alce contra nosotros! ¡No hay tiempo que perder! ¡Debemos refugiarnos en el santuario!

Los conduje hasta la entrada, levanté la pesada puerta de mármol y penetramos en el pasadizo, conscientes de que estábamos protegidos pero éramos incapaces de defender nuestra casa.

Luego, lo único que pudimos hacer fue escuchar impotentes cómo la multitud entraba por la fuerza y saqueaba nuestra morada, destrozando mi nueva biblioteca y todo cuanto poseía. No era preciso oír sus airadas voces para comprender que habían prendido fuego a la casa.

Por fin, cuando retornó la calma, cuando sólo quedaban unos pocos saqueadores que se abrían paso entre las calcinadas vigas y los cascotes, salimos del túnel y contemplamos horrorizados las ruinas.

Ahuyentamos a aquellos canallas. Acto seguido, después de cerciorarnos de que la entrada al santuario estaba bien cerrada y disimulada, nos dirigimos a la atestada taberna y nos sentamos a una mesa para conversar rodeados de mortales.

Era increíble que nos hubiéramos batido en retirada, pero ¿qué otra cosa podíamos hacer?

Les conté a Avicus y a Mael lo que había ocurrido en el santuario: que la Madre había bebido sangre de Eudoxia hasta dejarla exangüe y que yo había intervenido para salvarle la vida. Luego les conté lo del comerciante mortal, pues ambos habían visto que los esclavos de Eudoxia lo traían a la casa y se llevaban luego su cadáver, aunque no sabían de qué iba la cosa.

—Arrojaron su cadáver donde la multitud pudiera hallarlo —dijo Avicus—. Lo utilizaron como señuelo.

—Así es. Hemos perdido nuestra vivienda —dije—, no podremos volver a poner los pies en el santuario hasta que tome una serie de complicadas medidas legales para adquirir con otro nombre lo que me pertenece, pues la familia del comerciante reclamará justicia contra el desdichado individuo que yo era antes, ¿comprendéis?

—¿Qué pretende Eudoxia de nosotros? —preguntó Avicus.

—Esto es una ofensa contra los que deben ser custodiados —declaró Mael—. Ella sabe que el santuario está en el sótano de la casa, y sin embargo ha provocado un motín para destruirlo.

Me quedé mirándolo. Estuve a punto de recriminarle aquella salida intempestiva, pero de pronto confesé:

—No se me había ocurrido, pero tienes razón. Ha sido una ofensa contra los que deben ser custodiados.

—Sí, Eudoxia ha ofendido a la Madre —terció Avicus—. Eso está claro. En cualquier momento pueden ir ladrones y ponerse a excavar en el suelo que cubre el pasadizo subterráneo que conduce al santuario.

Me invadió una profunda tristeza, junto con una rabia puramente juvenil. La rabia me reafirmó en mi empeño.

—¿Qué te pasa? —preguntó Avicus—. Has mudado de expresión. Dinos ahora mismo qué estás pensando, sinceramente y sin rodeos.

—No estoy seguro de poder expresar mis pensamientos —contesté—. Basta con que yo los sepa, y no auguran nada bueno para Eudoxia y para aquellos a quienes asegura amar. Cerrad vuestras mentes para no dejar indicios de vuestro paradero. Dirigíos a la puerta de la ciudad más cercana, salid por ella y ocultaos en las colinas durante los próximos días. Mañana venid a reuniros conmigo en esta taberna.

Los acompañé hasta la puerta de la ciudad y, cuando la hubieron atravesado, me dirigí directamente a casa de Eudoxia.

No me resultó difícil oír a sus esclavos vampiros trajinando dentro y les ordené que me abrieran la puerta.

Eudoxia, arrogante como de costumbre, les ordenó que me obedecieran. Una vez dentro, al ver a los dos jóvenes vampiros, me puse a temblar de ira, pero los abrasé sin vacilar, empleando toda mi fuerza.

Contemplé, horrorizado y temblando de pies a cabeza, aquel fuego feroz, pero no podía entretenerme con contemplaciones. Asphar echó a correr para huir de mí. Eudoxia gritó para que me detuviera, pero no pudo evitar que quemara a Asphar. Al oír sus angustiosos gemidos, me estremecí al tiempo que luchaba con todas mi fuerzas contra los tremendos poderes de Eudoxia.

Sus esclavos mortales huyeron despavoridos a través de las puertas y ventanas.

Eudoxia se precipitó sobre mí, con el rostro contraído en una mueca de rabia.

—¿Por qué me haces esto? —preguntó.

La tomé en brazos, sujetándola con firmeza mientras ella trataba de liberarse, invadido por unas intensas oleadas de calor, salí de la casa y eché a andar por las sombrías calles hacia las humeantes ruinas bajo las que se hallaba el santuario.

—De modo que has enviado a una multitud para destruir mi casa —dije—, a pesar de que te he salvado la vida. Estabas engañándome cuando me dabas las gracias.

—No te he dado las gracias —protestó, retorciéndose, debatiéndose entre mis brazos. El calor me agotaba mientras me esforzaba en controlarla, en sujetarle las manos, que me empujaban con una fuerza asombrosa—. ¡Le rogaste a la Madre que me destruyera! —exclamó—. Tú mismo me lo has dicho.

Por fin llegué a los humeantes montones de madera y cascotes, y tras dar con la puerta cubierta de mosaicos, la levanté con el don de la mente, momento que Eudoxia aprovechó para enviar un chorro ardiente contra mi rostro.

Me sentí como un mortal escaldado por un chorro de agua hirviendo. Sin embargo, logré abrir la pesada puerta al tiempo que me protegía de los poderes de Eudoxia. La cerré tras de mí con una mano, sujetando a Eudoxia con la otra, y empecé a arrastrarla a través de los laberínticos pasadizos que conducían al santuario.

Sentí de nuevo una oleada de calor abrasador, percibí el olor de mi pelo chamuscado y vi el humo que saturaba el aire a mi alrededor, mientras ella salía de nuevo victoriosa pese a mi extraordinaria fuerza.

No obstante, conseguí defenderme sin soltarla. Sujetándola con un brazo, abrí una tras otra las puertas, resistiéndome a su poder mientras avanzaba a trompicones, arrastrándola hacia el santuario. Nada podía detenerme, pero, por más que me opusiera a ella con todas mis fuerzas, no conseguía lastimarla.

No, ese privilegio estaba reservado a un ser infinitamente más poderoso que yo.

Por fin llegamos a la capilla y la arrojé al suelo.

Protegiéndome de sus poderes con todas mis fuerzas, me volví hacia la Madre y el Padre para contemplar el mismo cuadro silencioso que se ofrecía invariablemente a mis ojos.

Al no obtener ninguna otra señal, y luchando contra otra oleada abrasadora de calor, agarré a Eudoxia antes de que pudiera ponerse de pie y, sujetándole las muñecas tras la espalda, la acerqué a la Madre tanto como pude sin desarreglar las ropas de ésta, sin cometer lo que para mí representaba un sacrilegio, en aras de lo que me proponía hacer.

El brazo derecho de la Madre se extendió hacia Eudoxia como si obrara por cuenta propia, sin alterar la sosegada postura del resto del cuerpo. Akasha volvió a entreabrir los labios con un leve, sutil y grotesco movimiento, y a mostrar los colmillos. Cuando solté a Eudoxia, ésta profirió un grito y retrocedió espantada.

Exhalé un profundo y desesperado suspiro de resignación. ¡Que así sea!

Observé horrorizado y en silencio a Eudoxia agitando inútilmente los brazos y empujando a la Madre con las rodillas para librarse de ella, hasta que por fin ésta dejó caer al suelo su cuerpo inerte.

Tendida en el suelo de mármol, parecía una exquisita muñeca de cera blanca. De entre sus labios no escapaba ningún sonido. Sus ojos redondos y oscuros no se movían.

Pero no estaba muerta, ni mucho menos. Era el cuerpo de una bebedora de sangre dotado del alma de una bebedora de sangre. Sólo el fuego podía acabar con él. Aguardé, controlando mis poderes sobrenaturales.

Tiempo atrás, en Antioquía, cuando unos vampiros intrusos habían atacado a la Madre, ésta había utilizado el don de la mente para levantar una lámpara y quemar los restos de esos canallas con fuego y aceite. Había hecho otro tanto con los restos del Anciano en Egipto, tal como he descrito. ¿Haría lo mismo ahora?

Pero ocurrió algo más simple.

De pronto vi brotar del pecho de Eudoxia unas llamas que se extendieron rápidamente a través de sus venas. Su rostro seguía mostrando una expresión dulce e insensible. Tenía los ojos en blanco. Su cuerpo se agitó levemente.

No era mi don del fuego lo que había propiciado su ejecución, sino el poder de Akasha. ¿Qué otra cosa podía ser? ¿Un nuevo poder, que había permanecido latente en su interior durante siglos y cuya existencia descubría ahora debido a Eudoxia y a mí?

No me atreví a tratar de adivinarlo. No me atreví a preguntármelo.

Las llamas que brotaban de la sangre altamente combustible del aquel cuerpo sobrenatural prendieron fuego en el acto a sus pesados y suntuosos ropajes, y todo su cuerpo ardió.

El fuego no se apagó hasta pasado largo rato, tras el cual quedó un reluciente montón de cenizas.

Aquella criatura inteligente e instruida que había sido Eudoxia ya no existía. Aquella brillante y encantadora mujer que había vivido tan bien y durante tanto tiempo ya no existía. Aquel ser que me había inspirado una gran esperanza al verlo y oír su voz por primera vez, ya no existía.

Me quité la capa y, arrodillándome como una pobre fregona, recogí la suciedad del suelo de la capilla. Luego, rendido, me senté en un rincón con la cabeza apoyada en la pared. Y para mi asombro, y quizá de la Madre y el Padre, ¿quién sabe?, di rienda suelta a mis lágrimas.

Lloré por Eudoxia y también por mí, por haber abrasado brutalmente a los jóvenes bebedores de sangre, aquellos estúpidos, analfabetos y díscolos inmortales que habían nacido a las Tinieblas, como decimos ahora, para convertirse en meros peones en una disputa.

Sentía una crueldad en mí que me horrorizaba.

Por fin, después de cerciorarme de que mi cripta subterránea seguía siendo inexpugnable (pues los ladrones menudeaban entre las ruinas de mi antigua casa), me tumbé para dormir durante el día.

Sabía lo que me había propuesto hacer la noche siguiente y nada ni nadie lograría disuadirme.

12

La noche siguiente me encontré con Avicus y Mael en la taberna. Estaban aterrorizados y escucharon con los ojos muy abiertos mientras les relataba la historia.

A diferencia de Mael, Avicus se mostró muy afligido por la noticia de la muerte de Eudoxia.

—¿Por qué ha tenido que ser destruida? —preguntó.

No sentía el falso imperativo viril de disimular su dolor y abatimiento y rompió a llorar.

—Ya conoces el motivo —respondió Mael—. Era imposible frenar su odio hacia nosotros. Marius lo sabía. No le atormentes con preguntas. Era preciso hacerlo.

Yo no dije nada, pues tenía muchas dudas sobre lo que había hecho. Había sido un acto tan definitivo como repentino. Al pensar en ello, sentí una opresión en el corazón y en el pecho, un pavor localizado en el cuerpo en lugar de en el cerebro.

Me limité a observar a mis dos compañeros y a analizar lo que su afecto significaba para mí. Me sentía conmovido y no quería abandonarlos, pero eso era precisamente lo que iba a hacer.

Por fin, después de que ambos hubieran pasado unos minutos discutiendo sosegadamente, les indiqué que guardaran silencio. Quería hacer unas puntualizaciones respecto al asunto de Eudoxia.

—Ha sido mi ira la que ha exigido su muerte —dije—, pues ¿qué parte de mí, salvo mi ira, se había ofendido por el hecho de que ella hubiera destruido nuestra casa? No me arrepiento de que haya desaparecido, os lo aseguro. Y repito que lo he hecho como una ofrenda a la Madre. En cuanto al motivo por el que la Madre ha decidido aceptar esa ofrenda, no puedo responder.

»Antiguamente, en Antioquía, ofrecí víctimas a los Padres Divinos. Llevaba a hombres malvados, drogados e inconscientes, al santuario. Pero ni la Madre ni el Padre bebieron nunca esa sangre.

»Ignoro por qué la Madre ha bebido sangre de Eudoxia, sólo sé que Eudoxia se ofreció ella misma y que yo le había rogado a Akasha que me enviara una señal. El asunto de Eudoxia está zanjado. Ha desaparecido con toda su belleza y su encanto.

»Pero escuchad lo que voy a deciros. Voy a abandonaros. Voy a abandonar esta ciudad, que detesto, y naturalmente me llevaré a la Madre y al Padre conmigo. Os dejo, y os aconsejo que permanezcáis juntos, como seguramente pensáis hacer, porque el amor que os profesáis mutuamente constituye la base de vuestra resistencia y vuestra fuerza.

—Pero ¿por qué quieres abandonarnos? —preguntó Avicus. Su expresivo rostro mostraba una profunda emoción—. ¿Cómo puedes hacernos esto? Aquí hemos sido felices los tres, hemos cazados juntos, hemos encontrado multitud de malvados. ¿Por qué deseas marcharte?

—Quiero estar solo —contesté—. Antes estaba solo y deseo seguir así.

—Eso es una locura, Marius —intervino Mael—. Acabarás encerrado de nuevo en una cripta con los Padres Divinos, aletargado, y te debilitarás demasiado para despertarte por ti mismo.

—Es posible, pero, si eso ocurriera —dije—, podéis estar seguros de que los que deben ser custodiados estarán a salvo.

—No te comprendo —dijo Avicus, rompiendo de nuevo a llorar. Lloraba tanto por Eudoxia como por mí.

No traté de detenerlo. La taberna estaba tenuemente iluminada y atestada de gente, y nadie iba a reparar en él, aunque fuera un magnífico ejemplar masculino que se tapaba la cara con sus blancas manos. Quizá pensarían que estaba ebrio.

Mael tenía un aspecto muy triste.

—Debo marcharme —dije, tratando de convencerlos—. Comprended que es preciso mantener el secreto de la Madre y el Padre. Si sigo con vosotros, el secreto corre peligro. Cualquiera, incluso unos seres tan débiles como Asphar y Rashid, los esclavos de Eudoxia, puede adivinarlo en vuestras mentes.

—¿Cómo sabes que lo hicieron? —protestó Mael.

Todos estábamos muy tristes, pero no podía dejar que me disuadieran de mi empeño.

—Si estoy solo —dije—, únicamente yo poseeré el secreto del lugar donde los Padres Divinos se hallen sentados o tendidos. —Me detuve, compungido, lamentando no poder resolver el problema de forma más sencilla, despreciándome como jamás me había despreciado.

Me pregunté de nuevo por qué había abandonado a Pandora, y de improviso tuve la sensación de que había destruido a Eudoxia por la misma razón, de que esas dos criaturas estaban más vinculadas en mi mente de lo que estaba dispuesto a reconocer.

Pero no, eso no era cierto. Lo cierto era que no lo sabía con certeza. Lo que sabía era que yo era un ser débil y fuerte a la vez y que, si el tiempo me hubiera dado esa oportunidad, podría haber amado a Eudoxia tanto como había amado a Pandora.

—Quédate con nosotros —dijo Avicus—. No te culpo por lo que has hecho. No debes marcharte por eso. Me sentí subyugado por el encanto de Eudoxia, sí, lo reconozco, pero no te odio por lo que has hecho.

—Eso ya lo sé —contesté, tomando su mano y tratando de tranquilizarlo—. Pero debo estar solo. —Era imposible consolarlo—. Escuchadme —dije—. Sabéis perfectamente cómo ocultaros y debéis hacerlo. En cuanto a mí, iré a la antigua casa de Eudoxia para preparar mi partida, puesto que no dispongo de otra casa donde trabajar. Si lo deseáis, podéis venir conmigo para comprobar si existe alguna cripta debajo de la vivienda, pero es peligroso.

Ni Avicus ni Mael querían acercarse a la casa de Eudoxia.

—Muy bien. Alabo vuestra prudencia. Os dejo, pero prometo no partir de Constantinopla hasta dentro de unas noches. Quiero volver a visitar algunos lugares, entre ellos las grandes iglesias y el palacio imperial. Venid a verme a la casa de Eudoxia, o yo iré a vuestro encuentro.

Los besé a ambos como se besan los hombres, con gesto brusco y emocionado, abrazándolos con fuerza, tras lo cual me marché para estar solo, tal como anhelaba.

La casa de Eudoxia estaba desierta. Pero me di cuenta de que había estado allí un esclavo mortal porque en casi todas las habitaciones había lámparas encendidas.

Registré minuciosamente aquellas estancias palaciegas, pero no hallé rastro de ocupantes. No descubrí la presencia de ningún vampiro. Los suntuosos salones y la espaciosa biblioteca estaban envueltos en un denso silencio; el único sonido que oí fue el murmullo de las diversas fuentes que había en el espléndido jardín interior, en el que de día penetraba el sol.

Debajo de la casa había unas criptas que contenían recios ataúdes de bronce. Los conté para asegurarme de que había destruido a todos los esclavos vampiros de Eudoxia.

A continuación hallé sin mayores dificultades la cripta donde ella había reposado durante las horas diurnas, en la que ocultaba su tesoro y su fortuna, así como dos magníficos sarcófagos profusamente decorados con oro, plata, rubíes, esmeraldas y unas perlas enormes y perfectas.

¿Por qué dos? No me lo explicaba, pero pensé que quizás Eudoxia había tenido un compañero que había desaparecido.

Mientras examinaba esa magnífica cámara, me invadió un dolor inenarrable, semejante a la congoja que había experimentado en Roma al comprender que había perdido a Pandora para siempre y que nada la obligaría a regresar. En realidad, era peor, pues seguramente Pandora existía en algún lugar, mientras que Eudoxia había dejado de existir.

Me arrodillé junto a uno de los sarcófagos, apoyé la cabeza en los brazos y, cansado, rompí a llorar como había hecho la noche anterior.

Permanecí allí algo más de una hora, desperdiciando la noche sumido en un morboso y angustioso arrepentimiento, cuando de pronto oí unos pasos en la escalera.

No se trataba de un mortal, de eso estaba seguro, y también sabía que no era ninguno de los bebedores de sangre que había visto con anterioridad.

No me molesté en moverme. Quienquiera que fuese, no era un ser fuerte; de hecho, era tan débil y tan joven como para permitirme oír el sonido de sus pasos andando descalzo.

Por fin apareció sigilosamente y a la luz de la antorcha una joven, una muchacha no mayor que Eudoxia cuando nació a las Tinieblas, con el pelo negro peinado con raya en medio y desparramado sobre los hombros, y ataviada con una ropa tan fina como la de Eudoxia.

Tenía un rostro inmaculado, los ojos brillantes, la boca roja. Sus mejillas mostraban el rubor del tejido humano que aún poseía y la conmovedora seriedad de su expresión contrastaba con sus rasgos, en especial con la pronunciada línea de sus labios carnosos.

Sin duda había visto en alguna parte a alguna persona más bella que esa niña, pero no recordaba quién. Su belleza me causó tal sensación de humildad y de asombro que me sentí como un idiota.

Con todo, comprendí al instante que esta joven había sido la amante bebedora de sangre de Eudoxia, elegida por ésta debido a su incomparable belleza, así como a su exquisita educación e inteligencia, y que antes de que Eudoxia ordenara a sus esclavos que nos condujeran ante ella, había encerrado a la muchacha.

El otro sarcófago que había en la cámara pertenecía a esta joven, a esta criatura a quien Eudoxia había amado profundamente.

Sí, todo resultaba lógico y evidente, y durante unos instantes me abstuve de hablar. Me limité a contemplar a esa radiante joven que permanecía de pie junto a la puerta de la cripta, iluminada por la antorcha que ardía a su espalda, con sus atormentados ojos fijos en mí.

Por fin, la joven habló en un sofocado murmullo.

—La has matado, ¿no es así? —preguntó. No sentía el menor temor, bien debido a su juventud o a su extraordinaria valentía—. La has destruido. Ya no existe.

Me levanté como si me lo hubiera ordenado una reina. La joven me examinó detenidamente. Luego su rostro adoptó una expresión de profunda tristeza.

Tuve la impresión de que iba a desplomarse. La sujeté en el momento preciso, tras lo cual la tomé en brazos y la transporté lentamente escaleras arriba.

La joven apoyó la cabeza contra mi pecho y exhaló un prolongado suspiro.

La llevé a la suntuosa alcoba de la casa y la deposité sobre el gigantesco lecho, pero no quiso permanecer acostada. Se incorporó y me senté junto a ella.

Supuse que me haría preguntas, que se pondría violenta, que descargaría su odio sobre mí, aunque apenas tenía fuerza. Calculé que hacía menos de diez años que se había transformado en vampiro. No me habría sorprendido averiguar que tenía catorce años cuando se produjo su transformación.

—¿Dónde te escondías? —le pregunté.

—En una vieja casa —respondió suavemente—. Un lugar desierto. Eudoxia insistió en que me quedara allí. Dijo que ya me mandaría llamar.

—¿Cuándo? —inquirí.

—Cuando hubiera terminado contigo, cuando te hubiera destruido u obligado a marcharte —contestó la joven mirándome.

¡No era más que un exquisito proyecto de mujer! Ansiaba besar sus mejillas. Pero su dolor era terrible.

—Dijo que sería una batalla feroz —continuó la joven—, que eras uno de los seres más fuertes que había venido aquí. Con los otros no había tenido mayores dificultades, pero contigo no estaba segura del resultado, de modo que me ordenó que me ocultara.

Asentí. No me atrevía a tocarla. No sentía sino un intenso deseo de protegerla, de abrazarla, de decirle que, si deseaba golpearme en el pecho con los puños y maldecirme, no se reprimiera, al igual que si deseaba llorar.

—¿Por qué no dices nada?—me preguntó con mirada triste y perpleja—. ¿Por qué guardas silencio?

—¿Qué puedo decir? —repuse, meneando la cabeza—. Fue una batalla encarnizada, pero yo no la propicié. Pensé que todos podíamos convivir aquí en paz.

Mis palabras la hicieron sonreír.

—Eudoxia jamás lo habría consentido —se apresuró a decir—. Si supieras a cuántos ha destruido... Ni yo misma lo sé.

Eso aplacó un poco mis remordimientos, pero no me aproveché de ello. Lo pasé por alto.

—Decía que esta ciudad le pertenecía, que requería el poder de una emperatriz para protegerla. Me raptó del palacio, donde yo era una esclava, y me trajo aquí de noche. Yo estaba aterrorizada. Pero con el tiempo llegué a amarla. Ella estaba convencida de que así sería. Me contaba historias de sus correrías por el mundo. Y cuando aparecían otros bebedores de sangre, me ocultaba y peleaba con ellos hasta recuperar el control de la ciudad.

Asentí con la cabeza a todo cuanto decía la joven, afligido por ella y por el tono pesaroso y aturdido con que se expresaba. Su historia era tal como había imaginado.

—¿Cómo te las arreglarás para sobrevivir si te dejo aquí? —pregunté.

—¡No puedes hacer eso! —replicó, mirándome a los ojos—. No puedes abandonarme. Tienes que hacerte cargo de mí. Te lo suplico. No sé arreglármelas por mí misma.

Maldije en voz baja. Ella lo oyó y su rostro dejó entrever el dolor que sentía.

Me levanté y di unas vueltas por la habitación. Me volví para mirar a aquella mujer niña, con esa boca tierna y el pelo negro, largo y suelto.

—¿Cómo te llamas? —le pregunté.

—Zenobia —respondió la muchacha—. ¿No puedes leerlo en mi mente? Eudoxia siempre adivinaba mis pensamientos.

—Puedo hacerlo si quiero —dije—. Pero prefiero hablar contigo. Tu belleza me confunde. Prefiero oír tu voz. ¿Quién te convirtió en vampiro?

—Uno de sus esclavos —respondió la joven—. Uno llamado Asphar. Él también ha desaparecido, ¿verdad? —preguntó—. Todos han desaparecido. Vi las cenizas —añadió, señalando la habitación con un gesto ambiguo. Luego recitó una lista de nombres.

—Sí —dije—, todos están muertos.

—De haberme encontrado aquí, me habrías matado a mí también —comentó con la misma expresión entre perpleja y dolorida.

—Es posible —respondí—. Pero todo ha terminado. Ha sido una dura batalla. Y cuando concluye una batalla, todo cambia. ¿Hay alguien más escondido aquí?

—No —contestó Zenobia sinceramente—, sólo yo. Había un esclavo mortal, pero cuando me desperté esta noche, comprobé que había desaparecido.

Yo debía de tener un aspecto abatido, pues me sentía así.

Zenobia se volvió y, con la lentitud de alguien que se siente aturdido, metió la mano debajo de las almohadas del lecho y sacó un puñal. Acto seguido se levantó y se dirigió hacia mí sosteniendo el puñal en alto con ambas manos, apuntándolo hacia mi pecho. Miraba fijamente al frente, pero evitando mis ojos. El cabello negro, largo y ondulado le caía a ambos lados de la cara.

—Debería vengarme —dijo con voz queda—, pero si lo intento me lo impedirás.

—No lo intentes —repuse en el mismo tono sosegado que había empleado con ella en todo momento. Le arrebaté el puñal con delicadeza y, rodeándole los hombros con el brazo, la conduje de nuevo hacia el lecho.

—¿Por qué no te dio Eudoxia su sangre? —pregunté.

—Su sangre era demasiado potente para nosotros, según nos dijo. Todos sus esclavos bebedores de sangre habían sido raptados o convertidos en vampiros por otro ser que estaba a las órdenes de Eudoxia. Decía que no podía compartir su sangre porque ésta conllevaba fuerza y silencio. Después de crear a un bebedor de sangre, no puedes oír sus pensamientos. Eso nos dijo Eudoxia. Asphar me creó y ni yo podía oír sus pensamientos ni él los míos. Eudoxia nos dijo que tenía que obligarnos a obedecer, y que si nos concedía su sangre, no lo conseguiría.

Me dolía que Eudoxia se hubiera convertido en la maestra y que hubiera desaparecido.

La joven me observó con detenimiento.

—¿Por qué no me quieres? —me preguntó con ingenuidad—. ¿Qué puedo hacer para obligarte a cambiar de opinión? Eres muy hermoso —continuó con ternura—, con ese pelo rubio claro... En realidad, pareces un dios, tan alto y con los ojos azules... Hasta ella pensaba que eras hermoso. Me lo dijo. Nunca permitió que te viera, pero me dijo que te parecías a los hombres del norte. Me describió la forma en que te movías, con tus capas rojas...

—No sigas, por favor —dije—. No tienes por qué halagarme, es inútil. No puedo llevarte conmigo.

—¿Por qué? —preguntó Zenobia—. ¿Porque conozco el secreto de la Madre y el Padre?

Me quedé estupefacto.

Pensé que debería leer su mente, tratar de adivinar sus pensamientos, explorar su alma para averiguar todo lo que sabía, pero no quería hacerlo. No quería experimentar esa intimidad con ella. Su belleza me abrumaba, no puedo negarlo.

A diferencia de mi amante, Pandora, aquella preciosa joven ofrecía la promesa de una virgen, de una criatura que se dejaría manipular como uno quisiera sin perder nada, y supuse que esa promesa contenía una mentira.

Le respondí en tono quedo y amable, para no herirla.

—Ésa es justamente la razón por la que no puedo llevarte conmigo, aparte de que deseo estar solo.

Zenobia agachó la cabeza.

—¿Qué voy a hacer? —preguntó—. Dímelo. Se presentarán aquí unos hombres mortales exigiendo que pague impuestos por esta casa o con algún otro motivo prosaico, y al verme, me tacharán de prostituta, o de hereje, y me arrojarán a la calle. O bien aparecerán de día y me hallarán durmiendo como una muerta debajo del suelo, y me sacarán a la luz del sol para reanimarme, causándome una muerte segura.

—Basta, todo eso ya lo sé —dije—. ¡Estoy tratando de razonar contigo! Déjame tranquilo un rato.

—Si te dejo tranquilo —replicó—, me pondré a llorar o a gritar de pena, y no podrás soportarlo y me abandonarás.

—No —contesté—. Estate calladita.

Comencé a pasearme por la habitación, consumido de deseo por ella, angustiado por hallarme en aquella situación. Era una venganza terrible por haber matado a Eudoxia. Esa niña parecía un fantasma que hubiera surgido de las cenizas de Eudoxia para atormentarme mientras yo trataba de escapar de lo que había hecho.

Por fin, llamé en silencio a Avicus y a Mael. Utilizando mi don de la mente al máximo, les pedí, no, les ordené que acudieran a casa de Eudoxia sin falta. Les dije que los necesitaba y que les esperaría hasta que llegaran.

Luego me senté junto a mi joven cautiva e hice lo que anhelaba hacer desde hacía rato: le aparté el espléndido cabello negro de la cara y besé sus suaves mejillas. Eran besos robados, desde luego, pero la textura de su cutis terso y juvenil y su espesa cabellera ondulada me enloquecían y no pude contenerme.

Ese gesto íntimo la sorprendió, pero no me apartó.

—¿Sufrió Eudoxia? —preguntó.

—Muy poco, o quizá nada —respondí, incorporándome y dejando de besarla—. Pero, dime, ¿por qué no se limitó a destruirme? ¿Por qué me invitó a venir aquí? ¿Por qué habló conmigo? ¿Por qué me hizo confiar en que podíamos alcanzar un pacto?

Zenobia reflexionó unos momentos antes de responder.

—A diferencia de otros, tú ejercías una gran fascinación sobre ella —dijo—. No era sólo por tu belleza, aunque eso tenía una importancia decisiva. Para Eudoxia, la belleza siempre fue importante. Me dijo que, hacía tiempo, una bebedora de sangre le había hablado de ti en Creta.

No me atreví a interrumpirla. La miré con los ojos muy abiertos.

—Hace muchos años —dijo—, llegó a la isla de Creta esa bebedora de sangre romana que iba en tu busca. No cesaba de hablar de ti, de Marius el romano, patricio por nacimiento y erudito por vocación. Era evidente que te amaba. No le negó a Eudoxia su derecho a controlar la totalidad de la isla. Sólo le interesaba dar con tu paradero, y al comprobar que no te encontrabas allí, se marchó.

¡Estaba mudo de asombro! Me sentía al mismo tiempo tan acongojado y excitado que no podía articular palabra. ¡Era Pandora! Era la primera vez en trescientos años que oía hablar de ella.

—No llores por eso —dijo Zenobia suavemente—. Ocurrió hace siglos. El tiempo siempre borra esos amores. Sería terrible que no lo hiciera.

—No los borra —contesté con voz ronca. Tenía lágrimas en los ojos—. ¿Qué más dijo esa mujer? Cuéntame lo que recuerdes, te lo ruego, hasta el detalle más insignificante. —Sentí que el corazón me latía con violencia, como si hubiera olvidado que lo tenía y de pronto hubiera reparado en él.

—¿Qué más quieres que te diga? No sé nada más. Sólo recuerdo que era una mujer poderosa, que no era una enemiga fácil. Como sabes, Eudoxia siempre hablaba de esa cosas. No era una mujer que pudiera ser destruida, pero se negó a revelar los orígenes de su inmensa fuerza. Eudoxia se quedó muy intrigada, hasta que llegaste a Constantinopla y te vio, Marius el romano, ataviado con tu espléndida capa roja, caminando a través de la plaza por la noche, pálido como el mármol pero con la convicción de un mortal.

La joven se detuvo. Alzó la mano y me acarició la mejilla.

—No llores. Eso fue lo que dijo Eudoxia: «Con la convicción de un mortal.»

—¿Cómo averiguaste el secreto de la Madre y el Padre y qué significan para ti esas palabras?

—Eudoxia hablaba de ellos maravillada —respondió Zenobia—. Dijo que eras un incauto, o un loco. Pero lo mismo decía una cosa que la contraria. Eudoxia era así. Te maldecía por mantener ocultos a la Madre y al Padre en esta ciudad, pero quiso que acudieras a su casa. Por eso, me ordenó que me ocultara. Dejó que permanecieran los chicos, pues no sentía el menor aprecio por ellos, pero a mí me encerró.

—¿Sabes lo que representan la Madre y el Padre? —pregunté.

Zenobia negó con la cabeza.

—Sólo sé que están en tu poder, o lo estaban cuando Eudoxia me habló de ellos. ¿Son los primeros de nuestra especie?

No respondí. Pero estaba convencido de que eso era todo cuanto ella sabía, que no era poco.

Por fin penetré en su mente, utilizando todo mi poder para descifrar su pasado y su presente, para conocer desde sus pensamientos más íntimos hasta los más intrascendentes.

Zenobia me miró con ojos límpidos y confiados, como si percibiera lo que le estaba haciendo, o tratando de hacer, y aparentemente sin ocultar nada.

Pero ¿qué averigüé? Sólo que me había dicho la verdad. *No sé nada más sobre tu hermosa bebedora de sangre.* Se mostró paciente conmigo. De pronto la embargó un profundo pesar. *Yo amaba a Eudoxia. Tú la has destruido. No puedes dejarme sola.*

Me levanté y comencé de nuevo a pasearme por la habitación. Los suntuosos muebles bizantinos me agobiaban. Los gruesos cortinajes con dibujos saturaban el aire de polvo. Desde esa estancia no podía vislumbrar el cielo, pues nos encontrábamos demasiado alejados del jardín interior.

¿Qué pretendía yo en aquellos momentos? Simplemente, librarme de esa criatura; no, olvidarme de ella, de su presencia, del hecho de haberla visto... Pero eso era imposible.

De pronto me interrumpió un sonido y comprendí que Avicus y Mael habían llegado.

Atravesaron las numerosas habitaciones hasta llegar a la alcoba. Al entrar, se sorprendieron al ver a aquella preciosa joven sentada en un lado del enorme lecho cubierto con cortinas.

Guardé silencio mientras ambos se recuperaban de la sorpresa. Avicus se sintió de inmediato atraído por Zenobia, tanto o más de lo que se había sentido por Eudoxia, a pesar de que la joven no había pronunciado aún una palabra.

Advertí en Mael ciertos recelos y no poca preocupación. Me miró con aire inquisitivo, sin dejarse hechizar por la belleza de aquella criatura. Mael no cedía a sus emociones.

Avicus se acercó a Zenobia y, al observarle y advertir que en sus ojos se encendía la pasión, vi la forma de zafarme de aquella situación. Lo vi con toda nitidez, pero al mismo tiempo con pesar. Lamenté haberme jurado permanecer solo, como si me hubiera comprometido en nombre de un dios. Quizá fuera así. Me había comprometido en nombre de los que debían ser custodiados. Pero no debía seguir pensando en ellos en presencia de Zenobia.

En cuanto a la mujer niña, se sentía mucho más atraída por Avicus, quizá debido a la inmediata y evidente devoción que éste le manifestaba, que por el distante y suspicaz Mael.

—Os agradezco que hayáis venido —dije—. Sé que no os apetecía volver a poner los pies en esta casa.

—¿Qué ha ocurrido? —preguntó Mael—. ¿Quién es esta criatura?

—La compañera de Eudoxia. Le ordenó que se ocultara por seguridad, hasta que concluyera su pelea contra nosotros. Ahora que ha concluido, aquí tenéis a esta niña.

—¿Niña? —preguntó Zenobia suavemente—. No soy una niña.

Avicus y Mael sonrieron con aire paternalista, aunque ella los miró con expresión grave y de censura.

—Yo tenía la misma edad que Eudoxia cuando le dieron la sangre vampírica —dijo—. «No conviene crear un bebedor de sangre anciano», solía decir Eudoxia. «Un mortal anciano sólo acarrea problemas debido a los hábitos que ha adquirido durante su vida mortal.» Todos sus esclavos recibieron la sangre vampírica a la misma edad que yo, así que no eran unos niños, pero los bebedores de sangre se preparaban para la vida eterna en calidad de vampiros.

No dije nada, pero jamás olvidé esa frase. Te lo aseguro. Jamás. Al cabo de mil años, esas palabras cobraron un significado muy importante para mí, me atormentaban día y noche. Enseguida me referiré a eso, pues me propongo glosar ese millar de años someramente. Pero permite que retome mi historia.

Zenobia pronunció su breve perorata con la misma ternura con que había hablado todo el rato, y cuando concluyó, observé que Avicus la contemplaba subyugado. Eso no significaba que fuera a amarla de forma absoluta ni para siempre, desde luego, pero vi que no existía ninguna barrera entre la niña y él.

Avicus se acercó a ella, como si se sintiera incapaz de expresarle el respeto que le infundía su belleza.

—Me llamo Avicus. Soy un viejo amigo de Marius —dijo de improviso. Sus palabras me sorprendieron. Después de mirarme, clavó de nuevo los ojos en Zenobia y le preguntó—: ¿Estás sola?

—Completamente sola —respondió Zenobia, aunque me miró primero para comprobar si iba a indicarle silencio—. Y si alguno de vosotros, o todos, no me saca de aquí, o permanece conmigo en esta casa, estoy perdida.

Miré a mis dos viejos amigos asintiendo con la cabeza.

Mael me dirigió una mirada fulminante y meneó la cabeza en señal de desaprobación. Luego miró a Avicus, pero éste no apartaba los ojos de la niña.

—No te dejaremos desprotegida —dijo Avicus—, eso es impensable. Pero ahora debes dejarnos solos para que podamos hablar. No, quédate aquí. Hay muchas habitaciones en esta casa. ¿Podemos reunirnos arriba, Marius?

—En la biblioteca —respondí de inmediato—. Venid conmigo. No temas, Zenobia, y no trates de escuchar nuestra conversación, pues sólo oirás fragmentos y lo que importa es la totalidad. La totalidad contendrá nuestros auténticos sentimientos.

Conduje a Avicus y a Mael arriba y nos sentamos en la magnífica biblioteca de Eudoxia, como habíamos hecho hacía poco tiempo.

—Lleváosla vosotros —dije—, yo no puedo. Me marcho de aquí y me llevo a la Madre y al Padre, tal como os he dicho. Debéis protegerla.

—Eso es imposible —declaró Mael—, es demasiado débil. ¡Y no la quiero conmigo! Os lo digo claramente, ¡no quiero cargar con ella!

Avicus apoyó una mano en la de Mael.

—Marius no puede llevársela —dijo—. Lo que dice es cierto. No se trata de una opción. No puede llevarse a esa criatura con él.

—¡Criatura! —replicó Mael con desdén—. Di la verdad. Es un ser frágil e ignorante, que no hará sino causarnos problemas.

—Os ruego a ambos que os la llevéis —insistí—. Enseñadle todo lo que sabéis. Enseñadle lo que necesita saber para valerse por sí misma.

—¡Pero si es una mujer! —protestó Mael despectivamente—. ¿Cómo va a valerse por sí misma?

—Eso no tiene importancia para una bebedora de sangre, Mael

—respondí—. Cuando sea fuerte, cuando haya averiguado todo lo que debe saber, podrá vivir como vivía Eudoxia si lo desea. Podrá vivir como quiera.

—No la quiero conmigo —insistió Mael—. Me niego a llevármela. Ni por todo el oro del mundo, bajo ningún concepto.

Me disponía a contestarle pero al observar la expresión de su rostro comprendí que decía la verdad, que era más sincero de lo que él mismo imaginaba. Jamás aceptaría a Zenobia, y si yo la dejaba a su cuidado, la pondría en peligro. Mael no dudaría en abandonarla a la primera ocasión, o quizá le hiciera algo peor.

Miré a Avicus y comprobé que, por desgracia, estaba a merced de las palabras de Mael. Como de costumbre, estaba supeditado al poder de Mael. Como de costumbre, no podía librarse de la ira de Mael.

Avicus trató de convencerle, asegurándole que la presencia de Zenobia apenas cambiaría sus vidas. Podían enseñarle a cazar. O quizá ya supiera hacerlo. Era una joven muy hermosa, con escasos rasgos humanos. No les resultaría una carga imposible de soportar y, a fin de cuentas, debían hacer lo que yo les pedía.

—Quiero que nos la llevemos —dijo Avicus en tono afectuoso—. Me parece una joven encantadora y advierto en ella una dulzura que me conmueve.

—En efecto —apostillé—. Posee una gran dulzura.

—¿Y eso representa una cualidad en una bebedora de sangre? —preguntó Mael—. ¿Desde cuándo una bebedora de sangre debe ser dulce?

No pude responder. Pensé en Pandora y sentí un dolor tan intenso que me impedía articular palabra. Pero vi a Pandora. La vi y comprendí que siempre había aunado pasión y dulzura, y que tanto los hombres como las mujeres pueden poseer esas cualidades, y que esta niña, Zenobia, tenía muchas posibilidades de desarrollarlas.

Desvié la mirada, incapaz de dirigirme ni a uno ni a otro mientras siguieran discutiendo entre sí. Pero de pronto advertí que Avicus se había enojado y que Mael estaba furioso.

Cuando volví a mirarlos, ambos guardaron silencio. Luego, Avicus me miró como buscando en mí una autoridad que yo sabía que no poseía.

—No puedo organizar vuestro futuro —dije—. Tal como os he dicho, me marcho.

—Quédate y nos haremos cargo de la niña —dijo Avicus.

—¡Imposible! —protesté.

—Eres obstinado, Marius —dijo Avicus suavemente—. Tus intensas pasiones te atemorizan incluso a ti. Podríamos vivir los cuatro en esta casa.

—He matado a la dueña de esta casa —respondí—, no puedo vivir en ella. Es una blasfemia contra los dioses que haya permanecido tanto rato aquí. Los antiguos dioses se vengarán, no porque existan sino porque antaño yo los reverenciaba. En cuanto a esta ciudad, ya os lo he dicho, debo abandonarla y llevarme a los que deben ser custodiados para instalarlos en un lugar secreto y seguro.

—Esta casa te pertenece por derecho propio —dijo Avicus—, lo sabes muy bien. Tú mismo nos la has ofrecido.

—Vosotros no destruisteis a Eudoxia —dije—. Pero volvamos al asunto que nos ocupa. ¿Os llevaréis a esta chica?

—No —contestó Mael.

Avicus calló. No tenía más remedio que callar.

Desvié de nuevo la mirada. Mis pensamientos se centraban única y exclusivamente en Pandora en la isla de Creta, algo que ni siquiera había imaginado. Pandora, la vampiro errante. Durante un buen rato, guardé silencio.

Luego me levanté y, sin decir una palabra ni a Avicus ni a Mael, pues me habían decepcionado, regresé a la alcoba, donde hallé a la bella y joven criatura tendida en la cama.

Tenía los ojos cerrados. La lámpara emitía una luz suave. Qué aspecto tan maravilloso y pasivo ofrecía aquella muchacha, con el pelo desparramado como una cascada sobre la almohada, el cutis inmaculado, la boca semicerrada.

Me senté a su lado.

—Aparte de por tu belleza, ¿por qué te eligió Eudoxia? —pregunté—. ¿Te lo dijo alguna vez?

Zenobia abrió los ojos como si se hubiera sobresaltado, lo cual era lógico dada su juventud, y después de reflexionar unos instantes respondió suavemente:

—Me eligió porque era inteligente y me sabía muchos libros de memoria. Eudoxia me pedía que se los recitara. —Sin alzar la cabeza de la almohada, Zenobia colocó las manos como si sostuviera un libro y añadió—: Me bastaba echar una ojeada a una página para recordar todo cuanto había escrito en ella. Además, no lloraba la muerte de ningún mortal. Era una más del centenar de siervas que atendían a la emperatriz. Era virgen. Era una esclava.

—Entiendo. ¿Y por algo más?

Me percaté de que Avicus se hallaba en la puerta, pero no le dije nada.

Zenobia reflexionó unos momentos antes de contestar.

—Eudoxia decía que mi alma era incorruptible, que, aunque había presenciado mucha maldad en el palacio imperial, era capaz de percibir la música en la lluvia.

Asentí con la cabeza.

—¿Y todavía percibes esa música?

—Sí —respondió la joven—. Creo que más que nunca. Pero, si me abandonas aquí, esa música no bastará para sostenerme.

—Antes de dejarte, quiero darte algo —dije.

—¿De qué se trata? —Zenobia se incorporó sobre las almohadas—. ¿Qué puedes darme que me ayude a sobrevivir?

—¿No lo imaginas? —pregunté suavemente—. Mi sangre.

Oí a Avicus, que estaba junto a la puerta, proferir una exclamación de asombro, pero no hice caso. Lo único que me interesaba era Zenobia.

—Soy fuerte, pequeña —dije—, muy fuerte. Y después de que hayas bebido de mi sangre, el rato que quieras y la cantidad que desees, te convertirás en una criatura distinta de la que eres ahora.

Zenobia se sentía intrigada y fascinada a un tiempo por esa perspectiva. Alzó tímidamente las manos y las apoyó en mis hombros.

—¿Y quieres que lo haga ahora?

—Sí —respondí. Sentado junto a ella, dejé que me abrazara y, al notar que me clavaba los dientes en el cuello, exhalé un prolongado suspiro—. Bebe, tesoro —dije—. Succiona con fuerza para ingerir toda la sangre que puedas.

Un millar de airosas visiones inundó mi mente: imágenes del palacio imperial, de estancias doradas, de banquetes, de música y magos, de la ciudad a la luz del día con sus carreras de carros avanzando a toda velocidad por el Hipódromo, de la multitud gritando y aplaudiendo, del emperador alzándose en el palco imperial para saludar con la mano a quienes le reverenciaban, de la gigantesca procesión dirigiéndose hacia Santa Sofía, de velas e incienso y nuevamente de un esplendor palaciego, en esta ocasión bajo este techo.

Empecé a sentirme débil y mareado, pero no tenía importancia. Lo importante era que Zenobia bebiera toda la sangre que pudiera.

Por fin, la joven se recostó sobre las almohadas. La miré y vi que tenía las mejillas blancas como la cera debido a la sangre vampírica que había ingerido.

Después de incorporarse con cierto esfuerzo, me miró como una bebedora de sangre recién nacida, como si jamás hubiera contemplado la auténtica visión de la sangre vampírica.

Zenobia se levantó de la cama y empezó a pasearse por la habitación. Describió un gran círculo, aferrando con la mano derecha el tejido de su túnica, con el rostro radiante en su nueva palidez, los ojos muy abiertos, húmedos y resplandecientes.

Me miró como si fuera la primera vez que me veía. Luego se detuvo, como si oyera unos sonidos distantes a los que había permanecido sorda. Se tapó los oídos con las manos. Su rostro traslucía una serena sensación de asombro y dulzura, sí, dulzura; luego me examinó detenidamente.

Traté de ponerme de pie, pero estaba demasiado débil. Avicus se acercó para ayudarme, pero le aparté.

—¿Qué le has hecho? —preguntó.

—Tú mismo lo has visto —contesté—, tú y Mael, que os habéis negado a haceros cargo de ella. Le he dado mi sangre. Le he dado una oportunidad.

Me acerqué a Zenobia y la obligué a mirarme.

—Préstame atención —dije—. ¿Te habló Eudoxia de su existencia anterior? —pregunté—. ¿Sabías que puedes merodear por las calles en busca de una presa como un hombre?

Zenobia me miró con una mirada nueva, aturdida, sin comprender.

—¿Sabías que si te cortas el pelo crecerá en el espacio de un día y volverás a tener una melena tan larga y espesa como antes?

Zenobia negó con la cabeza, desviando la mirada de mí para contemplar las numerosas lámparas de bronce que había en la habitación y los mosaicos de las paredes y del suelo.

—Escucha, preciosa mía, no tengo tiempo para enseñártelo todo —dije—, pero quiero dejarte bien provista de conocimientos y poder.

Tras volver a asegurarle que el pelo le crecería al cabo de unas horas, se lo corté, observando cómo caía al suelo. Luego la llevé a los aposentos de los bebedores de sangre masculinos y la vestí con prendas varoniles.

Después de ordenar con firmeza a Mael y a Avicus que nos dejasen solos, me la llevé a la ciudad para mostrarle la forma de caminar de un hombre, con aire decidido, el ambiente de las tabernas, que ella jamás había imaginado, y cómo capturar a una presa.

En aquellos momentos me pareció tan encantadora como antes. Parecía su hermana mayor, más sabia. Mientras reía alegremente sentada a la mesa de una taberna, ante la copa de vino de rigor, que no probó siquiera, se me ocurrió pedirle que partiera conmigo, pero enseguida comprendí que eso era imposible.

—La verdad es que no pareces un hombre —comenté sonriendo—, ni con pelo ni sin pelo.

Zenobia soltó una carcajada.

—Claro. Ya lo sé. Pero me encanta estar en un lugar como éste, un lugar en el que, de no ser por ti, jamás habría puesto los pies.

—A partir de ahora puedes hacer lo que quieras —dije—. Piensa en ello. Puedes ser un varón o una mujer. O ni una cosa ni la otra. Ve en busca del malvado como hago yo y jamás te toparás con la muerte. Pero, sean cuales sean tus alegrías y tus tristezas, no te arriesgues nunca a ser juzgada por los demás. Mide bien tus fuerzas y sé prudente.

Zenobia asintió con la cabeza observándolo todo con los ojos muy abiertos, fascinada. Como es natural, los hombres que había en la taberna la miraban con curiosidad, pensando que yo había salido de copas con mi amiguito. Antes de que las cosas se pusieran feas, me la llevé de allí, pero antes puse a prueba sus poderes para adivinar los pensamientos de los que la rodeaban, y subyugar al joven esclavo que nos había servido el vino.

Mientras caminábamos por las calles, le di algunas instrucciones acerca de los usos y costumbres del mundo que supuse que podía necesitar, lo cual me proporcionó un placer tan intenso como peligroso.

Zenobia me describió todos los secretos del palacio imperial, para que pudiera penetrar en él y satisfacer mi curiosidad. Después entramos en otra taberna.

—Llegarás a odiarme por lo que le hice a Eudoxia —le advertí— y lo que les hice a los otros bebedores de sangre.

—Te equivocas —respondió con naturalidad—. Ten en cuenta que Eudoxia jamás me concedió un momento de libertad. En cuanto a los otros, sospecho que me despreciaban y envidiaban a un tiempo.

Asentí con la cabeza, aceptando su razonamiento. Luego le pregunté:

—¿Por qué crees que Eudoxia me contó su vida, entre otras cosas que correteaba por las calles de Alejandría vestida como un chico, mientras que a ti no te habló de eso?

—Eudoxia confiaba en amarte —respondió Zenobia—. Me lo dijo ella misma, no directamente, por supuesto, sino a través de la forma en que me hablaba de ti y de su entusiasmo al verte. Pero esas emociones se mezclaban en su mente con la suspicacia y la astucia. Creo que el temor que le inspirabas prevaleció sobre los otros sentimientos.

Guardé silencio mientras reflexionaba en sus palabras. Percibía el ruido de la taberna como si fuera música.

Zenobia me observaba con atención.

—Eudoxia no quería que yo llegara a conocerla y a comprenderla. Se contentaba con que fuera su juguete. Incluso cuando le leía en voz alta o le cantaba, no me miraba ni me prestaba atención. A ti, en cambio, te veía como un ser digno de ella. Cuando hablaba de ti, lo hacía como si nadie la escuchara. Pensaba continuamente en ti, no paraba de darle vueltas a su plan para atraerte a su casa y hablar contigo. Era una obsesión llena de temor. ¿Comprendes lo que digo?

—Que se volvió contra ella —dije—. Pero vámonos, hay muchas cosas que deseo enseñarte y nos quedan sólo unas pocas horas antes de que amanezca.

Salimos de nuevo a la oscuridad de la noche, cogidos del brazo. ¡Cuánto me complacía enseñarle cosas! Me encantaba desempeñar el papel de maestro con ella.

Le enseñé a trepar por un muro sin esfuerzo, a deslizarse junto a mortales en la sombra y a atraer a víctimas.

Penetramos sigilosamente en Santa Sofía, cosa que a Zenobia se le antojaba imposible, y por primera vez desde que le había dado mi sangre contempló la gran iglesia que había visitado con frecuencia cuando estaba viva.

Por fin, después de que ambos nos hubiéramos cobrado unas víctimas en unos callejones para saciar nuestra sed nocturna, lo que permitió a Zenobia descubrir el alcance de su nuevo poder, regresamos a casa.

Allí encontré los documentos oficiales referentes al título de propiedad. Los examiné junto con Zenobia y le dije que podía conservar la casa de Eudoxia como si fuera suya.

Avicus y Mael se hallaban en la casa y me sorprendió que me preguntaran si podían quedarse.

—Preguntádselo a Zenobia —respondí—. Esta casa le pertenece a ella.

Inmediatamente, llevada de su generosidad, Zenobia les dijo que podían quedarse a vivir allí y ocupar los escondrijos que habían pertenecido a Asphar y a Rashid.

Observé que Avicus, con su buena planta y sus facciones armoniosas, le resultaba muy atractivo a Zenobia, quien asimismo parecía juzgar a Mael con excesiva benevolencia e ingenuidad.

No dije nada, pero sentía una extraordinaria confusión y un profundo dolor. No quería separarme de Zenobia, deseaba yacer en la oscuridad de la cripta junto a ella. Sin embargo, había llegado el momento de partir.

Agotado, pese a que nuestra cacería había sido muy fructífera y había pasado un rato maravilloso, regresé a las cenizas de mi casa, bajé al santuario que albergaba a los Padres Divinos y me eché a dormir.

13

He llegado a un punto importante de mi historia, pues me propongo dar un salto de unos mil años.

No puedo precisar cuánto tiempo transcurrió, pues no estoy seguro de en qué fecha partí de Constantinopla; sólo sé que fue después del reinado del emperador Justiniano y Teodora y antes de que los árabes se sublevaran con la nueva religión del islam e iniciaran su rápida y asombrosa conquista de Oriente a Occidente.

Lo que cuenta es que no puedo relatarte toda mi vida, de modo que he decidido saltarme esos siglos que la historia ha dado en llamar Medievo, durante los cuales viví numerosas y pequeñas historias que quizá confiese o dé a conocer más adelante.

De momento, me limitaré a decir que cuando abandoné la casa de Zenobia aquella noche, me sentí muy preocupado por la seguridad de los que debían ser custodiados.

El ataque de la multitud a nuestra casa me había infundido pavor. Tenía que instalar a los que debían ser custodiados en un lugar seguro, lejos de cualquier ciudad y de cualquier vivienda que adquiriera dentro de una ciudad. Nadie podía acceder a ellos excepto yo.

La cuestión era adónde trasladarlos.

No podía ir a Oriente debido a las continuas guerras del Imperio persa, que ya había arrebatado a los griegos toda Asia Menor e incluso había ocupado la ciudad de Alejandría.

En cuanto a mi amada Italia, deseaba instalarme cerca pero no en el mismo país, pues me resultaba insoportable asistir a los violentos disturbios que lo agitaban.

Pero conocía un lugar idóneo.

Los Alpes situados al norte de la península italiana eran una zona que había visitado en mis años mortales. Los romanos habían construido varios pasos a través de las montañas y yo mismo había viajado, cuando era un joven intrépido, por la vía Claudia Augusta, de modo que conocía el carácter de aquella tierra.

Por supuesto, los bárbaros habían irrumpido con frecuencia a través de los valles alpinos, tanto cuando descendían para atacar Italia como cuando se retiraban. Y en aquel entonces el cristianismo se había propagado por aquellas tierras, en las que proliferaban iglesias, monasterios y demás instituciones religiosas.

Pero yo no buscaba un valle fértil y poblado, y menos aún la cima de una montaña donde hubieran construido un castillo, una iglesia o un monasterio.

Lo que necesitaba era un lugar remoto, un valle pequeño y completamente oculto al que sólo yo pudiera acceder.

Después de llevar a cabo la ardua tarea de escalar, excavar, desbrozar y crear un santuario subterráneo, trasladaría a la Madre y al Padre a ese lugar seguro. Sólo un superhombre sería capaz de abordar semejante empresa, pero yo estaba convencido de poder hacerlo. Tenía que hacerlo.

Lo cierto era que no tenía otra opción.

Durante ese tiempo, mientras reflexionaba en lo que debía hacer, mientras contrataba a esclavos, adquiría carros para el viaje y ultimaba los preparativos, Zenobia fue mi compañera. Avicus y Mael se habrían unido a nosotros si yo se lo hubiera permitido, pero aún estaba enojado con ellos por haberse negado en un principio a proteger a Zenobia, y el hecho de que en esos momentos desearan permanecer junto a ella no aplacó mi ira.

Zenobia pasaba muchos ratos conmigo en alguna taberna mientras yo daba vueltas a mi plan. ¿Temía que adivinara mis pensamientos y averiguara adónde me proponía trasladarme? En absoluto, pues yo mismo tenía tan sólo una vaga idea del proyecto. El emplazamiento definitivo del santuario de los que debían ser custodiados no debía conocerlo nadie más que yo.

De ese lugar seguro, en la región alpina, saldría cada vez que tuviera necesidad de alimentarme del populacho de alguna aldea o población. Existía un gran número de asentamientos en la tierra de los francos y podría aventurarme a Italia siempre que lo deseara, pues tenía muy claro que los que debían ser custodiados no precisaban de mi vigilancia y mis cuidados diarios.

Por fin llegó la noche de la partida. Los preciosos sarcófagos habían sido cargados en los carros, los esclavos habían sido deslumbrados, levemente amenazados y descaradamente sobornados con artículos de lujo y dinero, los guardaespaldas estaban listos para partir y yo estaba preparado para emprender el viaje.

Me dirigí a casa de Zenobia y la encontré llorando desconsoladamente.

—No quiero que te vayas, Marius —declaró.

Avicus y Mael estaban presentes. Me miraban cohibidos, como si no se atrevieran a decirme lo que pensaban.

—Yo tampoco quiero marcharme —le aseguré a Zenobia. Luego la abracé apasionadamente y la cubrí de besos, tal como había hecho la noche que la vi por primera vez. Su tierna piel de mujer niña me volvía loco—. Debo irme —dije—. Mi corazón me lo exige.

Por fin nos separamos, agotados de tanto llorar y abatidos, y me volví hacia los otros dos.

—Cuidad de ella —les dije en un tono severo.

—Descuida, permaneceremos los tres juntos —contestó Avicus—. No comprendo por qué no puedes quedarte con nosotros.

Al mirar a Avicus sentí que me embargaba un profundo y doloroso amor.

—Sé que no he sido justo contigo —dije suavemente—. He sido demasiado severo, pero no puedo quedarme.

Avicus rompió a llorar, sin importarle la mirada de desaprobación que le dirigió Mael.

—Habías empezado a enseñarme tantas cosas... —dijo.

—Puedes aprender muchas más del mundo que te rodea —respondí—. Puedes aprenderlas de los libros que hay en esta casa. Puedes aprenderlas de... de aquellos a quienes transformes una noche con la sangre vampírica.

Avicus asintió con la cabeza. No quedaba nada más que decir.

Había llegado el momento de marcharme, pero no podía hacerlo. Entré en la otra habitación y me quedé allí plantado, con la cabeza agachada, sintiendo el peor dolor que he experimentado jamás.

¡Ansiaba desesperadamente quedarme con ellos! No cabía la menor duda. Todos los planes que había forjado no me proporcionaban ningún consuelo. Me llevé una mano a la cintura y palpé el dolor que me abrasaba por dentro como el fuego. No podía hablar. No podía moverme.

Zenobia se me acercó, y también Avicus. Ambos me abrazaron.

—Comprendo que debas partir —dijo Avicus—. De veras, lo comprendo muy bien.

No podía responderle. Me mordí la lengua para que sangrara y, volviéndome hacia él, presioné los labios entreabiertos contra los suyos para que mi sangre pasara a su boca. Cuando le besé, Avicus se estremeció y me abrazó con fuerza.

Luego me llené de nuevo la boca de sangre y besé a Zenobia mientras ella me abrazaba también con fuerza. Sepulté la cara en su cabello largo y ligeramente perfumado, mejor dicho, me cubrí la cara con él como si fuera un velo. Sentía un dolor tan agudo que apenas podía respirar.

—Os amo a los dos —musité. No sabía si me habían oído.

Luego, sin que mediaran más palabras ni más gestos, agaché la cabeza y salí por fin de la casa.

Al cabo de una hora, dejé atrás Constantinopla y emprendí la conocida ruta hacia Italia. Iba sentado en el pescante del primer carro de la comitiva, conversando con el jefe de mis guardias, que empuñaba las riendas.

Me entretuve durante varias noches jugando a conversar y reír como los mortales, por más que tenía el corazón destrozado.

No recuerdo cuántos días viajamos, sólo que nos detuvimos en varias poblaciones y que las carreteras eran menos accidentadas de lo que me había temido. En el transcurso del viaje, no les quité el ojo de encima a mis guardaespaldas y repartí oro a manos llenas entre mis sirvientes para comprar su lealtad.

Cuando llegué a los Alpes, tardé algún tiempo en encontrar un lugar remoto y oculto donde construir el santuario.

Pero una tarde, cuando el invierno no era tan frío y el cielo estaba despejado, distinguí unas laderas despobladas, a poca distancia de la carretera principal, que encajaban perfectamente con mi plan.

Después de conducir a mi caravana a la población más cercana, regresé solo. Después de escalar por el abrupto terreno, una tarea que pocos mortales habrían sido capaces de llevar a cabo, encontré lo que buscaba, un pequeño valle en el que construir el santuario.

Regresé a la población, adquirí una vivienda para mí y los que debían ser custodiados y envié a mis guardaespaldas, junto con mis esclavos, de vuelta a Constantinopla, tras haberlos recompensado generosamente por sus servicios.

Mis confundidos pero amables compañeros mortales se despidieron de mí con afecto y partieron alegremente en uno de los carros que les cedí para que regresaran a casa.

Dado que la población en la que me alojaba no estaba a salvo de invasiones, por más que sus habitantes lombardos se sintieran satisfechos, la noche siguiente me puse manos a la obra.

Sólo un bebedor de sangre podía recorrer la distancia que separaba el pueblo del emplazamiento definitivo del santuario a la velocidad a la que yo lo hice. Sólo un bebedor de sangre podía excavar la dura tierra y la piedra para abrir unos pasadizos que condujeran a la habitación rectangular de la cámara subterránea, y construir la puerta de piedra con remaches de hierro que separaría al Rey y a la Reina de la luz del día.

Sólo un bebedor de sangre podía pintar en los muros diosas y dioses grecorromanos. Sólo un bebedor de sangre podía tallar el trono de granito con tal habilidad y en tan breve espacio de tiempo.

Sólo un bebedor de sangre podía transportar a la Madre y al Padre, uno tras otro, montaña arriba hasta su lugar de descanso. Sólo un bebedor de sangre podía colocarlos uno junto a otro en su trono de granito.

Y cuando todo hubo terminado, ¿quién si no un bebedor de sangre se habría tumbado en el frío suelo para llorar sumido en su soledad habitual? ¿Quién si no un bebedor de sangre habría permanecido unas dos semanas acostado en silencio y sin moverse?

No es de extrañar que durante aquellos primeros meses tratara de infundir cierta vitalidad a los que debían ser custodiados llevándoles sacrificios, como había hecho con Eudoxia, pero Akasha se negaba a mover su poderoso brazo derecho por aquellos míseros mortales, todos ellos malvados, te lo aseguro. De modo que tuve que liquidar a esas desdichadas víctimas y transportar sus restos hasta la cima de una montaña, para arrojarlos desde su escarpado pico cual ofrendas dedicadas a los dioses crueles.

Durante los siglos sucesivos, buscaba a mis presas en las poblaciones cercanas con esmero, alimentándome de la sangre de muchos para no sublevar a la población local. A veces recorría una gran distancia para comprobar cómo estaban las cosas en ciudades que había conocido anteriormente.

Visité Pavía, Marsella y Lyon. Visité las tabernas de esas ciudades, como tenía por costumbre, atreviéndome a entablar conversación con los mortales e invitándolos a beber vino para que me contaran lo que ocurría en el mundo. De vez en cuando exploraba los campos de batalla donde los guerreros islámicos obtenían sus victorias. O seguía a los francos cuando entraban en combate, utilizando la oscuridad a modo de escudo. Durante esa época, y por primera vez en mi existencia inmortal, hice buenos amigos mortales.

Seleccionaba a un mortal, por ejemplo, un soldado, y me reunía a menudo con él en la taberna local para charlar sobre lo que opinaba del mundo, sobre su vida. Esas amistades nunca duraban mucho tiempo ni eran muy profundas, porque yo no quería que lo fueran, y si alguna vez me asaltaba la tentación de convertir a alguno en un bebedor de sangre, me alejaba de él rápidamente.

Por ese procedimiento llegué a conocer a muchos mortales, incluso a monjes en sus monasterios, pues no vacilaba en abordarlos en la carretera, especialmente si pasaban por un territorio peligroso, y acompañarlos durante un trecho mientras les formulaba educadamente preguntas sobre la situación del Papa, la Iglesia e incluso las pequeñas comunidades donde ellos vivían.

Podría relatar infinidad de historias relacionadas con esos mortales, pues a veces no conseguía ocultar mis sentimientos, pero no hay tiempo. Me limitaré a confesar que algunos se convirtieron en amigos íntimos y que, cuando recuerdo esa época, ruego a algún dios dispuesto a escuchar mis súplicas que yo fuera capaz de ofrecerles un consuelo tan eficaz como ellos me lo ofrecieron a mí.

A veces me armaba de valor y me desplazaba hasta Rávena, en Italia, para contemplar las maravillosas iglesias con mosaicos tan magníficos como los que había admirado en Constantinopla. Pero jamás me atreví a adentrarme más en mi país natal. Temía presenciar la destrucción de todo cuanto había existido allí en otro tiempo.

En cuanto a las noticias del mundo que averiguaba a través de mis amigos, casi todas me partían el corazón.

Constantinopla había abandonado a Italia y sólo el Papa de Roma seguía manteniéndose firme contra los invasores. Los árabes islámicos parecían haber conquistado el mundo entero, incluida la Galia. Posteriormente, Constantinopla desencadenó una crisis a propósito de la validez de las imágenes sagradas, condenándolas sin más, lo cual llevó a la destrucción masiva de los mosaicos y los iconos en las iglesias, una guerra odiosa contra el arte que me abrasó el alma.

Por fortuna, el Papa de Roma se negó a aceptar la situación y, volviendo la espalda oficialmente al Imperio oriental, se alió con los francos.

Esto marcó el fin del sueño del gran Imperio que comprendía a Oriente y Occidente. Y marcó también el fin de mi sueño de que Bizancio lograra preservar la civilización que antaño había preservado Roma.

Pero no marcó el fin del mundo civilizado. Hasta yo, el patricio romano amargado, tuve que reconocerlo.

No tardó en surgir entre los francos un gran líder, llamado Carlomagno, quien consiguió numerosas victorias en su empeño de mantener la paz en Occidente. A su alrededor se formó una corte en la que se alentaba la afición a la antigua literatura latina, como si se tratara de una frágil llama.

Pero, en términos generales, fue la Iglesia quien mantuvo vivos los aspectos de la cultura que habían formado parte del mundo romano y que yo había conocido de niño. No dejaba de ser una ironía que el cristianismo, esa religión rebelde, nacida del martirio durante la Pax Romana, se encargara ahora de preservar los textos antiguos, la lengua antigua, la poesía antigua y el lenguaje antiguo.

A medida que transcurrían los siglos, me hice más fuerte; todas mis dotes sobrenaturales se intensificaron. Mientras yacía en la cámara subterránea junto a la Madre y el Padre, oía las voces de la gente en ciudades remotas. A veces oía a un bebedor de sangre pasar cerca de mí. Oía pensamientos y oraciones.

Por fin me fue dado el don de las nubes. Ya no tenía que escalar la ladera para llegar al santuario subterráneo. Me bastaba con desear alzarme desde la carretera, y al cabo de unos instantes me hallaba ante la puerta oculta del pasadizo. Era terrorífico y al mismo tiempo fascinante recorrer grandes distancias cuando me sentía con las fuerzas necesarias para hacerlo, cosa que ocurría cada vez más a menudo.

A todo esto, había empezado a aparecer en esta tierra que antaño había sido el territorio de tribus guerreras un gran número de castillos y monasterios.

Gracias al don de las nubes, podía visitar las elevadas cumbres sobre las que habían sido erigidas estas maravillosas estructuras y en ocasiones incluso penetraba en su interior.

Era un nómada que vagaba a través de la eternidad, un espía de corazones. Era un bebedor de sangre que no sabía nada de la muerte ni, en última instancia, del tiempo.

A veces mudaban los vientos. Yo seguía vagando a través de las vidas de otros. Como de costumbre me dedicaba a pintar para los que debían ser custodiados en el santuario oculto en la montaña, esta vez cubriendo los muros con imágenes de antiguos egipcios que acudían a ofrecer sacrificios, y guardaba allí mis escasos libros, que me reconfortaban el alma.

A menudo espiaba a los monjes en los monasterios. Me deleitaba observándoles escribir, y me consolaba comprobar que conservaban las antiguas poesías griegas y romanas a buen recaudo. Al amanecer, penetraba en las bibliotecas, donde una figura encapuchada, inclinada sobre el atril, leía viejos poemas e historia de mi época.

Jamás descubrieron mi presencia. Era muy hábil. Muchas noches me quedaba fuera de la capilla escuchando los cánticos de los monjes, lo que me daba una gran paz interior, al igual que pasear por los claustros o escuchar el tañido de las campanas.

El arte de Grecia y Roma que tanto me gustaba había sido sustituido por un severo arte religioso. Las proporciones y el naturalismo no tenían ya importancia. Lo importante era que las imágenes plasmadas evocaran la devoción a Dios.

Las figuras humanas, pintadas o talladas en piedra, solían ser grotescamente enjutas, con ojos saltones de mirada fija. Imperaba una espantosa fealdad, aunque no por falta de conocimientos ni destreza, pues los manuscritos estaban decorados con una admirable minuciosidad y los monasterios e iglesias eran construidos con gran esfuerzo. Quienes realizaban esas obras de arte podrían haber creado cualquier cosa. Era una decisión voluntaria. El arte no debía ser sensual, sino piadoso. El arte debía ser solemne y austero. Y así fue como se perdió el mundo clásico.

Sin duda descubrí numerosos prodigios en este nuevo mundo, no puedo negarlo. Utilizando el don de las nubes, viajé para contemplar las grandes catedrales góticas, cuyos elevados arcos superaban todo cuanto había contemplado con anterioridad. La belleza de esas catedrales me asombraba. Me maravillaban los mercados que proliferaban en toda Europa. Daba la impresión de que el comercio y la artesanía habían aportado a las tierras una estabilidad que la guerra no había logrado imponer.

En toda Europa se hablaban nuevas lenguas. El francés era la lengua de la élite, pero también se hablaba inglés, alemán e italiano.

Fui testigo de todos esos hechos, pero no vi nada. Por fin, quizás hacia el año 1200 (no estoy seguro), me acosté en la cámara subterránea para sumirme en un sueño prolongado.

Estaba cansado del mundo y había adquirido una fuerza increíble. Confesé mis intenciones a los que debían ser custodiados. Después de decirles que las lámparas acabarían apagándose y que todo quedaría sumido en la oscuridad, les rogué que me perdonaran. Estaba fatigado. Deseaba dormir durante mucho tiempo.

Mientras dormía, averigüé muchas cosas. Mi oído sobrenatural estaba demasiado aguzado para permitirme yacer envuelto en el silencio. No podía escapar a las voces de los que gritaban, ya fueran bebedores de sangre o humanos. No podía escapar al decurso de la historia del mundo.

Permanecí así en el elevado paso alpino donde me ocultaba. Oí las plegarias de Italia y las de la Galia, que se había convertido en un país llamado Francia.

Oí los lamentos de las almas que padecían la terrible enfermedad del siglo XIV conocida como la peste bubónica.

En la oscuridad abrí los ojos. Escuché. Quizás incluso estudié. Por fin me desperté y, temiendo por la suerte que hubiera corrido el mundo, bajé a Italia. Tenía que ver con mis propios ojos la tierra que tanto amaba. Tenía que regresar.

Llegué a una ciudad que no había conocido antes, una ciudad nueva que no existía en tiempos de los Césares. Era un gran puerto. Es más, seguramente era la ciudad más grande de toda Europa. Se llamaba Venecia. La peste había penetrado en ella a través de los barcos anclados en su puerto; miles de ciudadanos la habían contraído y estaban gravemente enfermos.

Yo no la había visitado nunca; habría sido demasiado doloroso. Cuando entré en Venecia hallé una ciudad repleta de soberbios palacios construidos junto a sus canales de color verde oscuro, pero la peste se había apoderado de sus habitantes, que morían a diario por decenas. Los transbordadores se llevaban a los cadáveres para enterrarlos bajo tierra en las islas de la inmensa laguna de la ciudad.

Todo estaba presidido por los gemidos y la desolación. Las personas se congregaban en los cuartos de los enfermos para morir, con los rostros cubiertos de sudor, los cuerpos atormentados por una hinchazón incurable. El hedor de los cadáveres putrefactos lo impregnaba todo. Algunos trataban de huir de la ciudad y de la plaga. Otros permanecían junto a sus seres queridos aquejados por la enfermedad.

Yo jamás había contemplado una plaga semejante. Con todo, ésta había irrumpido en una ciudad de un esplendor tan increíble que me sentí a un tiempo profundamente apenado y maravillado por la belleza de los palacios y la espléndida iglesia de San Marco, la cual daba fe de los vínculos que mantenía la ciudad con Bizancio, adonde enviaba sus numerosos barcos mercantes.

No veía sino desconsuelo en aquel lugar. No era el momento de contemplar a la luz de las antorchas los cuadros y las estatuas que para mí representaban una novedad. Por despreciable que yo fuera en otros aspectos, tenía que partir por respeto a los moribundos.

De modo que me dirigí hacia el sur, a otra ciudad que no había conocido en mi vida mortal, concretamente Florencia, en la Toscana, una tierra muy hermosa y fértil.

Debo precisar que en aquellos momentos evitaba a toda costa ir a Roma. No soportaba ver de nuevo mi hogar sumido en la ruina y el dolor. No soportaba ver Roma azotada por esa plaga.

De modo que decidí ir a Florencia, como he dicho, una ciudad nueva para mí y próspera, aunque quizá no fuera tan opulenta como Venecia, ni tan bella, aunque estaba llena de imponentes palacios y calles pavimentadas.

Pero allí me topé también con la temible peste. Algunos individuos sin escrúpulos exigían dinero por retirar los cadáveres y con frecuencia golpeaban a los moribundos o a quienes trataban de atenderlos. En la puerta de algunas casas yacían hasta siete u ocho cadáveres. Los sacerdotes iban y venían a la luz de las antorchas, tratando de administrar la extremaunción. Todo estaba invadido por el mismo hedor que en Venecia, el hedor que proclamaba que el fin se hallaba próximo.

Cansado y compungido, entré en una iglesia situada cerca del centro de Florencia, aunque no sé de qué iglesia se trataba. Me apoyé en la pared, frente al distante tabernáculo iluminado por las velas, y me hice la pregunta que se hacían muchos mortales que rezaban: «¿Qué será de este mundo?»

Había presenciado la persecución de los cristianos; había visto a los bárbaros saquear ciudades; había asistido a las disputas entre Oriente y Occidente, hasta que por fin habían roto toda relación; había visto a los soldados islámicos entablar una guerra santa contra el infiel; y después de todo eso veía esa enfermedad que se propagaba por todo el mundo.

¡Y qué mundo! Un mundo que había experimentado un enorme cambio desde el año en que yo había huido de Constantinopla. Las ciudades europeas presentaban un aspecto pujante y floreciente. Las hordas bárbaras se habían convertido en pueblos civilizados. Bizancio seguía manteniendo unidas a las ciudades de Oriente.

¡Y ahora todo estaba invadido por esa terrible plaga!

«¿Por qué sigo vivo? —me pregunté—. ¿Por qué debo ser testigo de tantos hechos trágicos y maravillosos?» ¿Qué conclusión debía sacar de lo que contemplaba?

Pese a mi dolor, admiré la belleza de la iglesia iluminada por un sinfín de velas, y al divisar un toque de color a cierta distancia, en una de las capillas situadas a la derecha del altar mayor, me dirigí hacia allí, convencido de que encontraría otras espléndidas pinturas, pues había atisbado una parte de las mismas.

Ninguno de los fieles que rezaban devotamente en la iglesia reparó en mí: un ser cubierto con una capa roja provista de capucha, que se dirigía silenciosa y rápidamente hacia la capilla para contemplar las pinturas que contenía.

Lamenté que el resplandor de las velas no fuera más intenso. Lamenté no atreverme a encender una antorcha. Pero tenía los ojos de un bebedor de sangre, por lo que mis quejas estaban fuera de lugar. En la capilla vi unas figuras pintadas totalmente distintas de todas cuantas había contemplado hasta entonces. Eran unas figuras religiosas, sí, y severas, sí, y piadosas, sí, pero exhalaban un rasgo novedoso, algo que casi podría calificarse de sublime.

Constituían una mezcla de elementos. Pese a la congoja que me embargaba, experimenté una inmensa alegría, hasta que oí a mi espalda una voz grave, una voz mortal. Se expresaba con tal suavidad que dudo que otro mortal la hubiera oído.

—Está muerto —dijo el mortal—. Todos están muertos, todos los pintores que realizaron esta obra.

Sentí un dolor que me sobrecogió.

—Se los llevó la peste —dijo el hombre.

Era una figura cubierta con una capucha, igual que yo, pero su capa era de un color más oscuro. Me miró con ojos relucientes y febriles.

—No temas —dijo—. He padecido la enfermedad, pero no me ha matado y ya no puedo contagiar a nadie. Pero todos esos pintores han muerto. Han desaparecido. La peste se los ha llevado a ellos y sus conocimientos.

—¿Y tú? —pregunté—. ¿Eres pintor?

El individuo asintió con la cabeza.

—Ellos fueron mis maestros —respondió, señalando los muros—. Ésta es nuestra obra inacabada —dijo—. No puedo terminarla yo solo.

—Debes hacerlo —dije— Saqué unas monedas de oro de mi talego y se las entregué.

—¿Crees que esto me ayudará? —preguntó abatido.

—Es cuanto puedo darte —respondí—. Quizá te permita adquirir un poco de intimidad y silencio, y puedas ponerte a pintar de nuevo.

Me volví para marcharme.

—No me dejes —dijo el individuo de pronto.

Di media vuelta y lo miré. Él me miró a los ojos con insistencia.

—Todo el mundo se muere menos tú y yo —dijo—. No te vayas. Acompáñame, beberemos unas copas de vino juntos. Quédate conmigo.

—No puedo —contesté. Temblaba. Me sentía demasiado atraído

por él. Estaba a punto de matarlo—. Si pudiera, me quedaría contigo —dije.

Acto seguido abandoné Florencia y regresé a la cámara subterránea de los que debían ser custodiados.

Me tumbé para sumirme de nuevo en un sueño prolongado, sintiéndome un cobarde por no haber ido a Roma y aliviado por no haber bebido la sangre de aquella alma exquisita que me había abordado en la iglesia.

Pero algo había cambiado para siempre en mí.

En la iglesia de Florencia había contemplado un estilo pictórico nuevo. Había visto algo que me había llenado de esperanza.

Haz que la peste desaparezca, rogué, y cerré los ojos.

La peste desapareció por fin.

Y todas las voces de Europa cantaban.

Cantaban a las nuevas ciudades, las grandes victorias y las terribles derrotas. Todo en Europa experimentó una transformación. El comercio y la prosperidad propiciaban el arte y la cultura, al igual que habían hecho las cortes regias, las catedrales y los monasterios del pasado reciente.

Cantaban a un hombre llamado Gutenberg, que vivía en la ciudad de Maguncia y había inventado una imprenta mediante la cual podían obtenerse centenares de libros a bajo coste. Las personas comunes y corrientes podían poseer un ejemplar de las Sagradas Escrituras, libros de horas, libros de historias cómicas y de hermosas poesías. En toda Europa habían comenzado a construirse imprentas.

Cantaban la trágica caída de Constantinopla ante el invencible ejército turco. Pero las orgullosas ciudades de Occidente ya no dependían del lejano Imperio griego para que las defendiera. El lamento por Constantinopla no surtió efecto.

Italia, mi Italia, estaba iluminada por la gloria de Venecia, Florencia y Roma.

Había llegado el momento de que abandonara la cámara subterránea

Me desperté de mis exaltados sueños.

Había llegado el momento de contemplar por mí mismo ese mundo que marcó su época como el año 1482 después de Cristo.

Ignoro por qué elegí ese año, como no fuera porque las voces de Venecia y Florencia me llamaban y porque había contemplado con anterioridad esas ciudades sumidas en las tribulaciones y el dolor y ansiaba desesperadamente contemplarlas en su esplendor.

Pero antes debía regresar a casa, emprender el camino hacia Roma.

Así pues, encendí de nuevo las lámparas de aceite para mis amados Padres, limpié los adornos de sus frágiles vestiduras, rezándoles como hacía siempre, y me marché para penetrar en una de las épocas más interesantes que ha vivido el mundo occidental.

14

Fui a Roma. Estaba obligado a hacerlo.

Lo que vi allí me hirió profundamente, pero al mismo tiempo me dejó asombrado. Se había convertido en una ciudad inmensa y activa, llena de comerciantes y artesanos que trabajaban con ahínco en la construcción de imponentes palacios para el Papa y sus cardenales y otros hombres acaudalados.

El antiguo Foro y el Coliseo seguían en pie. Había numerosas ruinas reconocibles de la Roma imperial, entre ellas el Arco de Constantino, pero eran saqueadas constantemente con la finalidad de utilizar sus piedras antiguas para erigir nuevos edificios. No obstante, muchos expertos se dedicaban a estudiar esas ruinas y exigían que se conservaran intactas.

Todo el empeño de la época consistía en preservar los restos de los tiempos pretéritos en los que yo había nacido, en aprender de ellos e imitar su arte y su poesía. El vigor de aquel movimiento superó incluso mis esperanzas.

¿Cómo expresarlo con mayor claridad? Esta época próspera, consagrada al comercio y a la banca, en la que miles de personas lucían ropas de grueso y suntuoso terciopelo, se había enamorado de la belleza de las antiguas Roma y Grecia.

Durante los largos y tediosos siglos que permanecí acostado en mi cámara subterránea, jamás imaginé que fuera a producirse semejante inversión de la tendencia. Me sentía tan entusiasmado por esos hechos que no hacía otra cosa que caminar por las calles embarradas, abordando a mortales con la máxima cortesía para preguntarles qué ocurría a su alrededor y qué opinaban sobre los tiempos que les había tocado vivir.

Por supuesto, conocía la nueva lengua, el italiano, que derivaba del latín; enseguida me acostumbré a oírla y a expresarme en ella. No era una lengua desagradable. Por el contrario, era muy hermosa, aunque no tardé en darme cuenta de que los eruditos estaban versados en latín y en griego.

Gracias a la multitud de respuestas que obtuve a mis preguntas, averigüé también que Florencia y Venecia eran consideradas mucho más avanzadas que Roma en su renacimiento espiritual, pero si el Papa se salía con la suya la situación no tardaría en cambiar.

El Papa ya no era tan sólo un gobernante cristiano, sino que estaba empeñado en que Roma fuera una capital auténticamente cultural y artística. No sólo deseaba completar las obras de la nueva basílica de San Pedro, sino que había iniciado unos trabajos en la Capilla Sixtina, una gigantesca empresa dentro de sus muros palaciegos.

El Pontífice había mandado llamar a varios artistas de Florencia para que pintaran unos frescos, y la gente estaba impaciente por contemplarlos y juzgar sus méritos.

Yo pasaba tanto tiempo como podía en las calles y las tabernas escuchando los rumores sobre ese asunto, y me dirigí al palacio papal decidido a contemplar con mis propios ojos la Capilla Sixtina.

Aquélla fue una noche memorable para mí.

Durante los largos y tenebrosos siglos transcurridos desde que había abandonado a mi amada Zenobia y a Avicus, había dejado que varios mortales y varias obras de arte conquistaran mi corazón, pero nada de cuanto había experimentado era comparable a lo que sentí cuando entré en la Capilla Sixtina.

No me refiero a Miguel Ángel, conocido en todo el mundo por su trabajo en ella, puesto que Miguel Ángel era un niño en esa época. Aún faltaba mucho para que realizara su obra en la Capilla Sixtina.

No, no fue la obra de Miguel Ángel lo que contemplé en esa noche memorable. Olvídate de Miguel Ángel.

Lo que me impresionó fue la obra de otro.

No me fue difícil entrar sin que los guardias repararan en mí, tras lo cual penetré en el inmenso rectángulo de esa augusta capilla, que no estaría abierta al público en general sino destinada a la celebración de importantes ceremonias cuando finalizaran las obras.

Entre los numerosos frescos que adornaban los muros, me llamó poderosamente la atención uno en el que aparecían unas figuras espléndidamente pintadas, relacionadas con el mismo anciano de aire digno, cuya cabeza emitía una luz dorada, representado en tres grupos distintos de figuras que respondían a sus órdenes.

Nada me había preparado para contemplar el naturalismo con que habían sido pintadas las múltiples figuras, las expresiones vívidas pero dignas de sus rostros y la elegancia y el detalle de las prendas drapeadas que las vestían.

Había una gran turbulencia entre esos tres grupos de personas exquisitamente plasmados, al tiempo que la figura de cabello canoso con la luz dorada irradiando de su cabeza les ordenaba que hicieran algo, las reprendía o las corregía con expresión severa y sosegada.

Todo existía en una armonía que jamás pude haber imaginado, y aunque la exquisitez de las figuras garantizaba que era una obra maestra, detrás de las mismas aparecía la extraordinaria recreación de un paisaje selvático y un mundo indiferente.

Dos grandes buques de la época actual estaban amarrados en un lejano puerto, más allá de los barcos se alzaban unas elevadas montañas bajo un espléndido cielo azul, y a la derecha aparecía el arco de Constantino, que aún seguía en pie en Roma, con todo detalle, como si nunca hubiera sido destruido, y las columnas de otro edificio romano, otrora magnífico y ahora reducido a un fragmento que se alzaba orgulloso, aunque detrás del mismo aparecía un castillo tenebroso.

¡Qué complejidad, qué inexplicables combinaciones, qué tema tan extraño! Y sin embargo, los rostros humanos eran soberbios, las manos estaban exquisitamente plasmadas.

Creí enloquecer al contemplar aquellos rostros, aquellas manos.

Deseaba disponer de varias noches para memorizar esa pintura. Deseaba detenerme a escuchar en los portales a los eruditos para que me explicaran qué significaba aquello, pues yo era incapaz de descifrarlo. Necesitaba adquirir los conocimientos pertinentes para interpretar esa obra. Pero, ante todo, su extraordinaria belleza me conmovió hasta lo más profundo de mi alma.

De improviso, todos mis años lóbregos se desvanecieron como si hubieran encendido en la capilla un millar de velas.

—¡Ah, Pandora, ojalá pudieras contemplar esto! —murmuré en voz alta—. ¡Ojalá pudieras admirarlo!

Había otras pinturas en la inacabada Capilla Sixtina. Las contemplé superficialmente y me detuve ante otras dos ejecutadas por el mismo maestro, tan mágicas como la primera.

Contenían también multitud de personas, todas ellas dotadas de rostros divinos. Su vestimenta estaba plasmada con una profundidad escultural. Y aunque en más de un lugar de aquel exquisito fresco reconocí a Jesucristo acompañado por ángeles alados, fui tan incapaz de interpretar esas pinturas como la primera.

En última instancia, no importaba lo que significaran. Me llenaban por completo. En una aparecían dos doncellas plasmadas con una profunda sensibilidad, y a la vez con una gran sensualidad que me asombró.

El arte antiguo de las iglesias y los monasterios jamás habría permitido eso. Es más, había eliminado por completo la carnalidad.

Pero allí, en esa capilla del Papa, aparecían esas damiselas, una de espaldas y la otra de frente, con una expresión soñadora en sus ojos.

—Te he encontrado, Pandora —murmuré—. Te he encontrado en tu juventud y en tu eterna belleza. Estás aquí, plasmada en el muro.

Me volví de espaldas a los frescos y empecé a pasearme por la capilla. Luego regresé hacia ellos y me puse a examinarlos con las manos alzadas, procurando no tocarlos, moviendo simplemente las manos sobre ellos, como si tuviera que mirarlos no sólo a través de mis ojos sino también de las manos.

Tenía que averiguar qué pintor los había realizado. Tenía que contemplar su obra. Me había enamorado de él. ¿Sería un anciano? ¿Estaría vivo o muerto? Tenía que averiguarlo.

Salí de la capilla sin saber cómo averiguar qué artista había realizado esas obras maestras, pues no podía despertar al Papa para preguntárselo. En una calle sombría, en la cima de una cuesta, me topé con un malvado, un borracho que caminaba a zancadas dispuesto a clavarme un puñal, y me bebí su sangre con una voracidad que no había experimentado en muchos años.

Pobre y desdichada víctima. Me pregunto si al succionar su sangre le transmití un atisbo de esas pinturas.

Recuerdo bien aquel momento, pues me hallaba en lo alto de una angosta escalera que descendía por la cuesta hasta la plaza que se extendía a mis pies y, mientras la sangre me reconfortaba, pensé tan sólo en esas pinturas y sentí deseos de regresar a la capilla de inmediato.

Algo me interrumpió en aquel momento. Oí con claridad a un bebedor de sangre junto a mí, el paso vacilante de un vampiro joven. ¿De unos cien años? Calculé que no tendría más. Ese ser quería que yo supiera que se encontraba allí.

Me volví y vi a un individuo alto, musculoso y con el cabello oscuro, vestido con hábito de monje. Tenía el rostro blanco y no hacía nada por disimularlo. En torno al cuello lucía un reluciente crucifijo de oro boca abajo.

—¡Marius! —murmuró.

—Maldito seas —contesté. ¡Por todos los cielos! ¿Cómo sabía mi nombre?—. Seas quien seas, márchate y déjame en paz. Aléjate de mí. Te lo advierto: no permanezcas en mi presencia si deseas vivir.

—¡Marius! —repitió él, avanzando hacia mí—. No te temo. He acudido a ti porque te necesitamos. Ya sabes quiénes somos.

—¡Adoradores de Satanás! —le espeté—. He visto el absurdo adorno que llevas alrededor del cuello. Si Cristo existe, ¿crees acaso que va a fijarse en ti? De modo que seguís organizando vuestros estúpidos cónclaves y propagando vuestras mentiras, ¿no es así?

—¿Estúpidos? —replicó con calma—. Jamás hemos sido estúpidos. Al servir a Satanás, cumplimos la labor de Dios. Sin Satanás, no existiría Cristo.

—Aléjate de mí —contesté con un gesto ambiguo—. No quiero saber nada de vosotros.

En mi corazón se ocultaba el secreto de los que debían ser custodiados. Pensé en las pinturas de la Capilla Sixtina. Aquellas hermosas figuras, aquellos colores...

—¿Es que no lo entiendes? —dijo el vampiro—. Si un ser tan viejo y poderoso como tú aceptara convertirse en nuestro líder, seríamos una legión en las catacumbas de esta ciudad. Pero, por desgracia, sólo somos unos pocos.

Sus ojos grandes y negros reflejaban un inevitable fanatismo. Su espeso cabello negro relucía bajo la tenue luz. Pese a ir cubierto de polvo y suciedad, era un ser atractivo. Sus ropas exhalaban el olor de las catacumbas. Todo él exhalaba el olor de la muerte, como si se hubiera tendido junto a unos restos mortales. Pero era apuesto, de complexión atlética y bien proporcionado, como Avicus. Se parecía mucho a él.

—¿Queréis ser una legión? —le pregunté—. ¡Qué disparate! Yo estaba vivo cuando nadie hablaba ni de Satanás ni de Jesucristo. Sois unos meros bebedores de sangre que os inventáis historias. ¿Cómo se te ha ocurrido que yo accedería a ser vuestro líder?

Él se acercó y observé su rostro con más claridad. Rebosaba exuberancia y sinceridad. Permanecía erguido con aire orgulloso.

—Ven a vernos a las catacumbas —dijo—, ven y participarás en nuestro ritual. Ven mañana por la noche a cantar con nosotros antes de que vayamos en busca de unas presas. —Se expresaba apasionadamente y aguardó en silencio mi respuesta. No era estúpido, ni mucho menos, y no parecía cruel como los otros seguidores de Satanás a quienes yo había visto hacía unos siglos.

Meneé la cabeza para manifestar mi negativa, pero él insistió.

—Me llamo Santino —dijo—. Hace cien años que oigo hablar de

ti. He soñado con el momento en que tú y yo nos encontraríamos. Satanás ha querido que nos encontráramos. Es preciso que seas nuestro líder. Sólo te ofrecería este puesto a ti. —Tenía una voz refinada, bien modulada, y hablaba italiano con un acento muy elegante—. Ven a ver a mis seguidores, que adoran a la Bestia con todo fervor. La Bestia desea que te erijas en nuestro cabecilla. Es el deseo de Dios.

Me sentí asqueado. Los despreciaba a él y a sus seguidores, pero advertí en él cierta erudición, además de inteligencia y un atisbo de discernimiento y de sentido del humor.

Deseé que Avicus y Mael hubieran estado presentes para acabar con él y con toda su tribu.

—¿Qué te hace pensar que me seduce presidir tu guarida con su centenar de calaveras? —insistí—. Esta noche he visto unas pinturas tan bellas que no puedo describírtelas. Unas obras magníficas de un colorido y un esplendor inigualables. Esta ciudad que me rodea está llena de atractivos a cual más fabuloso.

—¿Dónde has visto esas pinturas? —preguntó Santino.

—En la capilla del Papa —respondí.

—Pero ¿cómo te has atrevido a ir allí?

—No he tenido dificultades para entrar. Puedo enseñarte a utilizar tus poderes...

—Pero nosotros somos criaturas de las tinieblas —declaró él con toda naturalidad—. No debemos entrar nunca en lugares iluminados. Dios nos ha condenado a permanecer en las sombras.

—¿Qué dios? —inquirí—. Yo voy a donde me apetece. Bebo la sangre de los malvados. El mundo me pertenece. ¿Y me pides que te acompañe bajo tierra? ¿Que me meta en una catacumba llena de calaveras? ¿Me pides que gobierne a unos bebedores de sangre en nombre de un demonio? Eres demasiado listo para tu credo, amigo mío. Renuncia a él.

—No —contestó, meneando la cabeza y retrocediendo—. ¡Nuestra pureza es satánica! —dijo—. Por más que utilices tu poder y tus trucos, no conseguirás tentarme para que renuncie a ella. Estoy dispuesto a acogerte entre nosotros.

Le había tocado una fibra sensible. Lo vi en sus ojos negros. Se sentía atraído por mí, por mis palabras, pero se negaba a reconocerlo.

—Jamás seréis una legión —dije—. El mundo no lo consentirá. No sois nada. Renuncia a tus supercherías. No obligues a otros bebedores de sangre a unirse a esa absurda cruzada.

Santino se aproximó más, como si deseara situarse bajo la luz. Me miró a los ojos, sin duda tratando de adivinar mis pensamientos sin conseguirlo. Sólo sabía lo que yo mismo le revelaba con palabras.

—Somos unos superdotados —dije—. ¡Hay tanto que observar, que aprender! Deja que te lleve a la capilla del Papa para contemplar las pinturas de las que te he hablado.

Santino se acercó un paso más y observé que había mudado de expresión.

—¿Dónde están los que deben ser custodiados? —preguntó.

Fue como si me hubiera asestado un contundente golpe. ¡De modo que otro conocía el secreto, un secreto que yo había guardado celosamente durante mil años!

Tensé la mandíbula y me precipité hacia él, pero se zafó de mí con una rapidez asombrosa.

Eché a correr tras él, lo atrapé y, tras obligarlo a volverse, lo conduje a rastras hasta lo alto de la estrecha escalera de piedra que conducía al pie de la cuesta.

—No vuelvas a acercarte a mí, ¿entendido? —le espeté mientras él se debatía con desespero para soltarse—. Si quisiera, podría matarte prendiéndote fuego con la mente —dije—. ¿Por qué no lo hago? ¿Por qué no os liquido a todos? ¡No sois más que unas inmundas sabandijas! No lo hago porque detesto la violencia y la crueldad, aunque eres más malvado que el mortal al que he matado esta noche para saciar mi sed.

Santino se revolvía frenéticamente para liberarse de mí, pero, por supuesto, no tenía la menor posibilidad de conseguirlo.

¿Por qué no lo destruía? ¿Tan obsesionado estaba con aquellas maravillosas pinturas? ¿Estaba ya tan adaptado al mundo mortal que me horrorizaba caer de nuevo en esa cloaca?

No lo sé.

Lo único que sé es que lo arrojé escaleras abajo. Santino dio varias vueltas de campana, torpemente, grotescamente, hasta que al llegar abajo se incorporó.

Me miró lleno de odio.

—¡Maldito seas, Marius! —dijo, haciendo gala de un sorprendente y admirable valor—. Malditos seáis tú y el secreto de los que deben ser custodiados.

Su descaro me dejó atónito.

—¡Te lo advierto, Santino, alejaos de mí! —exclamé, mirándolo desde lo alto de la escalera—. Caminad errantes a través del tiempo. Sed testigos de todas las espléndidas y hermosas obras humanas, sed auténticos inmortales, no unos adoradores de Satanás, no siervos de un dios que os arrojará a un infierno cristiano. Pero, hagáis lo que hagáis, no os acerquéis a mí.

Santino permaneció plantado, mirándome furioso.

Entonces se me ocurrió enviarle una pequeña advertencia, suponiendo que lo lograra. En cualquier caso, decidí intentarlo.

Invoqué el don del fuego. Al sentir cómo se intensificaba, lo sofoqué un poco y se lo envié, ordenando que le chamuscara el borde de la toga negra.

El tejido que le rozaba los pies empezó a arder en el acto y Santino retrocedió espantado.

Detuve el fuego.

Santino comenzó a girar, aterrorizado, mientras se arrancaba la toga que ardía, y se quedó allí de pie, cubierto con una larga túnica blanca, contemplando la prenda chamuscada que había arrojado al suelo.

Me miró de nuevo sin mostrar el menor temor, pero furioso e impotente.

—Ahora ya sabes lo que puedo hacerte —dije—. No vuelvas a acercarte a mí.

Acto seguido, di media vuelta y me marché.

Me estremecí al pensar en él y sus seguidores. Me estremecí al pensar que tendría que volver a utilizar el don del fuego al cabo de tantos años. Me estremecí al recordar la matanza de los esclavos de Eudoxia.

Aún no era medianoche.

Ansiaba contemplar el espléndido nuevo mundo de Italia. Ansiaba conocer a los brillantes eruditos y a los artistas de la época. Ansiaba visitar los imponentes palacios de los cardenales y demás habitantes poderosos de la Ciudad Eterna, que se había alzado de nuevo de sus cenizas al cabo de tantos y penosos años.

Tras borrar de mi mente a aquel ser llamado Santino, me acerqué a uno de los nuevos palacios donde se celebraba una fiesta, un baile de máscaras con música, gente bailando y mesas repletas de comida.

No tuve problema alguno para entrar. Lucía la elegante vestimenta de terciopelo de la época y, una vez dentro, me acogieron con la misma cordialidad que a cualquier otro invitado.

No tenía máscara, sólo mi rostro blanco que en sí mismo parecía una máscara y mi acostumbrada capa roja con capucha, que me distinguía del resto de los invitados convirtiéndome al mismo tiempo en uno de tantos.

La música era embriagadora. Las paredes estaban cubiertas de magníficas pinturas, aunque ninguna tan mágica como las que había visto en la Capilla Sixtina. Los invitados eran muy numerosos e iban suntuosamente ataviados.

Enseguida entablé conversación con unos jóvenes eruditos, que conversaban acaloradamente de pintura y poesía, y les formulé mi estúpida pregunta: ¿quién había realizado los soberbios frescos de la Capilla Sixtina que acababa de contemplar?

—¿Habéis visto esas pinturas? —me preguntó uno de los asistentes—. No lo creo. A nosotros no nos han permitido contemplarlas. Describidme lo que habéis visto.

Describí las pinturas con todo detalle pero con sencillez, como un escolar.

—Las figuras son extraordinariamente delicadas —dije—, tienen un rostro sensible y, aunque están plasmadas con suma naturalidad, son algo más alargadas de lo normal.

Los invitados que me rodeaban rieron de buena gana.

—Algo más alargadas de lo normal —repitió uno de los eruditos de más edad.

—¿Quién ha realizado esas pinturas? —pregunté en tono implorante—. Deseo conocer a ese hombre.

—Pues tendréis que ir a Florencia para conocerlo —contestó el anciano erudito—. Se trata de Botticelli, y ya se ha marchado a casa.

—Botticelli —murmuré. Me pareció un nombre extraño, casi ridículo. En italiano significa «barrilete», pero para mí equivalía a perfección.

—¿Estáis seguro de que ha sido Botticelli? —pregunté.

—Desde luego —respondió el anciano erudito. Los otros asintieron también con la cabeza—. Todos estamos admirados de su maestría. Por eso le mandó llamar el Papa. Permaneció aquí dos años trabajando en la Capilla Sixtina. Todo el mundo conoce a Botticelli. En estos momentos, sin duda está tan atareado en Florencia como lo estuvo aquí.

—Deseo verlo con mis propios ojos —dije.

—¿Quién sois? —me preguntó uno de los eruditos.

—Nadie —murmuré—. Nadie en absoluto.

Mi salida provocó un coro de carcajadas, que se confundían deliciosamente con la música que sonaba a nuestro alrededor y el resplandor de la multitud de velas.

Me sentí embriagado por el olor de los mortales y los sueños de Botticelli.

—Debo ir en busca de Botticelli —musité. Después de despedirme de todos, salí para alejarme en la oscuridad de la noche.

Pero ¿qué haría cuando me encontrara con Botticelli? ¿Qué afán me impulsaba a ir a su encuentro? ¿Qué me proponía?

Contemplar todas sus obras, sí, de eso estaba seguro, pero ¿qué otra cosa pretendía mi alma?

Mi soledad me parecía tan inmensa como mi edad, lo cual me aterrorizó.

Regresé a la Capilla Sixtina.

Dediqué el resto de la noche a examinar de nuevo los frescos.

Antes del amanecer, apareció un guardia. Permití que ocurriera. Utilicé el don de la seducción para convencerlo amablemente de que tenía todo el derecho de estar allí.

—¿Quién es esa figura que aparece en esas pinturas? —pregunté—. Ese anciano barbudo cuya cabeza emite una luz dorada.

—Moisés —respondió el guardia—. Moisés, el profeta. Estas pinturas están relacionadas con Moisés, y las otras con Jesucristo. ¿Veis esa inscripción? —añadió, señalando con el dedo.

No la había visto, pero entonces reparé en ella: *Las pruebas de Moisés, portador de la ley escrita.*

—Ojalá conociera mejor esas historias —dije suspirando—. Pero esas pinturas son tan exquisitas que la historia es lo de menos.

El guardia se encogió de hombros.

—¿Llegasteis a conocer a Botticelli cuando estuvo pintando aquí? —pregunté.

El hombre volvió a encogerse de hombros.

—Pero ¿no creéis que las pinturas poseen una belleza incomparable? —pregunté.

El guardia me miró con cara de tonto.

Entonces comprendí que estaba tan solo que me había puesto a conversar con aquel pobre hombre para tratar de hacerle comprender lo que yo sentía.

—En estos tiempos abundan las pinturas admirables —dijo.

—Sí, lo sé —respondí—. Pero no son como éstas.

Le di unas monedas de oro y abandoné la capilla.

Llegué a la cámara subterránea de los que debían ser custodiados justo antes de que amaneciera.

Cuando me tumbé a dormir soñé con Botticelli, pero era la voz de Santino lo que me obsesionaba. Lamenté no haberlo matado, lo cual, bien pensado, no era una reacción habitual en mí.

15

La noche siguiente fui a Florencia. Como es natural, me alegró comprobar que se había recuperado de los daños causados por la peste. Era una ciudad de gran prosperidad, dotada de mayor ingenio y energía que Roma.

No tardé en constatar lo que sospechaba: que la ciudad, puesto que se había desarrollado en torno al comercio, no había sufrido el descalabro de una época clásica, sino que se había hecho más fuerte a lo largo de los siglos al tiempo que la familia que la gobernaba, los Médicis, conservaban el poder por medio de una gran banca internacional.

Observé por doquier elementos del lugar, como sus monumentos arquitectónicos, sus pinturas interiores y sus brillantes eruditos, que me atraían poderosamente, pero nada podía impedirme descubrir la identidad de Botticelli y contemplar con mis propios ojos no sólo sus obras, sino al hombre.

No obstante, decidí atormentarme un poco. Alquilé unas habitaciones en un palacio situado junto a la plaza principal de la ciudad, contraté a un sirviente tan torpe como ingenuo para que se ocupara de mis costosas ropas, todas rojas, color que prefería y sigo prefiriendo a cualquier otro, me dirigí de inmediato a una librería y llamé con insistencia a la puerta hasta que el librero me abrió, tomó mi oro y me entregó los libros publicados recientemente sobre poesía, arte, filosofía y otros temas «que todo el mundo leía».

Luego me retiré a mis aposentos, me senté a leer a la luz de una lámpara y devoré cuanto pude sobre el pensamiento de mi siglo. Por último, me tendí en el suelo con la vista fija en el techo, abrumado por la vitalidad del retorno a las obras clásicas, el apasionado entusiasmo por los antiguos poetas griegos y romanos y la fe en la sensualidad que demostraba poseer la época presente.

Permite que haga un inciso para señalar que alguno de esos libros estaban impresos, gracias al prodigioso invento de la imprenta, y los examiné asombrado, aunque, al igual que muchos de mis coetáneos, prefería la belleza de los antiguos códices manuscritos. No deja de ser una ironía que, incluso después de haberse generalizado la utilización de la imprenta, la gente siguiera ufanándose de conservar libros manuscritos, pero me estoy alejando del tema que nos ocupa.

Hablaba del retorno a los antiguos poetas griegos y romanos, del entusiasmo de la época hacia los tiempos en que yo nací.

La Iglesia romana se había hecho extraordinariamente poderosa, tal como he apuntado.

Pero esta época era de fusión, a la vez que de una increíble expansión; una fusión que yo había observado en la pintura de Botticelli, llena de encanto y belleza natural, pese a haber sido creada para el interior de la capilla del Papa en Roma.

Hacia medianoche, salí de mis aposentos para comprobar que las tabernas hacían caso omiso del toque de queda y que los rufianes seguían pululando por la ciudad.

Me dirigí, aturdido, hacia una inmensa taberna repleta de jóvenes y alegres borrachines, donde un chico de mejillas sonrosadas tocaba el laúd. Me senté en un rincón, tratando de controlar mi desbordante entusiasmo, mis locas pasiones, pero tenía que ir en busca de Botticelli. Era preciso. Tenía que contemplar otras obras suyas.

¿Qué me lo impedía? ¿Qué temía? ¿Qué pensamientos pasaban por mi mente? Los dioses sabían bien que era una criatura con un control férreo. ¿Acaso no lo había demostrado mil veces?

¿No le había vuelto la espalda a Zenobia para mantener el secreto divino? ¿No sufría sistemática y justificadamente por haber abandonado a mi incomparable Pandora, a quien seguramente no volvería a ver?

Por fin, no pudiendo soportar más mis confusos pensamientos, me acerqué a un anciano que no cantaba junto con el coro de jóvenes.

—He venido en busca de un gran pintor —le dije.

El hombre se encogió de hombros y bebió un trago de vino.

—Yo era un gran pintor —repuso—, pero ya no lo soy. Lo único que hago es beber.

Me reí y pedí a la tabernera que le sirviera otra copa de vino. El anciano me dio las gracias con un gesto de la cabeza.

—El hombre que busco se llama Botticelli, según me han informado.

El anciano acogió mis palabras con una carcajada.

—Buscáis al pintor más grande de Florencia —comentó—. No os

costará dar con él. Siempre anda muy atareado, por más que suele tener el taller lleno de haraganes. Es posible que esté pintando en estos momentos.

—¿Dónde está su taller? —pregunté.

—Vive en la Via Nuova, una calle justo antes de la Via Paolino.

—Pero decidme... —Dudé unos instantes antes de proseguir—. ¿Qué clase de hombre es Botticelli? ¿Qué opináis de él?

El hombre volvió a encogerse de hombros.

—Ni bueno ni malo, pero tiene un gran sentido del humor. No es un tipo que deje una impronta en uno salvo a través de sus pinturas. Vos mismo lo comprobaréis cuando lo conozcáis. Pero no podréis contratarlo. Tiene muchos encargos.

Di las gracias al anciano, dejé unas monedas para que se tomara otras copas de vino y salí de la taberna.

Tras hacer algunas indagaciones, llegué a la Via Nuova. Un guardia nocturno me indicó el camino de la casa de Botticelli y señaló una vivienda bastante grande, aunque no era un palacio, en la que el pintor vivía con su hermano y la familia de éste.

Me detuve delante de la sencilla casa como si se tratara de un templo. Deduje que el taller estaba situado junto a la gran puerta que daba a la calle y estaba siempre abierta de día, y observé que todas las habitaciones de la planta baja y del piso superior estaban a oscuras.

¿Cómo podía penetrar en el taller? ¿Cómo podía contemplar el trabajo que realizaba en esos momentos? Sólo podía acercarme a ese lugar de noche. Maldije la noche como jamás lo había hecho.

Tendría que echar mano de unas monedas de oro. De unas monedas de oro y del don de la seducción, aunque no tenía ni remota idea de cómo lograría confundir al propio Botticelli.

De pronto, sin poder reprimirme, llamé a la puerta de la casa.

Naturalmente, nadie respondió, y llamé de nuevo.

Por fin se encendió una luz en la ventana superior y oí unos pasos en el interior de la casa.

Al cabo de unos momentos, una voz preguntó quién era y qué quería.

¿Qué podía responder a esa pregunta? ¿Cómo podía mentir a alguien a quien reverenciaba? Pero tenía que entrar a toda costa.

—Marius el romano —contesté, inventándome ese nombre sobre la marcha—. Traigo una bolsa de oro para Botticelli. He visto sus pinturas en Roma y lo admiro mucho. Deseo entregarle la bolsa personalmente.

Se produjo una pausa. Oí voces detrás de la puerta. Dos hombres comentaban quién podía ser yo y por qué había dicho esa mentira.

Uno de los hombres era partidario de no abrir, pero el otro dijo que sentía curiosidad, descorrió el cerrojo y abrió la puerta. El otro sostuvo la lámpara en alto detrás de éste, por lo que sólo vi un rostro en sombras.

—Soy Sandro —dijo el hombre con sencillez—. Soy Botticelli. ¿Por qué me traéis una bolsa de oro?

Durante unos momentos me quedé estupefacto. Pero, pese a mi estupefacción, tuve la presencia de ánimo de mostrarle el oro. Le entregué la bolsa y lo observé mientras la abría en silencio y sostenía los florines en la mano.

—¿Qué queréis? —preguntó. El tono de su voz era tan sencillo como su talante. Era un hombre bastante alto. Tenía el pelo castaño claro y salpicado de canas, aunque no era viejo, unos ojos grandes de mirada compasiva, y la boca y la nariz bien formadas. Me miró sin enojo ni suspicacia, dispuesto a devolverme el oro. Calculo que no había cumplido los cuarenta años.

Traté de hablar, pero tartamudeé. Por primera vez en mi vida, que yo recuerde, me puse a tartamudear. Por fin logré expresarme con claridad.

—Permitidme entrar esta noche en vuestro taller —dije—. Permitidme contemplar vuestras pinturas. Es lo único que deseo.

—Podéis verlas de día —contestó encogiéndose de hombros—. Mi taller está siempre abierto. O en algunas iglesias. Mi obra se halla en todo Florencia. No tenéis que pagarme para contemplarla.

¡Qué voz tan sublime y honesta! Denotaba paciencia y ternura.

Lo miré con la misma atención con que había mirado sus pinturas. Pero él aguardaba una respuesta.

—Tengo mis motivos —dije, recobrando la compostura—. Tengo mis pasiones. Deseo contemplar vuestra obra ahora, si me lo permitís. Os ofrezco unas monedas de oro a cambio.

Botticelli sonrió e incluso profirió una breve carcajada.

—Aparecéis como si fueseis un Rey Mago —dijo—. Unas monedas de oro nunca vienen mal. Pasad.

Ésta era la segunda vez en mi larga existencia que me habían comparado con uno de los Reyes Magos de las Sagradas Escrituras, lo cual me complació.

Entré en la casa, que era más bien modesta. Botticelli tomó la lámpara de manos del otro hombre y lo seguí a través de una puerta lateral hasta su taller, donde depositó la lámpara sobre una mesa repleta de pinturas, pinceles y trapos.

Yo no podía apartar la vista de él. Ese hombre vulgar y corriente era quien había realizado las grandes pinturas en la Capilla Sixtina.

La luz se intensificó e iluminó toda la estancia. Sandro —ése era su nombre de pila— señaló a su izquierda, y cuando me volví hacia la derecha, creí volverme loco.

Un lienzo gigantesco cubría el muro, y a pesar de que había supuesto que contemplaría una pintura de carácter religioso, aunque sensual, poseía un rasgo distinto, inédito, que me dejó de nuevo estupefacto.

Era una pintura grandiosa, como he apuntado, compuesta de diversas figuras, pero, a diferencia de las pinturas romanas, cuyo tema me había confundido, el de esta obra lo conocía bien.

Allí no aparecían santos, ángeles, Cristos o profetas, no.

Tenía ante mis ojos una soberbia pintura de la diosa Venus, desnuda en todo su esplendor, con los pies apoyados en una concha, la dorada cabellera agitada por una leve brisa y los ojos de expresión soñadora mirando al frente. La acompañaban sus fieles servidores, el dios Céfiro, que con su soplo emite una brisa que la conduce a tierra firme, y una ninfa tan bella como la diosa que extiende la mano en señal de bienvenida desde tierra.

Respiré hondo y me cubrí la cara con las manos. Luego, cuando retiré las manos de mis ojos, comprobé que la pintura seguía allí.

Sandro Botticelli exhaló un leve suspiro de impaciencia. ¿Qué podía decirle yo sobre su extraordinaria obra? ¿Cómo podía expresarle la adulación que sentía?

—Si vais a decirme que os parece escandalosa y perversa —dijo Botticelli en tono grave y resignado—, no os molestéis, porque lo he oído mil veces. Si lo deseáis, os devolveré vuestro oro. Lo he oído mil veces.

Me volví y me postré de rodillas, tras lo cual le tomé las manos y se las besé procurando mantener los labios cerrados. Luego me levanté despacio, como un anciano, apoyándome en una rodilla y después en la otra, y seguí examinando durante largo rato la pintura.

Contemplé la figura perfecta de Venus, cuyas partes íntimas quedaban ocultas por su abundante cabellera. Contemplé a la ninfa con la mano tendida y sus voluminosos ropajes. Contemplé al dios Céfiro y a la diosa que lo acompañaba, y todos los minúsculos detalles de la pintura quedaron grabados en mi mente.

—¿Cómo es posible? —pregunté—. ¿Cómo es posible que, después de un período interminable de Cristos y Vírgenes, hayáis decidido por fin pintar un cuadro como éste?

Botticelli, aquel hombre paciente y discreto, profirió otra breve carcajada.

—Es cosa de mi patrono —dijo—. Yo no domino el latín. Me leen poesías. He pintado lo que me pidieron que pintara. —Se detuvo. Parecía preocupado—. ¿Os parece un cuadro pecaminoso?

—En absoluto —contesté—. ¿Deseáis saber mi opinión? Creo que es un milagro. Me choca que me preguntéis eso. —Miré de nuevo la pintura—. Es una diosa —dije—. ¿Cómo no va a ser una obra sagrada? Antiguamente, millones de personas la adoraban con veneración. Antiguamente, la gente se consagraba a ella con devoción.

—Es cierto —respondió Botticelli con voz queda—, pero es una diosa pagana y no todos piensan que es la patrona del matrimonio, como se dice. Algunos aseguran que es una pintura pecaminosa, que no debo realizarla. —Dejó escapar un suspiro de resignación. Quería añadir algo, pero intuí que no hallaba las palabras justas para expresarlo.

—No hagáis caso de esas críticas —dije—. Posee una pureza como pocas veces he visto en una pintura. El rostro de Venus, tal como lo habéis plasmado, le da el aspecto de una criatura renacida pero sublime, una mujer divina. No penséis en el pecado cuando trabajéis en esta pintura. Es un cuadro vital, elocuente. No os dejéis atormentar por la idea del pecado.

El pintor guardó silencio, pero yo sabía que estaba dándole vueltas al asunto. Me volví y traté de descifrar su mente. Era caótica, estaba llena de dudas y de sentimientos de culpabilidad.

Era un pintor que se hallaba casi por completo a merced de quienes lo contrataban, pero se había convertido en un artista supremo en virtud de las singularidades que todos admiraban en su obra. Su talento era especialmente patente en ese cuadro de Venus y él lo sabía, aunque era incapaz de expresarlo con palabras. Por más que se devanó los sesos para describirme su forma de pintar y su originalidad, no lo consiguió. Y yo no quise agobiarlo. Habría sido una descortesía.

—No sé expresarme como vos —dijo Botticelli con naturalidad—. ¿De veras creéis que esta pintura no es pecaminosa?

—Ya os lo he dicho, no tiene nada de pecaminosa. Quien os diga tal cosa, miente —insistí—. Observad el rostro inocente de la diosa y no penséis en otra cosa.

El hombre parecía angustiado e intuí lo frágil que era, a pesar de su inmenso talento y de la inmensa energía que invertía en su trabajo. Los que lo criticaban podían conseguir sofocar su inspiración. Pero él pintaba todos los días esforzándose en perfeccionar su técnica.

—No les creáis —dije de nuevo, haciendo que me mirara.

—Acercaos —dijo—, habéis pagado generosamente para contemplar mi trabajo. Observad este tondo de la Virgen María y unos ángeles. ¿Os gusta?

Botticelli aproximó la lámpara a la pared de enfrente y la sostuvo para que yo contemplara la pintura circular que colgaba de ella.

Su belleza me impresionó hasta el punto de dejarme de nuevo atónito. Pero era evidente que la Virgen poseía una belleza tan pura como la diosa Venus, y que los ángeles resultaban tan sensuales y seductores como sólo pueden serlo los chicos y las chicas jóvenes.

—Ya lo sé —dijo Botticelli—. No es necesario que me lo digáis. Mi Venus se parece a la Virgen y la Virgen se parece a Venus, según dicen. Pero mis patronos me pagan para que pinte estos cuadros.

—Haced caso de vuestros patronos —dije. Deseaba abrazarlo. Deseaba zarandearlo ligeramente para que no olvidara nunca mis palabras—. Haced lo que ellos os digan. Ambas pinturas son magníficas. Son mejores que cuanto he visto hasta la fecha.

Botticelli no podía adivinar a qué me refería con esas palabras y yo no podía revelárselo. Lo miré y por primera vez observé cierta aprensión en él. Se había fijado en mi piel y quizás en mis manos.

Había llegado el momento de marcharme antes de que aumentaran sus sospechas. Quería que me recordara con simpatía en lugar de con temor.

Saqué otra bolsa que llevaba encima, llena de florines de oro.

Botticelli hizo ademán de rechazarla. En realidad, se negó rotundamente a aceptar el oro que le ofrecía. Deposité la bolsa en la mesa.

Durante unos momentos, nos miramos en silencio.

—Adiós, Sandro —dije.

—No os olvidaré. Me habéis dicho que os llamáis Marius, ¿no es así?

Abrí la puerta y salí a la calle. Anduve a paso rápido a lo largo de dos manzanas y luego me detuve, respirando trabajosamente. Me parecía un sueño haber estado con él, haber contemplado esas pinturas, que éstas hubieran sido creadas por un ser humano.

No regresé a mis habitaciones en el palacio.

Cuando llegué a la cámara subterránea de los que debían ser custodiados, me sumí en una nueva especie de agotamiento, enloquecido por lo que había visto. No conseguía borrar de mi mente la imagen de aquel hombre. No dejaba de verlo, con su pelo de suave brillo y sus ojos sinceros. En cuanto a las pinturas, no cesaban de atormentarme, y comprendí que mi tormento, mi obsesión, mi total entrega al amor de Botticelli no había hecho sino comenzar.

16

Durante los meses sucesivos me convertí en un visitante asiduo de Florencia, a la que acudía para contemplar las obras de Botticelli que había en numerosos palacios e iglesias.

Quienes lo ensalzaban no habían mentido. Era el pintor más respetado de Florencia, y quienes lo criticaban eran aquellos a los que Botticelli desdeñaba, pues a fin de cuentas era un hombre mortal.

En la iglesia de San Paolino vi un retablo que me enloqueció. El tema del cuadro era muy corriente, según comprobé. Se llamaba *La Piedad*, y la escena representaba a unos personajes llorando junto al cadáver de Jesucristo, al que acababan de bajar de la cruz.

Constituía un milagro de la sensualidad de Botticelli, concretamente en la delicada representación de Jesucristo, que tenía el cuerpo perfecto de un dios griego, y el total abandono de la mujer que oprimía su rostro contra el suyo, pues, aunque Jesucristo yacía con la cabeza inclinada hacia atrás, ella aparecía arrodillada y, por lo tanto, sus ojos estaban junto a la boca de Jesús.

¡Ah, contemplar esos dos rostros juntos hasta casi confundirse, la delicadeza de ambos y la figura que los rodeaba constituía un goce casi insoportable!

¿Cuánto tiempo iba a permitir que durara ese suplicio? ¿Cuánto tiempo iba a soportar ese salvaje entusiasmo, esa loca celebración, antes de retirarme a mi solitaria y fría cámara subterránea? Yo sabía cómo castigarme. ¿Acaso tenía que desplazarme a la ciudad de Florencia para hacerlo?

Tenía motivos para desaparecer de allí.

Había otros dos bebedores de sangre merodeando por esa ciudad que quizá quisieran quitarme de en medio, pero hasta el momento me habían dejado tranquilo. Eran muy jóvenes y nada inteligentes, pero no quería que se toparan conmigo y difundieran aún más «la leyenda de Marius».

Por otra parte, estaba el monstruo con el que me había topado en Roma, el malévolo Santino, que era capaz de desplazarse hasta allí para atosigarme con sus miserables adoradores de Satanás, que me infundían el más absoluto desprecio.

Pero, en realidad, todo eso no importaba.

Nada me impedía pasar un tiempo en Florencia. Allí no había adoradores de Satanás, de lo que me felicitaba. Podía pasar allí, atormentado, tanto tiempo como quisiera.

Estaba loco por ese mortal, Botticelli, ese pintor, ese genio; sólo pensaba en él.

A todo esto, la brillante inspiración de Botticelli produjo otra inmensa obra de arte pagana, que yo contemplé en el palacio al que la envió una vez acabada, un palacio en el que me colé a primera hora de la mañana para admirar la pintura mientras los dueños del mismo dormían.

De nuevo, Botticelli había utilizado la mitología romana, o quizá la mitología griega que residía detrás de ésta, para crear un jardín (sí, un jardín) presidido por una primavera eterna, en el que las sublimes figuras míticas se desplazaban a través del cuadro con gestos armoniosos y expresiones soñadoras, plasmadas en unas posturas infinitamente exquisitas. En un lado del frondoso jardín bailaban las tres Gracias, unas figuras juveniles y extraordinariamente bellas, cubiertas con túnicas transparentes y vaporosas, mientras que en el otro se veía a la diosa Flora, magníficamente ataviada y arrojando flores que llevaba en la falda de su vestido. De nuevo, la diosa Venus aparecía en el centro, vestida como una rica florentina, con la mano alzada en un gesto de saludo y la cabeza ligeramente ladeada.

Mercurio, situado en el extremo izquierdo del cuadro, y otras figuras míticas completaban la escena. El cuadro me cautivó hasta el extremo de hacerme permanecer horas ante él, examinando cada uno de sus detalles, sonriendo, llorando, enjugándome las lágrimas, cubriéndome de vez en cuando los ojos para destaparlos de nuevo y admirar los colores vivos, los delicados gestos y las posturas de esas criaturas. Todo el cuadro evocaba el antiguo esplendor de Roma, y sin embargo resultaba tan novedoso y distinto que pensé que el goce que me producía me haría enloquecer.

Todos los jardines que yo había pintado o imaginado quedaban eclipsados por esa pintura. ¿Cómo podían rivalizar, ni siquiera en sueños, con una obra así?

¡Qué exquisito placer morir allí de dicha, después de haber vivido tanto tiempo triste y solo! ¡Qué exquisito placer asistir a ese triunfo de la forma y el color, después de haber estudiado con amargo sacrificio tantas formas que no alcanzaba a comprender!

Ya no sentía desesperación. Sólo felicidad, una felicidad continua y desbordante.

¿Es eso posible?

Abandoné a regañadientes la pintura del jardín primaveral. Dejé atrás a regañadientes su hierba oscura sembrada de flores, sus naranjos cargados de fruta. Fui a regañadientes en busca de otras obras de Botticelli.

Pude haber deambulado durante noches por Florencia, embriagado por lo que había contemplado en esa pintura. Pero había muchas más obras de arte que contemplar.

Durante el tiempo en que me dediqué a visitar iglesias para admirar otras obras del maestro, a penetrar sigilosamente en palacios para contemplar una pintura enmarcada del maestro que representaba al dios Marte profundamente dormido sobre la hierba, junto a una paciente y vigilante Venus, cubriéndome la boca con las manos para no proferir una sonora exclamación de asombro, no regresé al taller del genio en ningún momento. Contuve mis deseos de hacerlo.

«No puedes entrometerte en su vida —me dije—. No puedes presentarte con más monedas de oro y distraerlo de su trabajo. Ese hombre tiene un destino mortal. Toda la ciudad ha oído hablar de él. Roma ha oído hablar de él. Sus pinturas perdurarán eternamente. No es alguien a quien debas salvar del arroyo. En Florencia está en boca de todos, al igual que en el palacio del Papa en Roma. Déjalo en paz.»

De modo que no regresé a su taller, aunque me moría de ganas de volver a verlo, de hablar con él, de decirle que su maravillosa pintura de las tres Gracias y las otras diosas en el jardín primaveral era la obra más gloriosa que había realizado nunca.

Habría dado cualquier cosa con tal de que me hubiera permitido sentarme por las tardes en su taller para observarle trabajar. Pero no habría sido oportuno.

Regresé a la iglesia de San Paolino y me detuve largo rato ante *La Piedad*.

Era infinitamente más solemne que sus pinturas «paganas». Pocas veces había pintado Botticelli un cuadro tan severo. El cuadro presentaba cierto aire lóbrego, concretamente en las vestiduras de colores oscuros de algunas figuras y los espacios sombríos de la tumba abierta.

Pero incluso esa severidad destilaba ternura, encanto. Y los dos rostros, el de María y el de Jesucristo, pegados uno a otro, me subyugaban hasta el punto de no poder apartar la vista de ellos.

¡Ah, Botticelli! ¿Cómo describir su talento? Todas sus figuras, aunque perfectas, eran un tanto alargadas, incluidos los semblantes, que ofrecían una expresión abstraída y ligeramente apesadumbrada, si bien es difícil precisarlo. Todas parecían ensimismadas en un sueño colectivo.

En cuanto a las pinturas que utilizaba (él y muchos más pintores en Florencia), tenían una calidad muy superior a las que utilizábamos en la antigua Roma y consistían en una simple mezcla de yema de huevo y pigmentos triturados para conseguir unos colores, unos barnices y un acabado reluciente que conferían al cuadro un brillo y duración incomparables. En suma, las obras poseían un lustre que se me antojaba prodigioso.

Me sentía tan fascinado por ese tipo de pintura que encargué a mi sirviente mortal que adquiriera todos los pigmentos que pudiera conseguir, junto con unos huevos, y me enviara por las noches a un viejo aprendiz para que mezclara los colores con la densidad precisa, a fin de pintar algunas obras en la vivienda que había alquilado.

Era un experimento curioso, pero me puse a trabajar con ahínco y al poco tiempo había logrado cubrir cada centímetro de la madera preparada y las telas que habían adquirido mi aprendiz y mi sirviente.

Como es lógico, éstos quedaron asombrados por mi velocidad, lo cual me hizo recapacitar. Tenía que mostrarme ingenioso, no fantástico. ¿Acaso no había aprendido esa lección cuando pintaba las paredes de la sala de banquetes al tiempo que mis convidados me aplaudían y animaban?

Los despedí después de entregarles una generosa cantidad de monedas de oro, ordenándoles que regresaran con más material. En cuanto a lo que había pintado, se trataba de una pobre imitación de Botticelli, pues, pese a mi sangre inmortal, era incapaz de captar lo que él había captado. No conseguía, ni de lejos, plasmar unos rostros como los que él plasmaba. Mis pinturas contenían un elemento áspero y desagradable. No podía contemplar mi propia obra. La detestaba. Había algo insulso y acusador en los rostros que había creado. Había algo siniestro en las expresiones que me observaban desde las paredes.

Salí a la oscuridad de la noche, inquieto, y oí a otros bebedores de sangre, dos jóvenes, lógicamente temerosos de mí pero pendientes de lo que hacía, aunque no me explico el motivo. Envié un mensaje silencioso a toda la basura inmortal que se atreviera a turbarme: «No os acerquéis a mí porque estoy furioso y no tolero que nadie me interrumpa en estos momentos.»

Entré sigilosamente en la iglesia de San Paolino y me arrodillé para contemplar *La Piedad*. Me pasé la lengua sobre los afilados colmillos. Al admirar aquellas figuras cuya belleza me llenaba por completo, sentí un ansia feroz de beber sangre. Sentí deseos de cobrarme una víctima en cada iglesia en la que entraba.

Entonces se me ocurrió una idea perversa, tan puramente perversa como puramente religiosa era la pintura. Se me ocurrió de improviso, como si existiera realmente un Satanás en el mundo y ese Satanás se hubiera aproximado a mí reptando por el suelo de piedra para introducir esa idea en mi mente.

—Tú lo amas, Marius —dijo ese Satán—. Pues bien, atráelo hacia ti. Dale a Botticelli tu sangre vampírica.

Me estremecí silenciosamente en la iglesia. Caí sentado al suelo y apoyé la espalda en el muro de piedra. Sentí de nuevo aquella sed perentoria. Por más que me horrorizaba pensar en ello, me vi abrazando a Botticelli, hundiéndole los colmillos en el cuello. Era la sangre de Botticelli. Pensé en ello. Y mi sangre, la sangre que le había dado.

«Piensa en el tiempo que llevas aguardando, Marius —dijo la nefanda voz de Satanás—. Durante todos estos siglos, no has dado tu sangre a nadie. ¡Ahora puedes dársela a Botticelli! ¡Puedes tomar a Botticelli!»

Él seguiría pintando; poseería la sangre vampírica y sus cuadros no tendrían parangón. Ese hombre modesto de unos cuarenta años que me estaba agradecido por haberle dado un mero talego de monedas de oro, ese hombre modesto que había pintado el exquisito Jesucristo que yo contemplaba y cuya cabeza echada hacia atrás era sostenida por las manos de María, que tocaba los ojos con su boca, viviría eternamente con su talento.

Pero yo no estaba dispuesto a hacer eso. No, jamás. No podía. Me negaba rotundamente.

Sin embargo, me levanté lentamente, salí de la iglesia y eché a andar a través de la calle oscura y angosta hacia la casa de Botticelli.

Percibí los violentos latidos de mi corazón. Curiosamente, mi mente estaba vacía y mi cuerpo ligero, como el de un depredador, y rebosante de maldad, una maldad que yo reconocía sin ambages y aceptaba. Me invadía una tremenda excitación. «Abraza a Botticelli. Estréchalo para siempre en tus brazos.»

Y aunque oí a aquellos bebedores de sangre, a los dos jóvenes que me seguían, no les presté atención. Les infundía demasiado temor para que se me acercaran. Seguí adelante, pensando en lo que iba a hacer.

La casa de Sandro quedaba a pocas manzanas. Al llegar, vi luces en el interior, y llevaba una bolsa con monedas de oro.

Mareado, delirante, sediento, llamé a la puerta como había hecho la primera vez.

No, esto no lo harás jamás, pensé. No arrancarás del mundo a un ser tan vital. No te entrometerás en el destino de alguien que ha proporcionado a otros tantas obras que amar y gozar.

Me abrió el hermano de Sandro, pero esta vez se mostró cortés y me invitó a pasar al taller, donde Botticelli se hallaba trabajando solo.

En cuanto entré en la espaciosa habitación, se volvió para saludarme.

Detrás de él había una inmensa tabla que presentaba un aspecto radicalmente distinto de las demás obras. La examiné pausadamente, suponiendo que eso era lo que el artista deseaba que hiciera. No creo que hubiera sido capaz de ocultarle mi desaprobación ni mi temor.

La sed de sangre había despertado en mí, pero la reprimí y continué concentrado en la pintura, sin pensar en nada, ni en Sandro ni en su muerte y renacimiento por mediación mía, absolutamente en nada salvo en aquella pintura, al tiempo que me afanaba en pasar por un mortal ante sus ojos.

Era un retrato sombrío y espeluznante de la Trinidad, con Jesús crucificado, una figura de cuerpo entero de Dios Padre a su espalda y una paloma que representaba al Espíritu Santo justo encima de la cabeza de Jesucristo. A un lado aparecía san Juan Bautista, apartando la túnica escarlata de Dios Padre, y al otro, la penitente Magdalena, cubierta únicamente por su larga cabellera mientras miraba acongojada al Señor crucificado.

¡Cuánto talento desperdiciado! Era una obra terrible. Botticelli la había realizado de forma magistral, sin duda, pero me pareció una obra despiadada.

Entonces comprendí que en *La Piedad* había un equilibrio perfecto de luces y sombras. En este cuadro no advertí ese equilibrio. Antes bien, me chocó comprobar que Botticelli fuera capaz de pintar una obra tan sombría. Era dura, áspera. De haberla visto en otro lugar, no habría imaginado que fuera suya.

Me pareció un detalle harto elocuente acerca de mi persona haber pensado siquiera por un segundo en dar a Botticelli la sangre vampírica. ¿Existía realmente el dios cristiano? ¿Era capaz de impedírmelo?

¿Era capaz de juzgarme? ¿Era ése el motivo de que en aquellos momentos yo estuviera contemplando esa pintura mientras Botticelli permanecía de pie junto a la misma mirándome a los ojos?

Botticelli esperaba que yo hiciera algún comentario sobre la pintura. Aguardaba resignado que le hiriera con mi comentario. Yo sentía un profundo amor por el talento de Botticelli que nada tenía que ver con Dios, el diablo, mi maldad y mi poder. Ese amor hacia el talento de Botticelli respetaba a Botticelli, y en esos momentos eso era lo único que contaba.

Alcé la cabeza y examiné de nuevo la pintura.

—¿Dónde está la inocencia, Sandro? —le pregunté, empleando un tono tan amable como pude.

Traté de nuevo de ahuyentar la sed que me acometía. «Fíjate en lo viejo que es. Si no te decides, Sandro Botticelli morirá.»

—¿Dónde está la ternura en este cuadro? —inquirí—. ¿Dónde está la sublime dulzura que hace que nos olvidemos de todo? Veo tan sólo un atisbo en el rostro de Dios Padre, pero el resto... es oscuridad, Sandro. Esa oscuridad es un elemento impropio de tu obra. No comprendo por qué la utilizas, cuando puedes hacer cosas más interesantes.

La sed de sangre me atormentaba, pero era preciso controlarla, de modo que me esforcé en reprimirla. Lo amaba demasiado para hacerlo. No podía. Si lo hacía, no podría soportar las consecuencias.

Sandro asintió con la cabeza para mostrar su acuerdo con mis comentarios. Se sentía acongojado. Era un hombre atormentado, que por un lado deseaba seguir pintando diosas y por otro cuadros religiosos.

—No quiero hacer nada pecaminoso, Marius —dijo—. No quiero hacer algo malo o pintar un cuadro que incite a otra persona, por el simple hecho de contemplarlo, a pecar.

—Es imposible que eso ocurra, Sandro —respondí—. A mi modo de ver, tus diosas son tan espléndidas como tus dioses. Los frescos de Jesucristo que he visto en Roma rebosan de luz y belleza. ¿Por qué adentrarte en lo tenebroso, como has hecho en este caso?

Saqué la bolsa de monedas de oro y la deposité en la mesa, dispuesto a marcharme. No sabría nunca lo cerca que había rondado la maldad de él. Ni en sueños podía imaginar lo que yo era y lo que me había sentido tentado de hacer.

Sandro se acercó a mí, tomó la bolsa y trató de devolvérmela.

—No, quédatela —dije—. Te la mereces. Haces lo que crees que debes hacer.

—Debo hacer lo que es justo, Marius —dijo con sencillez—. Ven, quiero mostrarte algo. —Me condujo a otra parte del taller, alejada de la zona en la que guardaba sus cuadros de grandes dimensiones.

Nos detuvimos junto a una mesa sobre la que había varias hojas de pergamino cubiertas de pequeños dibujos.

—Son las ilustraciones para el *Infierno* de Dante —me explicó—. Sin duda lo has leído. Quiero realizar una versión ilustrada de todo el libro.

El corazón me dio un vuelco al oír eso, pero ¿qué podía decir? Miré los dibujos de aquellos cuerpos dolientes que se retorcían. ¿Cómo podía uno defender ese empeño por parte del pintor que había plasmado a Venus y a la Virgen con una habilidad tan prodigiosa?

¡El *Infierno* de Dante! Detestaba esa obra, pese a que no dejaba de reconocer sus méritos.

—¿Por qué quieres hacer eso, Sandro? —pregunté. Estaba temblando. No quería que viera mi rostro—. Esas pinturas rebosantes de luz del paraíso, ya sea cristiano o pagano, me parecen espléndidas. Pero estas ilustraciones de almas que padecen en el Infierno no me producen placer alguno.

Botticelli se mostraba a todas luces confundido y quizá se sentiría siempre así. Era su destino. Yo acababa de aparecer en él y había atizado un fuego que era demasiado débil para sobrevivir.

Tenía que marcharme. Tenía que abandonarlo para siempre. Lo sabía. No podía regresar a esa casa. Temía quedarme a solas con él. Tenía que marcharme de Florencia si no quería que mi voluntad se viniera abajo.

—No volveremos a vernos, Sandro —dije.

—¿Por qué? —preguntó—. Esperaba con ilusión verte de nuevo, y no por la bolsa de oro, te lo aseguro.

—Ya lo sé, pero debo irme. Creo en tus dioses y en tus diosas y siempre creeré en ellos. Tenlo presente.

Salí de la casa y me detuve al llegar a la iglesia. Sentía un deseo tan acuciante de abrazarlo, de seducirlo, de transmitirle todos los secretos oscuros de la sangre vampírica, que casi no podía respirar, distinguir la calle que había ante mí ni sentir siquiera el aire en mis pulmones.

Le deseaba. Deseaba su talento. Soñé que ambos, Sandro y yo, vivíamos juntos en un imponente palacio y él pintaba unos cuadros teñidos de la magia de la sangre vampírica.

Sería una confirmación de la sangre vampírica.

A fin de cuentas, pensé, él mismo está destruyendo su talento al dedicarse a pintar esos motivos tenebrosos. ¿Cómo se explica que haya renunciado a sus diosas para ilustrar un poema titulado el *Infierno*? ¿No podría conseguir yo, por medio de la sangre vampírica, que regresara a sus visiones celestiales?

Pero eso era imposible. Lo sabía incluso antes de contemplar su cruel crucifixión. Lo sabía antes de entrar en su casa.

Decidí ir en busca de una víctima, de varias víctimas. Así pues, me dediqué a cazar con crueldad y alevosía hasta que ya no pude ingerir más sangre de las pocas y desdichadas almas con que me topé en las calles de Florencia.

Por fin, aproximadamente una hora antes del amanecer, me senté a la puerta de una iglesia en una pequeña plaza. Es posible que ofreciera el aspecto de un mendigo, suponiendo que los mendigos se cubran con capas escarlata.

Los dos jóvenes vampiros a los que había oído seguirme se acercaron temerosos a mí.

Me sentía cansado e irritado.

—Alejaos de mí —dije—. De lo contrario, os destruiré.

El joven varón y la joven hembra, ambos transformados en vampiros en su juventud, estaban temblando, pero se negaron a retirarse. Por fin habló el varón, demostrando un coraje vacilante pero auténtico.

—¡No lastimes a Botticelli! —declaró—. ¡No le hagas daño! Puedes buscar a tus víctimas entre la escoria, pero no te acerques a Botticelli.

Proferí una risa melancólica. Incliné la cabeza hacia atrás y reí suavemente durante un buen rato.

—No temas, no lo haré —contesté—. Le amo tanto como tú. Ahora, dejadme en paz o no volveréis a ver más noches, os lo garantizo. ¡Largaos!

De regreso en el santuario subterráneo de las montañas, lloré por Botticelli.

Cerré los ojos y penetré en el jardín donde Flora arrojaba sus delicadas rosas sobre la alfombra de hierba y flores. Alargué la mano para tocar el cabello de una de las jóvenes Gracias.

—Pandora —murmuré—. Pandora, es nuestro jardín. Todas son tan hermosas como tú.

17

Durante las semanas siguientes, llevé al santuario de los Alpes nuevos y numerosos tesoros. Adquirí lámparas doradas e incensarios. Adquirí hermosas alfombras en los mercados de Venecia y sedas doradas de China. Encargué a las modistas de Florencia nuevas ropas para mis Padres Inmortales y los vestí con esmero, quitándoles los harapos que debía haber quemado hacía tiempo.

Mientras los arreglaba, les hablé en tono consolador de los prodigios que había visto en el mundo que no cesaba de cambiar.

Deposité ante ellos espléndidos libros impresos, al tiempo que les explicaba el ingenioso invento de la imprenta. Colgué sobre la puerta del santuario un nuevo tapiz flamenco, también adquirido en Florencia, que les describí con todo detalle para que lo contemplaran, si lo deseaban, a través de sus ojos aparentemente ciegos.

Luego fui a Florencia, recogí los pigmentos, aceites y demás materiales que mi sirviente me había conseguido, los trasladé al santuario de la montaña y me puse a pintar los muros en un nuevo estilo.

No traté de imitar a Botticelli, pero retomé el viejo motivo del jardín que me había cautivado siglos atrás y plasmé a mi Venus, mis Gracias y mi Flora, dotando mi obra de los detalles de la vida cotidiana que sólo un bebedor de sangre es capaz de observar.

A diferencia de Botticelli, que había pintado la oscura hierba sembrada de diversas flores, yo mostré los diminutos insectos que inevitablemente se ocultan en ella, la más espectacular y hermosa de las criaturas, la mariposa, y polillas multicolores. Mi estilo se fundaba en un detalle apabullante en todos los aspectos, y muy pronto la Madre y el Padre estuvieron rodeados de un bosque mágico y embriagador, de una escena a la que la pintura al temple de huevo confería un fulgor que yo jamás había obtenido anteriormente.

Al examinarla, pensando en el jardín de Botticelli, pensando incluso en el jardín con el que había soñado en Roma, el jardín que yo había pintado, me sentí levemente mareado, pero enseguida me esforcé en recobrar la compostura, pues no sabía dónde me encontraba.

Los Padres Regios parecían más sólidos y remotos que nunca. Todo rastro del Fuego Fatídico había desaparecido de ellos y su tez mostraba una blancura inmaculada.

Hacía tanto que no se habían movido que me pregunté si no habría soñado las cosas que habían ocurrido, si no habría imaginado el sacrificio de Eudoxia; en cualquier caso, estaba decidido a pasar largas temporadas fuera del santuario.

Mi último presente a los Padres Divinos (después de terminar de pintar el fresco y adornarlos con sus nuevas joyas) consistía en un centenar de velas de cera de abeja, dispuestas en un candelero alargado, que encendí simultáneamente con el poder de mi mente.

Como era de prever, no observé cambio alguno en los ojos del Rey y de la Reina. Con todo, me produjo un gran placer ofrecerles este regalo, y pasé mis últimas horas junto a ellos dejando que las velas se consumieran mientras les hablaba en un tono suave de los prodigios que había visto en Florencia y Venecia, unas ciudades que me subyugaban.

Les juré que cada vez que fuera a verlos encendería un centenar de velas, como una pequeña muestra de mi amor imperecedero.

¿Qué me impulsó a hacer eso? No tengo la más remota idea. Pero a partir de entonces tenía siempre una abundante reserva de velas en el santuario; las guardaba detrás de las dos figuras, y después de la ofrenda, rellenaba el candelero de bronce y retiraba la cera derretida.

Después regresaba a Florencia y a Venecia, y a la rica ciudad amurallada de Siena, para admirar toda suerte de pinturas.

Recorría los palacios y las iglesias de Italia ebrio de tantas obras de arte como contemplaba.

Tal como he explicado, había empezado a desarrollarse en todas partes una marcada fusión entre los temas cristianos y el antiguo estilo pagano. Y aunque seguía pensando que Botticelli era el maestro indiscutible, me admiraba la plasticidad y el ingenio de muchas de las obras que veía.

Las voces en las tabernas y las bodegas me indicaban que fuera a contemplar también las pinturas que había en el norte.

Eso me chocó, pues siempre había considerado el norte una región de gentes menos civilizadas, pero sentía tal ansia de contemplar nuevos estilos que seguí el consejo.

Hallé en todo el norte de Europa una intensa y compleja civilización que sin duda había subestimado, en particular en Francia. Existía un gran número de ciudades y cortes regias que apoyaban la pintura. Había mucho que estudiar allí.

Pero el arte que vi no me subyugó.

Respetaba las obras de Jan van Eyck, Rogier van der Weyden, Hugo van der Goes, Jerónimo Bosch y muchos otros maestros anónimos cuyas obras contemplé, pero no me encandilaron como lo hacían las obras de los maestros italianos. El mundo septentrional no era tan lírico y dulce. Seguía ostentando la impronta grotesca de la obra de arte puramente religiosa.

Así pues, al poco tiempo regresé a las ciudades italianas, donde me vi ampliamente recompensado por mis constantes peregrinajes en busca de nuevos tesoros.

No tardé en averiguar que Botticelli había estudiado con el gran maestro Filippo Lippi, y que el hijo de éste, Filippino Lippi, trabajaba en la actualidad con Botticelli. Otros pintores que me encantaban eran Gozzoli, Signorelli, Piero della Francesca y muchos otros cuyos nombres no quiero citar.

Pero durante mi estudio de la pintura, mis pequeños peregrinajes, mis largas noches de reverente contemplación de uno u otro fresco, de uno u otro retablo, no me permití siquiera soñar con seducir a Botticelli y jamás me acerqué a ningún lugar donde se encontrara él.

Sabía que había prosperado, que seguía pintando, y eso me bastaba.

Pero en mi interior había comenzado a fraguarse una idea tan irresistible como mi anterior sueño de seducir a Botticelli.

¿Y si me incorporaba de nuevo al mundo para vivir en él como pintor? Por supuesto, no como un artista que pintaba para ganarse el sustento y que aceptaba encargos, eso habría sido una sandez, sino como un caballero excéntrico que pintaba por puro placer, e invitaba a mortales a su casa para que gozaran de su comida y su vino.

¿Acaso no había hecho un torpe experimento en las noches pretéritas, antes del primer saqueo de Roma?

Sí, había pintado las paredes de mi casa plasmando en ellas apresuradas y toscas imágenes, había dejado que mis amables invitados se rieran de mí.

Sí, habían pasado mil años desde esa fecha, más, en realidad, y ya no podía pasar por un ser humano. Estaba demasiado pálido y había adquirido una fuerza peligrosa. Pero ¿acaso no era más astuto, más sabio, más experto en el manejo del don de la mente y menos reacio a cubrir mi piel con los ungüentos necesarios para disimular su resplandor sobrenatural?

¡Ansiaba hacerlo!

Por supuesto, no me instalaría en Florencia. No quería estar cerca de Botticelli. Atraería su atención, y si él ponía el pie en mi casa, me produciría un dolor indecible. Estaba enamorado de ese hombre, no podía negarlo. Pero tenía otra maravillosa opción.

La magnífica y rutilante ciudad de Venecia me atraía con sus palacios de una majestuosidad indescriptible, sus ventanas abiertas a las brisas constantes del Adriático y sus canales oscuros y serpenteantes.

Allí podría llevar a cabo un nuevo y espectacular comienzo, adquiriendo la casa más espléndida que estuviera disponible y contratando a numerosos aprendices para que me prepararan las pinturas. Al cabo de un tiempo, después de haber pintado algunas tablas y telas para perfeccionarme en mi oficio, estaría preparado para plasmar los resultados de mis esfuerzos en las paredes de mi casa.

En cuanto a mi identidad, sería Marius el romano, un hombre misterioso con una fortuna incalculable. Para decirlo sin rodeos, sobornaría a quienes fuera preciso para obtener el derecho de permanecer en Venecia, repartiría dinero a manos llenas entre quienes llegaran a conocerme, aunque sólo fuera de modo superficial, y proporcionaría a mis aprendices la mejor educación posible.

Ten presente que en aquel entonces las ciudades de Florencia y Venecia no formaban parte del mismo país. Es más, cada una constituía en sí misma un país. De modo que en Venecia me hallaba separado por completo de Botticelli y sometido a unas leyes muy importantes que sus ciudadanos debían cumplir.

Por lo que respecta a mi apariencia, decidí ser extremadamente cauto. Imagina la impresión que le habría causado a un corazón mortal si me hubiera mostrado en toda mi frialdad, la de un bebedor de sangre de aproximadamente mil quinientos años, con la piel blanca como el mármol y los ojos azules y centelleantes. De modo que la cuestión de los ungüentos no era baladí.

Después de alquilar una vivienda en la ciudad, adquirí en las perfumerías unos bálsamos tintados de primerísima calidad. A continuación los apliqué en mi piel con gran cuidado, examinando los resultados en los mejores espejos que existían. Al cabo de unos días, preparé una mezcla de bálsamos casi perfecta no sólo para oscurecer mi fría tez, sino para resaltar sus pequeñas arrugas e imperfecciones.

No sabía que siguiera poseyendo esas arrugas que formaban parte de mi expresión facial, y me alegré al comprobarlo, pues la imagen que presentaba en el espejo me complació. En cuanto al perfume, era agradable, y decidí que, tan pronto como me instalara en mi propia casa, encargaría a los boticarios que me prepararan esos bálsamos para tenerlos siempre a mano.

Me llevó algunos meses completar mi plan.

Ello se debía en gran parte a que me había enamorado de un palacio, una mansión de gran belleza, con la fachada revestida de espléndidas losas de mármol, unos arcos de estilo morisco y unas habitaciones más grandes y lujosas que cuantas había visto en todas mis noches, e incluso días, en épocas pasadas. Los altos techos me asombraron. En Roma no habíamos visto nada semejante, al menos en una vivienda particular. Y sobre el inmenso tejado, habían construido un magnífica azotea con flores y plantas desde la que se divisaba el mar.

No bien se hubo secado la tinta sobre el pergamino, salí en busca de los mejores muebles que pudiera adquirir: lechos artesonados, escritorios, sillas, mesas y diversos adornos, como cortinas de hilo de oro para las ventanas. Asigné la intendencia de mi casa a un hábil y simpático anciano llamado Vincenzo, un individuo con una salud de hierro que le había comprado, casi como si se tratara de un esclavo, a una familia que lo tenía vergonzosamente relegado al olvido después de que hubiera educado a sus hijos.

Vi en Vincenzo al tipo de administrador que necesitaba para gobernar a los aprendices que me proponía adquirir, jóvenes que aportarían los conocimientos que habían asimilado a las tareas que yo les encomendaría. Asimismo, me complacía el hecho de que Vincenzo fuera un anciano, pues me ahorraba el deprimente espectáculo de observar cómo mermaba su juventud. Más aún, podría ufanarme, un tanto estúpidamente, de proporcionarle una espléndida vejez.

¿Cómo hallé a ese individuo? Pues leyendo las mentes de las personas que me rodeaban hasta encontrar lo que andaba buscando.

Era más poderoso que nunca. Daba con el paradero del malvado sin esfuerzo alguno. Percibía los pensamientos secretos de quienes trataban de engañarme o de quienes se enamoraban de mí a simple vista. Estos últimos eran los más peligrosos.

¿Que por qué eran peligrosos? Porque en esos momentos era más susceptible que nunca al amor, y cuando advertía que alguien me miraba con ojos de enamorado, echaba el freno.

Cuando caminaba por la arcada de San Marco y notaba que alguien me observaba con admiración, reaccionaba de una forma harto extraña. Daba media vuelta lentamente y retrocedía, alejándome a regañadientes, como un ave de un clima septentrional que se deleita sintiendo el calor del sol en sus alas.

Envié a Vincenzo, provisto de una generosa cantidad de oro, a comprarse ropas elegantes. Estaba decidido a convertirlo en un caballero, en la medida que lo permitían las leyes suntuarias.

Sentado ante mi flamante escritorio, en el espacioso dormitorio con suelo de mármol y ventanas abiertas a la brisa del canal, redactaba listas de los lujos adicionales que deseaba adquirir.

Deseaba un suntuoso baño de estilo romano para instalarlo en el dormitorio y poder gozar de un baño de agua tibia cuando me apeteciera. Deseaba unas estanterías para mis libros y una silla más cómoda para mi escritorio. Por descontado, necesitaba una librería. ¿Qué valor tenía para mí una casa que no poseyera una librería? Deseaba adquirir prendas de vestir elegantes, los sombreros y los zapatos de cuero que estaban de moda.

Dibujé unos bocetos para orientar a los que les encargué confeccionar para mí esos objetos.

Fue una época maravillosa. Yo formaba de nuevo parte de la vida y mi corazón latía a un ritmo humano.

Tomaba una góndola en el embarcadero y recorría los canales de Venecia durante horas, admirando las espectaculares fachadas que los flanqueaban. Aguzaba el oído para escuchar las voces. A veces me reclinaba en el asiento, apoyado sobre un codo, y contemplaba las estrellas.

Acudí a los talleres de varios orfebres y pintores para elegir a mi primera partida de aprendices, aprovechando todas las oportunidades para seleccionar a los más brillantes de entre los que, por diversos motivos, se hallaban abandonados, habían recibido un trato injusto o indigno. Éstos me demostraban una profunda lealtad y me ofrecían sus inexplorados conocimientos, a cambio de lo cual los enviaba a su nuevo hogar con las manos llenas de monedas de oro.

Como es lógico, disponía también de ayudantes experimentados, porque eran necesarios, pero estaba convencido de que conseguiría sacar partido de los desdichados que había acogido bajo mi techo sin tener que emplear la fuerza.

Deseaba que mis chicos fueran educados para asistir posteriormente a la universidad, lo cual no era habitual entre los aprendices de un pintor, y contraté a unos tutores para que acudieran a mi casa de día y les impartieran clase.

Los chicos aprenderían latín, griego, filosofía, estudiarían a los renacidos y valorados «clásicos», algo de matemáticas y lo que precisaran para abrirse camino en la vida. Como es natural, si destacaban en el arte pictórico, se abstendrían de asistir a la universidad para seguir el camino de un pintor.

Por fin logré organizar en mi casa una sana y bulliciosa actividad. Había cocineros en la cocina y músicos que enseñaban a mis pupilos a cantar y a tocar el laúd. Había profesores de baile y torneos de esgrima sobre los suelos de mármol de los grandes salones.

Pero no abrí las puertas de mi casa al populacho, como había hecho tiempo atrás en Roma.

No me atreví a hacerlo en Venecia, pues no sabía si mi estratagema daría resultado ni qué interrogantes podría suscitar mi loca dedicación a la pintura.

No, estaba convencido de que sólo necesitaba a mis jóvenes colaboradores masculinos, tanto para hacerme compañía como para ayudarme, pues tenían ante sí la ingente tarea de preparar las paredes para mis frescos y aplicar los barnices pertinentes a las tablas y los lienzos.

El caso es que durante unas semanas apenas tuvieron nada que hacer, ya que durante ese tiempo me dediqué a recorrer los talleres locales y a estudiar a los pintores venecianos como poco antes había estudiado a los pintores florentinos.

Tras este atento estudio, no me cupo ninguna duda de que sería capaz de remedar en cierta medida a un pintor mortal, pero no confiaba en superarlo. Por otra parte, temía lo que pudiera lograr. Así pues, decidí mantener mi casa cerrada a todos salvo a los muchachos y a sus tutores, tal como tenía previsto.

Me retiré a mi dormitorio para comenzar un diario de mis pensamientos, el primero que escribía desde las noches en la antigua Roma.

Describí las numerosas comodidades de que gozaba, obligándome a exponer mis pensamientos con mayor claridad a la hora de ponerlos por escrito que cuando acudían a mi mente.

«Estás obsesionado con conquistar el amor de los mortales», escribí,

> mucho más que en las noches de antaño, pues sabes que has elegido a esos chicos para instruirlos y moldearlos, con cariño, con esperanza y con la intención de enviarlos a estudiar a Padua como si fueran tus hijos mortales.
>
> Pero ¿y si llegan a descubrir que eres una bestia de corazón y

alma, y se apartan apresuradamente cuando vas a tocarlos? ¿Qué harás entonces, matar a esos inocentes? Esto no es la Roma antigua con sus millones de personas anónimas. Donde pretendes llevar a cabo tus juegos es en la severa República de Venecia. ¿Y por qué?

¿Por el color del cielo nocturno que se extiende sobre la plaza que ves cuando te levantas, por las cúpulas de la iglesia que relucen bajo la luna? ¿Por el color de los canales que sólo tú eres capaz de observar a la luz de las estrellas? Eres un ser malvado y codicioso.

¿Bastará el arte para satisfacerte? Cazas en otros lugares, en poblaciones y aldeas circundantes, incluso en ciudades remotas, puesto que te mueves a la velocidad de un dios. Pero has traído la maldad a Venecia porque eres la encarnación del mal, y en tu suntuoso palacio se dicen mentiras, se viven mentiras, y las mentiras fallan.

Dejé la pluma y leí mis palabras, memorizándolas para siempre, como si se tratara de una voz extraña que me hablara, y cuando terminé, alcé la cabeza y vi a Vincenzo, cortés y humilde, dignísimo con sus ropas nuevas, que deseaba hablar conmigo.

—¿Qué ocurre? —pregunté con delicadeza, para que no pensara que me disgustaba que me hubiera interrumpido.

—Amo, deseo informaros... —dijo. Presentaba un aspecto muy elegante con su traje nuevo de terciopelo, como un príncipe en una corte.

—Sí, dime —repuse.

—Que los chicos se sienten muy felices. Están todos acostados y dormidos. Pero ¿sabéis lo que significa para ellos disponer de comida suficiente, de ropa adecuada, y estudiar con un propósito determinado? Podría contaros tantas historias... No hay un sólo zoquete entre ellos. Hemos tenido suerte.

—Eso es magnífico, Vincenzo —contesté sonriendo—. Vete a cenar, y bebe todo el vino que te apetezca.

Cuando se hubo marchado, me quedé sentado en silencio.

Me parecía imposible haber conseguido crear esa residencia para mí, que nada me lo hubiera impedido. Disponía de unas horas antes del amanecer, durante las cuales podía descansar en mi lecho o leer entre mis nuevos libros antes de recorrer el breve trayecto hasta el lugar de la ciudad en que había un sarcófago oculto, en una cámara revestida de oro, donde dormía de día.

Pero, en lugar de ello, me dirigí a la espaciosa estancia que había habilitado como mi estudio, donde hallé pigmentos y otros materiales, junto con varias tablas que mis jóvenes aprendices habían preparado, tal como yo les había ordenado, para pintar en ellas.

Preparé rápidamente la pintura al temple, pues no era tarea difícil, y al cabo de unos momentos dispuse de una amplia gama de colores. Luego, tras echar repetidas ojeadas a un espejo que había traído conmigo a la habitación, me puse a pintar mi autorretrato dando pinceladas rápidas y precisas, sin apenas rectificaciones, hasta haberlo completado.

Cuando terminé, retrocedí para contemplar mi obra y fijé la vista en mis propios ojos. No era el hombre que tiempo atrás había muerto en un bosque septentrional, ni el frenético bebedor de sangre que había sacado a la Madre y al Padre de Egipto. Ni tampoco el obstinado y famélico nómada que había vagado en silencio a través del tiempo a lo largo de centenares de años.

El que me miraba era un inmortal orgulloso y seguro de sí, un bebedor de sangre que exigía que el mundo le concediera por fin tregua, un ser aberrante dotado de inmenso poder, que insistía en ocupar un lugar entre los seres humanos de los que antaño había formado parte.

A medida que transcurrían los meses, comprobaba que mi plan estaba saliendo a pedir de boca. ¡Era todo un éxito!

Estaba obsesionado con mi nuevo atuendo de la época, consistente en jubones y medias de terciopelo y maravillosas capas ribeteadas de pieles raras. También me obsesionaban los espejos. No dejaba de observar mi imagen reflejada en ellos. Aplicaba los bálsamos sobre mi piel con gran delicadeza.

Todos los días, al anochecer, me levantaba vestido de pies a cabeza, con la piel oportunamente cubierta con ungüentos, y me dirigía a mi palacio, donde era acogido afectuosamente por mis pupilos. Acto seguido, después de despedir a los numerosos profesores y tutores, me sentaba a presidir un suculento festín, amenizado por la música, rodeado de mis pupilos, quienes se mostraban encantados de disfrutar de una exquisita comida digna de príncipes.

Luego interrogaba en tono amable a todos mis aprendices para averiguar lo que habían aprendido aquel día. Nuestras conversaciones eran largas, complejas, y estaban repletas de maravillosas revelaciones. De sus palabras deducía con facilidad qué profesor había tenido éxito aquel día y cuál no había conseguido lo que se había propuesto.

Por lo que respecta a los muchachos, no tardé en advertir cuáles poseían un gran talento, a cuáles debía enviar a la universidad de Padua y cuáles estaban destinados a ser formados como orfebres o pintores. No tuvimos un solo fracaso.

Ten presente que se trataba de una empresa de gran trascendencia. Insisto, había elegido a todos esos chicos por medio del don de la mente y lo que les ofrecí durante aquellos meses, que se prolongaron hasta convertirse en años, fue algo que jamás habrían alcanzado de no haberme cruzado en su camino.

Me convertí en un mago para ellos, ayudándoles a conseguir unos logros que ni siquiera habían soñado.

Esa tarea me producía sin duda una inmensa satisfacción, pues disfrutaba ejerciendo de maestro de esas criaturas, al igual que tiempo atrás había deseado ser el maestro de Avicus y Zenobia, en los que no dejaba de pensar. No podía por menos de recordarlos y preguntarme qué habría sido de ellos.

¿Habrían conseguido sobrevivir?

Imposible adivinarlo.

Pero sabía una cosa sobre mí mismo: había amado a Zenobia y a Avicus porque habían permitido que fuera su maestro. Y me había peleado con Pandora porque ella no me lo había permitido. Era demasiado instruida e inteligente para no ser una feroz rival en materia verbal y filosófica, y yo la había abandonado, estúpidamente, por esa causa.

Sin embargo, por más vueltas que le diera, nada podía mitigar la añoranza que sentía de Zenobia y Avicus ni impedir que me preguntara qué senderos habrían emprendido a través del mundo. La belleza de Zenobia me había impactado más profundamente que la belleza de Avicus, y no podía borrar de mi recuerdo la suavidad de su pelo.

A veces, cuando estaba solo en mi dormitorio de Venecia, sentado ante mi escritorio observando cómo la brisa agitaba las cortinas de las ventanas, ahuecándolas hacia fuera, pensaba en el pelo de Zenobia. Lo imaginaba desparramado sobre el suelo de mosaico de la casa de Constantinopla, después de que ella se lo hubiera cortado para recorrer las calles disfrazada de muchacho. Deseé retroceder mil años y recogerlo con mis manos.

En cuanto a mi propio pelo rubio, lo llevaba largo porque en aquel entonces estaba de moda, lo cual me complacía. Después de cepillarlo hasta que relucía de limpio, salía a dar un paseo por la plaza mientras el cielo seguía teñido de púrpura, consciente de que la gente me miraba preguntándose qué clase de hombre era.

Por lo que respecta a la pintura, seguía dedicándome a ella utilizando unas pocas tablas, acompañado de un puñado de aprendices en mi estudio, alejado del mundanal ruido. Pinté varios cuadros religiosos, cuyo resultado me satisfizo, en los que aparecían la Virgen María y el arcángel Gabriel, porque ese tema, la Anunciación, me atraía. Y confieso que me asombraba lo bien que imitaba el estilo de la época.

Un buen día, decidí acometer una empresa que constituiría la prueba definitiva de mis dotes y conocimientos inmortales.

18

Permite que te explique en qué consistía esa empresa.

En las paredes de una capilla de un palacio de los Médicis en Florencia, había un inmenso fresco de un pintor llamado Gozzoli, que representaba el Cortejo de los Reyes Magos, quienes acudían a visitar al Niño Jesús para ofrecerle valiosos presentes.

Era una pintura maravillosa, pródiga en detalles y muy actual, pues los Reyes Magos iban ataviados al estilo de acaudalados florentinos y seguidos de un gigantesco séquito compuesto por ciudadanos y clérigos vestidos como ellos, de tal forma que el cuadro constituía un tributo al Niño Jesús y a la época en que había sido pintado.

La pintura cubría los muros de esta capilla y los muros del espacio donde se hallaba el altar. La capilla era muy pequeña.

Esta pintura me atraía poderosamente por diversos motivos. No me había enamorado de Gozzoli tan profundamente como de Botticelli, pero lo admiraba mucho, y los detalles de esa obra me parecían absolutamente fantásticos.

No sólo se trataba de un cortejo tan gigantesco que parecía infinito, sino que el paisaje pintado al fondo era un auténtico prodigio, lleno de poblaciones y montañas, cazadores y animales que corrían por el monte, castillos exquisitamente ejecutados y árboles de formas delicadas.

Pues bien, tras elegir una de las estancias más grandes de mi palacio, me dispuse a reproducir esa obra sobre la superficie de un muro. Lo cual significaba desplazarme a menudo entre Florencia y Venecia, para memorizar partes de la pintura y luego plasmarla empleando mis dotes sobrenaturales.

Debo decir que en gran parte conseguí mi propósito.

Así pues, «robé» el Cortejo de los Reyes Magos, esa fabulosa interpretación de un cortejo tan importante para los cristianos, y en especial para los florentinos, plasmándolo en mi casa con los mismos colores vivos de la obra original.

No había nada de original en él. Pero yo había superado la prueba que me había impuesto, y como no permitía que nadie entrara en esa estancia, no tenía la sensación de haber robado a Gozzoli su obra. Es más, si algún mortal hubiera logrado entrar en esta habitación, que mantenía cerrada con llave, le habría dicho que el original de esta pintura había sido realizado por Gozzoli, y cuando llegó el momento de mostrársela a mis aprendices, por las lecciones que contenía, no dudé en decírselo.

Pero permite que retome el tema de esta obra de arte que había robado. ¿Por qué me llamaba tan poderosamente la atención? ¿Qué fibra sensible había tocado en mi alma? Lo ignoro. Sólo sé que tenía que ver con los Reyes Magos y los regalos que le llevaban al Niño Jesús, y que yo tenía la impresión de estar ofreciéndoles regalos a los jóvenes que vivían en mi casa. Pero no estoy seguro de que ése fuera el motivo por el que elegí esta pintura para llevar a cabo mi primer ensayo importante con el pincel. No podría asegurarlo.

Quizá me atraía el hecho de que los detalles de la obra fueran a cual más fascinante. Podías enamorarte de los caballos del cortejo o de los rostros de los hombres jóvenes. Pero, de momento, dejaré el tema, pues me siento tan perplejo en estos momentos en que te relato mi historia como me sentí entonces.

En cuanto quedó confirmado mi éxito con la copia, abrí un espacioso estudio de pintura en el palacio y me dediqué a pintar cuadros de gran tamaño a última hora de la noche, cuando los chicos dormían. No necesitaba su ayuda y no quería que vieran la velocidad y la determinación con que pintaba.

Mi primera pintura ambiciosa era tan dramática como extraña. Pinté una escena en la que aparecían todos mis aprendices disfrazados, escuchando a un viejo filósofo romano vestido tan sólo con una larga túnica, una capa y unas sandalias, y como fondo las ruinas de Roma. En el cuadro abundaban los colores vivos y reconozco que había plasmado a mis pupilos muy bien. Pero no sabía si era bueno. Y no sabía si horrorizaría a quien lo contemplara.

Dejé abierta la puerta del estudio confiando en que los profesores entraran en él llevados por la curiosidad.

Pero eran demasiado tímidos para atreverse a entrar.

Entonces decidí pintar otro cuadro, inspirándome esta vez en el tema de la Crucifixión (una prueba de fuego para cualquier artista), que plasmé con exquisito esmero utilizando de nuevo como fondo las ruinas de Roma. ¿Era un sacrilegio? No sabría decirlo. De nuevo, estaba seguro de haber empleado los colores acertados. En esta ocasión, estaba también seguro de las proporciones y de la expresión afable del rostro de Jesucristo. Pero ¿había acertado en la composición o había pintado un disparate?

¿Cómo iba a saberlo? Poseía importantes conocimientos y un gran poder, pero no sabía si había creado algo blasfemo y monstruoso.

Regresé al tema de los Reyes Magos. Conocía los elementos tradicionales que debía contener: los tres reyes, el establo, María, José y el Niño Jesús. Esta vez los pinté con total libertad, confiriendo a María la belleza de Zenobia y deleitándome con el espléndido colorido, como en las ocasiones anteriores.

Mi gigantesco estudio no tardó en llenarse de cuadros. Algunos colgaban de los muros; otros estaban simplemente apoyados en la pared.

Una noche, durante la cena a la que había invitado a los refinados tutores de los chicos, uno de ellos, el profesor de griego, comentó que había visto las pinturas que tenía en mi estudio a través de la puerta abierta.

—Os ruego que me digáis qué os han parecido —dije.

—¡Asombrosas! —contestó el profesor con franqueza—. ¡Jamás había contemplado nada parecido! Me ha chocado que todas las figuras del cuadro de los Reyes Magos... —El hombre se detuvo, cohibido.

—Por favor, continuad —dije—. Deseo conocer vuestra opinión.

—Me ha chocado que todas las figuras miren de frente al espectador, incluso María, José y los tres reyes. Nunca había visto ese tema representado así.

—¿Y es incorrecto? —pregunté.

—No lo creo —se apresuró a responder—. Pero ¿quién puede afirmarlo? Vos pintáis para vos mismo, ¿no es así?

—En efecto —contesté—, pero me interesa vuestra opinión. A veces me siento frágil como el cristal.

Ambos nos reímos. Sólo los chicos mayores se mostraron interesados en esta conversación, y observé que el mayor de todos, Piero, quería decir algo. Él también había visto la pintura. Había entrado en el estudio.

—Dime lo que piensas, Piero —dije, guiñando un ojo y sonriendo—. Vamos, ¿qué opinas del cuadro?

—Los colores son maravillosos, amo. ¿Cuándo podré trabajar con vos? Soy más hábil con el pincel de lo que imagináis.

—Sí, lo recuerdo, Piero —repuse, refiriéndome al taller del que procedía el muchacho—. No tardaré en llamarte.

De hecho, lo llamé esa misma noche.

Dado que tenía serias dudas sobre el tema, decidí seguir el ejemplo de Botticelli a ese respecto.

Elegí como tema la Piedad, y plasmé a mi Cristo dotándolo de toda la ternura y vulnerabilidad posibles, rodeado de multitud de personas que le lloraban. Como yo era pagano, no sabía qué personajes debían figurar en la escena. De modo que creé un inmenso y variado grupo de mortales, todos vestidos al estilo florentino, que lloraban la muerte de Jesús, y unos ángeles en el cielo atormentados por la angustia y muy parecidos a los ángeles del pintor Giotto, cuya obra había visto en una ciudad italiana cuyo nombre no recordaba.

Mis aprendices se mostraron asombrados al contemplar la obra, al igual que los profesores, a quienes invité a entrar en mi gigantesco estudio para un análisis inicial. Los rostros que había pintado merecieron de nuevo un comentario elogioso, al igual que los elementos más chocantes del cuadro, entre ellos el exagerado cúmulo de color y oro y los pequeños toques que había añadido, como algunos insectos.

Comprendí algo importante: era libre, podía pintar lo que quisiera. Nadie iba a enterarse y a criticar mi obra. Pero entonces se me ocurrió que tal vez no fuera cierto.

Era muy importante para mí quedarme a vivir en el centro de Venecia. No quería perder contacto con el mundo cálido y amable.

Durante las semanas sucesivas me dediqué a visitar de nuevo todas las iglesias en busca de inspiración para mis pinturas. Examiné un gran número de cuadros grotescos que me asombraron casi tanto como los míos.

Un pintor llamado Carpaccio había creado una obra titulada *Meditación sobre la Pasión*, en la que mostraba el cadáver de Cristo entronizado, sobre un fondo constituido por un paisaje fantástico, flanqueado por dos santos de tez blanca que observaban al espectador como si Jesucristo no estuviera presente.

Entre la obra de un pintor llamado Crivelli, hallé un retrato sumamente grotesco del Salvador muerto, flanqueado por dos ángeles que parecían monstruos. Ese mismo artista había pintado una Madona casi tan bella y natural como las diosas y las ninfas de Botticelli.

Me levantaba noche tras noche ansioso no de sangre, puesto que me alimentaba cuando sentía deseos de hacerlo, sino de ponerme a pintar en mi taller, y al poco tiempo mi gigantesca casa había quedado invadida de pinturas, todas ellas realizadas sobre grandes tablas apoyadas en las paredes de cualquier manera.

Por fin, como había perdido la cuenta de los cuadros que había pintado y pasaba a otros temas en lugar de perfeccionar los antiguos, cedí a los deseos de Vincenzo y dejé que los mandara enmarcar.

A todo esto, nuestro palacio, aunque había adquirido fama en Venecia de «lugar extraño», permanecía cerrado al mundo.

Sin duda, los tutores que había contratado no paraban de hablar sobre los días y las noches que pasaban en compañía de Marius el romano, y estoy seguro de que todos nuestros sirvientes se dedicaban a chismorrear, pero no traté de poner fin a esas habladurías.

Sin embargo, no franqueaba la entrada a los auténticos ciudadanos de Venecia. No los sentaba a mi mesa de banquetes, como había hecho en noches pasadas. No les abría las puertas de mi casa.

Con todo, ansiaba hacerlo. Deseaba recibir bajo mi techo a la alta sociedad veneciana.

En lugar de enviar invitaciones, acepté las que recibía.

Con frecuencia, por las tardes, cuando no me apetecía cenar con mis pupilos, y antes de ponerme a pintar como un poseso, iba a palacios en los que se celebraba un festín. Decía en voz baja mi nombre cuando me lo preguntaban, aunque por lo general me recibían sin más problemas, y comprobaba que los invitados estaban más que encantados de acogerme entre ellos y habían oído hablar de mis pinturas y de mi célebre academia, en la que mis aprendices apenas daban golpe.

Como es natural, procuraba permanecer en la sombra, me expresaba con palabras corteses pero vagas, leía la mente de los presentes con la suficiente precisión para demostrar mi ingenio como conversador y acababa casi perdiendo el juicio debido a la euforia que me producía ser recibido en un ambiente tan cordial, que a fin de cuentas era el ambiente en el que se desenvolvía todas las noches la mayoría de los nobles venecianos.

No podría decir cuántos meses discurrieron así. Dos de mis pupilos fueron a estudiar a Padua. Yo salí a recorrer la ciudad y encontré a otros cuatro. La salud de Vincenzo no mostraba síntomas de debilitarse. De vez en cuando, contrataba a otros profesores de más prestigio. Seguía pintando como un loco. Y así pasaba el tiempo.

Pasaron un par de años sin novedad, hasta que un día me hablaron de una mujer joven, muy guapa y brillante, que mantenía las puertas de su casa abiertas a poetas, dramaturgos y filósofos inteligentes que amenizaran sus veladas.

Por supuesto, no se trataba de un problema de dinero, sino de que había que ser interesante para ser recibido en casa de esa mujer; los poemas tenían que ser líricos y sugestivos, la conversación, ingeniosa, y uno podía tocar la espineta o el laúd sólo si sabía hacerlo.

Me sentí vivamente intrigado acerca de la identidad de esa mujer y por los informes sobre su extraordinaria dulzura.

Un día, al pasar frente a su casa, me puse a escuchar y, al oír su voz abriéndose paso entre las voces de quienes la rodeaban, comprendí que era una chiquilla llena de angustia y de secretos, que ella ocultaba con gran habilidad tras un talante encantador y un bello rostro.

No sabía lo bella que era hasta que subí los escalones, entré en la casa descaradamente y la vi con mis propios ojos.

Cuando penetré en la habitación, ella estaba sentada de espaldas a mí y se volvió como si mi llegada hubiera producido un ruido. La vi de perfil y luego de cara cuando se levantó para saludarme. Durante unos momentos, me quedé sin habla debido al profundo impacto que su cuerpo y su rostro me causaron.

El hecho de que Botticelli no hubiera pintado su retrato era mera casualidad, pues guardaba un parecido tan extraordinario con todas sus mujeres que me quedé anonadado. Contemplé su rostro ovalado, sus ojos ovalados, su espesa cabellera rubia y ondulada, adornada con sartas de perlitas trenzadas en el pelo, su hermosa figura y sus brazos y pechos exquisitamente formados.

—Sí, me parezco a las mujeres de los cuadros de Botticelli —dijo sonriendo, como si yo hubiera expresado mis pensamientos en voz alta.

Me quedé de nuevo sin poder articular palabra. Yo era el que sabía adivinar los pensamientos de los demás, y sin embargo esa chiquilla, esa mujer que no tenía más de diecinueve o veinte años, había adivinado los míos. Pero ¿sabía cuánto amaba yo a Botticelli? No, era imposible que lo supiera.

La joven siguió hablando alegremente, tomándome la mano entre las suyas.

—Todo el mundo lo dice —afirmó—, lo cual me honra. Puede decirse que me peino de esta forma por Botticelli. Nací en Florencia, pero no merece la pena comentar esto aquí en Venecia, ¿no os parece? Sois Marius el romano, ¿verdad? Esperaba vuestra visita.

—Os agradezco que me hayáis recibido —dije—. Disculpadme por haberme presentado con las manos vacías. —Seguía anonadado por su belleza, por el sonido de su voz—. ¿Qué puedo ofreceros? —pregunté—. No tengo poemas que recitar ni historias ingeniosas que contar sobre el estado de las cosas. Mañana ordenaré a mis sirvientes que os traigan el mejor vino que tengo en mi casa, aunque es un regalo insignificante para una dama como vos.

—¿Vino? —repitió la joven—. No quiero que me regaléis vino, Marius, sino que pintéis mi retrato. Me encantaría que pintarais las perlas que llevo ensartadas en el pelo.

Sus palabras suscitaron un coro de sofocadas risas. Miré a los otros con curiosidad. Pese a mi excelente visión, el tenue resplandor de las velas me impedía ver con nitidez. Qué ambiente tan maravilloso, con esos ingenuos poetas y estudiosos de las obras clásicas, esa mujer increíblemente hermosa, esa estancia que contenía los exquisitos muebles de rigor, y el tiempo que transcurría lentamente como si los momentos poseyeran un significado en lugar de ser una condena de penitencia y dolor.

Me sentí en mi elemento. De pronto caí en la cuenta de que otra cosa me había llamado la atención.

Esa joven se sentía también en su elemento.

Había algo sórdido y perverso tras sus recientes golpes de fortuna, por más que ella no revelaba la desesperación que sin duda sentía.

Traté de adivinar su pensamiento, pero en el último momento decidí no hacerlo. No quería sino saborear ese momento.

Quería ver a esa mujer tal como ella deseaba que la viera: joven, infinitamente amable pero bien protegida, una grata compañía para esa alegre velada, la misteriosa dueña y señora de su casa.

Vi otro espacioso salón contiguo a ése, y más allá, una alcoba divinamente decorada con un lecho adornado con cisnes dorados y seda de hilo de oro.

¿A qué venía esa exhibición, si no era para mostrar a todo el mundo que dormía sola en ese lecho? Nadie debía atreverse jamás a cruzar el umbral, pero todos podían contemplar la alcoba donde la doncella se retiraba sin compañía.

—¿Por qué me miráis fijamente? —me preguntó la joven—. ¿Por qué miráis a vuestro alrededor como si os encontrarais en un lugar extraño, cuando no lo es?

—Toda Venecia me parece bellísima —respondí en un tono quedo y confidencial para que no me oyeran todos los presentes.

—Es cierto —dijo ella sonriendo de forma exquisita—. A mí también me encanta. Nunca regresaré a Florencia. ¿Pintaréis mi retrato?

—Es posible —contesté—. Pero no conozco vuestro nombre.

—No hablaréis en serio —replicó la joven sin dejar de sonreír. Entonces me percaté de lo inteligente que era—. ¿Pretendéis hacerme creer que os habéis presentado aquí sin saber cómo me llamo?

—Os aseguro que no lo sé —respondí, pues no le había preguntado su nombre y lo único que sabía sobre ella lo había averiguado a través de vagas imágenes, impresiones y retazos de conversación que había oído gracias a mis dotes vampíricas, aunque me desconcertaba no poder adivinar sus pensamientos.

—Bianca —dijo—. Encontraréis mi casa siempre abierta. Y si pintáis mi retrato, estaré en deuda con vos.

En aquel momento llegaron otros invitados, a los que supuse que la joven querría saludar. Me retiré discretamente y me instalé, por así decirlo, en un lugar en la sombra, alejado de las velas, desde el que la observé, apreciando sus movimientos infaliblemente airosos y el tono cultivado y cadencioso de su voz.

A lo largo de los años he contemplado a miles de mortales que no significaban nada para mí, pero en esos momentos, al contemplar a aquella criatura, sentí que mi corazón rebosaba de felicidad, como cuando entré en el taller de Botticelli, cuando vi sus pinturas y le vi a él, a Botticelli, al hombre. Sí, al hombre.

Aquella noche permanecí en su casa sólo un rato.

Pero regresé al cabo de una semana con un retrato de la joven. Lo había pintado sobre una pequeña tabla y lo había hecho enmarcar con oro y gemas.

Observé su estupefacción cuando lo recibió. No había imaginado que sería tan exacto. Pero entonces temí que hubiera advertido en él algo que le disgustaba.

Cuando me miró, sentí su gratitud y su afecto, junto a algo más intenso que había hecho presa de ella, una emoción que ocultaba cuando trataba con otros.

—¿Quién sois... en realidad? —me preguntó en un murmullo suave y vacilante.

—¿Y vos? ¿Quién sois en realidad? —contesté sonriendo.

Bianca me miró muy seria. Luego sonrió también, pero no respondió, ocultando en su interior todos sus secretos, las cosas sórdidas, unas cosas relacionadas con sangre y oro.

Durante unos momentos temí perder mi poderoso autocontrol. Estuve a punto de abrazarla, tanto si me lo permitía como si no, de arrastrarla por la fuerza de sus salones cálidos y seguros a los dominios fríos y fatales de mi alma.

La vi con toda claridad transformada por la sangre vampírica, como si el Satanás cristiano me enviara de nuevo visiones. La vi como si fuera mía, como si su juventud se hubiera consumido en el altar del sacrificio a la inmortalidad, como si el único calor y las únicas riquezas que poseía se las hubiera concedido yo.

Me marché de su casa. No podía quedarme allí. Durante noches, no, durante meses, me abstuve de regresar. Recibí una carta suya. Me asombró recibirla, y la leí una y otra vez antes de guardarla en un bolsillo de mi chaqueta, junto a mi corazón.

> Mi querido Marius:
>
> ¿Por qué me has dejado tan sólo con una espléndida pintura cuando deseo gozar también de tu compañía? Aquí buscamos siempre algo que nos entretenga, y la gente habla muy bien de ti. Confío en que vuelvas a verme. Tu pintura ocupa un lugar de honor en la pared de mi salón, para disfrutar contemplándola junto con todos los que acuden a mi casa.

¿Cómo era posible que deseara convertir a una mortal en mi compañera? Al cabo de tantos siglos, ¿qué había hecho yo para propiciar semejante deseo?

En el caso de Botticelli, supuse que tenía que ver con su extraordinario talento y que yo, con mi aguda visión y mi corazón hambriento, había deseado mezclar la sangre vampírica con su inexplicable don.

Pero esa chiquilla, Bianca, no era un prodigio, por más maravillosa que me pareciera. Desde luego, se ajustaba a mis gustos en materia femenina, como si fuera obra mía —la hija de Pandora—, como si la hubiera creado Botticelli. Me gustaba incluso la expresión soñadora de su rostro, y sin duda poseía una insólita combinación de fuego y recato.

Pero a lo largo de mi larga y miserable existencia había visto a muchos humanos de gran belleza, ricos y pobres, jóvenes y viejos, y no había sentido ese deseo punzante e irrefrenable de seducirlos, de llevarlos conmigo al santuario, de derramar sobre ellos la sabiduría que yo poseía.

¿Qué podía hacer para aplacar ese dolor? ¿Cómo podía librarme de él? ¿Durante cuánto tiempo me atormentaría allí, en Venecia, la ciudad que había elegido para buscar solaz junto a mortales y devolver al mundo, en un pago secreto de gratitud, a mis benditos e instruidos pupilos?

Cuando me desperté, traté de borrar de mi mente unos sutiles sueños sobre Bianca, unos sueños en los que ella y yo aparecíamos sentados en mi alcoba, charlando: yo le hablaba sobre los largos y solitarios senderos que había recorrido, y ella me contaba cómo había logrado sacar de un dolor común y repugnante su inconmensurable fuerza.

Pero ni siquiera logré olvidar esos sueños cuando asistí al banquete con mis pupilos. Me invadían como si me hubiera quedado dormido por efecto del vino y de las copiosas viandas. Los chicos competían para atraer mi atención. Temían haberle fallado a su amo.

Cuando me dirigí a mis habitaciones para pintar, me sentí no menos confundido. Pinté un retrato de grandes proporciones de Bianca como la Virgen María, sosteniendo a un rollizo Niño Jesús. Dejé los pinceles. No estaba satisfecho. No podía sentirme satisfecho.

Partí de Venecia hacia la campiña. Busqué a un malvado y bebí su sangre hasta quedar saciado. Luego regresé a mis habitaciones, me tendí en la cama y soñé de nuevo con Bianca.

Por fin, antes del alba, escribí en mi diario unas amonestaciones dirigidas a mí mismo:

> Este deseo de transformar a una mortal en mi compañera es tan injustificable aquí como lo era en Florencia. Has sobrevivido durante tu larga vida sin dar jamás ese nefasto paso, aunque sabes hacerlo (el sacerdote druida te enseñó cómo), y si no lo das, seguirás perviviendo. No puedes seducir a esa chiquilla, por más que lo imagines. Imagina que es una estatua. Imagina que el mal que late en ti es una fuerza capaz de destruir esa estatua. Contémplala hecha añicos. Comprende que eso es lo que conseguirías.

Regresé a su casa.

Al verla, sentí un impacto tremendo, como si no la hubiera visto con anterioridad. Me sentí cautivado por su voz seductora, su rostro radiante y sus inteligentes ojos. Estar junto a ella constituía una agonía, a la par que un inmenso consuelo.

Seguí visitándola en su casa durante meses, fingiendo escuchar los poemas que recitaban otros, viéndome a veces obligado a intervenir en las amables discusiones acerca de las teorías sobre la estética o la filosofía, deseando simplemente permanecer junto a ella, observar cada detalle por nimio que fuera de su belleza, cerrar de vez en cuando los ojos mientras escuchaba su voz melodiosa.

A sus célebres reuniones acudía un gran número de visitantes. Nadie se atrevía a cuestionar la supremacía de Bianca en sus propios dominios. Pero, mientras observaba, mientras me permitía soñar a la luz de las velas, empecé a percatarme de algo más sutil y espantoso de cuanto había presenciado en mi vida.

Algunos hombres que visitaban sus salones estaban marcados para que se cumpliera en ellos un propósito específico y siniestro. Algunos hombres, bien conocidos por la divina y seductora anfitriona, recibían en su copa de vino un veneno que les seguía cuando abandonaban la alegre reunión y que no tardaba en producirles la muerte.

Al principio, cuando mis sentidos sobrenaturales percibieron el olor de ese veneno sutil pero potente, pensé que era fruto de mi imaginación. Pero luego, utilizando el don de la mente, penetré en el corazón de esa hechicera y observé cómo atraía a los hombres a los que debía envenenar, quienes no sospechaban estar condenados a muerte.

Ésa era la sórdida mentira que había percibido en ella el día que la había conocido. Un conciudadano suyo, un banquero florentino, la tenía aterrorizada. Era él quien la había llevado allí, quien le había proporcionado ese nido de espléndidas habitaciones y una música que no cesaba de sonar. Era él quien le exigía que echara el veneno en la copa indicada, para eliminar a la persona que deseaba quitar de en medio.

Qué calma traslucían sus ojos azules cuando observaba a los que bebían la fatídica poción que ella había preparado. Con qué calma observaba mientras le leían poemas. Con qué calma me sonreía cuando sus ojos se posaban en el hombre alto y rubio que la observaba desde un rincón. ¡Y qué profunda era su desesperación!

Armado con este descubrimiento, no, frenético por haberlo averiguado, salí y me puse a deambular a través de la noche, pues ahora tenía pruebas de su apabullante culpabilidad. ¿No bastaba eso para seducirla sin contemplaciones, para forzarla a aceptar la sangre vampírica y luego decir: «No, tesoro, no te he arrebatado la vida, sino que te ofrezco una eternidad conmigo»?

Salí de la ciudad y anduve durante horas por caminos rurales, en ocasiones golpeándome la frente con las palmas de las manos.

La deseo, la deseo, la deseo. Pero no me decidía a hacerlo. Por fin regresé a casa para pintar su retrato. Y noche tras noche, pinté de nuevo su retrato. La pinté como la Virgen de la Anunciación y como la Virgen con el Niño. La pinté como la Virgen en la Piedad. La pinté como Venus, como Flora, la pinté sobre tablas pequeñas que luego le llevé. La pinté hasta que ya no pude soportarlo. Me desplomé en el suelo del estudio y cuando los aprendices vinieron a verme, ya de madrugada, creyeron que estaba enfermo y gritaron aterrorizados.

Pero no era capaz de lastimarla. No era capaz de darle mi sangre vampírica. No podía atraerla hacia mí. De pronto, la vi adornada con una cualidad añadida tan seductora como grotesca.

Era tan malvada como yo, y cuando la observaba desde un rincón de su salón, tenía la sensación de observar a un ser muy parecido a mí.

Bianca despachaba a sus víctimas para seguir con vida. Yo bebía sangre humana para seguir con vida.

Así, esa dulce muchacha, con sus costosos vestidos, su largo pelo rubio y sus suaves mejillas, adquirió ante mis ojos una siniestra majestuosidad, lo cual no hizo sino aumentar la fascinación que sentía por ella.

Una noche, mi dolor era tan agudo, mi necesidad de separarme de esa joven tan perentoria, que me monté solo en mi góndola y ordené al gondolero que navegara por los canales más estrechos de la ciudad y no me condujera de regreso al palacio hasta que yo se lo indicara.

¿Qué buscaba? El hedor de la muerte y las ratas en las aguas negras. El ocasional y gratificante resplandor de la luna.

Me tumbé en la embarcación y apoyé la cabeza en la almohada. Escuché las voces de la ciudad para no oír la mía.

De pronto, cuando llegamos de nuevo a los canales más amplios, cuando llegamos a cierto barrio de Venecia, oí una voz muy distinta de las otras, pues hablaba desde una mente desesperada y trastornada.

De repente vi una imagen detrás de la angustia de esa voz, la imagen de un rostro pintado. Incluso vi cómo la pintura era aplicada a delicadas pinceladas. Reconocí ese rostro. ¡Era el rostro de Cristo!

¿Qué significaba? Escuché en solemne silencio. No me interesaba ninguna otra voz. Borré de mi mente una ciudad llena de susurros.

Oí unos lamentos angustiosos. Era la voz de un niño detrás de unos muros gruesos, lamentándose de las recientes crueldades que le habían infligido. No recordaba su lengua materna, ni siquiera su nombre.

Sin embargo, el niño rezaba en esa lengua olvidada, suplicando que lo libraran de quienes lo habían arrojado a las tinieblas, de quienes lo habían atormentado y vituperado, en una lengua que desconocía.

Contemplé de nuevo la imagen de Cristo pintado mirando al frente. Un Cristo pintado al antiguo estilo griego. ¡Qué bien conocía yo aquel estilo de pintura, aquel semblante! ¿No lo había visto mil veces en Bizancio y en todos los lugares de Oriente y Occidente hasta los que se había extendido su poder?

¿Qué significaba esa combinación de voz e imágenes? ¿Qué significaba el hecho de que ese niño pensara una y otra vez en un icono y no supiera que estaba rezando?

De nuevo oí la súplica de ese niño que creía estar en silencio.

Yo conocía la lengua en la que rezaba. No tuve que esforzarme para descifrarla, para poner las palabras en orden, pues sabía una gran cantidad de lenguas. Sí, conocía esa lengua y esa oración. «Dios mío, líbrame del mal. Dios mío, haz que muera.»

Un niño frágil, hambriento, que estaba solo.

Me incorporé en la góndola y escuché. Traté de rescatar las imágenes que permanecían sepultadas en los pensamientos silenciosos del niño.

Ese ser joven y herido había sido pintor. Había pintado el rostro de Cristo. Había mezclado yema de huevo y pigmentos al igual que hacía yo. Había pintado el rostro de Cristo repetidas veces.

¿De dónde provenía esa voz? Tenía que descubrirlo. Agucé el oído para averiguarlo.

Ese niño estaba encerrado en un lugar próximo a donde me hallaba. En un lugar próximo a mí, pronunciaba la plegaria con su último aliento.

Había pintado sus preciosos iconos en la remota y nevada Rusia. Poseía una gran destreza para pintar iconos, pero ya no lo recordaba. Ése era el misterio. ¡Ése era el gran enigma! Tenía el corazón destrozado y ni siquiera podía ver las imágenes que yo veía.

Ordené al gondolero que se detuviera.

Escuché hasta descubrir el origen de aquel sonido. Indiqué al gondolero que retrocediera unos portales hasta que di con el lugar exacto.

Las antorchas encendidas ante la entrada emitían un resplandor intenso. Oí música en el interior.

La voz del niño era persistente; sin embargo, comprendí con toda claridad que el niño no conocía las oraciones que pronunciaba, ni su historia, ni su lengua.

Los dueños de la casa me acogieron con grandes muestras de simpatía. Habían oído hablar de mí. Insistieron en que pasara. Todo cuanto había bajo su techo estaba a mi disposición. Más allá de la puerta, se hallaba el paraíso. No tenía más que escuchar las risas y los cantos.

—¿Qué deseáis, maestro? —me preguntó un hombre de voz agradable—. Podéis decírmelo. Aquí no tenemos secretos.

Agucé el oído. Qué reticente debía de parecer ese hombre alto y rubio de talante gélido, que ladeaba la cabeza y clavaba sus ojos azules y pensativos en el infinito.

Traté de ver al niño, pero no lo conseguí. El niño estaba encerrado en un lugar donde nadie pudiera verlo. ¿Qué podía hacer yo? ¿Pedir que me mostraran a todos los niños que hubiera en la casa? Era inútil, pues ese niño estaba encerrado en una cámara de castigo, aterido de frío y solo.

De pronto se me ocurrió la solución, como si me la hubieran transmitido unos ángeles. ¿O había sido el diablo? Se me ocurrió rápida y definitivamente.

—Comprar —dije—, desde luego a cambio de una bolsa de oro, y ahora mismo, un chico del que quieres desembarazarte. Un niño que ha llegado hace poco y se niega a obedecer.

De repente vi al niño en los ojos del hombre. Pero me parecía imposible tener tanta suerte, pues ese chico poseía tanta belleza como Bianca. No había contado con ello.

—Que ha llegado recientemente de Estambul —dije—. Sí, eso es, porque sin duda procede de tierras rusas.

No tuve que añadir más. Todos se apresuraron a atenderme. Alguien me entregó una copa de vino. Aspiré su delicioso aroma y la deposité sobre la mesa. Me pareció como si un torrente de pétalos de rosa hubiera caído sobre mí. Todo estaba impregnado de perfume de flores. Me acercaron una silla. No me senté.

En éstas, el hombre que me había abierto volvió a entrar en la habitación.

—Ese chico no os conviene —se apresuró a decir. Estaba muy agitado. Vi de nuevo con toda nitidez la imagen del niño tendido en un suelo de piedra.

Y oí las súplicas del niño: «Líbrame del mal.» Y vi el rostro de Cristo plasmado en la reluciente pintura al temple. Vi las gemas engarzadas en el halo. Vi la mezcla de yema de huevo y pigmentos. «Líbrame del mal.»

—¿No me has entendido? —pregunté—. Ya te he dicho lo que quiero. Quiero que me entregues a ese niño, el que se niega a hacer lo que tratas de obligarle a hacer.

Entonces lo comprendí todo.

El dueño del burdel creía que el niño estaba muriéndose y temía que la justicia cayera sobre él. Me miró aterrorizado.

—Llévame junto a él —dije, insistiendo con el don de la mente—. Ahora mismo. Sé que está aquí y no me marcharé sin él. Además, te pagaré. No me importa que esté enfermo o agonizando. ¿Me has oído? Me lo llevaré y no tendrás que volver a preocuparte por él.

Lo habían encerrado en una cruel y reducida cámara, y al entrar, la luz de una lámpara lo iluminó.

Entonces contemplé su belleza, esa belleza que siempre ha sido mi fatalidad, una belleza como la de Pandora, como la de Avicus, como la de Zenobia, como la de Bianca, una belleza en una nueva forma celestial.

El cielo había arrojado sobre aquel suelo de piedra a un ángel abandonado, con unos rizos de color castaño rojizo, un cuerpo perfectamente formado y un rostro pálido y misterioso.

Lo tomé en brazos y lo miré a los ojos, que tenía entreabiertos. El pelo, rojizo y alborotado, le caía sobre la cara. Tenía la tez pálida y los huesos del rostro levemente afilados a causa de su sangre eslava.

—Amadeo —dije. El nombre acudió a mis labios como si fuera cosa de los ángeles, esos ángeles a los que el niño se asemejaba en su pureza y aparente inocencia, medio muerto de hambre como estaba.

El chico me miró con los ojos muy abiertos. Vi de nuevo en su mente los iconos que había pintado, envueltos en una luz dorada y majestuosa. El niño trató desesperadamente de recordar. Los iconos. El Cristo que había pintado. Con su pelo largo y sus ojos abrasadores, parecía Cristo.

Trató de hablar, pero no recordaba su lengua. Trató de recordar el nombre de su Señor.

—No soy Cristo, hijo mío —dije, dirigiéndome a esa parte de él que estaba enterrada en su mente y que desconocía—. Pero he venido a salvarte. Abrázame, Amadeo.

19

Me enamoré de él de forma tan instantánea como absurda. El chico tenía como mucho quince años cuando lo saqué del burdel aquella noche y lo llevé a vivir al palacio con mis pupilos.

Mientras lo sostenía entre mis brazos en la góndola, comprendí que el chico había estado condenado a una muerte segura, de cuyas garras yo lo había arrancado en el último momento.

Aunque la firmeza de mis brazos lo reconfortaba, los latidos de su corazón apenas bastaban para borrar las imágenes que me transmitía mientras yacía apoyado contra mi pecho.

Al llegar al palacio, rechacé la ayuda que me ofreció Vincenzo. Lo envié a preparar algo de comer para el chico y transporté a Amadeo a mi dormitorio.

Deposité sobre mi lecho a aquel chiquillo macilento y andrajoso, entre los gruesos cortinajes y almohadones, y cuando Vincenzo trajo un plato de sopa, yo mismo le obligué a tomarla.

Vino, sopa, un brebaje compuesto de miel y limón, ¿qué más podíamos darle? Despacio, me advirtió Vincenzo, no fuera a empacharse después del período de ayuno y sufriera un trastorno estomacal.

Al cabo de un rato, le pedí a Vincenzo que se retirara y cerré la puerta de mi habitación con el cerrojo.

¿Fue aquél un momento fatídico? ¿El momento en que descubrí los entresijos de mi alma, en que comprendí que ese niño heredaría mi poder, mi inmortalidad, que se convertiría en un discípulo de todo cuanto yo sabía?

Al contemplar al niño que yacía en mi lecho, olvidé el lenguaje de la culpabilidad y las recriminaciones. Yo era Marius, el testigo de los siglos, Marius, el elegido de los que debían ser custodiados.

Llevé a Amadeo al baño, lo lavé yo mismo y lo cubrí de besos. Deslumbrado y aturdido por la bondad que le demostraba y las palabras que le susurraba a sus tiernos oídos, el chico me ofreció sin reticencias una intimidad que había negado a todos los que lo habían atormentado.

Le hice sentir rápidamente los placeres que él jamás se había permitido experimentar. Se mostraba turbado y silencioso, pero había dejado de rezar para que el Señor lo librara del mal.

Sin embargo, incluso a salvo en mi alcoba, en los brazos del que consideraba su salvador, no conseguía desplazar sus antiguos recuerdos de los recovecos de la mente al santuario de la razón.

Es posible que mis abrazos decididamente carnales reforzaran en su mente el muro que separaba el pasado del presente.

En cuanto a mí, jamás había experimentado una intimidad tan pura con un mortal, salvo con aquellos a quienes me proponía matar. Me producía escalofríos sostener a ese chiquillo en mis brazos, oprimir mis labios contra sus mejillas, su mentón, su frente y sus tiernos ojos cerrados.

Sí, la sed de sangre hizo presa en mí, pero sabía cómo controlarla. El olor de su carne juvenil me saturaba el olfato.

Comprendí que podía hacer lo que quisiera con él. No había fuerza ni en el cielo ni el infierno capaz de impedírmelo. No era preciso que Satanás me asegurara que conseguiría adueñarme de él y educarlo en la sangre vampírica.

Después de secarlo delicadamente con unas toallas, volví a depositarlo sobre el lecho.

Me senté ante mi escritorio, desde el que no tenía más que volverme un poco para observar a Amadeo, y de pronto se me ocurrió una idea tan potente como mi deseo de seducir a Botticelli, tan terrible como mi pasión por la hermosa Bianca.

¡Educaría a ese huérfano para convertirlo en vampiro! ¡Formaría a ese niño abandonado y perdido específicamente para recibir la sangre vampírica!

¿Cuánto duraría su instrucción: una noche, una semana, un mes, un año? Eso sólo dependía de mí.

Fuera como fuese, lo convertiría en vampiro.

Pensé entonces en Eudoxia y en que se había referido a que existía una edad perfecta para recibir la sangre vampírica. Me acordé de Zenobia, de su agilidad mental y sus ojos perspicaces. Evoqué mis antiguas reflexiones sobre la promesa que ofrecía una criatura virgen, con la que uno podía hacer lo que fuera sin pagar un precio por ello.

¡Y ese niño, ese esclavo al que yo había rescatado, había sido pintor! Conocía la magia de la mezcla de yema de huevo y pigmentos, sí, conocía la magia del color extendido sobre una tabla. Acabaría recordando la época en que no le importaba otra cosa que no fuera pintar.

Es cierto que eso había ocurrido en la lejana Rusia, donde quienes trabajaban en los monasterios se limitaban a pintar al estilo de los bizantinos, un estilo que yo había rechazado tiempo atrás, al dar la espalda al Imperio griego para establecer mi casa en las conflictivas tierras de Occidente.

Pero lo que importaba era el resultado. Occidente se había visto envuelto en numerosas guerras, sí, y los bárbaros parecían haberlo conquistado todo, pero Roma se había alzado de sus cenizas gracias a los grandes pensadores y pintores del siglo XV. Yo mismo lo había visto en las obras de Botticelli, Bellini, Filippo Lippi y centenares de artistas.

Homero, Lucrecio, Virgilio, Ovidio y Plutarco eran de nuevo objeto de estudio. Los intelectuales interesados en el «humanismo» cantaban canciones de la «antigüedad».

En suma, Occidente había vuelto a alzarse con nuevas y fabulosas ciudades, mientras que Constantinopla, la antigua y dorada Constantinopla, había caído en manos de los turcos, que la habían convertido en Estambul.

Pero más allá de Estambul estaba Rusia, donde ese chico había sido capturado. Rusia, que había asumido su cristianismo de Constantinopla, de tal forma que ese chico sólo conocía los iconos de estilo severo y sombrío y de una belleza rígida, un arte tan alejado de lo que yo pintaba como la noche del día.

En Venecia existían ambos estilos: el estilo bizantino y el nuevo estilo de la época.

¿Cómo había ocurrido? A través del comercio. Venecia había sido un puerto marítimo desde sus comienzos. Su nutrida flota navegaba entre Oriente y Occidente cuando Roma era un montón de ruinas. Y muchas iglesias de Venecia conservaban el antiguo estilo bizantino que seguía impreso en la atormentada mente de ese chico.

Reconozco que esas iglesias bizantinas nunca me habían interesado, ni siquiera San Marcos, la capilla del Dux. Ahora, en cambio, sí me interesaban, porque me ayudaban a comprender de nuevo y más perfectamente el arte que ese chico había amado.

Lo observé mientras dormía.

Muy bien. Comprendía algo de su naturaleza; comprendía su sufrimiento. Pero ¿quién era ese chico en realidad? Me formulé la misma pregunta que Bianca y yo nos habíamos hecho mutuamente, pero no hallé la respuesta.

Tenía que averiguarla antes de seguir adelante con mi plan destinado a prepararlo para recibir la sangre vampírica.

¿Me llevaría una noche o cien noches? En cualquier caso, no sería un espacio de tiempo interminable.

Amadeo estaba destinado a mí.

Me volví y me puse a escribir en mi diario. Jamás se me había ocurrido un plan semejante: instruir a un novicio para recibir la sangre vampírica. Describí los acontecimientos que se habían producido esa noche para no perderlos cuando me fallara la memoria. Dibujé unos bocetos del rostro de Amadeo mientras dormía.

¿Cómo puedo describirlo? Su belleza no dependía de su expresión facial. Estaba impresa en su rostro. Estaba imbricada en su osamenta delicada, su boca serena, sus rizos castaños rojizos.

Escribí en mi diario con auténtica pasión:

> Este chico proviene de un mundo tan distinto del nuestro que no comprende lo que le ha ocurrido. Pero yo conozco las tierras nevadas de Rusia, conozco la tediosa vida de los monasterios rusos y griegos, y estoy convencido de que fue en uno de esos monasterios donde pintaba los iconos de los que ahora no puede hablar.
>
> En cuanto a nuestra lengua, sólo conoce de ella palabras crueles. Es posible que, cuando mis pupilos lo acojan entre ellos, logre recordar el pasado. Entonces deseará tomar de nuevo los pinceles y demostrará su talento.

Dejé la pluma. No podía plasmar todos mis pensamientos en el diario, ni mucho menos. A veces escribía mis grandes secretos en griego, en lugar de hacerlo en latín, pero ni siquiera en griego podía expresar todo cuanto pensaba.

Miré al chico. Tomé el candelabro, me acerqué al lecho y lo contemplé mientras dormía, profundamente, respirando de forma acompasada, como si se sintiera a salvo.

Abrió los ojos lentamente y me miró. No sentía temor alguno. Por el contrario, parecía como si siguiera soñando.

Yo me entregué al don de la mente.

Cuéntame, hijo mío, háblame con el corazón.

Vi a los jinetes de las estepas atacar al chico y a un grupo de familiares suyos. Vi cómo dejaba caer, en su nerviosismo, un paquete que sostenía en las manos. Al abrirse el envoltorio, vi que se trataba de un icono. El chico gritó aterrorizado; pero los pérfidos bárbaros sólo deseaban apoderarse del muchacho. Eran los mismos e inevitables bárbaros que habían atacado sin descanso las viejas fronteras septentrionales y orientales del Imperio romano. ¿Es que no había forma de exterminar a esos salvajes?

Esos malvados habían llevado al chico a un mercado oriental, quizás Estambul, y desde allí a Venecia, donde el dueño de un burdel lo había comprado por una elevada suma debido a la belleza de su cara y de su cuerpo.

¿Qué cruel misterio había propiciado aquella atrocidad? De haber caído en manos de otro, quizás el chico no se habría recuperado jamás del trauma.

Pero en esos momentos observé en su expresión muda una confianza absoluta.

—Maestro —dijo suavemente en ruso.

Noté que se me erizaba el vello de todo el cuerpo. Sentí deseos de volver a acariciarlo con mis fríos dedos, pero no me atreví. Me arrodillé junto al lecho y lo besé afectuosamente en la mejilla.

—Amadeo —dije, para que supiera que se llamaba así.

Luego, utilizando la lengua rusa que él conocía, aunque no lo supiera, le expliqué que ahora me pertenecía, que yo era su maestro, tal como él mismo había dicho. Le dije que lo tenía todo decidido, que no volvería a tener motivos para preocuparse ni sentir temor.

Casi había amanecido. Tenía que marcharme.

Vincenzo llamó a la puerta. Mis aprendices mayores aguardaban fuera. Habían oído comentar que había llevado a casa a un chico nuevo.

Les abrí para que entraran en mi dormitorio. Les dije que debían cuidar de Amadeo, enseñarle todas nuestras maravillas cotidianas. Debían dejar que descansara un rato, pero luego podían llevarlo a la ciudad. Supuse que era lo más indicado.

—Cuida de él, Riccardo —le dije al mayor de mis aprendices.

¡Qué mentira!, pensé. Era una mentira entregarlo a la luz del día, encomendarlo al cuidado de cualquier otro que no fuera yo.

Pero el sol que despuntaba no me permitía seguir en el palacio. ¿Qué podía hacer?

Me refugié en mi ataúd.

Me tendí en la oscuridad para soñar con él.

Había hallado el medio de escapar del amor que sentía por Botticelli. Había hallado el medio de escapar de mi obsesión con Bianca y su seductora culpabilidad. Había hallado a un ser marcado por la muerte y la crueldad. El rescate que pagaría por él sería la sangre vampírica. Sí, lo tenía todo decidido.

Pero ¿quién era? ¿Qué era? Yo conocía los recuerdos, las imágenes, los horrores, las plegarias, pero no la voz. Algo me atormentaba de un modo salvaje, pese a mi pretendida certeza. ¿Acaso amaba demasiado a ese chico para hacer lo que me había propuesto?

La noche siguiente me aguardaba una espléndida sorpresa.

A la hora de la cena, mi Amadeo apareció vestido con un hermoso traje de terciopelo azul, tan espléndidamente ataviado como los otros chicos.

Se habían apresurado a encargarle un guardarropa para complacerme. Lo cierto era que me sentía tan complacido que no salía de mi asombro.

Cuando Amadeo se arrodilló para besar mi anillo, lo miré atónito. Lo ayudé a levantarse con ambas manos y lo abracé, besándolo rápidamente en ambas mejillas.

Observé que se sentía todavía débil debido a la traumática experiencia que había vivido, pero los otros chicos, además de Vincenzo, se habían desvivido para lograr que se recuperara lo antes posible.

Cuando nos sentamos a cenar, Riccardo contó que Amadeo era incapaz de pintar nada; es más, los pinceles y los botes de pintura lo aterrorizaban. Y que no conocía ninguna lengua, pero había comenzado a comprender la nuestra con asombrosa rapidez.

El hermoso chico de cabello castaño rojizo que se llamaba Amadeo me miró con calma mientras Riccardo hablaba y dijo de nuevo «maestro» en la melodiosa lengua rusa, aunque los otros chicos no lo oyeron.

Estás destinado a mí. Ésa fue mi respuesta, ésas fueron las suaves palabras dichas en ruso que le transmití mediante el don de la mente. *Trata de recordar. ¿Quién eras antes de llegar aquí, antes de que te lastimaran? Regresa al pasado. Regresa a la época del icono, o a la época de la faz de Cristo si es preciso.*

En su rostro se pintó una expresión de temor. Riccardo, sin sospechar el motivo, se apresuró a tomarle la mano y a enumerar los sencillos objetos que había en la mesa para que aprendiera sus nombres. Amadeo le sonrió como si acabara de despertar de una pesadilla y repitió las palabras.

Qué voz tan clara y hermosa tenía. Qué pronunciación tan correcta. Qué expresión tan inteligente traslucían sus ojos pardos.

—Enseñadle todo cuanto precisa aprender —les dije a Riccardo y a los profesores sentados a la mesa—. Quiero que estudie baile, esgrima y, sobre todo, pintura. Mostradle todos los cuadros que hay en casa y todas las esculturas. Llevadlo a todas partes. Deseo que aprenda todo lo referente a Venecia.

Luego me retiré solo a mi estudio de pintura.

Mezclé rápidamente la pintura al temple y pinté un pequeño retrato de Amadeo tal como lo había visto a la hora de cenar, con su elegante chaqueta de terciopelo azul y el pelo lustroso y recién peinado.

Me sentía débil debido a la intensidad de mis infames pensamientos. Lo cierto era que mi voluntad comenzaba a flaquear.

¿Cómo podía arrebatarle a ese chico la copa que apenas había degustado? Era una criatura muerta a quien yo había devuelto la vida. Yo mismo me había robado ese proyecto de vampiro gracias a los espléndidos planes que había forjado para él.

A partir de ese momento, y a lo largo de varios meses, Amadeo vivió de día. Sí, debía gozar de cada oportunidad que le ofreciera la luz del día para convertirse en lo que él quisiera.

Pero en su fuero interno, sin que ninguno de los otros lo percibiera de forma material, Amadeo consideraba, a instancias mías, que me pertenecía secretamente y por completo.

Para mí representaba una tremenda contradicción.

Renuncié a mi propósito de convertirlo en vampiro. No podía condenarlo a la sangre oscura, por más penosa que fuera mi soledad y más penosa que hubiera sido la tragedia que el chico había vivido. Tenía que darle la oportunidad de formarse entre los aprendices y los profesores que había en mi casa, y si demostraba poseer la talla de un príncipe, tal como yo esperaba a juzgar por su evidente inteligencia, le ofrecería la oportunidad de estudiar en la universidad de Padua o la de Bolonia, a las que enviaba a mis pupilos uno tras otro a medida que se cumplía la multitud de planes que había trazado para mi numerosa familia.

Pero al anochecer, cuando las lecciones habían terminado, cuando los chicos pequeños se habían acostado y los mayores habían concluido sus tareas en mi estudio, no podía por menos de llevarme a Amadeo a mi dormitorio-estudio y cubrirlo de besos carnales, unos besos dulces e incruentos, unos besos de necesidad, mientras él se entregaba a mí sin reservas.

Mi belleza le fascinaba. ¿Peco de vanidoso al afirmarlo? Estoy seguro de ello. No tuve necesidad de utilizar el don de la mente para cautivarlo. El chico me adoraba. Y aunque mis pinturas lo aterrorizaban, había algo en su alma profunda que le inducía a reverenciar mi aparente talento, la destreza de mi composición, mis colores vibrantes, mi airosa velocidad.

Como es natural, Amadeo nunca hablaba de esto con los otros. Y ellos, los chicos, que por fuerza sabían que pasábamos horas juntos en mi alcoba, no se atrevían a pensar en lo que hacíamos cuando estábamos solos. Por lo que respecta a Vincenzo, jamás se le habría ocurrido hacer alusión alguna a esa extraña relación.

A todo esto, Amadeo no había recuperado la memoria. No podía pintar, no podía tocar siquiera los pinceles. Parecía como si los colores, crudos, le abrasaran los ojos.

Pero era tan avispado como cualquiera de mis pupilos. Aprendió griego y latín en poco tiempo, en el baile era un prodigio de gracia y le encantaba manejar el estoque. Asimilaba con facilidad las lecciones que le impartían los profesores más dotados. No tardó en aprender a escribir en latín con una caligrafía clara y precisa.

Por las noches me leía versos en voz alta. Me cantaba, acompañándose suavemente con el laúd.

Yo escuchaba su voz grave y cadenciosa sentado a mi mesa, apoyado sobre un codo.

Iba siempre bien peinado, vestido con ropas elegantes e impecables, y llevaba los dedos, igual que yo, cubiertos de anillos.

¿Acaso no sabía todo el mundo que yo mantenía a ese chico? ¿Que era mi paniaguado, mi amante, mi tesoro secreto? Incluso en la antigua Roma, donde abundaba el vicio, la situación habría provocado habladurías, risas disimuladas, comentarios despectivos.

En Venecia nadie se mofaba de Marius el romano. Pero Amadeo albergaba ciertas sospechas, no respecto a las caricias, que empezaban a antojársele demasiado castas, sino al hombre que parecía de mármol, que jamás cenaba sentado a su propia mesa, que jamás probaba una gota de vino, que jamás aparecía bajo su propio techo a la luz del día.

Junto con esas sospechas, observé en Amadeo una creciente confusión a medida que empezaba a recobrar la memoria y se esforzaba en negar sus recuerdos. A veces se despertaba cuando yacíamos adormilados y me atosigaba con sus besos cuando yo prefería soñar.

Una tarde, durante los primeros y espléndidos meses invernales, cuando entré a saludar a mis impacientes pupilos, Riccardo me contó que había llevado a Amadeo a visitar a la bella y amable Bianca Solderini, que ésta los había recibido con cordialidad y se había mostrado muy complacida con los poemas que había recitado Amadeo y el ingenio de éste al improvisar unos versos en homenaje a la belleza de la dama.

Miré a los ojos de mi Amadeo. Estaba cautivado por el encanto de Bianca, cosa que comprendí muy bien. Pero mientras los chicos conversaban sobre la agradable reunión y el fascinante caballero inglés que visitaba a Bianca con asiduidad, me invadió un extraño estado de ánimo.

Bianca me había enviado una breve nota:

> Te echo de menos, Marius. Ven a verme y trae a tus chicos. Amadeo es tan listo como Riccardo. Tengo los retratos que me hiciste colgados por toda la casa. Todos se sienten intrigados por el hombre que los pintó, pero yo no digo nada, porque lo cierto es que no sé nada de ti. Se despide con cariño,
>
> BIANCA

Cuando alcé los ojos de la nota, vi que Amadeo me observaba con sus ojos silenciosos.

—¿La conoces, maestro? —me preguntó muy serio. Su pregunta sorprendió a Riccardo.

—Sabes que sí, Amadeo. Bianca te dijo que había ido a visitarla, y viste mis retratos en sus salones.

Intuí un repentino y violento arrebato de celos, pero la expresión de su rostro no mudó. *No vayas a verla*. Eso fue lo que me dijo su alma. Deduje que deseaba que Riccardo nos dejara solos para poder acostarnos en el oscuro lecho, rodeado por gruesas cortinas de terciopelo.

En ocasiones, Amadeo se mostraba obstinado, obsesionado con nuestro amor. Ese rasgo me atraía poderosamente y espoleaba mi devoción por él.

—Pero deseo que recuerdes —le dije de pronto en ruso, su lengua materna.

Mis palabras le chocaron, pero no las comprendió.

—Amadeo —dije en dialecto veneciano—, piensa en la época anterior a tu llegada aquí. Trata de recordar. ¿Cómo era el mundo en el que vivías?

El chico se sonrojó. Se sentía compungido. Parecía como si yo le hubiera golpeado.

Riccardo apoyó una mano en su hombro para consolarlo.

—Es demasiado duro para él, maestro —dijo.

Amadeo parecía bloqueado. Me levanté de la silla, me acerqué a él y le rodeé los hombros con el brazo, besándolo en la coronilla.

—Olvida lo que te he dicho. Iremos a visitar a Bianca. Ésta es la hora de la noche que más le gusta.

A Riccardo le extrañó que le permitiera salir a esa hora. En cuanto a Amadeo, se sentía todavía aturdido.

Hallamos a Bianca rodeada por un enjambre de invitados que no cesaban de parlotear. Entre ellos había unos florentinos y el inglés del que me habían hablado los chicos.

Al verme, Bianca sonrió. Me llevó aparte y me condujo a su alcoba, donde el abigarrado lecho decorado con exquisitos cisnes aparecía expuesto en el centro de la estancia.

—Por fin has venido —dijo—. Cuánto me alegro de verte. No imaginas lo que te he echado de menos. —Qué cálidas eran sus palabras—. Eres el único pintor que existe en mi mundo, Marius. —Deseaba que la besara, pero no me atreví a hacerlo. Me incliné para rozar su mejilla con mis labios y la sostuve con firmeza para impedir que me abrazara.

¡Qué radiante dulzura! Mientras la miraba a los ojos, sus hermosos ojos ovalados, me sentí transportado a las pinturas de Botticelli. Sostenía en las manos, por motivos que no acierto a explicarme, los mechones oscuros y perfumados de Zenobia, que imaginaba haber recogido del suelo de una casa situada en el otro extremo del mundo.

—Bianca, amor mío —dije—. Estoy dispuesto a abrir mi casa si accedes a hacer de anfitriona. —Al oír esas palabras que acababa de pronunciar, me quedé estupefacto. No sabía lo que iba a decir, pero proseguí como sumido en un ensueño—: No tengo ni esposa ni hija. Ven, abriremos mi casa al mundo.

La expresión de triunfo que mostraba su rostro fue una confirmación. Sí, abriría mi casa.

—Se lo diré a todos —se apresuró a contestar Bianca—. Sí, será un honor hacer de anfitriona para ti, lo haré encantada, pero supongo que estarás presente...

—¿Podemos abrir las puertas por la noche? —le pregunté—. Tengo costumbre de venir por las noches. La luz de las velas me sienta mejor que la luz del día. Fija tú la noche, Bianca, y ordenaré a mis sirvientes que lo tengan todo preparado. La casa está llena de pinturas. Que quede claro que no ofrezco nada a nadie. Pinto porque me gusta. Agasajaré a mis invitados ofreciéndoles la comida y las bebidas que tú me indiques.

Qué contenta parecía. Vi a Amadeo observándola desde un rincón, amándola y feliz de vernos juntos, aunque le dolía.

Riccardo conversaba con unos hombres mayores que él que le halagaban y admiraban su hermoso rostro.

—Tú me aconsejarás qué flores debo colocar en la mesa —le dije a Bianca—. Y qué vino debo servir. Mis sirvientes acatarán tus órdenes. Haré cuanto me digas.

—Qué maravilla —respondió—. Acudirá toda Venecia, te lo prometo, y comprobarás que son gente muy divertida. Todos se sienten intrigados por ti. No dejan de murmurar. No imaginas lo bien que lo pasaremos.

Ocurrió tal como ella había dicho.

Al cabo de un mes, abrí mi palacio a toda la ciudad. Pero qué diferente era de aquellas noches de borracheras en la antigua Roma, cuando la gente se tumbaba en mis divanes y vomitaba en mi jardín mientras yo pintaba como un enloquecido.

Cuando llegué, observé que mis invitados venecianos habían acudido elegantemente ataviados. Como es natural, me asediaron a preguntas. Yo dejé que se me empañaran los ojos. Las voces mortales que oía a mi alrededor me parecían besos. «Estás entre ellos —me dije—. Pareces uno de ellos. Parece como si estuvieras realmente vivo.»

¿Qué importaban sus mezquinas críticas sobre mis pinturas? Me afanaría en perfeccionar mi trabajo, sí, con ahínco, pero lo que contaba era la vitalidad, la energía.

Entre mis mejores obras destacaba mi hermosa y rubia Bianca, que de momento se había liberado de quienes la obligaban a cometer sus fechorías, aceptada por todos como la anfitriona de mi casa.

Amadeo observaba con ojos silenciosos y rencorosos. Los recuerdos que bullían en su interior lo atormentaban como un cáncer, pero era incapaz de analizarlos y comprenderlos.

Una tarde, al cabo de poco menos de un mes, lo encontré indispuesto en la magnífica iglesia de la cercana isla de Torcello, a la que al parecer había ido solo. Lo recogí del suelo frío y húmedo y lo llevé a casa.

Desde luego, comprendí el motivo. En esa iglesia, Amadeo había visto unos iconos del mismo estilo que los que él había pintado tiempo atrás. Había visto unos mosaicos que tenían varios siglos de antigüedad, semejantes a los que había visto de niño en las iglesias rusas. No lo había recordado. Se había tropezado con una realidad, con esas rígidas y severas pinturas bizantinas, y el calor del lugar le había producido una fiebre que percibí en sus labios y observé en sus ojos.

Al amanecer, su estado no había mejorado, y enloquecido de preocupación, lo dejé al cuidado de Vincenzo hasta que se hizo otra vez de noche y pude regresar apresuradamente a su lado.

Era su mente la que atizaba la fiebre. Lo tomé en brazos como si fuera un niño y lo llevé a la iglesia veneciana para que contemplara las prodigiosas pinturas de figuras robustas y naturales que habían sido realizadas hacía pocos años.

Pero comprendí que era inútil. Nada era capaz de abrir su mente, de modificarla. Lo llevé de vuelta a casa y volví a depositarlo sobre los almohadones del lecho.

Traté de comprender mejor la situación.

Había vivido un mundo punitivo, presidido por una austera devoción. La pintura no le producía placer alguno. Toda su vida en la lejana Rusia había sido tan rigurosa que era incapaz de entregarse a los placeres que se le ofrecían ahora continuamente.

Atormentado por los recuerdos, que no alcanzaba a comprender, se deslizaba lentamente hacia la muerte.

Pero yo no estaba dispuesto a consentirlo. Me paseé inquieto por la habitación, implorando a quienes le atendían que lo salvaran. Caminé incesantemente de un lado a otro, mascullando para mis adentros, furioso. No lo consentiría. No dejaría que muriera.

Eché a los otros del dormitorio sin miramientos.

Luego me incliné sobre él y, tras morderme la lengua, me llené la boca de sangre y vertí un pequeño chorro de la misma en su boca.

Amadeo se movió, se lamió los labios y comenzó a respirar con más facilidad. Sus mejillas recuperaron el color. Le toqué la frente. La fiebre había bajado. Abrió los ojos, me miró y dijo, como solía hacer, «Maestro», tras lo cual se sumió en un plácido sueño, sin pesadillas.

Con eso bastaba. Me alejé de su cabecera y me puse a escribir en mi diario. La pluma arañaba el papel mientras trazaba apresuradamente las palabras: «Es irresistible, pero ¿qué puedo hacer? En cierta ocasión me apropié de él y declaré que me pertenecía, y ahora alivio su dolor con la sangre que quisiera darle. Pero, al aliviar su dolor, confío en curarlo no en provecho mío, sino del mundo entero.»

Cerré el libro, disgustado conmigo mismo por haberle dado mi sangre. Pero lo había curado. Lo sabía. Y si volvía a caer enfermo, volvería a dársela.

El tiempo transcurría demasiado deprisa.

Las cosas se sucedían con excesiva rapidez. Mis anteriores criterios se habían visto alterados, y la belleza de Amadeo aumentaba de noche en noche.

Los profesores llevaron a los chicos a Florencia para que contemplaran las pinturas que había allí. Todos regresaron inspirados y deseosos de estudiar con más ahínco que antes.

Sí, habían visto las obras de Botticelli, que les habían parecido espléndidas. ¿Seguía pintando el maestro? Desde luego, pero su obra se decantaba ahora por los temas religiosos. Eso se debía a los sermones de Savonarola, un severo monje que criticaba a los florentinos por su afición a las vanidades. Savonarola ejercía un gran influjo en la gente de Florencia. Botticelli creía en él y se le consideraba uno de sus seguidores.

Esa noticia me entristeció profundamente. Es más, me enfureció. Pero sabía que pintara lo que pintase Botticelli, sería magnífico. Por otra parte, los progresos de Amadeo me consolaban, mejor dicho, hacían que me sintiera tan gratamente confundido como antes.

Amadeo se había convertido en el discípulo más brillante de mi academia. Contraté a otros profesores para que le enseñaran filosofía y derecho. Se desarrollaba con tal rapidez que tenía que renovar su vestuario continuamente, era un conversador inteligente y ameno, y muy querido por los chicos más jóvenes.

Visitábamos a Bianca todas las noches. Me había acostumbrado a la compañía de refinados extraños, a la eterna afluencia de visitantes del norte de Europa, que iban a Italia para descubrir sus antiguos y misteriosos encantos.

Muy de vez en cuando, observaba a Bianca entregar la copa envenenada a uno de sus desdichados invitados. De vez en cuando, sentía el latido de su tenebroso corazón y la sombra de su desesperada culpa en lo más profundo de sus ojos. ¡Con qué celo observaba a su infortunada víctima! ¡Con qué encanto se despedía de él con una última y sutil sonrisa!

En cuanto a Amadeo, nuestras sesiones amorosas en mi dormitorio se hicieron más íntimas. Más de una vez, cuando nos abrazábamos, yo le daba un beso de sangre, observando cómo se estremecía su cuerpo y el poder de mi sangre en sus ojos entornados.

¿Por qué me dejaba llevar por esa locura? ¿Estaba Amadeo destinado a servir al mundo o a mí?

Yo me mentía descaradamente al respecto. Me decía que nada impedía al chico demostrar sus dotes y ganarse la libertad para abandonarme, indemne y rico, a fin de alcanzar otros logros fuera de mi casa.

Sin embargo, le había proporcionado tal cantidad de sangre secreta que me asediaba a preguntas. ¿Qué clase de ser era yo? ¿Por qué no aparecía nunca de día? ¿Por qué no comía ni bebía nada?

Estrechaba entre sus cálidos brazos el misterio. Sepultaba la cara en el cuello del monstruo.

Yo lo enviaba a los mejores burdeles para que conociera los placeres que ofrecían las mujeres y también los muchachos. Él me odiaba por ello, pero gozaba y regresaba a mí ansioso de que le proporcionara el beso de sangre.

Cuando me ponía a pintar como un loco en mi estudio, exclusivamente en su presencia, un paisaje o héroes antiguos, Amadeo se mofaba de mí. Se acostaba a mi lado cuando caía exhausto en la cama para dormir durante las pocas horas que quedaban antes del amanecer.

Abríamos el palacio con frecuencia. Bianca, siempre brillante y segura de sí, presentaba una belleza madura, conservaba sus delicados rasgos y su encanto, y su lozanía juvenil había dado paso a la prestancia de una mujer.

A menudo la contemplaba preguntándome qué habría ocurrido de no haberme encaprichado de Amadeo. ¿Qué me había llevado a tomar esa decisión? ¿Acaso no habría podido cortejarla y seducirla? Entonces, mientras daba vueltas a esos pensamientos, se me ocurría, estúpidamente, que aún estaba a tiempo de hacerlo, de apartar a Amadeo de mi lado y relegarlo a la mortalidad, con fortuna y prestigio, junto con el resto de mis pupilos.

No, Bianca estaba a salvo de mí.

Era a Amadeo a quien yo deseaba, a quien formaba e instruía. Era a Amadeo a quien había convertido en mi preciado discípulo de sangre vampírica.

Las noches transcurrían deprisa, como en un sueño.

Varios chicos fueron a estudiar a la universidad. Uno de los profesores murió. Vincenzo empezó a cojear, pero contraté a un ayudante para que le hiciera los recados. Bianca cambió de lugar alguno de los grandes cuadros. El aire era tibio y dejábamos las ventanas abiertas. Organizamos un banquete en la azotea. Los chicos cantaron.

Nunca, durante ese tiempo, dejé de untarme con el bálsamo para oscurecer mi tez y darle un aspecto humano, haciéndolo penetrar en la piel mediante un masaje administrado con ambas manos. Nunca dejé de vestirme y adornarme con hermosas joyas y lucir anillos para distraer la atención de la gente de mi persona. Nunca me acerqué demasiado a un grupo de velas o a una antorcha situada a la entrada de un edificio o en un embarcadero.

Acudí al santuario de los que debían ser custodiados y permanecí un rato meditando. Le planteé el caso a Akasha.

Yo deseaba a ese chico, que ahora tenía dos años más que cuando lo encontré, pero al mismo tiempo deseaba ofrecerle todo lo demás. Ese dilema me partía el alma y le partía a él el corazón.

Jamás había pretendido crear a un bebedor de sangre para que fuera mi compañero, educar a un joven mortal con ese fin y adiestrarlo para que eligiera lo que él deseara.

Pero ahora lo deseaba hasta el punto de pensar en ello todos y cada uno de los instantes en que estaba despierto. Al mirar a mis gélidos Padres, no hallé consuelo alguno. No oí ninguna respuesta a mi súplica.

Me tumbé para dormir en el santuario y tuve unos sueños siniestros y agitados.

Vi el jardín que había plasmado en los muros. Caminaba como de costumbre a través de él, contemplando la fruta en las ramas de los árboles. De pronto, Amadeo se acercó a mí y profirió una carcajada espeluznante y cruel.

—¿Un sacrificio? —preguntó—. ¿Para Bianca? ¿Cómo es posible?

Me desperté sobresaltado, frotándome los antebrazos y sacudiendo la cabeza para librarme de esa pesadilla.

—No sé la respuesta —murmuré, como si Amadeo estuviera a mi lado, como si su espíritu se hubiera desplazado al lugar donde yo me hallaba—. Sólo sé que ella era una mujer joven cuando la conocí —contesté—, educada y obligada a matar; una asesina, sí, un asesina, una mujer-niña culpable de unos crímenes horrendos. Y tú eras un niño desvalido. Yo podía moldearte y modificarte, y eso es lo que he hecho. Es cierto, pensé que eras pintor —proseguí—, que tenías dotes para la pintura, y sé que todavía los posees, lo cual también me atrajo. Pero, en última instancia, no sé qué me llamó la atención de ti, sólo sé que ocurrió.

Me acosté para seguir durmiendo, tendido de lado en una postura de abandono, contemplando los ojos refulgentes de Akasha y los rasgos duros de Enkil.

Retrocedí unos siglos y pensé en Eudoxia. Recordé su terrible muerte. Recordé su cuerpo envuelto en llamas y postrado en el suelo del santuario, en el mismo lugar donde me encontraba ahora.

Pensé en Pandora. ¿Dónde estaba mi Pandora? Por fin me quedé dormido.

Cuando regresé al palacio, deslizándome por el tejado como solía hacer, me encontré con una situación que dejaba mucho que desear. Todos estaban sentados a la mesa con las caras largas y Vincenzo me explicó, nervioso, que había ido a visitarme «un extraño individuo» que seguía en la antesala, pues se había negado a entrar.

Los chicos, que habían estado dando los últimos toques a mis murales en la antesala, se habían marchado al llegar ese «extraño individuo». Sólo se había quedado Amadeo, para terminar un trabajo que no le entusiasmaba, observando a ese «extraño individuo» de una forma que había alarmado a Vincenzo.

Por si eso no bastara, Bianca también había ido a visitarme, para entregarme un regalo de Florencia, un pequeño cuadro pintado por Botticelli. Había mantenido una «tensa» conversación con ese «extraño individuo» y le había advertido a Vincenzo que no le quitara el ojo de encima. Bianca se había marchado. El «extraño individuo» seguía allí.

Entré inmediatamente en la antesala, pero había intuido la presencia de ese ser antes de verlo con mis propios ojos.

Era Mael.

No tardé ni un segundo en reconocerlo. No había cambiado, como tampoco había cambiado yo, y no se esforzaba en seguir la moda de la época, como tampoco lo había hecho en el pasado.

De hecho, presentaba un aspecto lamentable, vestido con un raído jubón de cuero, unas medias llenas de agujeros y unas botas sujetas con cordeles.

Tenía el pelo sucio y alborotado, pero su cara mostraba una expresión insólitamente afable. Al verme, se me acercó enseguida y me abrazó.

—De modo que es cierto que estás aquí —dijo en voz baja, como si tuviéramos que hablar en murmullos en mi casa. Se expresaba en latín antiguo—. Me lo dijeron, pero no lo creí. Me alegro mucho de verte. Celebro comprobar que...

—Sí, ya sé lo que vas a decir —le interrumpí—. Sigo siendo testigo del paso de los años, un testigo superviviente de nuestra especie.

—Lo has expresado infinitamente mejor que yo —respondió—. Pero, repito, me alegro mucho de verte, de oír tu voz.

Observé que estaba cubierto de polvo. Mael miró a su alrededor, examinó el vistoso techo, en el que aparecía pintado un círculo de querubines que estaba adornado con pan de oro, contempló el mural sin acabar. Me pregunté si sabía que era obra mía.

—Mael, el que no cesa de asombrarse —dije, conduciéndolo suavemente a un lugar alejado de la luz de las velas—. Pareces un vagabundo —añadí, riendo.

—¿Puedes volver a prestarme unas prendas? —preguntó—. Ya me conoces, siempre ando hecho un desastre. Observo que vives espléndidamente, como de costumbre. ¿Nada te resulta un misterio, Marius?

—Todo es un misterio, Mael —contesté—. Pero siempre me he vestido con ropa elegante. Si el mundo llega a su fin, me hallará perfectamente vestido para la ocasión, ya ocurra de día o en plena noche.

Lo tomé del brazo y lo conduje a través de las numerosas y vastas estancias hasta mi alcoba. Lógicamente, Mael se mostró impresionado por las pinturas que colgaban en todas las salas y me siguió dócilmente.

—Deseo que permanezcas aquí, lejos de mis compañeros mortales —dije—. Tu presencia los confundiría.

—Veo que te has organizado muy bien —comentó Mael—. Lo tenías más fácil en Roma, ¿no es así? Pero menudo palacio te has agenciado. Muchos reyes te envidiarían, Marius.

—Supongo que sí —dije por decir algo.

Me dirigí a los roperos, que eran en realidad varias habitaciones pequeñas, y cogí unas prendas de vestir y unos zapatos de cuero. Mael parecía incapaz de vestirse solo, pero me negué a hacerlo yo. Una vez que hube colocado todos los objetos por orden sobre el lecho de terciopelo, como si fueran para un niño o un idiota, Mael empezó a examinar algunos como si no supiera para qué servían.

—¿Quién te dijo que me encontraba aquí, Mael? —pregunté.

Mael me miró unos momentos con frialdad. Su vieja nariz aguileña resultaba tan desagradable como siempre; sus ojos hundidos estaban algo más brillantes que de costumbre, y su boca, mejor perfilada de lo que yo recordaba. Puede que el paso del tiempo hubiera suavizado el rictus de sus labios, aunque no estoy seguro de que eso sea posible. En todo caso, para un varón inmortal tenía un aspecto interesante.

—Me has dicho que te informaron de que me encontraba aquí —insistí—. ¿Quién te lo dijo?

—Un estúpido bebedor de sangre —respondió estremeciéndose—. Un fanático adorador de Satanás. Se llamaba Santino. ¿Es que no hay manera de acabar con ellos? Fue en Roma. Me pidió que me uniera a él, ¿te imaginas?

—¿Por qué no lo destruiste? —pregunté, disgustado. Qué deprimente era aquello, qué alejado de los chicos cuando se sentaban a cenar, de los profesores que comentaban las lecciones del día, de la luz y la música a las que ansiaba regresar—. Antaño, cuando te los encontrabas, los destruías sin miramientos. ¿Por qué no lo hiciste en este caso?

Mael se encogió de hombros.

—¿Qué me importa lo que ocurra en Roma? No me quedé ni una noche allí.

—¿Cómo descubrió ese individuo que me hallaba en Venecia?

—pregunté, meneando la cabeza con disgusto—. Jamás he oído el menor rumor de uno de los nuestros aquí.

—Yo estoy aquí y no me habías oído —replicó Mael—. No eres infalible, Marius. Tienes muchas diversiones que te distraen. Quizá no escuchas con la debida atención.

—Tienes razón, pero me pregunto cómo lo averiguó.

—A tu casa acuden muchos mortales que hablan de ti. Es posible que esos mortales viajen a Roma. ¿No dicen que todos los caminos conducen a Roma? —Mael se estaba mofando de mí, desde luego. Pero lo hacía de forma amable, casi afectuosa—. El bebedor de sangre romano desea descubrir tu secreto, Marius. Me suplicó que le revelara el misterio de los que debían ser custodiados.

—Pero tú no lo hiciste, ¿verdad, Mael? —pregunté. Empezaba a odiarlo de nuevo, tan intensamente como antes.

—No, no se lo revelé —respondió con calma—, pero me reí de él y no lo negué. Quizá debí hacerlo, pero, cuanto más viejo te haces, más te cuesta mentir.

—Lo comprendo muy bien —dije.

—¿De veras? ¿Con esos bellísimos chicos mortales que te rodean? Pues yo creo que mientes cada vez que abres la boca, Marius. En cuanto a tus pinturas, ¿cómo te atreves a exhibir tus obras entre mortales que sólo disponen de una breve vida con la que desafiarte? Eso, a mi modo de ver, constituye de por sí una mentira intolerable.

Suspiré.

Mael se desabrochó violentamente el jubón y se lo quitó.

—¿Por qué acepto tu hospitalidad? —preguntó—. No lo sé. Quizá piense que, después de haber gozado de tantos placeres mortales, tienes la obligación de ayudar a otro bebedor de sangre que vaga perdido en el tiempo de país en país, como de costumbre, unas veces maravillándome, otras llenándome simplemente los ojos de polvo.

—Di lo que quieras —dije—. Te ofrezco ropas y alojamiento. Pero dime enseguida qué ha sido de Avicus y de Zenobia. ¿Viajan contigo? ¿Sabes dónde están?

—No tengo ni la más remota idea —contestó—, como sin duda habrás intuido antes de preguntármelo. Hace tanto que no los veo que no alcanzo a calcular los años ni las centurias. Avicus la convenció y se marcharon juntos. Me abandonaron en Constantinopla. No puedo decir que me sorprendiera. Antes de separarnos, las cosas se habían enfriado entre nosotros. Avicus estaba enamorado de ella, y ella lo amaba más que a mí. Eso fue todo.

—Lo lamento.

—¿Por qué? —preguntó Mael—. Tú nos abandonaste a los tres. Y lo peor fue que la dejaste a nuestro cuidado. Avicus y yo estuvimos mucho tiempo juntos, hasta que nos obligaste a hacernos cargo de Zenobia.

—¡Por todos los diablos! ¡Deja de echarme la culpa de todo! —mascullé—. ¿Es que no cesarás nunca de lanzar acusaciones? ¿Acaso soy el responsable de todas las desgracias que te han ocurrido, Mael? ¿Qué debo hacer para que me absuelvas y dejes de criticarme? Fuiste tú, Mael —murmuré—, quien me arrebataste mi vida mortal y me arrastraste, encadenado e impotente, a tu maldito bosque druida.

Por más que trataba de no alzar la voz, no conseguía contener mi ira. Mael me miró atónito.

—De modo que me desprecias, Marius —dijo sonriendo—. Te creía demasiado inteligente para caer en un sentimiento tan mezquino. Sí, yo te hice prisionero, te arrebaté tus secretos y desde entonces vengo pagándolo con una maldición tras otra.

Retrocedí. No quería entrar en esa disputa. Esperé hasta que mi ira se disipó y recobré la calma. Al cuerno con la verdad.

Curiosamente, mi reacción hizo que sacara a relucir su vena más amable. Mientras se quitaba los harapos y los apartaba de un puntapié, me habló de Avicus y Zenobia.

—Se colaban en el palacio del emperador para perseguir a sus víctimas en las sombras —dijo—. Zenobia se vestía rara vez como un chico, tal como le enseñaste a hacer. Era muy aficionada a los vestidos suntuosos. Lucía siempre unos trajes espectaculares. En cuanto a su cabello..., me enloquecía más que a ella.

—No sé si eso es posible —dije en tono quedo. Vi en su mente una visión de Zenobia y la confundí con la visión que tenía yo en la mía.

—Avicus siguió siendo el eterno estudiante —dijo Mael con cierto desprecio—. Logró dominar el griego. Leía cuanto caía en sus manos. Tú fuiste siempre su fuente de inspiración. Te imitaba en todo. Compraba libros sin saber de qué trataban. Leía sin cesar.

—Quizá supiera perfectamente de qué trataban —dije—. ¡Quién sabe!

—Yo lo sé —contestó Mael—. Os conozco a los dos. Avicus se comportaba como un idiota, acumulaba libros y más libros de poesía e historia sin ton ni son. No buscaba nada en concreto. Devoraba palabras y frases por cómo le sonaban.

—¿Y dónde y cómo has pasado tus horas, Mael? —pregunté en un tono más frío de lo que me había propuesto.

—Cazando por las oscuras colinas, más allá de la ciudad —respondió—. Cazaba entre los soldados en busca del feroz malvado, como bien sabes. Yo era un vagabundo y ellos iban vestidos como si formaran parte de la corte imperial.

—¿Crearon a algún otro bebedor de sangre? —inquirí.

—¡No! —contestó Mael con un respingo—. ¿A quién se le iba a ocurrir semejante cosa?

No respondí.

—¿Y tú, creaste a otro? —pregunté.

—No —respondió Mael, frunciendo el ceño—. ¿Dónde iba a encontrar a alguien lo suficientemente fuerte? —preguntó. Parecía confundido—. ¿Cómo iba a adivinar si un humano poseía la resistencia necesaria para recibir la sangre vampírica?

—De modo que errabas por el mundo solo.

—Ya encontraré a otro bebedor de sangre para que sea mi compañero —dijo—. ¿No encontré a ese condenado de Santino en Roma? Quizá seduzca a uno de los adoradores de Satanás. No creo que les guste a todos vivir encerrados en las catacumbas, ataviados con túnicas negras y cantando himnos latinos.

Asentí con la cabeza. Observé que estaba listo para darse un baño y no quise entretenerlo más.

—La casa, como ves, es enorme —dije en tono jovial—. En el primer piso, a la derecha, hay una habitación cerrada con llave. Carece de ventanas. Si quieres, puedes dormir allí durante el día.

Mael emitió una carcajada despectiva.

—Me basta con la ropa, amigo mío, y unas horas de descanso.

—No tengo inconveniente en que te quedes. Puedes alojarte aquí, siempre que los otros no te vean. Puedes utilizar esa bañera. Vendré a buscarte cuando los chicos estén dormidos.

La siguiente vez que vi a Mael fue en un momento de lo más inoportuno.

Salió del dormitorio y entró en el gran salón donde me encontraba cediendo a las pretensiones de Riccardo y Amadeo, aunque advirtiéndoles severamente que sólo podían ir a casa de Bianca a pasar la velada.

Amadeo lo vio. De nuevo, durante unos momentos fatídicos, lo vio. Y sé que algo en su interior le hizo reconocer a Mael como lo que era. Pero, al igual que le sucedía con muchas otras cosas que permanecían encerradas en su mente, Amadeo no era consciente de ello, y ambos chicos se despidieron de mí con unos apresurados besos para ir a cantarle sus canciones a Bianca y a dejarse cubrir de halagos por todos los asistentes a la reunión.

Estaba enojado con Mael por haber abandonado el dormitorio, pero no dije nada.

—De modo que no has convertido a ése en un bebedor de sangre —dijo, sonriendo, al tiempo que señalaba la puerta por la que acababan de salir los chicos.

Furioso, guardé silencio. Lo miré como solía hacer en esas situaciones, incapaz de articular palabra.

Mael siguió sonriendo de forma siniestra y luego dijo:

—Marius, el de muchos nombres y muchas casas en muchas vidas. Así que has elegido a un hermoso niño.

Me encogí de hombros tratando de no darle importancia. ¿Cómo había conseguido leer en mi mente el deseo que sentía por Amadeo?

—Te has vuelto descuidado —dijo suavemente—. Escúchame, Marius, no quiero ofenderte. Tienes demasiados tratos con mortales, y ese niño es muy joven.

—No digas ni una palabra más —protesté, esforzándome en contener mi ira.

—Discúlpame —dijo Mael—. Sólo pretendía expresar mi opinión.

—Ya lo sé, pero no quiero oír ni una palabra más.

Lo miré. Estaba muy guapo con su nuevo atuendo, aunque algunos detalles estaban torcidos o asomaban por donde no debían. Pero no sería yo quien subsanara esos fallos. Se me ocurrió que no sólo presentaba un aspecto salvaje, sino cómico, pero sabía que los demás pensarían que era un hombre muy apuesto.

Lo odiaba, pero no del todo. De pronto, mientras estaba allí con él, casi estallé en llanto y rompí a hablar apresuradamente para reprimir esa emoción.

—¿Qué has aprendido durante este tiempo? —pregunté.

—¡Qué pregunta tan impertinente! —replicó en voz baja—. ¿Qué has aprendido tú?

Le expuse mis tesis acerca de que Occidente había vuelto a alzarse apoyándose en los antiguos clásicos que Roma había tomado de Grecia. Le dije que el arte del antiguo Imperio era recreado en toda Italia y le hablé de las magníficas ciudades del norte de Europa, tan prósperas como las del sur. Luego le dije que, a mi modo de ver, el Imperio oriental había caído en manos del islam y había dejado de existir. El mundo griego había desaparecido irrevocablemente.

—Hemos recuperado Occidente, ¿no lo comprendes? —pregunté.

Mael me miró como si me hubiera vuelto loco.

—¿Y qué? —contestó.

En su rostro se produjo un leve cambio.

—Testigo de la sangre vampírica —dijo, repitiendo las palabras que yo había pronunciado hacía un rato—. Observador del paso de los años.

Mael extendió los brazos como si quisiera abrazarme. Su mirada era franca y no intuí ninguna malicia en ese gesto.

—Me has dado ánimos —dijo.

—¿Para qué, si me permites preguntártelo?

—Para seguir vagando por el mundo —respondió, bajando los brazos lentamente.

Asentí con la cabeza. ¿Qué más quedaba por añadir?

—¿Necesitas algo? —pregunté—. Tengo muchas monedas venecianas y florentinas. Ya sabes que el dinero no significa nada para mí. Estaré encantado de compartir contigo cuanto tengo.

—Para mí tampoco significa nada —dijo Mael—. Obtendré lo que necesite de mi próxima víctima, y su sangre y su dinero me permitirán subsistir hasta que encuentre a otra.

—Muy bien —dije, lo que significaba que deseaba que se fuera. Pero cuando Mael se percató de ello y se volvió para marcharse, lo así del brazo—. Perdona que haya estado tan frío contigo —dije—. Tiempo atrás fuimos compañeros.

Nos abrazamos con fuerza.

Lo acompañé hasta la puerta de entrada, donde el intenso resplandor de las antorchas nos iluminaba en exceso, y lo observé desaparecer literalmente en la oscuridad.

Al cabo de unos segundos, dejé de oír sus pasos y di las gracias en silencio.

Me puse a pensar en lo mucho que odiaba a Mael, en lo mucho que le temía. Sí, tiempo atrás lo había amado, incluso cuando éramos mortales, cuando yo era su prisionero y él el sacerdote druida que me enseñó los himnos de los fieles del bosque, aunque no comprendo con qué fin.

Y le había amado durante la larga travesía a Constantinopla, y en la ciudad donde había confiado a Zenobia a su cargo y al de Avicus, deseándoles a los tres que les fuera muy bien.

Pero no le quería conmigo en esos momentos. Quería mi casa, a mis pupilos, a Amadeo, a Bianca. Quería mi Venecia. Quería mi mundo mortal.

No quería arriesgar mi hogar mortal pasando siquiera unas pocas horas con él. Quería impedir que averiguara mis secretos.

Me quedé plantado bajo la luz de las antorchas, absorto en mis pensamientos. Algo no encajaba.

Me volví y llamé a Vincenzo, que andaba por allí.

—Voy a ausentarme unas noches —le dije—. Ya sabes lo que tienes que hacer. Regresaré pronto.

—Muy bien, maestro —respondió.

Me convencí de que no había notado nada extraño en Mael. Siempre estaba dispuesto a cumplir mis órdenes.

—Ahí está Amadeo, maestro —dijo de pronto, señalando con el dedo—. Desea hablar con vos.

Me quedé asombrado. Vi a Amadeo en una góndola al otro lado del canal, observándome, aguardando. Deduje que me había visto con Mael. Pero ¿cómo era posible que yo no le hubiera oído? Mael tenía razón. Me había vuelto descuidado. Las emociones humanas me habían ablandado. Estaba hambriento de amor.

Amadeo indicó al gondolero que lo acercara a la fachada de la casa.

—¿Por qué no has ido con Riccardo? —le pregunté—. Creí que te hallaría en casa de Bianca. Exijo que me obedezcas.

Vincenzo desapareció y Amadeo subió al embarcadero y me abrazó, oprimiendo mi cuerpo duro e inflexible con todas sus fuerzas.

—¿Adónde vas? —preguntó atropelladamente en voz baja—. ¿Por qué me abandonas de nuevo?

—Debo marcharme —respondí—, pero sólo me ausentaré unas noches. Sabes que debo marcharme. Tengo unas obligaciones importantes que cumplir en otro lugar. Por otra parte, ¿no regreso siempre?

—Llévame contigo —me rogó Amadeo.

Sus palabras me chocaron. Sentí como si se hubiera accionado un resorte en mi interior.

—No puedo —contesté. Entonces pronuncié unas palabras que jamás imaginé que saldrían de mis labios—. Voy a ver a los que deben ser custodiados —dije, como si fuera incapaz de seguir guardando el secreto— para asegurarme de que están tranquilos. Llevo haciéndolo desde hace mucho tiempo.

En su rostro se dibujó una expresión de asombro.

—Los que deben ser custodiados —musitó como si pronunciara una oración.

Sentí que un escalofrío me recorría el cuerpo.

Me pareció como si me hubiera quitado un gran peso de encima. Al parecer, la visita de Mael había hecho que Amadeo se sintiera más unido a mí, y yo había dado otro paso fatídico.

La luz de la antorcha me atormentaba.

—Entremos —dije.

Ambos penetramos en el sombrío portal. Vincenzo, que como de costumbre no andaba lejos, desapareció.

Me incliné para besar a Amadeo y el calor de su cuerpo intensificó mi deseo.

—Dame la sangre, maestro —me susurró al oído—. Dime qué eres, maestro.

—¿Qué soy? Algunas veces ni yo mismo lo sé, hijo mío. Y otras pienso que lo sé muy bien. Estudia en mi ausencia. No pierdas el tiempo. Estaré de vuelta antes de que te des cuenta. Entonces hablaremos sobre besos de sangre y secretos. Pero, entre tanto, no debes decirle a nadie que me perteneces.

—¿Acaso se lo he dicho a alguien, maestro? —replicó Amadeo. Me besó en la mejilla y apoyó su mano cálida en mi mejilla, como si supiera lo inhumano que yo era.

Presioné los labios contra los suyos y vertí en su boca un pequeño chorro de sangre. Sentí que se estremecía.

Me aparté y él cayó desvanecido en mis brazos.

Llamé a Vincenzo y le entregué a Amadeo, tras lo cual me alejé, envuelto en la oscuridad de la noche.

Dejé la espléndida ciudad de Venecia con sus resplandecientes palacios para retirarme al gélido santuario oculto en la montaña, sabiendo que la suerte de Amadeo estaba sellada.

20

Ignoro cuánto tiempo pasé junto a los que debían ser custodiados. Una semana, tal vez más.

Acudí al santuario, confesé mi asombro por haber pronunciado las palabras «los que deben ser custodiados» ante un joven mortal. Confesé de nuevo que lo deseaba, que quería compartir con él mi soledad, que quería compartir con él todo cuanto pudiera enseñarle y ofrecerle.

¡Qué indecible dolor! ¡Todo cuanto pudiera enseñarle y ofrecerle! ¿Qué les importaba eso a mis Padres Inmortales? Nada. Mientras cortaba las mechas para las lámparas y llenaba éstas de aceite, mientras dejaba que se encendiera la luz en torno a aquellas figuras egipcias eternamente silenciosas, me impuse la misma penitencia que me imponía siempre.

Encendí dos veces con un soplo del don del fuego el largo candelero que contenía cien velas y dos veces dejé que éstas se consumieran.

Pero mientras rezaba, mientras soñaba, llegué a una conclusión. Deseaba a ese compañero mortal precisamente porque me había introducido en el mundo mortal. De no haberme detenido nunca en el taller de Botticelli, no me habría acometido esa feroz soledad. Estaba relacionada con mi amor al arte, en especial a la pintura, y mi deseo de relacionarme íntimamente con los mortales que se alimentaban de las maravillosas creaciones de esa época.

También confesé que casi había terminado de instruir a Amadeo.

Al despertarme, escuché con mi poderoso don de la mente los movimientos y los pensamientos de Amadeo, que se hallaba tan sólo a unos pocos cientos de kilómetros. Obedecía mis órdenes al pie de la letra. Por las noches estudiaba en lugar de ir a casa de Bianca. Permanecía en su dormitorio, pues ya no le unían lazos de camaradería con los otros chicos.

¿Qué podía ofrecerle a ese chico para inducirlo a abandonarme? ¿Qué podía ofrecerle para convertirlo en el compañero ideal que deseaba con toda mi alma?

Ambas preguntas me atormentaban.

Por fin se me ocurrió un plan, una última prueba que Amadeo debía pasar, y en caso de que fracasara, lo dejaría, provisto de una fortuna irresistible y una inmejorable posición, en el mundo de los mortales. Aún no sabía cómo hacerlo, pero supuse que no me resultaría muy difícil.

Me proponía revelarle la forma en que me alimentaba.

Por supuesto, lo de la prueba era mentira, pues una vez que Amadeo hubiera visto cómo me alimentaba, cómo asesinaba a mis víctimas, ¿cómo podría pasar indemne a una mortalidad provechosa, por esmerada que fuera su educación, por grande que fuera su cultura y su riqueza?

Tan pronto como me hice esa pregunta, me acordé de mi exquisita Bianca, que seguía empuñando el timón de su barco pese a las copas de vino envenenadas que había entregado con sus propias manos.

Estos pensamientos, malévolos y taimados, constituían la sustancia de mis oraciones. ¿Pedía permiso a Akasha y a Enkil para convertir a ese niño en un bebedor de sangre? ¿Les pedía permiso para revelar a Amadeo los secretos de ese antiguo e inmutable santuario?

Si lo hice, no obtuve respuesta.

Akasha me ofreció tan sólo su plácida serenidad, y Enkil, su majestad. El único sonido que se percibía era el de mis movimientos al incorporarme, al depositar mis besos a los pies de Akasha, al salir, cerrar a mi espalda la inmensa puerta y correr el cerrojo.

Aquella noche soplaba viento y las montañas estaban cubiertas de nieve. Una nieve amarga, blanca y pura.

Me alegré de hallarme de regreso en Venecia al cabo de unos minutos, aunque en mi amada ciudad también hacía frío.

No bien hube entrado en mi dormitorio, Amadeo se arrojó en mis brazos.

Le cubrí la cabeza de besos y luego los cálidos labios, aspirando su aliento. Después me mordí ligeramente y vertí la sangre en su boca.

—¿Estás dispuesto a ser lo que yo soy, Amadeo? —pregunté—. ¿A transformarte para siempre? ¿A vivir un secreto durante toda la eternidad?

—Sí, maestro —respondió con febril abandono. Apoyó ambas manos en mis mejillas—. Dámela, maestro. ¿Crees acaso que no le he dado mil vueltas? Sé que puedes adivinar nuestros pensamientos. Lo deseo, maestro, dime qué debo hacer. Soy tuyo, maestro.

—Ve en busca de la capa más gruesa para protegerte del frío invernal —dije—. Y luego sube a la azotea.

Al cabo de unos instantes, se reunió conmigo. Miré hacia el mar. Soplaba un viento áspero. Me pregunté si le lastimaba y me afané en adivinar su pensamiento y medir su pasión.

Al clavar la vista en sus ojos castaños, comprendí que había dejado el mundo mortal tras de sí con más facilidad que ningún otro mortal que podía haber elegido de mi jardín, pues los recuerdos seguían atormentándolo, aunque estaba dispuesto a creerme ciegamente.

Lo abracé y, cubriéndole la cara, lo llevé a un mísero barrio de Venecia donde los ladrones y los vagabundos dormían donde podían. Los canales apestaban a basura y peces muertos.

Al cabo de unos minutos, encontré a una víctima mortal y, ante el asombro de Amadeo, atrapé al desdichado con una rapidez sobrenatural antes de que consiguiera apuñalarme y lo acerqué a mis labios.

Dejé que Amadeo viera mis afilados colmillos al clavarlos en el cuello del rufián; luego cerré los ojos y me convertí en Marius, el bebedor de sangre, Marius, el asesino de malvados, mientras la sangre penetraba en mis venas sin importarme que Amadeo fuera testigo, que estuviera presente.

Cuando terminé, dejé caer silenciosamente el cuerpo en las fétidas aguas del canal.

Me volví, sintiendo la sangre en mi rostro, en mi pecho, y luego penetrar lentamente en mis manos. La vista se me nubló y me di cuenta de que sonreía, no de una forma cruel, sino con una sonrisa cómplice, distinta de cuanto el chico había contemplado jamás.

Cuando lo miré, en su rostro sólo advertí una expresión de asombro.

—¿No te inspira lástima ese hombre, Amadeo? —pregunté—. ¿No sientes curiosidad por la suerte de su alma? Ha muerto sin recibir la extremaunción. Ha muerto sólo por mí.

—No, maestro —respondió, esbozando una sonrisa que parecía una llama que hubiera brotado de la mía—. Lo que he visto es maravilloso, maestro. ¿Qué me importan su cuerpo o su alma?

Estaba tan furioso que no pude replicar. ¡El chico no había extraído ninguna lección de lo que había presenciado! Era demasiado joven, la noche demasiado oscura, el hombre demasiado ruin y todo lo que yo había previsto había quedado en nada.

Lo envolví de nuevo en mi capa, tapándole la cara para que no viera nada mientras me desplazaba por el aire en silencio, deslizándome sobre los tejados hasta irrumpir hábil y sigilosamente por una ventana, cuyos postigos estaban cerrados para impedir que penetrara el aire nocturno.

Atravesamos las habitaciones posteriores de la casa hasta que nos detuvimos en la suntuosa alcoba de Bianca, que estaba en penumbra. La vi volverse y observarnos a través de los salones, tras lo cual se levantó y se dirigió hacia nosotros.

—¿Qué hacemos aquí, maestro? —preguntó Amadeo, mirando, cohibido, el salón principal.

—Quiero que vuelvas a contemplarlo para comprenderlo —respondí, enojado—. Quiero que me veas hacérselo a una persona a quien aseguramos amar.

—Pero ¿cómo, maestro? —preguntó Amadeo—. ¿A qué te refieres? ¿Qué te propones?

—Me dedico a perseguir al malvado, hijo mío —contesté—. Comprobarás que en este lugar hay tanta maldad como en ese infeliz al que he arrojado a las aguas del canal sin haberse confesado y sin que nadie haya llorado su muerte.

Bianca se detuvo ante nosotros y preguntó con la máxima delicadeza qué hacíamos en sus aposentos privados. Sus claros ojos escudriñaron los míos.

Me apresuré a acusarla.

—Cuéntaselo, hermosa mía —dije bajando la voz para que los asistentes no me oyeran—. Confiésale los crímenes que se ocultan detrás de tu encanto. Confiésale a cuántos invitados has liquidado bajo tu techo con una copa de vino envenenada.

Bianca me respondió con una calma pasmosa.

—No hagas que me enfade, Marius. Te presentas aquí de forma impropia y me acusas sin motivo. Márchate y vuelve cuando hayas recobrado la compostura y te muestres tan gentil como en tus anteriores visitas.

Amadeo no cesaba de temblar.

—Vámonos, maestro, te lo ruego por el amor que ambos sentimos por Bianca.

—Ah, pero yo deseo otra cosa de ella, aparte del amor que me inspira —contesté—. Deseo su sangre.

—No, maestro —murmuró Amadeo—. Te lo suplico, maestro.

—Es una sangre malévola —dije—, lo cual hace que me parezca más deliciosa. Me gusta beber sangre de asesinos. Díselo, Bianca, cuéntale lo de tus pócimas mezcladas con vino, lo de las vidas que has exterminado por orden de quienes te han convertido en el instrumento de sus nefandos planes.

—Vete ahora mismo —repitió Bianca, mirándome sin el menor temor. Sus ojos centelleaban—. Es increíble que precisamente tú, Marius el romano, te atrevas a juzgarme. Tú, con tus poderes mágicos, rodeado de tus chicos... No diré más, sólo te pido que salgas inmediatamente de mi casa.

Avancé hacia ella para abrazarla. No sabía cuándo me detendría, sólo sabía que deseaba mostrarle a Amadeo el horror de aquella acción, que era preciso que lo contemplara, que contemplara el sufrimiento, el dolor.

—Maestro —murmuró Amadeo, tratando de interponerse entre los dos—, dejaré de atosigarte con mis peticiones, pero no le hagas daño. ¿Me has entendido? No volveré a pedirte nada. Suéltala.

Sujeté a Bianca entre mis brazos mientras la contemplaba, aspirando el dulce perfume de su juventud, su cabello, su sangre.

—Si la matas, moriré con ella, maestro —dijo Amadeo.

Sus palabras bastaron para convencerme.

Me aparté de ella. Sentía una extraña confusión. La música que sonaba en los salones había degenerado en un ruido espantoso. Me senté sobre su lecho. Estaba sediento de sangre. «Podría matarlos a todos», pensé, mirando a los invitados reunidos en el salón. Luego creo que dije:

—Los dos somos unos asesinos, Bianca, tú y yo.

Vi que Amadeo lloraba. Estaba de espaldas a los invitados y tenía la cara cubierta de lágrimas.

Y ella, la fragante belleza con su pelo dorado y trenzado, vino a sentarse descaradamente junto a mí y me tomó la mano, sí, me tomó la mano.

—Los dos somos unos asesinos, mi señor —dijo—, sí, no me importa confesarlo, tal como me has pedido que haga. Pero ten en cuenta que recibo órdenes de quienes no vacilarían en enviarme al infierno por el mismo procedimiento. Son ellos los que preparan las pociones para echarlas al fatídico vino. Son ellos quienes designan a los que deben beberlo. No conozco los motivos. Sólo sé que, si no obedezco, moriré.

—Dime quiénes son, mi exquisito tesoro —dije—. Estoy ansioso de beber su sangre. ¡No imaginas hasta qué punto lo deseo!

—Son parientes míos —contestó Bianca—. Sangre de mi sangre, mi propia familia. Han sido mis guardianes aquí.

Bianca rompió a llorar y se abrazó a mí, como si mi fuerza fuera la única verdad a la que pudiera aferrarse, lo cual no me chocó.

Las amenazas que yo había proferido hacía unos instantes habían hecho que se sintiera más unida a mí. Amadeo se aproximó a nosotros, conminándome a matar a los que la tenían sometida a su poder, a los que la hacían sufrir, aunque fueran parientes suyos.

La sostuve entre mis brazos y ella agachó la cabeza. En su mente, que a menudo conseguía desconcertarme, leí los nombres tan claramente como si estuvieran escritos en un pergamino.

Conocía a esos hombres, eran unos florentinos que iban con frecuencia a visitarla. Esa noche celebraban una fiesta en una casa vecina. Eran prestamistas —algunos los habrían denominado banqueros— y asesinaban a hombres a quienes habían pedido prestado dinero y no querían devolvérselo.

—Te libraré de ellos, hermosa mía —le aseguré a Bianca rozándola con los labios.

Ella se volvió hacia mí y me cubrió de pequeños y violentos besos.

—¿Y qué te deberé a cambio? —preguntó mientras me besaba, mientras me acariciaba el pelo.

—Sólo te pido que no digas nada de lo que has visto esta noche.

Bianca me miró con sus ojos ovalados y serenos, cerrando la mente, como si se negara de nuevo a revelarme sus pensamientos.

—Te lo prometo, mi señor —musitó—. Mi alma deberá soportar una carga aún más pesada.

—No, yo te libraré de esa carga —respondí mientras nos levantábamos para marcharnos.

Qué tristes me parecieron sus repentinas lágrimas. La besé saboreando sus lágrimas, deseando que fueran de sangre y al mismo tiempo renunciando a la sangre que circulaba por sus venas.

—No llores por quienes te han utilizado —murmuré—. Regresa junto a tus invitados y disfruta de la alegría y la música. Deja ese siniestro encargo de mi cuenta.

Encontramos a los florentinos borrachos en la sala de banquetes; no repararon en nosotros cuando entramos sin ceremonias ni explicaciones y nos sentamos a la mesa repleta de viandas. Una ruidosa banda de músicos amenizaba la velada. El suelo, cubierto de vino, estaba resbaladizo.

Amadeo observaba el espectáculo con curiosidad, excitado, tomando buena nota del modo lento y metódico en que yo seducía a cada uno de ellos, bebiendo su sangre con avidez, dejando que sus cuerpos se inclinaran hacia delante sobre la mesa cargada de vituallas. Los músicos huyeron despavoridos.

Al cabo de una hora había liquidado a todos aquellos parientes de Bianca. Amadeo sólo me suplicó entre lágrimas que le perdonara la vida al último, el que había charlado conmigo más rato, ajeno a cuanto ocurriría a su alrededor. Pero ¿por qué iba a apiadarme de ése cuando su corazón era tan culpable como los demás?

Nos quedamos sentados en el comedor, solos, rodeados de cadáveres, comida fría en platos y bandejas de plata y de oro, vino derramándose de las copas volcadas, y por primera vez vi terror en los ojos de Amadeo mientras sollozaba.

Observé mis manos. Había bebido tanta sangre que parecían humanas y comprendí que, si me miraba en un espejo, vería un rostro humano arrebolado.

Sentí en mi interior un calor tan delicioso como insoportable; ansiaba estrechar a Amadeo entre mis brazos, tomarlo en esos instantes, pero él seguía sentado frente a mí, llorando a lágrima viva

—Han desaparecido todos esos hombres que atormentaban a Bianca —dije—. Vamos. Abandonemos esta macabra escena. Daré un paseo contigo junto al mar antes de que amanezca.

Amadeo me siguió dócilmente, como un niño. No cesaba de llorar y por su rostro rodaban gruesos lagrimones.

—Sécate las lágrimas —dije con firmeza—. Vamos a salir a la plaza. Está a punto de amanecer.

Al bajar los escalones de piedra, Amadeo me tomó de la mano.

Yo le rodeé los hombros con el brazo para protegerlo del áspero viento.

—Esos hombres eran malvados, ¿no es así, maestro? —me preguntó—. Estabas seguro. Lo sabías con certeza.

—Todos ellos —respondí—. Pero, a veces, los hombres y las mujeres son a la vez buenos y malos —continué—. ¿Quién soy yo para elegir a quienes elijo para saciar mi apetito voraz? Sin embargo, lo hago. ¿Crees que Bianca es a la vez buena y mala?

—Si yo bebo sangre de malvados, ¿me convertiré en un ser como tú, maestro? —preguntó Amadeo.

Nos detuvimos delante de la puerta cerrada de San Marcos. El viento soplaba con fuerza desde el mar. Lo abrigué bien con mi capa y él apoyó la cabeza sobre mi pecho.

—No, hijo mío —contesté—, para eso se requiere una magia infinitamente más potente.

—¿Te refieres a que tienes que proporcionarme tu sangre, maestro? —preguntó Amadeo, alzando la cabeza para mirarme. Sus lágrimas transparentes relucían bajo el aire gélido, y tenía el pelo alborotado.

No respondí.

—Maestro —dijo, mientras lo estrechaba contra mí—, hace mucho tiempo, según recuerdo vagamente, en un lugar lejano, donde vivía antes de vivir contigo, yo era lo que llamaban un bufón de Dios. No lo recuerdo con claridad y nunca conseguiré recordarlo bien, como ambos sabemos.

»Pero un bufón de Dios era un hombre que se consagraba a Dios por completo sin importarle las consecuencias que ello pudiera acarrearle: que se mofaran de él, los largos ayunos, las constantes burlas y pasar frío. Eso sí lo recuerdo, pues en aquel entonces yo era también un bufón de Dios.

—Pero pintabas cuadros, Amadeo, unos iconos maravillosos...

—Atiende, maestro —me interrumpió con firmeza, obligándome a guardar silencio—, al margen de lo que hiciera, yo era un bufón de Dios, como ahora lo soy de ti. —Se detuvo, apretándose contra mí para protegerse del viento que arreciaba. La bruma se deslizaba sobre las piedras. Se oían ruidos procedentes de las embarcaciones.

Abrí la boca para decir algo, pero él me lo impidió. Qué terco, qué seductor era ese chico que me pertenecía por completo.

—Hazlo cuando quieras, maestro —prosiguió—. Prometo guardar el secreto. Prometo ser paciente. Hazlo de la forma y en el momento que creas oportuno.

Sus palabras me hicieron reflexionar.

—Vete a casa, Amadeo —respondí—. Está amaneciendo y debo dejarte.

Amadeo asintió mientras meditaba en lo que yo le había dicho, como si por primera vez comprendiera su importancia, aunque no me explico cómo no había pensado antes en ello.

—Vete a casa y ponte a estudiar con los otros, habla con ellos y organiza los juegos de los pequeños. Si eres capaz de hacer eso, de pasar de la sala de banquetes cubierta de sangre a las risas de unos niños, cuando llegue esta noche, lo haré. Te transformaré en un ser como yo.

Le observé alejarse a través de la bruma. Se dirigió hacia el canal, donde se hallaba la góndola que lo conduciría a nuestra casa.

—Un bufón de Dios —murmuré en voz alta para que lo oyera mi mente—, sí, un bufón de Dios. En un lúgubre monasterio, pintaste esas imágenes sagradas, convencido de que tu vida no tenía significado alguno a menos que fuera una vida de sacrificio y dolor. Y ahora, en mi magia, ves también una pureza abrasadora y estás dispuesto a renunciar a las riquezas de la vida en Venecia para alcanzarla, a renunciar a todo cuanto puede conseguir un ser humano.

Pero ¿era cierto? ¿Sabía Amadeo lo suficiente para tomar esa decisión? ¿Sería capaz de renunciar para siempre al sol?

Yo no sabía la respuesta. Pero lo que importaba entonces no era su decisión. Yo ya había tomado la mía.

Por lo que se refiere a mi radiante Bianca, su mente me resultaba impenetrable, como si esa astuta hechicera supiera cómo impedirme leer sus pensamientos. En cuanto a su devoción, su amor, su amistad, eso era algo muy distinto.

21

En Venecia, durante las horas de luz diurna, dormía en un hermoso sarcófago de granito situado en una cámara oculta, sobre el nivel del agua, en un palacio desierto que me pertenecía.

La habitación, una maravillosa y pequeña celda, estaba revestida de oro e iluminada con antorchas, y una escalera conducía a una puerta que sólo yo podía abrir.

Al salir del palacio había que bajar unos escalones hasta llegar al canal, es decir, suponiendo que uno fuera a pie, lo cual no era mi caso.

Hacía unos meses, había encargado otro sarcófago de igual belleza y peso, para que dos bebedores de sangre pudieran yacer juntos en esa cámara, y de ese lugar de descanso fue de donde la noche siguiente me levanté.

Me percaté en el acto del alboroto que reinaba en mi casa. Oí los lejanos sollozos de los niños y las desesperadas plegarias de Bianca. Todo indicaba que bajo mi techo se había producido una terrible carnicería.

Como es lógico, supuse que tenía que ver con los florentinos que había asesinado. Mientras me dirigí apresuradamente a mi palacio, me maldije por no haber puesto más cuidado en esa espectacular matanza.

Pero no tenía nada que ver con eso.

No fue necesario que nadie me dijera, mientras bajaba rápidamente por la escalera desde el tejado, que un lord inglés, borracho y violento, había irrumpido en mi casa en busca de Amadeo, por quien sentía una pasión prohibida que el mismo Amadeo había alimentado coqueteando con él algunas noches en que yo me hallaba ausente.

Y con la misma certeza y horror comprendí que ese inglés, lord Harlech, había asesinado salvajemente a unos niños de no más de siete años antes de enzarzarse en un duelo con el propio Amadeo.

Como es natural, Amadeo sabía manejar tanto la espada como el puñal y había utilizado ambas armas para pelear contra ese malvado. Había conseguido acabar con lord Harlech, pero no antes de que éste le hubiera herido en la cara y los brazos con una espada envenenada.

Al entrar en el dormitorio, hallé a Amadeo aquejado de una fiebre muy alta. Unos sacerdotes lo rodeaban, mientras Bianca le refrescaba la cara con un paño frío.

En la habitación había numerosas velas encendidas. Amadeo yacía vestido con la misma ropa que llevaba la noche anterior. Tenía una manga desgarrada a la altura de la herida que le había infligido lord Harlech.

Riccardo no cesaba de llorar. Los profesores también lloraban. Los sacerdotes le habían administrado a Amadeo la extremaunción. Era imposible salvarle la vida.

Bianca se volvió en cuanto me oyó llegar. Su hermoso vestido estaba manchado de sangre. Se acercó a mí, pálida, y me aferró por las mangas de la chaqueta.

—Se ha debatido entre la vida y la muerte durante cuatro horas —me informó—. Ha hablado de unas visiones. Dice que ha atravesado un mar gigantesco y contemplado una prodigiosa ciudad celestial, y también que ha comprobado que todo es fruto del amor. ¡Todo! ¿Tú lo entiendes?

—Desde luego —respondí.

—Dice que ha visto una ciudad de cristal —continuó Bianca—, creada con amor, al igual que todas las cosas vivas. Dice que ha visto a unos sacerdotes de su tierra, que le han dicho que aún no le ha llegado la hora de ir a esa ciudad y le han obligado a regresar. Esos sacerdotes tienen razón, ¿verdad? —me preguntó Bianca con gesto implorante—. Aún no le ha llegado la hora de morir.

No contesté.

Bianca volvió a sentarse a la cabecera de Amadeo. Yo me situé detrás de ella y la observé mientras le refrescaba de nuevo la frente.

—Respira, Amadeo —dijo Bianca en tono sereno y firme—, hazlo por mí, por tu maestro. Respira, Amadeo, hazlo por mí.

Vi que el chico se esforzaba en obedecer.

Tenía los ojos cerrados y de pronto los abrió, pero no veía nada. Su piel presentaba el color del marfil. Tenía el pelo apartado de la cara, dejando al descubierto el feroz corte producido por la espada de lord Harlech.

—Dejadme a solas con él —dije a todos los presentes.

Nadie protestó. Les oí cerrar la puerta al salir.

Me incliné y, tras morderme la lengua como había hecho en tantas ocasiones, dejé que la sangre cayera sobre el profundo corte que tenía en el rostro. Me maravilló la rapidez con que cicatrizó la herida.

Amadeo volvió a abrir los ojos.

—Es Marius —dijo suavemente al verme. Jamás, durante el tiempo que llevábamos juntos, me había llamado por mi nombre—. Ha venido Marius —dijo—. ¿Por qué no me lo dijeron los sacerdotes? Sólo me dijeron que aún no había llegado mi hora.

Alcé su mano derecha, donde la hoja de lord Harlech le había causado otra herida. La besé, impregnándola de sangre curativa, y vi cómo se producía de nuevo el milagro.

Amadeo se estremeció. Durante unos momentos, hizo una mueca de dolor; luego se sumió en un sueño profundo. El veneno le devoraba las entrañas. Observé unos síntomas crueles e inconfundibles.

Se moría, independientemente de lo que le hubieran dicho sus visiones, y ningún dulce beso de sangre podía salvarlo.

—¿Creíste lo que dijeron? —le pregunté—. ¿Que no había llegado tu hora?

Amadeo abrió los ojos lentamente, como si ese mero gesto le produjera dolor.

—Me hicieron regresar junto a ti, maestro —respondió—. Quisiera recordar todo lo que me dijeron, pero me advirtieron que lo olvidaría. ¿Por qué me trajeron aquí, maestro? —Pese al dolor que sentía, se esforzó en seguir hablando.

—¿Por qué me raptaron de una tierra lejana y me trajeron a tu casa? Recuerdo que avanzaba a caballo a través de unos pastizales. Recuerdo a mi padre. Yo cabalgaba sosteniendo en mis brazos un icono que había pintado. Mi padre era un magnífico jinete y un gran guerrero. Los tártaros se abalanzaron sobre nosotros y me raptaron. El icono cayó entre la alta hierba. Ahora comprendo lo que ocurrió, maestro. Creo que, cuando me raptaron, asesinaron a mi padre.

—En tus sueños, ¿lo viste, hijo mío? —pregunté.

—No, maestro. Pero no lo recuerdo.

De pronto, Amadeo rompió a toser. Al cabo de unos momentos, la tos cesó y comenzó a respirar profundamente, como si sólo tuviera fuerzas para seguir respirando.

—Sé que pinté esos iconos y que nos enviaron a esos pastizales para que depositáramos el icono en un árbol. Era un rito sagrado. Los pastizales eran muy peligrosos, maestro, pero mi padre cazaba siempre allí. Nada le atemorizaba. Yo era tan buen jinete como él. Ahora sé toda mi historia, maestro, pero no sé explicarte...

De repente dejó de hablar y todo su cuerpo sufrió una nueva convulsión.

—Me muero, maestro —musitó—, aunque me dijeron que no había llegado mi hora.

Comprendí que su vida estaba acabando. ¿Había amado a alguien más de lo que lo amaba a él? ¿Había revelado a alguien mi alma más profundamente que a él? Si daba libre curso a mis lágrimas, él las vería. Si me echaba a temblar, él lo notaría.

Hacía mucho tiempo, un ser me había raptado, igual que a él. ¿No fue ése el motivo que me indujo a elegirlo, el hecho de que unos ladrones lo hubieran arrancado de su plácida vida igual que habían hecho conmigo? Así pues, pensé concederle el gran don de la eternidad. ¿Acaso no era digno de ello? Sí, era joven, pero ¿qué daño le haría ser eternamente bello con el aspecto de un joven?

Amadeo no era Botticelli. No era un joven de inmenso talento y fama.

Era un chico que se moría y al que pocos recordarían, salvo yo.

—¿Cómo se les ocurrió decir que no había llegado mi hora? —murmuró.

—¡Te enviarán de nuevo junto a mí! —exclamé. No podía soportarlo—. Amadeo, ¿creíste a los sacerdotes que viste en sueños? ¿Creíste en esa ciudad de cristal? Dímelo.

Amadeo sonrió. Su sonrisa nunca era inocente, por hermosa que fuera.

—No llores por mí, maestro —respondió. Se esforzó en levantar un poco la cabeza de la almohada, con los ojos muy abiertos—. Cuando el icono cayó de mis manos, mi suerte quedó sellada, maestro.

—No, Amadeo, no lo creo —dije.

Pero el tiempo apremiaba.

—¡Ve con ellos, hijo mío, llámalos! —dije—. Pídeles que te lleven con ellos.

—No, maestro. Quizá sean unas imágenes insustanciales —respondió—. Unos sueños fruto de mi mente febril. Quizá sean fantasmas envueltos en retazos de recuerdos. Pero sé quién eres tú, maestro. Quiero que me concedas la sangre. La he saboreado. Deseo quedarme contigo, maestro. Si me rechazas, deja que muera junto a Bianca. Envíame de nuevo a mi enfermera mortal, maestro, porque me conforta mejor que tú con tu frialdad. Deseo morir a solas con ella.

Amadeo se desplomó exhausto sobre la almohada.

Desesperado, me corté la lengua, me llené la boca de sangre y se la di, pero el veneno obraba con rapidez.

Amadeo sonrió al penetrar la cálida sangre en su boca y un velo de lágrimas empañó sus ojos.

—Mi hermoso Marius —dijo como si fuera infinitamente mayor de lo que yo sería jamás—. Mi hermoso Marius, que me dio mi hermosa Venecia. Mi hermoso Marius, dame ahora la sangre.

No quedaba tiempo. Rompí a llorar desconsoladamente.

—¿Deseas realmente recibir la sangre, Amadeo? —pregunté—. Dímelo, dime que estás dispuesto a renunciar para siempre a la luz del sol, que a partir de ahora te alimentarás de la sangre del malvado, igual que yo.

—Te lo juro —respondió.

—¿Estás dispuesto a vivir eternamente, sin experimentar cambio alguno —pregunté—, alimentándote de mortales que ya no podrán ser tus hermanos y hermanas?

—Sí, sin experimentar cambio alguno —contestó Amadeo—, entre ellos, aunque ya no sean mis hermanos y hermanas.

Le di de nuevo el beso de sangre. Luego lo levanté y lo transporté en brazos al baño.

Le quité las gruesas y sucias ropas de terciopelo, lo sumergí en agua tibia y, con la sangre que tenía en la boca, cicatricé todas las heridas que le había producido lord Harlech. Le afeité para siempre la barba que tenía.

Estaba preparado para la magia, como quien ha sido preparado para el sacrificio. Su corazón latía despacio y los ojos se le cerraban.

Lo vestí con una sencilla camisa larga de seda y lo saqué en brazos de la habitación.

Los demás esperaban ansiosos. No recuerdo qué mentiras les conté. En aquellos momentos estaba enloquecido. Encomendé a Bianca la solemne tarea de consolar y dar las gracias a los demás, indicándole que la vida de Amadeo estaba a salvo en mis manos.

—Ahora, déjanos, hermosa mía —le dije. La besé mientras sostenía a Amadeo en brazos—. Confía en mí y no dejaré que te ocurra nada malo.

Vi que me creía. Todo temor había desaparecido en ella.

Al cabo de unos momentos, Amadeo y yo nos quedamos solos.

Entonces lo llevé al salón más grande del palacio, sobre cuyos muros había copiado el magnífico cuadro de Gozzoli titulado *El cortejo de los Reyes Magos*, que se halla en Florencia, como prueba de mi memoria y habilidad.

Sumergí a Amadeo en esta escena de intenso color y variación, depositándolo de pie sobre el frío mármol y proporcionándole, a través del beso de sangre, el chorro más abundante de sangre que le había dado hasta entonces.

Utilizando el don de la mente, encendí los candelabros que había a ambos lados de la habitación.

El mural quedó inundado de luz.

—Ya puedes sostenerte en pie, mi bendito pupilo —le dije—. Mi sangre corre por tus venas para anular los efectos del veneno. Hemos comenzado.

Amadeo se echó a temblar, temeroso de soltarse. La cabeza le pesaba; su suave y frondosa mata de pelo me rozaba las manos.

—Amadeo —dije, besándolo de nuevo al tiempo que vertía con mis labios un chorro de sangre en su boca—, ¿cómo te llamabas cuando vivías en tu antigua y lejana tierra? —Volví a llenarme la boca de sangre y se la di—. Trata de recordar el pasado, hijo mío, e intégralo en el futuro.

Amadeo me miró con los ojos como platos.

Me aparté de él. Le dejé de pie, me quité la capa de terciopelo roja y la arrojé al suelo.

—Acércate —dije, abriendo los brazos.

Amadeo avanzó unos pasos, vacilante, tan saciado de mi sangre que la luz debía de aturdirle, pero observando con curiosidad la multitud de figuras pintadas en el muro. Luego me miró.

¡Qué expresión tan perspicaz, tan inteligente! ¡Qué triunfal parecía de pronto, silencioso, paciente! Un ser condenado a la eternidad.

—Ven, Amadeo, acércate y bebe mi sangre —dije con los ojos llenos de lágrimas—. Eres el vencedor. Toma lo que te ofrezco.

Se arrojó al instante en mis brazos y lo estreché con ternura, susurrándole al oído.

—No temas ni por un momento, hijo mío. Morirás para vivir para siempre, mientras yo bebo tu sangre para devolvértela. No dejaré que sucumbas al veneno.

Le clavé los colmillos en el cuello. Tan pronto como su sangre penetró en mi boca, noté el sabor del veneno que contenía; sentí cómo mi cuerpo destruía el veneno e ingería su sangre sin el menor esfuerzo, como habría podido ingerir la sangre de una docena de jóvenes como él. Acudieron a mi mente visiones de su infancia, del viejo monasterio ruso en el que había pintado sus maravillosos iconos, de las frías habitaciones en las que había vivido.

Vi monjes medio emparedados vivos que sólo comían el sustento mínimo necesario. Percibí el olor de la tierra, de la podredumbre. ¡Qué espantoso era ese pasaje a la salvación! Y Amadeo había formado parte de ello, había estado medio enamorado de las celdas sacrificiales y sus famélicos ocupantes. Pero poseía un don: sabía pintar.

Durante unos instantes, no vi nada salvo sus pinturas, una imagen cayendo sobre otra, los semblantes embelesados de Cristo y de la Virgen, los halos tachonados de valiosas gemas. ¡Qué riquezas contenía aquel sombrío y deprimente monasterio! Entonces oí la profunda y estentórea carcajada de su padre, que quería que el chico abandonara el monasterio para ir a cabalgar con él a los pastizales, frecuentados por los tártaros.

El príncipe Miguel, su gobernante, quería enviar al padre de Amadeo a los pastizales. Era una misión peligrosa. Los monjes se oponían a que el padre de Amadeo expusiera al chico a ese riesgo. Los monjes envolvieron el icono y se lo entregaron a Amadeo, que abandonó la oscuridad y la fría tierra del monasterio para salir a la luz exterior.

Me detuve, retirándome durante unos momentos de la sangre y las visiones. Yo lo conocía. Conocía la implacable y amarga oscuridad que reinaba en su interior. Conocía la vida de hambre y dura disciplina que le había sido vaticinada.

Me hice un corte en el cuello y acerqué su cabeza a la herida.

—Bebe —dije, atrayéndolo hacia mí—. Aprieta la boca contra la herida. Bebe.

Amadeo me obedeció por fin y comenzó a succionar la sangre con todas sus fuerzas. La había saboreado las suficientes veces como para ansiar probarla de nuevo. Bebía sin freno, con avidez. Cerré los ojos y sentí una exquisita dulzura que no había experimentado desde hacía mucho, desde la noche en que le había dado mi sangre a mi bendita Zenobia para proporcionarle fuerzas renovadas.

—Eres mío, Amadeo —musité, envuelto en esa dulce sensación—. Eres mío para siempre —dije—. Jamás he amado a nadie como te amo a ti.

Le aparté la cabeza de mi herida y hundí de nuevo los colmillos en su cuello al tiempo que él profería un grito. Esta vez, la sangre que penetraba en mí era la mía propia mezclada con la suya. El veneno había desaparecido.

Vi de nuevo los iconos. Vi los sombríos pasillos del monasterio, y luego la nieve que caía, y a Amadeo y a su padre montados a caballo.

Amadeo sostenía el icono y un sacerdote corría junto a él, advirtiéndole que debía depositar el icono en un árbol, que los tártaros lo hallarían y lo considerarían un milagro. Amadeo, que no era sino un chiquillo inocente pese a ser un consumado jinete, había sido designado por el príncipe Miguel para que cumpliera esa misión con su padre, mientras la nieve seguía cayendo con fuerza y el viento agitaba su cabello.

Ésa fue tu fatalidad. Renuncia a esa misión. Tú mismo has visto las consecuencias. Contempla el fabuloso mural, Amadeo. Contempla las ropas que te he dado. Contempla la gloria y la virtud que residen en una belleza tan variada y magnífica como la que ves en este lugar.

Lo solté. Amadeo contempló el mural. Apreté de nuevo sus labios contra mi cuello.

—Bebe—dije.

Pero no fue necesario que se lo ordenara. Amadeo me abrazó con fuerza. Conocía la sangre, al igual que yo lo conocía a él.

¿Cuántas veces lo hicimos, cuántas veces nos transmitimos la sangre de uno a otro? No lo sé. Sólo sé que, puesto que no lo había hecho tan a fondo desde aquella noche en el bosque druídico, no quise dejar nada al azar y lo convertí en el pupilo más poderoso que jamás he tenido.

Mientras Amadeo bebía mi sangre, le transmití mis lecciones, mis secretos. Le hablé de los dones que recibiría una noche. Le hablé del amor que había sentido hacía tiempo por Pandora. Le hablé de Zenobia, de Avicus, de Mael. Se lo conté todo salvo el último secreto. Ése me abstuve de revelárselo.

Doy gracias a los dioses por no habérselo revelado, por haberlo mantenido oculto en mi corazón.

Concluimos mucho antes de que amaneciera. Su piel estaba prodigiosamente pálida, sus oscuros ojos, extraordinariamente brillantes. Acaricié su pelo castaño. Amadeo me sonrió de nuevo con un aire de complicidad, de sereno triunfo.

—Ya está hecho, maestro —dijo, como si hablara con un niño.

Nos encaminamos al dormitorio, donde Amadeo se vistió con su elegante atuendo de terciopelo, y salimos a cazar.

Le enseñé a buscar víctimas, a utilizar el don de la mente para cerciorarse de que eran personas malvadas, y permanecí junto a él durante las escasas horas que habían transcurrido desde su muerte mortal.

Como es natural, su mente permanecía cerrada a mí, por más que yo no acababa de aceptarlo. Había sucedido con Pandora, desde luego, pero yo había confiado en que no ocurriría con Amadeo y se lo dije, no sin cierta reticencia.

Ahora tenía que interpretar su expresión, sus gestos, sus profundos y misteriosos ojos castaños, un tanto crueles.

Jamás me había parecido tan bello.

Después, lo conduje a mi sepultura, por así decirlo, a la cámara dorada donde nos aguardaban los dos sarcófagos de piedra, y le indiqué que debía dormir allí durante el día.

Esa perspectiva no le atemorizó. Nada era capaz de atemorizarle.

—¿Qué será ahora de tus sueños, Amadeo? —le pregunté mientras lo abrazaba—. ¿Qué será de tus sacerdotes y de la lejana ciudad de cristal?

—He alcanzado el paraíso, maestro —respondió—. ¿Qué ha significado para mí Venecia, con toda su belleza, sino un preludio de la sangre vampírica?

Tal como había hecho mil veces, le di el beso de sangre. Él lo recibió y luego retrocedió sonriendo.

—Qué distinto me ha parecido ahora —comentó.

—¿Dulce o amargo? —pregunté.

—Dulce, muy dulce, pues has colmado los deseos de mi corazón. No me arrastras cruelmente por medio de un hilo sangriento.

Lo abracé con fuerza.

—Amadeo, amor mío —musité. Tenía la sensación de que los largos siglos que había soportado no habían sido sino un preludio de ese momento. Evoqué viejas imágenes, retazos y fragmentos de sueños. Nada era sustancial salvo Amadeo. Y Amadeo estaba allí.

Después de que ambos nos acostáramos en nuestros correspondientes sarcófagos, cerré los ojos sólo con un temor: que esa dicha no perdurara.

22

Los siguientes meses transcurrieron en una libertad y una dicha que jamás pude haber imaginado.

Amadeo se convirtió en mi compañero y mi pupilo. Yo le obligaba con amabilidad a aprender todo lo que creía que debía saber. Esto incluía clases de derecho y de gobierno, de historia y de filosofía, aparte de las lecciones que yo le impartía sobre todo lo relativo a los bebedores de sangre, a las que se entregaba con una alegre diligencia que superó mis previsiones más optimistas.

Supuse que, como era joven, preferiría alimentarse de seres inocentes, pero cuando le expliqué que, si lo hacía, los remordimientos destruirían su alma, Amadeo me escuchó con atención y tomó nota de mis consejos acerca de cómo alimentarse de malvados sin dejar que ello ensombreciera su alma.

Se mostró también un alumno deseoso de asimilar las lecciones sobre cómo comportarse en compañía de mortales, y al poco tiempo se sintió lo suficientemente fuerte como para mantener algunas conversaciones con chicos mortales. Era un experto a la hora de engañarlos, igual que yo, y aunque ellos presentían que se había operado un cambio en Amadeo, no sabían qué era ni podían adivinarlo, y no se atrevieron a poner en peligro la paz de nuestro maravilloso hogar planteando sus dudas.

Ni siquiera Riccardo, el mayor de mis aprendices, sospechaba nada, salvo que su maestro era un mago muy poderoso y que su magia había salvado la vida de Amadeo.

Pero nos faltaba enfrentarnos a nuestra querida Bianca, a quien no habíamos visto desde la noche de la terrible enfermedad de Amadeo. Yo sabía que ésa sería su prueba más ardua.

¿Qué pensaría Bianca de la rápida recuperación de Amadeo de su terrible pelea con lord Harlech, y qué pensaría cuando viera a Amadeo con su luminosa tez y su reluciente cabello? ¿Qué pensaría él cuando la mirara a los ojos?

No era ningún secreto para mí que Amadeo la adoraba, que la había amado como la había amado yo. Era preciso que fuéramos a verla; habíamos demorado demasiado tiempo esa visita.

Una tarde, de repente, decidimos visitarla después de habernos alimentado lo suficiente para sentirnos reconfortados y ofrecer un aspecto cálido.

En cuanto entramos en el salón de Bianca, observé cierta tensión en Amadeo por no poder explicarle lo que le había ocurrido. En aquel momento comprendí lo que le costaba guardar ese secreto a pesar de su fuerza, pues todavía era muy joven, incluso débil.

El talante de Amadeo me preocupaba mucho más que la reacción de Bianca, que parecía encantada de comprobar que el chico se había recuperado de su grave percance.

Al verlos juntos, pensé que parecían hermanos. Pensé también en la promesa que había obligado a hacer a Amadeo la noche en que lo había creado, y deseé poder llevármelo aparte para recordársela. Pero nos encontrábamos en el salón de Bianca junto con otros visitantes, rodeados de la acostumbrada cháchara y música.

—Venid a mi alcoba —nos indicó Bianca a Amadeo y a mí. Su hermoso rostro ovalado se mostraba risueño—. Cuánto me alegro de veros. ¿Por qué habéis tardado tanto en venir? Como es lógico, todo el mundo en Venecia sabía que Amadeo se había recuperado y que lord Harlech había regresado a Inglaterra. Deberíais haberme enviado por lo menos una nota.

Me deshice en disculpas. Lo achaqué a mi falta de memoria. Ciertamente, debía haberle escrito una nota, pero me había cegado mi amor por Amadeo. No había pensado en otra cosa.

—Perdóname, Marius —declaró Bianca—. Te lo perdono todo. Pero qué aspecto tan espléndido tiene Amadeo, parece como si jamás hubiera estado enfermo.

Acepté encantado su abrazo, pero observé que Amadeo sufría cuando ella lo besaba, cuando lo tomaba de la mano. No soportaba el abismo que los separaba, pero no tenía más remedio que soportarlo, de modo que no me moví de su lado.

—¿Cómo te van las cosas, mi hermosa enfermera? —le pregunté a Bianca—. Te agradezco que mantuvieras a Amadeo con un hilo de vida hasta que yo llegara. ¿Cómo estáis tú y tus parientes? ¿Felices y contentos?

Bianca soltó una suave y breve carcajada.

—¡Ah, mis parientes! Algunos sufrieron un trágico fin. Tengo entendido que el Gran Consejo de Venecia opina que fueron asesinados por aquellos a quienes obligaban a devolver los préstamos con intereses de usura. Mis parientes no debieron venir a Venecia con esas viles intenciones. Pero yo, como todo el mundo sabe, soy inocente. Me lo han comunicado los propios miembros del Gran Consejo. Y aunque no lo creas, gracias a este asunto soy más rica.

Lo comprendí enseguida. Después del asesinato de sus infames parientes, los que les debían dinero habían hecho a Bianca costosos regalos. Era aún más rica que antes.

—Soy una mujer más feliz —dijo suavemente, mirándome—. Me siento totalmente distinta, pues gozo de una libertad que antes era inconcebible.

No cesaba de mirarnos a Amadeo y a mí con sensualidad. Sentí el deseo que emanaba de ella. Mientras nos observaba, intuí que deseaba alcanzar con ambos una nueva familiaridad. De pronto se me acercó y, abrazándome, me besó.

Yo me apresuré a apartarla, pero eso no hizo sino impulsarla a abrazar a Amadeo, a quien besó en las mejillas y en la boca.

Luego nos indicó que nos acercáramos al lecho.

—Toda Venecia se pregunta sobre mi mago y su aprendiz —dijo Bianca afectuosamente—. Pero ellos acuden a mí, sólo a mí.

Le di a entender con la mirada que sabía que estaba enamorada de mí y que, a menos que me lo impidiera con firmeza, estaba dispuesto a traspasar los límites del decoro, tras lo cual pasé frente a ella y me senté en el lecho. Jamás me había tomado tales libertades con ella, pero conocía sus pensamientos. Amadeo y yo la deslumbrábamos. Nos idolatraba.

Qué hermosa estaba con su luminoso traje de seda y sus joyas.

Bianca se sentó a mi lado, muy cerca de mí, sin mostrar temor alguno por lo que vio en mis ojos.

Amadeo, que observaba asombrado, se apresuró a sentarse a la derecha de Bianca. Aunque se había alimentado en abundancia, noté su sed de sangre, por más que se esforzaba en reprimirla.

—Deja que te bese, mi exquisito tesoro —dije.

Y la besé, contando con la tenue luz y mis dulces palabras para aturdirla. Ella, por supuesto, vio lo que deseaba ver, no algo horrible que era incapaz de comprender, sino a un hombre misterioso que le había prestado un servicio impagable, convirtiéndola, de paso, en una mujer riquísima y libre.

—Mientras yo esté aquí, siempre estarás a salvo, Bianca —le aseguré. La besé tres veces más—. Ayúdame a abrir de nuevo mi casa, Bianca, ofreciendo una comida y diversiones aún más espléndidas. Ayúdame a preparar la fiesta más imponente que jamás haya visto Venecia, con maravillosas representaciones teatrales y música. Ayúdame a llenar mis salones de gente.

—Sí, Marius, te ayudaré —respondió con voz soñolienta, apoyando la cabeza sobre mí—. Lo haré encantada.

La miré a los ojos y luego la besé. Aunque no me atreví a darle ni una gota de mi sangre, le transmití mi gélido aliento y traspasé su mente con mi deseo.

Entretanto, introduje la mano derecha debajo de sus faldas y palpé sus dulces partes íntimas, acariciándola entre las piernas con los dedos, lo que intensificó de inmediato y ostensiblemente su deseo.

Amadeo se mostraba confundido.

—Bésala —murmuré—. Bésala de nuevo.

Amadeo me obedeció, cubriéndola con sus apasionados besos.

Mientras mis dedos la acariciaban con insistencia y los besos de Amadeo se hacían más fervientes, el rostro de Bianca se tiñó de rojo debido a la pasión que la sacudía y se apoyó suavemente en el brazo de Amadeo.

Yo me retiré, besándola en la frente como si fuera una casta doncella.

—Descansa —dije—, y recuerda que estás a salvo de tus malvados parientes. Estaré eternamente en deuda contigo por haber mantenido a Amadeo con vida hasta que yo llegara.

—¿Crees que fue obra mía, Marius —preguntó Bianca—, o de sus extraños sueños? —Luego se volvió hacia Amadeo y añadió—: No cesabas de hablar de unos lugares maravillosos, de unos seres que te ordenaron regresar con nosotros.

—Eran recuerdos atrapados en una red de terror —contestó Amadeo suavemente—. Mucho antes de que renaciera en Venecia, tuve una vida dura y cruel. Fuiste tú quien me hizo regresar de ese amplio margen de conciencia que existe justo al otro lado de la muerte.

Bianca lo miró, desconcertada.

¡Cuánto sufría Amadeo por no poder revelarle en qué se había convertido!

Pero, después de aceptar la explicación de Amadeo, Bianca dejó que la ayudáramos, como si fuéramos sus doncellas, a alisarse la ropa y arreglarse el pelo.

—Debemos irnos —dije—. Dentro de unos días comenzaremos los preparativos de la fiesta. Permite que te envíe a Vincenzo.

—Sí, y esa noche —respondió Bianca— te prometo que tu casa aparecerá más espléndida incluso que el palacio del Dux.

—Princesa mía —dije, besándola.

Bianca regresó junto a sus invitados y Amadeo y yo bajamos apresuradamente la escalera.

Cuando nos montamos en la góndola, Amadeo empezó con sus zalamerías para tratar de convencerme.

—¡Marius, no soporto esta separación de ella, no poder revelárselo!

—¡No quiero oír una palabra más del asunto, Amadeo! —le advertí.

Cuando llegamos al dormitorio y cerramos la puerta, Amadeo rompió a llorar con desconsuelo.

—Me duele no haber podido contarle lo que me ha ocurrido, maestro. Siempre se lo he contado todo. No nuestros secretos íntimos ni lo de los besos de sangre, por supuesto, sino otras cosas. ¡Cuántos ratos he pasado charlando con ella! Con frecuencia iba a verla de día sin que tú lo supieras, maestro. Era mi amiga. Esto es insoportable, maestro. Bianca era mi hermana, maestro. —Sollozaba como un niño pequeño.

—Ya te lo advertí —repliqué, furioso—. ¿A qué viene que te pongas a llorar ahora como una criatura?

Exasperado, le propiné un bofetón.

Amadeo retrocedió debido al impacto, pero sus lágrimas no cesaban de fluir.

—¿No podríamos convertirla en una de nosotros, maestro? ¿No podríamos compartir nuestra sangre vampírica con ella?

Lo así bruscamente por los hombros, pero mis manos no lo atemorizaban. Se quedó tan tranquilo.

—Escúchame, Amadeo. No podemos ceder a ese deseo. He vivido más de mil años sin crear a un bebedor de sangre, y ahora tú, unos meses después de tu transformación, pretendes convertir en vampiro a la primera mortal por la que sientes un amor desmedido.

Amadeo seguía llorando desconsoladamente. Trató de liberarse, pero se lo impedí.

—¡Quiero contarle las cosas que veo con estos ojos nuevos! —murmuró. Por sus juveniles mejillas rodaban unas lágrimas de sangre—. Quiero contarle que el mundo entero me parece distinto.

—Amadeo, debes tener presente el valor de lo que posees y el precio que debes pagar por ello. Te he estado preparando durante dos años para recibir la sangre, pero ahora veo que me precipité al concedértela, sin duda inducido por la espada envenenada de lord Harlech. ¿Por qué quieres revelarle tu poder a Bianca? ¿Porque quieres que sepa lo que te ha ocurrido?

Lo solté y cayó de rodillas junto al lecho, sin dejar de sollozar. Me senté ante el escritorio.

—¿Cuánto tiempo crees que llevo vagando por la Tierra? —pregunté—. ¿Sabes cuántas veces se me ocurrió, en un insensato arrebato de ira, crear a otro bebedor de sangre? Pero no lo hice, Amadeo. Hasta que te conocí. Bianca no se convertirá en una de nosotros.

—¡Se hará vieja y morirá! —murmuró, moviendo los hombros convulsivamente debido a los violentos sollozos—. ¿Por qué tenemos que verlo? ¿Por qué tenemos que presenciarlo? ¿Y qué pensará ella de nosotros a medida que pase el tiempo?

—Basta, Amadeo. No puedes convertir a todo el mundo en lo que tú eres. No puedes crear a un bebedor de sangre tras otro sin conciencia ni imaginación. ¡Es imposible! Todos requieren una preparación, un aprendizaje, una disciplina. Todos requieren una atención esmerada.

Por fin se enjugó las lágrimas. Se levantó y se plantó ante mí. Mostraba una impresionante calma, una dolorida y angustiosa serenidad. Entonces me formuló una pregunta solemne.

—¿Por qué me elegiste a mí, maestro? —preguntó.

Su pregunta me sobresaltó. Creo que él lo advirtió antes de que yo pudiera ocultarlo. Me chocó estar tan poco preparado para responder a esa pregunta.

De pronto no sentí hacia él la menor ternura, pues en aquellos momentos demostraba una gran fortaleza, parecía muy seguro de sí y de la pregunta que acababa de formularme.

—¿Acaso no me pediste que te concediera la sangre vampírica, Amadeo? —contesté con frialdad. Estaba temblando. Lo amaba profundamente, aunque no quería que lo supiera.

—Sí, señor —respondió en voz baja, sin perder la calma—. Te lo pedí, desde luego, pero después de haber probado tu poder en numerosas ocasiones, ¿no es así? —Tras hacer una pausa, prosiguió—: ¿Por qué me elegiste para darme esos besos? ¿Por qué me elegiste para el don final?

—Porque te amaba —respondí sin más.

Amadeo meneó la cabeza.

—Creo que hay algo más —dijo.

—Entonces dímelo tú —contesté.

Amadeo se acercó y me miró mientras yo permanecía sentado ante mi escritorio.

—Siento un frío intenso dentro de mí —dijo—, un frío procedente de una tierra lejana. Nada consigue eliminarlo, ni siquiera la sangre vampírica. Tú conocías ese frío. Intentaste fundirlo mil veces, transformarlo en algo brillante, pero jamás lo conseguiste. La noche que estuve a las puertas de la muerte, que estaba realmente muriéndome, aprovechaste ese frío para concederme la fuerza suficiente para recibir la sangre.

Asentí con la cabeza. Desvié la mirada, pero Amadeo apoyó una mano en mi hombro.

—Mírame, por favor —dijo—. ¿No es así? —Su rostro estaba sereno.

—Sí —respondí—, así es.

—¿Por qué apartas la cara cuando te hago estas preguntas? —insistió.

—Amadeo, ¿consideras que esta sangre es una maldición? —le pregunté a mi vez.

—No —se apresuró a contestar.

—Piénsalo antes de responder. ¿Crees que es una maldición?

—No —repitió.

—Entonces, deja de interrogarme. No me enojes ni me angusties. Deja que te enseñe lo que debo enseñarte.

Amadeo había perdido la batalla y se apartó de mí. Parecía de nuevo un niño, aunque sus diecisiete años cumplidos como mortal le daban la prestancia de un hombre joven.

Se sentó en el lecho, con las piernas recogidas bajo el cuerpo, y permaneció inmóvil en aquel nido de tafetán y resplandor rojo.

—Llévame de regreso a mi hogar, maestro —dijo—. Llévame de nuevo a Rusia, donde nací. Sé que puedes hacerlo. Tienes el poder y eres capaz de localizar el lugar del que provengo.

—¿Por qué, Amadeo?

—Debo verlo para poder olvidarlo. Debo saber con certeza si era..., cómo era.

Reflexioné largo rato sobre sus palabras antes de responder.

—Muy bien. Cuando me hayas contado todo lo que recuerdas, te llevaré allí y podrás entregarle a tu familia humana el dinero que desees.

Amadeo no respondió.

—Pero debes ocultarles nuestros secretos, como se los ocultamos a todo el mundo.

El chico asintió con la cabeza.

—Después regresaremos.

Volvió a asentir.

—Esto tendrá lugar después de la gran fiesta que Bianca comenzará a preparar dentro de poco. Esa noche, bailaremos aquí con nuestros invitados. Tú bailarás repetidas veces con Bianca. Emplearemos toda nuestra habilidad para pasar por humanos entre nuestros invitados. Cuento contigo, al igual que cuento con Bianca y con Vincenzo. La fiesta dejará impresionada a toda Venecia.

Amadeo esbozó una leve sonrisa y asintió de nuevo con la cabeza.

—Ahora ya sabes lo que quiero de ti —declaré—. Quiero que te muestres más cariñoso con los otros chicos. Quiero que vayas a ver a Bianca con más frecuencia, después de haberte alimentado, por supuesto, para que tu piel esté sonrosada, y que no le reveles nada sobre la magia que te ha salvado.

Amadeo asintió con la cabeza.

—Pensé... —murmuró.

—¿Qué pensaste?

—Pensé que, cuando recibiera la sangre, lo poseería todo —dijo—, pero ahora sé que no es cierto.

23

Independientemente del tiempo que existimos, poseemos unos recuerdos, unos puntos en el tiempo que éste no puede borrar. El sufrimiento puede distorsionar las miradas que echamos atrás, pero los recuerdos no pierden un ápice de su belleza y esplendor debido al sufrimiento. Permanecen duros como gemas.

Así me ocurrió la noche de la imponente fiesta de Bianca, suya, sí, porque ella fue quien la organizó, limitándose a utilizar la suntuosidad y las estancias de mi palacio para su logro más memorable, en el que participaron todos los aprendices y en el que incluso el humilde Vincenzo desempeñó un importante papel.

Toda Venecia acudió para participar en nuestro interminable banquete y deleitarse con las canciones y el baile, mientras los chicos actuaban en numerosas representaciones teatrales, perfectamente montadas.

Daba la impresión de que en todas las estancias había cantantes y magníficas representaciones. La música del laúd, la espineta y una docena de diversos instrumentos se combinaba para crear bellas canciones que encandilaban y maravillaban a todos, al tiempo que los chicos más jóvenes, magníficamente ataviados, llenaban las copas con jarras de vino doradas.

Amadeo y yo bailamos sin cesar, ejecutando con delicadeza y elegancia los pasos de las danzas que estaban de moda a la sazón (en realidad, simplemente había que caminar al son de la música), entrechocando las manos con numerosas bellezas venecianas además de con nuestra amada artífice de la fiesta.

En varias ocasiones, la obligué a alejarse de la iluminación de las velas para decirle lo mucho que la quería por haber logrado aquel prodigio. Y le hice prometerme que volvería a organizar muchas veladas como aquélla.

¿Qué podía compararse con esa noche de bailes y charlas con nuestros convidados mortales, quienes comentaban, amables y ebrios, mis pinturas y algunos de ellos me preguntaban por qué había pintado eso o lo otro? Al igual que en el pasado, sus críticas no me hirieron profundamente. Sólo sentí el afectuoso calor de sus ojos mortales.

En cuanto a Amadeo, no le quité el ojo de encima para asegurarme que se sentía divinamente feliz rodeado por aquel esplendor en su nueva existencia como bebedor de sangre, fascinado por las representaciones teatrales en las que los chicos interpretaban papeles muy adecuados para ellos.

Siguiendo mi consejo, los trataba con su acostumbrado cariño, y en aquellos momentos, rodeado por el resplandor de los candelabros y la dulce música, aparecía radiante de felicidad. A la menor oportunidad, me susurraba al oído que no podía haber soñado con nada más maravilloso que aquella increíble velada.

Nos habíamos alimentado hacía rato, por lo que teníamos la sangre caliente y la vista agudizada. Por consiguiente, la noche nos pertenecía en nuestra fuerza y nuestra dicha, y la magnífica Bianca era nuestra y sólo nuestra, como todos los hombres daban por descontado.

Hacia el amanecer, los asistentes empezaron a marcharse. Una larga hilera de góndolas aguardaba frente a la puerta de entrada, y al cabo de unos momentos tuvimos que renunciar a despedirnos de todos los invitados para correr a refugiarnos en nuestro sepulcro revestido de oro.

Amadeo me abrazó antes de que nos separáramos para acostarnos en nuestras respectivas tumbas.

—¿Aún deseas ir a visitar tu patria? —le pregunté.

—Sí, lo deseo —se apresuró a responder. Luego me miró con tristeza y añadió—: Ojalá pudiera decir que no. Esta noche, esta espléndida noche, me gustaría decir que no. —Al verlo tan abatido, traté de animarlo.

—Te llevaré allí.

—Pero no conozco el nombre del lugar. No puedo...

—No te atormentes por eso —dije—. Sé de qué lugar se trata por todo lo que me has contado. Es la ciudad de Kíev, y muy pronto te llevaré a ella.

En su rostro se dibujó una expresión que indicaba que reconocía ese nombre.

—Kíev —repitió, y luego lo dijo en ruso. En aquel instante comprendió que se trataba de su antiguo hogar.

La noche siguiente le relaté la historia de su ciudad natal.

Antiguamente, Kíev había sido magnífica; su catedral rivalizaba con Santa Sofía de Constantinopla, la cuna del cristianismo. El cristianismo griego había configurado sus creencias y su arte. Ambos habían prosperado en aquel prodigioso lugar. Pero, hacía varios siglos, los mongoles habían saqueado esa imponente ciudad, asesinado a su población y destruido para siempre su poder, dejando por azar algunos supervivientes, entre los que se hallaban los monjes que vivían retirados.

¿Qué quedaba de Kíev? Una mísera población situada a orillas del Dniéper, donde la catedral seguía en pie y los monjes continuaban viviendo en el célebre monasterio de las Grutas.

Amadeo escuchó en silencio mi relato. Por la expresión de su rostro, comprendí que se sentía apesadumbrado.

—A lo largo de mi vida he visto numerosas ruinas —dije—. Magníficas ciudades creadas gracias a los sueños de hombres y mujeres. Luego aparecen los jinetes del norte o del este, que pisotean y destruyen esas magníficas obras, y todo cuanto han creado los hombres y las mujeres deja de existir. Esa destrucción lleva aparejada el terror y la miseria. En ningún lugar es ese hecho más patente que en las ruinas de tu patria, Rus de Kíev.

Amadeo me escuchaba con atención. Intuí que deseaba que siguiera hablándole.

—Nuestra hermosa Italia jamás volverá a ser saqueada por esos guerreros, que ya no representan una amenaza para las fronteras septentrionales ni orientales de Europa. Hace tiempo se establecieron en el continente, convirtiéndose en la población actual de Francia, Gran Bretaña y Alemania. Los que pretendían seguir expoliando y cometiendo todo tipo de desmanes han sido repelidos para siempre. En toda Europa se está empezando a descubrir lo que son capaces de hacer los hombres y las mujeres en las ciudades.

»Pero en tu tierra sigue reinando el dolor y la más amarga pobreza. Miles de pastizales, otrora fértiles, son inservibles excepto para algún que otro cazador tan loco como debía de serlo tu padre. Ése es el legado de Gengis Kan, un monstruo. —Hice una pausa. Me estaba acalorando en exceso—. A esa tierra, con sus hermosas estepas cubiertas de hierba, la llamaban la Horda Dorada.

Amadeo asintió con la cabeza. Por la expresión solemne de sus ojos, comprendí que veía imágenes.

—¿Sigues queriendo ir? —insistí—. ¿Sigues deseando visitar de nuevo el lugar donde sufriste tanto?

—Sí —murmuró—. Aunque no la recuerdo, tuve una madre. Y sin

mi padre, probablemente se encuentre en la miseria. Sin duda mi padre murió abatido por las flechas aquel día que salimos a cabalgar juntos. Recuerdo las flechas. Debo ir a ver a mi madre. —Amadeo se detuvo, como si se esforzara en recordar. De improviso, gimió como si sintiera un agudo dolor físico—. Viven en un mundo tétrico y deprimente.

—Así es —dije.

—Permite que les lleve una pequeña cantidad...

—Puedes hacerlos ricos, si lo deseas.

Amadeo guardó silencio unos momentos. Luego hizo una pequeña confesión, murmurando como si hablara para sí:

—Debo ver el monasterio donde pinté los iconos. Deseo ver el lugar donde a veces suplicaba que el Señor me enviara las fuerzas suficientes para ser emparedado vivo. Como sabes, era la costumbre de aquel lugar.

—Sí, lo sé —respondí—. Lo vi cuando te di la sangre vampírica. Te vi avanzar por los pasillos dando sustento a los que seguían vivos en sus celdas, semienclaustrados, en ayunas, esperando que Dios se los llevara.

—Sí —dijo Amadeo.

—Tu padre los detestaba porque no te dejaban pintar, porque querían convertirte ante todo en un monje.

Amadeo me miró como si no hubiera comprendido eso hasta aquel momento, y quizá fuera así.

—Es lo que hacen en todos los monasterios, tú lo sabes, maestro —declaró de forma categórica—. Lo primero es acatar la voluntad de Dios.

La expresión de su rostro me sorprendió un poco. ¿Le hablaba a su padre o a mí?

Nos llevó cuatro noches llegar a Kíev.

De haber estado solo, habría realizado el viaje con más rapidez, pero transportaba a Amadeo entre mis brazos, con la cabeza agachada, los ojos cerrados, envuelto en mi capa forrada de piel para protegerlo todo lo posible del viento.

Por fin, al anochecer del quinto día llegamos a las ruinas de la ciudad que antiguamente había sido Rus de Kíev. Nuestras ropas estaban cubiertas de mugre y nuestras capas eran oscuras y modestas, para no llamar la atención de los mortales.

Una espesa capa de nieve cubría las almenas desiertas y los tejados del palacio de madera del príncipe. Más abajo, unas humildes viviendas de madera se alzaban a lo largo del Dniéper: era la ciudad de Podil. Jamás había visto un lugar más desolado.

Tan pronto como Amadeo penetró en la mansión de madera del gobernante europeo y pudo contemplar a ese lituano que pagaba un tributo al Kan a cambio de su poder, expresó su deseo de dirigirse cuanto antes al monasterio.

Penetró en él utilizando su inmenso poder vampírico para deslizarse confundiéndose con las sombras y desconcertar a quienes pudieran verlo mientras avanzaba pegado a los muros de barro.

Yo permanecía en todo momento junto a él, pero sin entrometerme ni ordenarle lo que debía hacer. Lo cierto es que estaba horrorizado, pues el lugar era infinitamente peor de lo que había supuesto a tenor de las imágenes que me había mostrado su mente febril.

En silencio y acongojado, Amadeo contempló la estancia en la que había pintado los iconos, con sus mesas y botes de pintura. Contempló los largos pasillos de barro que había recorrido antaño, cuando era un joven monje, proporcionando comida y agua a los que estaban semienterrados vivos.

Por fin salió del monasterio, temblando, y se abrazó a mí.

—Yo habría perecido en una de esas celdas de barro —murmuró, mirándome, empezando a darse cuenta de la importancia de aquello. Tenía el rostro contraído en un rictus de dolor.

Acto seguido, dio media vuelta y se encaminó hacia el río semicongelado en busca de la casa donde había nacido.

No tuvo dificultad alguna en dar con ella. Al entrar, el espléndido veneciano deslumbró y confundió con su presencia a los miembros de la familia reunidos allí.

Mantuve de nuevo las distancias, optando por el silencio y el viento, y las voces que captara con mi oído sobrenatural. Al cabo de unos momentos, Amadeo se despidió de ellos después de entregarles una fortuna en monedas de oro y salió a la calle, bajo la nieve que caía.

Extendí los brazos para confortarlo, pero él se volvió. No quería mirarme. Algo le obsesionaba.

—Mi madre estaba en la casa —musitó, dirigiendo la vista hacia el río—. No me reconoció. ¡Qué le vamos a hacer! Les entregué el oro que llevaba.

Traté de nuevo de abrazarlo, pero él me apartó.

—¿Qué ocurre? —pregunté—. ¿Por qué contemplas el río tan fijamente? ¿Qué quieres hacer?

¡Ojalá hubiera podido adivinar sus pensamientos! Su mente, que le pertenecía sólo a él, me estaba vedada. ¡Qué expresión de enojo y determinación mostraba!

—Mi padre no fue asesinado en los pastizales —dijo con voz trémula, mientras el viento agitaba su pelo castaño—. Está vivo. Se encuentra en la taberna que hay en esa calle.

—¿Quieres verlo?

—Debo verlo. Debo decirle que no he muerto. ¿No has oído lo que me han dicho?

—No —respondí—. He querido concederte unos minutos de intimidad con ellos. ¿He hecho mal?

—Me han dicho que se ha convertido en un borracho porque no consiguió salvar a su hijo. —Amadeo me miró furioso, como si yo le hubiera hecho algún mal irreparable—. Mi padre, Iván, el valiente, el cazador. Iván, el guerrero, el que cantaba canciones que encandilaban a todos. ¡Iván se ha convertido en un borracho porque no logró salvar a su hijo!

—Cálmate. Iremos a la taberna y podrás contarle tú mismo...

Amadeo hizo un gesto para indicarme que no le siguiera, como si mi presencia le irritara, y echó a andar por la calle con paso de mortal.

Entramos juntos en la taberna. Estaba en penumbra e impregnada del olor de aceite de las lámparas. Los hombres de la localidad se reunían allí para beber: pescadores, comerciantes y asesinos. Todos se volvieron para observarnos unos instantes, tras lo cual hicieron caso omiso de nosotros, pero Amadeo se fijó en el acto en un individuo tumbado en un banco, al fondo de la habitación rectangular.

Pensé en dejarlo solo para que hiciera lo que había ido a hacer, pero temía por él, de modo que agucé el oído cuando se sentó junto al hombre que dormía sobre el banco.

En cuanto lo vi, comprendí que era el hombre que aparecía en los recuerdos y las visiones de Amadeo. Lo reconocí por el pelo, la barba y el bigote rojos. Era el padre de Amadeo, el cazador, el que le había obligado a abandonar el monasterio para que lo acompañara en aquella arriesgada misión y con quien había cabalgado en busca de un fuerte destruido por los mongoles.

Me oculté en las sombras. Observé mientras el luminoso joven se quitaba el guante izquierdo y apoyaba su mano, de una frialdad sobrenatural, en la frente de su padre. Vi que el hombre se despertaba. Les oí conversar.

El padre, expresándose con los atropellados balbuceos característicos de un borracho, explicó con abundante detalle el motivo de sus remordimientos, como si se sintiera obligado a confesárselo al primero que lo despertara.

Había disparado una flecha tras otra. Había perseguido a los feroces tártaros con su espada. Los otros hombres que formaban la partida habían muerto. Su hijo, mi Amadeo, había sido raptado, y él se había convertido en Iván el borracho, según confesó. Ya no era capaz de cazar las suficientes piezas con las que pagarse las copas. Ya no era un guerrero.

Amadeo le habló con paciencia, lentamente, procurando que le prestara atención, revelándole la verdad con la máxima delicadeza.

—Soy vuestro hijo, señor. Aquel día no morí. Me raptaron, sí, pero estoy vivo.

Jamás había visto a Amadeo tan obsesionado con los sentimientos de amor y tristeza, felicidad y dolor. Pero su padre era un hombre terco, un borracho que sólo quería una cosa de ese extraño que lo atosigaba con sus palabras: más vino.

Compré al tabernero una frasca de vino blanco seco para ese hombre que se negaba a escuchar, que se negaba a mirar al exquisito joven que reclamaba su atención.

Entregué la botella de vino a Amadeo.

Luego me situé junto al muro para observar mejor el rostro de Amadeo, y lo que vi en él fue obsesión. Estaba resuelto a hacer que ese hombre comprendiera lo que le decía.

Amadeo le habló con paciencia, hasta conseguir que sus palabras traspasaran la bruma etílica a través de la cual lo miraba.

—He venido para hablar con vos, padre. Me llevaron a un lugar lejano, a Venecia, y caí en manos de un hombre que me ha hecho rico, padre, muy rico, y que me ha dado estudios. Estoy vivo, señor, como podéis comprobar con vuestros propios ojos.

Qué extrañas me parecieron esas palabras pronunciadas por un ser que había recibido la sangre vampírica. «¿Vivo? ¿Cómo es posible que estés vivo, Amadeo?»

Pero guardé mis pensamientos para mí en la penumbra. No tenía papel alguno en esa reunión.

Por fin, el hombre, empezando a comprender, se incorporó para mirar a su hijo cara a cara.

Amadeo temblaba, con los ojos clavados en su padre.

—Ahora olvidadme, padre, os lo ruego —dijo—. Pero recordad esto, os lo pido por el amor de Dios. Jamás acabaré enterrado en las grutas llenas de barro del monasterio. No. Quizá me ocurran otras cosas, pero eso no lo resistiría. Gracias a vos, que os opusisteis a ello, que os presentasteis aquel día y me obligasteis a que os acompañara a caballo a los pastizales, a que os obedeciera como hijo vuestro que era.

¿Qué diantres decía Amadeo? ¿Qué significaban esas palabras?

Estaba a punto de echarse a llorar, de verter aquellas terribles lágrimas de sangre que jamás conseguíamos ocultar. Pero cuando se levantó del banco donde estaba sentado su padre, éste lo sujetó con fuerza de la mano. ¡Había reconocido a su hijo! Lo llamó por su nombre: Andrei. Había reconocido a su vástago.

—Debo irme, padre —dijo Amadeo—, pero no olvidéis nunca que me habéis visto. No olvidéis lo que os he dicho, que vos me salvasteis de aquellas grutas sombrías y llenas de barro. Vos me disteis la vida, padre, no la muerte. Dejad de ser un borracho; convertíos de nuevo en un cazador. Llevadle al príncipe carne para su mesa. Cantad de nuevo canciones. Recordad que vine en persona para deciros esto.

—Quiero que te quedes conmigo, hijo mío —respondió el hombre. Su amodorramiento debido al vino se había disipado y sostenía con firmeza la mano de Amadeo—. ¿Quién va a creer que te he visto?

A Amadeo se le saltaron las lágrimas. ¿Observó el hombre que eran de sangre?

Por fin, Amadeo se soltó y, tras quitarse el guante, se despojó de los anillos y los depositó en manos de su padre.

—Para que os acordéis de mí —dijo al entregárselos—, y decidle a mi madre que yo era el hombre que fue a verla esta noche. No me reconoció. Decidle que las monedas de oro son auténticas.

—Quédate conmigo, Andrei —dijo su padre—. Éste es tu hogar. ¿Quién es la persona que te obliga a marcharte?

Amadeo no podía resistirlo más.

—Vivo en la ciudad de Venecia, padre —contestó—, que ahora se ha convertido en mi hogar. Debo irme.

Amadeo salió de la taberna a tal velocidad que su padre ni se dio cuenta, y yo, al ver lo que se proponía hacer, le precedí. Nos reunimos en la calle cubierta de nieve.

—Ha llegado el momento de marcharnos de aquí, maestro —dijo Amadeo. Se había despojado de los guantes, y hacía un frío intenso—. ¡Ojalá no hubiera venido y no le hubiera visto ni hubiera averiguado que sufría pensando que yo había desaparecido!

—Mira —dije—, se acerca tu madre. Estoy seguro de que es ella. Te ha reconocido y quiere decirte algo —insistí, señalando a la mujer menuda que se aproximaba con un paquete en las manos.

—Andrei —dijo al acercarse—, es el último icono que pintaste. Sabía que eras tú, Andrei. ¿Quién si no tú iba a venir a verme? Éste es el icono que rescató tu padre el día que desapareciste.

¿Por qué no lo tomó Amadeo de sus manos?

—Conservadlo vos, madre —dijo, refiriéndose al icono que tiempo atrás había vinculado a su destino. Estaba llorando—. Conservadlo para vuestros nietos. No lo aceptaré.

Su madre obedeció con resignación.

Luego le entregó otro pequeño regalo, un huevo pintado, uno de esos tesoros de Kíev que significan tanto para las personas que los decoran con complejos dibujos.

Amadeo se apresuró a tomarlo de sus manos, tras lo cual la abrazó, susurrándole al oído en tono solemne que no había hecho nada malo para adquirir las riquezas que poseía y que era posible que un día regresara a visitarla. ¡Qué mentiras tan hermosas!

Pero observé que, aunque Amadeo amaba a esa mujer, no le importaba. Sí, le había dado oro, pues eso no le había costado ningún esfuerzo. El hombre, en cambio, le importaba tanto como le habían importado los monjes. Ese hombre había suscitado en él una intensa emoción, le había hecho pronunciar unas palabras que jamás imaginó que lograría pronunciar.

Aquello me dejó estupefacto. Tan estupefacto como sin duda lo estaba Amadeo. Al igual que yo, había creído que su padre había muerto.

Pero, al comprobar que vivía, Amadeo había revelado lo que le obsesionaba, el hecho de que ese hombre se hubiera peleado con los monjes por el alma de su hijo.

Cuando emprendimos el viaje de regreso a Venecia, comprendí que el amor que sentía Amadeo por su padre era infinitamente mayor que el amor que sentía por mí.

Por supuesto, ninguno de los dos dijo nada al respecto, pero yo sabía que era la figura de su padre la que reinaba en el corazón de Amadeo. La figura de ese hombre corpulento y barbudo que había luchado tenazmente para salvarle la vida, en lugar de dejarle languidecer en el monasterio, era la que ocupaba un lugar preponderante en su corazón, por encima de cualquier otro conflicto.

Había visto esa obsesión con mis propios ojos. La había atisbado tan sólo unos momentos en la taberna, junto al río, pero había comprendido de qué se trataba.

Antes de nuestro viaje a Rusia, yo pensaba que el conflicto que había en la mente de Amadeo era entre el arte rico y variado de Venecia y el arte estricto y austero de la antigua Rusia.

Pero después comprendí que no era así.

El conflicto que lo atormentaba era entre el monasterio, con sus iconos y su penitencia, y su padre, el robusto cazador que lo había sacado del monasterio aquel fatídico día.

Amadeo no volvió a referirse a su padre y a su madre. No volvió a referirse a Kíev. Colocó el hermoso huevo decorado dentro de su sarcófago sin explicarme su significado.

Algunas noches, cuando me quedaba a pintar en mi estudio y trabajaba con pasión en uno u otro lienzo, Amadeo me hacía compañía y yo tenía la sensación de que contemplaba mi obra con ojos distintos.

¿Cuándo se decidiría a tomar los pinceles y ponerse a pintar? No lo sabía, pero era un asunto que ya no me preocupaba. Amadeo era mío y lo sería siempre. Podía hacer lo que quisiera.

No obstante, en mi fuero interno sospechaba que Amadeo me despreciaba. Lo único que yo le enseñaba era arte, historia, la belleza de la civilización, y eso le tenía sin cuidado.

Cuando los tártaros lo raptaron, cuando el icono cayó de sus manos sobre la hierba, no fue su suerte la que quedó sellada, sino su mente.

Sí, yo podía enseñarle a vestir ropas elegantes y a hablar diversas lenguas, a amar a Bianca y a bailar con ella al son de una música lenta y exquisitamente rítmica, a conversar sobre filosofía y a escribir poemas.

Pero su alma sólo reconocía como sagrado aquel arte antiguo y al hombre que se dedicaba a emborracharse día y noche junto al Dniéper en Kíev. Y yo, pese a mi inmenso poder y a mis lisonjas, no podía sustituir a su padre en el corazón de Amadeo.

¿Por qué me sentía tan celoso? ¿Por qué me dolía tanto ese hecho?

Amaba a Amadeo como había amado a Pandora. Lo amaba como había amado a Botticelli. Amadeo se hallaba entre los grandes amores de mi larga existencia.

Traté de olvidar mis celos o, cuando menos, ignorarlos. A fin de cuentas, ¿qué iba a hacer? ¿Recordarle su viaje y atormentarlo con mis preguntas? No podía.

Pero presentí que esas preocupaciones eran peligrosas para mí, un inmortal. Jamás me había sentido tan atormentado y mermado debido a ese tipo de emociones. Había supuesto que Amadeo, el bebedor de sangre, trataría a su familia con cierto distanciamiento, pero no había ocurrido así.

Confieso que mi amor por Amadeo se veía afectado por mi trato con mortales, cuya compañía buscaba afanosamente, pues él seguía sintiéndose tan unido a ellos que le llevaría siglos adquirir el distanciamiento de los mortales que yo había experimentado la misma noche que me había transformado en vampiro.

Amadeo no había pasado por la experiencia de un bosque druídico y de un azaroso viaje a Egipto, ni había tenido que rescatar al Rey y a la Reina.

Mientras cavilaba rápidamente en ello, decidí no confiarle el misterio de los que debían ser custodiados, aunque en más de una ocasión se me había ocurrido hacerlo.

Es posible que, antes de transformarlo en un bebedor de sangre, hubiera pensado vagamente en llevarlo una vez al santuario, en rogarle a Akasha que lo recibiera, como había recibido en una ocasión a Pandora.

Pero en esos momentos cambié de parecer. Era preciso que Amadeo progresara como bebedor de sangre, que se perfeccionara, que adquiriera una mayor sabiduría.

¿Acaso no se había convertido para mí en un compañero y un consuelo mayores de lo que jamás había soñado? Aunque de vez en cuando se pusiera de mal humor, seguía a mi lado. Aunque de vez en cuando sus ojos aparecieran apagados, como si los deslumbrantes colores de mis pinturas no le impresionaran, ¿no lo tenía siempre a mano?

Sí, durante unos días después de nuestro viaje a Rusia apenas despegó los labios, pero yo sabía que ese estado de ánimo pasaría y no me equivoqué.

Al cabo de unos pocos meses, dejó de mostrarse distante y hosco y volvió a ser mi compañero de siempre, a acompañarme a las fiestas y los bailes ofrecidos por insignes ciudadanos a los que yo acostumbraba asistir, a escribir poemas breves dedicados a Bianca y a discutir con ella sobre varias pinturas que yo había realizado últimamente.

¡Ah, Bianca! ¡Cuánto la amábamos los dos! A menudo yo escrutaba su mente para cerciorarme de que no tenía la menor sospecha de que Amadeo y yo no éramos seres humanos.

Bianca era el único ser mortal a quien yo permitía entrar en mi estudio, pero, como es natural, no podía trabajar con la velocidad y la fuerza habituales cuando ella estaba presente. Tenía que alzar un brazo mortal para sostener el pincel, pero el esfuerzo merecía la pena con tal de oír los gratos comentarios que intercambiaba con Amadeo, quien también percibía en mis obras un propósito oculto que no poseían.

Todo marchaba sobre ruedas hasta que una noche, al deslizarme solo por el tejado de mi palacio, pues había dejado a Amadeo en compañía de Bianca, presentí que un mortal muy joven me observaba desde el tejado del palacio situado al otro lado del canal.

Me había deslizado tan rápidamente que ni siquiera Amadeo podría haberme visto, pero ese lejano mortal había advertido mi presencia, y al tiempo que reparé en ello, comprendí otras cosas.

Era un espía mortal que sospechaba que yo no era humano. Un espía mortal que llevaba cierto tiempo observándome.

Jamás había experimentado una amenaza tan seria a mi intimidad. Como es natural, me sentí tentado de deducir en el acto que mi vida en Venecia había fracasado. Cuando pensaba que había logrado engañar a toda una ciudad, alguien había descubierto mi artimaña.

Pero ese joven mortal no tenía nada que ver con la alta sociedad que yo frecuentaba. Lo supe tan pronto como penetré en su mente. No era un veneciano insigne, un pintor, un poeta o un alquimista, y menos aún un miembro del Gran Consejo de Venecia. Era un ser muy extraño, un experto en materias sobrenaturales que se dedicaba a espiar a criaturas como yo.

¿Qué significaba eso? ¿Qué hacía ese mortal allí?

En esos momentos, decidido a encararme con él y aterrorizarlo, me acerqué al borde de la azotea y lo miré a través del canal. Vi una silueta corpulenta que trataba de arrebujarse en su capa, a un hombre que se sentía al mismo tiempo atemorizado y fascinado.

Sí, sabía que yo era un bebedor de sangre. Es más, me había aplicado el calificativo de vampiro. Llevaba vigilándome varios años. Me había espiado en los suntuosos aposentos y salones de baile venecianos, lo que achaqué a una imprudencia por mi parte. La noche que había abierto por primera vez mi casa a los ciudadanos de Venecia, él había estado presente.

Esos datos me los facilitó su mente con relativa facilidad, por supuesto sin que el joven se percatara, y yo le envié a mi vez un mensaje muy directo mediante el don de la mente:

Esto es una locura. Si te entrometes en mi vida, morirás. No volveré a advertírtelo. Aléjate de mi casa. Abandona Venecia. ¿Merece la pena que sacrifiques tu vida para averiguar lo que deseas saber sobre mí?

Observé que mi mensaje le sobresaltaba. Luego, ante mi estupefacción, recibí un claro mensaje de él:

No pretendemos lastimarte. Somos simples estudiosos. Ofrecemos comprensión y cobijo. Observamos y estamos siempre presentes.

Luego huyó despavorido del tejado.

Le oí con claridad bajar por la escalera del palacio y salir al canal, donde se montó en una góndola y desapareció. Al subir a la embarcación, pude verlo con cierta nitidez.

Era un hombre alto, delgado, de tez pálida, un inglés vestido con un severo traje negro. Estaba muy asustado. Cuando la góndola se alejó, no se atrevió siquiera a alzar la vista.

Permanecí en la azotea largo rato, sintiendo el grato viento y reflexionando en el silencio qué debía hacer sobre ese extraño descubrimiento. Pensé en el claro mensaje que el joven mortal me había enviado a través del poder de su mente.

¿Unos eruditos? ¿Qué clase de eruditos? Pensé en el resto de sus palabras. Era un asunto realmente insólito.

No exagero al decir que me sentía totalmente desconcertado.

Pensé que en algunos momentos de mi dilatada vida su mensaje me habría parecido irresistible, debido a mi intensa soledad y mis ansias de hallar a alguien que me ofreciera comprensión.

Pero en estos momentos en que la mejor sociedad de Venecia me abría sus puertas no sentía esa necesidad. Tenía a Bianca cuando me apetecía charlar sobre la obra de Bellini o de mi amado Botticelli. Tenía a Amadeo, con quien compartía mi tumba dorada.

Estaba disfrutando de una época ideal. Me pregunté si para un mortal existía una época ideal. Me pregunté si se correspondería con la plenitud de la vida de los mortales, esos años en que te sientes más fuerte y ves con mayor claridad, cuando confías plenamente en los demás y tratas de alcanzar una dicha perfecta.

Botticelli, Bianca, Amadeo... Ésos eran los amores de mi época ideal.

No obstante, el joven inglés me había hecho una promesa sorprendente. «Ofrecemos comprensión y cobijo. Observamos y estamos siempre presentes.»

Decidí no hacer caso, observar el desarrollo de los acontecimientos sin dejar que me impidieran gozar de la vida en lo más mínimo.

Con todo, durante las semanas sucesivas agucé el oído por si oía alguna señal de ese extraño personaje, el erudito inglés; me mantuve atento por si observaba algún indicio de su presencia mientras participábamos en los fastuosos acontecimientos sociales de rigor.

Llegué incluso a interrogar a Bianca sobre ese personaje, y advertí a Vincenzo que se mostrara muy cauto, pues era posible que ese hombre tratara de entablar conversación con él.

La respuesta de Vincenzo me dejó atónito.

Ese individuo, un inglés alto y delgado, muy joven, aunque con el pelo entrecano, se había presentado en casa.

Había preguntado a Vincenzo si su amo desearía adquirir ciertos libros raros.

—Eran libros sobre magia —dijo Vincenzo, temiendo que me enfadara con él—. Le dije que, si quería venderle unos libros, tenía que traerlos y dejarlos para que usted los examinara.

—Haz memoria. ¿De qué más hablasteis?

—Le dije que usted poseía muchos libros, que visitaba asiduamente a los libreros. Él... vio las pinturas en la entrada y me preguntó si las había pintado usted.

Al responder, traté de emplear un tono tranquilizador.

—Y respondiste que, en efecto, las había pintado yo, ¿no es así?

—Sí, señor. Lo lamento mucho, no debí decir eso. Ese hombre quería adquirir una pintura, pero le dije que era imposible.

—No importa. Pero ándate con cuidado con ese hombre. No le des más explicaciones. Si le ves, infórmame de inmediato.

Di media vuelta para alejarme, pero se me ocurrió otra pregunta y, al volverme, vi que mi querido Vincenzo estaba deshecho en lágrimas. Por supuesto, me apresuré a asegurarle que siempre me había servido perfectamente y que no debía preocuparse por nada. Pero luego le pregunté:

—¿Qué impresión te causó ese hombre? ¿Buena o mala?

—Yo creo que buena —respondió Vincenzo—, aunque ignoro qué tipo de magia pretendía venderle. Sí, yo diría que buena, muy buena, aunque no sabría explicarle por qué. Emanaba cierta bondad. Y le gustaron las pinturas. Las elogió mucho. Se mostró educado y un tanto serio para ser tan joven. Tenía aspecto de erudito.

—Con eso me basta —dije. Sí, era más que suficiente.

Por más que le busqué por toda la ciudad, no di con ese hombre. Pero no sentí temor alguno.

Al cabo de dos meses, me encontré, en unas circunstancias muy curiosas, con el individuo de marras.

Había asistido a un suntuoso banquete y me hallaba sentado a la mesa, rodeado de un gran número de venecianos borrachos y contemplando a los jóvenes que ejecutaban ante nosotros un medido y parsimonioso baile.

La música era deliciosa y la luz de las lámparas lo bastante intensa para conferir a la gigantesca estancia un resplandor encantador.

Hacía un rato habíamos presenciado unos magníficos espectáculos de acróbatas y cantantes, y me sentía ligeramente aturdido.

Pensaba de nuevo en que aquélla era mi época ideal. Pensaba escribirlo en mi diario cuando regresara a casa.

Mientras me hallaba sentado a la mesa, me apoyé sobre el codo derecho y empecé a deslizar distraídamente los dedos de la mano izquierda por el borde de la copa, de la que de vez en cuando fingía beber un trago.

En éstas apareció a mi izquierda el inglés, el erudito.

—Marius —dijo suavemente, en un latín de lo más depurado—, te ruego que no me consideres un entremetido, sino tu amigo. Hace tiempo que te vengo observando de lejos.

Sentí un profundo escalofrío. Me quedé estupefacto en el sentido estricto del término. Me volví y observé que tenía sus francos y perspicaces ojos clavados en mí.

De nuevo, su mente transmitió a la mía con toda claridad un mensaje sin palabras:

Ofrecemos cobijo. Ofrecemos comprensión. Somos unos estudiosos. Observamos y siempre estamos presentes.

Sentí de nuevo un profundo escalofrío que me recorrió todo el cuerpo. Todas las personas que me rodeaban estaban ciegas salvo él. Él sabía qué era yo.

El extraño me entregó una moneda de oro circular en la que aparecía grabada una palabra:

Talamasca.

Examiné la moneda, tratando de ocultar mi desconcierto.

—¿Qué significa esto? —le pregunté educadamente en un latín no menos clásico.

—Somos una orden —dijo, expresándose en un latín fluido y encantador—. Así nos llamamos. Pertenecemos a la orden de Talamasca. Hace tanto que existimos que desconocemos nuestros orígenes y por qué nos llamamos de esa forma. —Hablaba con calma—. Pero nuestro propósito en cada generación es bien claro. Tenemos nuestras normas y nuestras tradiciones. Observamos a aquellos a quienes otros desprecian y persiguen. Conocemos secretos que incluso los más supersticiosos se niegan a creer.

Su voz y sus modales eran extremadamente elegantes, pero el poder de la mente que había detrás de sus palabras era muy potente. Demostraba una seguridad en sí mismo apabullante. Calculé que no tenía más de veinte años.

—¿Cómo has dado conmigo? —pregunté.

—Vigilamos constantemente —respondió en tono quedo—. Te observábamos cuando te quitabas la capa roja y te iluminaba la luz de las antorchas o la luz de estancias como ésta.

—Ah, de modo que habéis empezado a seguirme la pista en Venecia —dije—. Qué torpe he sido.

—Sí, aquí en Venecia —contestó él—. Uno de nosotros te vio y escribió una carta a nuestra casa matriz en Inglaterra. Me enviaron a mí para que me asegurara de quién eras y a qué te dedicabas. Después de haberte visto en tu casa, comprendí la verdad.

Me recliné en la silla y le observé detenidamente. Vestía un elegante traje de terciopelo color tostado y una capa forrada de armiño, y lucía unos sencillos anillos de plata en los dedos. Llevaba el pelo, rubio salpicado de gris, largo y peinado de forma austera. Sus ojos eran del mismo color gris que su pelo. Tenía la frente alta y desprovista de arrugas. Daba la impresión de estar limpio como los chorros del oro.

—¿Y qué verdad es ésa? —pregunté tan suavemente como pude—. ¿Qué es lo que crees saber de mí?

—Que eres un vampiro, un bebedor de sangre —respondió sin vacilar, con la misma cortesía y sin perder la compostura—. Has vivido durante siglos, aunque no puedo adivinar tu edad. Me gustaría que me la dijeras. No has cometido ninguna torpeza. Soy yo quien me he afanado en saludarte.

Era encantador hablar en latín antiguo. Sus ojos, en los que se reflejaba la luz de las lámparas, mostraban un sincero entusiasmo atemperado por su dignidad.

—Entré en tu casa cuando estaba abierta —dijo—. Acepté tu hospitalidad. ¡Daría lo que fuera por saber cuánto tiempo has vivido y lo que has visto!

—¿Y qué harías si conocieras esos datos, si accediera a revelártelos? —pregunté.

—Consignarlos en nuestros archivos. Difundirlos. Dejar constancia de que lo que algunos afirman que es leyenda es verdad. —Tras una pausa, el extraño agregó—: Una verdad magnífica.

—Pero ya dispones de un dato que consignar en tus archivos, ¿no es así? —pregunté—. Puedes dejar constancia de que me has visto aquí.

Desvié lentamente la vista de él y la fijé en los bailarines que había ante nosotros. Luego me volví de nuevo hacia él y comprobé que había seguido, obediente, la dirección de mi mirada.

El extraño contempló a Bianca mientras ésta describía un pulcro círculo en el modulado baile, sosteniendo la mano de Amadeo, que la miraba, risueño, con la luz reflejada en las mejillas. Parecía de nuevo una muchacha mientras bailaba al son de aquella música tan dulce y Amadeo la miraba arrobado.

—¿Y qué más ves aquí, mi docto estudioso de Talamasca? —pregunté.

—A otro —contestó, mirándome de nuevo sin temor—. Un jovencito de gran belleza, que era humano la primera vez que lo vi y que ahora está bailando con una mujer joven que quizá se transforme también dentro de poco en vampiro.

Al oír esto, el corazón empezó a palpitarme con violencia. Sentí sus latidos en la garganta y en los oídos.

Pero el extraño no pretendía juzgarme. Por el contrario, se abstuvo de emitir juicio alguno, y durante unos momentos me limité a escrutar su joven mente para asegurarme de que no me equivocaba.

—Discúlpame —dijo, meneando la cabeza—. Nunca he tenido un trato estrecho con un ser como tú. Confío en tener tiempo de escribir en un pergamino lo que he visto aquí esta noche, aunque te juro por mi honor y el honor de la orden que, si permites que salga de aquí con vida, no escribiré nada hasta que llegue a Inglaterra y mis palabras no te perjudicarán.

Desterré de mis oídos la música dulce y seductora para concentrarme en su mente. Al escudriñarla, no encontré en ella nada salvo lo que acababa de decirme, y detrás de esas palabras, una orden de estudiosos tal como había descrito, un extraordinario grupo de hombres y mujeres cuyo afán era saber en lugar de destruir.

Vi a una docena de seres increíbles que se dedicaban a ofrecer cobijo a quienes eran capaces de leer el pensamiento de la gente, a los que adivinaban el futuro con asombrosa precisión a través de las cartas y a otros que se exponían a morir en la hoguera acusados de brujería. Y detrás de eso, unas bibliotecas en las que habían sido restituidos los libros antiguos de magia.

Me parecía imposible que en esa era cristiana pudiera existir esa fuerza secular.

Tomé la moneda de oro que tenía grabada la palabra «Talamasca» y me la guardé en un bolsillo. Luego tomé al extraño de la mano.

Observé que estaba aterrorizado.

—¿Crees que me propongo matarte? —pregunté suavemente.

—No, no creo que lo hagas —contestó—. Pero llevo estudiándote tanto tiempo y con tanto cariño que no lo sé con seguridad.

—¿Con cariño? —pregunté—. ¿Cuánto tiempo hace que tu orden conoce la existencia de nuestra especie? —pregunté, sosteniendo su mano con firmeza.

De improviso, en su frente alta y despejada aparecieron unas expresivas arrugas.

—Desde siempre, ya te he dicho que es una orden muy antigua.

Pensé unos momentos en su respuesta, sin soltarle la mano. Escruté de nuevo su mente y comprobé que no mentía. Miré a los bailarines que se deslizaban por el salón decorosamente y dejé que la música volviera a inundarme, como si este episodio extraño y turbador no se hubiera producido nunca.

Entonces le solté la mano lentamente.

—Vete —dije—, márchate de Venecia. Te concedo un día y una noche para que la abandones. No te quiero aquí conmigo.

—Lo comprendo —respondió con gratitud.

—Me has observado durante demasiado tiempo —dije en tono de reproche. Pero el reproche iba dirigido contra mí—. Sé que has escrito unas cartas a tu casa matriz describiéndome. Lo sé porque yo lo hubiera hecho en tu lugar.

—Sí, te he estado estudiando —repitió—. Pero lo he hecho sólo para quienes desean conocer más detalles sobre el mundo y todas sus criaturas. Nosotros no perseguimos a nadie. Mantenemos nuestros secretos a buen recaudo de quienes no dudarían en utilizarlos para hacer daño.

—Escribe lo que quieras —dije—, pero vete y no permitas que los miembros de tu orden vuelvan a poner los pies en esta ciudad.

Cuando el joven mortal se disponía a levantarse de la mesa, le pregunté su nombre. Como suele ocurrirme, no había podido apartarlo de mi mente.

—Raymond Gallant —respondió suavemente—. Si alguna vez deseas ponerte en contacto conmigo...

—Jamás —mascullé bruscamente.

Él asintió, pero se resistía a marcharse con ese mal sabor de boca y dijo:

—Escríbeme al castillo cuyo nombre aparece grabado en el reverso de la moneda.

Le observé abandonar el salón de baile. No era un hombre que llamara la atención; uno se lo imaginaba trabajando con discreto tesón en una biblioteca donde todo estaba manchado de tinta.

Pero tenía una cara maravillosamente atrayente.

Me quedé sentado a la mesa, cavilando, charlando de vez en cuando con los otros cuando no tenía más remedio, asombrado de que ese mortal hubiera conseguido aproximarse tanto a mi persona.

¿Acaso me había vuelto descuidado? ¿Estaba tan enamorado de Amadeo y de Bianca que no prestaba atención a simples detalles que deberían ponerme sobre aviso? ¿Me habían separado las espléndidas pinturas de Botticelli de mi inmortalidad?

No lo sabía, pero lo cierto era que lo que había hecho Raymond Gallant tenía una explicación relativamente sencilla.

Me hallaba en una habitación llena de mortales y él era uno de ellos, y quizá conocía el medio de controlar su mente con el fin de ocultar sus pensamientos. Por lo demás, ni su talante ni su rostro indicaban amenaza alguna.

No obstante, todo era muy sencillo, y cuando regresé a mi dormitorio me sentí lo bastante calmado para escribir varias páginas sobre el episodio en mi diario, mientras Amadeo dormía como un ángel tendido en el lecho de tafetán rojo.

¿Debía temer a ese joven que sabía dónde habitaba? No me lo parecía. No presentía ningún peligro. Creía lo que me había dicho.

De pronto, un par de horas antes de que amaneciera, se me ocurrió un pensamiento trágico.

¡Tenía que volver a ver a Raymond Gallant! ¡Tenía que hablar con él! Me había comportado como un estúpido.

Salí del palacio en plena noche, dejando a Amadeo acostado.

Busqué al estudioso inglés por toda Venecia, registrando un palacio tras otro con el poder de mi mente.

Por fin llegué a una modesta vivienda situada muy lejos de los palacios del Gran Canal. Bajé la escalera tras deslizarme por el tejado y llamé a su puerta.

—Ábreme, Raymond Gallant —dije—. Soy Marius, no voy a lastimarte.

No hubo respuesta. Pero yo sabía que le había dado un susto de muerte.

—Podría tirar la puerta abajo, Raymond Gallant, pero no tengo ningún derecho a hacerlo. Responde, te lo ruego. Ábreme la puerta.

Por fin descorrió el cerrojo y abrió la puerta. Al entrar, vi que era una pequeña habitación, cuyos muros estaban insólitamente húmedos. Había un modesto escritorio, un baúl, un montón de ropa y, apoyado en la pared, un pequeño cuadro que yo había pintado hacía varios meses y que confieso que había desechado.

La habitación estaba atestada de velas, por lo que el joven estudioso pudo verme con claridad.

Se apartó de mí como un chiquillo asustado.

—Quiero que me digas una cosa, Raymond Gallant —le espeté de inmediato, tanto para satisfacer mi curiosidad como para tranquilizarlo.

—Haré lo que pueda para complacerte, Marius —respondió con voz trémula—. ¿Qué quieres saber de mí?

—No es difícil de imaginar —contesté. Eché un vistazo a mi alrededor. No había una sola silla en la que sentarse. ¡Qué le íbamos a hacer!—. Me dijiste que siempre habéis sabido que existíamos.

—Así es —repuso. Temblaba violentamente—. Yo... me disponía a abandonar Venecia —se apresuró a explicarme—, tal como me ordenaste.

—Ya lo veo, y te lo agradezco. Pero permite que te formule la pregunta —dije pausadamente—. Durante tus años de estudio —proseguí—, ¿oíste hablar alguna vez de una bebedora de sangre, una vampiro, una mujer con una cabellera larga y castaña, alta, bien formada, una mujer que se convirtió en vampiro en la plenitud de su madurez en lugar de en la flor de su juventud..., una mujer de mirada perspicaz que por las noches deambula sola por las calles.

Impresionado por esa descripción, el joven desvió los ojos unos instantes mientras trataba de asimilar mis palabras.

—Pandora —dijo, mirándome de nuevo.

Hice una mueca de dolor. No pude evitarlo. No me podía hacer el digno con él. Sentí como si me hubiera asestado un puñetazo en el pecho.

Sentí una emoción tan intensa que me alejé unos pasos, volviéndome de espaldas a él para que no advirtiera la expresión de mi rostro.

¡Conocía su nombre!

Por fin me volví.

—¿Qué sabes de ella? —pregunté, escudriñando su mente mientras hablaba para comprobar si decía la verdad.

—En la antigua Antioquía —respondió— existían unas palabras, talladas en piedra, que decían: «Pandora y Marius, bebedores de sangre, vivían antaño juntos y felices en esta casa.»

No pude responderle. Pero aquello se refería al pasado, al amargo y triste pasado, cuando yo la había abandonado. Y ella, herida, debía de haber escrito esas palabras en la piedra.

El hecho de que él y los otros estudiosos hubieran hallado ese vestigio hizo que me sintiera humilde y respetuoso de lo que representaba esa orden.

—Pero ¿qué sabes de ella ahora? —insistí—. ¿Cuándo averiguaste su existencia? Cuéntamelo todo.

—Algunos afirman haberla visto en el norte de Europa —respondió. Su voz ya no temblaba, pero todavía se mostraba intimidado—. En cierta ocasión vino a vernos un joven vampiro, un bebedor de sangre, uno de esos que no soportan la transformación...

—Sí, ya lo sé —dije—. Prosigue. Nada de lo que dices me ofende. Continúa, por favor.

—Ese joven vino a vernos con la esperanza de que poseyéramos una magia capaz de suprimir su transformación y restituirle su vida mortal y su alma inmortal...

—¿Y os habló de ella? ¿Es eso lo que vas a decirme?

—Precisamente. Lo sabía todo sobre ella. Nos dijo su nombre. Afirmó que era una diosa entre los vampiros. No había sido ella quien le había transformado, sino que, al encontrarse con él, se había mostrado apenada por su suerte y le escuchó mientras le contaba sus cuitas y se desahogaba. Ese joven la describió tal como has hecho tú. Nos habló de las ruinas en Antioquía donde hallaríamos las palabras que ella había esculpido en la piedra. Ella le había hablado de ti, y así fue como averiguamos tu nombre. Marius, un ser alto con los ojos azules. Marius, cuya madre provenía de la Galia y cuyo padre era romano.

El estudioso se detuvo, sin atreverse a continuar.

—Continúa, te lo suplico —dije.

—Ese joven vampiro ha desaparecido, destruido por voluntad propia, sin nuestra intervención. Se expuso al sol del mediodía.

—¿Dónde conoció a Pandora? —pregunté—. ¿Dónde le relató sus cuitas? ¿Cuándo ocurrió eso?

—Yo ya estaba en este mundo —respondió el estudioso—, aunque no vi personalmente a ese bebedor de sangre. Por favor, no me agobies. Trato de explicarte cuanto sé. El joven vampiro dijo que Pandora andaba siempre errante por los países septentrionales, como te he dicho, pero disfrazada de mujer rica, con un compañero asiático, un bebedor de sangre de gran belleza y temible crueldad que la tenía sometida y la forzaba todas las noches a hacer cosas que ella no quería hacer.

—¡Esto es insoportable! —exclamé—. Continúa, ¿a qué países septentrionales te refieres? No consigo adivinar tu pensamiento antes de oír tus palabras. Dime lo que os contó ese joven.

—No sé qué países ha recorrido Pandora —contestó.

Mi vehemencia le irritaba.

—Ese joven amaba a Pandora. Creía que ella acabaría rechazando al asiático, pero no fue así. Desesperado por este fracaso, el joven vampiro siguió su camino, alimentándose del populacho de una pequeña población alemana, hasta que al poco tiempo tropezó con nosotros y cayó en nuestros brazos.

El estudioso se detuvo para armarse de valor y serenar su voz antes de proseguir.

—Una vez instalado en nuestra casa matriz, el joven vampiro nos hablaba constantemente de Pandora, pero insistiendo siempre en lo mismo: su dulzura y la crueldad del asiático con el que no era capaz de romper.

—¿Bajo qué nombres viajaban Pandora y su compañero? —le pedí—. Debían de utilizar nombres mortales, pues de otra forma no habrían podido vivir como mortales ricos. Dime esos nombres.

—No lo sé —contestó el estudioso. Armándose de valor, agregó—: Dame tiempo y quizá consiga obtenerlos. Aunque, sinceramente, no creo que la orden me proporcione esa información para dártela a ti.

Desvié de nuevo la mirada. Alcé la mano para cubrirme los ojos. ¿Qué gesto hace un hombre mortal en momentos como ésos? Crispé la mano derecha y sostuve mi brazo derecho firmemente con la mano izquierda. Pandora vivía. ¿No me contentaba con eso? ¡Estaba viva! Los siglos no la habían destruido. ¿No era eso suficiente?

Me volví y le miré. Seguía de pie ante mí, derrochando valor, aunque le temblaban las manos.

—¿Cómo es que no te inspiro temor? —murmuré—. ¿No temes que vaya a tu casa matriz y busque yo mismo esa información?

—Puede que no sea necesario que lo hagas —se apresuró a responder—. Quizá yo mismo pueda obtenerla, dado que estás empeñado en conseguirla, aunque ello suponga romper mis votos. No fue Pandora quien buscó refugio en nuestra casa.

—Un argumento propio de un abogado —repliqué—. ¿Qué más puedes decirme? ¿Qué más le contó Pandora a ese joven vampiro?

—Nada —contestó el estudioso.

—De modo que ese joven os habló de Marius, cuyo nombre conocía por habérselo dicho Pandora... —insistí.

—Sí, y luego descubrimos que estabas aquí, en Venecia. ¡Ya te lo he contado todo!

Me aparté de nuevo. El joven mortal estaba cansado de mí y tan atemorizado que parecía a punto de perder los nervios.

—Te lo he dicho todo —repitió en tono grave.

—Ya lo sé —dije—. Veo que eres capaz de guardar un secreto pero incapaz de decir una mentira.

El estudioso no dijo nada.

Saqué la moneda de oro del bolsillo, la que él me había dado, y leí la palabra inscrita:

Talamasca.

Le di la vuelta a la moneda.

En el reverso aparecía grabado el dibujo de un castillo fortificado, y debajo de él, el nombre: Lorwich, East Anglia.

Alcé la vista.

—Te doy las gracias, Raymond Gallant.

Él asintió con la cabeza.

—Marius —dijo de pronto, como si se armara de valor para lo que iba a decir—, ¿no podrías enviarle un mensaje a Pandora a través de la distancia?

Negué con la cabeza.

—Yo la convertí en una bebedora de sangre y su mente ha permanecido cerrada para mí desde el principio. Al igual que la del hermoso joven a quien viste bailar esta noche. El creador y su criatura no pueden adivinar los pensamientos el uno del otro.

Gallant rumió mis palabras con calma, como si habláramos de asuntos humanos.

—Pero sin duda puedes enviar con tu poderosa mente el mensaje a otros, que quizá la vean y le comuniquen que andas buscándola y dónde te encuentras.

Entre nosotros se produjo un momento singular.

¿Cómo podía confesarle que me sentía incapaz de rogarle a Pandora que regresara a mi lado? ¿Cómo podía confesarme a mí mismo que tenía que tropezarme con ella, estrecharla entre mis brazos y obligarla a mirarme, que una vieja disputa me separaba de ella? No podía confesarme a mí mismo esas cosas.

Lo miré. Gallant, tras haber recobrado la serenidad, me observaba con atención, claramente fascinado por mí.

—Márchate de Venecia, por favor —dije—, tal como te he pedido que hicieras. —Abrí mi talego y deposité una generosa cantidad de florines de oro sobre su escritorio, como había hecho en dos ocasiones con Botticelli—. Acéptalo —dije—, por las molestias. Márchate y escríbeme cuando puedas.

El estudioso asintió de nuevo. Sus ojos claros mostraban una expresión franca y determinada, su rostro juvenil, una deliberada calma.

—Será una carta ordinaria —dije—, enviada a Venecia por correo ordinario, pero contendrá una información maravillosa, pues confío hallar en ella datos sobre una criatura a la que no he abrazado desde hace más de mil años.

Mis palabras le sorprendieron, aunque no me explico el motivo, pues sin duda conocía la edad de las piedras de Antioquía. Pero observé que el impacto de mis palabras le recorrió todo el cuerpo.

—¿Qué he hecho? —pregunté en voz alta, aunque no me dirigía a él—. Dentro de poco abandonaré Venecia, debido a ti y a muchas cosas. Porque no puedo cambiar y, por lo tanto, no puedo seguir haciéndome pasar por mortal. Partiré pronto a causa de la joven mujer que has visto esta noche bailando con mi joven aprendiz, pues me he jurado no transformarla. No obstante, debo reconocer que he desempeñado mi papel aquí a la perfección. Escríbelo en tus crónicas. Describe mi casa tal como la has visto, llena de pinturas y lámparas, llena de música y risas, llena de alegría y calor.

El joven mortal mudó de expresión. Parecía triste, nervioso, aunque no movió un músculo, y los ojos se le llenaron de lágrimas. Qué sabio parecía, pese a sus pocos años. Qué extraordinariamente compasivo.

—¿Qué ocurre, Raymond Gallant? —pregunté—. ¿Cómo es posible que llores por mí? Explícamelo.

—Marius —respondió—, en la orden de Talamasca me dijeron que eras hermoso y hablabas con la lengua de un ángel y un demonio.

—¿Dónde está el demonio, Raymond Gallant?

—Ahí me has pillado. No he oído al demonio. Por más que me he esforzado en creer que existía, no lo he oído. Tienes razón.

—¿Has visto al demonio en mis pinturas, Raymond Gallant?

—No, no lo he visto, Marius.

—Dime qué has visto.

—Un talento increíble y unos colores maravillosos —respondió sin titubear un momento, como si estuviera convencido de lo que decía—. Unas figuras prodigiosas y una gran inventiva que encandila a todo el mundo.

—¿Soy mejor que el florentino Botticelli? —pregunté.

Su rostro se ensombreció y frunció ligeramente el entrecejo.

—Permite que yo responda por ti —dije—. No soy mejor.

El estudioso asintió con la cabeza.

—Reflexiona —dije—. Soy inmortal, y Botticelli es tan sólo un hombre. Pero ¿qué prodigios ha realizado Botticelli?

No podía permanecer un instante más en ese lugar, pues me resultaba demasiado doloroso.

Extendí ambas manos y le tomé suavemente la cabeza antes de que él pudiera impedírmelo. Gallant alzó las manos y me sujetó las mías, pero no consiguió hacer que le soltara.

Me acerqué a él y murmuré:

—Deja que te haga un regalo, Raymond. Préstame atención. No te mataré. No te haré daño. Sólo deseo enseñarte mis colmillos y la sangre vampírica, y si me lo permites (observa que te pido permiso), depositaré una gota de mi sangre sobre tu lengua.

Abrí la boca para mostrarle mis colmillos. Sentí que su cuerpo se tensaba y pronunció una desesperada oración en latín.

Me corté la lengua con los dientes, como había hecho cientos de veces con Amadeo.

—¿Deseas esta sangre? —pregunté.

Gallant cerró los ojos.

—No puedo tomar esa decisión por ti. ¿Aceptas esta lección?

—¡Sí! —musitó, aunque su mente decía no.

Oprimí la boca contra la suya en un ardiente beso. Le transmití mi sangre. De pronto, sufrió una convulsión.

Cuando le solté, apenas se sostenía en pie. Pero ese hombre no era un cobarde. Agachó la cabeza durante unos instantes y luego me miró con los ojos empañados.

Se quedó abstraído durante unos momentos, que yo dejé que transcurrieran pacientemente.

—Gracias, Raymond —dije, disponiéndome a marcharme a través de la ventana—. Escribe y cuéntame todo cuanto averigües sobre Pandora. Si no puedes, lo comprenderé.

—No nos consideres nunca tus enemigos, Marius —se apresuró a contestar.

Tras estas palabras, desaparecí.

Regresé a mi estudio-dormitorio, donde Amadeo seguía durmiendo como si estuviera ebrio de vino, cuando sólo había ingerido sangre mortal. Me entretuve escribiendo un rato en mi diario. Traté de describir atinadamente la conversación que acababa de tener lugar. Traté de describir la orden de Talamasca basándome en lo que Raymond Gallant me había revelado.

Pero, al cabo de unos minutos, empecé a escribir el nombre de Pandora una y otra vez, estúpidamente: Pandora... Luego apoyé la cabeza sobre los brazos y soñé con ella y le susurré al oído en sueños.

Pandora en los países septentrionales. Pero ¿qué países? ¿Qué significaba eso?

Si me tropezaba con su compañero asiático, no vacilaría en darle su merecido; la libraría rápida y brutalmente de su influjo. ¡Pandora! ¿Cómo has dejado que te ocurriera esto? No bien hube formulado esa pregunta, me di cuenta de que me estaba peleando con ella como solíamos hacer antiguamente.

Aquella noche, cuando llegó el momento de abandonar la casa para dirigirnos a nuestro lugar de descanso, hallé a Bianca dormida en mi estudio, acostada sobre un diván tapizado de seda.

—Qué hermosa eres —le dije, besándole con ternura el pelo y oprimiendo su brazo maravillosamente torneado.

—Te adoro —murmuró, y siguió soñando. ¡Mi bella y maravillosa criatura!

Penetramos en la estancia dorada donde nos esperaban nuestros ataúdes. Ayudé a Amadeo a alzar la tapa de su ataúd antes de retirar la del mío.

Amadeo estaba cansado. El baile le había agotado. Pero me susurró algo con voz soñolienta.

—¿Qué has dicho? —le pregunté.

—Cuando llegue el momento, lo harás, le darás a Bianca la sangre vampírica.

—No —repliqué—, deja de hablar de ese tema, me pones furioso.

Amadeo profirió una breve, fría y cruel carcajada.

—Sé que lo harás. La amas demasiado para contemplar cómo se marchita poco a poco.

Insistí en que jamás lo haría.

Luego me acosté en el ataúd, sin imaginar que era la última noche de nuestra vida juntos, la última noche de mi poder supremo, la última noche de Marius el romano, ciudadano de Venecia, pintor y mago, la última noche de mi época ideal.

24

La noche siguiente me levanté como tenía por costumbre y esperé aproximadamente una hora, hasta que Amadeo abrió los ojos.

Como era joven, no se acostaba en cuanto anochecía, como hacía yo. Entre los vampiros, la hora de despertarse difiere aunque no haya diferencia de edad.

Aguardé sentado en nuestra cámara revestida de oro, absorto en mis pensamientos sobre el estudioso llamado Raymond Gallant, preguntándome si habría abandonado Venecia tal como le había ordenado que hiciera. ¿Qué peligro podía representar para mí, pensé, aunque pretendiera perjudicarme, pues a quién iba a incitar contra mí y con qué motivo?

Yo era demasiado fuerte para dejarme dominar o apresar. Era una idea impensable. Lo peor que podía ocurrir era que, si ese hombre me consideraba una especie de peligro alquimista, o un demonio, Amadeo y yo tendríamos que marcharnos de la ciudad.

Pero esos pensamientos me turbaban, de modo que durante aquellos instantes de tranquilidad preferí creer en la sinceridad de Raymond Gallant, recordarlo con afecto y confiar en él, dejando que mi mente explorara la ciudad que me circundaba en busca de algún rastro de su presencia, lo cual me habría disgustado profundamente.

No bien inicié mi búsqueda, algo espantoso me nubló la razón.

Oí unos gritos procedentes de mi casa. ¡Y oí las voces de unos bebedores de sangre! Oí el vocerío de los adoradores de Satanás, los cantos de condena, y en mi imaginación vi las estancias de mi casa invadidas por un fuego que se propagaba rápidamente.

Contemplé el rostro de Bianca en las mentes de otros. Oí los alaridos que proferían mis aprendices.

Retiré rápidamente la tapa del ataúd de Amadeo.

—Vamos, Amadeo, te necesito —exclamé en aquel momento absurdo, demencial—. Han prendido fuego a nuestra casa. La vida de Bianca corre peligro. ¡Vamos!

—¿Quiénes son, maestro? —preguntó, subiendo a toda velocidad la escalera junto a mí—. ¿Los que deben ser custodiados?

—No, Amadeo —contesté rodeándolo con el brazo y echando a volar hacia el tejado del palacio—. Es una pandilla de vampiros adoradores de Satanás. Pero son débiles y se abrasarán con el fuego de sus propias antorchas. Debemos salvar a Bianca. Debemos salvar a los chicos.

En cuanto llegamos a la casa, comprendí que se trataba de un grupo increíblemente numeroso de atacantes. Santino había llevado a cabo sus disparatados sueños. En cada habitación, uno de esos monstruos se dedicaba a prender fuego diligentemente a cuanto hallaba a su paso.

Toda la casa estaba llena de humo.

Al correr escaleras arriba, vi a Bianca abajo gritando, rodeada por aquellos demonios cubiertos con capas negras, que la atormentaban con sus antorchas. Vincenzo yacía muerto delante de la puerta abierta.

Oí los gritos de los gondoleros suplicando a los que estaban dentro que salieran.

Salté desde lo alto de la escalera y abrasé con el don del fuego a los jóvenes y torpes agresores de Bianca, que tropezaban con sus capas al tiempo que ardían envueltos en llamas. A algunos sólo conseguí obligarlos a retroceder mediante golpes físicos, pues no disponía de tiempo para dirigir contra ellos mis potentes dotes sobrenaturales.

Transporté a Bianca apresuradamente a través de la densa humareda hasta el embarcadero y la deposité en brazos de un gondolero, que se la llevó sin dilación.

Tan pronto como regresé para salvar a los aprendices, que gritaban despavoridos, una legión de monstruos me rodeó de nuevo y volví a abrasarlos con el don del fuego, tratando torpemente de arrebatarles las antorchas.

En la casa reinaba el caos. Las estatuas caían por encima de la balaustrada. Los tapices ardían y las pinturas se chamuscaban, pero ¿qué podía hacer para proteger a los chicos?

Tan pronto como quemaba a un círculo de monstruos, aparecía otro, profiriendo desde todos lados sus gritos de condena:

—¡Hereje, blasfemo, Marius el idólatra, Marius el pagano! Santino te condena a morir abrasado.

Una y otra vez, les arrebaté las antorchas. Una y otra vez, quemé a los intrusos. Una y otra vez, oí sus gemidos al agonizar.

El humo me cegaba como hubiera cegado a cualquier mortal. Los chicos bramaban aterrorizados mientras eran transportados fuera de la casa y sobre los tejados.

—¡Amadeo! —grité.

Le oí llamarme desesperado desde lo alto de la escalera.

Subí rápidamente, pero en cada rellano los monstruos caían sobre mí y tuve que volver a emplear aquella combinación de fuerza y don del fuego para repelerlos.

—¡Utiliza tu fuerza, Amadeo! —grité. No alcanzaba a verlo—. Utiliza las dotes que te he dado. —Sólo podía oír sus gritos.

Prendí fuego a los que tenía más cerca. Tan sólo vi a aquellos seres abrasándose y luego más antorchas que los monstruos agitaban ante mí mientras trataba de repelerlos.

—¿Queréis morir abrasados? —pregunté, amenazándolos para obligarles a retroceder, pero mi exhibición de poder no les intimidaba.

Continuaron atacándome, llevados por su fanatismo.

—Santino te envía su fuego sagrado. Santino te envía su justicia. Santino reclama a tus aprendices. Santino reclama a tus pupilos. ¡Ha llegado la hora de que mueras abrasado!

De repente, a una velocidad pasmosa, unos siete u ocho monstruos formaron un círculo en torno a mí y prendieron fuego con sus antorchas a mis ropas y mi cabello.

Sentí el calor abrasador en mi cuerpo, engullendo mi cabeza y mis extremidades.

Durante unos segundos, pensé que lograría sobrevivir a aquella agresión, que no era nada, que yo era Marius, el inmortal, pero de pronto me asaltó con furia el espantoso recuerdo de la sangre del Anciano, al que había prendido fuego en Egipto con una lámpara y se había abrasado y exhalado un humo siniestro en el suelo de la habitación.

Recordé la sangre de Eudoxia, envuelta en llamas en el suelo del santuario de Constantinopla.

Recordé al dios druida en el bosque, con la piel quemada y ennegrecida.

Y entonces comprendí, sin recuerdos ni pensamientos, que habían prendido fuego a mi sangre, que por más resistentes que fueran mi piel o mis huesos, o mi voluntad, me estaba quemando, me estaba abrasando dolorosamente a una velocidad tal que nada podía impedirlo.

—¡Marius! —gritó Amadeo, aterrorizado—. ¡Marius!

Oí su voz como si fuera el tañido de una campana.

Mentiría si dijera que la razón me impulsó a moverme en un sentido u otro.

Sabía que había alcanzado la azotea y que los gritos de Amadeo y de los chicos sonaban cada vez más lejanos.

—¡Marius! —gritó de nuevo Amadeo.

Yo no veía a los que seguían atormentándome. No veía el cielo. En mis oídos sonaba la voz del viejo dios del bosque la noche de mi creación diciéndome que yo era inmortal, que sólo podía ser destruido mediante el sol o el fuego.

Hice acopio del poder que me restaba en un desesperado intento por salvarme. En ese estado, me esforcé en alcanzar la balaustrada de la azotea y me arrojé al canal.

—Sí, lánzate al agua, sumérgete en ella —dije en voz alta, forzándome a escuchar esas palabras. Luego comencé a nadar tan rápidamente como pude, procurando no perder pie, refrescado, aliviado y salvado por aquellas aguas inmundas, dejando atrás el palacio en llamas del que habían raptado a mis chicos, en el que habían destruido mis pinturas.

Permanecí una hora, tal vez más, en el canal.

El fuego que circulaba por mis venas había sido sofocado casi de inmediato, pero el intenso dolor era casi insoportable. Cuando por fin salí del canal, fue para ir a refugiarme en la cámara dorada donde se hallaba mi ataúd.

No pude alcanzarla a pie.

Aterrorizado, me dirigí arrastrándome a la entrada posterior de la casa y, con ayuda del don de la mente y mis dedos, conseguí abrir la puerta.

Luego, deslizándome lentamente a través de las numerosas habitaciones, llegué por fin a la pesada barrera que yo mismo había construido para impedir el acceso a mi sepulcro. No sé cuánto tiempo tardé en abrirla, sólo sé que al final cedió gracias al don de la mente, no a la fuerza de mis manos quemadas.

Por fin bajé la escalera que conducía a la sombría y silenciosa estancia dorada.

Me pareció un milagro tumbarme al fin junto a mi ataúd. Estaba tan exhausto que no podía dar un paso más; hasta respirar me provocaba dolor.

La visión de mis piernas y mis brazos quemados era impresionante. Y cuando me toqué el pelo, comprendí que lo había perdido casi todo. Me palpé las costillas bajo la piel hinchada y ennegrecida del pecho.

No era necesario que me mirara en un espejo para saber que me había convertido en un ser horripilante, que mi rostro había quedado totalmente destruido.

Pero lo que más me entristeció fue que, al apoyarme sobre el ataúd y aguzar el oído, oí a los chicos gimiendo mientras un barco los transportaba a un puerto lejano. Oí a Amadeo suplicar a sus captores que entraran en razón, pero sólo consiguió que los adoradores de Satanás se pusieran a cantar sus himnos a mis pobres niños. Deduje que esos monstruos los llevaban a un lugar al sur de Roma para entregarlos a Santino, a quien yo había cometido la torpeza de condenar y luego perdonarle la vida.

Amadeo estaba de nuevo cautivo, había caído de nuevo en manos de unos seres que pretendían utilizarlo para satisfacer sus perversos fines. Lo habían raptado de nuevo de su hogar para conducirlo a otro lugar inexplicable.

Me odié por no haber destruido a Santino. ¿Por qué le había permitido seguir viviendo?

Incluso en estos momentos, cuando te cuento esta historia, le odio. Le detesto profundamente y siempre le detestaré por haber destruido, en nombre de Satanás, todo cuanto era más valioso para mí, por haberme arrebatado a mi Amadeo, por haberme arrebatado a aquellos chicos que yo protegía, por haber prendido fuego al palacio que contenía los frutos de mis sueños.

Sí, me repito a mí mismo, le odio. Disculpa este arrebato. Ten presente la arrogancia y la crueldad con que Santino me atacó, la fuerza destructiva con la que alteró el curso de la trayectoria de Amadeo...

Yo sabía que su trayectoria había sido alterada.

Lo comprendí mientras yacía junto a mi ataúd. Lo comprendí porque me sentía demasiado débil para rescatar a mi pupilo, demasiado débil para salvar a los infortunados chicos mortales que sin duda sufrirían todo tipo de atrocidades, demasiado débil incluso para ir a cazar.

Y si no podía ir a cazar, ¿cómo obtendría la sangre necesaria para curarme?

Me tumbé en el suelo de la habitación, tratando de sofocar el dolor que me producía la carne abrasada. Traté tan sólo de pensar y respirar.

Oí a Bianca. Había logrado sobrevivir al ataque. Estaba viva.

Bianca había llevado a otros para salvar nuestra casa, pero era una empresa desesperada. De nuevo, como ocurre en las guerras y los pillajes, yo había perdido los maravillosos objetos que atesoraba; había perdido mis libros; había perdido mis escritos.

No sé cuántas horas permanecí tendido en el suelo, pero cuando me levanté para retirar la tapa de mi ataúd comprobé que no me sostenía en pie. Tenía los brazos tan quemados que no pude mover la tapa.

Me tumbé de nuevo en el suelo.

El dolor era tan agudo que no pude moverme durante largo rato.

¿Sería capaz de recorrer los kilómetros que me separaban de los Padres Divinos? No lo sabía. No podía arriesgarme a abandonar esa cámara para averiguarlo.

Con todo, imaginé a los que debían ser custodiados. Les recé. Visualicé a Akasha nítidamente y con todo detalle.

—Ayúdame, mi Reina —murmuré en voz alta—. Ayúdame. Guíame. Recuerda cuando me hablaste en Egipto. Recuérdalo. Háblame ahora. Jamás he sufrido como estoy sufriendo ahora.

De pronto se me ocurrió un viejo y angustioso pensamiento, tan viejo y angustioso como las mismas plegarias.

—¿Quién se ocupará de vuestro santuario si no logro curarme? —pregunté, temblando de dolor y de tristeza—. Mi amada Akasha —musité—, ¿quién te adorará si no me recupero? Ayúdame, guíame, pues quizá me necesites una noche en los próximos siglos. ¿Quién te ha atendido durante tanto tiempo como yo?

Pero ¿de qué sirve abrumar con súplicas y preguntas a los dioses y las diosas?

Envié el don de la mente con toda su fuerza a los nevados Alpes donde había construido y ocultado la capilla.

—¿Cómo puedo llegar a ti, mi Reina? ¿Es posible que una tragedia tan espantosa como ésta logre arrancarte de tu soledad, o es pedir demasiado? Sueño con milagros, pero no alcanzo a imaginarlos. Te suplico misericordia, pero no imagino cómo puede concretarse.

Sabía que era inútil, incluso una blasfemia, implorarle que abandonara su trono para salvarme.

Pero ¿acaso no era lo bastante poderosa para enviarme a través de la distancia una fuerza milagrosa?

—¿Cómo podré regresar junto a ti? —pregunté—. ¿Cómo podré cumplir de nuevo con mis deberes si no consigo curarme?

Sólo respondió el silencio de la habitación dorada, era tan fría como el santuario de las montañas. Imaginé que sentía la nieve de los Alpes sobre mi piel abrasada.

Poco a poco, asimilé el horror de la situación.

Creo que proferí una breve y triste carcajada

—No puedo llegar a ti sin tu ayuda —dije—. ¿Y cómo puedo obtener esa ayuda sin vulnerar el secreto de lo que soy? ¿Sin vulnerar el secreto de la capilla de aquéllos que deben ser custodiados?

Por fin me incorporé de rodillas y subí la escalera muy despacio. Luego, sobreponiéndome al dolor, conseguí ponerme de pie y cerrar la puerta de bronce con el don de la mente.

La seguridad era muy importante. Tenía que sobrevivir, pensé. No podía caer en la desesperación.

Después de desplomarme de nuevo y bajar arrastrándome por la escalera hasta la cámara dorada, como un repugnante y siniestro reptil, empujé con insistencia la tapa de mi ataúd hasta retirarla lo suficiente para acostarme en él y descansar.

Jamás había sufrido unas heridas tan graves, un dolor tan intenso. Una monstruosa humillación se confundía con el tormento. Aquello me demostró que había muchas cosas que no sabía sobre la existencia, que no comprendía sobre la vida.

Al poco rato dejé de percibir los gritos de los chicos, por más que agucé el oído. El barco los transportaba a través de las aguas.

Pero seguía oyendo a Bianca.

Bianca lloraba.

Agobiado por la tristeza y el dolor, exploré Venecia con la mente.

—Raymond Gallant, miembro de Talamasca —murmuré—, te necesito. Raymond Gallant, confío en que no hayas abandonado todavía Venecia. Raymond Gallant de la orden Talamasca, escucha mis ruegos.

No hallé rastro de él, pero a saber qué había sido de mis poderes. Quizá los había perdido por completo. Ni siquiera recordaba con claridad su habitación o dónde estaba ubicada.

Pero ¿por qué confiaba en dar con él? ¿Acaso no le había ordenado que abandonara el Véneto? ¿No le había insistido en que se marchara? Lógicamente, había obedecido mis órdenes. Sin duda en esos momentos se encontraba a muchos kilómetros de distancia y no podía oír mi llamada de auxilio.

No obstante, seguí pronunciando su nombre una y otra vez como si fuera una oración.

—Raymond Gallant de Talamasca, te necesito. Te necesito ahora.

Por fin, el amanecer me aportó un gélido alivio. Poco a poco, el intenso dolor remitió y empecé a soñar, como suele ocurrir cuando me quedo dormido antes de que despunte el sol.

En mis sueños vi a Bianca. Estaba rodeada por sus sirvientes, que la consolaban.

—Han muerto los dos, lo sé —decía—. Han muerto abrasados.

—No, tesoro mío —respondí.

Utilizando todo el poder del don de la mente, le dije:

Bianca, Amadeo ha desaparecido, pero vive. No te asustes cuando me veas, pues he sufrido graves quemaduras en todo el cuerpo. Pero estoy vivo.

En los ojos de los otros, como en un espejo, la vi guardar silencio y volverse de espaldas a ellos. La vi levantarse de la butaca y acercarse a la ventana. La vi abrirla y contemplar el húmedo amanecer.

Esta noche, cuando se oculte el sol, te llamaré. Bianca, me veo como un monstruo y tú también me verás como un monstruo, pero resistiré este sufrimiento. Te llamaré. No temas.

—Marius —dijo Bianca. Los mortales que la rodeaban la oyeron pronunciar mi nombre.

Me había invadido el sueño de la mañana y no pude resistirme a él. El dolor había desaparecido por fin.

25

Cuando me desperté, sentí un dolor inenarrable. Permanecí una hora o más sin moverme. Escuché las voces de Venecia. Escuché el movimiento de las aguas debajo de mi casa y a su alrededor, y su fluir a través de los canales hacia el mar.

Agucé el oído tratando de oír a los secuaces de Santino, sumido en un pavor digno y silencioso, temiendo que siguieran buscándome por las inmediaciones de la casa. Pero habían desaparecido, al menos de momento.

Traté de alzar la tapa de mármol del sarcófago, pero no pude. De nuevo, utilicé el don de la mente para empujarla, hasta que por fin, con ayuda de mis débiles manos, logré apartarla.

Qué extraño y prodigioso, pensé, que el poder de la mente fuera superior al poder de las manos.

Lentamente, conseguí levantarme de esa fría y hermosa tumba que yo mismo me había construido y, tras grandes esfuerzos, me senté en el frío suelo de mármol. Me quedé observando el resplandor de los muros dorados gracias a un minúsculo haz de luz que penetraba en la cámara por los bordes de la puerta superior.

Sentí un terrible dolor y cansancio. Una sensación de vergüenza se apoderó de mí. Había imaginado que era invulnerable, pero aquellos monstruos me habían humillado, me habían estrellado contra las piedras de mi orgullo.

Recordé la forma en que los adoradores de Satanás me habían atormentado. Recordé los gritos de Amadeo.

¿Dónde se hallaría ahora mi hermoso pupilo? Por más que agucé el oído, no oí nada.

Llamé de nuevo a Raymond Gallant, aunque sabía que era en vano. Imaginé que en esos momentos viajaría por tierra hacia Inglaterra.

Dije su nombre en voz alta de forma que reverberó entre los muros de la cámara dorada, pero no logré dar con él. Lo hice para tener la certeza de que estaba fuera de mi alcance.

Luego pensé en mi bella y rubia Bianca. Traté de verla como la había visto la noche anterior, a través de las mentes de los que la rodeaban. Envié mi don de la mente hasta sus elegantes aposentos.

Llegó a mis oídos el sonido de una música alegre y en el acto vi a sus numerosos invitados asiduos. Bebían y charlaban como si mi casa no hubiera sido destruida; mejor dicho, como si no se hubieran enterado y yo no hubiera formado nunca parte de ese grupo; seguían viviendo como suelen hacerlo los seres humanos después de que un mortal ha desaparecido.

Pero ¿dónde estaba Bianca?

—Muéstrame su rostro —ordené en un susurro al misterioso don de la mente.

Pero no visualicé ninguna imagen suya.

Cerré los ojos, lo que me produjo un dolor exquisito, y escuché el rumor de toda la ciudad mientras rogaba al don de la mente que me transmitiera la voz y los pensamientos de Bianca.

Nada. Pero de golpe lo comprendí todo. Dondequiera que estuviera Bianca, estaba sola. Me estaba esperando; no había nadie a su lado que velara por ella, que hablara con ella; por lo tanto, debía dar con ella en su silencio o su soledad, y enviarle mi recado.

Bianca, estoy vivo. Estoy monstruosamente quemado, como te he dicho. Puesto que una vez atendiste a Amadeo cuando estaba enfermo, ¿podrías hacerme también a mí de enfermera?

Al cabo de unos instantes, la oí musitar con toda nitidez:

—Te he oído, Marius. Oriéntame. Nada me asusta. Vendaré tu piel abrasada. Vendaré tus heridas.

¡Ah, que maravilloso consuelo! Pero ¿qué había planeado? ¿Qué me había propuesto?

Sí, Bianca se reuniría conmigo y me traería ropa limpia para ocultar mi horripilante carne, una capa con capucha para ocultar mi cabeza e incluso una máscara de Carnaval para ocultar mi rostro.

Sí, sin duda accedería a hacerlo, pero ¿qué haría yo cuando comprobara que no podía cazar en ese lamentable estado? ¿Y si, aunque consiguiera cazar, descubría que la sangre de uno o dos mortales no me hacía ningún efecto, que mis heridas eran demasiado graves para cicatrizar?

¿Cómo iba a depender de esa tierna criatura para que me atendiera? ¿Hasta qué punto debía revelarle mi horroroso estado de postración?

Oí de nuevo su voz.

—Dime dónde te encuentras, Marius —me rogó—. Estoy en tu casa. Ha quedado muy destruida, pero no por completo. Te espero en tu antiguo dormitorio. He encontrado algunas prendas de vestir que se han salvado. ¿Puedes venir?

Durante largo rato no respondí, ni siquiera la tranquilicé. Pensé en ello en la medida en que uno puede pensar cuando siente un dolor tan intenso. Mi mente no era la de siempre. De eso estaba seguro.

Pensé que, dado el lamentable estado en el que me encontraba, podía traicionar a Bianca. Podía traicionarla con todo el descaro, siempre que ella lo consintiera. O podía aceptar su misericordia y luego dejarla sumida en un misterio que jamás lograría esclarecer.

Evidentemente, lo más sencillo era traicionarla. La alternativa, aceptar su misericordia y dejarla sumida en el misterio, requería un inmenso autocontrol.

No estaba seguro de poseer ese autocontrol. Estaba tan desesperado que no sabía nada con certeza sobre mí mismo. Recordé que hacía tiempo le había prometido que siempre estaría a salvo mientras yo permaneciera en Venecia, estremeciéndome de dolor al evocar al ser fuerte y poderoso que era aquella noche. Sí, le había prometido protegerla siempre por haber cuidado de Amadeo, por haberle salvado de la muerte hasta que yo llegué al anochecer y me hice cargo de él.

¿Qué significaba eso ahora? ¿Iba a romper aquella promesa como si no tuviera importancia?

Seguí percibiendo los ruegos y las oraciones de Bianca. Me llamaba igual que yo había llamado a Akasha.

—¿Dónde estás, Marius? Sin duda puedes oírme. He reunido para ti unas suaves prendas que no te lastimarán. He cogido unos trozos de lino para vendar tus heridas. Y unas botas de un material dúctil para tus pies. —Mientras hablaba, no cesaba de llorar—. He cogido una suave túnica de terciopelo para que te la pongas, Marius, y una de tus numerosas capas rojas. Deja que te lleve estas ropas, que vende tus heridas y te cuide. Tu aspecto no me horrorizará.

Permanecí postrado en el suelo, oyéndola llorar, hasta que por fin me decidí.

Ven a reunirte conmigo, querida mía, porque yo no puedo moverme. Trae las prendas que has descrito y también una máscara; encontrarás varias en mis armarios. Trae una de cuero negro con adornos de oro.

—Las he preparado para ti, Marius —respondió Bianca—. Dime adónde debo ir.

Le envié otro mensaje fuerte y claro identificando de forma infalible la casa en la que me hallaba, explicándole cómo entrar en ella, localizar la puerta chapada en bronce y llamar.

El diálogo mantenido con Bianca me dejó agotado. Agucé el oído de nuevo, en silencio y aterrorizado, por si oía a los monstruos de Santino, preguntándome si regresarían.

En los ojos del gondolero de Bianca capté enseguida una imagen de ésta saliendo de las ruinas de mi casa. La góndola partió hacia el lugar donde me encontraba.

Por fin oí la inevitable llamada a la puerta de bronce.

Sacando fuerzas de flaqueza, empecé a subir lentamente la escalera de piedra.

Apoyé las manos en la puerta.

—¿Puedes oírme, Bianca? —pregunté.

—¡Marius! —exclamó rompiendo a llorar—. Sabía que eras tú, Marius. No eran figuraciones mías. Estás vivo, Marius. Estás aquí.

El olor de su sangre me excitó.

—Escucha, tesoro —dije—, he sufrido unas quemaduras que no puedes siquiera imaginar. Cuando abra esta puerta unos centímetros, entrégame las prendas y la máscara. No trates de mirarme, por más que te pique la curiosidad.

—Sí, Marius —respondió con firmeza—. Te amo, Marius. Haré lo que me digas.

Qué angustiosos eran sus sollozos, que irrumpieron de pronto a través de la puerta. Qué potente el olor de su sangre. Qué hambriento estaba.

Reuniendo todas mis fuerzas, conseguí descorrer el cerrojo con mis dedos ennegrecidos y abrí un poco la puerta.

El olor de su sangre me producía un dolor tanto o más intenso que las heridas. Durante unos instantes, pensé que no lo resistiría.

Pero necesitaba las prendas que ella me ofrecía y comprendí que debía aceptarlas. Debía hacer cuanto fuera preciso para restablecerme. No podía hundirme en el dolor, pues sólo conseguiría intensificarlo. Debía seguir adelante. Contemplé la mascara de cuero negro con adornos de oro. Eran prendas para un baile en Venecia, no para un ser horripilante y desgraciado como yo.

Después de dejar la puerta entreabierta, conseguí vestirme con relativa facilidad.

Bianca me había traído una túnica larga en lugar de corta, decisión muy acertada, pues probablemente no habría podido enfundarme unas medias. En cuanto a las botas, conseguí calzármelas pese al dolor. Me puse también la máscara.

La capa tenía generosas proporciones y capucha, lo que era vital para mí. Al cabo de unos momentos, estaba cubierto de pies a cabeza.

Pero ¿qué debía hacer a continuación? ¿Qué podía decirle a aquella joven mujer, a aquel ángel que aguardaba en el gélido pasillo?

—¿Quién te ha acompañado? —le pregunté.

—El gondolero —respondió Bianca—. ¿No me dijiste que viniera sola?

—Es posible —contesté—. El dolor me nubla la razón.

La oí llorar.

Me esforcé en poner en orden mis pensamientos. Entonces se me impuso la dura y cruel realidad.

No podía cazar solo porque no tenía las fuerzas suficientes para salir de aquel lugar desprovisto de mis viejas dotes de velocidad o ascenso y descenso.

No podía recurrir a Bianca para que me ayudara en esa empresa porque era demasiado débil, y utilizar a su gondolero habría sido una imprudencia, por no decir imposible. ¡Ese hombre, que sería testigo de mis actos, sabía que yo residía en aquella casa!

La situación era desastrosa. Me sentía muy débil. Era muy probable que los monstruos de Santino regresaran. Era preciso que partiera de Venecia y me refugiara en el santuario de los que debían ser custodiados. Pero ¿cómo conseguirlo?

—Déjame entrar, Marius, te lo ruego —dijo Bianca suavemente—. No temo verte. Por favor, Marius, déjame pasar.

—Muy bien —respondí—. Confía en mí, no te lastimaré. Baja la escalera con cuidado. Confía en mí, todo cuanto te digo es cierto.

Con un esfuerzo sobrehumano, abrí la puerta lo suficiente para que Bianca pudiera pasar. Un pequeño haz de luz penetró en la escalera y la cámara dorada. Mis ojos estaban acostumbrados a ver en la semioscuridad, pero los de Bianca no.

Bianca me siguió escaleras abajo, tentando la pared con su pálida y delicada mano para no tropezar. No vio que me arrastraba y me apoyaba de vez en cuando en la pared para descansar.

Por fin llegamos abajo. Bianca miró a su alrededor, pero no pudo ver nada.

—Háblame, Marius —dijo.

—Estoy aquí, Bianca —respondí.

Me arrodillé y luego me senté sobre los talones. Alcé la vista y traté de encender una de las antorchas que colgaban de la pared con el don del fuego.

Orienté mi poder hacia ella con todas mis fuerzas.

Oí un leve chisporroteo y la antorcha se encendió, deslumbrándome con su resplandor. El fuego me hizo estremecer, pero no podíamos prescindir de él. La oscuridad era mucho peor.

Bianca se protegió los ojos del intenso resplandor con sus delicadas manos. Luego me miró.

¿Qué vio?

Se cubrió la boca y emitió un grito sofocado.

—Pero ¿qué te han hecho? —preguntó—. ¡Mi bello Marius! Dime cómo remediar esto y lo haré.

Me vi a mí mismo en su mirada: un ser encapuchado con unos palos negros en lugar de muñecas y cuello, unos guantes en lugar de manos y una inmensa máscara de cuero en lugar de cara.

—¿Cómo crees que podemos remediar este desastre, mi hermosa Bianca? —inquirí—. ¿Qué poción mágica puede recomponerme?

Bianca estaba hecha un lío. Capté una mezcolanza de imágenes y recuerdos, tristeza y esperanza.

Contempló los dorados muros que nos rodeaban. Observó los relucientes sarcófagos de mármol. Luego fijó de nuevo los ojos en mí. Estaba impresionada, pero no asustada.

—Marius —dijo—, déjame ser tu acólito como lo fue Amadeo. Sólo tienes que decirme lo que debo hacer.

Al oír el nombre de Amadeo, las lágrimas acudieron a mis ojos. ¡Ay, pensar que aquel cuerpo quemado contenía lágrimas de sangre!

Bianca se arrodilló para poder mirarme a los ojos. Su capa se abrió y vi que unas magníficas perlas adornaban su cuello y sus pálidos senos. Se había puesto uno de sus espléndidos vestidos, sin importarle que la mugre o la humedad lo estropeara.

—¡Mi bello tesoro! —le dije—. ¡Cuánto os he amado a ambos en vuestra inocencia y culpabilidad! No sabes cuánto te he deseado, como monstruo y como hombre. No sabes los esfuerzos que he tenido que hacer para desviar de tu persona mi hambre, que apenas podía controlar.

—Por supuesto que lo sé —contestó Bianca—. ¿No recuerdas la noche que viniste a mi casa para acusarme de los crímenes que había cometido? ¿No recuerdas que confesaste que estabas sediento de mi sangre? ¡No creerás que me he convertido ahora en la casta damisela de un cuento infantil!

—¡Quién sabe, hermosa mía! —repuse—. ¡Todo mi mundo ha desaparecido! Pienso en los banquetes, las fiestas de disfraces, los bailes, mis pinturas... ¡Todo ha desaparecido bajo un montón de cenizas!

Bianca se echó a llorar.

—No llores. Deja que sea yo el que llore. Yo soy el culpable de todo por no haber matado a un ser que me odiaba. Han raptado a Amadeo. A mí me quemaron porque era demasiado poderoso y les impedía llevar a cabo sus designios. ¡Se han llevado a Amadeo!

—Basta, Marius, deja de atormentarte —dijo Bianca, mirándome atemorizada. Extendió la mano y tocó mis dedos enguantados.

—Deja que me explaye unos momentos. Cuando se lo llevaron, le oí suplicarles que le dieran alguna explicación. Se llevaron también a todos los chicos. ¿Por qué lo hicieron?

Miré a Bianca a través de la máscara, incapaz de imaginar qué veía o intuía en su confusa mente al contemplar aquel rostro extraño y artificial. El olor de su sangre era abrumador y su dulzura parecía pertenecer a otro mundo.

—Me choca que te perdonaran la vida, Bianca, pues, cuando oí tus gritos, no llegué a tiempo de salvarte.

—Querían raptar a tus pupilos —respondió—. Los atraparon con redes. Yo misma las vi. Grité desesperadamente desde la puerta principal. A mí no me querían, sólo les servía para atraerte. ¿Qué podía hacer cuando te vi, sino gritar para que me ayudaras a librarme de ellos? ¿Hice mal? ¿Te duele que esté viva?

—No digas eso. Claro que no. —Alargué la mano con cuidado y le apreté la suya con mis dedos enguantados—. Dime si te aprieto con demasiada fuerza.

—No, Marius —contestó Bianca—. Confía en mí del mismo modo que yo confío en ti.

Meneé la cabeza. El dolor era tan espantoso que durante unos momentos no pude articular palabra. Me dolía la mente y el cuerpo. No soportaba lo que me había ocurrido. No soportaba la dura escalada que me aguardaba y mis perspectivas de futuro.

—Nos quedaremos aquí, tú y yo —dijo Bianca—. Yo te curaré. Concédeme tu magia. Ya te he dicho que estoy dispuesta a recibirla.

—Pero ¿qué sabes sobre esto, Bianca? ¿Crees comprenderlo realmente?

—Se trata de la sangre, ¿no? —preguntó—. ¿Crees que no recuerdo cuando tomaste a Amadeo, que agonizaba, en tus brazos? Nada pudo haberle salvado salvo la transformación que observé en él posteriormente. Sabes que lo vi. Me di cuenta enseguida. Te consta.

Cerré los ojos. Respiré pausadamente. El dolor era atroz. Sus palabras me calmaban, haciéndome creer que no me sentía atormentado, pero ¿adónde iba a llevarme eso?

Traté de adivinar su pensamiento, pero el cansancio me lo impedía.

Deseaba tocarle la cara y, convencido de la suavidad del guante, le acaricié la mejilla. Sus ojos se llenaron de lágrimas.

—¿Adónde se han llevado a Amadeo? —preguntó, desesperada.

—Al sur, por mar —confesé—, creo que a Roma, pero no me preguntes por qué. Te diré tan sólo que fue un enemigo mío el que atacó mi casa y a las personas que amo, que vive en Roma, y que los monstruos que envió para lastimarnos a Amadeo y a mí vinieron de Roma.

»Debí destruirlo. Debí prever lo que ocurriría. Pero me ufané ante él de mis poderes y le desprecié. De modo que envió a un numeroso grupo de sus seguidores para que yo no pudiera reducirlos. ¡Qué estúpido fui al no adivinar lo que haría! Pero ¿de qué sirve lamentarse ahora? Estoy débil, Bianca. No tengo medios para rescatar a Amadeo. Debo recobrar las fuerzas.

—Sí, Marius —contestó—. Te comprendo.

—Ruego a los dioses que Amadeo utilice los poderes que le di —confesé—, pues son eficaces y él es muy fuerte.

—Sí, te entiendo, Marius —dijo Bianca.

—Es a Marius a quien invoco ahora —dije con aire contrito y compungido—. Es a Marius a quien debo invocar.

Cayó un silencio entre nosotros. El único sonido era el crepitar de la antorcha, sujeta con una argolla a la pared.

Traté de nuevo de adivinar su pensamiento, pero no lo conseguí. No sólo a causa de mi debilidad, sino de una implacable firmeza por su parte.

Pues, aunque Bianca me amaba, en su mente bullían unos pensamientos confusos y había erigido un muro entre ambos para impedirme adivinarlos.

—Bianca —dije en voz baja—, presenciaste la transformación en Amadeo, pero ¿comprendiste de qué se trataba?

—Sí, mi señor —contestó.

—¿Crees conocer la fuente de la fuerza que adquirió a partir de esa noche?

—Sí.

—No te creo —respondí suavemente—. Sueñas cuando afirmas conocerla.

—Te aseguro que lo sé, Marius. Como acabo de decir, me consta que te acuerdas perfectamente de que entraste en mi dormitorio sediento de mi sangre.

Bianca extendió las manos para acariciarme las mejillas y consolarme.

Yo alcé una mano enguantada para impedírselo.

—Entonces comprendí que te alimentabas de los muertos —dijo—. Que les arrebatabas el alma, o tal vez sólo su sangre. En aquel momento comprendí que te alimentabas de ellos de alguna forma, y los músicos que huyeron despavoridos del banquete durante el cual asesinaste a mis parientes aseguraron que a mis desdichados primos les diste el beso de la muerte.

Proferí una suave y ronca carcajada.

—Fui muy descuidado, pero me consideraba genial. Qué cosa más curiosa. No me extraña haber caído tan bajo.

Respiré hondo de nuevo, sintiendo un dolor que me atravesaba el cuerpo y una sed insoportable. ¿Había sido alguna vez esa poderosa criatura que deslumbraba a tantos, que era capaz de aniquilar un grupo de mortales sin que nadie se atreviera a acusarle salvo en voz baja? ¿Era posible que...? Pero eran demasiados recuerdos. ¿Durante cuánto tiempo me atormentarían los recuerdos antes de recuperar siquiera una ínfima parte de mi poder?

Bianca me miraba con ojos brillantes e inquisitivos.

Entonces declaré una verdad que no podía seguir ocultando.

—Es la sangre de los vivos, hermosa mía, siempre la sangre de los vivos —dije, desesperado—. Es única y exclusivamente la sangre de los vivos, ¿comprendes? Así es como vengo existiendo desde que unas manos perversas y crueles me arrebataron mi vida mortal.

Bianca frunció ligeramente el entrecejo al tiempo que me observaba con atención, sin desviar la mirada. Luego asintió con la cabeza, como para indicarme que continuara.

—Acércate, Bianca —murmuré—. Yo existía cuando Venecia no era nada, créeme. Cuando Florencia no había aparecido aún, yo ya vivía. No puedo quedarme aquí sufriendo. Debo encontrar el medio de ingerir sangre para restablecerme. Es preciso. Debo ingerirla cuanto antes.

Bianca asintió de nuevo. Siguió observándome atentamente. Estaba temblando y sacó de entre sus ropas un pañuelo de lino con el que se enjugó las lágrimas.

¿Qué podían significar esas palabras para ella? Debían de sonar como poemas antiguos. ¿Cómo podía esperar que comprendiera lo que le decía?

—El malvado —dijo sin apartar la vista de mí—. Mi señor, me lo dijo Amadeo —murmuró—. No puedo seguir fingiendo que lo ignoro. Te alimentas del malvado. No te enfurezcas. Amadeo me confió el secreto hace tiempo.

Sus palabras me enfurecieron de inmediato y profundamente, pero ¿qué más daba? Esa catástrofe había destruido todo cuanto había hallado a su paso.

¡De modo que, a pesar de sus lágrimas y promesas, Amadeo había confiado el secreto a nuestra bella Bianca! ¡Qué estúpido había sido al confiar en un niño! ¡Qué estúpido había sido al perdonarle la vida a Santino! Pero ya era inútil lamentarse.

Bianca había enmudecido y me miraba con la misma insistencia; en sus ojos se reflejaba el resplandor de la antorcha, el labio inferior le temblaba y dejó escapar un suspiro, como si fuera a echarse a llorar de nuevo.

—Puedo traerte a un malvado a esta habitación —dijo, más animada—. Puedo traértelo hasta aquí.

—¿Y si ese ser lograra reducirte antes de que llegaras aquí? —pregunté en voz baja—. ¿Cómo iba yo a hacer justicia o vengarte? No, no debes correr ese riesgo.

—Pero estoy dispuesta a hacerlo. Confía en mí. —Miró a su alrededor con ojos resplandecientes, como asimilando la belleza de los muros—. ¿Cuánto tiempo hace que guardo ese secreto? No lo sé, sólo sé que nada ni nadie habría conseguido arrancármelo. Pese a las sospechas de los demás, jamás dije una palabra que te traicionara.

—Tesoro, amor mío —musité—. No quiero que te arriesgues por mí. Deja que reflexione, que utilice los poderes de la mente que todavía me quedan. Guardemos silencio un rato.

Bianca parecía preocupada y su rostro adoptó una expresión adusta.

—Dame la sangre, mi señor —dijo de pronto en tono grave y apremiante—. Dámela. Transfórmame como transformaste a Amadeo. Conviérteme en una bebedora de sangre y así poseeré la fuerza para traerte a un malvado. Sabes que es la única solución.

Su reacción me dejó estupefacto.

No puedo afirmar que en lo más profundo de mi abrasado ser no hubiera pensado en esa posibilidad (pensé en ello en cuanto la oí llorar), pero jamás imaginé que lo oiría de sus labios y con esa vehemencia. Lo cierto era que había comprendido desde el principio que era el plan perfecto.

Pero tenía que pensarlo detenidamente. No sólo por ella, sino por mi propia seguridad. Una vez que la magia comenzara a obrar en ella, suponiendo que yo tuviera fuerzas para proporcionársela, ¿cómo lograríamos Bianca y yo, dos vampiros débiles, cazar por las calles de Venecia en busca de la sangre que necesitábamos y luego emprender el largo viaje al norte?

Como mortal, Bianca podría conducirme en un carro escoltado por guardias armados al paso alpino donde se encontraban los que debían ser custodiados. Una vez allí, me separaría de ellos al amanecer para visitar a solas la capilla.

Como bebedora de sangre, tendría que dormir de día junto a mí, por lo que ambos estaríamos a merced de quienes transportaran los sarcófagos.

El dolor que me atormentaba era tan intenso que me pareció un plan inconcebible.

Era incapaz de hacer los preparativos necesarios. Me parecía que hasta era incapaz de pensar. Meneé la cabeza acongojado, procurando impedir que Bianca se me arrojara al cuello para que no se asustara al abrazarme y sentir el tacto de aquel ser seco y rígido en que me había convertido.

—Dame la sangre vampírica —repitió en tono apremiante—. Tienes las fuerzas necesarias para hacerlo, ¿no es así, mi señor? Yo te traeré todas las víctimas que necesites. Vi el cambio que se operó en Amadeo después de haberla recibido. No tenía que mostrármelo. La sangre me hará fuerte, ¿no es así? Responde, Marius. O dime de qué otra forma puedo curarte, puedo sanarte, aliviar este sufrimiento que te consume.

No pude responder. Temblaba de deseo de poseerla, de rabia ante su exultante juventud, de ira por el hecho de que Amadeo y ella hubieran conspirado contra mí y él le hubiera revelado el secreto. ¡Me consumía el deseo de tomarla en el acto!

Nunca me había parecido tan viva, tan puramente humana, tan natural en su lozana belleza, una criatura que no merecía ser ultrajada.

Bianca se apartó, como si se hubiera dado cuenta de que me había presionado demasiado. Su voz adoptó un tono más dulce, aunque seguía siendo insistente.

—Cuéntame la historia de tu vida —dijo con ojos centelleantes—. Cuéntame de nuevo que no existían ni Venecia ni Florencia cuando tú ya eras Marius.

Me abalancé sobre ella.

No tenía escapatoria.

No obstante, creo que trató de escapar. Estoy seguro de que gritó.

Nadie podía oírla desde fuera. Mi ataque había sido súbito y estábamos encerrados en aquella cámara dorada.

Después de quitarme la máscara y taparle los ojos con la mano izquierda, le clavé los colmillos en el cuello, haciendo que la sangre manara a borbotones. Su corazón latía con violencia. Unos segundos antes de que dejara de latir, me retiré, zarandeándola bruscamente y gritándole al oído:

—¡Despierta, Bianca!

Me corté apresuradamente la muñeca quemada y reseca hasta ver que brotaba de ella un hilo de sangre, que derramé en su boca, sobre su lengua.

La oí emitir un sonido sibilante y luego cerró la boca, gimiendo de ansia. Me descubrí de nuevo la muñeca abrasada y seca y volví a cortármela.

Pero no tenía sangre suficiente que darle, estaba demasiado abrasado, demasiado débil. Sentí su sangre circulando como un torrente por mis venas, penetrando en las células deterioradas y quemadas que antes habían estado vivas.

Me hice otro corte en la huesuda y deforme muñeca y vertí unas gotas de sangre en la boca de Bianca, pero era inútil.

¡Se estaba muriendo! Y toda la sangre que me había dado, yo la había engullido.

¡Era monstruoso! No soportaba ver cómo la vida de Bianca se apagaba como una vela. Estaba a punto de enloquecer.

Subí como pude la escalera de piedra, prescindiendo de mi dolor y mi debilidad, aunando mente y corazón, y, tras lograr incorporarme, abrí la puerta de bronce.

—¡Apresúrate! —grité al gondolero cuando llegué a los escalones del embarcadero.

Luego regresé a la cámara indicándole que me siguiera. El hombre obedeció.

Apenas entró en la casa, me arrojé sobre el desdichado y bebí toda su sangre; luego, sin apenas poder respirar debido al alivio y al placer que sentía, me dirigí a la habitación dorada, donde hallé a Bianca tal como la había dejado, moribunda al pie de la escalera.

—Toma, Bianca, bebe, tengo más sangre que darte —le susurré al oído, apoyando mi muñeca herida sobre su lengua. Esta vez fluyó más sangre, no un torrente, pero la suficiente para que ella cerrara la boca en torno a la fuente y comenzara a succionar con fuerza.

—Así, bebe, bebe, mi dulce Bianca —dije, y ella me respondió con unos suspiros.

La sangre había aprisionado su tierno corazón.

El oscuro viaje de la noche no había hecho más que comenzar. No podía enviarla en busca de víctimas, pues aún no se había completado la magia en ella. Encorvado a causa de la debilidad, la transporté en brazos hasta la góndola. Cada paso que daba me producía dolor, avanzaba con movimientos lentos y vacilantes.

Después de instalarla en el asiento, apoyada sobre los cojines, semidespierta y capaz de responderme, su rostro más hermoso y pálido que nunca, empuñé el remo.

Me adentré en los sectores más tenebrosos de Venecia bajo la bruma que se cernía sobre los canales, en lugares tenuemente iluminados donde abundaban los rufianes.

—Despierta, princesa —le dije a Bianca—. Hemos penetrado en un campo de batalla silencioso, pero no tardaremos en divisar a nuestro enemigo y comenzará la guerra que nos apasiona.

El dolor me impedía sostenerme erguido, pero, como ocurre siempre en estas situaciones, aquellos a quienes buscábamos aparecieron con aviesas intenciones.

Intuyendo por mi postura y por la belleza de Bianca nuestra debilidad, dejaron su fuerza a un lado.

Atraje sin mayores problemas a los brazos de Bianca a su primera víctima, un orgulloso joven dispuesto a «complacer a la dama si eso era lo que deseaba», del cual ella bebió rápidamente un trago fatal, haciendo que se le cayera el puñal al fondo de la embarcación.

La siguiente víctima, un borracho que apenas se tenía en pie y que se ofreció para llevarnos a un banquete al que todos estábamos invitados, cayó fatalmente en mis garras.

Apenas tenía fuerzas para succionar su sangre, que sentí de nuevo circular alocadamente por mis venas, sanándome con una magia tan violenta que casi intensificó mi dolor.

El tercero que cayó en nuestros brazos era un vagabundo, al que atraje con una moneda que no poseía. Bianca se precipitó sobre él lamentándose de que fuera tan esmirriado, articulando palabras de forma confusa.

Esto se produjo bajo el manto negro de la noche, lejos de las luces de mansiones como la nuestra.

Bianca y yo seguimos con nuestra labor. Con cada víctima que me cobraba, se potenciaba mi don de la mente y se aplacaba mi dolor. Con cada víctima, mi carne cicatrizaba más rápidamente.

Pero precisaba un gran número de víctimas para recuperarme por completo, un número inconcebible que me restituyera el vigor que había poseído antes.

Sabía que, debajo de mis ropas, parecía hecho de cuerdas recubiertas de alquitrán, y no alcanzaba a imaginar lo horripilante que resultaba mi rostro.

A todo esto, Bianca había despertado de su letargo y padecido los dolores de una muerte mortal, por lo que ansiaba volver a su casa para cambiarse de ropa y regresar conmigo a la cámara dorada ataviada con una vestimenta digna de mi prometida.

Había ingerido una cantidad excesiva de sangre de sus víctimas y necesitaba beber más sangre de la mía, pero eso ella lo ignoraba y yo me abstuve de decírselo.

Accedí a regañadientes y la acompañé a su palacio, esperándola inquieto en la góndola hasta que salió, maravillosamente vestida, para reunirse conmigo. Su piel parecía la más pura de las perlas.

Abandonó para siempre sus numerosos aposentos llevándose un gran número de bultos que contenían todas las ropas y las joyas que deseaba, además de numerosas velas para poder permanecer en nuestro escondite sin tener que soportar el crudo resplandor de la antorcha.

Por fin nos quedamos solos en la cámara dorada. Bianca me miró exultante de dicha, contemplando arrobada a su misterioso y silencioso novio enmascarado.

La única luz que nos iluminaba era el tenue resplandor de una vela.

Bianca extendió su capa de terciopelo verde para que nos sentáramos sobre ella y así lo hicimos.

Me senté con las piernas cruzadas, al estilo oriental, y ella se apoyó sobre los talones. Sentía un dolor sordo, pero terrible. Sordo porque no aumentaba al tomar aire, sino que permanecía invariable y me permitía respirar con relativa facilidad.

Bianca sacó de uno de sus numerosos bultos un espejo bruñido con el marco de hueso.

—Toma, quítate la máscara si lo deseas —dijo mirándome con sus ojos ovalados, valerosos y duros—. No me asustaré al verte.

La miré unos momentos, atesorando su belleza, observando los cambios sutiles que la sangre vampírica había obrado en ella, convirtiéndola en una maravillosa y enriquecida réplica de sí misma.

—¿Te gusto? —me preguntó.

—Siempre me has gustado —respondí—. Durante un tiempo, sentí un deseo tan imperioso de darte la sangre que ni siquiera podía mirarte. No quería ir a tu casa por temor a seducirte con el fin de darte la sangre.

Bianca me miró atónita.

—Jamás lo sospeché —comentó.

Al mirarme en el espejo, vi la máscara. Pensé en el nombre de la orden: Talamasca. Pensé en Raymond Gallant.

—Ya no puedes adivinar mis pensamientos, ¿no es así? —pregunté a Bianca.

—No —contestó—, en absoluto. —Seguía perpleja.

—Es porque yo te he creado —dije—. Porque yo te he creado. Puedes adivinar los pensamientos de los demás, y ver lo que ocultan sus mentes, pero no utilices jamás esa arma para dejarte encandilar por el encanto de los inocentes; de lo contrario, la sangre que bebas te manchará las manos.

—Entiendo—respondió Bianca un tanto apresuradamente—. Amadeo me contó todo lo que le habías enseñado. Que sólo debemos beber la sangre del malvado. Jamás del inocente.

Sentí de nuevo una intensa furia al pensar que aquellas dos benditas criaturas habían estado confabuladas contra mí. Me pregunté cuándo y cómo le había contado Amadeo a Bianca esos secretos.

Pero sabía que debía apartar de mi mente esos pensamientos.

La tragedia más espantosa era haber perdido a Amadeo. Había desaparecido de mi lado y no podía hacer nada para rescatarlo. Amadeo había caído en manos de unos monstruos que se proponían cometer toda suerte de atrocidades con él. No podía pensar en ello, pues acabaría enloqueciendo.

—Mírate en el espejo —insistió Bianca.

Meneé la cabeza.

Luego me quité el guante y observé mis huesudos dedos. Bianca emitió un breve y angustioso grito, tras lo cual se mostró avergonzada de su reacción.

—¿Sigues queriendo ver mi rostro? —pregunté.

—No, es mejor para ambos que no lo haga —respondió—. Al menos hasta que te hayas alimentado de más víctimas y yo también, para adquirir fuerzas y convertirme en la pupila que deseo ser para ti.

Al hablar, Bianca asentía con la cabeza, expresándose en tono enérgico.

—Mi hermosa Bianca —dije suavemente—, destinada a unos actos tan duros e ingratos...

—Sí, pero haré lo que sea necesario. Estaré siempre junto a ti. Con el tiempo, llegarás a amarme como lo amabas a él.

No respondí. El tormento de haberlo perdido era monstruoso. ¿Cómo podía negar una sola sílaba de lo que acababa de decir Bianca?

—¿Qué habrá sido de él? —pregunté—. Quizá le hayan destruido empleando un medio atroz, pues, como sabes, podemos morir al exponernos a la luz del sol o al calor de un fuego intenso.

—No, morir no, sólo sufrir —se apresuró a replicar Bianca, mirándome con expresión inquisitiva—. ¿Acaso no eres tú un vivo ejemplo de ello?

Estaba aterrorizada, me observaba como si la máscara de cuero que me cubría el rostro mostrara alguna expresión.

—Te enseñaré a abrir este ataúd —dije—. Pero antes te daré más sangre. He capturado a tantas víctimas que me sobra. Debes beberla, pues de lo contrario no llegarás a ser tan fuerte como Amadeo.

—Pero... es que me he cambiado de ropa —contestó Bianca—. No quiero manchármela.

Me eché a reír de buena gana. Mis carcajadas reverberaban entre los muros dorados de la habitación.

Bianca me miró sin comprender.

—Te prometo que no derramaré una sola gota —dije suavemente.

26

Cuando me desperté, permanecí acostado en silencio durante una hora, débil y sintiendo un dolor agudo. Era un dolor tan insistente que era preferible dormir a estar despierto, y soñé con cosas que habían ocurrido tiempo atrás, durante la época en que Pandora y yo estábamos juntos y parecía imposible que pudiéramos separarnos algún día.

Los gritos de Bianca me despertaron de mi agitado letargo.

Gritaba una y otra vez, aterrorizada.

Me levanté, sintiéndome algo más fuerte que la noche anterior, y después de comprobar que llevaba puestos los guantes y la máscara, me arrodillé junto a su ataúd y la llamé.

Al principio no me oyó, debido a sus frenéticos y estentóreos gritos, pero al final se calmó.

—Tienes fuerza suficiente para abrir el ataúd —dije—. Te lo expliqué anoche. Apoya las manos contra la tapa y empuja.

—Sácame de aquí, Marius —me imploró sollozando.

—No, debes hacerlo tú misma.

Poco a poco, su llanto se fue atenuando y siguió mis instrucciones. Al cabo de unos momentos, se oyó un chirrido y la tapa de mármol se movió un poco. Bianca se incorporó, apartó la tapa por completo y salió del ataúd donde se hallaba encerrada.

—Acércate —dije.

Ella obedeció, temblando y sollozando, y le acaricié el pelo con las manos enguantadas.

—Tú sabías que tenías fuerza suficiente —dije—. Te expliqué incluso que podías hacerlo con el poder de la mente.

—Por favor, enciende la vela —me rogó—. Necesito luz.

Hice lo que me había pedido.

—Debes procurar tranquilizar tu alma —dije, exhalando un prolongado suspiro—. Ahora eres fuerte, y después de que vayamos a cazar esta noche te sentirás más fuerte aún. Y a medida que recobre las fuerzas, podré darte más sangre.

—Perdóname por haberme asustado —murmuró Bianca.

Apenas tenía fuerzas para consolarla, pero sabía que Bianca necesitaba las pocas fuerzas que me quedaban. El hecho de que mi mundo estuviera destruido, de que mi casa se hubiera quemado y me hubieran robado a Amadeo me había impacto de forma brutal.

De pronto, en una especie de ensueño, vi a Pandora sonriéndome, hablando conmigo sin echarme nada en cara ni atormentarme, como si estuviéramos juntos en el jardín, sentados ante la mesa de piedra charlando sobre multitud de cosas, como solíamos hacer.

Pero todo eso había desaparecido. Amadeo había desaparecido. Mis pinturas habían desaparecido,

Entonces me invadió de nuevo la desesperación, la amargura, la humillación. No había imaginado que pudieran ocurrirme esas cosas. No había imaginado que pudiera llegar a sentirme tan desesperado. Me creía tan poderoso, tan inteligente que era imposible que padeciera semejante desgracia.

—Ánimo, Bianca —dije—. Tenemos que salir, tenemos que ir en busca de sangre. Ánimo —repetí, tratando de consolarla al igual que procuraba consolarme a mí mismo—. ¿Dónde está el espejo? ¿Y el peine? Deja que te peine tu bonito cabello. Mírate en el espejo. Ni el mismísimo Botticelli pintó jamás a una mujer tan bella.

Bianca se enjugó sus lágrimas rojas.

—¿Te sientes más contenta? —pregunté—. Examina lo más profundo de tu alma. Repítete que eres inmortal. Repítete que la muerte no tiene poder alguno sobre ti. Aquí, en la oscuridad, te ha ocurrido algo maravilloso, Bianca. Has adquirido una juventud eterna, una belleza eterna.

Deseaba besarla, pero no podía hacerlo, de modo que me esforcé en convertir mis palabras en besos.

Bianca asintió con la cabeza y me miró esbozando una sonrisa radiante que animó todo su rostro. Durante unos instantes, se sumió en una ensoñación que evocó en mí todos los recuerdos del genio de Botticelli e incluso del propio hombre, a salvo de todos estos horrores, viviendo su vida en Florencia, fuera de mi alcance.

Saqué el peine de uno de los fardos y se lo pasé por el pelo. Advertí que miraba fijamente la máscara que me cubría la cara.

—¿Qué ocurre? —pregunté.

—Quiero ver lo graves...

—No —contesté.

Bianca rompió de nuevo a llorar.

—Pero ¿cómo vas a curarte? ¿Cuántas noches tardarás en restablecerte?

Toda la dicha que había sentido la noche anterior desapareció.

—Vamos —dije—, iremos a cazar. Ponte la capa y sígueme. Haremos lo que hicimos antes. No dudes ni por un momento de tu fuerza y haz lo que yo te diga.

Bianca se negó a obedecer. Permaneció sentada junto al ataúd, con el codo apoyado en la tapa, mirándome angustiada.

Por fin me senté a su lado y empecé a hablarle de una forma que jamás imaginé que haría.

—Debes ser fuerte, Bianca. Debes guiarnos a los dos. En estos momentos no tengo fuerzas para ambos, que es justamente lo que me pides. Estoy destrozado por dentro. No, espera, no me interrumpas. Y deja de llorar. Escúchame. Debes darme toda tu pequeña reserva de energía porque la necesito. Poseo unos poderes que ni siquiera imaginas, pero en estos momentos no puedo echar mano de ellos. Y hasta que pueda utilizarlos, debes ser tú quien nos guíe a los dos. Nos guiaremos por tu sed y tu afán de maravillarte, pues en este estado verás cosas que jamás habías contemplado y todo lo que veas te maravillará.

Bianca asintió con la cabeza. Sus ojos adquirieron una expresión más fría y maravillosamente sosegada.

—¿No lo comprendes? —pregunté—. Si consigues resistir junto a mí durante unas pocas noches, habrás alcanzado la inmortalidad.

Bianca cerró los ojos y gimió.

—Me encanta el sonido de tu voz —dijo—, pero tengo miedo. Cuando me desperté en el ataúd, envuelta en la oscuridad, creí estar viviendo una espantosa pesadilla. Temo lo que puedan hacernos si descubren lo que somos, si caemos en sus manos, y si... si...

—¿Si qué?

—Si no pudieras protegerme.

—Ah, claro, si no pudiera protegerte.

Permanecí sentado junto a ella, en silencio.

De nuevo me pareció imposible que me hubiera ocurrido aquello. Tenía el alma abrasada. Tenía el espíritu abrasado. Mi voluntad había quedado maltrecha y mi felicidad destruida.

Recordé la primera fiesta, la que Bianca había organizado en nuestra casa, recordé el baile y las mesas con bandejas de oro repletas de frutas y de viandas condimentadas, el aroma del vino, el sonido de la música, los numerosos salones repletos de almas felices, las pinturas presidiéndolo todo... Me pareció imposible que alguien me hubiera derribado del pedestal en el que me hallaba firmemente instalado en el reino de los incautos mortales.

¡Ah, Santino, pensé, cómo te odio! ¡Te aborrezco!

Recordé el aspecto que presentaba cuando me abordó en Roma. Recordé su hábito negro que olía a tierra, su negro pelo pulcro y largo, un signo de vanidad, su expresivo rostro y sus ojos grandes y oscuros, y le odié.

¿Tendría alguna vez ocasión de destruirlo?, me pregunté. Sin duda me tropezaría con él un día que no estuviera rodeado de sus numerosos secuaces. Entonces caería en mis manos y utilizaría el don del fuego para hacerle pagar lo que me había hecho.

¿Y Amadeo? ¿Dónde estaba mi Amadeo y dónde estaban mis chicos, a quienes habían raptado brutalmente? Vi de nuevo a mi pobre Vincenzo postrado en el suelo, asesinado.

—Marius, mi Marius —dijo Bianca de pronto—. Por favor, háblame. —Extendió su mano pálida y temblorosa, sin atreverse a tocarme—. Lamento ser tan débil. Créeme, lo lamento. ¿Por qué estás tan callado?

—No es nada, amor mío. Pensaba en mi enemigo, en el que envió a los que prendieron fuego a nuestra casa y me destruyeron.

—Pero si no estás destruido —protestó Bianca—. Debo conseguir de alguna forma la fuerza necesaria.

—No, quédate aquí —dije—. Ya has hecho mucho. Tu pobre gondolero sacrificó anoche su vida por mí. Quédate aquí hasta que yo regrese.

Bianca se estremeció y extendió los brazos como si quisiera estrecharme entre ellos.

Pero la obligué a guardar cierta distancia.

—No puedes abrazarme todavía. Saldré y cazaré hasta que me sienta lo suficientemente fuerte para sacarte de aquí y llevarte a un lugar seguro, donde pueda restablecerme por completo.

Cerré los ojos, suponiendo que ella no podía advertirlo debido a la máscara, y pensé en los que debían ser custodiados.

«Mi reina, te ruego que cuando vaya a visitarte me concedas tu sangre —pensé—. Pero ¿no pudiste enviarme una señal de advertencia?»

No había pensado antes en eso y de improviso me estalló en la mente. Sí, ¿no podía haberme puesto sobre aviso desde su trono distante?

Pero ¿cómo podía pedirle semejante cosa a un ser que llevaba mil años sin moverse y sin hablar? ¿Es que no escarmentaría nunca?

Bianca no cesaba de temblar y de rogarme que le prestara atención. Desperté de mi ensueño.

—No, haremos lo que propusiste, iré contigo —dijo en tono compungido—. Perdóname por ser tan débil. Te prometí ser fuerte como Amadeo. Deseo serlo. Estoy dispuesta a ir contigo.

—No es cierto —repliqué—. Te asusta más quedarte sola aquí que acompañarme. Temes no volver a verme si te quedas aquí.

Bianca asintió con la cabeza como si la hubiera obligado a reconocerlo, pero no era así.

—Tengo sed —dijo suavemente, con elegancia. Luego añadió como maravillada—: Estoy sedienta de sangre. Debo ir contigo.

—Muy bien —respondí—, mi dulce y hermosa compañera, obtendrás la fuerza que deseas. La fuerza se instalará en tu corazón, no temas. Tengo muchas cosas que enseñarte, y durante estas noches, cuando ambos nos sintamos más reconfortados, te hablaré de los otros que he conocido, de su fuerza y su belleza.

Bianca asintió de nuevo, mirándome con los ojos muy abiertos.

—¿Me amas más que a ellos? —preguntó—. Es lo único que quiero saber en estos momentos. Puedes mentirme si lo deseas. —Sonrió al tiempo que unos gruesos lagrimones rodaban por sus mejillas.

—Por supuesto —respondí—. Te amo más que a nadie. Estás aquí, ¿no es cierto? Me encontraste destruido y me diste tus fuerzas para salvarme.

Era una respuesta fría, desprovista de lisonjas o ternura, pero a ella le satisfizo. Pensé en lo distinta que era de los seres a quienes había amado con anterioridad, de Pandora, con su sabiduría, o Amadeo, con su astucia. Parecía dotada de una mezcla de dulzura e inteligencia a partes iguales.

La conduje escaleras arriba. Dejamos la vela en la habitación, a modo de faro, para cuando regresáramos.

Antes de abrir la puerta, agucé el oído por si los secuaces de Santino andaban cerca, pero no oí nada.

Avanzamos sigilosamente por los estrechos canales de las zonas más peligrosas de la ciudad y de nuevo encontramos allí a nuestras víctimas sin apenas ningún esfuerzo. Bebimos de ellas con voracidad y después las arrojamos a las fétidas aguas.

Mucho después de que Bianca, observadora perspicaz de los oscuros y relucientes muros, exhalara un aroma fragante y cálido debido a sus numerosas dotes, yo seguía sintiéndome reseco y ardiendo, abrasado. ¡Qué espantoso era el dolor! ¡Qué reconfortante la sangre que fluía por mis brazos y mis piernas!

Regresamos poco antes del amanecer. No nos habíamos topado con ningún peligro. Me sentía muy restablecido, pero mis extremidades parecían aún unos palos, y cuando me palpaba el rostro por debajo de la máscara, tenía la sensación de que estaba irreparablemente dañado.

¿Cuánto tardaría en recuperarme por completo? No podía decírselo a Bianca, pues ni yo mismo lo sabía.

Sabía que no podíamos contar con muchas noches como ésa en Venecia. No tardarían en reconocernos. Los ladrones y los asesinos permanecerían atentos para sorprender a la belleza de tez pálida y al hombre cubierto con una máscara de cuero negra.

Tenía que poner a prueba mi don de las nubes. ¿Sería capaz de transportar a Bianca hasta el santuario? ¿Conseguiría realizar el viaje en una noche, o fracasaría y tendríamos que ponernos a buscar desesperadamente un escondrijo antes del amanecer?

Bianca se fue a dormir tranquilamente, sin temor a acostarse en el ataúd. Para demostrarme su fuerza y consolarme, aunque no podía besarme en la cara, depositó un beso en sus delicados dedos y me lo dio con su aliento.

Como quedaba una hora para que amaneciera, abandoné sigilosamente la cámara dorada, subí la escalera, me encaramé al tejado y alcé los brazos. Al cabo de unos momentos, comencé a deslizarme por los aires sobre la ciudad, moviéndome sin esfuerzo, como si el don de las nubes que poseía no hubiera sufrido merma. Luego rebasé los límites de Venecia y me volví para contemplar sus múltiples luces doradas y el resplandor satinado del mar.

Mi regreso fue rápido y preciso. Aterricé en silencio en la cámara dorada, con sobrado tiempo para retirarme a descansar.

El viento había lastimado mi piel abrasada, pero no me importó. Me sentía eufórico por haber comprobado que era capaz de volar por los aires con la misma facilidad de siempre. Ahora sabía que podía emprender el viaje hasta el santuario de los que debían ser custodiados.

La noche siguiente, mi bella compañera no se despertó gritando como había ocurrido en la ocasión anterior.

Se mostraba más inteligente, más preparada para ir a cazar y más inquisitiva.

Mientras recorríamos los canales, le conté la historia del bosque de los druidas al que me habían conducido preso. Le conté que el dios del roble me había concedido la magia. Le hablé de Mael y del odio que seguía sintiendo hacia él, de la ocasión en que había ido a verme a Venecia y de lo extraño que me había parecido aquel episodio.

—Yo le vi —dijo Bianca en voz baja, pero su susurro reverberó entre los muros—. Recuerdo la noche que vino a verte aquí. Fue la noche que yo regresé de Florencia.

Yo no recordaba con claridad esos acontecimientos, pero me reconfortaba oírla hablar de ellos.

—Te había traído una pintura de Botticelli —continuó Bianca—. Era pequeña y muy bonita, y más tarde me diste las gracias. Cuando llegué, vi a ese ser alto y rubio, cubierto de harapos y sucio, esperándote.

A medida que Bianca hablaba, fui recordando con más claridad. Aquellos recuerdos me animaron.

Luego vino la caza, la sangre manando a borbotones, la muerte, los cadáveres arrojados al canal y de nuevo el dolor agudo imponiéndose a la dulzura del remedio. Caí hacia atrás en el asiento de la góndola, debilitado por el placer.

—Debo hacerlo una vez más —le dije a Bianca.

Aunque ella se sentía satisfecha, seguimos adelante. Saqué de casa a otra víctima, y cuando cayó en mis brazos, le partí el cuello debido a mi torpeza. Me cobré una víctima tras otra, hasta que por fin me detuvo el agotamiento, pues el dolor que latía en mí estaba sediento de sangre y nada era capaz de saciarlo.

Por fin, después de amarrar la góndola, tomé a Bianca en brazos y, estrechándola contra mi pecho, como solía hacer con Amadeo, me elevé sobre la ciudad y eché a volar hasta que perdí Venecia de vista.

Oí los débiles gemidos de angustia que emitía Bianca, pero le murmuré que callara y confiara en mí. Cuando regresamos, la deposité sobre los escalones de piedra, junto al embarcadero.

—Hemos volado a través de las nubes, mi princesita —le dije—. Hemos volado a través del viento y de un firmamento purísimo.

Bianca temblaba de frío.

La transporté hasta la cámara dorada.

El viento le había alborotado el pelo. Tenía las mejillas sonrosadas y los labios del color de la sangre.

—Pero ¿qué has hecho? —me preguntó—. ¿Desplegar las alas como un pájaro para transportarme por los aires?

—No necesito alas —respondí mientras encendía las velas una tras otra, hasta haber encendido las suficientes para que la habitación ofreciera un aspecto cálido.

Me palpé el rostro por debajo de la máscara. Luego me la quité y me volví hacia Bianca.

Se quedó horrorizada, pero sólo unos momentos. Luego se acercó, me miró a los ojos y me besó en los labios.

—Por fin te vuelvo a ver, Marius —dijo—. Estás aquí.

Sonreí. Luego fui a tomar el espejo para mirarme en él.

No me reconocí en aquel ser monstruoso, pero al menos los labios me cubrían los dientes, la nariz había recuperado un aspecto casi normal y los ojos volvían a estar cubiertos de párpados. El pelo, rubio y abundante, me llegaba a los hombros, resaltando el color negro de mi cara. Dejé el espejo.

—¿Adónde iremos cuando nos marchemos de aquí? —me preguntó Bianca. Qué serena parecía, qué valiente.

—A un lugar mágico, un lugar increíble —respondí—, mi princesa de los cielos.

—¿Podré hacerlo? —inquirió Bianca—. ¿Elevarme hacia el cielo?

—No, amor mío, no podrás hacerlo hasta dentro de varios siglos. Adquirir la fuerza necesaria, requiere tiempo y sangre. Pero una noche te percatarás de que eres capaz de hacerlo y notarás una sensación extraña, de soledad.

—Deja que te abrace —dijo Bianca.

Negué con la cabeza.

—Cuéntame historias —me pidió—. Háblame de Mael.

Nos sentamos con la espalda apoyada en la pared, para entrar en calor.

Empecé a hablar pausadamente, según creo recordar, a relatarle historias.

Le hablé de nuevo del bosque de los druidas, le dije que me habían erigido en su dios y que había huido de los seres que pretendían capturarme. Bianca me escuchaba con los ojos muy abiertos. Le hablé de Avicus y de Zenobia, de nuestras correrías por Constantinopla en busca de víctimas. Le hablé de la espléndida cabellera negra de Zenobia.

Al contarle esas historias, me sentí más calmado, menos triste y hundido, más dispuesto a hacer lo que debía hacer.

Durante el tiempo que había vivido con Amadeo, jamás le había relatado esas historias. Con Pandora nunca me había sentido tan relajado como en esos momentos. Pero me resultaba de lo más natural conversar con aquella criatura y hallar consuelo en su compañía.

Recuerdo que la primera vez que vi a Bianca soñé precisamente con eso, con compartir con ella la sangre vampírica y poder conversar juntos sin mayores problemas.

—Pero deja que te cuente historias más bonitas —dije, y le hablé de cuando había vivido en la antigua Roma, y pintaba frescos en los muros, y mis convidados reían y bebían vino, y se revolcaban en la hierba de mi jardín.

La hice reír, y me pareció que mi dolor había desaparecido unos instantes gracias al sonido de su voz.

—Hubo alguien a quien amé mucho —dije.

—Háblame sobre él —me rogó Bianca.

—No, era una mujer —contesté. Me asombraba hablar de eso con ella, pero continué—: La conocí cuando ambos éramos mortales. Yo era un joven y ella una niña. En aquellos tiempos, al igual que ahora, las familias concertaban los matrimonios cuando las mujeres eran unas niñas, pero su padre me rechazó. Jamás la he olvidado... Después de haber recibido la sangre vampírica, volvimos a encontrarnos y...

—Sigue, cuéntamelo. ¿Dónde os encontrasteis?

—Ella recibió la sangre —dije— y permanecimos juntos por espacio de doscientos años.

—Eso es mucho tiempo —comentó Bianca.

—Sí, mucho tiempo, aunque entonces no me lo parecía. Cada noche era distinta, yo la amaba y ella, por supuesto, me amaba a mí, y nos peleábamos a menudo...

—Pero ¿disfrutabais con vuestras peleas? —preguntó Bianca.

—Sí. Una pregunta muy acertada —dije—. Disfrutamos hasta la última pelea.

—¿Cuál fue el motivo de esa última pelea? —preguntó Bianca suavemente.

—Cometí un cruel error, una injusticia. La abandoné de improviso y sin recursos, y ahora no consigo dar con ella.

—¿De modo que sigues buscándola?

—No la busco porque no sé dónde buscarla —respondí, mintiendo un poco—, pero siempre intento...

—¿Por qué lo hiciste? —preguntó Bianca—. ¿Por qué la abandonaste de la forma en que has dicho?

—Por amor y por ira —contesté—. Fue la primera vez que aparecieron los adoradores de Satanás. La misma gentuza que ha quemado mi casa y se ha llevado a Amadeo. Pero esto que te cuento ocurrió hace siglos, ¿comprendes? Se presentaron sin más. No con mi enemigo,

Santino, porque en aquel entonces no existía. Santino no es tan anciano. Pero fue la misma tribu, los mismos que creen que han sido puestos en la Tierra como bebedores de sangre para servir al Dios cristiano.

Noté su estupor, aunque durante unos momentos no dijo nada.

—Por eso te llamaron blasfemo —dijo.

—Sí, y hace tiempo, cuando se presentaron en nuestra casa, dijeron cosas similares. Nos amenazaron y quisieron arrebatarnos nuestro secreto.

—Pero ¿por qué os separó eso a ti y a esa mujer?

—Nosotros los destruimos. Tuvimos que hacerlo. Ella estaba convencida de que teníamos que hacerlo. Y más tarde, cuando caí en un estado apático y taciturno y me negaba a hablar, ella se enfadó conmigo y yo con ella.

—Comprendo —dijo Bianca.

—Fue una pelea absurda. La abandoné. La abandoné porque era fuerte y decidida y sabía que esos adoradores de Satanás tenían que ser destruidos. Yo no estaba tan convencido, y ahora, al cabo de tantos siglos, he cometido el mismo error.

»En Roma, yo sabía que existían esos seres porque ese Santino fue a verme. Debí destruirlo a él y a sus secuaces. Pero no quise hacerlo, de modo que él ha venido a por mí y ha quemado mi casa y todo cuanto yo amaba.

Bianca se quedó estupefacta y guardó silencio durante largo rato.

—Todavía amas a esa mujer —dijo.

—Sí, pero lo cierto es que nunca dejo de amar a nadie. Jamás dejaré de amarte a ti.

—¿Estás seguro?

—Desde luego —respondí—. Te amé desde el primer día que te vi. ¿No te lo he dicho ya?

—¿No has dejado de pensar en ella durante todos estos años?

—No, nunca he dejado de amarla. Es imposible dejar de pensar en ella y de amarla. Recuerdo hasta los detalles más nimios de su persona. La soledad la ha grabado a fuego en mi mente. La veo. Oigo su voz. Tenía una voz clara y muy hermosa. —Tras reflexionar unos instantes, proseguí—: Era alta, de ojos marrones con tupidas pestañas y pelo largo y ondulado, de color castaño oscuro. Cuando salía a merodear por las calles, lo llevaba suelto. Como es lógico, la recuerdo vestida con las prendas que se adaptaban suavemente al cuerpo de aquella época; no imagino el aspecto que debe presentar ahora. Para mí representa a una diosa o una santa, no sé muy bien si lo primero o lo segundo...

Bianca calló.

—Si lograras encontrarla, ¿me dejarías por ella? —preguntó por fin.

—No. Si la encontrara, viviríamos los tres juntos.

—Eso sería maravilloso —respondió Bianca.

—Sé que es posible, estoy convencido de ello, y un día estaremos los tres juntos, tú, ella y yo. Ella vive, goza de una buena situación, sigue vagando por el mundo, y un día tú y yo nos reuniremos con ella.

—¿Cómo sabes que está viva? ¿Y si...? No quiero herirte con mis palabras.

—Confío en que esté viva —dije.

—¿Te lo dijo Mael, el vampiro rubio?

—No. Mael no sabe nada de ella. Nada. No creo haberle dicho una sola y bendita palabra sobre ella. A Mael le desprecio. No le he llamado para que nos socorra durante estas noches de espantoso sufrimiento. No le he llamado porque no quiero que me vea en este estado.

—No te enojes —dijo Bianca en tono tranquilizador—. Sólo conseguirás hacerte daño. Lo comprendo. Hablabas de esa mujer con ternura...

—Sí —dije—. Quizá sé que vive porque jamás se destruiría sin haber venido antes en mi busca para despedirse de mí, y al no dar conmigo, y puesto que no tiene pruebas de que yo haya perecido, no sería capaz de hacerlo. ¿Me entiendes?

—Sí —respondió Bianca. Se acercó a mí, pero cuando la toqué suavemente con la mano enguantada, comprendió la indicación y se apartó.

—¿Cómo se llama esa mujer? —preguntó.

—Pandora —contesté.

—Jamás tendré celos de ella —dijo Bianca suavemente.

—No debes tenerlos, pero ¿cómo puedes asegurarlo de forma tan categórica? ¿Cómo lo sabes?

Bianca respondió con calma, dulcemente.

—Hablas de esa mujer con un respeto que me impide sentir celos de ella —contestó—. Sé que puedes amarnos a las dos porque nos amabas a Amadeo y a mí. Lo vi con mis propios ojos.

—En efecto, no te equivocas —dije.

Estaba al borde de las lágrimas. Pensé en lo más secreto de mi corazón en Botticelli, el hombre, mirándome en su taller, preguntándose intrigado qué extraño mecenas era yo, sin imaginar que en mi interior se mezclaban el deseo y la adoración, sin imaginar el peligro al que había estado expuesto.

—Es casi de día —comentó Bianca—. Tengo frío. Nada importa, ¿verdad?

—Nos marcharemos pronto de aquí —contesté—. Viviremos rodeados de lámparas doradas y de un centenar de magníficas velas. Sí, un centenar de velas blancas. Y aunque nieve, no pasaremos frío.

—Amor mío —dijo suavemente—, creo en ti con toda mi alma.

La noche siguiente fuimos a cazar de nuevo, como si fuera la última vez que íbamos a merodear por las calles de Venecia. Por más sangre que ingería, nada era capaz de saciar mi sed.

Sin decírselo a Bianca, permanecí en todo momento atento por si oía a los rufianes de Santino, convencido de que en el momento más inesperado aparecerían de nuevo.

Después de haberla llevado de regreso a la habitación dorada y dejarla cómodamente instalada entre los fardos de ropa y las velas que emitían un suave resplandor, salí de nuevo a cazar, deslizándome con agilidad sobre los tejados y capturando a los asesinos más fornidos y peligrosos de la ciudad.

Me lancé con tal ferocidad a limpiar Venecia de canallas y malvados, que me pregunté si mi voracidad lograría aportar cierta paz a la ciudad. Cuando hube saciado mi sed de sangre, recorrí los lugares secretos de mi palacio en ruinas para rescatar el oro que otros no habían conseguido encontrar.

Por fin, me encaramé al tejado más alto que vi y contemplé Venecia a mis pies. Me despedí de la ciudad. Tenía el corazón destrozado y no sabía si algún día lograría recomponerlo.

Mi época ideal había terminado para mí en desgracia. Para Amadeo, había terminado en tragedia. Y quizás había terminado también para mi hermosa Bianca.

Mi cuerpo flaco y ennegrecido (escasamente restaurado pese a las numerosas víctimas que había capturado) me indicaba que era preciso que fuera a reunirme con los que debían ser custodiados y que no me quedaba otro remedio que compartir ese secreto con Bianca, a pesar de su juventud.

Pese a mi abatimiento, me sentí más animado al pensar que por fin iba a compartir mi secreto con otro ser. Era terrible depositar tamaña responsabilidad sobre unos hombros tan jóvenes, pero estaba cansado del dolor y de la soledad. Me sentía derrotado. Lo único que deseaba era alcanzar el santuario transportando a Bianca en mis brazos.

27

Por fin llegó el momento de partir. Quedarnos en Venecia era muy peligroso, y yo sabía que era capaz de transportarnos a ambos hasta el santuario. Tras coger un fardo de ropa y todo el oro que podía transportar, estreché a Bianca con fuerza contra mí y en menos de media noche atravesamos las montañas, azotados por fuertes vientos y nieve. Bianca ya estaba acostumbrada a ciertos fenómenos y no se alarmó cuando la deposité en el paso de montaña cubierto de nieve.

Pero, al cabo de unos momentos, caí en la cuenta de que había cometido un grave error. En mi estado, no tenía las fuerzas suficientes para abrir la puerta del santuario.

Yo mismo había creado la puerta de piedra con refuerzos de hierro para impedir el asalto de cualquier intruso humano, pero, tras repetidos y patéticos esfuerzos por abrirla, tuve que confesar que era incapaz de lograrlo y que debíamos buscar un lugar donde refugiarnos antes del amanecer.

Bianca rompió a llorar y me enojé con ella. Para herirla, hice un nuevo intento de abrirla, tras lo cual retrocedí y ordené a la puerta que se abriera con todo el poder de mi mente.

Pero fue en vano. El viento y la nieve seguían batiendo sobre nosotros y los sollozos de Bianca me enfurecieron hasta el punto de que dije una cosa que no era cierta.

—Yo construí esta puerta y la abriré —afirmé—. Sólo necesito tiempo para calcular lo que debo hacer.

Bianca se volvió de espaldas a mí, visiblemente dolida por mi enojo, y me preguntó en tono compungido y humilde:

—¿Qué hay en este lugar? Oigo un ruido espantoso ahí dentro, parecen latidos. ¿Por qué hemos venido? ¿Adónde iremos si no podemos refugiarnos aquí?

Sus preguntas me irritaron, pero cuando miré a Bianca y la vi sentada en la roca sobre la que la había depositado, mientras la nieve seguía cayendo sobre su cabeza y sus hombros, con la cabeza gacha y la cara salpicada de lágrimas rojas, como de costumbre, me sentí avergonzado de haberla utilizado para ocultar mi flaqueza y la necesidad de descargar mi amargura contra ella.

—Ten paciencia, un esfuerzo más y conseguiré abrirla. No sabes lo que contiene este lugar, pero lo averiguarás a su debido tiempo.

Exhalé un profundo suspiro y retrocedí unos pasos. Sujetando con la mano abrasada el asa de hierro, tiré de ella con todas mis fuerzas, pero no conseguí que la puerta cediera lo más mínimo.

De pronto comprendí lo disparatado de la situación. No conseguía penetrar en el santuario. Estaba demasiado débil y no sabía cuánto tiempo seguiría estando así. Sin embargo, no cejaba en mi intento de abrir la puerta, a fin de convencer a Bianca de que era capaz de protegerla y de entrar en ese extraño lugar.

Por fin me volví de espaldas a los Padres Sagrados, me acerqué a Bianca, la abracé y le cubrí la cabeza, tratando de hacerla entrar en calor.

—Dentro de poco te lo explicaré todo —dije—. Buscaré un lugar donde refugiarnos esta noche. No lo dudes. De momento, te diré tan sólo que yo mismo construí este lugar, que sólo yo conozco su existencia y que en estos momentos, como tú misma puedes comprobar, estoy demasiado débil para penetrar en él.

—Perdóname por haberme echado a llorar —repuso Bianca suavemente—. Te prometo no derramar más lágrimas. Pero ¿qué es ese sonido que oigo? ¿No pueden oírlo los humanos?

—No —contesté—. Pero ahora te ruego que guardes silencio, mi amada y valiente compañera.

En ese momento percibí otro sonido totalmente distinto, un sonido que cualquiera podía oír.

Era el sonido de la puerta de piedra abriéndose a mi espalda. Lo reconocí de inmediato y me volví, incrédulo, temeroso y asombrado.

Me apresuré a estrechar a Bianca contra mí y ambos permanecimos inmóviles frente a la puerta mientras ésta se abría de par en par.

El corazón me latía con violencia y respiraba con dificultad.

Comprendí que sólo Akasha podía haberlo hecho, y cuando la puerta se abrió del todo, contemplé otro prodigio de una benevolencia y una belleza que jamás había imaginado.

A través de la puerta que daba acceso al pasadizo de piedra, penetraba una luz intensa y abundante.

Durante unos momentos, no salí de mi asombro. Entonces sentí un gozo inmenso al contemplar aquel espléndido torrente de luz. Me parecía imposible no temerlo ni dudar de su significado.

—Vamos, Bianca —dije, rodeándole los hombros con un brazo y conduciéndola hacia la entrada.

Bianca estrechaba el fardo de ropa contra su pecho como si fuera a morir si lo dejaba caer, y yo la sostenía como si temiera caerme si no contaba con su sostén.

Penetramos en el pasadizo de piedra y nos encaminamos lentamente hacia el interior de la capilla, iluminada por la intensa y parpadeante luz. Las numerosas lámparas de bronce estaban encendidas. El centenar de velas ardía, emitiendo un resplandor exquisito. No bien hube tomado nota de estos detalles, rodeado por un amortiguado esplendor que me llenó de gozo, la recia puerta se cerró a nuestra espalda con el característico estrépito de la piedra al chocar contra otra piedra.

Alcé la vista sobre el centenar de velas dispuestas en hilera y contemplé los rostros de los Padres Divinos, viéndolos como acaso los veía Bianca, con renovado entusiasmo y gratitud.

Me arrodillé y Bianca hizo lo propio a mi lado. Estaba temblando. Estaba tan impresionado que durante unos segundos temí no poder respirar. No podía explicarle a Bianca la magnitud de lo que había ocurrido, pues sólo conseguiría atemorizarla. Por lo demás, habría sido imperdonable cometer una indiscreción delante de mi Reina.

—No digas nada —murmuré—. Son nuestros padres. Al ver que yo era incapaz de abrir la puerta, lo han hecho ellos. Han encendido las lámparas y las velas. No puedes imaginar lo que les agradezco este favor. Nos han acogido dentro de su santuario. Sólo podemos responder a su bondad con nuestras oraciones.

Bianca asintió con la cabeza. Su rostro traslucía una expresión piadosa y asombrada. ¿Enojaba a Akasha que hubiera conducido ante ella a una exquisita bebedora de sangre?

En tono quedo y reverente, le relaté a Bianca la historia de los Padres Divinos en términos sencillos y elogiosos. Le conté que hacía miles de años, en Egipto, se habían convertido en los primeros vampiros, pero que ahora ya no ansiaban beber sangre y no se movían ni articulaban palabra. Yo era su custodio y su guardián, lo había sido durante toda mi vida como bebedor de sangre y siempre lo sería.

Le conté a Bianca esas cosas para que no se asustara, para que no sintiera temor ante esas dos figuras inmóviles que nos observaban sumidas en un silencio espeluznante, sin siquiera parpadear. Así fue como inicié con gran delicadeza a mi tierna Bianca en esos poderosos misterios, que se le antojaron maravillosos pero no la alarmaron.

—A esta capilla era adonde acudía cuando abandonaba Venecia —le expliqué—, para encender las lámparas para el Rey y la Reina y traerles flores frescas. Ahora, como ves, no hay flores, pero se las traeré en cuanto pueda.

De nuevo comprendí que, pese a mi entusiasmo y mi gratitud, era incapaz de transmitir a Bianca la importancia del milagro que Akasha había obrado al abrirnos la puerta y encender las lámparas. Lo cierto es que no me atrevía a hacerlo. Cuando hube concluido este respetuoso relato, cerré los ojos y di las gracias en silencio a Akasha y a Enkil por haberme permitido entrar en el santuario y habernos recibido con el don de la luz.

Les ofrecí una y otra vez mis oraciones, quizá porque era incapaz de comprender el motivo de que me hubieran acogido con tal benevolencia o porque no estaba muy seguro de lo que significaba. ¿Era porque me amaban? ¿Porque me necesitaban? En todo caso, debía aceptarlo sin ufanarme. Debía sentirme agradecido sin imaginar cosas que no eran ciertas.

Permanecí arrodillado en silencio durante largo rato. Deduzco que Bianca me observaba, pues permanecía también callada. Hasta que ya no pude resistir la sed y miré a Akasha. Deseaba su sangre. No pensaba en otra cosa que en beber su sangre. Todas mis heridas seguían abiertas, sangrando, anhelando recibir su sangre para cicatrizar. Tenía que tratar de obtener la poderosa sangre de la Reina.

—Hermosa mía —dije, apoyando la mano enguantada sobre el juvenil hombro de Bianca—. Quiero que te retires a un rincón y te quedes allí sin decir una palabra pase lo que pase y veas lo que veas.

—¿Qué va a pasar? —murmuró. Por primera vez parecía asustada. Miró a su alrededor observando las oscilantes llamas de las lámparas, las velas encendidas y las pinturas de los muros.

—Haz lo que te ordeno —dije. Tenía que decirlo y ella tenía que obedecer, pues era la única forma de averiguar si la Reina me permitiría beber su sangre.

Tan pronto como Bianca se hubo situado en un rincón, arrebujada en su gruesa capa y tan lejos como le fue posible, rogué en silencio a la Reina que me concediera su sangre.

—Ya ves en qué estado me encuentro —dije silenciosamente—. Sabes que me han abrasado; por eso abriste la puerta y me permitiste entrar, porque yo no podía hacerlo. Como ves, me he convertido en un monstruo. Compadécete de mí y deja que beba tu sangre como has hecho en otras ocasiones. Necesito tu sangre. La necesito más que nunca. He venido a suplicártelo con todo respeto.

Me quité la máscara de cuero y la dejé junto a mí. Presentaba un aspecto tan grotesco como los antiguos dioses abrasados a quienes Akasha había aniquilado cuando habían acudido a ella. ¿Me rechazaría como les había rechazado a ellos? ¿O sabía lo que me había ocurrido? ¿Estaba al corriente de todo cuando había abierto la puerta del santuario?

Me incorporé lentamente y luego me arrodillé a sus pies y apoyé una mano en su tenso cuello, temiendo que Enkil alzara el brazo para atacarme. Pero el Rey no se movió.

Cuando la besé en el cuello, sentí su pelo trenzado rozándome la cara, contemplé su pálida tez y oí los suaves sollozos de Bianca.

—No llores, Bianca —musité.

Clavé los colmillos en su cuello rápida y ferozmente, como había hecho en otras ocasiones. Su espesa sangre penetró en mí, reluciente y cálida como la luz de las lámparas y las velas, inundándome como si mi corazón la bombeara con fuerza, circulando por mis venas a la misma velocidad que los latidos de mi corazón. Me sentí mareado. Noté que mi cuerpo era más ligero.

A lo lejos, Bianca seguía llorando. ¿Estaba asustada?

Vi el jardín. Vi el jardín que había pintado al enamorarme de Botticelli. Contenía sus naranjos y sus flores, pero era mi jardín, el jardín de la casa que siglos atrás había tenido mi padre en las afueras de Roma. ¿Cómo iba a olvidar mi jardín? ¿Cómo iba a olvidar el jardín en el que había jugado de niño?

Evoqué los días en Roma, cuando era mortal, y me vi paseando por el jardín de la villa de mi padre, caminando sobre la mullida hierba y escuchando el sonido de la fuente, y tuve la sensación de que, en el transcurso del tiempo, el jardín cambiaba y al mismo tiempo no cambiaba, y de que siempre estaba presente para mí.

Me tumbé en la hierba y observé las ramas de los árboles meciéndose sobre mí. Oí una voz que me hablaba rápida y dulcemente, pero no capté lo que decía, y de pronto comprendí que Amadeo estaba herido, que estaba en manos de unos seres que lo vejarían y atormentarían, y que no podía ir a rescatarlo porque, si lo hacía, caería en la trampa que me habían tendido.

Yo era el guardián del Rey y la Reina, tal como le había revelado a Bianca, sí, el guardián del Rey y la Reina, y tenía que dejar que Amadeo se alejara en el tiempo, y si hacía lo que me ordenaban, era posible que Pandora regresara junto a mí, Pandora, que en la actualidad recorría las ciudades septentrionales de Europa, Pandora, a quien algunos habían visto.

El jardín estaba repleto de fragantes árboles y plantas y vi a Pandora con claridad. Iba ataviada con su vaporosa túnica blanca, con la cabellera suelta, tal como le había explicado a Bianca. Pandora sonrió. Se dirigió hacia mí. Me habló. *La Reina desea que estemos juntos*, dijo. Me miró con los ojos muy abiertos, con curiosidad, y me percaté de que estaba muy cerca de mí, tanto que casi podía tocarle la mano.

No puedo imaginarme esto, es imposible, pensé. Entonces recordé con claridad el sonido de la voz de Pandora nuestra primera noche como marido y mujer: *En estos momentos en que esta sangre nueva corre por mis venas, devorándome y transformándome, no me aferro a la razón ni a la superstición para salvarme. ¡Puedo penetrar en un mito y salir de él! Me temes porque no sabes cómo soy. Tengo aspecto de mujer, me expreso como un hombre y tu razón te dice que la suma total es imposible.*

Miré a Pandora a los ojos. Estaba sentada en el banco del jardín, quitándose unos pétalos de la cabellera color castaño. Era una muchacha con sangre vampírica, la eterna mujer-niña; al igual que Bianca, sería siempre una mujer joven.

Extendí ambas manos a los costados y palpé la hierba.

De pronto caí hacia atrás, caí del jardín de ensueño, del espejismo, y me encontré yaciendo inmóvil en el suelo de la capilla, entre el candelero que contenía unas velas perfectas y los peldaños de la tarima sobre la que estaba instalado desde tiempos inmemoriales el trono de la pareja real.

No advertí ningún cambio en mí. Hasta el llanto de Bianca seguía inmutable.

—Calla, tesoro —dije, sin apartar los ojos del rostro de Akasha y de sus senos, que palpitaban bajo el tejido dorado de su túnica egipcia.

Tenía la sensación de que Pandora había estado junto a mí, en aquella misma capilla. Y la belleza de Pandora parecía íntimamente imbricada en la belleza y la presencia de Akasha, de un modo que no alcanzaba a descifrar.

—¿Qué significan estos portentos? —musité, poniéndome de rodillas—. Dímelo, amada Reina. ¿Qué significan estos portentos? ¿Atrajiste a Pandora a mí porque deseabas que estuviéramos juntos? ¿Recuerdas cuando Pandora me dijo eso?

Callé. Pero mi mente le habló a Akasha, le suplicó. ¿Dónde se encuentra Pandora? ¿Puedes hacer que regrese junto a mí?

Transcurrió un largo rato en silencio y me puse de pie.

Rodeé el candelero y hallé a mi amada compañera trastornada por el fenómeno que había presenciado, por haberme visto beber la sangre de la inanimada Reina.

—Y luego te desplomaste hacía atrás, como si estuvieras muerto —me explicó—. Como me dijiste que no me moviera, no me atreví a acercarme a ti.

Procuré tranquilizarla.

—Por fin te despertaste y hablaste de Pandora, y vi que estabas muy... muy restablecido de tus heridas.

Era cierto. Estaba más robusto, mis brazos y mis piernas parecían más recias, más pesadas, y mi rostro había recuperado en parte sus rasgos naturales.

Aún tenía buena parte del cuerpo quemado, pero mostraba el aspecto de un hombre de cierta envergadura y fuerza, y noté que mi cuerpo había recobrado en parte su antiguo vigor.

Faltaban sólo dos horas para que amaneciera, y dado que era incapaz de abrir la puerta y no tenía ganas de rogar a Akasha que obrara unos sencillos milagritos, decidí darle mi sangre a Bianca.

¿Se ofendería la Reina si, después de haber bebido yo su poderosa sangre, se la ofrecía a aquella chiquilla? No tenía más remedio que averiguarlo.

No atemoricé a Bianca con advertencias y dudas al respecto. Me limité a indicarle que se acercara y yaciera en mis brazos.

Me corté la muñeca y le ordené que bebiera. Ella profirió un sofocado grito de asombro al sentir que la poderosa sangre penetraba en sus venas y crispó sus delicados dedos, clavándomelos.

Al cabo de un rato, se apartó por propia iniciativa y se incorporó lentamente junto a mí, con la mirada perdida y los ojos rebosantes de luz debido al resplandor de las lámparas.

La besé en la frente.

—¿Qué has visto en la sangre, hermosa mía? —pregunté.

Bianca sacudió la cabeza como si no pudiera expresarlo con palabras. Luego la apoyó en mi pecho.

En la capilla reinaba la serenidad y la paz cuando nos acostamos muy juntos, mientras la luz de las lámparas se consumía lentamente.

Al cabo de un rato se apagaron casi todas las velas y sentí que se acercaba el amanecer. La capilla estaba caldeada, tal como le había prometido a Bianca, mostrando sus espléndidos tesoros y, ante todo, la presencia solemne del Rey y la Reina.

Bianca se había desvanecido. Yo disponía de unos tres cuartos de hora antes de que me invadiera el sueño diurno.

Alcé la vista y miré a Akasha, deleitándome con el reflejo de las últimas velas que brillaba en sus pupilas.

—Sabes que soy un mentiroso, ¿no es así? —le pregunté—. Sabes que he cometido atrocidades y me sigues el juego, ¿no es cierto, mi soberana?

¿Oí una carcajada?

Quizá me estaba volviendo loco. Había habido suficiente dolor y suficiente magia para hacerme perder el juicio; había habido suficiente hambre y suficiente sangre.

Miré a Bianca, que descansaba tranquilamente sobre mi brazo.

—He introducido en su mente la imagen de Pandora —murmuré—, de modo que adonde quiera que me acompañe, la buscará. Y Pandora captará sin duda mi mensaje de la angelical mente de Bianca. Así pues, es posible que Pandora y yo nos encontremos a través de ella. Bianca no sospecha lo que he hecho. Sólo piensa en ofrecerme consuelo y escucharme, y yo, aunque la amo, me la llevo al norte, a las tierras donde Raymond Gallant me dijo que Pandora había sido vista por última vez.

»Es una fechoría, lo sé, pero ¿qué puede hacer uno para conservar la vida cuando ha quedado tan maltrecha y abrasada como la mía? En mi caso, llevar a cabo esta extraordinaria misión, no exenta de dificultades. Por ella, estoy dispuesto a abandonar a Amadeo, a quien debería ir a rescatar en cuanto me lo permitieran las fuerzas.

Oí un ruido en la capilla. ¿Qué era? ¿El sonido de la cera de la última vela?

Tuve la impresión de que una voz me hablaba en silencio.

No puedes rescatar a Amadeo. Eres el guardián de la Madre y el Padre.

—Sí, tengo sueño —murmuré. Cerré los ojos—. Eso ya lo sé, siempre lo he sabido.

Debes ir en busca de Raymond Gallant, ¿lo recuerdas? Contempla de nuevo su rostro.

—Sí, la orden de Talamasca —dije—. Y el castillo llamado Lorwich, en East Anglia. El lugar que describió como la casa matriz. Sí. Recuerdo ambas caras de la moneda de oro.

Pensé, somnoliento, en aquella cena durante la que me había abordado sigilosamente, mirándome con ojos inocentes e inquisitivos.

Pensé en la música y en la forma en que Amadeo sonreía a Bianca mientras bailaban. Pensé en todo.

Entonces vi en mi mano la moneda de oro y la imagen del castillo grabada en ella, y pensé: «¿Estoy soñando?» Pero tuve la nítida impresión de que Raymond Gallant me hablaba.

«Escúchame, Marius, recuérdame, Marius. Tenemos noticias de ella, Marius. Observamos y estamos siempre presentes.»

—Sí, iré al norte —murmuré.

Me pareció que la reina del silencio dijo, sin pronunciar una palabra, que se sentía satisfecha.

28

Al echar la vista atrás, estoy convencido de que Akasha me hizo desistir de rescatar a Amadeo, y al analizar todo cuanto he revelado aquí, estoy convencido de su intervención en otras épocas de mi vida.

De haber tratado de dirigirme hacia el sur, a Roma, habría caído en manos de Santino, quien me habría destruido. ¿Y qué mejor acicate que la posibilidad de encontrarme pronto con Pandora?

Por supuesto, mi encuentro con Raymond Gallant había sido real y los detalles del mismo estaban grabados en mi mente, y sin duda Akasha había captado esos detalles gracias a su inmenso poder.

La descripción que le había hecho a Bianca de Pandora no era menos real, de lo cual también debía de haberse enterado la Reina, si había escuchado mis lejanos ruegos desde Venecia.

Sea como fuere, la noche que llegamos al santuario comencé a restablecerme y emprendí la búsqueda de Pandora.

Si alguien me hubiera dicho que ambas empresas iban a llevarme unos doscientos años, habría caído en la desesperación, pero entonces no lo sabía. Sólo sabía que me hallaba a salvo en el santuario, que contaba con Akasha para protegerme y con Bianca para animarme.

Por espacio de más de un año, bebí de la fuente de la Madre. Y por espacio de seis meses, proporcioné mi poderosa sangre a Bianca.

Durante esas noches, cuando no podía abrir la puerta de piedra, observé que con cada divino festín adquiría un aspecto más robusto. Pasaba muchas horas conversando con Bianca en tono bajo y respetuoso.

Decidimos dosificar el aceite de las lámparas y las hermosas velas que había guardado detrás de los Padres Divinos, pues no teníamos ni idea de cuánto tiempo transcurriría antes de que yo fuera capaz de abrir la puerta y pudiéramos ir a cazar a las remotas ciudades y poblaciones alpinas.

Por fin llegó una noche en que sentí el poderoso deseo de salir. Fui lo bastante perspicaz para comprender que esa idea no se me había ocurrido por azar, sino que me había sido sugerida por una serie de imágenes. Ya podía abrir la puerta. Podía salir. Y podía llevarme a Bianca.

En cuanto a mi aspecto ante el mundo de los mortales, tenía la piel negra como el carbón y cubierta de numerosas y profundas cicatrices, como si me hubieran herido con un hierro candente. Pero el rostro que vi en el espejo de Bianca estaba formado por completo y presentaba la expresión serena habitual. Mi cuerpo había recuperado su fuerza, y mis manos, de las que me siento orgulloso, eran las manos de un intelectual, con dedos largos y hábiles.

Durante un año más, no me atreví a enviar a Raymond Gallant una carta.

Acompañado por Bianca, me dedicaba a recorrer poblaciones remotas para capturar, precipitada y torpemente, a todo malvado que se cruzara en mi camino. Dado que éstos suelen desplazarse en manadas, Bianca y yo solíamos gozar de suculentos banquetes. Luego tomábamos de sus cadáveres la ropa y el oro que precisábamos y regresábamos al santuario antes del amanecer.

Cuando recuerdo esa época, calculo que vivimos unos diez años de ese modo. Pero, dado que a nosotros nos resulta tan difícil calcular el tiempo, no puedo asegurarlo.

Lo que recuerdo con claridad es que entre Bianca y yo existía un fuerte vínculo que parecía inquebrantable. Con el tiempo, Bianca se convirtió en mi compañera en el silencio como había sido mi compañera en la conversación.

Actuábamos con total compenetración, sin discutir ni consultarnos mutuamente las iniciativas que tomábamos.

Bianca era una cazadora hábil e implacable, dedicada a la majestad de los que debían ser custodiados, y siempre procuraba beber de más de una víctima. Lo cierto es que poseía una capacidad ilimitada para ingerir sangre. Ansiaba adquirir fuerza, tanto de mí como del malvado al que aniquilaba con justificada frialdad.

Volando a través del aire en mis brazos, contemplaba las estrellas sin temor. A menudo me hablaba suave y confiadamente sobre su vida mortal en Florencia, de su juventud y de lo mucho que había amado a sus hermanos, que admiraban a Lorenzo el Magnífico. Sí, había visto a mi amado Botticelli en numerosas ocasiones, y me describía con todo detalle pinturas que yo no había visto. De vez en cuando, me cantaba canciones que ella misma componía. Me hablaba con tristeza de la muerte de sus hermanos y de las circunstancias que la habían llevado a caer en manos de sus pérfidos primos.

Yo la escuchaba con el mismo deleite que le hablaba. Todo era tan fluido entre nosotros que aún hoy me maravilla.

Y aunque muchas mañanas se peinaba su espléndida cabellera y volvía a trenzarla con sus sartas de perlitas, nunca se quejaba de nuestra situación y se vestía, al igual que hacía yo, con las túnicas y las capas de los hombres que matábamos.

De vez en cuando, se deslizaba discretamente detrás del Rey y la Reina y extraía de su preciado fardo de ropa un magnífico vestido de seda, con el que se vestía esmeradamente para dormir en mis brazos, después de que yo la cubriera con cálidos besos y halagos.

Jamás había conocido una paz semejante con Pandora. Nunca había conocido esa cálida sencillez.

Pero era en Pandora en quien pensaba sin cesar, en Pandora recorriendo las ciudades septentrionales, en Pandora con su compañero asiático.

Por fin, una noche, después de una cacería feroz, agotada y saciada, Bianca dijo que deseaba regresar pronto al santuario, de modo que me encontré con que disponía de tres horas maravillosas antes de que amaneciera.

Asimismo, comprobé que poseía de una renovada fuerza que, quizás involuntariamente, le había ocultado a Bianca.

Me dirigí a un monasterio alpino, el cual había sufrido graves perjuicios debido al reciente advenimiento de lo que los eruditos denominan la reforma protestante. Sabía que allí encontraría a monjes atemorizados que aceptarían mi oro a cambio de ayudarme a escribir una carta destinada a Inglaterra.

En primer lugar entré en la capilla, donde me apropié de todas las velas de cera de abeja de buena calidad para sustituir las del santuario, que se habían consumido, y las guardé en un saco que había traído conmigo.

Luego me dirigí al escritorio, donde hallé a un viejo monje escribiendo con gran rapidez a la luz de una candela.

Al notar mi presencia junto a él, levantó la vista.

—Sí —me apresuré a decir, expresándome en su dialecto alemán—, soy un extraño que se presenta ante vos de forma extraña, pero os aseguro que no soy un rufián.

El monje, de pelo canoso, que lucía la característica tonsura y los hábitos monacales, sentía algo de frío en el escritorio. Me observó sin mostrar el menor temor.

Me dije que jamás había presentado un aspecto tan humano. Tenía la piel negra como la de un moro y vestía unas prendas insulsas de color gris, que había tomado de algún miserable condenado a morir a mis manos.

Mientras el monje seguía observándome, sin la menor intención de hacer sonar la alarma, empleé mi truco habitual de mostrarle un talego lleno de monedas de oro para sufragar las urgentes reformas del monasterio.

—Debo escribir una carta —dije—, y asegurarme de que llegue a determinado lugar de Inglaterra.

—¿Un lugar católico? —inquirió el monje sin dejar de mirarme, arqueando sus pobladas y canosas cejas.

—Supongo que sí —contesté, encogiéndome de hombros. Por supuesto, no podía describirle la naturaleza secular de Talamasca.

—Pues suponéis mal —declaró el monje—. Inglaterra ya no es un país católico.

—¿Qué decís? —protesté—. Es imposible que la reforma haya llegado a Inglaterra.

—No se trata de la reforma precisamente —contestó el monje riendo—, sino de la vanidad de un rey empeñado en divorciarse de su esposa católica española y que rechaza el poder del Papa para impedírselo.

Me sentí tan abatido que me senté en un banco, aunque el monje no me había invitado a hacerlo.

—¿Qué sois? —me preguntó el anciano, dejando la pluma y observándome con expresión pensativa.

—Eso no importa —repuse en tono cansino—. ¿Creéis que mi carta podrá llegar a un castillo llamado Lorwich, en East Anglia?

—No lo sé —contestó el monje—. Es posible. Hay quien se opone a Enrique VIII y hay quien no. Pero el caso es que el rey ha destruido los monasterios de Inglaterra, de modo que la carta no podemos remitirla a un monasterio, sino directamente al castillo. ¿Y cómo lo conseguiremos? Debemos idear un plan. Nada nos impide intentarlo.

—Sí, os lo ruego.

—Pero primero quiero saber qué sois —insistió el monje—. No escribiré la carta hasta que me lo digáis. También quiero saber por qué habéis robado todas las velas de mejor calidad de la capilla y habéis dejado las malas.

—¿Cómo os habéis enterado? —pregunté, cada vez más nervioso. Creía que me había movido con el sigilo de un ratón.

—No soy un hombre común y corriente —respondió el anciano—. Oigo y veo cosas que otros no oyen ni ven. Sé que no sois humano. ¿Qué sois?

—No puedo decíroslo —respondí—. Decidme qué creéis que soy. Decidme si percibís maldad en mi corazón. Decidme lo que veis en mí.

El monje me observó largo rato. Tenía los ojos de un color gris intenso, y al contemplar su envejecido rostro, no me costó ningún esfuerzo reconstruir al joven que debía de haber sido, un tanto enérgico, aunque su fuerza de carácter había aumentado con el paso de los años, pese a la enfermedad que le aquejaba.

El monje desvió la mirada y la fijó en la candela, como si hubiera terminado de analizarme.

—Me gusta leer libros extraños —dijo con voz queda pero clara—. He estudiado algunos de esos textos publicados en Italia sobre magia, astrología y diversos temas considerados prohibidos.

El pulso se me aceleró. No esperaba ese golpe de fortuna. Pero me abstuve de interrumpirlo.

—Estoy convencido de que existen ángeles que han sido expulsados del paraíso —dijo el monje— y ya no saben lo que son. Vagan por la Tierra sumidos en el desconcierto. Creo que vos sois uno de ellos, aunque, si estuviera en lo cierto, no podríais confirmármelo.

Me quedé mudo de asombro al oír al monje expresar un concepto tan peregrino.

—No —contesté por fin—, no soy uno de esos ángeles. Lo sé con certeza. Pero me gustaría serlo. Os confiaré un secreto terrible.

—Muy bien —dijo el anciano—. Si lo deseáis, podéis confesaros conmigo, pues soy un sacerdote ordenado, no un simple monje, pero dudo que pueda daros la absolución.

—Éste es mi secreto: existo desde los tiempos en que Cristo estuvo en la Tierra, aunque no oí hablar de él.

El monje permaneció largo rato en silencio, asimilando mis palabras. Me miró a los ojos y luego desvió la vista y la fijó en la candela, como si se tratara de un pequeño ritual.

—No os creo —dijo por fin—. Pero sois un ser misterioso, con esa tez negra y esos ojos azules, con ese pelo rubio y ese oro que me ofrecéis generosamente. Lo acepto, desde luego. Lo necesitamos.

Sonreí. Ese anciano me caía bien. Por supuesto, me abstuve de decírselo. Le tendría sin cuidado.

—De acuerdo —dijo—, escribiré esa carta por vos.

—Yo mismo la escribiré —respondí—, sólo necesito un pergamino y una pluma, y que la enviéis, indicando este lugar para que me remitan a él la respuesta. Es muy importante que reciba respuesta.

El monje obedeció de inmediato y me dispuse a redactar la carta, aceptando agradecido la pluma que me ofreció. Mientras escribía noté que el anciano no me quitaba el ojo de encima, pero no me importó.

> Raymond Gallant:
>
> El día siguiente a la noche en que nos conocimos y conversamos, sufrí una trágica desgracia. Mi palacio en Venecia quedó destruido por el fuego y sufrí unas quemaduras gravísimas. Te aseguro que no fue obra de manos mortales, y si pudiéramos vernos una noche, te contaría encantado lo sucedido. Lo cierto es que me gustaría describirte con detalle la identidad del ser que envió a sus emisarios para destruirme. En estos momentos me siento demasiado débil para tratar de vengarme de palabra o de obra.
>
> Mi estado de postración me impide asimismo desplazarme a Lorwich, en East Anglia, y gracias a unas fuerzas que no puedo describir, dispongo de un refugio parecido al que tú me ofreciste.
>
> Te ruego que me comuniques si has recibido recientemente noticias de mi Pandora, si ha acudido a ti, si puedes ayudarme a ponerme en contacto con ella por carta.
>
> MARIUS

Cuando terminé la carta, se la entregué al sacerdote, quien añadió las señas del monasterio, dobló el pergamino y lo selló.

Permanecimos unos momentos en silencio.

—¿Dónde puedo localizaros para remitiros la respuesta cuando llegue? —me preguntó el monje.

—Yo lo sabré —respondí—, del mismo modo que vos supisteis que me había llevado las velas. Disculpadme por haberlas sustraído. Debí acercarme a la ciudad y comprarlas en un comercio de velas. Pero me he convertido en un peregrino de la noche silenciosa y a veces hago cosas sin pensar.

—Ya lo veo —contestó el anciano—, pues aunque empezasteis hablándome en alemán, ahora me habláis en latín, la misma lengua en la que habéis escrito la carta. No os enojéis. No he leído una sola palabra, pero sé que es latín. Un latín perfecto, como no lo habla nadie hoy en día.

—¿Es suficiente la recompensa que os ofrezco en oro? —pregunté, levantándome. Había llegado el momento de marcharme.

—Desde luego. Confío en que regreséis pronto. Haré que envíen la carta mañana mismo. Si el señor de Lorwich, en East Anglia, ha jurado lealtad a Enrique VIII, recibiréis respuesta.

Me marché tan rápidamente que a mi nuevo amigo debió de parecerle que me había esfumado.

Cuando regresé al santuario, observé por primera vez los comienzos de un poblado humano peligrosamente cerca de donde nos hallábamos nosotros.

Por supuesto, Bianca y yo permanecíamos ocultos en un pequeño valle situado sobre un escarpado risco. No obstante, al percatarme de que había un grupo de casitas al pie del risco, deduje lo que iba a ocurrir.

Cuando entré en el santuario, encontré a Bianca dormida. No me preguntó dónde había estado y reparé en las precauciones que yo había tomado para evitar que averiguara lo de la carta.

Me pregunté si podría llegar a Inglaterra volando solo a través de los cielos. Pero ¿qué le diría a Bianca? No la había dejado nunca sola y me parecía inoportuno hacerlo.

Por espacio de casi medio año, pasé todas las noches lo suficientemente cerca del monje a quien había confiado la carta para oírle.

Bianca y yo íbamos con frecuencia a cazar por las calles de las pequeñas ciudades alpinas disfrazados de una forma, y a comprar a los comerciantes de ésta disfrazados de otra.

De vez en cuando, alquilábamos unas habitaciones para disfrutar de placeres corrientes, pero temíamos que el amanecer nos sorprendiera en un lugar que no fuera el santuario.

Yo seguía acudiendo a visitar a la Reina de vez en cuando. No sé con qué criterio elegía esos momentos. Quizá lo hacía cuando ella me hablaba. Lo único que puedo afirmar con certeza es que sabía cuándo podía beber su sangre y me apresuraba a hacerlo, después de lo cual me sentía muy restablecido, pletórico de vigor y deseoso de compartir mis renovadas dotes con Bianca.

Por fin, una noche dejé de nuevo a Bianca en el santuario, pues se sentía cansada, y al acercarme al monasterio alpino vi al monje de pie en el jardín, con los brazos extendidos hacia el cielo en un gesto tan poético y piadoso que al verlo por poco me echo a llorar.

Sigilosamente, sin hacer el menor ruido, entré en el claustro tras él.

El monje se volvió de inmediato, como si poseyera unos poderes tan extraordinarios como los míos, y se encaminó hacia mí. El viento agitaba su holgado hábito de color pardo.

—Marius —murmuró. Me indicó que guardara silencio y me condujo al escritorio.

Al observar el grosor de la carta que sacó de su mesa, me quedé atónito. El hecho de que estuviera abierta, de que el sello estuviera roto, me chocó aún más.

Lo miré con expresión interrogante.

—Sí, la he leído —dijo el monje—. ¿Creéis que iba a entregárosla sin haberla leído?

No estaba dispuesto a perder más tiempo. Ardía en deseos de leer el contenido de la carta. Me senté y desdoblé de inmediato las hojas.

> Marius:
>
> Confío en que mis palabras no te enojen ni te lleven a tomar una decisión precipitada. Lo que sé sobre Pandora es lo siguiente: algunos de los nuestros, que están al tanto de estas cosas, la han visto en las ciudades de Nuremberg, Viena, Praga y Maguncia. Ha viajado por Polonia y por Baviera.
>
> Ella y su compañero son muy astutos. Rara vez importunan a la población humana a través de la cual se desplazan, pero de vez en cuando se cuelan en las cortes de algunos reinos. Quienes los han visto tienen la sensación de que el peligro les atrae.
>
> Nuestros archivos están llenos de informes sobre un carruaje negro que viaja de día, transportando en su interior dos gigantescos arcones lacados en los que creemos que duermen esos seres, protegidos por un reducido contingente de guardias humanos de piel pálida, tan discretos e implacables como leales a sus patronos.
>
> Todo intento de abordar a esos guardias humanos, por amable y astuto que sea, conlleva una muerte segura, tal como han constatado algunos de nuestros miembros al tratar de descifrar el misterio de esos siniestros viajeros.
>
> Según la opinión de algunos de nosotros, los guardias han recibido una pequeña porción del poder del que sus patronos gozan en abundancia, lo cual les vincula irrevocablemente a Pandora y a su compañero.
>
> La última vez que vimos a la pareja fue en Polonia. Esos seres se mueven con gran rapidez y no permanecen en un lugar mucho tiempo. Parecen contentarse con desplazarse incesantemente a través de toda Europa.

Sabemos que han recorrido España y que han viajado por Francia, pero no se han detenido nunca en París. Por lo que respecta a esta ciudad, me pregunto si sabes el motivo por el que nunca se quedan en ella o si debo ser yo quien te informe.

Te diré lo que sé. Existe en París un nutrido grupo de fanáticos de esa especie que ambos conocemos, un grupo tan numeroso que hasta dudo que una ciudad del tamaño de París pueda albergarlo. Hace poco recibimos en nuestras filas a un renegado de ese grupo, a través del cual hemos averiguado muchos detalles sobre la forma en que esas extrañas criaturas parisinas se presentan.

No puedo describir en un pergamino lo que sé de ellos. Sólo te diré que demuestran un insólito celo y creen servir a Dios con su insaciable apetito. Cuando otros de su especie se atreven a aventurarse en sus dominios, no vacilan en destruirlos, declarándolos blasfemos.

Este renegado ha afirmado más de una vez que sus hermanos y hermanas fueron de los primeros en participar en la terrible tragedia y desgracia que sufriste. Sólo tú puedes confirmar ese extremo, pues no sé si ese ser está loco o se ufana de sus fechorías, o quizá sea una mezcla de ambas cosas. Como puedes imaginar, nos desconcierta tener bajo nuestro techo a un ser tan locuaz y beligerante, tan dispuesto a responder a nuestras preguntas y al mismo tiempo temeroso de que le retiremos nuestra protección.

Añadiré también un dato que puede ser tan importante para ti como cualquier otro informe referente a tu añorada Pandora.

El cabecilla de esta voraz y misteriosa banda de seres parisinos no es otro que tu joven compañero de Venecia.

Convertido al credo de Santino mediante castigos, ayunos, penitencia, y como consecuencia de la pérdida de su antiguo maestro, según nos reveló el joven renegado, tu antiguo compañero ha resultado ser un cabecilla de un poder incalculable, capaz de ahuyentar a cualquiera de su especie que trate de instalarse en París.

Ojalá pudiera contarte más cosas sobre esos seres. Permite que insista en lo que he dicho más arriba. Están convencidos de servir a Dios Todopoderoso. A partir de este principio, se deriva un gran número de reglas.

No sé cómo te afectará esta información, Marius. Me he limitado a escribir lo que sé con certeza.

Permíteme representar un papel insólito, teniendo en cuenta nuestras edades respectivas.

Sea cual fuere tu reacción ante lo que te revelo en esta carta, bajo ningún concepto debes viajar por tierra hacia el norte con el propósito de verme. Bajo ningún concepto debes viajar por tierra hacia el norte en busca de Pandora. Bajo ningún concepto debes viajar por tierra hacia el norte en busca de tu joven compañero.

Te lo advierto por dos razones. En estos momentos, toda Europa está en guerra, como sin duda sabes. Martín Lutero ha fomentado muchos disturbios, y en Inglaterra, nuestro soberano Enrique VIII se ha emancipado de Roma, pese a la fuerte resistencia.

Por supuesto, los inquilinos de Lorwich somos leales a nuestro rey y su decisión nos merece todo nuestro respeto y honor.

Pero en estos tiempos no es aconsejable viajar por Europa.

Permite que te advierta sobre otro extremo, que quizá te sorprenda. En toda Europa hay muchas personas dispuestas a perseguir a otros por brujería por motivos infundados; es decir, en las aldeas y las poblaciones reina una superstición respecto a brujas y hechiceros que incluso hace cien años habría sido tachada de absurda.

No te conviene viajar a través de esos territorios. Los escritos sobre hechiceros, aquelarres y adoradores del diablo nublan la filosofía humana.

Sí, temo por Pandora, por si ella y su compañero no prestan atención a esos peligros; no obstante, nos han comunicado en varias ocasiones que, aunque viaja por tierra, lo hace a gran velocidad. Sus sirvientes suelen adquirir caballos de repuesto dos o tres veces en un mismo día, exigiendo que sean animales de la mejor calidad.

Te envío mis saludos más cordiales, Marius. Escríbeme de nuevo en cuanto puedas. Hay muchas preguntas que deseo formularte, pero no me atrevo a hacerlo en esta carta. No sé si me atreveré alguna vez. Permite que exprese el deseo de que me invites a hacerlo.

Debo confesarte que soy la envidia de mis hermanos y hermanas por haber recibido tu carta. Procuraré que no se me suba a la cabeza. Siento hacia ti un gran respeto, por lo demás justificado.

Tuyo en Talamasca,

RAYMOND GALLANT

Cuando terminé de leer la carta, me recliné en el asiento, sosteniendo las numerosas hojas de pergamino en mi temblorosa mano izquierda. Meneé la cabeza sin saber qué decirme a mí mismo, pues estaba hecho un lío.

Desde la noche de la tragedia acaecida en Venecia, a menudo había sido incapaz de articular mis pensamientos íntima y verbalmente, pero nunca había experimentado esa incapacidad de forma tan patente como en aquellos momentos.

Contemplé las páginas. Toqué con los dedos de la mano derecha las palabras, pero enseguida la retiré, meneando de nuevo la cabeza.

Pandora recorría incesantemente Europa, a mi alcance y quizás eternamente fuera de mi alcance.

Y Amadeo, convertido en miembro de la secta de Santino y enviado a implantarla en París. Sí, estaba claro.

Evoqué de nuevo la nítida imagen de Santino aquella noche en Roma, con su hábito negro y su pelo impecablemente limpio, cuando me había abordado para insistir en que lo acompañara a su maldita catacumba.

Ahora tenía pruebas de que no había destruido a mi hermosa criatura, sino que la había convertido en su víctima. La había convertido en un adepto a su causa. ¡Se había apoderado de Amadeo! Me había derrotado de forma aplastante.

Y Amadeo, mi bendito y hermoso pupilo, había abandonado mi precaria tutela para pasar a esas tinieblas perpetuas. Sí, estaba clarísimo. Cenizas. Sentí un regusto a cenizas.

Un gélido escalofrío me recorrió el cuerpo.

Estrujé los folios con rabia.

De pronto advertí que el sacerdote de pelo canoso estaba sentado a mi lado, mirándome con calma, apoyado en el codo izquierdo.

Sacudí de nuevo la cabeza y doblé las hojas de la carta para guardármelas.

Clavé la mirada en los ojos grises del monje.

—¿Por qué no huís de mí? —pregunté con amargura. Deseaba romper a llorar, pero no era el lugar adecuado.

—Estáis en deuda conmigo —respondió el anciano suavemente—. Decidme qué clase de ser sois para que al menos sepa si he condenado mi alma al prestaros un servicio.

—No habéis condenado vuestra alma —me apresuré a responder en un tono amargo que denotaba mi congoja—. Vuestra alma no tiene nada que ver conmigo. —Suspiré—. ¿Qué conclusión habéis sacado al leer mi carta?

—Que sufrís como un mortal —contestó el monje—, pero no sois mortal. Y ese amigo vuestro de Inglaterra es mortal, pero no os teme.

—Es cierto —dije—. Sufro, y sufro porque alguien me ha causado un gravísimo daño y no puedo vengarme ni hacer que la justicia caiga sobre él. Pero no quiero hablar de esas cosas. Deseo estar solo.

Se produjo un silencio entre nosotros. Había llegado el momento de marcharme, pero aún no tenía fuerzas para hacerlo.

¿Le había entregado la acostumbrada bolsa de oro? En todo caso, debía hacerlo. La saqué del bolsillo de mi camisa, la deposité sobre el banco y vacié su contenido para que el anciano viera las monedas de oro a la luz de la vela.

En mi mente se formaron unos pensamientos vagos y agitados referentes a Amadeo, al resplandor de esas monedas de oro, a la furia que me devoraba y a mi ansia de vengarme de Santino. Vi unos iconos con sus halos dorados; vi la moneda de oro de la orden de Talamasca. Vi los florines de oro de Florencia.

Vi las pulseras de oro que solía lucir Pandora en sus hermosos brazos desnudos. Vi las pulseras de oro que yo había colocado en los brazos de Akasha.

Oro, oro y más oro.

¡Y Amadeo había elegido las cenizas!

«Encontraré de nuevo a Pandora. ¡Sí, daré con ella! Sólo dejaré que se marche si jura que me odia, entonces dejaré que permanezca con su misterioso compañero.» Me eché a temblar al pensar en eso, al jurar que cumpliría mi propósito, al murmurar esos pensamientos silenciosos.

¡Pandora, sí! ¡Y una noche, Amadeo tendría que saldar cuentas con Santino!

Se produjo un largo silencio.

El monje sentado a mi lado no estaba asustado. Me pregunté si adivinaba lo que le agradecía que me permitiera permanecer allí sumido en aquel maravilloso silencio.

Por fin, deslicé los dedos sobre las monedas de oro.

—¿Hay suficiente oro para plantar flores, árboles y bonitas plantas en vuestro jardín? —pregunté.

—El suficiente para que nuestro jardín florezca eternamente —respondió el anciano.

—¡Eternamente! —dije—. Me encanta esa palabra, «eternamente».

—Sí, es una palabra intemporal —repuso el anciano, mirándome al tiempo que arqueaba sus pobladas cejas—. El tiempo es nuestro, pero eternamente pertenece a Dios, ¿no creéis?

—Sí —respondí, volviéndome hacia él. Le sonreí y vi la cálida expresión que traslucía su rostro, como si le hubiera dirigido unas palabras amables. No podía ocultarlo.

—Me habéis hecho un gran favor —dije.

—¿Escribiréis de nuevo a vuestro amigo? —preguntó el monje.

—Desde aquí, no —contesté—. Es demasiado arriesgado para mí. Le escribiré desde otro lugar. Olvidad este episodio, os lo ruego.

El monje rió de forma sencilla y espontánea.

—¡Que lo olvide!

Me levanté para irme.

—No debisteis leer la carta —dije—. Sólo os causará problemas.

—Tenía que hacerlo antes de entregárosla —contestó.

—No imagino el motivo —respondí. Eché a andar silenciosamente hacia la puerta del escritorio.

El monje me alcanzó.

—¿Os marcháis ya, Marius? —preguntó.

Me volví hacia él y levanté la mano en señal de despedida.

—Sí, ni ángel ni demonio —dije—, ni bueno ni malo. Os doy las gracias.

Al igual que la vez anterior, me alejé tan rápidamente que el anciano no se dio cuenta. Al cabo de unos momentos, me encontré a solas con las estrellas y contemplé el valle situado peligrosamente cerca de la capilla, donde se estaba formando una ciudad al pie del elevado risco abandonado por el hombre durante más de un milenio.

29

Esperé mucho tiempo antes de mostrarle la carta a Bianca.

En realidad, nunca se la oculté, pues me parecía deshonesto. Pero como ella no me preguntó sobre el significado de esos folios, que yo guardaba entre mis escasas pertenencias, no se lo expliqué.

Me resultaba demasiado doloroso compartir mi tristeza por lo que le había ocurrido a Amadeo. En cuanto a la existencia de Talamasca, era una historia rocambolesca y estaba íntimamente relacionada con mi amor por Pandora.

Dejaba con frecuencia a Bianca sola en el santuario. Por supuesto, jamás la abandonaba allí al anochecer, cuando dependía de mí para que la transportara a los lugares donde podíamos cazar. Al contrario, la llevaba siempre conmigo.

De noche, después de habernos alimentado, la dejaba de nuevo allí sana y salvo y me marchaba solo para poner a prueba los límites de mis poderes.

A todo esto, me ocurrió una cosa extraña. La sangre de la Madre me proporcionaba renovado vigor. Pero al mismo tiempo comprendí lo que todos los vampiros que sufren graves quemaduras: que, a medida que me curaba, adquiría una fuerza que no poseía antes.

Como es lógico, le daba a Bianca mi sangre, pero al hacerme más fuerte se creó entre nosotros un abismo que se agrandaba día a día.

En ocasiones, cuando rezaba a Akasha, le planteaba la cuestión de si estaba dispuesta a recibir a Bianca. La respuesta parecía ser negativa, de modo que no me atrevía a intentarlo.

Recordaba muy bien la muerte de Eudoxia y el momento en que Enkil había alzado el brazo contra Mael. No podía exponer a Bianca a ese riesgo.

Al cabo de poco tiempo, comencé a transportar a Bianca en mis brazos a través de la noche a las ciudades cercanas de Praga y Ginebra, donde nos deleitábamos contemplando una semblanza de la civilización que habíamos conocido en Venecia.

En cuanto a esa hermosa capital, no quería regresar a ella, por más que Bianca me lo implorara. Por supuesto, ella no poseía el don de las nubes y dependía de mí mucho más que Amadeo y Pandora.

—Es demasiado doloroso para mí —insistía yo—. No quiero regresar allí. Llevas mucho tiempo viviendo aquí como mi bella monja. ¿Qué más quieres?

—Quiero ir a Italia —contestaba Bianca, compungida.

Yo la entendía perfectamente, pero no respondía.

—Si no puede ser Italia, deseo ir a otro lugar, Marius —dijo un día.

Pronunció esas palabras tan significativas desde la parte delantera de la capilla, en tono quedo, como si presintiera un peligro.

Siempre nos comportábamos respetuosamente en el santuario. Pero no nos poníamos a cuchichear detrás de nuestros Padres Divinos. Nos parecía como mínimo descortés, cuando no irrespetuoso.

Cuando pienso en ello, me parece extraño. Pero no podíamos suponer que Akasha y Enkil no nos oían. Por lo tanto, conversábamos en la parte de delante, generalmente en la esquina izquierda, que era la que Bianca prefería y donde solía sentarse envuelta en su capa de más abrigo.

Al decir esas palabras, Bianca miró a la Reina como reconociendo la interpretación.

—Desea que no contaminemos su santuario con nuestra desidia.

Asentí con la cabeza. ¿Qué otra cosa podía hacer? Pero había vivido tantos años de ese modo que me había acostumbrado a ese lugar más que a ningún otro. Por otra parte, daba por descontado la discreta lealtad que Bianca me demostraba.

Me senté a su lado.

Le tomé la mano y observé, por primera vez desde hacía tiempo, que mi piel presentaba un color bronce oscuro en lugar de negro y que la mayoría de las arrugas habían desaparecido.

—Debo confesarte algo —dije—. No podemos vivir en una casa normal como vivíamos en Venecia.

Bianca me escuchaba con ojos serenos.

—Temo a esos seres —proseguí—, a Santino y sus diabólicos secuaces. Han transcurrido décadas desde aquel incendio, pero siguen acechándonos desde sus escondrijos.

—¿Cómo lo sabes? —preguntó Bianca. Parecía tener muchas cosas que preguntarme, pero le pedí que tuviera paciencia.

Me acerqué al bulto donde guardaba mis pertenencias y saqué la carta de Raymond Gallant.

—Léela —dije—. En ella comprobarás, entre otras cosas, que su abominable culto se ha difundido hasta París.

Permanecí en silencio mientras Bianca leía la carta. Sus sollozos me sobresaltaron.

¿Cuántas veces la había visto llorar? ¿Por qué me había pillado desprevenido? Bianca musitó el nombre de Amadeo. Apenas se atrevía a pronunciarlo.

—¿Qué significa esto? —preguntó—. ¿Cómo viven esos seres? Explícame lo que pone aquí. ¿Qué le han hecho a Amadeo?

Me senté junto a ella, rogándole que se tranquilizara, y le conté que esos monstruos adoradores de Satanás vivían como monjes o eremitas, saboreando la tierra y la muerte, e imaginaban que el Dios cristiano les tenía reservado un lugar en el reino de los cielos.

—Lo mataron de hambre, lo torturaron —dije—, tal como indica la carta con toda claridad. Y cuando abandonó toda esperanza, pues creía que yo había muerto, convencido de que la piedad de esos canallas era justa, se convirtió en uno de ellos.

Bianca me miró con expresión solemne y los ojos arrasados en lágrimas.

—Te he visto llorar muchas veces —dije—, pero no últimamente ni con tanta amargura como lloras ahora por él. Te aseguro que yo tampoco lo he olvidado.

Bianca meneó la cabeza como si sus pensamientos no coincidieran con los míos, pero no pudo o no quiso revelármelos.

—Debemos ser astutos, amor mío —dije—. Dondequiera que decidamos instalarnos, debemos procurar estar siempre a salvo de ellos.

—Encontraremos un lugar seguro —replicó Bianca sin darle mayor importancia—. Lo sabes tan bien como yo. Es preciso. No podemos seguir como hasta ahora, no encaja con nuestra naturaleza. Por las historias que me has contado, he deducido que has recorrido la Tierra no sólo en busca de sangre sino también de belleza.

Su seriedad me alarmó.

—Somos sólo dos —continuó Bianca—, y si esos diablos se presentan de nuevo con sus hierros candentes, no te resultará difícil transportarme a un lugar elevado donde no puedan lastimarme.

—Suponiendo que yo esté, amor mío —dije—. Pero ¿y si no fuera así? Durante estos años, desde que abandonamos nuestra amada Venecia, has vivido entre estos muros, donde no pueden hacerte daño.

Ahora bien, si nos trasladamos a vivir a otro lugar, tendré que permanecer siempre en guardia. ¿Te parece natural?

Esa conversación me resultaba muy desagradable. Nunca me había visto en una situación tan complicada con ella. No me gustaba la expresión inescrutable de su rostro, ni la forma en que le temblaba la mano.

—Quizá sea demasiado pronto —dijo Bianca—. Pero debo decirte algo importante, no puedo seguir ocultándotelo.

Dudé unos instantes antes de responder.

—¿De qué se trata, Bianca? —pregunté. Mi pesadumbre iba en aumento. Me sentía francamente deprimido.

—Creo que has cometido un grave error —contestó Bianca.

Me quedé estupefacto. No dijo más. Esperé pacientemente, pero ella persistió en su mutismo, sentada con la espalda apoyada en la pared y los ojos fijos en los Padres Divinos.

—¿Quieres hacer el favor de decirme a qué error te refieres? —pregunté—. ¡Dímelo de una vez! Te amo. Debo saberlo.

Bianca no respondió. Continuó mirando a la Reina y al Rey. No parecía estar rezando.

Cogí las hojas de pergamino de la carta, las examiné y luego miré de nuevo a Bianca.

Había dejado de llorar y en sus labios se dibujaba una semisonrisa, pero sus ojos dejaban entrever una expresión extraña que no alcancé a descifrar.

—¿Es la orden de Talamasca lo que te inspira temor? —pregunté—. Yo mismo puedo explicártelo. Como observarás, les escribí desde un lejano monasterio. Apenas dejé huellas, hermosa mía. Surqué los vientos mientras tú dormías aquí.

Bianca respondió tan sólo con su silencio. Ni frío ni hosco, simplemente reservado y abstraído. Pero de pronto me miró, y el cambio que se operó en su rostro fue lento e inquietante.

En un tono sosegado, me apresuré a contarle mi extraño encuentro con Raymond Gallant durante mi última noche de auténtica felicidad en Venecia. Le expliqué en términos sencillos que Gallant había descubierto nuestra presencia y me había revelado que habían visto a Pandora en el norte de Europa.

Comenté todo lo que contenía la carta. Le hablé de nuevo de Amadeo. Le hablé de mi odio por Santino, recalcando que me había robado todo cuanto amaba salvo a ella, y que precisamente por eso ella era lo más valioso para mí.

Al cabo de un rato, callé. No estaba dispuesto a decir nada más, estaba enojado. Me parecía que Bianca había sido injusta conmigo y no comprendía el motivo. Su silencio me dolía profundamente y comprendí que ella lo advertía en mi rostro.

Por fin noté un cambio en ella.

—¿No comprendes que has cometido un grave error? —preguntó, mirándome fijamente—. ¿No lo percibes en las lecciones que me has impartido? Hace siglos, cuando vivías con Pandora, vinieron a verte unos adoradores de Satanás para que les entregaras lo que custodiabas y tú te negaste. Debiste revelarles el misterio de la Madre y el Padre.

—¿Cómo se te ocurre semejante cosa?

—Y cuando Santino te lo pidió en Roma, debiste traerlo a este santuario. Debiste mostrarle los misterios que me has revelado. De haberlo hecho, Marius, jamás se habría convertido en tu enemigo.

La miré furioso. ¿Qué había sido de mi brillante Bianca?

—Pero ¿no lo comprendes? —continuó—. ¡Esos imbéciles han creado un culto basado en nada! Tú pudiste haberles mostrado algo. —Hizo un gesto ambiguo hacia mí, como si yo le irritara—. ¿Cuántas décadas llevamos en este lugar? ¿Cómo soy de fuerte? No es necesario que respondas. Conozco el alcance de mi resistencia. Conozco mi mal genio.

»¿No comprendes que la percepción que tengo de nuestros poderes se ve reforzada por su belleza y majestad? ¡Sé de dónde provenimos! Te he visto beber la sangre de la Reina. Te he visto despertar de tu desvanecimiento. He visto cómo cicatrizaba tu piel.

»Pero ¿qué vio Amadeo? ¿Qué vio Santino? ¡Y te asombra la difusión de su herejía!

—¡No lo llames herejía! —exclamé inopinadamente—. No hables de ello como si fuera una religión. Te he confesado que existen ciertas cosas secretas que nadie puede explicar. ¡Pero no adoramos a ningún dios!

—¡Me has revelado una verdad en la paradoja de los Padres Divinos, en su presencia! —Alzó la voz, malhumorada, un rasgo impropio en ella—. Pudiste haber aplastado la campaña infundada de Santino dejando simplemente que los atisbara.

La miré, presa de una súbita e intensa ira.

Me levanté y miré furioso en torno al santuario.

—Recoge todas tus cosas —dije de sopetón—. ¡No te quiero aquí!

Bianca permaneció inmóvil, observándome con expresión fría y desafiante.

—Ya me has oído. Recoge tus preciosas ropas, tu espejo, tus perlas, tus joyas, tus libros y todo lo demás. Voy a sacarte de aquí.

Durante unos momentos, me miró con expresión irritada, como si no me creyera.

Acto seguido se movió, obedeciéndome con una serie de gestos rápidos. Y al cabo de unos momentos, se plantó ante mí, envuelta en su capa, estrechando el bulto de sus pertenencias contra el pecho, presentando el mismo aspecto que presentaba infinidad de años antes, cuando la había llevado allí por primera vez.

No sé si se volvió para contemplar los rostros de la Madre y el Padre. Yo no lo hice. No se me ocurrió ni por un momento que ni uno ni otro quisieran impedir aquella intempestiva expulsión.

Al cabo de unos instantes, cabalgué sobre el viento, sin saber adónde transportarla.

Volé más alto y a mayor velocidad de lo que jamás me había atrevido a hacer y comprobé que estaba capacitado para ello. Mi velocidad me asombró. La tierra que se extendía a mis pies había sido quemada durante las últimas guerras y sabía que estaba tachonada de castillos en ruinas.

Llevé a Bianca a uno de esos castillos, tras asegurarme de que la población que lo rodeaba había sido saqueada y estaba desierta. Luego la deposité en una habitación de piedra dentro de una fortaleza destruida y fui al camposanto en busca de un lugar donde pudiera dormir de día.

No tardé en constatar que Bianca podría sobrevivir allí perfectamente. En la capilla calcinada había unas criptas subterráneas. Había escondrijos por todas partes.

Regresé junto a Bianca. Seguía de pie en el mismo lugar donde la había dejado, con una expresión solemne y los ojos, ovalados y relucientes, fijos en mí.

—No quiero saber nada más de ti —dije. Estaba temblando—. Te desprecio por decir lo que has dicho, por haberme culpado de que Santino me arrebatara a mi criatura. No quiero tener más tratos contigo. No tienes ni idea del peso que he soportado durante toda mi existencia ni de las veces que lo he lamentado. ¿Qué crees que haría tu querido Santino si lograra apoderarse de la Madre y el Padre? ¿Cuántos demonios traería para que se alimentaran de la sangre de ellos? ¿Quién sabe qué atrocidades consentirían la Madre y el Padre con su silencio? ¿Quién sabe lo que pretenden esos monstruos en realidad?

—Te comportas como un hermano perverso y desnaturalizado —replicó Bianca fríamente, mirando a su alrededor—. ¿Por qué no me abandonas en el bosque para que me devoren los lobos? Vete. Yo tampoco quiero volver a saber nada de ti. Comunica a tus estudiosos de

Talamasca dónde me has depositado y quizá tengan la amabilidad de ofrecerme cobijo. Ahora márchate. ¡Vete! ¡No quiero volver a verte!

Aunque hasta ese momento yo había estado pendiente de cada una de sus palabras, la abandoné.

Transcurrieron varias horas. Surqué los cielos sin rumbo fijo, maravillándome del borroso paisaje que contemplaba a mis pies.

Mi poder era muy superior al que poseía antes. De intentarlo, no me costaría ningún esfuerzo llegar a Inglaterra.

Vi las montañas y el mar, pero de pronto sentí una angustia tan intensa que no pude por menos de regresar junto a Bianca.

Pero ¿qué he hecho, Bianca?

¡Ruego a los dioses que me hayas esperado, Bianca!

Un impulso surgido de los profundos y tenebrosos cielos me obligó a regresar junto a ella. La encontré en la habitación de piedra, sentada en un rincón, compuesta y en silencio, como solía estarlo en el santuario, y cuando me arrodillé ante ella, me echó los brazos al cuello.

La abracé sollozando.

—¡Mi hermosa Bianca! ¡Lo siento, amor mío, lo siento en el alma! —dije.

—¡Oh, Marius, te quiero con todo mi corazón y eternamente! —exclamó, llorando con el mismo desconsuelo y desenfreno que yo—. Mi querido Marius, jamás he amado a nadie como te amo a ti. Perdóname.

Seguimos llorando un buen rato. Luego la llevé de regreso al santuario y traté de consolarla, peinándole la cabellera, tal como me gustaba hacer, y adornándola con las sartas de perlas hasta que volvió a ser mi perfecta y maravillosa Bianca.

—No sé por qué te dije eso —se lamentó Bianca—. Está claro que no podías fiarte de ninguno de ellos. ¡De haberles mostrado a la Reina y al Rey, habría estallado una terrible anarquía!

—Sí, has empleado el término exacto —respondí—, una terrible anarquía. —Eché un vistazo a los rostros regios e impasibles y continué—: Si me amas, trata de comprenderlo. Los Padres Divinos poseen un poder inimaginable. —Me detuve bruscamente—. ¿No lo entiendes? Por más que lamento su silencio, quizá represente para ellos una forma de paz que han elegido por el bien de todos.

Ése era el quid de la cuestión y creo que ambos lo sabíamos.

Temía lo que pudiera ocurrir si Akasha se levantaba del trono, si decidía hablar o moverse. Lo temía y con razón.

Con todo, aquella noche y todas las noches creía que, en caso de que Akasha despertara, de su persona emanaría una dulzura divina.

Cuando Bianca se quedó dormida, me arrodillé delante de la Reina en mi acostumbrada actitud de sumisión, que nunca había deseado revelarle a Pandora.

—Madre, ansío beber tu sangre —murmuré, extendiendo las manos—. Permite que te toque con amor —dije—. Dime si he errado. ¿Debí traer a los adoradores de Satanás a tu santuario? ¿Te habrías mostrado en toda tu belleza a Santino?

Cerré los ojos. Luego los abrí.

—Mis amados e inmutables Padres —dije suavemente—, habladme.

Me acerqué a la Reina y oprimí los labios contra su cuello. Traspasé su blanquísima piel con los colmillos y su espesa sangre penetró en mi boca lentamente.

Me rodeaba el jardín. ¡Sí, ese jardín que me embelesa! Era el jardín del monasterio en primavera, una maravilla, y mi sacerdote estaba ahí. Caminaba junto a él a través del claustro recién barrido. Era el sueño supremo, rebosante de intensos colores. Contemplé las montañas a nuestro alrededor. *Soy inmortal*, dije.

El jardín desapareció. Vi cómo se disolvían los colores del muro.

Entonces me encontré en un bosque a medianoche. A la luz de la luna, divisé un carruaje negro que se acercaba por la carretera, tirado por numerosos corceles oscuros. Al pasar de largo, sus inmensas ruedas levantaron una nube de polvo. Lo seguía una partida de guardias ataviados con libreas negras.

Pandora.

Cuando me desperté, comprobé que yacía sobre el pecho de Akasha, con la frente apoyada en su cuello y la mano izquierda aferrándole el hombro derecho. Me invadía una maravillosa sensación de dulzura y no quise moverme. Toda la luz del santuario se había convertido a mis ojos en un resplandor dorado, igual que la luz de aquellos grandes salones de banquetes venecianos.

Al cabo de un rato, la besé con ternura y me retiré para tumbarme en el suelo y estrechar a Bianca entre mis brazos.

En mi mente bullían pensamientos agitados y extraños. Sabía que había llegado el momento de buscar otro refugio fuera del santuario, y también sabía que nuestras montañas estaban invadidas de extraños.

El pequeño poblado situado al pie de nuestro risco se había convertido en una ciudad pujante.

Pero la revelación más angustiosa que se me impuso aquella noche fue que Bianca y yo éramos capaces de pelearnos, que la sólida paz que reinaba entre nosotros podía verse rota de forma violenta y dolorosa.

Y que yo, a las primeras palabras ásperas de mi tesoro, era capaz de desmoronarme y convertirme en una ruina mental.

¿Por qué me había sorprendido tanto ese hecho? ¿Acaso no recordaba mis dolorosas peleas con Pandora? A esas alturas debía saber que Marius, cuando se enfurecía, dejaba de ser Marius. Debía saberlo y no olvidarlo jamás.

30

La noche siguiente capturamos a un par de rufianes que viajaban a través de los pasos inferiores de nuestras montañas. Su sangre era muy buena, y después de ese pequeño festín nos trasladamos a una población alemana donde pudiéramos hallar una taberna.

Nos sentamos a una mesa, ofreciendo el aspecto de un hombre y su esposa, y charlamos durante horas mientras bebíamos ponche.

Le conté a Bianca todo cuanto sabía sobre los que debían ser custodiados. Le conté las leyendas de Egipto, que siglos atrás la Madre y el Padre habían sido capturados y maltratados por unos que pretendían robarles su preciosa sangre. Le dije que Akasha se me había aparecido en una visión suplicándome que la sacara de Egipto.

Le hablé de las escasas veces en que Akasha me había hablado durante mis éxtasis vampíricos. Y le conté, por último, que los Padres Divinos habían abierto milagrosamente la puerta del santuario alpino al percatarse de que yo estaba demasiado débil para conseguir que ésta cediera.

—¿Me necesitan? —pregunté, mirando a Bianca a los ojos—. No lo sé. Eso es lo horroroso. ¿Desean que otros los vean? No puedo adivinarlo.

»Pero permíteme hacer una última confesión. Anoche me enfurecí contigo porque hace siglos, cuando Pandora bebió por primera vez la sangre de la Madre, tuvo unos sueños que indicaban que debíamos restituir a los Padres Divinos su antigua religión. Me refiero a una religión que comprendía a los dioses druidas del bosque y se remontaba a los templos de Egipto.

»Me enfureció que Pandora creyera esas cosas, y la misma noche en que la transformé en bebedora de sangre, destruí sus sueños con mi lógica aplastante. Pero fui más lejos. Descargué un puñetazo sobre el pecho de la Madre exigiéndole que nos hablara.

Bianca me miró atónita.

—¿No adivinas qué ocurrió? —pregunté.

—Nada. La Madre no respondió.

Asentí con la cabeza.

—Tampoco nos censuró ni nos castigó. Quizá fuera la Madre quien atrajo a Pandora hasta mí. Jamás lo sabremos. Pero comprende que es lógico que me aterrorice la posibilidad de que los Padres Divinos se conviertan en objeto de culto.

»Somos inmortales, sí, y poseemos a nuestro Rey y nuestra Reina, pero jamás debemos caer en la ingenuidad de creer que los comprendemos.

Bianca asintió con la cabeza, sopesando durante largo rato mis palabras.

—Me equivoqué al decirte lo que te dije —confesó.

—No en todo —respondí—. Es posible que Amadeo hubiese logrado escapar de los vampiros romanos y regresar junto a nosotros si hubiera visto al Rey y a la Reina. Pero podemos analizar el asunto desde otro aspecto.

—Explícate.

—Si Amadeo hubiera sabido el secreto de la Madre y el Padre, quizá se habría visto forzado a revelárselo a Santino y los demonios habrían regresado a Venecia en mi busca. Es posible que nos hubieran encontrado a ti y a mí.

—Sí, es cierto —dijo Bianca—. Ahora lo veo claro.

Nos sentíamos a gusto charlando en la taberna. Los mortales que había a nuestro alrededor no reparaban en nosotros. Yo le hablaba quedamente. Le conté el episodio en que Mael, con mi consentimiento, trató de beber la sangre de Akasha y Enkil se movió para impedírselo.

Le conté la trágica historia de Eudoxia. Le expliqué los motivos que me llevaron a partir de Constantinopla.

—No sé qué tienes, amor mío —dije—, pero a ti te lo cuento todo. Con Pandora no era así. Ni con Amadeo.

Bianca me tocó la mejilla con la mano izquierda.

—Marius —dijo—. Puedes hablarme con toda libertad de Pandora. No pienses que no comprendo el amor que sientes por ella.

Pensé en sus palabras durante unos minutos. Luego le tomé la mano derecha y le besé los dedos.

—Escúchame, amor mío —dije—. En cada oración, ruego a la Reina que te permita beber su sangre, pero no recibo una respuesta clara. Y después de lo que presencié en el caso de Eudoxia y de Mael, no me atrevo a llevarte ante ella. De modo que seguiré proporcionándote mi sangre mientras te dé fuerzas, pero...

—Te comprendo —respondió Bianca.

Me incliné sobre la mesa y la besé.

—Anoche, en mi furia, averigüé muchas cosas. Una de ellas es que no puedo vivir sin ti. Pero aprendí también que soy capaz de recorrer grandes distancias con toda facilidad, y sospecho que mis otros poderes también se han incrementado. Debo ponerlos a prueba. Tengo que saber cómo derrotar a esos demonios si algún día tratan de atacarme. Y esta noche deseo poner a prueba ante todo mi poder de volar.

—Deduzco que quieres llevarme de regreso al santuario y partir tú solo para Inglaterra.

Asentí con la cabeza.

—Esta noche hay luna llena, Bianca. Debo contemplar la isla de Gran Bretaña a la luz de la luna. Debo contemplar esa orden de Talamasca con mis propios ojos. Apenas puedo creer en tanta pureza.

—¿Por qué no me llevas contigo?

—Viajaré más rápidamente si voy solo —contesté—. Y si acecha algún peligro, podré escapar de él con mayor rapidez. A fin de cuentas, los miembros de esa orden son mortales. Y Raymond Gallant es uno de ellos.

—Pero ten cuidado, amor mío —dijo Bianca—. Ahora ya tienes la certeza de que te adoro.

Me parecía imposible que volviéramos a pelearnos. Y me parecía imperativo no perderla jamás.

Cuando salimos a la calle, que estaba oscura, la cubrí con mi capa, oprimí mis labios contra su frente y nos elevamos por entre las nubes de regreso a casa.

Cuando la dejé, faltaban dos horas para la medianoche y me proponía ver a Raymond Gallant antes de que despuntara el día.

Habían transcurrido varios años desde mi encuentro con él en Venecia. En aquella época, Raymond era joven, y calculo que debía de ser un hombre de mediana edad cuando le escribí la carta.

De modo que aquella noche, cuando partí, se me ocurrió que quizás hubiera muerto.

No dejaba de ser un pensamiento angustioso.

Pero yo creía todo lo que me había contado sobre Talamasca y estaba decidido a hablar con ellos.

Mientras surcaba el aire hacia las estrellas, el don de las nubes me proporcionaba un placer tan divino que por poco pierdo el rumbo, embelesado como estaba ante la magnificencia de los cielos, soñando sobre la isla de Gran Bretaña, descendiendo para admirar el terreno que se recortaba sobre el mar, sin querer aterrizar todavía en la sólida tierra ni vagar por ella torpemente.

Había consultado recientemente numerosos mapas a fin de localizar East Anglia y no tardé en ver a mis pies un inmenso castillo con diez torres circulares. Enseguida deduje que era el castillo que aparecía grabado en la moneda que Raymond Gallant me había dado hacía tiempo.

El gigantesco tamaño del castillo me hizo dudar, pero aun así resolví aterrizar sobre la escarpada ladera que había junto al mismo. Un profundo instinto sobrenatural me indicó que había llegado a mi destino.

Cuando eché a andar, soplaba un aire frío, tanto como el aire de las montañas que había dejado a mi espalda. Una parte del bosque, que supuse que habían talado para reforzar la seguridad del castillo, había vuelto a crecer. El terreno me gustaba y disfrutaba caminando por él.

Iba cubierto con una amplia capa forrada de piel que le había sustraído a una de mis víctimas. Portaba mis acostumbradas armas: un sable ancho y corto y un puñal. Lucía una túnica de terciopelo algo más larga de lo que estaba de moda en aquel entonces, pero me tenía sin cuidado. Calzaba unos zapatos nuevos que le había comprado a un zapatero remendón en Ginebra.

En cuanto al estilo del castillo, calculé que debía de tener unos quinientos años y que había sido construido en la época de Guillermo el Conquistador. Supuse que antiguamente poseía un foso y un puente levadizo, pero esos elementos habían desaparecido hacía tiempo y ante mí vi una inmensa puerta flanqueada por antorchas.

Cuando llegué a la puerta, tiré de la campana y oí un sonido fuerte y metálico en el patio.

Al cabo de unos momentos, abrieron, y entonces reparé en mi sorprendente y decorosa actitud. Debido al respeto que me inspiraba esa orden de estudiosos, no me había detenido a «escuchar» fuera para averiguar quiénes eran. No les había acechado junto a las ventanas iluminadas de la torre.

Me abrió el portero, quien supuse que se sorprendería al ver ante sí aquella extraña figura con los ojos azules y la piel tostada.

El joven no debía de tener más de diecisiete años y ofrecía un aspecto soñoliento e indiferente.

Sin duda mi llamada lo había despertado.

—Busco el castillo de Lorwich, en East Anglia —dije—. ¿He llegado al lugar indicado?

—En efecto —contestó el muchacho, limpiándose las legañas y apoyándose en la puerta—. ¿Podéis explicarme con qué motivo?

—Busco la orden de Talamasca —respondí.

El joven asintió con la cabeza. Abrió la puerta de par en par y pasé a un inmenso patio donde había carros y coches aparcados. Oí el leve sonido de caballos en los establos.

—Deseo ver a Raymond Gallant —informé al joven.

—Ah —respondió, como si yo hubiera pronunciado las palabras mágicas que precisaba oír. Luego me condujo hacia el interior del patio y cerró la gigantesca puerta de madera a nuestra espalda—. Os conduciré a una sala donde podéis esperarle —dijo—. Creo que Raymond Gallant está durmiendo.

«Al menos está vivo», pensé. Eso es lo importante. Percibí el olor de un gran número de mortales en ese lugar. Percibí el aroma de comida recién preparada. Percibí el aroma de fuegos de madera de roble y, al alzar la vista, observé las espirales de humo de las chimeneas que se recortaban contra el cielo y en las que no había reparado antes.

Sin más preguntas, el chico me condujo, a la luz de una antorcha, por una escalera de caracol hasta una de las numerosas torres. Contemplé a través de los múltiples ventanucos el desolado paisaje. Vi la tenue silueta de una población cercana. Vi los sembrados en las parcelas de los agricultores. Todo exhalaba una sensación de paz.

Al cabo de unos momentos, el chico colocó la antorcha en una abrazadera de la pared, encendió una vela con la llama de ésta y abrió una recia puerta de madera tallada de doble hoja, que daba acceso a una gigantesca habitación decorada de forma austera, pero con muebles y objetos de gran calidad.

Hacía mucho tiempo que no veía unas mesas y unas sillas de roble tan exquisitamente talladas y unos tapices tan bellos. Hacía mucho tiempo que no veía unos candelabros dorados tan espléndidos, unas cómodas tan magníficas y unas cortinas tan elegantes.

Me deleité contemplando aquel derroche de buen gusto. Cuando me disponía a sentarme, entró apresuradamente en la habitación un anciano que caminaba con paso ágil, con una cabellera larga y canosa y vestido con un largo camisón blanco, que me miró con sus ojos grises y relucientes.

—¡Marius! —exclamó.

Era Raymond Gallant, el Raymond que yo había conocido pero en el último tramo de su vida. Al verlo, sentí un intenso placer no exento de dolor.

—Raymond —dije abriendo los brazos y estrechándolo entre ellos con ternura. Qué frágil parecía. Lo besé en ambas mejillas. Luego me aparté para examinarlo.

Conservaba una espesa mata de pelo y tenía la frente lisa como años atrás. Y cuando sonreía, su boca era la del joven que yo recordaba.

—Es maravilloso volver a verte —declaró—. ¿Por qué no me escribiste de nuevo?

—El caso es que he venido, Raymond. No puedo controlar el paso del tiempo y lo que significa para nosotros. He venido, estoy aquí, y me alegro de verte.

Raymond miró a derecha e izquierda y ladeó la cabeza, como si aguzara el oído. Parecía tan ágil y perspicaz como cuando le conocí.

—Todos saben que has venido —dijo—, pero no temas, no se atreverán a entrar en esta habitación. Están bien educados. Saben que yo no lo consentiría.

Yo también agucé el oído y obtuve la confirmación de lo que Raymond acababa de decir. Los mortales que habitaban en el inmenso castillo habían intuido mi presencia. Entre ellos había varios que sabían adivinar el pensamiento. Otros poseían un oído extraordinariamente fino.

Pero no distinguí ninguna presencia sobrenatural. No capté ningún indicio del «renegado» que Raymond había descrito en su carta.

Tampoco capté ninguna sensación de amenaza. No obstante, tomé nota de la ventana que había junto a mí y, al observar que estaba protegida con gruesos barrotes, aunque abierta para dejar que penetrara el aire de la noche, me pregunté si sería capaz de deslizarme a través de ella. Deduje que sí. No sentí temor alguno. Lo cierto era que nada me inducía a temer a los miembros de Talamasca porque ellos no parecían temerme y no habían vacilado en abrirme sus puertas.

—Ven, siéntate a mi lado, Marius —dijo Raymond, conduciéndome hacia la inmensa chimenea. Procuré no observar preocupado sus manos aquejadas de artrosis ni sus enjutos hombros. Di gracias a los dioses por haber acudido esa noche y que él aún estuviera vivo para recibirme.

—Echa unos troncos en la chimenea y enciende el fuego, Edgar —dijo Raymond al soñoliento joven que permanecía en silencio junto a la puerta—. Tengo mucho frío. ¿Te molesta? Ya sé lo que te ocurrió.

—En absoluto, Raymond —respondí—. No debo dejar que el fuego me intimide por la desgracia que sufrí. No sólo ya han cicatrizado mis heridas, sino que me siento más fuerte que nunca. Es un verdadero misterio. ¿Cuántos años tienes, Raymond? Dímelo, pues no puedo adivinarlo.

—Ochenta años, Marius —contestó sonriendo—. No sabes las veces que he soñado que venías a verme. Tenía muchas cosas que contarte, pero no me atrevía a hacerlo por carta.

—Hiciste bien —dije—, pues otra persona leyó la carta y quién sabe lo que hubiera podido ocurrir. De hecho, el sacerdote que la recibió en mi nombre no entendió gran cosa. Pero yo lo entendí todo.

Raymond señaló la puerta. Al cabo de unos instantes, entraron apresuradamente dos jóvenes con un aspecto parecido al del tosco Edgar, que se afanaba en colocar unos troncos de roble en la chimenea. La repisa estaba decorada con unas gárgolas de piedra exquisitamente talladas que me llamaron la atención.

—Dos sillas —dijo Raymond a los chicos—. Conversaremos a solas. Te contaré todo lo que sé.

—¿Por qué eres tan generoso conmigo, Raymond? —pregunté.

Deseaba tranquilizarlo, aliviar su inquietud. Pero él sonrió como para tranquilizarme a mí y, apoyando la mano suavemente sobre mi brazo, me condujo hacia las dos sillas de madera que los chicos habían acercado al hogar. Comprendí que no necesitaba que yo lo reconfortara.

—Descuida, es que estoy muy contento de verte, amigo mío —dijo—. No debes preocuparte. Siéntate. ¿Estás cómodo?

Al igual que todas las demás decoraciones de la habitación, las sillas estaban magníficamente talladas: los brazos tenían forma de patas de león; además de bellas, me parecieron muy cómodas. Contemplé las numerosas estanterías pensando, como en tantas otras ocasiones, la extraordinaria fascinación y seducción que ejercen sobre mí las bibliotecas. Pensé en los libros que se habían quemado, en libros que se habían perdido para siempre.

«Confío en que este lugar, Talamasca, constituya un lugar seguro para los libros», pensé.

—He vivido durante décadas en una habitación de piedra —comenté en tono quedo—. Me siento muy a gusto aquí. Ordena a los chicos que se retiren, haz el favor.

—Por supuesto, pero antes les pediré que me traigan un poco de ponche —contestó Raymond—. Lo necesito.

—Desde luego. Disculpa mi descortesía —dije.

Estábamos sentados cara a cara. El fuego comenzó a arder con ímpetu, exhalando un delicioso aroma a roble y un calor que confieso que hasta a mí me reconfortó.

Uno de los chicos le llevó a Raymond un batín de terciopelo rojo, y una vez que éste se lo hubo puesto y se hubo instalado cómodamente en la silla, no pareció tan frágil. Su rostro ofrecía un aspecto radiante, tenía las mejillas sonrosadas y vi en él al joven que había conocido antaño.

—Amigo mío, por si ocurriera algo que impidiese que nos volviéramos a ver —dijo Raymond—, me apresuraré a decirte que ella sigue viajando como tiene por costumbre, atravesando rápidamente un gran número de ciudades europeas. No ha venido nunca a Inglaterra, pues tengo entendido que no quieren cruzar el agua, aunque, a pesar de lo que diga la leyenda, sin duda podrían hacerlo.

Me eché a reír.

—¿Eso dice la leyenda? ¿Qué no podemos cruzar el agua? Tonterías —dije. Habría podido añadir más, pero no me pareció prudente.

Raymond no pareció notar mi vacilación y prosiguió.

—Durante las últimas décadas ha viajado con el nombre de marquesa de Malvrier y su compañero como el marqués del mismo nombre, aunque ella acude a la corte con más frecuencia que él. Los han visto en Rusia, en Baviera y en Sajonia, en países donde se respetan los antiguos ritos y ceremonias. Al parecer, de vez en cuando necesitan asistir a bailes en la corte y a multitudinarias ceremonias de la Iglesia católica. Pero ten presente que he obtenido estas informaciones de diversas fuentes, por lo que no puedo asegurarte que sean ciertas.

Uno de los chicos depositó la copa de ponche sobre una mesita, junto a Raymond, que la tomó con manos trémulas y bebió un trago.

—Pero ¿cómo han llegado a ti esos informes? —pregunté, fascinado. No tenía duda de que me decía la verdad. En cuanto al resto de la casa, oí a sus numerosos habitantes trajinando a nuestro alrededor, esperando en silencio a que Raymond se dignara invitarlos a entrar.

—Olvídate de ellos —dijo—. ¿Qué pueden aprender de esta entrevista? Todos ellos son miembros fieles de la orden. Para responder a tus preguntas, te diré que a veces salimos disfrazados de sacerdotes en busca de información sobre vampiros. Indagamos sobre ciertas muertes misteriosas. De este modo, conseguimos una información que a nosotros nos resulta muy valiosa aunque para otros no tenga ninguna utilidad.

—Comprendo. Y tomáis nota de ese nombre cuando se menciona en Rusia, Sajonia o Baviera.

—Exactamente. Como te he dicho, se hacen llamar De Malvrier. Por lo visto les gusta. Y te diré otra cosa.

—Continúa, por favor.

—Hemos visto escrito en varias ocasiones en el muro de una iglesia el nombre de Pandora.

—Ah, eso es obra de ella —dije, esforzándome en ocultar mi emoción—. Desea que descubra su paradero. —Hice una pausa—. Esto es muy doloroso para mí —dije—. Me pregunto si el que viaja con ella la conoce por ese nombre. Sí, es doloroso, pero ¿por qué me ofreces tu ayuda?

—Ni yo mismo encuentro una explicación —contestó Raymond—, salvo que a veces creo en ti.

—¿Qué quieres decir? ¿Que crees que soy un fenómeno? ¿Un demonio? ¿Qué es lo que crees, Raymond? Dímelo. Da lo mismo, no importa. Hacemos cosas porque nos lo dicta el corazón.

—Marius, amigo mío —dijo Raymond inclinándose hacia delante y apoyando la mano derecha sobre mi rodilla—. Hace tiempo, en Venecia, te espié, hablé contigo con la pureza de mi mente y adiviné tus pensamientos. Sabía que sólo matabas a degenerados que habían asesinado a sus hermanas y hermanos.

—Eso es cierto, Raymond. Pandora hacía lo mismo que yo, pero ¿lo hace ahora?

—Creo que ahora también —respondió—, pues cada crimen atroz imputado a esos seres que denominamos vampiros está relacionado con una persona culpable de numerosos asesinatos. Por consiguiente, no me resulta difícil ofrecerte mi ayuda.

—Ah, de modo que Pandora sigue cumpliendo lo que prometió —dije—. Al enterarme de la opinión negativa que te merece su compañero, temí que no fuera así.

Miré a Raymond con atención. Cada vez veía con más nitidez al joven que había conocido brevemente y eso me entristecía. Era espantoso. Pero, por más que me hiciera sufrir, traté de ocultarlo.

¿Qué tenía que ver mi sufrimiento con este lento triunfo de la vejez? Nada.

—¿Dónde la vieron por última vez? —pregunté.

—Respecto a ese tema —respondió Raymond—, permite que te exponga mi interpretación de su conducta. Ella y su compañero recorren Europa siguiendo un esquema. Viajan describiendo círculos en torno a una ciudad. Después de permanecer un tiempo en esa ciudad, inician de nuevo sus círculos hasta llegar a Rusia. La ciudad central a la que me refiero es Dresde.

—¡Dresde! —exclamé—. No conozco ese lugar. Nunca he estado allí.

—No puede compararse con tus espléndidas ciudades italianas, ni con París o Londres. Es la capital de Sajonia y está a orillas del Elba. Los diversos duques que han gobernado en ella la han adornado profusamente. Esas criaturas, Pandora y su compañero, regresan invariablemente, insisto, invariablemente, a Dresde.

Pese a mi excitación, guardé silencio. Me pregunté si ese esquema al que se refería Raymond estaba destinado a que yo lo interpretara, a que lo descubriera. ¿Se trataba acaso de una inmensa tela de araña que antes o después me atraparía?

¿Por qué si no iban a seguir Pandora y su compañero ese sistema de vida? No me lo explicaba. Pero ¿cómo me atrevía a pensar que Pandora me recordaba aún? El nombre que había escrito sobre el muro de piedra de la iglesia era el suyo, no el mío.

Exhalé un profundo suspiro.

—No imaginas lo que esto significa para mí —dije—. Me has dado una noticia maravillosa. Estoy convencido de que la encontraré.

—Ahora —dijo Raymond en tono confidencial—, ¿quieres que tratemos el otro asunto que te mencioné en mi carta?

—Amadeo —musité—. ¿Qué le ocurrió al renegado? No siento la presencia de un bebedor de sangre aquí. ¿Me equivoco? Ese ser ya está muy lejos, os ha abandonado.

—El monstruo se marchó poco después de que te escribiera. Cuando comprendió que podía cazar a sus víctimas en la campiña, desapareció. No podíamos controlarlo. Hizo oídos sordos a nuestras súplicas de que se alimentara sólo de malvados. Ni sé si todavía existe.

—Debéis protegeros contra ese individuo —dije. Eché un vistazo a la espaciosa habitación de piedra—. Este castillo parece inmenso y fortificado. No obstante, estamos hablando de un bebedor de sangre.

Raymond asintió con la cabeza.

—Aquí estamos bien protegidos, Marius. No franqueamos la entrada a todo el mundo con la misma facilidad que a ti, te lo aseguro. Pero ¿quieres que te cuente lo que nos dijo?

Agaché la cabeza. Sabía lo que Raymond iba a decirme.

—Esos adoradores de Satanás —dije, utilizando el término específico—, los que quemaron mi casa de Venecia, atacan a seres humanos en París. Y mi brillante aprendiz de pelo castaño rojizo, Amadeo, sigue siendo su cabecilla, ¿no es así?

—Por lo que sabemos, así es —contestó Raymond—. Son muy listos. Persiguen a los pobres, a los enfermos, a los marginados. El renegado que nos facilitó esta información dijo que temían «los lugares de luz», según los llaman. Están convencidos de que Dios no desea que vayan elegantemente ataviados ni que entren en iglesias. Tu Amadeo se hace llamar ahora Armand. El renegado nos dijo que Armand posee el celo de los convertidos.

La amargura me impedía articular palabra.

Cerré los ojos y cuando los abrí contemplé el fuego, que seguía ardiendo con fuerza en la enorme chimenea.

Luego desvié lentamente la mirada y la fijé en Raymond Gallant, que me observaba con detenimiento.

—Te lo he contado todo, créeme —dijo.

Esbocé una breve y compungida sonrisa y asentí con la cabeza.

—Has sido muy generoso. Antaño, cuando alguien se mostraba generoso conmigo, sacaba de mi camisa un talego con monedas de oro. Pero aquí no creo que sea necesario.

—No —respondió Raymond en tono afable, meneando la cabeza—. Aquí no necesitamos oro, Marius. Siempre hemos dispuesto de abundante oro. ¿Qué es la vida sin oro? A nosotros no nos falta.

—Entonces, ¿qué puedo hacer por ti? —pregunté—. Estoy en deuda contigo. Lo estoy desde la noche que nos conocimos en Venecia.

—Habla con algunos de nuestros miembros —contestó Raymond—. Deja que entren en la habitación. Deja que te vean. Deja que te hagan unas preguntas. Eso es lo que puedes hacer por mí. Diles sólo lo que quieras decirles, pero crea para ellos una verdad que puedan consignar en nuestros archivos para que otros la estudien.

—Por supuesto. Lo haré encantado, pero no en esta biblioteca, Raymond, aunque me parece espléndida. Debemos trasladarnos a un lugar abierto. Tengo un terror instintivo a los mortales que saben lo que soy. De hecho, no creo haber estado jamás rodeado por tantos mortales.

Tras reflexionar unos momentos, Raymond contestó:

—El patio es demasiado ruidoso porque está cerca de los establos. Podemos reunirnos en una de las torres. Hará frío, pero les diré que se abriguen.

—¿Te parece que nos reunamos en la torre sur? —pregunté—. No traigáis antorchas. Hace una noche despejada, con luna llena, y podréis verme sin dificultad.

Acto seguido, salí de la habitación, bajé apresuradamente la escalera y me deslicé sin mayores problemas por una de las estrechas ventanas de piedra. Me dirigí a una velocidad sobrenatural a las almenas de la torre sur, donde aguardé bajo la leve brisa a que los demás se congregaran a mi alrededor.

Por supuesto, daba toda la impresión de que me había desplazado por arte de magia, pero eso no era una de las cosas que me proponía revelarles.

Al cabo de un cuarto de hora, aparecieron los demás, una veintena de hombres bien vestidos, ancianos y jóvenes, y dos atractivas mujeres, que formaron un círculo a mi alrededor.

No llevaban antorchas. No tuve la sensación de correr peligro alguno.

Durante unos momentos, dejé que me observaran y se formaran la opinión que quisieran sobre mí. Luego rompí el silencio.

—Debéis decirme qué queréis saber. Por mi parte, diré sin rodeos que soy un bebedor de sangre. He vivido centenares de años y recuerdo con claridad cuando era un hombre mortal. Vivía en la Roma imperial. Quizá deseéis tomar nota de esto. Jamás he separado mi alma de esa época mortal. Me niego a hacerlo.

Durante unos instantes se produjo un silencio, hasta que Raymond comenzó a formularme unas preguntas.

Sí, teníamos unos «orígenes», les expliqué, pero no les di más detalles. Sí, con el tiempo nos habíamos hecho mucho más fuertes. Sí, solíamos ser criaturas solitarias, y cuando elegíamos a un compañero, lo hacíamos con gran cuidado. Sí, podíamos crear a otros bebedores de sangre. No, no éramos instintivamente perversos y sentíamos un amor tan profundo hacia los mortales que a menudo eso causaba nuestra destrucción espiritual.

Me hicieron muchas otras preguntas que yo respondí como pude. No quise decir nada sobre nuestra vulnerabilidad al sol o al fuego. En cuanto a «la secta de vampiros» de París y de Roma, sabía muy poco.

—Debo marcharme —dije por fin—. Recorreré centenares de kilómetros antes del alba. Vivo en otro país.

—¿Cómo te desplazas? —me preguntó uno.

—Sobre el viento —respondí—. Es un don que he recibido con el paso de los siglos.

Me acerqué a Raymond y volví a abrazarlo. Luego me volví hacia los demás y los invité a tocarme para comprobar que era un ser real.

Luego retrocedí, saqué mi cuchillo, me hice un corte en la mano y la extendí para que vieran cómo cicatrizaba la herida.

Todos profirieron exclamaciones de asombro.

—Debo irme. Vaya mi agradecimiento y mi amor a ti, Raymond —dije.

—Espera —intervino uno de los hombres más ancianos que había permanecido al fondo, apoyado en un bastón, escuchándome con tanta atención como los demás—. Quiero hacerte una pregunta, Marius.

—Adelante —respondí de inmediato.

—¿Conoces nuestros orígenes?

Durante unos momentos me quedé perplejo. No entendí a qué se refería. Entonces intervino Raymond.

—¿Sabes cómo se fundó la orden de Talamasca? Eso es lo que te preguntamos.

—No —contesté en voz baja, asombrado.

Todos enmudecieron y deduje que se sentían tan confundidos sobre la fundación de Talamasca como yo mismo. Entonces recordé que Raymond me había comentado algo al respecto cuando nos conocimos.

—Confío en que halléis las respuestas que buscáis —dije.

Tras lo cual, desaparecí en la oscuridad.

Pero no me alejé. Hice lo que no había hecho a mi llegada. Permanecí cerca del castillo, donde no pudieran oírme ni verme. Y utilizando mis potentes dones, los escuché mientras trajinaban por sus numerosas torres y bibliotecas.

Qué misteriosos eran, qué dedicados, qué estudiosos.

Una noche, en el futuro, los visitaría de nuevo para averiguar más pormenores sobre ellos, pero en esos momentos tenía que regresar al santuario con Bianca.

Bianca estaba todavía despierta cuando entré en aquel lugar bendito. Vi que había encendido el centenar de velas.

Era una ceremonia que yo no siempre llevaba a cabo, y me complació comprobar que ella lo había hecho.

—¿Estás satisfecho de haber visitado Talamasca? —preguntó Bianca con su característica franqueza. Su rostro mostraba aquella encantadora expresión de inocencia que siempre me inducía a contárselo todo.

—Más que satisfecho. He comprobado que son unos estudiosos tan honestos como parecían. Les revelé cuanto pude, pero no todo cuanto sé, pues habría sido una imprudencia por mi parte. Pero lo único que les interesa es ampliar sus conocimientos y se quedaron muy satisfechos conmigo.

Bianca achicó los ojos como si no alcanzara a imaginar qué clase de orden era Talamasca, cosa que comprendí perfectamente.

Me senté a su lado, la estreché contra mí y la envolví a ella y a mí mismo en mi capa.

—Hueles a viento frío y agradable —dijo Bianca—. Quizás estemos destinados a vivir siempre en el santuario, a surcar el gélido cielo y a atravesar las inhóspitas montañas.

No dije nada, pero pensaba en una sola cosa: la lejana ciudad de Dresde. Pandora siempre regresaba a Dresde.

31

Transcurrieron cien años hasta que di con Pandora.

Durante ese tiempo, mis poderes se incrementaron de forma notable.

Aquella noche, cuando regresé de Inglaterra tras mi visita a Talamasca, los puse todos a prueba para asegurarme de que jamás volvería a estar a merced de los secuaces de Santino. Durante varias noches, dejé sola a Bianca para probar mis poderes sobrenaturales.

Después de haber comprobado el alcance de mi velocidad y del don del fuego, así como mi increíble poder para destruir con una fuerza invisible, fui a París con el único propósito de espiar a la secta de Amadeo.

Antes de emprender esta pequeña aventura, confesé mis fines a Bianca y ella me rogó que no me expusiera a semejante riesgo.

—No, deja que vaya —repliqué—. Si quiero, puedo oír la voz de Amadeo a muchos kilómetros de distancia, pero debo asegurarme de lo que oigo y lo que veo. Y te diré otra cosa: no deseo rescatarlo.

Bianca estaba apenada, pero se mostró comprensiva. Permaneció en su rincón habitual del santuario, limitándose a asentir con la cabeza, y me hizo prometer que sería precavido.

En cuanto llegué a París, bebí la sangre de uno de los numerosos asesinos que pululaban por la ciudad, tras atraerlo con mi potente don de la seducción desde la hostería donde se hallaba, y a continuación me refugié en un elevado campanario de Notre Dame de París para escuchar a los miembros de aquella abominable secta.

Se trataba de un inmenso nido de víboras, constituido por los seres más despreciables y odiosos, que se habían instalado en una catacumba en París como habían hecho hacía siglos en Roma.

Dicha catacumba estaba situada bajo el cementerio denominado

Los Inocentes, unas palabras que se me antojaron trágicamente oportunas al oírles pronunciar sus esperpénticos votos y cánticos antes de lanzarse a las oscuras calles para infligir toda suerte de tormentos e incluso la muerte a la población de París.

«Todo por Satanás, todo por la Bestia, todo para servir a Dios y luego regresar a nuestra existencia penitencial.»

No me fue difícil hallar, a través de numerosas mentes, el lugar donde se encontraba mi Amadeo, y aproximadamente una hora después de mi llegada a París, lo localicé andando por una estrecha callejuela, sin sospechar que yo le observaba desde lo alto sumido en un amargo silencio.

Iba vestido con harapos, llevaba el pelo mugriento, y cuando encontró a su víctima, la mató de una forma tan atroz que me horrorizó.

Durante más de una hora, lo seguí con los ojos hasta que encontró otra víctima indefensa, tras lo cual dio media vuelta y regresó al inmenso cementerio.

Apoyado contra la fría piedra del interior de la torre, le oí convocar desde su celda subterránea a su «secta» y preguntar a cada uno de sus miembros cómo y cuántas víctimas habían conseguido cobrarse, por el amor de Dios, entre la población local.

—Hijos de las tinieblas, está a punto de amanecer. Ahora todos debéis descubrir vuestra alma ante mí.

Qué firme, qué clara sonaba su voz. Qué seguro estaba de lo que decía. Con qué presteza recriminaba a cualquier hijo de Satanás que no hubiera conseguido asesinar bárbaramente a algún mortal. Era la voz de un hombre la que oí brotar de labios del muchacho que había conocido tiempo atrás. Me estremecí horrorizado.

—¿Para qué se te concedió el Don Oscuro? —preguntó a un holgazán—. Mañana por la noche tienes que liquidar a dos mortales. Y si todos vosotros no me demostráis una mayor devoción, os castigaré por vuestros pecados y haré que otros entren en nuestra secta.

No podía soportarlo más. Me sentía asqueado.

Soñé con descender a su mundo subterráneo, arrancarlo de él al tiempo que abrasaba a sus seguidores y obligarlo a salir a la luz, llevármelo al santuario de los que debían ser custodiados e implorarle que renunciara a su vocación.

Pero no lo hice. No podía.

Durante muchos años, Amadeo había sido uno de ellos. Su mente, su alma y su cuerpo pertenecían a aquellos a quienes gobernaba; y nada de lo que yo le había enseñado le había dado la fuerza necesaria para oponerse a ellos.

Ya no era mi Amadeo. Había ido a París para averiguarlo; ahora ya sabía la verdad.

Me sentí entristecido. Desesperado. Pero quizá fue la ira y la repugnancia lo que me hizo abandonar París aquella noche, diciéndome, en suma, que Amadeo debía liberarse de la siniestra mentalidad de la secta por sí mismo. Yo no podía hacerlo por él.

En Venecia me había esforzado en borrar de su mente el recuerdo del monasterio de las Grutas, pero Amadeo había hallado ahora otro lugar donde practicaba un severo ritual y un duro sacrificio. Los años que había pasado junto a mí no le habían protegido contra eso. Hacía tiempo se había cerrado en torno a él un estrecho círculo. Volvía a ser un sacerdote. Era el bufón de Satanás, al igual que tiempo atrás había sido en la lejana Rusia el bufón de Dios. El breve tiempo que había vivido junto a mí en Venecia no le había servido de nada.

Cuando le conté esas cosas a Bianca, cuando se las expliqué lo mejor que pude, se mostró entristecida, pero no me atosigó.

Entre nosotros existía, como de costumbre, un clima de comprensión; ella me escuchaba y luego contestaba sin crispación.

—Puede que dentro de un tiempo cambies de opinión —dijo—. Tienes el poder suficiente para ir allí y reducir a quienes lo tienen preso e intenten impedir que te lo lleves. Creo que eso es lo que tendrás que hacer, llevártelo a la fuerza, insistir en que venga aquí contigo y vea a los Padres Divinos. Yo no poseo el poder para hacerlo. Sólo te pido que recapacites, que no te empecines en una negativa.

—Te doy mi palabra de que no es así —contesté—. Pero no creo que el hecho de ver a los Padres Divinos haga que Amadeo cambie de parecer. —Hice una pausa. Después de reflexionar unos momentos sobre el tema, hablé a Bianca sin rodeos—: Hace poco tiempo que compartes este secreto conmigo. Ambos vemos en los Padres Divinos una gran belleza, pero quizá Amadeo viera algo distinto. ¿Recuerdas lo que te dije sobre los largos siglos que yacen junto a mí? Los Padres Divinos no articulan palabra, no redimen, no piden nada.

—Lo comprendo —respondió Bianca.

Pero no era así. No había pasado el tiempo suficiente con el Rey y la Reina para comprenderlo. No podía comprender el alcance de su pasividad.

—Amadeo posee un credo —proseguí sosegadamente— y al parecer ocupa un lugar en el plan de Dios. Es posible que viera en la Madre y el Padre un enigma perteneciente a una época pagana, lo cual no le seduciría. No le daría la fuerza suficiente que obtiene ahora de sus fieles. Créeme, Bianca, allí es el líder. El muchacho que conocimos tiempo atrás ahora es viejo; es un sabio de los hijos de las tinieblas, según se denomina esa secta. —Exhalé un suspiro de resignación.

Evoqué un recuerdo amargo, las palabras de Santino al preguntarme, cuando nos conocimos en Roma, si los que debían ser custodiados eran sagrados o profanos.

Se lo dije a Bianca.

—De modo que hablaste con ese ser. No me lo habías dicho.

—Sí, hablé con él, lo ridiculicé y lo insulté. Cometí esas torpezas en lugar de hacer algo más contundente. En el momento en que pronunció las palabras «los que deben ser custodiados», debí destruirlo.

Bianca asintió con la cabeza.

—Cuantas más cosas me cuentas, mejor lo comprendo. Pero sigo confiando en que regreses a París, en que reveles tu presencia a Amadeo. Los otros son débiles, podrías abordarlo en un espacio abierto donde...

—Ya sé a qué te refieres —la interrumpí—. No permitiría que me rodearan con antorchas. Quizá siga tu consejo. Pero he oído la voz de Amadeo y no creo que a estas alturas pueda cambiar. Hay otro detalle digno de recalcarse. Amadeo sabe cómo liberarse de esa secta.

—¿Estás seguro?

—Sí. Amadeo sabe vivir en el mundo de la luz, y gracias a su sangre vampírica es diez veces más fuerte que esos seres a quienes gobierna. Podría escaparse si lo deseara, pero no quiere.

—Marius —dijo Bianca en tono implorante—, sabes lo mucho que te amo y lo que me disgusta contradecirte.

—Di lo que quieras decirme —le insistí.

—Piensa en lo que ha sufrido —dijo Bianca—. Cuando ocurrió la tragedia, era un chiquillo.

En eso me mostré de acuerdo.

—Pero ahora ya no lo es, Bianca. Puede que sea tan bello como cuando le di la sangre vampírica, pero es un patriarca en el desierto. Todo París, la maravillosa ciudad de París, le rodea. Lo observé mientras caminaba solo por las calles de la ciudad. No había nadie junto a él que lo controlara. Pudo haberse limitado a asesinar malvados, como hacemos nosotros, pero no lo hizo. Bebió la sangre no de un inocente, sino de dos.

—Entiendo. Eso es lo que te amarga.

Medité en ello.

—Tienes razón. Eso fue lo que me provocó rechazo, aunque en

aquellos momentos no me percaté. Pensé que era por la forma en que se había dirigido a sus fieles. Pero has acertado. Fueron aquellas dos muertes atroces, de las que obtuvo su caliente y suculento festín, cuando París está repleta de mortales asesinos a los que pudo haber matado.

Bianca apoyó la mano sobre la mía.

—Si decido arrancar a uno de esos hijos de las tinieblas de su guarida, será a Santino —afirmé.

—No, no debes ir a Roma. No sabes si entre los de esa secta hay bebedores de sangre ancianos.

—Una noche —dije—, iré allí. Cuando esté seguro de mi inmenso poder, cuando esté seguro de poseer la implacable ira que se requiere para aniquilar a muchos otros.

—No te alteres —dijo Bianca—. Perdóname.

Guardé silencio unos instantes.

Bianca sabía que había salido muchas noches solo del santuario. Ahora tenía que confesar lo que había hecho esas noches. Tenía que empezar a urdir mi plan secreto. Por primera vez en los largos años que llevábamos juntos, tenía que romper el vínculo que nos unía, al tiempo que le proporcionaba justo lo que ella deseaba.

—Dejemos de hablar de Amadeo —dije—. En estos momentos estoy pensando en algo más alegre.

Bianca se mostró inmediatamente interesada. Me acarició la cara y el pelo, como tenía por costumbre.

—Cuéntamelo.

—¿Cuánto tiempo hace que me pediste que nos instaláramos en nuestra propia casa?

—¡No me tomes el pelo, Marius! ¿Es posible?

—Amor mío, es más que posible —respondí, animado por su radiante sonrisa—. He hallado el lugar ideal, una pequeña y espléndida ciudad situada a orillas del Elba, en Sajonia.

Bianca respondió cubriéndome de dulces besos.

—Durante las numerosas noches que he salido solo, me he tomado la libertad de adquirir un castillo cerca de esa ciudad, un castillo en ruinas, confío en que me perdones...

—¡Qué noticia tan maravillosa, Marius! —exclamó Bianca.

—He invertido una elevada suma en obras de reparación, escaleras y suelos nuevos de madera, ventanas de cristal y numerosos muebles.

—Es fantástico —comentó Bianca, echándome los brazos al cuello.

—Me alegro de que no te enfades conmigo por tomar esa iniciativa sin consultártelo. Puede decirse que me enamoré en el acto de ese lugar. Llevé allí a varios pañeros y ebanistas, les expliqué lo que deseaba que hicieran y se han apresurado a cumplir mis instrucciones.

—Pero ¿cómo iba a enfadarme? —preguntó Bianca—. Lo deseo más que nada en el mundo.

—Hay otro aspecto de ese castillo que debo precisar —dije—. Aunque el edificio es relativamente moderno y más parecido a un palacio que a un castillo, sus cimientos son muy viejos. Gran parte de ellos fueron construidos en tiempos remotos. Debajo hay unas inmensas criptas y una mazmorra auténtica.

—¿Quieres trasladar allí a los Padres Divinos? —preguntó Bianca.

—Así es. Creo que ha llegado el momento oportuno. Sabes tan bien como yo que a nuestro alrededor han aparecido multitud de pequeños poblados y ciudades. Ya no vivimos aislados aquí. Sí, quiero trasladar a los Padres Divinos a otro lugar.

—Si es lo que deseas, acato tu decisión. —Bianca se sentía tan eufórica que no podía ocultarlo—. Pero ¿estarán a salvo allí? ¿No los trajiste a este lugar remoto para evitar que alguien pudiera descubrirlos?

Reflexioné unos instantes antes de responder.

—Allí estarán a salvo —dije por fin—. Con el transcurso de los siglos, el mundo de los vampiros cambia a nuestro alrededor. Ya no soporto este lugar, de modo que he decidido trasladarlos a otro sitio. En esa ciudad no hay bebedores de sangre. La he explorado minuciosamente y no he dado con ninguno. No he percibido la presencia de vampiros, ni jóvenes ni ancianos. Creo que estaremos seguros y deseo trasladarlos allí. Deseo vivir en otro lugar. Deseo contemplar otras montañas y otros bosques.

—Te entiendo —respondió Bianca—. Te entiendo perfectamente —repitió—. Ahora creo más que nunca que son capaces de defenderse. Te necesitan, desde luego, por eso aquella lejana noche nos abrieron la puerta del santuario y encendieron las lámparas. Lo recuerdo con claridad. Pero paso muchas horas aquí contemplándolos, y durante esas horas tengo muchos sueños. Creo que son capaces de defenderse contra cualquiera que tratara de lastimarlos.

No discutí con ella. No me molesté en recordarle que hacía siglos habían permitido que los expusieran al sol. ¿Con qué fin? Por lo demás, sospechaba que Bianca tenía razón. Eran capaces de aplastar a cualquiera que tratara de atacarlos.

—Vamos, anímate —dijo Bianca al observar mi mal humor—. Estoy muy contenta por la noticia que me has dado. Quiero que tú también lo estés.

Bianca me besó como si no pudiera reprimir ese impulso. ¡Qué inocente parecía en aquellos momentos!

Y yo le mentía, por primera vez en todos los años que llevábamos juntos, le mentía.

Le mentía porque no le había dicho una palabra de Pandora. Le mentía porque no creía que ella fuera capaz de no tener celos de Pandora. Y porque no podía revelarle que el motivo de lo que había hecho era mi amor por Pandora. ¿Quién hubiera estado dispuesto a revelar ese ardid a su amante?

Yo deseaba que nos instaláramos en Dresde. Deseaba permanecer en Dresde. Deseaba estar cerca de Dresde cada crepúsculo de mi existencia, hasta que Pandora regresara allí. Pero no podía confesárselo a Bianca.

Por lo tanto, fingí haber elegido aquel maravilloso hogar por ella, y sin duda también lo había hecho por ella. Deseaba hacerla feliz, sí, pero ése no era el único motivo.

Al cabo de un mes, iniciamos las obras del nuevo santuario y transformamos por completo la mazmorra del castillo de Sajonia en un lugar digno de un Rey y una Reina.

Una legión de orfebres, pintores y albañiles subían y bajaban por la larga escalera de piedra con el fin de acondicionar la mazmorra hasta convertirla en una maravillosa capilla privada.

El trono fue cubierto con pan de oro, al igual que la tarima.

Instalamos las lámparas de bronce de rigor, nuevas y viejas, y unos espléndidos candelabros de oro y plata.

Yo mismo construí las pesadas puertas de hierro y sus complicadas cerraduras.

En cuanto al castillo, era más un palacio que un castillo, como he dicho. Había sido reconstruido en varias ocasiones y se hallaba en un lugar encantador, junto a la ribera del Elba. Estaba rodeado por un espléndido bosque de hayas, robles y abedules. Tenía una terraza desde la que se contemplaba el río, y desde sus numerosas y amplias ventanas se divisaba la lejana ciudad de Dresde.

Por supuesto, jamás iríamos a cazar a Dresde ni a las poblaciones circundantes. Iríamos en busca de nuestras víctimas a zonas más remotas, como hacíamos siempre. Asimismo, atacaríamos a los rufianes que pululaban por los bosques, una actividad que practicábamos sistemáticamente.

Bianca tenía ciertas dudas. Por fin me confesó que temía vivir en un lugar donde no pudiera ir a cazar sola, sin mí.

—Dresde es lo suficientemente grande para saciar tu apetito —respondí—, en caso de que yo no pueda llevarte a otro lugar. Ya lo verás. Es una ciudad preciosa, una ciudad joven, pero bajo el gobierno del duque de Sajonia se ha convertido en una capital pujante.

—¿Estás seguro? —preguntó Bianca.

—Desde luego, y como te he dicho, también estoy seguro de que los bosques de Sajonia y de la cercana Turingia están repletos de los ladrones y asesinos que siempre han constituido para nosotros un festín especial.

Bianca meditó en lo que le había dicho.

—Permite que te recuerde, amor mío —dije—, que puedes cortar tu espléndida cabellera por la noche con la certeza de que volverá a crecer al día siguiente, que puedes salir disfrazada de hombre y desplazarte a una velocidad sobrenatural para atrapar a tus víctimas. Quizá pongamos en práctica este jueguecito en cuanto lleguemos.

—¿Me permitirás hacerlo? —preguntó Bianca.

—Naturalmente —contesté. Me asombraba su gratitud.

Bianca volvió a cubrirme de agradecidos besos.

—Pero debo advertirte que en la zona a la que vamos a trasladarnos hay numerosas aldeas, en las que imperan las supersticiones sobre brujería y vampiros.

—Vampiros —dijo Bianca—, ésa es la palabra que utilizó tu amigo de Talamasca.

—Sí —contesté—, debemos ocultar siempre toda prueba de nuestros festines si no queremos convertirnos de inmediato en una leyenda.

Bianca soltó una carcajada.

Por fin, el castillo o *schloss*, como se llamaba en aquella parte del mundo, estuvo terminado y empezamos a hacer los preparativos para trasladarnos.

Pero había empezado a rondarme por la cabeza otra idea que no cesaba de atormentarme.

Una noche, cuando Bianca dormía en su rincón, decidí resolver el asunto.

Me arrodillé en el suelo de mármol y recé a mi inmutable y bella Akasha, preguntándole sin rodeos si consentiría que Bianca bebiera su sangre.

—Esta tierna criatura ha sido tu compañera durante muchos años —dije—, te ama sin reservas. Yo le he proporcionado mi potente sangre en numerosas ocasiones, pero no puede compararse con la tuya. Si alguna vez llegamos a separarnos, temo que le ocurra algo malo. Te ruego que le permitas beber tu sangre, que le proporciones tu preciosa fuerza.

Mi ruego fue acogido con el silencio, con el titilante resplandor de multitud de llamitas, con el olor a cera y a aceite, con la luz que se reflejaba en los ojos de la Reina.

Sin embargo, vi una imagen en respuesta a mi súplica. En mi imaginación, vi a mi hermosa Bianca apoyada en el pecho de la Reina. Y durante unos instantes divinos, no nos hallábamos en el santuario sino en un jardín inmenso. Sentí la brisa que soplaba a través de los árboles. Percibí el aroma de las flores.

Luego me vi de nuevo en el santuario, postrado de rodillas, con los brazos extendidos.

De inmediato le indiqué a Bianca que se acercara. Ella obedeció sin saber qué me proponía. Le hice subir los peldaños de la tarima y la situé junto al cuello de la Reina, cubriéndola al mismo tiempo por si Enkil alzaba el brazo para atacarla.

—Bésala en el cuello —murmuré.

Bianca no cesaba de temblar. Creo que estaba a punto de romper a llorar, pero me obedeció. Clavó sus pequeños colmillos en la piel de la Reina y sentí que su cuerpo se tensaba entre mis brazos.

Por fin se cumplía mi ruego.

Bianca bebió sangre de la Reina durante unos minutos, y mientras lo hacía, me pareció oír los latidos del corazón de ambas pugnando entre sí. Luego Bianca cayó hacia atrás y la cogí en mis brazos. Entonces observé unas heridas diminutas en el cuello de Akasha.

Había terminado.

Me llevé a Bianca a un rincón.

Exhaló varios suspiros arqueando la espalda, se volvió hacia mí y se acurrucó contra mi pecho. Luego extendió una mano y la miró. Ambos vimos que estaba más blanca, aunque conservaba el color de la carne humana.

Mi espíritu se sentía maravillosamente tranquilizado por lo ocurrido. Confieso que aquello significó mucho para mí, pues el hecho de haberle mentido a Bianca me producía unos remordimientos insoportables y el hecho de que ésta hubiera recibido de la madre el precioso don de su sangre me proporcionaba un gran alivio.

Confiaba en que la Madre permitiría que Bianca bebiera de nuevo su sangre, como así fue. Ocurrió con frecuencia. Y cada vez que Bianca bebía sangre divina, se hacía más fuerte.

Pero permíteme proseguir el relato ordenadamente.

El viaje desde el santuario fue arduo. Al igual que antiguamente, tuve que depender de unos mortales para que transportaran a los Padres Divinos en pesados ataúdes de piedra, lo cual me produjo no poca inquietud, aunque no tanta como en otras ocasiones. Creo que estaba convencido de que Akasha y Enkil podían protegerse ellos mismos.

No sé por qué tenía esa impresión, quizá porque me habían abierto la puerta del santuario y encendido las lámparas cuando me sentía débil y apesadumbrado.

Fuera como fuese, el caso es que los trasladamos a nuestro nuevo hogar sin mayores dificultades. Ante la mirada atónita de Bianca, los saqué de sus ataúdes y los coloqué juntos sobre el trono.

Sus movimientos lentos y obedientes, su perezosa plasticidad la horrorizaron.

Pero, puesto que ya había bebido sangre de la Madre, se apresuró a ayudarme a alisar su hermoso vestido de seda y la túnica de Enkil. También me ayudó a trenzar el cabello de la Reina y a colocarle los brazaletes.

Cuando terminamos, yo mismo encendí las lámparas y las velas.

Luego ambos nos arrodillamos para rogar que el Rey y la Reina se sintieran satisfechos en el nuevo lugar.

Luego nos dirigimos al bosque para capturar a unos rufianes cuyas voces habíamos oído. No tardamos en encontrar su rastro y al cabo de unos momentos gozamos de un suculento festín, rematado por el montón de oro que habían robado y del que no dudamos en apoderarnos.

Tal como declaró Bianca, habíamos regresado al mundo. Se puso a bailar en círculos en el gran salón del castillo. Contempló embelesada los muebles que decoraban los aposentos de nuestro nuevo hogar, los espléndidos lechos encofrados y los cortinajes de alegres colores.

Yo también me sentía feliz.

Pero ambos estábamos de acuerdo en que no viviríamos en el mundo como habíamos vivido en Venecia. Era demasiado peligroso. De modo que contratamos a un reducido número de sirvientes y llevábamos una vida discreta. En Dresde se rumoreaba que nuestra casa pertenecía a una dama y a un caballero que vivían en otro lugar.

Cuando nos apetecía visitar grandes catedrales (que abundaban) o grandes cortes reales, nos desplazábamos a otras ciudades, como Weimar, Eisenbach o Leipzig, protegidos por una increíble fortuna y un halo de misterio. Era una vida mucho más satisfactoria que nuestra monótona existencia en los Alpes. Disfrutábamos enormemente.

Pero al anochecer yo siempre dirigía la vista hacia Dresde. Al anochecer siempre aguzaba el oído para captar el sonido de una poderosa bebedora de sangre en Dresde.

Así transcurrieron los años.

Con el discurrir del tiempo, se produjeron cambios radicales en materia de vestimenta que nos parecían la mar de divertidos. Al cabo de un tiempo, empezamos a lucir unas historiadas pelucas que nos parecían ridículas. Aborrecíamos los pantalones que no tardaron en ponerse de moda, así como los zapatos de tacón alto y las medias blancas que también estaban en boga.

Nuestro discreto estilo de vida nos impedía contratar doncellas para Bianca, de modo que era yo quien me encargaba de anudar su ajustado corsé. Estaba espectacular con sus escotados corpiños y sus amplios y oscilantes miriñaques.

Durante esa época, escribí varias veces a la orden de Talamasca. Raymond murió a los ochenta y nueve años, pero no tardé en establecer una estrecha relación con una mujer joven llamada Elizabeth Nollis, que había leído mis cartas a Raymond y las conservaba en sus archivos.

Ésta me confirmó que habían vuelto a ver a Pandora con su acompañante asiático. Me rogó que le explicara lo que pudiera sobre mis poderes sobrenaturales y mis hábitos, pero no le revelé muchos detalles. Le hablé de mi capacidad para adivinar el pensamiento y desafiar las leyes de la gravedad. Pero mi reticencia a revelarle otros pormenores la exasperaba.

Curiosamente, lo más destacable de esas cartas era la abundante información que me proporcionaba sobre Talamasca. Me dijo que eran increíblemente ricos, lo que les permitía gozar de una inmensa libertad. Recientemente habían fundado una casa matriz en Amsterdam y otra en Roma.

Todo ello me sorprendió y la previne contra la «secta» de Santino.

Entonces Elizabeth me envió una carta de respuesta que me dejó estupefacto.

«Todo indica que esos extraños caballeros y damas de los que hemos hablado en nuestra correspondencia ya no se hallan en la ciudad en que vivían a sus anchas. A los miembros de nuestra casa matriz les resulta muy difícil hallar informes sobre el tipo de actividades que practica esa gente.»

¿Qué significaba eso? ¿Que Santino había abandonado la secta? ¿Que todos ellos se habían trasladado a París? En tal caso, ¿por qué motivo?

Sin darle explicaciones a mi apacible Bianca, que iba con frecuencia a cazar sola, fui a explorar personalmente la Ciudad Santa. Era la primera vez que volvía después de doscientos años.

Me invadía un terror más profundo de lo que estaba dispuesto a reconocer. Lo cierto era que la perspectiva del fuego me aterrorizaba hasta tal extremo que, en cuanto llegué, me instalé en lo alto de la basílica de San Pedro, desde donde contemplé Roma con ojos fríos y avergonzados, incapaz de aguzar mi oído de bebedor de sangre durante varios minutos seguidos, por más que me esforzaba en controlarme.

Pese a todo, no tardé en constatar, mediante el don de la mente, que sólo quedaban unos pocos bebedores de sangre en Roma, unos cazadores solitarios carentes del consuelo que ofrece un compañero. Por lo demás, eran débiles. Al escudriñar sus mentes, me percaté de que sabían muy poco sobre Santino.

¿Cómo era posible? ¿Cómo era posible que ese monstruo que había destruido buena parte de mi vida se hubiera liberado de su miserable existencia?

Furioso, me acerqué a uno de esos bebedores de sangre solitarios y lo abordé, aterrorizándolo y no sin motivo.

—¿Qué ha sido de Santino y de la secta romana? —pregunté.

—Todos desaparecieron hace años —respondió—. ¿Quién eres y cómo sabes esas cosas?

—¿Adónde ha ido Santino? ¡Dímelo!

—Nadie conoce la respuesta —contestó él—. Nunca llegué a verlo.

—Pero alguien debió de crearte —dije—. Dime quién fue.

—Mi creador sigue viviendo en las catacumbas donde se reunían los de la secta. Está loco. No puede ayudarte.

—Prepárate para reunirte con Dios o el diablo —dije. Y acabé con él en un abrir y cerrar de ojos. Lo hice tan misericordiosamente como pude. Al cabo de unos instantes, sólo quedaba de él una mancha de grasa en el suelo, que borré con el pie antes de dirigirme hacia las catacumbas.

El vampiro había dicho la verdad.

Tan sólo había un bebedor de sangre en aquel lugar, que estaba repleto de calaveras, igual que hacía más de mil años.

El bebedor de sangre era un imbécil redomado, y al verme ataviado con mi refinado atuendo de caballero, me miró y me señaló con un dedo.

—Qué elegante se presenta el diablo —comentó.

—No, quien se presenta es la muerte —repliqué—. ¿Por qué creaste a ese monstruo que destruí anoche?

Mi confesión no le impresionó lo más mínimo.

—Creo a otros para que sean mis compañeros, pero no me sirve de nada. Todos se vuelven contra mí.

—¿Dónde está Santino? —pregunté.

—Hace mucho que se fue. ¡Quién lo hubiera dicho!

Traté de penetrar en su mente, pero era caótica y estaba repleta de pensamientos inconexos. Era como perseguir a unos ratones que se dispersan.

—Mírame, ¿cuándo lo viste por última vez?

—¡Hace décadas! —respondió—. No recuerdo el año. Aquí los años no significan nada.

No conseguí sacar nada en limpio. Eché un vistazo a aquella miserable guarida con unas pocas velas, cuya cera goteaba sobre las calaveras amarillentas. Luego me volví hacia el monstruo y lo destruí con el don del fuego tan misericordiosamente como había destruido al anterior. Sí, creo que fue un acto misericordioso.

Sólo quedaba otro, el cual llevaba una vida mucho más cómoda que los otros dos. Lo encontré en una bonita casa una hora antes del amanecer. Averigüé sin mayores dificultades que tenía un escondite debajo de la casa, pero dedicaba sus horas de ocio a la lectura en su elegante salón y vestía bastante bien.

También averigüé que no podía detectar mi presencia. Presentaba el aspecto de un mortal de unos treinta años y había recibido la sangre vampírica hacía unos trescientos.

Abrí la puerta de su casa rompiendo la cerradura y me planté ante él. El monstruo se levantó, horrorizado, de su escritorio.

—¿Qué ha sido de Santino? —pregunté.

Pese a que se había dado un atracón de sangre, era un tipo enjuto, huesudo con el pelo largo y negro, y aunque iba elegantemente vestido al estilo del siglo XVII, los adornos de encaje estaban manchados y llenos de polvo.

—¡Por todos los diablos! —murmuró— ¿Quién eres? ¿De dónde has salido?

Se produjo de nuevo aquella tremenda confusión mental que superaba mi capacidad de extraer algún pensamiento coherente o información del bebedor de sangre.

—No tengo inconveniente en satisfacer tu curiosidad —contesté—, pero antes debes responder tú a mis preguntas. ¿Qué ha sido de Santino?

Avancé unos pasos hacia él, lo que le provocó un ataque de terror.

—Silencio —dije. Traté de nuevo de adivinar sus pensamientos, pero fue en vano—. No intentes huir —dije—. No lo conseguirás. Responde a mis preguntas.

—Te diré lo que sé —repuso aterrorizado.

—Que sin duda es mucho.

El bebedor de sangre meneó la cabeza.

—Me trasladé aquí desde París —dijo. Temblaba de pies a cabeza—. Me envió un vampiro llamado Armand, que es el cabecilla de la secta.

Asentí con la cabeza, como si asimilara aquella información con toda facilidad, como si en aquellos momentos no experimentara un dolor indecible.

—Eso ocurrió hace cien años, o quizá más. Armand no había recibido noticias de Roma desde hacía tiempo. Al final comprendí el motivo. Comprobé que la secta de Roma estaba hecha un caos.

El vampiro se detuvo para recobrar el aliento y retrocedió un paso, intimidado por mi presencia.

—Apresúrate, dime todo lo que sepas. Se me agota la paciencia.

—Pero antes jura por tu honor que no me lastimarás. No te he hecho ningún daño. No soy un seguidor de Santino.

—¿Qué te hace pensar que tengo honor? —pregunté.

—Lo sé —contestó—. Esas cosas las presiento. Júralo por tu honor y te lo contaré todo.

—Muy bien, lo juro. Te dejaré con vida, cosa que no he hecho con los otros dos que merodeaban por las calles romanas como fantasmas. Vamos, habla.

—Vine de París, como te he dicho. La secta romana era débil. Habían prescindido de todas las ceremonias. Uno o dos de los miembros más ancianos se habían expuesto al sol deliberadamente. Los otros habían huido y Santino no había movido un dedo para atraparlos y castigarlos. Cuando se supo que era posible escapar, muchos otros huyeron, de modo que la secta estaba hecha un desastre.

—¿Viste a Santino?

—Sí. Tenía la costumbre de vestir ropas elegantes y lucir joyas y me recibió en un palacio mucho mayor que éste. Me contó cosas muy extrañas. No las recuerdo todas.

—Tienes que recordarlas por fuerza.

—Me dijo que había visto a muchos vampiros ancianos, demasiados, y que su fe en Satanás había mermado. Me habló sobre unas criaturas que parecían de mármol, aunque sabía que podían abrasarse. Me dijo que no podía seguir siendo el cabecilla de la secta. Me dijo también que no regresara a París si no quería, y eso fue lo que hice.

—Vampiros ancianos —dije, repitiendo sus palabras—. ¿No te contó nada sobre ellos?

—Me habló del gran Marius, de un ser llamado Mael y de unas mujeres muy hermosas.

—¿Te dijo los nombres de esas mujeres?

—No. Sólo dijo que la noche en que la secta celebraba su baile ceremonial había aparecido una mujer, semejante a una estatua viviente, que había caminado a través del fuego para demostrar que era inútil tratar de lastimarla. Había destruido a muchos vampiros novatos que la habían atacado.

»Santino la escuchó con curiosidad y paciencia, y la mujer habló con él varias noches seguidas, contándole sus aventuras. A partir de entonces, Santino dejó de mostrar interés por la secta... Pero fue otra mujer la que le destruyó.

—¿Qué mujer es ésa? —pregunté—. Habla de una vez.

—Una mujer mundana, que vestía con elegancia y viajaba en coche en compañía de un asiático de tez oscura.

Me sentí anonadado y a la vez furioso de que no dijera nada más.

—¿Qué fue de esa otra mujer? —pregunté por fin, aunque en mi mente bullían otras mil palabras.

—Santino deseaba desesperadamente conquistar su amor. Como es natural, el asiático lo amenazó con destruirlo si no cejaba en su empeño, pero fueron las palabras de condena de esa mujer las que acabaron destruyéndolo.

—¿A qué palabras de condena te refieres? ¿Qué le dijo esa mujer y por qué?

—No estoy seguro. Santino me habló de la devoción y el fervor que había sentido tiempo atrás, cuando dirigía la secta. Ella lo condenó. Dijo que el tiempo lo castigaría por lo que había hecho a los de su especie. Lo despreciaba y lo rechazó.

Esbocé una sonrisa amarga.

—¿Comprendes estas cosas? —preguntó el otro—. ¿Es la información que andabas buscando?

—Sí, las comprendo muy bien —respondí.

Me volví y me acerqué a la ventana. Abrí el postigo y contemplé la calle.

No dije nada, pero no podía razonar.

—¿Qué fue de la mujer y de su compañero asiático? —pregunté.

—No lo sé. En cierta ocasión los vi en Roma, hace unos cincuenta años. Es fácil reconocerlos, porque la mujer es muy pálida y su compañero tiene la piel marrón clara; además, ella viste siempre como una gran dama, mientras que él prefiere vestimentas exóticas.

Exhalé un profundo suspiro de alivio.

—¿Y Santino? ¿Dónde está? —pregunté.

—No puedo decírtelo. Sólo sé que la última vez que hablé con él, estaba muy desanimado. Lo único que deseaba era conseguir el amor de esa mujer. Dijo que los vampiros ancianos habían destruido sus expectativas de alcanzar la inmortalidad y habían hecho que temiera la muerte. Ya no le quedaba nada.

Suspiré de nuevo. Luego me volví y miré a aquel vampiro, tomando nota de los numerosos detalles que observé.

—Escúchame —dije—. Si vuelves a ver a esa criatura, esa gran dama que viaja en coche, dile una sola cosa de mi parte.

—De acuerdo.

—Que Marius está vivo y anda buscándola.

—¡Marius! —exclamó el vampiro. Me miró respetuosamente, pero me examinó de pies a cabeza. Luego añadió en tono vacilante—: Pero si Santino está convencido de que has muerto. Creo que eso fue lo que le dijo a esa mujer, que había enviado a unos miembros de la secta al norte para destruirte.

—Yo también lo creo. Ahora recuerda que me has visto, que estoy vivo y que deseo encontrar a esa mujer.

—Pero ¿dónde puede localizarte?

—No puedo revelártelo —respondí—. Sería una imprudencia. Pero recuerda lo que te he dicho. Si la ves, habla con ella.

—Muy bien —contestó el vampiro—. Espero que la encuentres.

Acto seguido, me fui.

Envuelto en las sombras de la noche, deambulé largo rato por las calles de Roma, observando lo mucho que había cambiado a lo largo de los siglos y las muchas cosas que permanecían inmutables.

Contemplé, maravillado, las reliquias de mi época que seguían en pie. Aproveché las escasas horas de que disponía para recorrer las ruinas del Coliseo y del Foro. Subí a la colina sobre la que había vivido antaño. Encontré unos bloques de piedra pertenecientes a los muros de mi casa. Caminaba aturdido, mirándolo todo como embobado porque mi mente se hallaba sumida en un estado febril.

Lo cierto era que apenas podía contener la euforia por lo que me había contado el vampiro, aunque lamentaba que Santino se me hubiera escapado.

¡Pero qué maravillosa paradoja que Santino se hubiera enamorado de ella! ¡Que ella lo hubiera rechazado! ¡Y pensar que ese miserable le había confesado sus atrocidades! ¿Acaso se había jactado de ellas?

Por fin conseguí dominar los latidos de mi corazón. No podía soportar la excitación que me producía lo que había oído de labios del joven vampiro. No tardaría en dar con Pandora, estaba convencido de ello.

En cuanto a la otra anciana bebedora de sangre, la que había caminado a través del fuego, no imaginaba quién podía ser, aunque ahora creo adivinarlo. Es más, estoy casi seguro de saber quién es. Me pregunto quién conseguiría que abandonara su misterioso escondite para liberar misericordiosamente a los seguidores de Santino.

Cuando la noche casi se hubo extinguido, regresé a casa para reunirme con mi paciente Bianca.

Al bajar la escalera de piedra del sótano, la hallé dormida sobre el ataúd, como si me hubiera estado esperando. Llevaba un camisón de seda blanco, largo y transparente, con los puños abotonados en las muñecas, y el lustroso cabello suelto.

La tomé en brazos, besé sus párpados entornados, la deposité en el ataúd para que descansara y la besé de nuevo.

—¿Has logrado dar con Santino? —me preguntó con voz soñolienta—. ¿Le has castigado?

—No —respondí—. Pero lo haré alguna noche en el futuro. Sólo el tiempo puede robarme ese placer tan especial.

32

Fue Bianca quien me dio la noticia.

Era temprano, por la mañana, y yo estaba escribiendo una carta que más tarde enviaría a mi última confidente en Talamasca. La brisa del Elba penetraba por las ventanas abiertas.

Bianca entró apresuradamente en la habitación y me lo contó de inmediato:

—Se trata de Pandora. La he visto.

Me levanté del escritorio.

La abracé.

—¿Cómo lo sabes? —pregunté.

—Ella y su compañero han asistido al baile de la corte. Todos los presentes murmuraban lo hermosos que eran. Se hacen llamar el marqués y la marquesa de Malvrier. Oí los latidos de sus corazones en cuanto entré en el salón del baile y percibí su penetrante olor vampírico. ¿Cómo puedo describírtelo?

—¿Ella te vio?

—Sí, y coloqué una imagen tuya en mi mente, amor mío —contestó Bianca—. Nos miramos a los ojos. Ve a buscarla. Sé lo mucho que ansías verla.

Miré a Bianca unos momentos. Contemplé sus bellos ojos ovalados y la besé. Iba exquisitamente vestida, con un delicioso traje de ceremonia de seda color violeta. Nunca la había visto tan espléndida. La besé con más cariño que nunca.

Luego, me dirigí de inmediato a mis armarios roperos y me vestí para asistir al baile. Me puse mi mejor levita escarlata y los adornos de encaje de rigor, y por último me encasqueté una voluminosa peluca rizada como las que estaban en boga en aquella época.

Bajé apresuradamente la escalera y me monté en el carruaje. Cuando me volví, vi a Bianca observándome desde la terraza. Se llevó la mano a los labios y me envió un beso.

Tan pronto como entré en el palacio ducal, intuí la presencia del asiático, y antes de alcanzar la puerta de doble hoja del salón de baile, éste salió de las sombras de una antesala y apoyó la mano en mi brazo.

¡Hacía mucho tiempo que había oído hablar de ese malévolo ser y ahora me lo encontraba cara a cara! Era indio, muy apuesto, con unos enormes y luminosos ojos negros y una tez marrón cremosa sin tacha. Al mirarme, esbozó una sonrisa con su boca carnosa y seductora.

Lucía una levita de satén azul oscuro y unos encajes exquisitos y vistosos. Iba cargado de diamantes, unos pedruscos inmensos procedentes de la India, donde veneran los diamantes. Lucía una fortuna en anillos y otra fortuna en hebillas y botones.

—Marius —dijo, haciendo una pequeña y ceremoniosa reverencia, como si se quitara el sombrero cuando en realidad no llevaba—. Por supuesto —dijo—, has venido a ver a Pandora.

—¿Piensas impedírmelo? —pregunté.

—No —contestó, encogiéndose de hombros en un gesto de indiferencia—. ¿Cómo se te ocurre semejante cosa? —inquirió en tono cortés—. Te aseguro, Marius, que Pandora se ha desembarazado de muchos otros. —Parecía sincero.

—Eso me han dicho —repliqué—. Debo verla. Tú y yo hablaremos más tarde. Ahora deseo verla.

—Muy bien —respondió el asiático—. Soy un hombre paciente con todo el mundo —dijo volviendo a encogerse de hombros—. Me llamo Arjun. Me alegro de que por fin nos hayamos conocido. Incluso me mostré paciente con ese canalla romano, Santino, que afirmaba haberte matado. Eso causó a Pandora tal pesadumbre que estuve a punto de castigarlo, pero no lo hice. Respeté los deseos de Pandora y no le hice daño. Santino era un ser abominable, pero la amaba profundamente. Como he dicho, obedecí las órdenes de Pandora. Esta noche, como de costumbre, obedeceré sus órdenes.

—Perfecto —repliqué. Noté un nudo en la garganta que apenas me permitía articular palabra—. Ahora, permite que me vaya. Llevo esperando este momento más de lo que puedas imaginar. No puedo quedarme a charlar contigo sabiendo que Pandora se encuentra a pocos pasos de aquí.

—Sé muy bien el tiempo que llevas esperando —contestó Arjun—. Soy más anciano de lo que piensas.

Asentí con la cabeza y me alejé lentamente.

No podía soportarlo más.

Entré de inmediato en el salón de baile.

La orquesta interpretaba una de las fluidas y delicadas danzas que estaban de moda en aquel entonces, muy distinta de la música trepidante que se impondría posteriormente. El salón estaba lleno de rostros radiantes, figuras que bailaban alegremente y un sinfín de colores.

Miré a través de los animados asistentes, moviéndome despacio a lo largo de un muro y luego de otro.

De pronto la vi. Ella no se había percatado de mi presencia. Su compañero no le había enviado una advertencia mental.

Estaba sentada sola, magníficamente vestida con uno de sus elegantes atuendos, compuesto por un corpiño ceñido y una vistosa falda fruncida. Su bello y pálido rostro estaba enmarcado por su maravilloso pelo castaño, que llevaba artísticamente peinado en un moño alto adornado con rubíes y diamantes.

Me apoyé en el clavicordio, sonriendo con benevolencia al músico que lo tocaba con gran destreza, tras lo cual me volví para mirarla.

Qué expresión tan triste mostraba, qué remota, qué increíblemente hermosa. ¿Admiraba tal vez los colores de la habitación, como yo? ¿Sentía hacia los mortales el dulce amor que sentía yo? ¿Qué haría al darse cuenta de que la observaba?

No lo sabía. Temía su reacción. No podía adivinar nada hasta que oyera el sonido de su voz. Seguí contemplándola, saboreando ese momento de dicha a salvo de cualquier contratiempo.

De improviso, Pandora me vio. Me reconoció entre un centenar de rostros. Al mirarme, sus mejillas se tiñeron de rojo y abrió la boca para pronunciar mi nombre.

Lo oí a través de la sutil y dulce música.

Me llevé los dedos a los labios, al igual que había hecho Bianca hacía un rato, y le lancé un beso.

Qué triste y contenta a un tiempo parecía. Me miró esbozando una media sonrisa. Permanecía inmóvil, como si no pudiera moverse, al igual que yo.

¡Aquello era intolerable! ¡No soportaba permanecer separado de ella por esos volúmenes de silencio!

Atravesé rápidamente el salón y me incliné ante ella. Tomé su mano fría y blanca y la conduje hacia la pista de baile, sin hacer caso de su resistencia.

—No, eres mía, mía, ¿me oyes? —murmuré—. No trates de apartarte.

—Marius, temo a ese hombre, es muy fuerte —me susurró al oído—. Debo contarle que nos hemos encontrado.

—No tienes por qué temerle. Además, ya lo sabe. ¿Qué importa lo que piense?

Bailamos como si no nos estuviéramos diciendo esas cosas. La estreché con fuerza y la besé en las mejillas. No me importaba lo que los mortales que nos rodeaban pudieran pensar sobre ese indecoroso gesto. La idea me parecía absurda.

—¡Pandora, amor mío, no sabes cuánto tiempo llevo esperando este momento! ¿De qué sirve lamentarme ahora y jurarte que te he añorado con desesperación desde el primer instante en que nos separamos? Escúchame, Pandora, no cierres los ojos, no apartes la cara. Ese mismo año comprendí que había cometido un tremendo error.

Me di cuenta de que la estaba zarandeando. Le estrujaba la mano con demasiada fuerza. No seguía la cadencia del baile. La música sonaba como un ruido chirriante en mis oídos. Había perdido el control de la situación.

Pandora se apartó para mirarme a los ojos.

—Llévame a la terraza —dijo—. Charlaremos mientras gozamos de la brisa del río. La música me marea.

La conduje de inmediato a través de una gigantesca puerta de doble hoja y nos sentamos en un banco de piedra frente al río.

Jamás olvidaré aquella noche diáfana, las estrellas que parecían brillar benévolamente a mi favor, el intenso resplandor de la luna sobre el Elba. A nuestro alrededor había multitud de tiestos con flores, así como otras parejas y grupos de mortales que habían salido para tomar el aire antes de regresar al salón de baile.

Pero estábamos sentados en la penumbra y la cubrí de besos. Sentí sus mejillas perfectas bajo mis labios. La besé en el cuello. Sentí el tacto de su pelo castaño y ondulado, que tantas veces había pintado en las alegres ninfas que triscaban por mis frondosos jardines. Deseé soltárselo.

—No vuelvas a dejarme —dije—. Al margen de lo que nos digamos esta noche, no me dejes.

—Fuiste tú quien me abandonó, Marius —replicó Pandora. Detecté un temblor en su voz que me asustó—. Ha pasado mucho tiempo —agregó con tristeza—. He recorrido medio mundo buscándote, Marius.

—Sí, lo reconozco —dije—, reconozco todos mis errores. ¿Cómo iba a adivinar lo que significaría romper contigo? ¡No lo sabía, Pandora! ¡Te juro que no lo sabía! Créeme, no lo sabía. Dime que dejarás a ese ser, Arjun, y regresarás junto a mí. ¡Es lo único que deseo, Pandora! No sé expresarme con zalamerías. No sé recitar antiguos poemas. Mírame, Pandora.

—¡Ya te miro! —declaró—. ¿No ves que me ciegas? No creas que no he soñado también con este encuentro, Marius. Ahora me ves cubierta de vergüenza, en una situación de debilidad.

—¿Y qué? ¡No me importa! ¿Qué vergüenza, qué debilidad?

—Soy esclava de mi compañero, Arjun. Dejo que me conduzca a través del mundo porque no poseo ni voluntad ni energía. No soy nada, Marius.

—Eso no es cierto, y aunque lo fuera, no importa. Yo te libraré de Arjun. No me inspira temor alguno. Permanecerás a mi lado y recobrarás tu antigua vitalidad.

—¡Sueñas! —contestó Pandora. Por primera vez, advertí cierta frialdad en su rostro y en su voz. Incluso sus ojos castaños mostraban una frialdad que era fruto del dolor.

—¿Pretendes decirme que vas a abandonarme de nuevo por ese ser? —pregunté—. ¿Crees que voy a consentirlo?

—¿Insinúas que me obligarás a permanecer contigo? —repuso ella en voz baja, distante.

—Acabas de decirme que te sientes débil, que eres su esclava. ¿Acaso no me estabas pidiendo que te obligara?

Pandora meneó la cabeza. Estaba a punto de romper a llorar. Sentí de nuevo el deseo de soltarle la espléndida cabellera, de quitarle las gemas que la adornaban. Deseaba tomar su frágil rostro entre mis manos.

Y lo hice. Tomé su cara entre mis manos bruscamente.

—Escúchame, Pandora —dije—. Hace cien años, averigüé a través de un extraño mortal que, durante tus periplos por el mundo acompañada de ese ser, siempre acababas regresando a Dresde. Al averiguarlo, me trasladé a esta ciudad para esperarte. No ha pasado una noche sin que me haya despertado para explorar Dresde en tu busca. Ahora te tengo en mis brazos y no pienso abandonarte.

Pandora sacudió de nuevo la cabeza. Durante unos momentos, pareció incapaz de articular palabra. Presentí que se sentía atrapada en aquellas curiosas aunque elegantes prendas y absorta en un doloroso ensueño.

—Pero ¿qué puedo decirte, Marius, que tú no sepas ya? ¿Que sigo viva, que sigo resistiendo, que me dedico a recorrer el mundo? Con o sin Arjun, ¿qué más da? —Desvió los ojos de mi persona con aire pensativo—. ¿Y qué he averiguado sobre ti salvo que sigues adelante, que sigues resistiendo, que esos demonios no lograron destruirte en Roma como afirmaban, que sufriste graves quemaduras, sí, como veo por el color de tu piel, pero que has sobrevivido? ¿Qué más hay que añadir, Marius?

—¿Pero qué dices? —contesté furioso—. ¡Nos tenemos mutuamente, Pandora! ¡Por todos los santos! ¡Disponemos de todo el tiempo! ¡A partir de este momento en que hemos vuelto a encontrarnos, el tiempo comienza de nuevo para nosotros!

—¿Eso crees, Marius? Yo no estoy tan segura —replicó Pandora—. Me faltan las fuerzas, Marius.

—¡Eso es una locura, Pandora! —protesté.

—Te has enfurecido, como cuando nos peleábamos en los viejos tiempos.

—¡No es cierto! —declaré—. No tiene nada que ver con nuestras viejas peleas porque el asunto no admite discusión. Voy a sacarte de aquí. Te llevaré a mi palacio y luego resolveré la cuestión de Arjun del mejor modo posible.

—No puedes hacer eso —contestó Pandora con aspereza—. He estado con él cientos de años, Marius. ¿Crees que puedes interponerte entre nosotros sin más?

—Te deseo, Pandora. No renunciaré a ti. Y si llegara el momento en que desearas abandonarme...

—Sí, si eso ocurriera, ¿qué sería de mí sin poder contar con Arjun por culpa tuya? —preguntó, enojada.

Callé. Estaba rabioso. Pandora me miraba de hito en hito. Su rostro traslucía una intensa emoción. Observé el agitado movimiento de su pecho bajo el ceñido corpiño de satén.

—¿Me amas? —pregunté.

—Plenamente —respondió en tono enojado.

—¡Entonces vendrás conmigo!

La tomé de la mano.

Nadie trató de detenernos cuando abandonamos el palacio.

En cuanto la hube instalado en el carruaje, la besé apasionadamente, como se besan los mortales, ansiando clavarle los colmillos en el cuello, pero ella me lo prohibió.

—¡Deja que goce de este instante de intimidad contigo! —le rogué—. Por el amor de Dios, Pandora, soy Marius. Escúchame. Compartamos nuestra sangre.

—¿Crees que yo no lo deseo? —preguntó—. Tengo miedo.

—¿De qué? Dime qué temes. Yo disiparé tu temor.

El carruaje salió de Dresde y enfiló hacia mi palacio a través del bosque.

—Es imposible, no lo conseguirás —respondió Pandora—. ¿No lo entiendes, Marius? Eres el mismo que cuando estábamos juntos. Eres tan fuerte y voluntarioso como entonces, pero yo no. Arjun cuida de mí, Marius.

—¿Que cuida de ti? ¿Es eso lo que deseas, Pandora? Yo lo haré. ¡Cuidaré de cada pequeño detalle de tu existencia como si fueras mi hija! Dame la oportunidad de demostrártelo. Dame la oportunidad de restituir con amor lo que perdimos.

Llegamos a la verja de mi casa y mis sirvientes la abrieron. Cuando nos disponíamos a entrar, Pandora me indicó que detuviera el carruaje.

Miraba a través de la ventanilla. Contemplaba las ventanas del palacio. Quizá podía distinguir la terraza.

Hice lo que me pedía. Observé que estaba aterrorizada. No podía disimularlo. Contempló el palacio como si representara una amenaza.

—¡Por todos los santos! ¿Qué te ocurre? —pregunté—. ¿Qué te atemoriza, Pandora? Dímelo, no hay nada que no pueda modificarse. Dímelo.

—Qué genio tan violento tienes —murmuró Pandora—. ¿No adivinas lo que me provoca esta abominable debilidad?

—No —contesté—. Sólo sé que te amo con todo mi corazón. He vuelto a encontrarte y haré lo que sea con tal de conservarte a mi lado.

Pandora no apartaba los ojos del palacio.

—¿Incluso renunciar a otra compañía femenina? —preguntó—. ¿La que te espera en estos momentos dentro de la casa?

No respondí.

—La vi en el baile —dijo Pandora con ojos vidriosos y voz trémula—. En cuanto la vi, comprendí lo que era, una criatura muy poderosa, muy elegante. No se me ocurrió que fuera tu amante. Pero ahora sé que lo es. La oigo moverse dentro de la casa. Percibo sus esperanzas y sus sueños, que están depositados en ti.

—¡Basta, Pandora! No es necesario que renuncie a ella. ¡No somos mortales! Podemos vivir los tres juntos.

La agarré por los brazos y la zarandeé con tal fuerza que se le soltó el pelo. Sepulté la cara en su melena, tirando de ella violenta y cruelmente.

—Si deseas que lo haga, lo haré, Pandora. Pero dame tiempo, el suficiente para asegurarme de que Bianca es capaz de sobrevivir cómodamente y feliz. Estoy dispuesto a hacerlo por ti, ¡pero deja de pelear conmigo!

Me retiré. Pandora mostraba una expresión aturdida y fría. Su hermoso cabello estaba desparramado sobre sus hombros.

—¿Qué ocurre? —preguntó en voz baja, como si le costara articular las palabras—. ¿Por qué me miras de esa forma?

Yo estaba a punto de romper a llorar, pero me contuve.

—Porque imaginaba que este encuentro sería muy distinto —respondí—. Creí que regresarías a mi lado sin que yo te insistiera. Creí que ambos podríamos vivir en armonía con Bianca. Estaba convencido de ello, lo he estado desde hace mucho tiempo. Pero, ahora que estamos juntos, no haces más que discutir conmigo y atormentarme.

—Como de costumbre, Marius —contestó Pandora en tono quedo y apenado—. Por eso me abandonaste.

—No —protesté—. No es cierto. El nuestro fue un gran amor, Pandora, reconócelo. Nuestra ruptura fue dolorosa, sí, pero estuvimos unidos por un gran amor que podemos recuperar a poco que nos lo propongamos.

Pandora contempló la casa unos momentos y luego volvió a mirarme casi a hurtadillas. Algo la había impresionado y de improviso me asió del brazo con violencia. Vi de nuevo en su rostro aquella expresión de terror.

—Entra conmigo en casa —dije—. Te presentaré a Bianca. Toma sus manos en las tuyas, Pandora, escúchame. Quédate en la casa mientras voy a resolver el asunto de Arjun. No tardaré. Te lo prometo.

—¡No! —exclamó—. ¿No lo comprendes? No puedo entrar en esta casa. No tiene nada que ver con tu Bianca.

—Entonces, ¿de qué se trata? ¿Qué ocurre? ¿Qué otras trabas vas a ponerme? —pregunté.

—¡Oigo un sonido, el sonido de sus corazones que laten!

—¡El Rey y la Reina! Sí, están ahí dentro. Se hallan bajo tierra, Pandora. Permanecen inmóviles y silenciosos como siempre. No es necesario que los veas.

Una expresión de puro terror crispó su rostro. La rodeé con un brazo, pero ella desvió la vista.

—Inmóviles y silenciosos —repitió Pandora—. ¡Es imposible que sigan así al cabo de tanto tiempo!

—Te equivocas —dije—. No tiene por qué preocuparte. Ni siquiera es preciso que bajes al santuario. Es un deber que me corresponde a mí. No apartes la cara, Pandora.

—No me hagas daño, Marius —me advirtió—. Me tratas con tanta brusquedad que parece que sea tu concubina. Trátame con amabilidad. —Sus labios temblaban—. Trátame con compasión —dijo con tristeza.

Me eché a llorar.

—Quédate conmigo —dije—. Vamos, entra. Habla con Bianca. Llegarás a amarnos a los dos. Deja que el tiempo comience a partir de este instante.

—No, Marius —insistió Pandora—. Quiero alejarme de este horrible sonido. Llévame de regreso al lugar donde vivo. Si no me llevas, iré a pie. No soporto esto.

Accedí a sus deseos. Ambos guardamos silencio mientras nos dirigíamos en el carruaje a su magnífica casa de Dresde, cuyas numerosas ventanas estaban oscuras. Al llegar, la abracé y la besé, negándome a soltarla.

Luego saqué un pañuelo y me enjugué la cara. Respiré hondo y traté de hablar con calma.

—Tienes miedo —dije—, y yo debo comprenderlo y mostrarme paciente.

Sus ojos reflejaban aquella expresión aturdida y fría, una expresión que jamás había visto en el pasado y que me horrorizaba.

—Mañana por la noche volveremos a vernos —dije—, aquí mismo, en la casa donde vives y estás a salvo del sonido que emiten la Madre y el Padre. Donde tú quieras. Pero en un lugar donde puedas acostumbrarte a mí.

Pandora asintió con la cabeza. Alzó la mano y me acarició la mejilla con los dedos.

—¡Qué bien finges! —murmuró—. Eres muy inteligente, siempre lo has sido. Y pensar que aquellos demonios de Roma creyeron que habían apagado tu brillante luz. Debí reírme de ellos en sus narices.

—Sí, mi luz brilla sólo para ti —dije—. Fue contigo con quien soñé cuando me abrasó el fuego que envió Santino, el bebedor de sangre adorador del demonio. Fue contigo con quien soñé mientras bebía sangre de la Madre para recobrar las fuerzas, mientras te buscaba a lo largo de los siglos por toda Europa.

—Amor mío —musitó Pandora—. Mi gran amor. Ojalá pudiera volver a ser esa criatura fuerte que recuerdas.

—Lo serás —insistí—. Ya lo eres. Cuidaré de ti, sí, tal como deseas. Tú, Bianca y yo nos amaremos mutuamente. Mañana por la noche hablaremos. Haremos planes. Hablaremos de las grandes catedrales que debemos visitar, de sus espléndidas vidrieras, de los pintores cuyas extraordinarias obras aún no hemos contemplado. Hablaremos del Nuevo Mundo, de sus bosques y sus ríos. Hablaremos de todo, Pandora.

Seguí hablando con el fin de convencerla.

—Sé que llegarás a amar a Bianca —dije—. Te encariñarás con ella. Conozco su corazón y su alma tan bien como los tuyos, te lo juro. Conviviremos los tres en paz, créeme. No imaginas la dicha que te aguarda.

—¿Dicha? —preguntó, mirándome como si apenas comprendiera lo que acababa de decirle.

—Me marcho de esta ciudad esta misma noche, Marius —dijo—. Nada ni nadie podrá detenerme.

—¡No puedes hacerme esto! —protesté, aferrándola de nuevo por los brazos.

—Me haces daño, Marius. Abandono esta ciudad esta noche. Ya te lo he dicho, Marius, has esperado cien años para comprobar una cosa, una sola cosa: que estoy viva. Ahora déjame vivir como a mí me plazca.

—No. No lo consentiré.

—No puedes impedirlo —murmuró—. ¿No comprendes lo que trato de decirte, Marius? No tengo valor para dejar a Arjun. No tengo valor para ver a la Madre y al Padre. No tengo valor para volver a amarte, Marius. El sonido irritado de tu voz me aterroriza. No tengo valor para conocer a tu Bianca. La sola idea de que puedas amarla más que a mí me aterroriza. Todo me aterroriza, ¿no lo ves? En estos momentos, ansío desesperadamente que Arjun me lleve lejos de aquí. Arjun me simplifica la vida. Te lo ruego, Marius, deja que me vaya con tu perdón.

—No te creo —respondí—. Te dije que renunciaría a Bianca por ti. ¡Por todos los santos, Pandora! ¿Qué más quieres que haga? No es posible que me abandones.

Me volví de espaldas a ella. Su rostro reflejaba una expresión muy extraña. No podía soportarlo.

Mientras permanecía sentado en el carruaje, oí abrirse la portezuela y sus pasos apresurados sobre los adoquines. Al cabo de unos instantes, desapareció. Mi Pandora me había dejado.

No sé cuánto tiempo esperé. Casi una hora.

Estaba trastornado, hundido. No quería ver a su compañero, y cuando pensé en aporrear la puerta de su casa, me pareció demasiado humillante.

La verdad, la pura verdad, era que Pandora me había convencido. No quería permanecer a mi lado.

Cuando me disponía a ordenar a mi cochero que me llevara a casa, oí un sonido. Era Pandora que gemía y lloraba, y el ruido de unos objetos al hacerse añicos.

Fue cuanto necesitaba para ponerme en movimiento. Salté del coche y corrí hasta la puerta. Dirigí a sus sirvientes mortales una mirada fulminante que los dejó literalmente paralizados, y abrí la puerta yo mismo.

Subí apresuradamente la escalera de mármol. La encontré arrastrándose como una enloquecida junto a las paredes, golpeando los espejos con los puños. La encontré derramando lágrimas de sangre y temblando. El suelo estaba sembrado de fragmentos de cristal.

La sujeté por las muñecas con ternura.

—Quédate conmigo —dije—. ¡Quédate conmigo!

De improviso, oí a mi espalda la presencia de Arjun. Le oí acercarse pausadamente y entrar en la habitación.

Pandora se apoyó contra mi pecho, como si le flaquearan las fuerzas. Estaba temblando.

—No te preocupes —dijo Arjun en el mismo tono paciente que había empleado conmigo en el palacio del duque—. Podemos hablar de estas cosas civilizadamente. No soy un salvaje propenso a actos violentos.

Parecía todo un caballero, con su pañuelo de encaje y sus zapatos de tacón. Miró los fragmentos del espejo que estaban desparramados sobre la costosa alfombra y meneó la cabeza con gesto de desaprobación.

—Entonces, déjame solo con ella —dije.

—¿Es lo que deseas, Pandora? —preguntó Arjun.

Pandora asintió.

—Sí, déjanos un rato a solas, cariño —dijo.

Tan pronto como Arjun salió de la habitación, cerrando la imponente puerta de doble hoja tras él, acaricié el pelo de Pandora y volví a besarla.

—No puedo abandonarlo —me confesó.

—¿Por qué? —inquirí.

—Porque yo lo creé —contestó Pandora—. Es mi hijo, mi esposo y mi guardián.

La miré estupefacto.

¡Jamás había sospechado semejante cosa!

Durante todo ese tiempo, había creído que era un ser dominante que la tenía en su poder.

—Lo creé para que cuidara de mí —dijo Pandora—. Lo traje de la India, donde yo era venerada como una diosa por unos pocos que me habían visto. Le enseñé los usos y costumbres europeos. Le asigné la tarea de ocuparse de mí, para que me controlara en mis arrebatos de debilidad y desesperación. Su afán de vivir es lo que nos impulsa a ambos a seguir adelante. Sin él, habría languidecido en una tumba durante siglos.

—Muy bien —dije—, de modo que es tu criatura. Lo comprendo. ¡Pero tú eres mía, Pandora! ¿Acaso no te importa? ¡Eres mía y te tengo de nuevo en mi poder! Perdóname por expresarme tan bruscamente, por emplear términos como «mi poder». ¿Qué pretendo con ello? ¡Decirte que no estoy dispuesto a perderte!

—Sé lo que pretendes decir —respondió Pandora—, pero no puedo despedirlo. Ha hecho a la perfección todo cuanto le he pedido y me ama. No podría vivir bajo tu techo, Marius, lo sé. Donde vive Marius, manda Marius. No soportarías compartir tu casa con un hombre como Arjun bajo ningún concepto, ni siquiera por mí.

Me sentí tan herido que durante unos momentos no pude responder. Meneé la cabeza para negar lo que acababa de decir Pandora, pero lo cierto era que no sabía si tenía razón o no. En lo único en lo que yo había pensado últimamente era en destruir a Arjun.

—No puedes negarlo —dijo Pandora suavemente—. Arjun es muy fuerte, tiene un carácter enérgico y hace mucho que es su propio amo.

—Debe de haber una solución —dije en tono implorante.

—Llegará una noche, sin duda —dijo Pandora—, en que Arjun y yo nos separaremos. Al igual que quizás ocurra entre Bianca y tú. Pero éste no es el momento idóneo, así que te suplico que me dejes marchar, Marius, que te despidas de mí y prometas perseverar eternamente como te lo prometo yo.

—¿Es ésta tu forma de vengarte? —pregunté en tono quedo—. Eras mi criatura y al cabo de doscientos años te abandoné. De modo que ahora me dices que no puedes hacerle a él lo mismo.

—No, mi hermoso Marius, no es una venganza, sólo la verdad. Ahora, déjame —dijo, sonriendo con amargura—. Esta noche ha sido un regalo para mí verte vivo, saber que Santino, el bebedor de sangre romano, mentía. Llevaré esta noche conmigo durante siglos.

—Te llevará lejos de mí —apostillé, asintiendo con la cabeza.

De repente, sus labios me pillaron desprevenido. Fue ella quien me besó apasionadamente, y sentí sus diminutos colmillos clavarse en mi cuello.

Me quedé rígido, con los ojos cerrados, dejando que bebiera mi sangre, sintiendo el inevitable tirón en mi corazón. En mi mente se agolpaban visiones del oscuro bosque a través del cual ella y su compañero cabalgaban con frecuencia, pero no sabía si esas visiones eran suyas o mías.

Pandora siguió bebiendo, como si estuviera muerta de hambre. Creé para ella el lujuriante jardín de mis sueños más queridos y nos vi a los dos en él. Mi cuerpo ardía de deseo por ella. La sentí succionar mi sangre a través de cada nervio, pero no opuse resistencia. Yo era su víctima. No hice nada por protegerme.

De pronto, tuve la sensación de que no me sostenía en pie, de que había caído, pero no me importó. Entonces sentí que me sujetaba por los brazos y comprendí que había vuelto a ponerme en pie.

Pandora se apartó y vi, con los ojos nublados, que me miraba fijamente. Tenía la cabellera desparramada sobre los hombros.

—Qué sangre tan poderosa —musitó—. Mi Hijo del Milenio.

Era la primera vez que oía ese nombre para designar a los que habíamos vivido tantos siglos y me pareció delicioso.

Pandora me había succionado tal cantidad de sangre que estaba mareado. Pero ¿qué más daba? Estaba dispuesto a darle lo que fuera. Traté de recuperar el equilibrio y sacudí la cabeza para ver con claridad.

Pandora se hallaba al otro lado de la habitación.

—¿Qué has visto en la sangre? —murmuré.

—Tu amor puro —respondió.

—¿Lo dudabas? —pregunté. Noté que recuperaba las fuerzas por momentos. Ella tenía el rostro radiante y sonrosado por la sangre que había ingerido, y sus ojos mostraban una expresión tan fiera como cuando nos peleábamos.

—En absoluto —contestó—. Pero ahora debes dejarme.

No dije nada.

—Vete, Marius. Si no lo haces, no podré soportarlo.

La miré como quien contempla a un animal salvaje del bosque, pues eso era lo que me parecía aquella criatura a la que había amado con todo mi corazón.

Comprendí de nuevo que todo había terminado.

Salí de la habitación.

Al llegar al amplio vestíbulo de la casa, me quedé atónito al ver a Arjun en un rincón, observándome.

—Lo lamento, Marius —dijo en tono sincero.

Lo miré, preguntándome si sería capaz de enfadarme lo suficiente como para destruirlo. Si lo hacía, ella se vería obligada a permanecer a mi lado. Era una posibilidad que me rondaba por la cabeza machaconamente. Pero sabía que ella me odiaría. Yo mismo me odiaría. A fin de cuentas, ¿qué tenía contra ese ser, que no era un rufián que la tenía dominada, como había supuesto, sino su criatura, un vampiro novato de unos quinientos años o menos, un neófito en las artes vampíricas que la amaba sinceramente?

Me hallaba muy lejos de esa posibilidad. Arjun debía de ser un individuo sublime por adivinar esos pensamientos en mi mente desesperada y abierta y seguir manteniendo su elegante postura, limitándose a observarme.

—¿Por qué debemos separarnos? —murmuré.

Arjun se encogió de hombros.

—No lo sé —respondió con un elocuente ademán—. Es lo que desea Pandora. Es ella quien desea viajar constantemente, quien traza en el mapa nuestras rutas, los círculos que recorremos, quien decide que nos detengamos de vez en cuando en Dresde, que vayamos de vez en cuando a otra ciudad, como París o Roma. Es ella quien insiste en que debemos movernos sin cesar. Y yo, qué quieres que te diga, lo acepto encantado.

Me acerqué a él y, durante unos instantes, pensó que iba a lastimarlo y se puso tenso.

Lo sujeté por la muñeca antes de que pudiera moverse. Lo observé con atención. Qué ser tan noble, con su voluminosa peluca blanca que contrastaba con su piel morena y lustrosa. Clavó sus ojos negros en mí, mirándome con franqueza y comprensión.

—Quedaos los dos aquí conmigo —dije—. Quedaos a vivir en mi casa, con mi compañera Bianca y conmigo.

Arjun sonrió y negó con la cabeza. En sus ojos no había desprecio. Éramos dos hombres que se miraban cara a cara sin desprecio. Se limitó a decir «no».

—Ella no aceptará —dijo en tono sosegado y tranquilizador—. La conozco. Sé cómo es. Me proporcionó su sangre porque yo la adoraba. Y después de recibirla, no he dejado de adorarla.

Me quedé plantado, sujetándolo por la muñeca, mirando de un lado a otro como si fuera a prorrumpir en sollozos o gritar a los dioses. Temía derribar los muros de la casa si me ponía a gritar.

—¡Cómo es posible! —murmuré—. ¡Cómo es posible que la haya encontrado y la haya visto una noche, una sola noche en que no hemos dejado de pelearnos!

—Tú y ella sois iguales —dijo Arjun—. Yo no soy sino un instrumento.

Cerré los ojos.

En ese momento la oí sollozar, y en cuanto percibí ese sonido, Arjun se desasió con suavidad y me dijo en su característico tono delicado y cortés que debía ir a reunirse con ella.

Salí lentamente del vestíbulo, bajé unos escalones de mármol y eché a caminar a través de la noche, prescindiendo del carruaje.

Regresé a casa andando a través del bosque.

Cuando llegué, entré en la biblioteca, me quité la peluca que me había puesto para asistir al baile, la arrojé al otro lado de la habitación y me senté en una silla frente a mi escritorio.

Apoyé la cabeza en los brazos y rompí a llorar en silencio como no lo había hecho desde la muerte de Eudoxia. Lloré desconsoladamente. Transcurrieron varias horas, hasta que por fin reparé en que Bianca estaba de pie a mi lado

Me acarició el pelo y la oí murmurar:

—Tenemos que bajar al sótano para acostarnos en nuestro frío sepulcro, Marius. Para ti es aún temprano, pero yo debo ir y no puedo dejarte en este estado.

Me levanté. La abracé y di rienda suelta a un espantoso torrente de lágrimas, mientras ella me abrazaba silenciosa y cariñosamente.

Luego bajamos para tendernos en nuestros respectivos ataúdes.

La noche siguiente, me dirigí inmediatamente a la casa donde había dejado a Pandora.

Al encontrarla desierta, registré todo Dresde y los numerosos palacios y *schlosses* situados en las inmediaciones.

Pandora y Arjun se habían marchado, no cabía duda. Me acerqué al palacio ducal, donde daban un pequeño concierto, y no tardé en averiguar la noticia «oficial», que el hermoso carruaje negro de los marqueses de Malvrier había partido antes del alba hacia Rusia.

Rusia.

Como no estaba de humor para escuchar música, presenté mis excusas a los que estaban reunidos en el salón y regresé de nuevo a casa. Jamás me había sentido tan desesperado como en aquellos momentos. Ni tan hundido.

Me senté a mi escritorio. Contemplé el río a través de la ventana. Sentía la cálida brisa primaveral.

Pensé en las muchas cosas que Pandora y yo debimos habernos dicho, en las muchas cosas que pude haberle dicho en un tono más sosegado a fin de convencerla. Me dije que no era imposible volver a dar con ella. Me dije que ella sabía dónde estaba, que podía escribirme. Me dije cuanto precisaba decirme para conservar la cordura.

No oí entrar a Bianca en la habitación. No la oí sentarse a mi lado en una amplia butaca.

Cuando alcé la cabeza, la vi como si se tratara de una visión: un muchacho bellísimo con mejillas de porcelana, el pelo rubio recogido en la nuca con una cinta negra, vestida con una levita recamada en oro, las torneadas piernas enfundadas en unas inmaculadas medias blancas, calzada con unos zapatos con rubíes en las hebillas.

¡Qué disfraz tan divino! Bianca disfrazada de joven noble, conocido por unos pocos mortales como su propio hermano. Pero qué tristeza advertí en sus incomparables ojos azules cuando me miró.

—Te compadezco —dijo en voz baja.

—¿De veras? —pregunté. Pronuncié esas palabras con el corazón roto—. Confío en que así sea, amor mío, porque te amo más de lo que jamás te he amado y te necesito.

—No lo entiendes —respondió Bianca con voz dulce y compasiva—. Oí lo que le dijiste a Pandora y voy a dejarte.

33

Durante tres largas noches, le supliqué a Bianca que no se marchara mientras ella seguía ultimando los preparativos. Se lo pedí de rodillas. Le juré que le había dicho a Pandora sólo lo necesario para convencerla de que se quedara conmigo.

Le dije de todas las formas posibles que la amaba, que nunca la abandonaría.

Le dije que no lograría sobrevivir por sus propios medios, que temía lo que pudiera ocurrirle.

Pero no fui capaz de hacerla desistir de su empeño.

Hasta el comienzo de la tercera noche no comprendí que estaba resuelta a marcharse. Hasta entonces, había pensado que era algo inconcebible. No podía perderla. No, eso era imposible.

Por fin, le imploré que me escuchara mientras me sinceraba con ella. Quería confesar todas las inconveniencias que le había dicho, las viles mentiras que habían brotado de mis labios, los desatinos que le había dicho a Pandora llevado por mi desesperación.

—Pero ahora quiero hablar de ti y de mí —dije—, de la relación que hemos mantenido siempre.

—Puedes hacer lo que quieras —respondió Bianca—, si con eso alivias tu dolor, pero estoy decidida a marcharme, Marius.

—Ya sabes lo que me ocurrió con Amadeo —dije—. Lo llevé a mi casa cuando era muy joven y le di la sangre cuando la mortalidad me obligó. Nuestra relación fue siempre la de maestro y discípulo, entre nosotros había cierta dosis de hipocresía y un peligroso abismo. Quizá no te dieras cuenta de ello, pero estaba ahí, te lo aseguro.

—Me di cuenta —contestó Bianca—, pero sabía que vuestro amor era más grande.

—Es cierto —dije—. Pero era un chiquillo, y mi corazón de hombre siempre supo que existía algo más grande y noble. Por más que lo amaba, por más que el mero hecho de verlo me llenaba de felicidad, no podía confiarle mis secretos o dolores más íntimos. No podía contarle las historias de mi vida. No habría podido asimilarlo.

—Te comprendo, Marius —dijo Bianca suavemente—. Siempre te he comprendido.

—Y tú misma viste lo que pasó con Pandora. La áspera disputa que sostuvimos, igual que hace siglos, la amarga pelea que siempre impide que aflore la verdad.

—Sí, ya lo vi —dijo Bianca en tono quedo—. Sé a qué te refieres.

—Viste el temor que le inspiraban la Madre y el Padre —insistí—. La oíste decir que no tenía valor para entrar en la casa. La oíste hablar del temor que todo le inspiraba.

—Así es.

—El único resultado del encuentro que Pandora y yo mantuvimos esa noche fue dolor, igual que tiempo atrás, dolor e incomprensión.

—Lo sé, Marius.

—¿Acaso no ha existido siempre entre tú y yo una gran armonía, Bianca? Piensa en los muchos años que vivimos en el santuario, cuando salíamos por las noches y surcábamos los vientos. Piensa en la paz que reinaba entre nosotros, en nuestras largas conversaciones, cuando yo te hablaba de muchas cosas y tú escuchabas. Jamás han existido dos seres más compenetrados que nosotros.

Bianca agachó la cabeza sin responder.

—Piensa en todos los placeres que hemos compartido de un tiempo a esta parte —continué en tono implorante—. Nuestras cacerías secretas en los bosques, nuestras visitas a los festivales campestres, nuestras discretas visitas a las grandes catedrales llenas de velas encendidas y los cantos de los coros, nuestros bailes en la corte. Piensa en ello.

—Lo sé, Marius —contestó—. Pero me mentiste. No me explicaste el motivo por el que nos trasladamos a Dresde.

—Lo confieso, es verdad. Dime qué puedo hacer para compensarte por ello.

—Nada, Marius —respondió Bianca—. Me marcho.

—Pero ¿cómo vivirás? No puedes vivir sin mí. Esto es una locura.

—Te equivocas, viviré muy bien —dijo—. Ahora debo irme. Tengo que recorrer muchos kilómetros antes del alba.

—¿Dónde dormirás?

—Eso es asunto mío.

Yo estaba a punto de perder la razón.

—No me sigas, Marius —dijo Bianca, como si fuera capaz de adivinar mis pensamientos, aunque yo sabía que no podía.

—No acepto tu decisión —respondí.

Entre nosotros se produjo un silencio. Me percaté de que Bianca me observa y le devolví la mirada, incapaz de ocultar siquiera una partícula de mi dolor.

—No me hagas esto, Bianca —le imploré.

—Vi la pasión que sientes por ella —murmuró—, y en aquel momento comprendí que antes o después me abandonarás. No lo niegues. Yo misma lo vi. Algo se destruyó en mi interior. No pude protegerlo. No pude impedir su destrucción. Tú y yo estábamos demasiado compenetrados. Y aunque te he amado con toda mi alma, aunque creía conocerte bien, no conocía al ser que eras respecto a ella. No conocía al ser que vi con mis propios ojos.

Bianca se levantó de la butaca y se alejó para mirar por la ventana.

—Ojalá no hubiera oído aquellas palabras —dijo—. Pero los bebedores de sangre poseemos muchos dones. ¿Crees que no sé que jamás me habrías convertido en tu criatura de no haberme necesitado? Si no te hubieras abrasado y te hubieras sentido desvalido, jamás me habrías proporcionado tu sangre.

—¿Por qué te empeñas en no creerme cuando te aseguro que te equivocas? Te amé desde el primer momento en que te vi. Si no me atrevía a compartir estos malditos dones contigo, era por respeto a tu vida mortal. Eras tú quien deleitaba mis ojos y mi corazón antes de que conociera a Amadeo. Te lo juro. ¿No recuerdas los retratos que pinté de ti? ¿No recuerdas las horas que pasé en tu casa? Piensa en todo lo que nos hemos dado mutuamente.

—Me has engañado —dijo Bianca.

—Sí —respondí—. Lo reconozco, y te juro que no volveré a hacerlo jamás. Ni por Pandora ni por nadie.

Seguí suplicando.

—No puedo quedarme contigo —dijo Bianca—. Debo irme.

Se volvió hacia mí. Exhalaba un aire de sosiego y determinación.

—Te lo imploro —insistí—. Te imploro sin orgullo, sin pudor, que no me abandones.

—Debo marcharme —contestó Bianca—. Deja que me despida de la Madre y el Padre. Prefiero hacerlo sola, si no tienes inconveniente.

Asentí con la cabeza.

Tardó un buen rato en subir del santuario. Me comunicó que partiría al anochecer.

Bianca cumplió su palabra. Su carruaje, tirado por cuatro caballos, atravesó la verja y partió.

La observé marcharse desde la cima de la escalera. Me quedé escuchando hasta que el carruaje se adentró en el bosque. Permanecí allí plantado, estupefacto e incapaz de aceptar que Bianca me había abandonado.

¿Cómo era posible que se hubiera producido aquel desastre? ¿Cómo era posible que hubiera perdido a las dos, a Pandora y a Bianca? ¿Cómo era posible que me hubiera quedado solo? No había sido capaz de impedirlo.

Pasé muchos meses sin dar crédito a lo que me había ocurrido.

Me dije que no tardaría en recibir una carta de Pandora, o que ella misma decidiría regresar a Dresde con Arjun.

Me dije que Bianca acabaría comprendiendo que no podía subsistir sin mí. Regresaría a casa, dispuesta a perdonarme, o se apresuraría a escribirme una carta pidiéndome que me reuniera con ella.

Pero mis expectativas no se cumplieron.

Transcurrió un año y mis expectativas no se cumplieron.

Pasó otro año, pasaron cincuenta años, y mis expectativas no se cumplieron.

Aunque me mudé al interior del bosque que rodeaba Dresde, a un castillo más fortificado, permanecí cerca de la ciudad con la esperanza de que una u otra de mis amadas regresara junto a mí.

Permanecí allí durante medio siglo, esperando, sin dar crédito a la desgracia que me había sucedido, hundido en un dolor que no podía compartir con nadie.

Creo que había dejado de rezar en el santuario, aunque seguía atendiéndolo con el mismo celo que antes. Había empezado a hablar con Akasha en un tono confidencial. Le contaba mis cuitas de un modo más informal, le explicaba en qué había fallado a los seres que amaba.

—Pero a ti nunca te fallaré, mi Reina —afirmaba con frecuencia.

A comienzos del siglo XVIII, tomé una arriesgada decisión: trasladarme a una isla del mar Egeo, donde ejercería un gobierno supremo sobre unos mortales que no dudarían en aceptarme como su señor, en una mansión de piedra que mandé preparar para mí a una legión de sirvientes mortales.

Quienes han leído la historia del vampiro Lestat, narrada por él mismo, conocen ese lugar inmenso y extraordinario, puesto que lo describe con todo detalle en su crónica. Era más grandioso que ningún otro lugar en el que yo había vivido, y su remota situación representaba un reto para mi ingenio.

Pero en esos momentos estaba completamente solo, como jamás lo había estado antes de aparecer Amadeo y Bianca, y no tenía ninguna esperanza de encontrar a un compañero o una compañera mortal. Quizá tampoco lo deseara.

Hacía siglos que no sabía nada de Mael. Ni tampoco de Avicus y Zenobia. Ni de ningún otro Hijo del Milenio.

Sólo deseaba ofrecer un gigantesco y espléndido santuario a la Madre y al Padre, y, como he dicho, hablaba con Akasha constantemente.

Pero, antes de pasar a describir mi última e importante morada europea, debo consignar un último y trágico detalle de la historia de los seres que había perdido.

Cuando trasladé mis numerosos tesoros a ese lugar del Egeo, cuando mis libros, mis esculturas, mis fabulosos tapices y alfombras y demás objetos fueron transportados y descargados por mortales que no sospechaban nada, apareció una última pieza de la historia de mi amada Pandora.

En el fondo de un baúl, uno de los trabajadores descubrió una carta, escrita en pergamino y doblada por la mitad, dirigida simplemente a Marius.

Yo me encontraba en la terraza de mi nueva casa, contemplando el mar y el sinfín de islotes que me rodeaba, cuando me entregaron esa carta.

La hoja de pergamino estaba cubierta de polvo, y en cuanto la desdoblé, leí una fecha escrita con tinta antigua que confirmaba que la carta había sido escrita la noche en que me separé de Pandora.

Fue como si los cincuenta años que me separaban de aquel dolor se hubieran desvanecido.

Querido Marius:

Está a punto de amanecer y sólo dispongo de unos momentos para escribirte. Como te hemos dicho, nuestro carruaje partirá dentro de una hora para conducirnos a Moscú.

Nada ansío más que ir a reunirme contigo ahora, Marius, pero no puedo. No puedo alojarme en la misma casa que alberga a los Ancianos.

Te ruego, amor mío, que vengas a Moscú. Te suplico que vengas y me ayudes a librarme de Arjun. Más tarde, podrás juzgarme y condenarme.

Te necesito, Marius. Deambularé por las inmediaciones del palacio del zar y de la gran catedral hasta que aparezcas.

Sé que te pido que emprendas un largo viaje, Marius, pero te ruego que vengas.

Al margen de lo que te haya dicho sobre mi amor por Arjun, lo cierto es que estoy sometida por completo a él y deseo volver a ser tu esclava.

PANDORA

Permanecí sentado varias horas con la carta en la mano. Luego me levanté lentamente y fui a donde se hallaban mis sirvientes para pedirles que me dijeran dónde habían hallado esta carta.

La habían encontrado en un baúl lleno de libros procedentes de mi vieja biblioteca.

¿Cómo no la había recibido yo antes? ¿La habría ocultado Bianca? No podía creerlo. Pensé que seguramente se trataba de un cruel capricho del azar, que un sirviente la había depositado sobre mi escritorio a primera hora de la mañana y yo mismo la había arrinconado sin querer junto con un montón de libros.

Pero ¿qué más daba?

El terrible daño estaba hecho.

Pandora me había escrito y yo no me había enterado. Me había rogado que fuera a reunirme con ella en Moscú y yo, que no lo sabía, no había acudido. Y no sabía dónde encontrarla. Me había declarado su amor, pero era demasiado tarde.

Durante los meses sucesivos, la busqué en la capital rusa. La busqué confiando en que ella y Arjun hubieran decidido establecer su hogar allí.

Pero no hallé ni rastro de ella. Parecía como si el ancho mundo se la hubiera tragado, al igual que se había tragado a mi Bianca.

¿Qué más puedo decir para revelar la angustia que me produjeron estas dos pérdidas, la de Pandora, a quien había buscado durante largo tiempo, y la de mi dulce y hermosa Bianca?

Con estas dos pérdidas, mi historia llega a su fin.

Mejor dicho, se cierra el círculo.

Regresemos ahora a la historia de la Reina de los Condenados y del vampiro Lestat, que la había despertado. Repasaré brevemente esa historia, pues ahora creo ver con claridad cuál sería el remedio más eficaz para sanar mi miserable alma. Pero, antes de pasar a eso, repasemos someramente las andanzas de Lestat y la historia de cómo perdí a Akasha, mi último amor.

34

El vampiro Lestat

Como saben todos los que siguen nuestras crónicas vampíricas, me encontraba en la isla del mar Egeo, gobernando un mundo apacible formado por mortales, cuando Lestat, un joven vampiro que no hacía más de diez años que había recibido la sangre vampírica, empezó a llamarme con insistencia.

Debo precisar que defendía mi soledad con uñas y dientes. Ni siquiera la reciente aparición de Amadeo, que había abandonado la vieja secta de París para convertirse en director de un nuevo y extraño Théâtre des Vampires, había logrado sacarme de mi soledad.

Pues, aunque había espiado a Amadeo en más de una ocasión, no había visto en él más que la angustiosa tristeza que yo había experimentado en Venecia. Por lo tanto, prefería mi soledad a cortejarlo.

Pero, cuando capté la llamada de Lestat, presentí en él una poderosa e ilimitada inteligencia y le respondí de inmediato, rescatándolo de su primer auténtico retiro como bebedor de sangre y llevándolo a mi casa después de revelarle su ubicación.

Sentí un gran amor hacia Lestat y, tal vez impetuosamente, lo conduje en el acto al santuario. Observé, fascinado, cómo se acercaba a la Madre y la besaba.

No sé si fue su temeridad o la pasividad de Akasha lo que me dejó estupefacto. Pero ten la certeza de que estaba dispuesto a intervenir en caso de que Enkil tratara de atacarlo.

Cuando Lestat se retiró, cuando me dijo que la Madre le había confiado su nombre, me pilló desprevenido y fui presa de un violento ataque de celos. Pero negué ese sentimiento. Estaba muy enamorado de Lestat y me dije que ese presunto milagro en el santuario sólo podía tener buenas consecuencias, que ese joven bebedor de sangre quizá pudiera insuflar vida a nuestros Padres.

De modo que lo llevé al salón, como he descrito —y como ha descrito él—, y le conté la larga historia de mis inicios. Le conté la historia de la Madre y el Padre y su incesante inquietud.

Lestat se comportó como un espléndido discípulo durante las largas horas que charlamos. Jamás me había sentido tan compenetrado con un ser como con él. Ni siquiera con Bianca. Lestat había recorrido el mundo durante los diez años transcurridos desde que había recibido la sangre vampírica, había devorado las grandes obras literarias de muchas naciones y aportaba a nuestra conversación un vigor que yo no había observado en los otros seres a quienes había amado, ni siquiera en Pandora.

Pero la noche siguiente, cuando salí para despachar unos asuntos con mis súbditos mortales, que eran muy numerosos, Lestat bajó al santuario llevando consigo un violín que había pertenecido a Nicolas, su amigo y colega bebedor de sangre.

Remedando la habilidad de su antiguo amigo, Lestat se puso a tocar el violín apasionada y maravillosamente para los Padres Divinos.

Percibí la música que sonaba a pocos kilómetros de distancia. De pronto, oí una nota aguda que ningún mortal era capaz de entonar con la garganta. Me recordó el canto de las sirenas de la mitología griega, y mientras me preguntaba qué sonido era ése, la música cesó.

Me afané en salvar la distancia que me separaba de mi casa y lo que vi a través de la mente abierta de Lestat me dejó estupefacto.

Akasha se había levantado del trono y sostenía a Lestat en sus brazos, y al tiempo que éste bebía su sangre, Akasha bebía la de Lestat.

Di media vuelta y regresé a la carrera a mi casa. Pero, cuando bajé al santuario, la escena había cambiado fatalmente.

Enkil se había alzado y había apartado a Lestat violentamente de la Madre, quien gritaba suplicando por la vida de Lestat en un tono capaz de dejar sordo a cualquier mortal.

Bajé la escalera precipitadamente y comprobé que la puerta del santuario estaba cerrada para impedirme el paso. Empecé a aporrearla con todas mis fuerzas. Mientras tanto, vi en el interior de la capilla, a través de los ojos de Lestat, que Enkil había derribado a éste y, pese a los gritos desesperados de Akasha, estaba dispuesto a aplastarlo.

¡Qué angustiosos eran los gritos de Akasha pese al volumen de su voz!

—¡Enkil! —grité, desesperado—. Si le haces daño a Lestat, si lo matas, te arrebataré a Akasha para siempre y ella me ayudará a hacerlo. ¡Mi Rey, eso es lo que ella desea!

Apenas podía creer que hubiera pronunciado esas palabras, pero fueron las primeras que me vinieron a la mente y no tuve tiempo de calibrarlas.

La puerta del santuario se abrió de inmediato. El espectáculo que contemplé era terrorífico: dos seres blancos como el mármol, vestidos con su atuendo egipcio, Akasha con la boca goteando sangre y Enkil de pie, como si estuviera sumido en un profundo letargo.

Observé, horrorizado, que Enkil tenía el pie apoyado en el pecho de Lestat. Pero éste seguía vivo. Estaba indemne. En el suelo, junto a él, estaba el violín hecho añicos. Akasha tenía la mirada perdida en el infinito, como si no se hubiera despertado.

Avancé rápidamente y apoyé las manos en los hombros de Enkil.

—Retrocede, mi Rey —dije—. Retrocede. Has cumplido tu propósito. Te ruego que hagas lo que te pido. Sabes que respeto tu poder.

Enkil retiró lentamente el pie del pecho de Lestat, impávido, moviéndose lenta y torpemente, como de costumbre, y poco a poco logré apartarlo de los escalones de la tarima. El Rey se volvió pausadamente para salvar los dos escalones y se sentó en su trono. Yo me apresuré a arreglar sus ropas con esmero.

—Corre, Lestat —dije con firmeza—. No me hagas preguntas. Aléjate corriendo.

Cuando Lestat me hubo obedecido, me volví hacia Akasha.

Permanecía de pie, como sumida en un ensueño. Apoyé las manos con delicadeza sobre sus brazos.

—Hermosa mía —murmuré—, mi soberana. Permite que te ayude a regresar al trono.

Akasha me obedeció, tal como había hecho siempre.

Al cabo de unos momentos, los Reyes se hallaban de nuevo en su postura habitual, como si la presencia de Lestat no hubiera sido sino un espejismo, al igual que la música con la que había despertado a Akasha.

Pero yo sabía que no había sido un espejismo, y cuando la miré, cuando le hablé en mi acostumbrado tono confidencial, experimenté un nuevo temor que me abstuve de manifestarle.

—Eres tan bella como inmutable —dije—, el mundo no te merece. No merece tu poder. Escuchas multitud de oraciones. Has escuchado esa hermosa música y te ha encantado. Un día te traeré música... te traeré a los que saben interpretarla y creen que tú y el Rey sois estatuas...

Interrumpí aquel desatinado discurso. ¿Qué me proponía?

Lo cierto era que estaba aterrorizado. Lestat había vulnerado una norma haciendo gala de una temeridad inconcebible y me pregunté qué ocurriría si otra persona trataba de seguir su ejemplo.

Pero la cuestión más importante, a la que me aferré en mi furia, era que yo había conseguido restaurar el orden. Había conseguido, mediante amenazas, obligar a mi real majestad a regresar al trono, y ella, mi amada Reina, había hecho lo propio.

Lestat había cometido un acto inconcebible. Pero Marius había puesto remedio. Por fin, cuando mi temor y mi furia remitieron, me dirigí a las rocas que se alzaban junto al mar para reunirme con Lestat y reprenderle por lo que había hecho, cosa que conseguí sin perder el dominio de mí mismo.

¿Quién sino Marius sabía el tiempo que llevaban los Padres Divinos sentados en silencio? Y ahora ese joven a quien yo deseaba amar, instruir, proteger, había logrado arrancarles un movimiento que no había hecho sino intensificar su arrojo.

Lestat deseaba liberar a la Reina. Opinaba que debíamos encerrar a Enkil. Creo que me eché a reír. Por descontado, no podía expresar el pavor que la pareja real me inspiraba.

Aquella noche, cuando Lestat fue a cazar en las lejanas islas, oí unos sonidos extraños procedentes del santuario.

Al bajar a la capilla, comprobé que numerosos objetos habían sido destruidos. Varios jarrones y lámparas estaban hechos añicos o habían sido derribados. El suelo estaba sembrado de velas. ¿Cuál de los dos Padres había hecho aquello? Ninguno de los dos se movió. Yo no podía adivinarlo, y mi pavor se incrementó.

Durante un momento de desesperación y egoísmo, miré a Akasha y pensé: «Te entregaré a Lestat si es lo que deseas, pero dime cómo debo hacerlo. ¡Sublévate junto a mí contra Enkil!» Pero en realidad esas palabras no se formaron en mi mente.

Una fría sensación de celos me atenazaba el alma. Me sentí abrumado por la tristeza.

Pero entonces me dije que había sido la magia del violín. ¿Cuándo se había escuchado el sonido de ese instrumento en la antigüedad? Y él, un bebedor de sangre, se había presentado ante Akasha y se había puesto a tocar el violín, probablemente alterando y deformando la música de un modo atroz.

Pero eso no me consolaba. Lo cierto era que Akasha había despertado para él.

Y mientras permanecía en silencio en el santuario, contemplando los objetos rotos, me vino un pensamiento a la mente como si lo hubiera introducido deliberadamente en ella.

Yo lo amaba igual que tú lo amabas y deseaba retenerlo aquí igual que tú. Pero no puede ser.

Estaba como hipnotizado.

Luego avancé despacio hacia Akasha como había hecho cientos de veces, lentamente para que ella me rechazara si lo deseaba, para que Enkil me obligara a retirarme con un leve indicio de su poder. Por fin, bebí sangre de Akasha, quizá de la misma vena de su blanco cuello, no lo sé, tras lo cual retrocedí sin apartar los ojos del rostro de Enkil.

Su frío semblante permanecía impávido.

La noche siguiente, cuando me desperté, oí ruidos procedentes del santuario. Al bajar, hallé más objetos delicados hechos añicos.

Comprendí que no tenía más remedio que pedirle a Lestat que se fuera. No se me ocurría otra solución.

Fue otra amarga separación, tan triste como mi separación de Pandora y de Bianca.

Jamás olvidaré lo guapo que estaba, con su legendario pelo rubio y sus célebres ojos azules e insondables, eternamente joven, rebosante de frenéticas esperanzas y sueños maravillosos, y qué dolido se mostraba por verse obligado a marcharse. Yo me sentía no menos dolido por tener que echarlo. Ansiaba conservar a mi lado a mi discípulo, mi amor, mi rebelde. Me encantaba su forma de hablar a borbotones, sus preguntas francas, sus temerarios intentos de conquistar el corazón de la Reina y obtener su libertad. ¿Qué podíamos hacer para salvarla de Enkil? ¿Qué podíamos hacer para dotarla de vida? Hasta el mero hecho de mencionar esos temas era peligroso, pero Lestat no lo comprendía.

Así pues, tuve que renunciar a ese joven al que amaba desesperadamente, por más que se me partiera el corazón, por más que mi alma se hundiera de nuevo en la soledad, por más que mi intelecto y mi espíritu quedaran maltrechos.

Temía lo que Akasha y Enkil pudieran hacer si volvían a despertar de su letargo, pero no podía compartir ese temor con Lestat, pues no quería asustarlo ni inducirle a cometer otro desatino.

Sabía lo inquieto que se sentía, la insatisfacción que le causaba ser un bebedor de sangre y lo que anhelaba tener un propósito que cumplir en el mundo mortal, consciente como era de que no tenía ninguno.

Y yo, solo en mi paraíso del Egeo después de la partida de Lestat, empecé a pensar seriamente en si debía destruir a la Madre y al Padre.

Todos los que hayan leído las crónicas vampíricas saben que ese episodio ocurrió en el año 1794, una época en la que se produjeron numerosos prodigios en el mundo.

¿Cómo podía seguir albergando en mi casa a esos seres que representaban una amenaza para el mismo? Por otra parte, no deseaba morir. No, jamás he deseado morir. Así pues, no destruí al Rey y a la Reina. Seguí atendiéndolos, cubriéndolos de símbolos de mi veneración.

Lo cierto es que, cuando empezamos a gozar de las múltiples maravillas que ofrecía el mundo moderno, yo temía a la muerte más que nunca.

35

Ascenso y caída de Akasha

Hace unos veinticinco años que traje a la Madre y al Padre a través del mar a América y a los gélidos eriales del norte, donde creé bajo el hielo una casa tecnológicamente espléndida, descrita por Lestat en *La Reina de los Condenados* y de la que se alzó la Reina.

Resumiré brevemente lo que allí se dice. Construí un magnífico y moderno santuario para el Rey y la Reina, provisto de una pantalla de televisión para que les proporcionara música y otros entretenimientos, así como «noticias» de todo el planeta.

En cuanto a mí, vivía solo en esta casa, disfrutando de un amplio número de estancias y bibliotecas caldeadas mientras leía (mi eterna afición), escribía o veía películas y documentales que me intrigaban.

Hice un par de breves apariciones en el mundo mortal como cineasta, pero en términos generales llevaba una vida solitaria y apenas sabía nada de los otros Hijos del Milenio.

Hasta el momento en que Bianca o Pandora decidieran reunirse de nuevo conmigo, ¿qué me importaban los demás? Por lo que respecta al vampiro Lestat, cuando irrumpió con su música rock me pareció de lo más divertido. ¿Qué mejor disfraz para un vampiro que el de un músico de rock?

Sin embargo, cuando aparecieron sus numerosos vídeos musicales, comprendí que se proponía mostrar con su música toda la historia que yo le había revelado. Y también comprendí que los bebedores de sangre diseminados por todo el mundo lo tenían en su punto de mira.

Se trataba de seres jóvenes de quienes no me ocupaba, y me asombró oírles alzar sus voces a través del don de la mente, buscando diligentemente a otros.

Con todo, no le di importancia. No sospeché que la música de Lestat pudiera afectar al mundo, ni al mundo de los mortales ni al nuestro, hasta la noche en que bajé al santuario subterráneo y vi a mi Rey, Enkil, un ser vacío, una mera cáscara, una criatura a la que habían succionado toda su sangre, sentado tan precariamente sobre el trono que cuando lo toqué con los dedos, cayó al suelo de mármol y su cabellera negra trenzada se deshizo.

Contemplé horrorizado aquel espectáculo. ¿Quién lo había hecho, quién le había succionado toda la sangre, quién lo había destruido?

¿Y dónde estaba mi Reina? ¿Acaso había corrido la misma suerte? ¿Era posible que la leyenda de los que debían ser custodiados fuera un fraude desde el principio?

Yo sabía que no era mentira y conocía al ser que había destruido a Enkil, el único ser en todo el mundo que poseía la astucia, la intimidad con el Rey, los conocimientos y el poder para llevar a cabo aquel acto.

Al cabo de unos segundos, me volví de espaldas a la cáscara de Enkil que yacía en el suelo y la vi a menos de un palmo de donde me hallaba. Me miró achicando sus ojos negros, rebosante de vida. Lucía el mismo atuendo regio con que yo la había vestido. Sus labios rojos formaron una sonrisa burlona y de pronto profirió una malévola carcajada.

La odié por aquella carcajada.

La temía y la odiaba por haberse reído de mí.

Mi sentido de posesión afloró inopinadamente, la sensación de que era mía y se había atrevido a encararse conmigo.

¿Dónde estaba la dulzura con la que yo había soñado? Me parecía vivir una pesadilla.

—Mi querido siervo —dijo Akasha—, ¡jamás has tenido el poder de detenerme!

Era inconcebible que esa criatura a la que había protegido a lo largo de los siglos pudiera encararse conmigo. Era inconcebible que ese ser al que adoraba se mofara de mí.

Balbucí unas apresuradas y patéticas palabras.

—Pero ¿qué es lo que quieres? —pregunté, tratando de comprender lo que estaba ocurriendo—. ¿Qué te propones?

Me asombró que Akasha se dignara responderme en tono burlón.

Su respuesta quedó sofocada por el ruido de la pantalla del televisor al estallar, el ruido del metal al partirse y del hielo al precipitarse.

Utilizando su incalculable poder, Akasha ascendió desde el sótano de la casa, haciendo que los muros, los techos y el hielo se desplomaran sobre mí.

Cuando me vi sepultado bajo el hielo, comencé a gritar pidiendo auxilio.

El reinado de la Reina de los Condenados había comenzado, aunque no fue ella misma quien adoptó ese nombre.

Tú mismo la viste recorrer el mundo. La viste asesinar a bebedores de sangre por doquier, a los bebedores de sangre que se negaban a capitular ante ella.

¿La viste cuando convirtió a Lestat en su amante? ¿La viste cuando trataba de aterrorizar a los mortales con absurdas exhibiciones de su trasnochado poder?

Durante ese tiempo, permanecí aplastado bajo el hielo (no comprendo por qué Akasha no acabó conmigo), enviándole a Lestat mensajes en los que le advertía del peligro que corría, en los que advertía a todos de que se hallaban en peligro. Y al mismo tiempo, suplicando a cualquier Hijo del Milenio que viniera para ayudarme a salir del abismo en el que me hallaba sepultado.

Mientras los llamaba con mi potente voz, pidiendo auxilio, empecé a sanar. Empecé a mover el hielo a mi alrededor.

Por fin acudieron a socorrerme dos bebedores de sangre. Capté la imagen de uno en la mente del otro. Me parecía imposible, pero el radiante rostro que vi en la mente del otro era el de mi Pandora.

Por fin, con ayuda de ambos, conseguí romper el hielo que me tenía aprisionado y salí de debajo del cielo ártico.

Tomé la mano de Pandora y la abracé, negándome durante unos instantes a pensar en nada, ni siquiera en mi feroz Reina y sus mortíferos ataques.

No hubo palabras, ni juramentos, ni negativas. Amaba a Pandora y ella lo sabía, y cuando alcé la cabeza, cuando desterré el dolor y el temor de mis ojos, vi que el bebedor de sangre que la había acompañado hasta el norte, el que había respondido a mi llamada de auxilio, no era otro que Santino.

Durante unos momentos, sentí un odio tan intenso que pensé en destruirlo por completo.

—No, Marius —dijo Pandora—, no puedes hacer eso. En estos momentos todos nos necesitamos. ¿Por qué crees que ha venido, si no es para compensarte por lo que te hizo?

Santino permanecía inmóvil en la nieve, vestido con su elegante atuendo mientras el viento agitaba su cabellera negra. Observé que estaba aterrorizado, pero no quería confesarlo.

—Con esto no me compensas por lo que me hiciste —le dije—. Pero sé que Pandora tiene razón, nos necesitamos todos, y por esa razón te perdono la vida.

Miré a mi amada Pandora.

—En estos momentos se ha constituido un consejo —dije— en una gran mansión del bosque situado en la costa, una casa con los muros de cristal. Iremos allí juntos.

Ya sabes lo que ocurrió a continuación. Nos sentamos en torno a una enorme mesa rodeados de secuoyas, como si fuéramos unos nuevos y apasionados fieles del bosque, y cuando la Reina se presentó con su plan para atacar al mundo, tratamos de razonar con ella.

Su sueño era convertirse en la Reina de los Cielos para la humanidad, aniquilar a millones de varones de corta edad y transformar su mundo en un «jardín» habitado por mujeres dulces y sumisas. Era una idea tan terrorífica como inviable.

Nadie se afanó más en hacerla desistir de su empeño que Maharet, tu creadora pelirroja, quien la censuró por pretender alterar el curso de la historia humana.

Yo mismo, recordando con amargura los maravillosos jardines que había contemplado cuando bebía su sangre, me arriesgué a ser víctima de su mortífero poder suplicándole reiteradamente que concediera al mundo la oportunidad de seguir su propio destino.

Era escalofriante ver a aquella estatua viviente hablándome con frialdad, pero con una voluntad inquebrantable y un desprecio absoluto. ¡Qué fines tan grandiosos y pérfidos se había fijado! ¡Matar a los niños varones y congregar en torno suyo a las mujeres, infundiéndoles una veneración supersticiosa!

¿Qué nos dio el valor para enfrentarnos a ella? No lo sé, salvo que sabíamos que debíamos hacerlo. Durante aquellos momentos, mientras ella nos amenazaba repetidamente con la muerte, pensé: «Yo pude haber evitado esto, pude haber impedido que ocurriera acabando con ella y con todos nosotros. Ahora, ella nos destruirá y seguirá perdurando, pues ¿quién va a impedírselo?»

En cierto momento, la Reina me golpeó furiosa e inopinadamente con el brazo, derribándome de espaldas. Santino acudió a socorrerme y le odié por ello, pero no era momento de odiar a nadie.

Finalmente, la Reina pronunció su condena contra nosotros. Si no nos aliábamos con ella, nos destruiría a todos, uno tras otro. Empezaría por Lestat, pues era quien le había infligido la peor ofensa: resistirse a ella. Haciendo gala de su valor, Lestat se había puesto de nuestra parte, suplicándole que entrara en razón.

En aquel terrible momento se alzaron los ancianos, los de la primera generación que habían sido transformados en bebedores de sangre durante la existencia de la Reina, y los Hijos del Milenio como Pandora, Mael, yo mismo y otros.

Pero, antes de que comenzara la feroz escabechina, apareció entre nosotros, subiendo estrepitosamente la escalera de hierro del recinto del bosque en el que nos habíamos reunido y deteniéndose en la puerta, la hermana gemela de Maharet, su hermana muda, a la que Akasha había arrancado la lengua: Mekare.

Fue ella quien, tras arrancarle a la Reina su larga y negra cabellera, le golpeó brutalmente la cabeza contra el muro de cristal, partiéndosela y separándola del tronco. Fueron ella y su hermana quienes se arrodillaron junto a la Reina decapitada para arrebatarle el germen sagrado de todos los vampiros.

Ignoro si le arrancaron el germen sagrado, la fatídica raíz, del corazón o el cerebro. Sólo sé que la muda Mekare se convirtió en su nuevo tabernáculo.

Maharet rodeó la cintura de Mekare con un brazo mientras ésta, que había salido de su atroz aislamiento en no sé qué lugar, se quedó con la vista fija en el infinito, como si sólo fuera consciente de su paz interior.

—Contemplad a la Reina de los Condenados —dijo Maharet.

Todo había terminado.

El reinado de mi amada Akasha, con sus esperanzas y sus sueños, había llegado súbitamente a su fin.

Y yo dejé de desplazarme por el mundo cargado con los que debían ser custodiados.

Fin de la historia de Marius

EL OYENTE

36

Marius contempló la nieve a través del ventanal.

Thorne estaba sentado junto al fuego que se extinguía, observando a Marius.

—Te agradezco que hayas desgranado para mí esa larga y hermosa historia que me ha atrapado desde el principio —dijo Thorne.

—¿De veras? —preguntó Marius con voz queda—. Quizás ahora me sienta atrapado en mi odio hacia Santino.

—Pero Pandora estaba contigo —comentó Thorne—. Te reuniste de nuevo con ella. ¿Por qué no está en estos momentos contigo? ¿Qué ocurrió?

—Me reuní con Pandora y Amadeo —respondió Marius—. Sucedió a lo largo de aquellas noches. Desde entonces los he visto con frecuencia. Pero soy un ser herido. Fui yo quien me separé de ellos. Pude haber ido a reunirme con Lestat y los que permanecen junto a él. Pero no lo hice.

»Mi alma todavía se resiente de las desgracias que he sufrido. No sé qué me causa más dolor, si la pérdida de mi diosa o mi odio hacia Santino. Ella ha desaparecido de mi lado para siempre. Pero Santino aún vive.

—¿Por qué no acabas con él de una vez por todas? —preguntó Thorne—. Te ayudaré a encontrarlo.

—Puedo hacerlo yo mismo —contestó Marius—. Pero sin el permiso de ella, no puedo destruirlo.

—¿De Maharet? —preguntó Thorne—. ¿Por qué?

—Porque es la más anciana de nosotros, ella y su hermana muda, y debemos tener algún líder. Mekare no puede hablar, y aunque pudiera, es probable que no supiera expresarse verbalmente. De modo que la que manda es Maharet. Y aunque se negara a darme su autorización o a juzgar el caso, debo plantearle la cuestión.

—Comprendo —dijo Thorne—. En mis tiempos, nos reuníamos para resolver esos asuntos, y un hombre podía exigir una indemnización a otro que le había perjudicado.

Marius asintió con la cabeza.

—Creo que debo matar a Santino —murmuró—. Con los otros estoy en paz, pero deseo acabar con él.

—Teniendo en cuenta lo que me has contado, me parece lógico —dijo Thorne.

—He llamado a Maharet —dijo Marius—. Le he informado de que estás aquí y andas buscándola. Le he dicho que debo hablar con ella sobre Santino. Estoy ansioso de oír sus sabias palabras. Deseo que sus ojos mortales y cansados me miren con compasión.

»Recuerdo la brillante resistencia que opuso a la Reina. Recuerdo su fuerza, que creo necesitar en estos momentos... Quizás haya logrado encontrar los ojos de un bebedor de sangre y no tenga que seguir sufriendo con los ojos de sus víctimas humanas.

Después de reflexionar unos momentos, Thorne se levantó del sofá y se acercó al ventanal junto al que estaba Marius.

—¿Has oído su respuesta a tu llamada? —preguntó sin poder ocultar su emoción—. Deseo verla. Debo verla.

—¿Es que no te he enseñado nada? —replicó Marius volviéndose hacia Thorne—. ¿No te he enseñado a recordar a esas tiernas y complicadas criaturas con amor? Puede que no. Pensé que ésa era la lección que habrías extraído de mis historias.

—Y así es —contestó Thorne—. La amo, te lo aseguro, en la medida en que es la tierna y complicada criatura que has descrito, pero soy un guerrero, jamás estuve destinado a la eternidad. El odio que tú sientes hacia Santino es comparable a la pasión que yo siento por ella, y la pasión puede ser maligna o benigna. No puedo remediarlo.

Marius meneó la cabeza.

—Si Maharet se presenta ante nosotros —dijo—, te perderé. Como te he dicho, jamás conseguirás lastimarla.

—Es posible —contestó Thorne—. Sea como fuere, debo verla. Maharet sabe el motivo por el que he venido y es ella quien tiene la última palabra.

—Vamos —dijo Marius—, ha llegado el momento de ir a descansar. Oigo voces extrañas en la atmósfera matutina. Y siento el deseo imperioso de dormir.

Cuando Thorne se despertó, comprobó que se hallaba dentro de un cómodo ataúd de madera.

Sin experimentar ningún temor, alzó la tapa con facilidad, la apartó a un lado y se incorporó para contemplar la habitación en la que se encontraba.

Era una especie de cueva, y más allá de la misma oyó el estrepitoso coro de una selva tropical.

Percibió todas las fragancias de la frondosa selva, que le parecieron a un tiempo deliciosas y extrañas. Comprendió que eso sólo podía significar una cosa: que Maharet lo había trasladado a su escondite.

Thorne salió del ataúd tan airosamente como pudo y se encontró en una gigantesca estancia repleta de bancos de piedra. La estancia estaba rodeada por tres lados por una delgada tela metálica que la separaba de la impenetrable y animada selva y a través de la cual se filtraba una sutil lluvia que le refrescó.

Al mirar a derecha e izquierda, Thorne vio unas entradas a otros espacios abiertos. Siguiendo los sonidos y los olores, como haría cualquier bebedor de sangre, avanzó hacia la derecha hasta penetrar en una sala enorme donde se hallaba sentada su creadora tal como la había visto desde el comienzo de su larga vida, ataviada con un bonito vestido de lana color púrpura, arrancándose cabellos rojos de la cabeza y tejiéndolos con su huso y su rueca.

Durante unos momentos, se quedó contemplándola, como si no diera crédito a lo que veían sus ojos.

Y ella, de perfil, sabiendo que él estaba ahí, siguió con su labor sin decirle una sola palabra.

Thorne vio a Marius al otro lado de la habitación, sentado en un banco, y entonces reparó en que junto a él estaba sentada una mujer bellísima de porte majestuoso. Sin duda era Pandora. La reconoció por su cabellera castaña. Y al otro lado de Marius estaba sentado el muchacho de pelo castaño rojizo que aquél le había descrito: Amadeo.

Pero había otra criatura en la habitación, un ser de pelo negro que sin duda era Santino. Estaba cerca de Maharet, y cuando Thorne entró, hizo un gesto como para apartarse de él; luego miró a Marius y pareció recobrar su postura inicial, tras lo cual se inclinó hacia Maharet como implorándole, desesperado.

«Cobarde», pensó Thorne, pero no dijo nada.

Maharet volvió la cabeza lentamente hasta ver a Thorne, de forma que éste vio sus ojos (unos ojos humanos), tristes y llenos de sangre, como de costumbre.

—¿Qué puedo darte, Thorne, para serenar de nuevo tu alma? —preguntó Maharet.

Thorne meneó la cabeza. Pidió silencio, no para provocarla sino para rogar que le escuchara.

Entretanto, Marius se levantó y Pandora y Amadeo hicieron lo propio.

—He reflexionado largo y tendido sobre la cuestión —dijo Marius sin apartar los ojos de Santino—. No puedo acabar con él si tú me lo prohíbes. No quiero destruir la paz con esa acción. Estoy convencido de que debemos vivir conforme a unas reglas, so pena de que todos perezcamos.

—Asunto resuelto —declaró Maharet; el sonido familiar de su voz le provocó a Thorne un escalofrío—. Jamás consentiré que destruyas a Santino. Sí, te causó graves daños, lo cual es reprobable, y te he oído describir por las noches tus sufrimientos a Thorne. He escuchado tus palabras con dolor. Pero no puedes destruirlo. Te lo prohíbo. Si me desobedeces, nadie será capaz de contener a nadie.

—Eso no puede ser —respondió Marius con el rostro sombrío y apenado, mirando a Santino con odio—. Debe haber alguien que contenga a los demás. Pero no soporto la idea de que siga viviendo después de lo que me hizo.

Ante el asombro de Thorne, el semblante juvenil de Amadeo mostraba tan sólo perplejidad.

En cuanto a Pandora, parecía triste y preocupada, como si temiera que Marius no cumpliera su palabra.

Pero Thorne sabía que la cumpliría.

Y mientras observaba detenidamente a aquella criatura de cabello negro, Santino se levantó del banco y retrocedió aterrorizado ante Thorne, señalándolo con el dedo.

Pero no fue lo suficientemente rápido.

Thorne envió toda su fuerza contra Santino y éste no pudo sino caer de rodillas y gritar una y otra vez: «¡Thorne!» Su cuerpo estalló, manó sangre de todos los orificios, de su pecho y su cabeza brotó violentamente fuego, y Santino se desplomó sobre el suelo de piedra, retorciéndose mientras las llamas lo devoraban.

Maharet profirió un angustioso alarido de dolor. Su gemela entró precipitadamente en la inmensa estancia, escrutándola con sus ojos azules para descubrir el motivo del dolor de su hermana.

Maharet se puso de pie, contemplando el montón de grasa y cenizas que había ante ella.

Thorne se volvió hacia Marius y observó una débil sonrisa de amargura en sus labios. Marius lo miró y asintió con la cabeza.

—No es preciso que me des las gracias —dijo Thorne.

Luego miró a Maharet, que no cesaba de llorar. Su hermana la abrazó con fuerza, implorándole en silencio que le explicara lo ocurrido.

—Es el *wergeld*, mi creadora —dijo Thorne—. Como se hacía en mis tiempos, me he cobrado el *wergeld* o indemnización por mi vida, que me arrebataste al transformarme en un bebedor de sangre. Me la he cobrado a través de Santino, matándolo bajo tu techo.

—Sí, y en contra de mi voluntad —exclamó Maharet—. ¡Has cometido un terrible error! Marius, tu amigo, te ha dicho que yo soy la encargada de gobernar e imponer el orden aquí.

—Si quieres gobernar, hazlo como creas oportuno —replicó Thorne—. No esperes que Marius te diga lo que debes hacer. ¡Mira tu preciado huso y tu rueca! ¿Cómo vas a proteger el germen sagrado si no tienes fuerzas para luchar contra quienes se oponen a ti?

Maharet no pudo responder. Thorne observó que Marius estaba furioso y que Mekare lo miraba con aire amenazador.

Thorne avanzó hacia Maharet sin apartar la vista de ella. Su suave rostro no mostraba indicio alguno de vida humana; sus ojos humanos parecían esculpidos en la cara de una estatua.

—Ojalá tuviera un cuchillo —dijo Thorne—, o una espada, o un arma que pudiera utilizar contra ti.

A continuación hizo lo único que podía hacer. La agarró por el cuello con ambas manos y trató de derribarla.

Era como agarrar una estatua de mármol.

Maharet profirió una frenética exclamación. Thorne no entendió las palabras, pero cuando Mekare le obligó suavemente a soltar a su hermana gemela, comprendió que había sido un grito de advertencia dirigido a él. Thorne agitó ambas manos, tratando de liberarse, pero fue inútil.

Esas dos gemelas eran imbatibles, tanto si estaban juntas como separadas.

—Basta, Thorne —gritó Marius—. Es suficiente. Maharet sabe lo que anida en tu corazón. Conténtate con eso.

Maharet se dejó caer sobre el banco y prorrumpió en sollozos. Su hermana Mekare, que no se apartaba de su lado, observó a Thorne con recelo.

Thorne notó que todos temían a Mekare menos él, y cuando pensó de nuevo en Santino, cuando contempló la mancha negra sobre las losas del suelo, experimentó un intenso gozo.

Thorne se acercó rápidamente a la hermana muda y le susurró unas apresuradas palabras al oído, unas palabras destinadas sólo a ella, confiando en que comprendiera el significado de las mismas.

Al cabo de unos segundos, Thorne comprendió que lo había captado. Mientras Maharet los observaba, perpleja, Mekare obligó a Thorne a arrodillarse. Luego le tomó la cara y la alzó hacia ella. Entonces Thorne sintió que le clavaba los dedos en las cuencas de los ojos y se los arrancaba.

—Sí, sí, bendigo esta oscuridad —dijo—, y las cadenas, te lo ruego, ponme las cadenas. Si no quieres ponérmelas, mátame.

A través de la mente de Marius, Thorne vio la imagen de sí mismo, ciego, tentando el aire. Vio la sangre deslizándose por su rostro. Vio a Maharet mientras Mekare trataba de insertarle los ojos de Thorne en las cuencas. Vio a esas dos mujeres, altas y delicadas, sujetándose mutuamente, una resistiéndose pero sin fuerzas, y la otra empeñada en llevar a cabo su propósito.

Entonces notó que los otros se habían congregado a su alrededor. Sintió la textura de sus prendas, el tacto suave de sus manos.

Oyó llorar a Maharet a lo lejos.

Le colocaron las cadenas alrededor del cuerpo. Thorne sintió los recios eslabones y comprendió que no podía soltarse. Le llevaron más lejos, a rastras, pero no protestó.

La sangre manaba de las cuencas de sus ojos. Lo sabía. Se hallaba en un lugar desierto y silencioso, encadenado, tal como había soñado. Pero ella no estaba junto a él. Estaba lejos. Percibió los sonidos de la selva. Añoró el frío del invierno; en aquel lugar hacía demasiado calor y el perfume de las flores lo abrumaba.

Pero ya se acostumbraría al calor. Y al intenso perfume de las plantas.

—Maharet —musitó.

Thorne vio lo que ellos veían de nuevo, en otra habitación, al mirarse unos a otros, mientras hablaban en voz baja sobre la suerte de Thorne sin explicarse lo sucedido. Supo que Marius suplicaba en su favor y supo que Maharet, a la que veía con toda nitidez a través de los ojos de los demás, estaba tan bella como cuando lo había creado.

De pronto, Maharet desapareció del grupo. Los otros siguieron hablando en la sombra, sin ella.

Entonces Thorne sintió la mano de Maharet sobre su mejilla. Sabía que era la suya. Reconoció la suave lana de su vestido. Reconoció sus labios cuando ella lo besó.

—Tienes mis ojos —dijo Thorne.

—Así es —afirmó Maharet—. Veo maravillosamente a través de ellos.

—¿Y estas cadenas están tejidas con tu pelo?

—Sí —contestó Maharet—. Las he tejido yo misma, del cabello a la hebra, de la hebra a la cuerda, de la cuerda a los eslabones.

—Mi dulce tejedora —dijo Thorne sonriendo—. A partir de ahora, cuando tejas esas cadenas, ¿permanecerás junto a mí? —preguntó.

—Sí —respondió Maharet—. Siempre.

21.20 h.
19 de marzo de 2000

OTROS TÍTULOS DE LA COLECCIÓN

EL PSICOANALISTA

John Katzenbach

«Feliz 53 cumpleaños, doctor. Bienvenido al primer día de su muerte. Pertenezco a algún momento de su pasado. Usted arruinó mi vida. Quizá no sepa cómo, por qué o cuándo, pero lo hizo. Llenó todos mis instantes de desastre y tristeza. Arruinó mi vida. Y ahora estoy decidido a arruinar la suya. Al principio pensé que debería matarlo para ajustarle las cuentas, sencillamente. Pero me di cuenta de que eso era demasiado sencillo. Es un objetivo patéticamente fácil, doctor. Acecharlo y matarlo no habría supuesto ningún desafío. Y, dada la facilidad de ese asesinato, no estaba seguro de que me proporcionara la satisfacción necesaria. He decidido que prefiero que se suicide.»

Así reza el anónimo que recibe Fredrerick Starks, un psicoanalista con una larga carrera a sus espaldas y una vida cotidiana de lo más tranquila. Starks deberá emplear toda su astucia y rapidez para, en quince días, averiguar quién es el autor de las amenazadores misivas. De no ser así, pasado ese plazo de tiempo deberá elegir entre suicidarse y ser testigo de cómo, uno tras otro, sus familiares y conocidos van siendo asesinados por un psicópata que promete llevar hasta el fin el plan que ha ideado para vengarse.

Dándole un inesperado giro a la relación entre médico y paciente, John Katzenbach nos ofrece una novela en la tradición del mejor suspense psicológico.

MÁS OSCURO QUE LA NOCHE

Michael Connelly

Harry Bosch participa como testigo en un juicio en el que se acusa a un director de cine del asesinato de una actriz. Mientras tanto, Terry McCaleb recibe la visita de una antigua compañera de trabajo que solicita su ayuda en la resolución de un caso difícil. McCaleb, reticente en un principio a abandonar su idílico retiro en la isla de Catalina, no puede reprimir sus ganas de recuperar su vida anterior. El asesinato que ahora debe investigar es el tipo de homicidio complejo con los que trataba frecuentemente durante sus días en el FBI. Su primer examen del escenario del crimen le lleva en pos de un asesino metódico con un gusto por los rituales y la venganza: junto al cadáver de la víctima han sido halladas la figura de una lechuza y un extraño mensaje en latín.

A medida que McCaleb desentraña las claves de este escabroso asesinato, Bosch cobra mayor protagonismo en un juicio del que está pendiente toda la ciudad de Los Ángeles. Sorprendentemente, poco a poco, las piezas de uno y otro rompecabezas empiezan a solaparse.

Más oscuro que la noche es un *thriller* concebido con inteligencia en el que Connelly enfrenta a dos de sus personajes más populares, Harry Bosch y Terry McCaleb, para explorar los rincones más ocultos de la mente humana.

NO DAÑARÁS

Gregg Andrew Hurwitz

La agresión a una enfermera provoca la alarma entre los trabajadores de un hospital californiano. La joven ha sido atacada dentro de la institución por un hombre que, echándole un ácido, le ha desfigurado el rostro, además de dejarla ciega. Un segundo ataque violento sugiere lo impensable: el perturbado se esconde en el centro y su objetivo es el personal sanitario. David Spier, médico jefe de la sección de Urgencias, intenta por todos los medios que no cunda el pánico entre su equipo y que los pacientes sigan siendo atendidos con la eficacia de siempre. Sin embargo, el tema se le escapa de las manos cuando el atacante es atrapado al poco tiempo. Éste, desfigurado al intentar suicidarse, necesita cuidados médicos inmediatos, pero la policía exige a Spier que lo entregue. El doctor deberá enfrentarse entonces al dilema de mantenerse fiel al juramento hipocrático y atender al agresor o dejarlo en manos de las autoridades, a la vez que intentará descubrir las razones que se ocultan detrás de los asaltos. El caso será seguido con gran expectación no sólo por la prensa que hace guardia cerca del hospital, sino también por una conmocionada opinión pública.

Un *thriller* inquietante y sorprendente en el que se debaten muchos de los pormenores de la práctica y la política de la medicina.